도금시대

오늘을 비추는 이야기

THE GILDED AGE

A TALE OF TADAY

GUTENBERG CLASSIC SERIES

도금시대

오늘을 비추는 이야기

THE GILDED AGE

A TALE OF TODAY

MARK TWAIN
CHARLES DUDLEY WARNER

『도금 시대』를 읽기 전

'도금(gilded)'이란 겉만 금색으로 입히는 것을 뜻합니다. 한 겹의 광택이 실제의 질과 두께를 속일 수 있다는 점에서, 이 말은 번영의 외피에 숨겨진 균열을 암시하지요. 도금시대(Gilded Age, 1865-1893)는 급격한 산업화와 철도망 확장, 대기업과 신탁(트러스트)의 성장, 대규모 이민과 도시화, 그리고 금권 정치의 만연을 특징으로 합니다. 겉으로는 전례 없는 번영을 누렸지만, 이면에서는 투기와 거품, 정부 보조금과 로비, 불평등 심화, 대형 파업, 그리고 금융 공황(1873, 1893) 같은 시대적 균열이 커졌습니다.

1873년에 출간된 마크 트웨인과 찰스 더들리 워너의 공저 소설 『도금시대: 오늘을 비추는 이야기』는 바로 그 얇은 금박의 시대를 해부하는 풍자극입니다. 이 소설은 당시 사람들의 말투, 습관, 야심, 불안까지 포착해 '오늘의 이야기'라는 부제를 붙였고, 훗날 역사가들이 19세기 후반 미국을 통칭해 부르는 이름인 '도금시대'의 기원이 되기도 하였습니다.

『도금 시대』는 어떤 시기를 비추는가

소설의 무대는 남북전쟁의 전과 후, 파괴와 재건의 시기입니다. 전쟁 이후 전쟁이 남긴 국채와 물가 변동, 연방 보조금과 토지 증여를 둘러싼 입법, 그리고 철도 회사에서 정치인, 언론으로 이어지는 이해관계의 연결망이 급격히 비대해졌습니다. 그 과정에서 미국은 스스로를 신산업의 공화국으로 재정의했고, 빨리 부자가 되는 것이 거의 유일한 공통의 언어가 됩니다. 소설은 그 언어가 어떻게 사람들의 인간관계와 도덕감각을 바꿔 놓는지 보여 줍니다.

철도의 선로가 뻗는 방향에 따라 도시의 흥망이 갈리고, 곧 불로소득의 족보가 됩니다. 광맥의 존재는 과학의 확실성이 아니라 소문과 홍보에 의해 실체를 얻습니다. 국회는 시대정신의 축소판이 됩니다. 대의라는 언어는 흔히 수정안과 부칙, 위원회 심사라는 기술적인 정치 용어 뒤로 숨고, 도덕적인 논쟁은 로비스트와 공익을 자처하는 자선가의 연막술에 삼켜집니다. 언론 또한 부를 위한 새로운 산업으로 부상하며, 독자의 욕망이 곧 지면의 구조를 결정합니다. 선정적 기사와 특종 경쟁은 사건을 소비 가능한 이야기로 재가공합니다.

또한 이 소설의 주인공 로라 호킨스의 서사는 여성에게만 가혹한 평판의 법을 도덕성 그 자체로 환원하는 시선이 어떻게 개인의 선택과 생존을 옥죄는지 보여 줍니다. 이 속에서 '도금'은 각 개인의 심리에도 스며듭니다. 손쉬운 성공담에 매혹된 사람들은 자신과 타인을 이용가능한 수단으로 보기 쉽고, 그럴수록 내면의 결핍은 더 두껍게 도금됩니다.

트웨인과 워너는 말의 표면을 최대한 평평하게 유지하는 방식으로 가장 불편한 진실을 꺼냅니다. 겉으로는 장황한 대화, 신문기사, 연설록을 담담히 옮겨 놓을 뿐인데, 그 문장 사이사이에서 말과 사실의 틈이 벌어집니다. 이러한 문체는 독자에게 판단의 권한을 돌려줍니다. 과장된 언어보다 담백한 표면과 문맥 간의 아이러니가 더 큰 효과를 내기 때문입니다.

왜 지금 『도금시대』인가

번영의 지표는 늘 우리를 설득합니다. 그러나 지표의 상승 곡선이 삶의 질의 상승을 보장하지는 않습니다. 공적 자원이 정치적 연출과 결합하고, 기술적 성취가 신용 팽창과 맞물려, 언론의 속도가 숙고의 속도를 압도할 때 사회는 도금을 두껍게 바르며 다른 균열을 은폐합니다. 『도금시대』는 바로 이 메커니즘을 사람들의 상황과 말투로 보여 줍니다.

오늘의 독자는 이 소설에서 두 가지 문제 의식을 생각해볼 수 있습니다.

첫째, 누가 어떤 절차를 통해 부를 얻는가? 규제, 보조, 허가, 심사 같은 절차는 중립을 유지하기 위한 장치가 아니라 권력의 설계일

가능성이 있습니다. 절차의 언어를 점유한 집단이 배분의 언어를 선점합니다.

둘째, 공익은 어떻게 말해지는가? 연설과 보도와 같은 공적인 말하기나 후원과 자선과 같은 공익의 언어는 때로 동원과 은폐의 언어가 됩니다. 그 언어가 현장에서 어떤 행동을 가능하게 하는지 주목해 보십시오.

『도금시대』는 성공담을 선호하는 사회가 어떤 불행서사를 만드는지 보여 주는 소설입니다. 사람들은 명함과 보증, 청원서와 추천서를 서로 교환하며 자신을 포장합니다. 겉은 금빛이지만, 그 금빛을 지탱하는 재료가 무엇인지는 각자 다릅니다. 어떤 삶은 단단한 '합금'을 이루고, 어떤 삶은 공기층을 머금은 '금박'에 그칩니다.

우리가 부르는 번영은, 누구의 무엇을 도금하고 있을까요. 도금을 잠시 미루고 바탕을 들여다보는 일, 그것이 이 소설이 오늘까지 유효한 이유입니다. 번영을 꿈꾸지 말라는 말이 아닙니다. 다만 번영이 진짜 두께를 얻으려면, 절차의 공정성과 언어의 정직함, 무엇보다도 관계의 책임이라는 밑바탕이 먼저 깔려야 한다는 지극히 현실적인, 그래서 여전히 급진적인 제안을 『도금시대』는 우리에게 건넵니다. 이제 그 제안의 현장으로 들어가 보시지요.

지도로 보는 『도금시대』

■ 스톤스 랜딩(Stone's Landing)

헨리 브라이얼리와 베리아 셀러스가 역 유치를 명분으로 신도시(나폴레옹) 구상을 밀어붙였고, 촌락을 대규모 항만 후보지로 선전

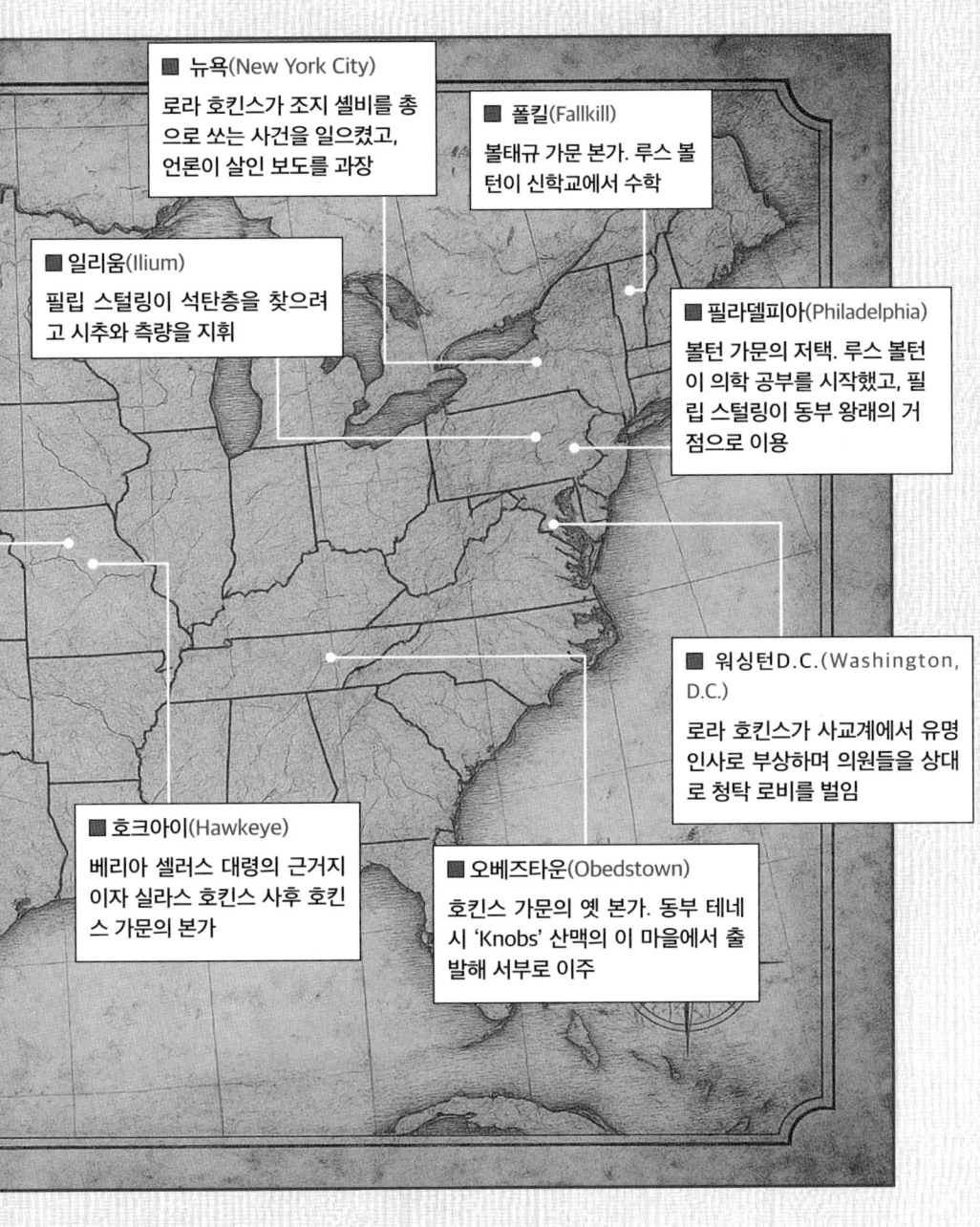

소설 속 『도금시대』 연표

연도	사건
1849년	호킨스 가문이 미주리로 이주 아마랜스 증기선 폭발 클레이 호킨스와 로라 호킨스 입양
1860년	워싱턴 호킨스가 호크아이의 베리아 셀러스에게 의탁 실라스 호킨스 사망 호킨스 가문이 호크아이로 이주 루스 볼턴이 의과 대학에 입학 헨리 브라이얼리와 필립 스털링이 세인트조를 조사 헨리 브라이얼리와 베리아 셀러스가 스톤스 랜딩을 조사
1861~1865년	남북전쟁
1867년	로라 호킨스가 조지 셀비와 결혼 후 이혼
1868년	루스 볼턴이 폴킬의 신학교로 전학 애브너 딜워시 의원이 호크라이를 방문, 워싱턴 호킨스를 워싱턴D.C.의 서기로 고용
1870년	로라 호킨스가 애브너 딜워시 의원의 초대를 받고 베리아 셀러스와 함께 워싱턴D.C로 이동
1871~1872년	로라 호킨스가 의회를 상대로 놉스대학 설립법안 로비
1872년	로라 호킨스가 조지 셀비를 사살
1873년	로라 호킨스가 뉴욕시에서 피고로 재판에 참여 노블 의원이 딜워시 의원을 폭로 필립 스털링이 일리움에서 탄전을 발견

실제 도금시대 연표

- 1846~1848년: 멕시코-미국 전쟁(전쟁 직후 서부 이주 가속, 호킨스 가의 이주 서사에 영향)
- 1848~1849년: 캘리포니아 골드러시(전국적 투기 낙관 확산, 셀러스 대령의 장밋빛 개발론에 영향)
- 1854년: 캔자스-네브래스카 법(서부 철도·영토 문제 점화)
- 1857년: 1857년 공황
- 1861~1865년: 남북전쟁
- 1865년: 링컨 대통령 암살, 미국 수정헌법 제13조(노예제 폐지, 남부 가문 몰락과 재산 상실의 법적·경제적 배경)
- 1868년: 그랜트 대통령 당선, 미국 수정헌법 제14조(시민권)
- 1869년: 대륙횡단철도 완공(철도 신화를 바탕으로 도시 및 토지에 거품 발생)
- 1869년: 블랙 프라이데이(의회·언론·증권에 대한 대중 불신)
- 1872년: 크레디트 모빌리에 스캔들(철도 회사와 정치인 간의 유착 폭로)

Table of Contents

『도금시대』를 읽기 전 … 004

지도로 보는 『도금시대』 … 008

연표로 보는 『도금시대』 … 010

제1부 : 황금의 땅을 꿈꾸는 사람들 … 015

Chapter 1 … 017　　Chapter 2 … 028

Chapter 3 … 032　　Chapter 4 … 037　　Chapter 5 … 049

Chapter 6 … 057　　Chapter 7 … 067　　Chapter 8 … 073

Chapter 9 … 080　　Chapter 10 … 085　　Chapter 11 … 093

제2부 : 젊은이들의 이상과 현실 … 099

Chapter 12 … 101　　Chapter 13 … 108　　Chapter 14 … 118

Chapter 15 … 125　　Chapter 16 … 134　　Chapter 17 … 142　　Chapter 18 … 149

Chapter 19 … 154　　Chapter 20 … 161　　Chapter 21 … 167　　Chapter 22 … 173

Chapter 23 … 180　　Chapter 24 … 183　　Chapter 25 … 186　　Chapter 26 … 193

Chapter 27 … 201　　Chapter 28 … 206

제3부 : 로라의 워싱턴 진출 ··· 217

Chapter 29 … 219   Chapter 30 … 227   Chapter 31 … 230
Chapter 32 … 237   Chapter 33 … 243   Chapter 34 … 252   Chapter 35 … 257
Chapter 36 … 263   Chapter 37 … 267   Chapter 38 … 271   Chapter 39 … 278
Chapter 40 … 285   Chapter 41 … 292   Chapter 42 … 302

제4부 : 놉스대학 설립법안 ··· 315

Chapter 43 … 316   Chapter 44 … 321   Chapter 45 … 328

제5부 : 로라의 재판과 사회의 이중성 ··· 337

Chapter 46 … 338   Chapter 47 … 348   Chapter 48 … 354
Chapter 49 … 360   Chapter 50 … 366   Chapter 51 … 370   Chapter 52 … 375
Chapter 53 … 377   Chapter 54 … 382   Chapter 55 … 389   Chapter 56 … 400
Chapter 57 … 407   Chapter 58 … 413   Chapter 59 … 417   Chapter 60 … 425

제6부 : 남겨진 자들의 회한과 새로운 시작 ··· 433

Chapter 61 … 434   Chapter 62 … 442   Chapter 63 … 448

해설 ··· 456

일러두기

- 이 책은 Mark Twain and Charles Dudley Warner, THE GILDED AGE: A TALE OF TODAY, Hartford: American Publishing Company, 1873을 번역한 것이다. 원문은 https://www.gutenberg.org에서 확인할 수 있다.
- 원문의 풍자적 어조와 19세기 미국의 사회·정치적 맥락을 살리되, 한국 독자의 이해를 돕기 위해 문체와 어휘를 현대 한국어 표현으로 재구성했다. 당시 제도·금융·법률 용어는 오늘의 독자가 이해하기 쉬운 표준 한국어로 옮기되, 의미가 달라질 우려가 있는 경우 주석으로 보완했다.
- 본문의 외래어 표기는 국립국어원 외래어표기법을 따랐으며, 관용적으로 굳어진 표현이 있는 경우 그를 따랐다.
- 각주는 모두 역자 주로, 생경한 어휘나 인물 또는 지역, 부연 설명이 필요한 역사적 사건, 금융 정보 등을 간략히 풀이했다.

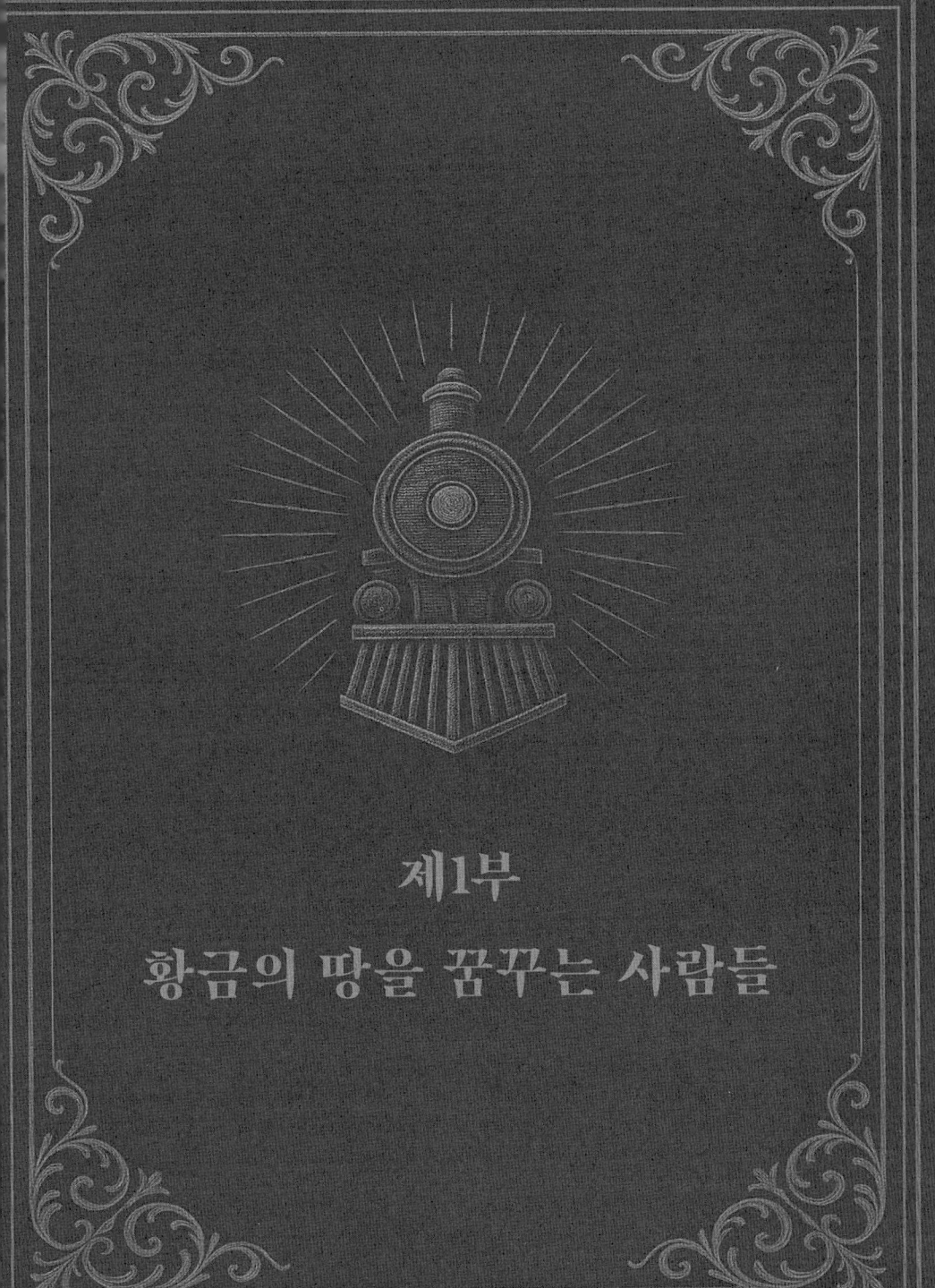

제1부
황금의 땅을 꿈꾸는 사람들

CHAPTER 1.

1849년 6월 18일, 실라스 호킨스, 호칭으로 일명 스콰이어* 호킨스라 불리는 이는 자기 집 앞에 있는 커다란 돌덩이를 피라미드 모양으로 쌓아 올린, 이른바 스타일** 위에 앉아 아침 풍경을 바라보고 있었다.

이곳은 동부 테네시의 오베즈타운이다. 지형만 봐서는 오베즈타운이 산꼭대기에 있다는 사실을 전혀 알 수 없지만, 실제로는 넓은 주 여러 곳을 걸쳐 완만하게 솟은 산의 정상부였다. 이 지역은 동부 테네시의 '놉스(knobs)' 산맥이라고 불렸는데, 마치 나사렛이 '그곳에서 무슨 선한 것이 날 수 있겠느냐(요한복음 1:46)'라는 평을 듣던 것처럼, 여기서도 별다른 좋은 소식이 나올 리 없다

---

* 귀족이나 그에 준하는 지위의 남성에게 사용되는 경칭
** 큰 돌덩이를 피라미드형으로 쌓아 만든 계단식 의자 또는 경계용 구조물

는 인식이 팽배해 있었다.

호킨스 씨의 집은 낡아 해어져 가는 통나무집 두 채가 연결된 형태였다. 문턱 주변에는 야윈 사냥개 두세 마리가 늘어져 잠을 자다가, 호킨스 부인이나 아이들이 그들 몸 위를 밟고 지나갈 때마다 고개를 들어 슬픈 눈빛으로 쳐다보곤 했다. 텅 빈 마당 이곳저곳에는 온갖 잡동사니가 흩어져 있었고, 문 근처에는 긴 나무 벤치가 하나 놓여 있었으며, 그 위에는 양철 세숫대야와 물통, 그리고 박을 깎아 만든 국자가 있었다. 고양이 한 마리가 그 물통에서 물을 마시려다, 그마저도 힘에 부치는 듯 중간에 쉬고 있었다. 울타리 근처에는 재를 거르는 통이, 그리고 그 곁에는 부드러운 비누를 끓이기 위한 커다란 쇠솥이 있었다. 이 통나무집은 오베즈타운을 이루는 열다섯 채의 집 중 하나였다. 나머지 열네 채는 키 큰 소나무숲과 옥수수밭 사이로 듬성듬성 흩어져 있어, 마을 한가운데 서 있어도 사방이 텅 빈 들판에 홀로 선 듯했다.

실라스 호킨스가 '스콰이어' 호킨스라는 호칭으로 불리게 된 이유는 그가 이 오베즈타운의 우체국장을 맡고 있었기 때문이었다. 사실 우체국장에게 스콰이어란 호칭이 꼭 합당한 것은 아니지만, 이 지역에서는 마을의 유력 인사에게 이런저런 칭호를 붙이곤 했고, 그래서 호킨스에게도 자연스레 그런 예우가 주어졌던 것이다. 우편물은 한 달에 한 번 정도 왔고, 많을 때는 한 번에 서너 통씩 배달되기도 했다. 이렇게 우편물이 쏟아져 나온다고 해도 한 달 내내 처리할 양은 되지 못했으므로, 그 외의 시간에는 가게를 열어 장사를 했다.

그날 아침, 스콰이어 호킨스는 아침 공기를 음미하고 있었다. 바람은 온갖 꽃내음을 싣고 산들거리며 지나갔고, 공기 중에는 꿀벌들의 잔잔한 윙윙거림이 맴돌았다. 온 세상이 여름 숲이 선사하는 그 평온한 휴식의 기운과, 달콤한 우수마저 어른거렸다.

잠시 후, 우편물이 도착했다. 편지는 딱 한 통이었고, 그마저도 우체국장인 호킨스 앞으로 온 것이었다. 길쭉한 다리를 가진 집배원 청년은 급할 것 없다는 듯 한 시간 정도 머무르며 마을 주민들과 이야기꽃을 피웠는데, 이내 오베즈타운의 남자 인구가 죄다 모여들어 이 수다에 합세했다. 대체로 이들은 손으로 짠 청색이나 황색 바지를 입었는데, 그 외 색깔 옷은 거의 찾아볼 수 없었다. 모두가 어깨를 지탱해 주는 멜빵을 한 짝씩, 많아야 두 짝을 걸치고 있었고, 조끼를 입은 사람도 드물긴 했지만 없지는 않았다. 그런데 그중 조끼나 재킷을 입은 이들이 있었다면, 그 옷차림은 나름 화려한 무늬의 무명천을 사용한, 제법 멋스러운 구석이 있는 것들이었다. 이 마을 사람 중 평범 이상의 취향을 가졌고, 또 멋부릴 만한 경제력이 있는 이들이 애용하는 패션이기 때문이다.

여기 모인 사람들은 모두 두 손을 바지 주머니에 찔러 넣고 있었는데, 때로 한쪽 손이 무언가 할 일이 생겨 잠시 나오긴 해도, 용무가 끝나면 이내 다시 주머니로 돌아갔다. 만약 누군가 머리를 긁거나 만지작거리다 모자를 살짝 들어 올리면, 그 각도 그대로 모자가 기울어져 머리에 고정되었다. 이 자리에 모자가 없는 남자는 없었지만, 모자를 똑바로 쓰고 있는 남자도 없었고, 또 두 사람의 기울기가 같은 모자도 없었다. 이는 남자, 젊은이, 아이를 가리지 않고 다 똑같았다.

또 한 가지 공통점이 있었다면, 모두가 직접 재배한 잎담배를 씹고 있거나, 옥수숫대 파이프로 그 담배를 피우고 있다는 점이었다. 수염이 난 남자는 드물었고, 콧수염을 기르는 이는 없었다. 어떤 이는 턱밑을 덮는 울창한 숲처럼 수염을 기른 이도 있었는데, 이 동네에서 올바른 수염 스타일로 여기는 것은 오직 그런 모양뿐이었다. 하지만 이들 누구도 지난 일주일 동안 면도칼을 댄 적이 없어 보였다.

마을 사람들은 한동안 집배원의 수다를 듣다가 이내 흥미를 잃었다. 이들은 울타리 맨 위 칸에 올라 고개를 늘어뜨린 채, 마치 먹잇감을 노리는 독수리 떼처럼 구부정한 어깨와 심각한 표정으로 앉아 있었다.

"판사님 소식은 없소? 도무지 안 나타나시니 말이야."

댐렐 영감이 먼저 입을 열었다.

"정확히는 모르겠소. 어떤 이는 곧 오신다고 하고, 또 어떤 이는 아직 멀었다더군. 러스 모즐리가 행크스 영감에게 전하기를, 판사님께서 내일이나 모레쯤 오베즈에 들르시지 않겠느냐고 했다오."

"그렇구먼."

댐렐 영감이 고개를 끄덕였다.

"법원 건물에 새끼 돼지랑 어미 돼지를 몰아넣어 뒀는데, 재판이 열리면 얼른 빼야 하거든. 내일까지 결정을 내려야겠어."

그는 토마토 꼭지처럼 두툼한 입술을 오므리더니, 일곱 걸음쯤 앞의 잡초 위에 앉은 호박벌을 침 한 번에 쓰러뜨렸다. 주위 사람들도 씹던 담뱃물을 똑같은 표적에 뿜어내며 잇따라 명중시켰다.

"포크스 쪽 사정은 어떤가?"

댐렐 영감이 다시 물었다.

"글쎄, 딱히 새 소식은 없소. 히긴스 영감이 지난주 셸비에 농작물을 내다 팔려고 갔다가, 거의 팔지도 못하고 죄다 되가져왔다더군. 지금은 팔 철이 아니라 가을까지 기다려 보자는 눈치라오. 미주리로 떠나겠다는 사람도 점점 늘고, 히긴스 영감도 여기서는 더는 먹고살 길이 없다고 혀를 차더이다. 또 시 히긴스가 켄터키에 가서 그 고장 최고 집안 아가씨와 혼례를 올리고 포크스로 돌아왔는데, 고향 사람들 말로는 거기서 별별 화려한 풍습을 잔뜩 배워 왔다나 봐요. 옛집을 죄다 켄터키식으로 손봐 놨더니 터펜타인 쪽 사람들까지 구경 온다더군. 집 안 벽을 모조리 '플라스터링'으로 발라 놨다나?"

"플라스터링이 뭔가?"

"나도 잘은 모르겠소. 히긴스 마나님 말씀이 언제까지 돼지우리 같은 데에서만 살 수는 없지 않겠냐면서 흙이랑 석회를 개서 벽에 발랐다더이다. 히긴스 영감 말로는 그걸 플라스터링이라 하더군."

이 기이한 이야기는 한동안 화제가 됐지만, 곧 대장간 근처에서 개싸움이 벌어지자 사람들은 거북이 껍질처럼 울타리에서 미끄러져 내려와, 신나는 구경거리가 생긴 듯 우르르 그쪽으로 몰려갔다.

스콰이어 호킨스는 울타리 스타일 위에 그대로 앉아 막 받은 편지를 읽었다. 길지 않은 글을 두세 번 훑어본 그는 길게 한숨을 내쉰 뒤 깊은 생각에 잠겼고, 이따금 혼잣말을 흘렸다.

"미주리… 미주리라. 어디나 불확실한 건 마찬가지군."

잠시 침묵이 흐른 뒤 그가 중얼거렸다.

"이제 결판을 내려야겠어. 여기서는 몸도 마음도 썩어 가고 있으니, 집이든 마당이든. 슬슬 이 동네 사람들 사는 꼴을 닮아 가는 내 모습이 보인다고."

호킨스는 서른다섯을 갓 넘겼지만, 실제보다 훨씬 늙어 보였다. 그는 자리에서 일어나 집 안으로 들어갔다.

통나무집 한쪽에는 작은 잡화점이 붙어 있었다. 호킨스는 낡은 너구리 가죽과 벌집 밀랍 한 덩어리를 받고, 대신 묽은 당밀 한 됫박을 내주었다. 그사이 편지는 조심스레 접어 셔츠 안주머니에 넣었다.

부엌으로 들어서자, 아내는 말린 사과로 파이를 굽고 있었다. 열 살가량 된 아들은 누더기 차림으로 허술한 바람개비를 들여다보며 멍하니 꿈에 잠겨 있었고, 네 살쯤 된 딸은 프라이팬 바닥에 남은 그레이비에 옥수수빵을 찍어 먹

으며 팬 한가운데 손가락 자국을 그어 오빠 몫과 제 몫을 구분하느라 여념이 없었다. 오빠는 자신의 몫 따위에는 관심이 없어 보였다. 한쪽에서는 흑인 하녀가 커다란 난로 앞에서 음식을 손질 중이었고, 허름한 부엌에는 가난의 기운이 짙게 배어 있었다.

"낸시, 나 이제 마음을 굳혔어. 세상이 우리를 외면한다면, 우리도 더는 미련 둘 필요 없잖아. 하지만 뭐, 기다리면 또 어떻게든 되겠지. 어쨌든 미주리로 갈 거야. 이 죽은 땅에 묻혀서 썩어갈 순 없어. 몇 달째 고민했지만, 이제는 행동할 때야. 여기 있는 것은 몽땅 팔아 무엇이든 한 푼이라도 더 챙기고, 마차와 말을 사서 당신과 아이들을 데리고 미주리로 떠나겠어."

"당신이 좋다면, 나야 어디든 좋아요, 시(Si). 게다가 아이들도 지금보단 나아질 테니까요."

호킨스는 아내에게 손짓해, 둘만의 대화를 위해 안방으로 들어갔다. 그리고 말을 이었다.

"아이들은 분명 더 잘살게 될 거야. 그건 이미 대비해 뒀지, 낸시."

그는 얼굴이 환하게 빛났다.

"이 서류들 보이지? 나, 지금 이 카운티에 7만 5천 에이커가 넘는 땅을 확보해 놓았어! 이건 언젠가 어마어마한 재산이 될 거라고! 아니, '어마어마하다'로는 부족해, 낸시. 잘 들어봐."

"아이고, 시…!"

"잠깐만 들어봐. 몇 주 동안 숨죽이며 준비했어. 이 동네 사람들은 코앞에 금광이 있어도 못 알아보잖아. 매년 세금만 5달러, 많아야 10달러씩 제때 내면 그 땅은 영원히 우리 거야. 지금은 에이커당 고작 0.3센트밖에 못 받을지 몰라도, 언젠가는 1에이커에 20달러, 50달러, 아니 100달러라도 기꺼이 지불할 세상이 올 거야! 내 말대로만 되면, 혹시 1에이커에…"

그는 목소리를 한층 낮추어 주변을 살피며 말을 이었다.

"무려 1,000달러 말이야!"

"어머나, 무슨 꿈 같은 소리를…?"

"그렇게 들릴 거야. 당장 우리 세대가 그 광경을 볼 수 있을지는 몰라도, 후손들은 반드시 보게 될 거라고. 언젠가는 그 땅이 에이커당 천 달러를 호가할 날이 온다니까, 낸시."

숨 돌릴 겨를도 없이 그는 말을 이었다.

"증기선 얘기는 들어봤지? 이웃들은 다 헛소리라며 코웃음 치지만, 증기선은 이미 현실이야. 머지않아 저 강을 거슬러 이곳에서 20마일도 안 되는 데까지 올라올 거고, 물길만 깊어지면 우리 앞마당까지 닿을지도 몰라. 게다가 철도라는 기적이 또 있어! 대부분 그게 뭔지도 모르지만, 곧 마차가 땅 위를 시속 20마일로 달리는 시대가 온다고. 우리 둘이 흙 속에 누워 있을 무렵이면, 북쪽 도시에서 뉴올리언스까지 수백 마일을 잇는 선로가 깔려 있을 거야. 그 선로가 이 땅에서 30마일 안쪽을 지나가거나, 어쩌면 우리 땅 한 귀퉁이를 스칠지도 모르지. 석탄 얘기도 들었나? 동부에선 장작 대신 석탄을 때기 시작했어. 그 석탄이 어디에 많은지 알아? 바로 우리 땅이야! 개울둑에 드러난 시커먼 줄무늬 보이지? 다들 돌인 줄 아는데, 그게 다 석탄이라고. 동네 사람들은 그걸로 둑이나 쌓고 있지만, 언젠가 석탄값이 치솟으면 우리 땅값도 함께 뛰어오를 거야. 얼마 전 누가 그걸로 아궁이를 쌓겠다기에, 너무 잘 부서진다며 말렸어. 불이라도 붙으면 이 땅에 숨겨진 비밀이 몽땅 드러날까 봐 겁이 났거든. 그뿐만이 아니야. 이 땅엔 구리 광석도 산처럼 묻혀 있어. 반짝이는 노란 광맥이 그대로 드러나 있는데도 사람들은 그걸 그냥 돌멩이쯤으로 알고 굴뚝 재료로 쓰려고 하지. 내가 붙잡고 다니지 않았으면 집마다 엉터리 제련소를 차렸을 거야. 철광석도 사방에 널렸어. 언젠가 누군가가 이걸 개발하겠다고 달려들면 땅값은 폭등할 거야. 우리 세대는 그 혜택을 못 보겠지만, 후손들은 달라. 그 아이들은 세상에서 추앙받을 거야. 대서양에서 태평양까지 호킨스라는 이름을 모르는 이가 없겠지. 다만 그때 그들이 이 땅을 다시 밟으며 우리 조상이 이곳에서 몸 바쳐 미래를 마련해 줬다고 기억해 주길 바랄 뿐이야."

"당신은 참으로 고결한 사람이에요, 시 호킨스."

낸시의 눈가가 촉촉해졌다.

"미주리로 가요. 이렇게 머리 좋은 사람이 이 우둔한 동네에서 외톨이로 지내는 건 너무 안타까워요. 당신 말이 이 사람들 귀엔 외국어처럼 들려서 아무도 알아듣지 못하잖아요. 난 어디든 당신을 따라갈 거예요. 당신 재능이 이 척박한 곳에서 시들어 가는 것을 보느니, 차라리 내가 굶주리며 떠도는 편이 낫다고 생각해요."

"역시 당신답구려. 하지만 우린 굶어 죽지 않을 거야, 낸시. 오늘 도착한 베리아 셀러스의 편지가 있거든. 아주 반가운 내용이야. 잠깐, 몇 줄만 읽어줄게."

호킨스는 방을 나갔다. 그 순간 낸시의 얼굴에 그림자가 스쳤다. 걱정과 실망이 섞여 있는 듯했다. 부인의 머릿속에 여러 생각이 오락가락했지만, 입 밖으로 내진 않고 손만 무릎 위에 모았다가 떼었다가, 또 손끝을 톡톡 건드렸다. 깊은 한숨을 쉬다가 고개를 끄덕이기도, 가끔 미소를 지었다가 다시 고개를 저어 보이기도 했다. 이 모든 것은 마음속으로 하는 독백의 몸짓 같은 것이었다. 그 독백은 대략 이런 내용이었으리라.

'아, 내가 걱정한 대로구나. 미주리로 가서 또다시 한탕을 노리다간 어떻게 될지…. 이미 버지니아에서 한몫 잡아 보겠다던 베리아 셀러스의 꼬임에 넘어갔다가, 결국 재산을 거의 다 날리고 켄터키로 넘어와야 했잖아. 켄터키에서도 셀러스의 말만 믿고 허덕이다 여기까지 이사 오게 된 거고. 그 사람이 나쁜 인간은 아니야. 마음씨가 워낙 좋으니까. 아이디어도 기발하고, 그걸 나눠 가지자고 친구에게 권유할 줄도 아는 좋은 사람이지만… 늘 어딘가 어긋나서 실패하잖아. 난 그가 살짝 균형이 안 잡힌 사람 같다는 생각을 예전부터 했어. 그래도 내 남편 탓은 못 해. 베리아 셀러스가 웬만한 기획이라도 한 번 들고나오면 누구든 혹하게 만드니까. 벙어리나 청각 장애인이라도 그 눈빛이랑 손짓만 보면 혹할 걸? 그 사람 머리는 정말 좋아. 버지니아에서 노예를 사들여 앨라배마로 팔아 이익을 남기려 했던 때도 그래. 특정 날짜 이후로는 남부 주로 노예를 팔지 못하게 하는 법을 통과시켜 놓고, 미리 헐값에 사둔 노예 값을 크게 올리겠다는 구상이었지. 누가 봐도 좋은 기회였지만, 정작 법이 통과 안 되고 말았어. 그래서 쫄딱 망했던 거잖아. 켄터키에서는 22년째 영구 기관을 만들겠다며 매달리던 발명가를 부추겨, 톱니바퀴 하나만 더 끼우면 된다고 한밤중에 우리 집 문을 두드려 촛불 아래서 열변을 토했지. 처음엔 정말 황금알을 낳을 것만 같았지만, 결국 톱니바퀴를 아무리 추가해 봐도 아무것도 안 돌아갔잖아. 거기 들어간 돈이 얼마였는지 아직도 생각하면 속상해. 이 땅에서도 똑같았지. 둘이 밤낮없이 커튼 치고 연구했는데, 내가 창문 밖을 감시하느라 얼마나 애썼는지 몰라. 셀러스는 이 땅에서 흘러나오는 검은 점액질 기름이 엄청난 돈이 될 거라 믿었잖아. 직접 정제해서 거의 물처럼 맑은 걸 만들어 냈고, 실제로 불이 붙기는 했지. 그런데 신시내티에서 투자자들을 불러놓고 그 램프를 시연하려던 날, 중간에 폭발이 일어나서 모두 참사를 당할 뻔했잖아. 아, 거기에 들어간 돈을 생각하면 아직도 속이 쓰려. 미주리로 간다니까, 사실 난 좀 꺼림칙하긴 해. 또 우리를 휘말려 들게 할까 봐. 물론 그 사람은 언제나 밝고, 낙담을 모르는 성격이라 싫어할 수도 없고. 뭔가 혼자만의 태양 아래 사는 사람 같다니깐. 그런데 정오가 오기 전에 그 태양이 저버리지. 좋은 사람인 건 알지만…. 그가 또 새로운 계획을 말하면 우린 분명 정신없이 빠져들 거야. 글쎄, 무슨 편지를 보냈을지는 뻔하지. 아마 어서 오라는 독촉일 테고, 분명 낙관적인 말만 가득하겠지. 그래도, 내 기도는 항상 같아. 하나님, 제발 무사히 잘되길… 이제 편지를 들고 올 테니, 한번 들어보자.'

호킨스가 숨을 고르며 돌아왔다.

"홉킨스 부인이 붙잡아 놓는 바람에 늦었어. 그렇게 답답한 사람도 드물다니까. 자, 편지 내용을 읽어 줄게, 낸시. 이렇게 적혀 있어."

> 당장 미주리로 오게! 비싼 값을 받겠다고 질질 끌지 말고, 정리되는 대로 출발하라네. 짐이 많으면 다 버리고서라도 서둘러 오게. 절대 후회하지 않을 걸세! 이만한 땅은 세상에 없어. 공기는 맑고 깨끗해서 말로 다 못 할 정도라네. 날마다 사람이 몰려들고 있어. 지금 내가 지구상에서 제일 큰 계획을 꾸미고 있는데, 자넨 물론이고 그동안 나를 도와준 친구 모두를 끌어들일 참이야. 한턱 크게 쏠 만큼 큰 판이라니까. 쉿, 이건 비밀이네. 직접 보면 알 거야! 어서 오게. 뛰어와! 늦으면 기회를 놓치네!

"어때? 변함없지, 그 사람."

낸시는 고개를 끄덕였다.

"정말 예전 말투 그대로네요. 그래도, 시… 당신은 갈 생각이죠?"

"가야지, 낸시. 어디로 굴러갈지는 몰라도, 한 가지는 분명해. 아이들이 굶지는 않을 거야. 그거면 충분하잖아."

"정말… 감사한 일이죠." 낸시가 조용히 대답했다.

그렇게 호킨스 가족은 동부 테네시 오베즈타운 사람들을 놀라게 할 만큼 재빠르게 짐을 꾸렸다. 그리고 넉 달도 채 지나지 않아, 빈털터리나 다름없는 몸으로 이 골짜기를 떠나 미지의 땅 미주리를 향해 길을 나섰다.

CHAPTER 2.

 여행 사흘째 해 질 녘, 호킨스 가족은 야영할 자리를 찾다 숲속 통나무집 한 채를 발견했다. 호킨스는 고삐를 당겨 마당으로 들어섰다. 문간에 열 살쯤 되어 보이는 사내아이가 얼굴을 두 손에 묻은 채 앉아 있었다. 가까이 다가가면 눈치챌 줄 알았지만 아이는 꿈쩍도 하지 않았다. 호킨스가 말을 멈추고 부드럽게 불렀다.
 "얘야, 아직 해도 다 안 졌는데 벌써 졸고 있니?"
 아이가 천천히 얼굴을 들었다. 두 뺨은 눈물에 흠뻑 젖어 있었다.
 "미안하구나. 무슨 일이 있니?"
 아이는 집 안쪽을 가리키듯 고개만 살짝 끄덕였다가 다시 얼굴을 파묻고 몸을 떨었다. 호킨스는 조심스럽게 문턱을 넘어 안으로 들어갔다.
 실내에는 노년의 남녀 서너 명이 둘러서서 낮은 목소리로 속삭이며 분주히 움직이고 있었다. 방 한가운데, 등받이 없는 나무 의자 두 개 위에 관이 올려져 있었고, 그들은 막 세상을 떠난 여인을 그 안에 모시는 중이었다. 고단함과 온화함이 서린 얼굴은 죽음보다는 깊은 잠에 빠진 듯 평온했다.
 그때 할머니쯤 되어 보이는 여인이 다가와 속삭였다.
 "그 애 엄마요, 불쌍한 것. 어젯밤 열병으로 세상을 떴지요. 살릴 수가 없었어요. 어쩌면 이편이 더 나았을지도 몰라요. 남편이랑 다른 두 아이는 봄에 이미 떠났거든요. 그 뒤로는 그냥 넋 놓고 살더니, 막내 클레이만을 바라보며 겨우 숨을 붙였어요. 두 모자는 서로를 바라봐야만 살아 있는 듯했다지요. 앓은지 3주쯤 됐는데, 그 어린애가 어른처럼 약을 챙겨 주고, 시간을 맞춰 간호하고, 밤새워 곁을 지키며 엄마를 격려했대요. 그런데 어젯밤 갑자기 숨이 거칠어지더니, 끝내 클레이도 못 알아볼 지경이 됐습니다. 아이가 침대에 올라가 뺨을 맞대고 애타게 불러 봤지만, 반응이 없었어요. 그러다 문득 여인이 눈을 크게 뜨고 주변을 둘러보다가 아이를 보고는 와락 끌어안고, 입술이 닿는 대로 애처롭게 입맞춤했지요. 그게 마지막 힘이었나 봐요. 곧 눈꺼풀이 내려앉고 팔이 축 처지더니 그대로 숨이 멎었습니다. 그 어린 클레이가… 어휴, 말을 잇기가 힘드네요."

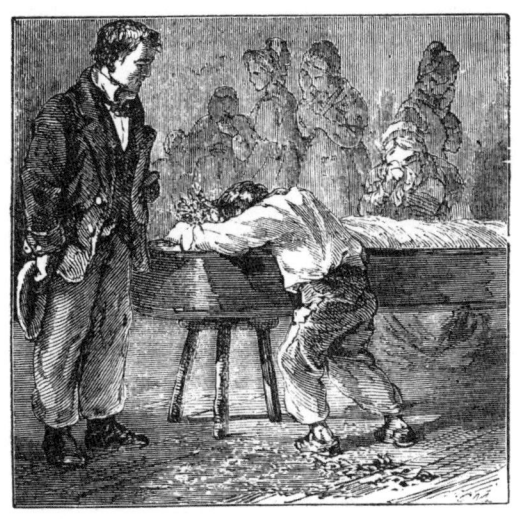

문간에 서 있던 클레이는 어느새 밖으로 나갔다가 다시 들어왔다. 사람들이 조심스레 길을 비켜 주자, 아이는 관 앞으로 다가섰다. 눈물이 뚝뚝 떨어지는 가운데, 작은 손으로 엄마의 흐트러진 머리카락을 가만히 매만지고, 싸늘한 뺨을 부드럽게 어루만졌다. 이어 다른 손을 펴 보이니 들꽃 몇 송이가 쥐여 있었다. 아이는 그것을 엄마 가슴 위에 살포시 올려놓고, 대답 없는 입술에 여러 번 입을 맞췄다. 그러고는 누구와도 시선을 마주치지 않은 채 다시 밖으로 나가 버렸다.

잠시 후, 조금 전 그 할머니가 낮게 한숨을 내쉬며 호킨스에게 속삭였다.

"클레이가 매일 새벽마다 저 들꽃을 꺾어다 어머니께 드리곤 했어요. 그러면 어머니는 아이를 품에 안고 입맞춤을 해주셨죠. 저 사람들은 북쪽에서 내려온 모양인데, 이곳에서 잠깐 학교를 열었다고들 해요. 아이는 아무 친척도 없습니다. 우리도 저마다 입에 풀칠하기 바쁘니 누구 하나 데려갈 형편이 못 되고, 걱정이 이만저만이 아니에요."

모두가 스콰이어 호킨스를 바라보았다. 그가 조용히 입을 열었다.

"저 역시 넉넉하지는 못하지만, 부모 잃은 아이를 외면할 수는 없습니다. 이 아이가 함께 가겠다면 집과 사랑을 주겠습니다. 제 자식이 이런 처지가 되었을 때 누군가 그리해 주길 바라는 마음으로 말입니다."

말이 끝나자 이웃들은 차례로 그의 손을 꽉 잡고 흔들었다. 말로 다 못 할 고마움을 눈빛으로 전하며 한마디씩 보탰다.

"정말 고마운 분이오."

"오늘 처음 뵈었지만, 얼마나 좋은 분인지 알겠습니다."

"물 위에 던진 빵은 언젠가 돌아오지요."

어느 남자는 기꺼이 잠자리를 내주겠다고 했고, 할머니는 헛간이라도 쓰라며 등을 떠밀었다.

장례 준비가 마무리될 즈음, 호킨스는 아이의 손을 잡고 마차로 돌아왔다. 그리고 아내에게 사정을 설명하며 새 식구를 데려와도 괜찮겠느냐고 물었다.

"그게 잘못이라면 세상에서 가장 아름다운 잘못일 거예요, 시 호킨스. 당신이 내 허락도 묻지 않고 아이를 데려온 것이 오히려 더 기뻐요. 어서 오렴, 불쌍한 우리 아가. 네 아픔을 함께 안아 줄게."

다음 날 아침, 아이는 깊은 악몽에서 깨어난 사람처럼 멍했지만, 곧 어제의 일이 떠올랐다. 관 속 어머니의 얼굴, 다정히 손을 내민 낯선 남자, 그의 말처럼 함께 가게 될 새집, 그리고 장례식. 장례식 내내 낯선 남자의 아내가 자신의 손을 꼭 잡고 눈물로 달래 주던 모습도 선명했다. 그 새어머니는 하룻밤 묵은 농가에서 이부자리를 챙겨 주고, 속 깊은 이야기를 들어주며 함께 기도해 준 뒤 '잘 자, 우리 아가'하고 포근히 이불을 덮어 주었다. 덕분에 아이의 상처 난 마음은 한 줌 위로를 얻어 처음으로 깊이 잠들 수 있었다.

이튿날 아침, 새엄마는 다시 찾아와 클레이에게 옷을 입히고 머리를 빗겨 주며, 우울해지지 않도록 앞으로의 여행 이야기를 밝은 목소리로 들려주었다. 아침을 먹고 난 뒤 두 사람은 묘지를 다시 찾았다. 클레이는 새엄마의 손을 꼭 잡은 채 어머니의 무덤 앞에 장미를 심고 들꽃을 뿌린 뒤, 한참 동안 그 곁에 서서 지난날을 이야기했다. 그는 눈물 섞인 목소리로 어머니에 대한 추억을 털어놓았고, 새어머니는 조용히 귀 기울였다. 그렇게 클레이의 마음에도 조금씩 평안이 깃들었다. 두 사람은 말없이 손을 잡고 묘지를 나왔다. 끝없는 슬픔만 남을 것 같던 죽음은 그곳에 고요히 잠들고, 남은 이들에게는 서서히 위안이 찾아왔다.

CHAPTER 3.

이주 행렬의 다른 사람들에게는 느리고 지루해 보이는 여정이었을지 몰라도, 어린아이들에게는 이 여정이 경이와 즐거움으로 가득한 마법의 세계였다. 아이들은 이 세상이, 부엌 난로 곁에서 저녁마다 흑인 노예들이 들려주던 이야기 속 난쟁이, 거인, 도깨비들로 가득하다고 믿어 의심치 않았다.

길을 나선 지 일주일쯤 지나, 일행은 허름한 마을 근처에 야영지를 잡았다. 마을은 집이 하나씩 하나씩 미시시피강에 잠식되어 가라앉는 중이었다. 눈앞에 펼쳐진 거대한 물줄기는 아이들에게 경외 그 자체였다. 땅거미가 내리자 폭이 거의 1마일은 되어 보이는 강은 마치 바다 같았고, 건너편의 가느다란 숲 그림자는 세상 끝 대륙의 윤곽처럼 아득했다. 그들에게는 저 언저리가 미지의 국경선이었다.

저녁 식사를 마친 뒤, 마흔 살의 흑인 노예 대니얼*, 그의 서른 살 아내 지니, 실라스 호킨스의 장녀 '어린 아가씨' 에밀리 호킨스, 장남 '어린 도련님' 워싱턴** 호킨스, 그리고 새 가족이 된 '어린 도련님' 클레이. 이렇게 다섯이 커다란 통나무 위에 나란히 앉아, 눈앞의 경이로운 강을 바라보며 이야기를 나누었다. 달이 떠올라 구름 사이를 지나가고, 어둠이 깔린 강물은 희미한 달빛 속에

---

* 이 장의 흑인 노예 등장인물인 '대니얼'의 방언은 19세기 남부 흑인 영어의 특징을 가능한 한 살리되, 현대 한국어 구어체로 옮겼습니다. 원문에는 인종 차별적 표현이 그대로 드러나 있어, 역사적·문학적 맥락을 고려해 번역에 반영한 것이므로 유의하여 읽어 주시기 바랍니다.

** 남부 집안은 전통적으로, 자녀들에게 역사적 의미가 강한 인물들의 이름(조지 워싱턴, 헨리 클레이 등)을 붙인 예가 많았다.

서 거의 감지될 듯 말 듯한 광채를 띠었다. 깊은 정적이 공기를 뒤덮은 가운데, 부엉이가 우는 소리나 멀리서 개가 짖는 소리, 혹은 강둑이 붕괴되는 낮은 굉음만이 때때로 이 침묵을 더 도드라지게 만들었다.

통나무에 옹기종기 모인 이 작은 무리는 모두 아이들이나 다름없었다. 적어도 순진함을 겸비한 넓고 포괄적인 무지라는 면에서는 그랬다. 그들이 강을 두고 나누는 말 역시 그런 기질에 걸맞았다. 눈앞의 웅대하고 장엄한 풍경에는 보이지 않는 영들이 가득하며 잔바람은 그 영들의 날갯짓 때문이라는 믿음 때문에, 이들의 대화는 자못 신비로운 빛을 띠었고 목소리도 자연스레 낮고 경건해졌다. 그때 갑자기 대니얼이 외쳤다.

"어린 주인님들, 저기 뭣인가 옵니다!"

모두가 순식간에 서로에게 바짝 다가붙었고, 심장이 두근거렸다. 대니얼이 앙상한 손가락으로 강 하류를 가리켰다.

멀리 1마일쯤 떨어진 곳, 강으로 뾰족하게 튀어나온 숲이 우거진 곳 부근에서 낮고 거친 기침 소리가 들려와 정적을 깨뜨렸다. 그러더니 곧 맹렬한 불빛 하나가 곶 뒤에서 튀어나와 어두운 강물 위로 길게 떨리는 빛의 띠를 내쏘았

제1부 황금의 땅을 꿈꾸는 사람들

다. 기침 소리는 점점 더 커지고, 불타는 듯한 그 눈동자는 갈수록 커다래지며 더욱 사납게 번쩍였다. 어둠 속에서 거대한 형체가 모습을 드러내더니, 높이 솟은 쌍뿔 모양 굴뚝에서는 반짝이는 불똥이 섞인 짙은 연기가 솟아나 더욱 먼 어둠 속으로 뒤엉켜 사라졌다. 그것은 점차 가까워졌고 옆면 군데군데서 빛나는 불빛은 강물에 반사되어 마치 횃불 행렬처럼 거대한 물체를 호위하고 있었다.

"저게 뭐야! 오, 저게 뭐예요, 대니얼!"

대니얼은 극히 엄숙한 목소리로 대답했다.

"전능하신 분이 오시네! 모두 무릎을 꿇으시오!"

두 번 말할 필요도 없었다. 모두가 순식간에 무릎을 꿇었다. 그러는 사이 괴이한 기침 소리는 점점 더 커지고, 위협적인 불빛은 점점 더 넓게 뻗어 나갔다. 그러자 대니얼이 간절한 기도를 올리기 시작했다.

두 번 말할 필요도 없었다. 모두가 순식간에 무릎을 꿇었다. 그러는 사이 괴이한 기침 소리는 점점 더 커지고, 위협적인 불빛은 점점 더 넓게 뻗어 나갔다. 그러자 대니얼이 간절한 기도를 올리기 시작했다.

"오 주님, 저희가 정말 못난 죄인이라는 것, 그리고 저희 죄가 지옥에 갈 만하다는 것도 압니다. 그래도, 선하신 주님, 착하신 주님, 저희는 아직 준비되지 않았습니다. 조금만 더 기다려 주옵소서. 제발 이 불쌍한 아이들에게 한 번만, 딱 한 번의 기회를 허락해 주십시오. 꼭 누군가를 데려가셔야 한다면, 이 늙은 깜둥이를 데려가셔도 좋습니다. 선하신 주님, 착하신 주님, 저희는 주님이 어디로 가시는지, 누구를 보시는지는 알 수 없지만, 불의 수레에 올라 저렇게 내달리시는 걸 보면 분명 누군가는 잡혀가겠지요! 그렇지만 선하신 주님, 이 아이들은 여기서 자란 것도 아니고, 오베즈타운에서 와서 아무것도 모르는 어린 아이들이옵니다. 주님도 잘 아시듯, 자기 행동을 책임질 정도도 못 되지 않습니까. 그리고 자비로우신 주님, 오래 참으시는 주님, 이런 병약한 아이들을 골라 데려가시는 게 어찌 주님의 인자하심에 맞겠나이까. 세상엔 끔찍한 죄를 짓고도 구워져야 할 자들이 남아도는데, 왜 이 아이들을 데려가려 하십니까. 오 주님, 부디 아이들만은 놔두시고, 이 늙은 깜둥이를 대신 치소서. 저 여기 있나이다, 주님, 여기 있나이다! 이 늙은 깜둥이는 준비됐습니다, 주님, 이 늙은—"

그 사이, 불꽃을 토해내며 휘몰아치는 증기선이 바로 코앞, 스무 걸음도 채 안 되는 곳에 다가왔다. 이때 머드 밸브*가 터지며 뿜어낸 굉음이 대니얼의 기도를 완전히 집어삼켰다. 대니얼은 곁에 있던 아이 둘을 양팔로 안고 나머지 무리와 함께 숲속으로 전력질주했다. 그러다 이내 부끄러웠는지 칠흑 같은 숲속에 멈춰 서서, 다소 기운 빠진 목소리로 외쳤다.

"나 여기 있나이다, 주님! 여기 있어요!"

잠깐의 긴장된 침묵이 흘렀다. 곧, 모두 안도와 놀라움을 느끼는 가운데, 방금 전까지 엄습하던 그 장엄한 존재가 지나가 버렸다는 게 분명해졌다. 무서운 소리가 멀어져 가고 있었기 때문이다. 대니얼은 통나무가 있던 쪽으로 조심스럽게 되돌아가 보았다. 아니나 다를까, 주님이라던 물체는 강 상류 어딘가의 모퉁이를 돌아가고 있었고, 그들이 지켜보는 사이 불빛이 깜빡이다 사라졌으며, 기침 소리도 점차 줄어들다 이윽고 완전히 멎었다.

"휴우! 어떤 사람들은 기도에 아무런 힘이 없다고들 하지. 하지만 기도가 없었으면 우리가 어찌 됐겠는지, 난 묻고 싶다. 바로 그거지, 그거야!"

"대니얼, 정말 그 기도가 우릴 살린 걸까요?" 클레이가 물었다.

"틀림없습니다. 방금 그 '촤! 촤!' 하는 소리와 불빛을 보셨잖아요. 주님께서 그냥 우리를 지나치신 건 누군가 간절히 기도했기 때문이지요."

"우릴 정말 보셨다고 생각하세요, 대니얼?"

"분명히 보셨습니다. 주님이 우리 쪽을 똑바로 바라보시는 걸 제 두 눈으로 봤거든요."

---

* 19세기 증기선 기관에서 물이나 증기를 배출할 때 나는 큰 폭음을 일으키는 장치

제1부 황금의 땅을 꿈꾸는 사람들

"그러면 무섭지 않으셨나요?"

"도련님들 곁을 지키는 게 제 임무인데, 어떻게 무서워하겠습니까? 다만 주님의 위엄 앞에서는 누구나 떨 수밖에 없지요."

"근데, 그러면 왜 달아나신 거예요?"

"그게 말이지, 클레이 도련님…. 사람이 하늘의 기운을 받으면 제 몸이 뭘 하는지도 모를 때가 있답니다. 히브리 청년들이 불 속을 거닐면서도 자신들은 뜨거운 줄조차 몰랐던 것처럼요. 만일 여자들이었으면 머리카락은 조금 탔을지 몰라도 통증은 느끼지 못했을 거예요."

"알았어요, 대니얼. 그런데… 어? 저기 강 쪽에서 또 뭐가 올라오는 것 같아요! 설마 같은 게 두 척이나 있는 건가?"

"이번엔 정말 큰일이겠군요. 하지만 두 척일 리는 없겠지요. 분명 아까 그것이 되돌아오는 겁니다. 주님께서는 언제고 나타나실 수 있으니 말입니다. 저 연기와 불길 좀 보십시오. 이번에는 작정하고 오시는 모양입니다. 도련님들, 이제 주무실 시간이니 어서 텐트로 들어가십시오. 저는 숲속으로 가 다시 기도드리겠습니다. 이 늙은 흑인 종이 또 한 번 도련님들을 지켜 드려야지요."

그는 그렇게 숲으로 들어가 또다시 기도를 드렸다. 다만 너무 깊이 들어간 탓에, 막상 주님이 지나가실 때 그 기도를 들으셨을지 스스로도 확신하지 못했다.

CHAPTER 4.

 다음 날 아침 일찍, 호킨스 씨는 가족과 흑인 노예 두 사람을 데리고 작은 증기선에 올랐다. 종이 댕그랑 울리자 선착장에 걸친 승객용 다리가 치켜 올라갔고, 배는 거센 물살을 가르며 상류로 떠났다.
 아이들과 대니얼 부부는 전날 밤 '하늘과 땅의 주인'이라 떠받들며 떨었던 그것이 사실은 사람 손으로 만든 기계였다는 사실을 알고도 좀처럼 안심하지 못했다. 압력계 밸브가 쉭 하며 김을 뿜을 때마다 흠칫 놀랐고, 머드 밸브가 우르릉거리면 발끝부터 몸이 굳었다. 물레바퀴가 힘껏 돌아갈 때마다 선체가 울컥거리는 흔들림은 그들에게 거의 공포에 가까웠다.
 그러나 잠시 후 익숙해지자 두려움은 사라지고, 항해는 아이들에게 순식간에 황홀한 모험으로 변했다. 그들은 왕의 행차라도 따라나선 듯, 조타실 위 그늘진 갑판에 길게 앉아 햇빛을 받아 번뜩이는 강의 큰 굽이를 내려다보았다.
 어떤 구간에서는 거센 물살 한복판을 가로질러 달리느라 양쪽 기슭이 아득히 멀어지고, 또 어떤 때는 유속이 느슨해지는 곳을 찾아 강가에 바짝 붙었다. 숲이 옥수수밭처럼 빽빽한 구간을 지나면, 능수버들 가지가 갑판을 스치고 잎사귀가 우수수 쏟아져 아이들은 깔깔 웃으며 머리를 털었다.
 조타수는 급한 굽이를 만나면 변침점 앞에서 강을 가로질러 치고 나가는 법으로 흐름이 센 구역을 피해 나갔다. 때로는 물살 위로 불쑥 솟은 모래톱 가장자리를 따라 미끄러지듯 달리다 욕심을 부리다 얕은 물에 배를 살짝 걸치기도 했는데, 그럴 때마다 증기선은 불에 덴 짐승처럼 덜컥 몸을 틀어 모래톱을 비켜나갔다. 어떤 때는 빽빽한 나무벽을 향해 그대로 돌진하는 듯 보이다가도, 결정적 순간에 숨은 수로가 열리면 배는 날다람쥐처럼 속력을 내어 빠져나갔다. 좁은 수로 양옆은 본토와 섬이 가까이 붙어 있어 물길이 느릴 듯싶었지만, 배는 오히려 그곳에서 가장 빠르게 미끄러져 갔다.

가끔 숲을 조금 베어 낸 공터마다 통나무집이 한두 채 나타났다. 문간에 선 여자들과 소녀들은 낡은 누비옷 차림으로, 지나가는 배를 멍하니 바라보다가 이내 집 안으로 사라지곤 했다. 배가 얕은 물길을 가로지르거나 협곡 같은 곳을 지날 때면 갑판수가 재빠르게 납줄을 던져 수심을 쟀다. 어딘가에 잠시 정박해 화물이나 승객을 싣는 동안 선착장에 모이는 이들은 주머니에 두 손을 찔러 넣고 멍하니 서 있는 백인 몇몇과 흑인들뿐이었는데, 그들은 주로 담배를 씹거나 기지개를 켜며 지루함을 달랬다. 기지개를 켤 때마다 몸을 느릿하게 비틀어 주먹을 머리 위로 뻗고 발끝으로 서는 모습이 마치 굼뜬 춤 같았다.

해 질 무렵, 강물은 보랏빛과 붉은빛이 뒤섞인 커다란 깃발처럼 눈부신 줄무늬를 드리웠다. 그러나 그 찬란함도 곧 어스름에 묻혀, 울창한 숲으로 둘러싸인 작은 섬들이 부드러운 수면 위에 희미한 그림자로 거꾸로 비쳤다.

밤이 되자 증기선은 적막을 헤치며 계속 상류로 나아갔다. 강가에 인가라곤 드물어 불빛 하나 보이지 않는 구간이 대부분이었고, 둑길을 따라 수십 마일, 수백 마일을 흘러도 사람 소리나 발소리는 들리지 않았다. 오로지 빽빽한 숲의 검은 벽만이 양쪽에서 침묵으로 길을 지키고 있을 뿐이었다.

저녁 식사가 끝나고 한 시간이 지난 뒤, 달이 떠오르자 클레이 호킨스와 워싱턴 호킨스는 다시 갑판으로 올라가 자신들을 매혹하는 새로운 마법 세계에 흠뻑 빠졌다. 두 아이는 갑판 위를 이리저리 뛰어다니며 달리기 시합을 했고, 뱃고동 주위에 매달려 놀았으며, 구명보트 아래 묶여 있던 개들과 친해졌다. 뱃머리의 장대에 매인 곰에게도 다가가 보려 했지만, 그 곰은 영 호의적이지 않았다.

두 아이는 갑판을 돌아다니며 별별 장난을 다 해 보았다. 배 한쪽에 달린 돼지고기 운반용 쇠사슬에도 매달려 흔들어 보고, 구석구석을 탐험하다가 조타실이 자리한 맨 위 칸으로 이동하기도 했다. 머뭇머뭇 계단을 오르던 아이들은, 조타수가 뒤를 돌아 후미 표지를 살피다 그들을 발견하고 손짓하자 환희에 차올랐다. 사방이 유리로 둘러싸여 어디든 내려다보이는 조타실은 마치 왕좌 같았고, 두 아이는 꿈꾸듯 내려다보는 풍경을 즐겼다.

높은 벤치에 걸터앉아 바라보니, 굽이진 강 너머로 빽빽한 숲이 이어지고 그 뒤로 또 다른 물돌이가 펼쳐졌다. 뒤돌아보면 은빛 물길이 점점 가늘어지며 멀어졌다. 그때 조타수가 중얼거렸다.

"저기 아마랜스가 따라오네!"

강 아래쪽 몇 마일쯤 떨어진 수면 가까이에 불꽃 하나가 어슴푸레 보였다. 그는 망원경으로 잠시 들여다보더니 혼잣말로 말했다.

"블루 윙은 아닐 테지. 저렇게 우리를 추격하듯 올 순 없을 거야. 아무래도 아마랜스가 맞군!"

그는 발 아래 난 통로에 대고 소리쳤다.

"당직 누굽니까?"

굵고 기계적인 소리가 관을 타고 울려 올라왔다

"저요, 2등 기관사입니다."

"좋아, 해리. 서둘러야겠어. 아마랜스가 곶을 돌았고 속도를 계속 올리고 있어!"

조타수는 뱃머리로 뻗은 줄을 두 번 잡아당겼다. 갑판 종이 낮게 두 번 울리자 어딘가에서 외침이 들렸다.

"좌현 수심 측정 준비!"

"아니, 납줄은 필요 없어." 조타수가 소리쳤다.

"내가 찾는 건 너야. 올드 맨을 깨워. 아마랜스가 뒤쫓아온다고 전해. 그리

제1부 황금의 땅을 꿈꾸는 사람들

고 짐도 부르고."

"예, 알겠습니다!!"

'올드 맨'은 선장, '짐'은 다른 조타수였다. 두 사람은 불과 2분 만에 계단을 두세 칸씩 건너뛰며 조타실로 뛰어올라왔다. 짐은 셔츠만 걸친 채 재킷과 조끼를 팔에 끼고 있었다.

"막 눕는 참이었는데… 망원경!"

선장은 망원경을 들고 물살 아래쪽을 뚫어지게 바라보았다.

"잭스태프* 야간등이 없네. 아마랜스가 틀림없어."

선장은 잠시 오래 들여다보더니, 한마디를 내뱉었다.

"제기랄! 이번에도 경주**를 하겠군!"

당직 파일럿 조지 데이비스가 갑판의 야간 당직원에게 외쳤다.

"흘수 상태는?"

---

* 특정 유형의 깃발을 게양하는 선박이나 소형 선박의 활에 있는 작은 수직 장대
** 미시시피강에서 증기선들이 승객 유치와 명예를 위해 폭주하듯 과속하곤 했는데, 종종 끔찍한 보일러 폭발 등의 참사를 일으켰다.

"선수 쪽이 2인치쯤 더 잠겼습니다!"

"그 정도로는 어림없어!"

이번에는 선장이 직접 호통을 쳤다.

"갑판장 불러와. 전원 집합하라 하고, 저 설탕포대 앞으로 좀 옮겨라. 선수의 흘수를 10인치까지 맞춰야 해. 서둘러!"

"예, 선장님!"

곧 아래쪽에서 난장판 같은 소리가 터져 나왔고, 잠시 뒤 배가 선수 쪽으로 확실히 기울었다. 조타실에 모인 세 사람은 낮고 단호한 목소리로 짧게 정보를 주고받았다. 흥분이 높아질수록 오히려 소리는 더 낮아졌고, 망원경은 바닥에 내려놓였다가도 금세 다른 이 손에 들어갔다. 그러나 누구도 침착함을 잃지 않으려 애썼다. 결론은 늘 한 가지였다.

"점점 따라붙잖아!"

"계속 좁혀오고 있어!"

선장은 다시 관에 대고 외쳤다.

"증기압은?"

"142파운드입니다, 선장님! 아직도 올라갑니다!"

배는 고통스러운 짐승처럼 삐걱거리며 몸을 떨었다. 두 조타수는 각각 타륜 양쪽에 서서 재킷과 조끼를 벗어 젖히고는 땀을 줄줄 흘리며 집중했다. 선체는 거의 버드나무 가지가 선수에서 선미까지 스칠 만큼 강둑에 바짝 붙어 미끄러졌다.

"대기!" 조지가 낮게 속삭였다.

"준비됐어." 짐이 작게 응수했다.

"이제 둑에서 떼!"

배는 사슴처럼 둑을 벗어나 대각선으로 강을 가로질렀다. 맞은편 가까이 붙은 뒤 다시 버드나무 숲을 헤치며 돌진했다. 선장은 망원경을 내려놓고 씩 웃었다.

"세상에, 저놈들 속도 좀 봐! 지는 건 질색인데."

다음 순간 보레아스호는 구불구불한 여울길로 뛰어들었고, 아마랜스호의 불빛은 시야에서 사라졌다. 세 사람은 말없이 앞을 주시했다. 두 조타수는 긴장 속에 타륜을 재빨리 돌려 가며 거친 속도로 여울을 통과했다. 200피트(약 60m)쯤 달릴 때마다 길이 막히는 듯했지만, 그때마다 겨우겨우 새 수로가 열렸다.

여울 끝이 보이자 조지는 종을 세 번 울렸다. 납줄 계측수 두 명이 뛰어나가 수심을 쟀고, 잠시 후 그들의 구령이 밤공기를 찢었다. 상갑판의 다른 두 사람도 즉시 따라 외쳤다.

"바닥 없음!"

"4심 깊이!"

"3심 반!"

"3심 사분!"

"3심 잠수!"

"2심 반!"

"2심 사분—"

조타수 데이비스가 줄을 몇 번 당기자 작은 종이 울렸다. 배가 속도를 늦추자 응축된 증기가 휘파람처럼 날카롭게 뿜어져 나오고, 게이지 콕이 비명을 질렀다.

"정확히 2심!"

"2심보다 조금 얕다!"

"8피트 반!"

"8피트!"

"7피트 반!"

다시 종이 울렸고 물레바퀴가 멈췄다. 증기가 내지르는 날카로운 휘파람 소리가 다른 모든 소리를 삼켜 버렸다.

"배 중심으로 돌려!"

"준비!"

배가 순간 멈칫하자 선장과 조타수들은 숨을 죽였다. 선체가 서서히 우현으로 기울기 시작하자 모두의 눈빛에 긴장이 번뜩였다.

"지금이야! 중심 잡아, 빨리!"

"더 당겨!"

조타륜이 왼쪽으로 너무 세게 돌아가 쇠살대가 거미줄처럼 어지럽게 스쳤다. 곧 흔들림이 가라앉으며 배가 안정됐다.

"7피트!"

"7⋯ 6피트 반!"

"6피트⋯ 6—"

쿵! 바닥을 치는 충격이 전해졌다. 조지가 관에 대고 고함쳤다.

"출력 최대로! 밀어 붙여!"

펑, 파팡! 하얀 증기 기둥이 분출구에서 뿜어 올랐다. 선체가 거칠게 긁히고 요동쳤지만 곧 미끄러지며 빠져나왔다.

"정확히 2심!"

"2심 4분의 1!"

"탭! 탭! 탭!" 납줄 회수 신호가 외쳐졌다.

배는 수면 위를 질주해 버드나무 우거진 기슭을 따라가다 마침내 은빛 미시시피 강 한복판으로 빠져나왔다. 아마랜스의 불빛은 보이지 않았다.

"하하, 봤지? 이번엔 우리가 두 번이나 따돌렸어!" 선장이 환하게 웃었다.

그 순간, 여울 입구 쪽에 붉은 불빛이 다시 나타났고 아마랜스가 바짝 뒤를 쫓아 들어오는 것이 보였다.

"젠장!"

"짐, 이게 대체 어떻게 된 거야?"

"기억나시죠? 아까 나폴레옹 정착지를 지날 때 워시 헤이스팅스가 카이로까지 간다고 승선시켜 달라 외쳤는데, 우리가 정박하지 않고 그냥 지나쳤잖습니까. 그 사람이 지금 저 아마랜스 조타실에 올라탄 겁니다. 저 선원들한테 지름길 잡는 법을 죄다 귀띔해 주고 있는 거라고요."

"역시 그랬군. 저 배가 중앙 모래톱을 저렇게 매끈하게 돌아 나올 리가 없다고 생각했어. 워시 헤이스팅스라면 이 강에서 모르는 수로가 없으니… 이대로라면 우리에게 승산이 없겠어."

"그때 워시를 태웠으면 좋았을 텐데…."

아마랜스는 보레아스의 선미 300야드 뒤까지 바짝 붙었고, 간격이 계속 좁아지고 있었다. 선장은 다시 관에 대고 외쳤다.

"증기압!"

"165파운드입니다, 선장님!"

"땔감은?"

"소나무는 다 썼고 낙엽송도 반쯤밖에 안 남았습니다. 목재가 쑥쑥 들어갑니다."

"주갑판 송진 창고 털어 넣어! 돈 걱정은 말고 당장 퍼부어!"

보레아스가 요동치며 괴성을 뿜어냈지만, 아마랜스는 선미를 곧 잡을 태세였다.

"해리, 지금 압력!"

"182!"

"선수 화물칸 베이컨 통까지 다 떼워! 선미 테르빈유도 가져와 장작에 들이부어!"

배 전체가 지진처럼 흔들렸다.

"압력!"

"196파운드를 넘었고 지금도 계속 오릅니다! 보일러 수위가 중간 게이지 아래로 내려갔어요! 흑인 한 명이 안전밸브를 발로 누르고 있습니다!"

"바람은?"

"끝내줍니다! 장작 한 토막만 더 넣어도 흑인이 굴뚝으로 날아갈 판이에요!"

그사이 아마랜스가 점점 다가와 마침내 잭스태프가 조타실과 나란히 섰다. 두 배의 물레바퀴가 거의 같은 선에 맞춰지는 순간,

쿵!

달빛이 은은한 강 한복판에서 두 선박이 세차게 들이받으며 엉켰다. 양쪽 승객들은 난간으로 몰려들어 비명을 질렀고, 갑판이 한쪽으로 기울었다. 선원들은 사람들을 가운데로 몰아세우느라 욕설을 퍼부으며 뛰어다녔다. 두 선장은 각기 난간에 몸을 내밀고 주먹을 흔들며 고함을 쳤다.

검은 연기 기둥이 두 배를 뒤덮어 불티를 쏟아 내렸고, 곧이어 권총 두 발이 밤공기를 갈랐다. 선장 둘은 재빨리 몸을 숙였고, 승객들은 비명을 지르며 뒤로 밀렸다. 여자와 아이들의 울음이 귀를 찢을 듯 울려 퍼졌다.

그때 우레 같은 굉음과 함께 강한 충격이 일었다. 너덜너덜해진 아마랜스호가 보레아스호에서 떨어져 나가며 힘없이 밀려갔다.

곧 보레아스호의 보일러실 문이 활짝 열리고 선원들이 들통으로 물을 퍼부었다. 과열된 증기를 식히지 못한 채 엔진이 멈추면 배 전체가 폭발할 수 있었기 때문이다.

잠시 뒤 보레아스호는 떠내려가는 잔해에 접근해 숨진 자, 부상자, 멀쩡한 사람을 가리지 않고 모두 끌어올렸다. 뒤엉켜 가라앉은 두 굴뚝 아래에는 아직도 열댓 명이 갇혀 있었고, 그들은 필사적으로 구조를 요청했다. 선원들은 도

끼를 들고 벽을 부수며 그들을 꺼내려 했고, 작은 보트들은 강물 위로 떠내려가는 사람들을 건져 올렸다.

그러나 또 다른 재앙이 닥쳤다. 무너진 보일러실 쪽에서 불길이 번진 것이다. 장정들이 물통으로 불을 끄려 했지만 화세는 이미 통제 불능이었다. 도끼질하는 선원들의 옷과 머리카락이 그슬릴 만큼 불길은 맹렬했고, 결국 그들은 인치마다 뒤로 밀려날 수밖에 없었다. 마지막으로 도끼를 휘둘러 보았지만 역부족이었다.

불길에 갇힌 사람들의 절규가 들려왔다.

"우릴 버리지 마세요! 제발 떠나지 마세요!"

그때 한 남자가 외쳤다.

"나는 아마랜스호 견습 기관사 헨리 월리요! 어머니는 세인트루이스에 계십니다. 내가 죽으면… 부디 내가 한순간에 갔다고, 아무런 고통도 느끼지 못했다고 꼭 전해 주시오. 오, 하나님은 내게 시련 한 번 안 주셨는데… 이렇게 불타 죽다니 원통하구려. 안녕히들 계시오! 결국 우린 누구나 언젠가는 가야 하니…."

 잠시 후 보레아스호는 위험권을 벗어나 안전거리에 머물렀다. 반면 산산이 부서진 아마랜스호는 강물을 따라 표류하며 불길과 연기를 뿜어냈다. 화염이 치솟을 때마다 불빛은 더욱 붉고 거세졌고, 때때로 터져 나오는 비명은 불길 속에 갇힌 이가 끝내 목숨을 잃었다는 신호였다. 잔해는 모래톱에 걸려 멈췄고, 보레아스호가 상류로 되돌아가 곶을 돌아설 때까지도 아마랜스호는 그 자리에서 맹렬히 타올랐다.

 잠시 뒤 클레이와 워싱턴이 보레아스호 중앙 객실로 내려가 보니, 안은 참혹했다. 열한 구의 시신과 마흔여 명의 부상자가 신음하며 널브러져 있었고, 겨우 스무 명 남짓한 사람들이 그들을 돌보고 있었다. 린시드유와 석회수로 화상을 씻어 내고, 원면 덩어리를 덮어 주자 상처 부위가 부풀어 올라 사람들의 얼굴과 몸은 더욱 흉측해졌다.

 그곳에는 열네 살가량의 프랑스 해군 견습생도 쓰러져 있었다. 그는 쉰 소리 하나 내지 않았다. 의사가 다가가자 소년이 물었다.

 "살 수 있나요? 사실대로 말씀해 주세요."

 "…희망이 거의 없네."

 "그렇다면 저에게 시간을 쓰지 마시고, 살아날 사람들에게 힘을 써 주세요."

 "하지만—"

 "살아날 가능성이 있는 사람을 돕는 게 옳습니다. 저는 두렵지 않습니다. 우리 집안은 십일 대째 군인입니다."

 해군 복무 경험이 있던 의사는 모자를 살짝 들어 경의를 표하고 다음 환자로 이동했다.

 한편, 아마랜스호의 수석 기관사는 몸집이 건장했지만 형체를 알아보기 힘들 만큼 심한 화상을 입고도 가까스로 일어나 이등 기관사에게 다가섰다.

"네가 당직을 서고 있었지. 증기 압력을 낮추라고 내가 몇 번을 지시했는데 끝내 거부했어. 이 반지를 받아서 내 아내에게 전해 줘. 살점을 찢어내며 억지로 **빼낸** 반지니까. 그리고 꼭 이렇게 전해. '당신 남편은 제 과실로 목숨을 잃었습니다.' 네 심장을 백 년 내내 후벼 팔 저주를 잊지 않을 거다. 부디 그만큼 오래 살아서 그 저주를 견뎌 봐라!"

그는 피투성이 손가락에서 반지를 비틀어 빼낸 뒤 바닥에 내던지자마자 힘없이 쓰러져 숨을 거두었다.

더 이상의 참혹한 장면 묘사는 불필요할 듯하다. 보레아스호는 부상자와 시신을 가까운 대도시에 내려놓았다. 그때까지 확인된 부상자는 마흔 명, 사망자는 스물두 구였다. 익사하거나 실종된 사람도 아흔여섯 명에 달했다.

곧 조사 배심이 소집되어 장시간 심문과 토론을 거친 끝에, 미국 특유의 익숙한 결론을 내렸다.

"책임질 사람 없음."

Chapter 5.

보레아스호가 다시 강 한가운데로 나아가 상류에서 항해를 재개했을 때, 호킨스 가족은 참혹한 사고 현장을 돕는 사이 한층 성숙해 있었다. 남의 고통을 지켜본 날들이 남긴 무거운 경험, 그리고 부상자들을 돌보며 얻은 깨달음 덕분이었다.

또 하나 변한 것이 있었다. 폭발 사고 뒤 한 시간쯤 지나, 살롱 안을 헤매며 울부짖는 다섯 살가량의 갈색 눈동자 여자아이가 눈에 띄었다. '엄마! 아빠!' 하고 외쳤지만, 대답해 주는 이는 없었다. 호킨스가 다가가자 아이는 마치 구세주를 만난 듯 그의 곁에 꼭 달라붙었다. 그는 아이를 달래며 부모를 찾아 주겠노라 약속했으나 끝내 허사였다. 어른들은 모두 부상자 돌보기에 매달려 있었고, 아이는 호킨스 부인이 데리고 있던 두 아이 곁으로 자연스럽게 옮겨졌다.

그날 내내 부부는 아이가 찾는 부모를 수소문했지만, 뚜렷한 단서는 얻지 못했다. 사람들 기억에 남은 건 이 가족이 쿠바발 배를 타고 뉴올리언스에 도착해 보레아스호로 갈아탔다는 사실, 동부 출신처럼 보였다는 사실이고 성은 반 브런트이며, 아이의 이름은 '로라'라는 정보뿐이었다. 로라는 얌전하고 품위 있는 태도를 보였고, 호킨스 부인이 평생 본 아동복 중 가장 고급스럽고 섬세한 옷차림을 하고 있었다.

시간이 흐르자 아이는 풀이 죽어 엄마를 부르며 울었다. 죽음과 신음으로 가득한 라운지에서도, 이 어린아이의 처연한 울음이 호킨스 부부의 마음을 더 깊이 후벼 팠다. 부부는 끊임없이 아이를 달랬고, 그 사이 자연스레 정이 들었다. 로라도 두 사람의 목에 매달려서만 안정을 찾았다.

부부는 같은 생각을 품고도 차마 입에 올리지 못했다. 그러다 배가 육지에 닻을 내리고, 사망자와 부상자를 옮기느라 선창이 소란스러울 때, 로라는 호킨스 부인의 품에 안겨 곤히 잠들어 있었다. 호킨스가 다가와 아내와 눈을 마주쳤고, 동시에 두 사람 모두 품에 안긴 아이를 내려다보았다. 아이가 잠결에 더 깊숙이 파고들자, 그 평온한 얼굴이 호킨스 부인의 가슴을 울렸다. 두 사람이 다시 눈을 맞추었을 때, 말은 없었지만 이미 같은 결정을 내리고 있었다.

보레아스호가 호킨스 일행을 태우고 대략 400마일쯤 상류로 올라왔을 때, 눈앞에 증기선들이 나란히 정박해 있고, 그 너머로 돔과 첨탑이 뒤섞인 도시의 윤곽이 검은 연기 아래 모습을 드러냈다. 세인트루이스였다. 상갑판에서 아이들은 뛰놀았고, 호킨스 부부는 조타실 옆 그늘 아래 앉아 멀찍이 지켜보고 있었다.

"손은 많이 가도 저 애들이 우리 삶의 전부지, 낸시."

"그래요, 시. 그 이상이기도 하고요."

"그러니 누가 큰돈을 준다 해도 한 아이라도 넘길 수 있겠소?"

"은행 문을 통째로 가져다줘도 안 돼요."

"나도 같소. 우리야 큰 부자는 아니지만 식구가 늘어난 걸 후회한 적은 없지?"

"후회는커녕, 신께서 길을 열어 주실 거라 믿어요."

"아멘이오. 그러니 클레이든 로라든 누가 맡겠다 해도—"

"절대 안 되죠. 내 아이들처럼 사랑스럽고… 어쩌면 더 귀엽기까지 한데요. 우린 잘 해낼 거예요, 시 호킨스."

"맞소, 결국 다 잘될 거요. 사실 더 늘어도 걱정하지 않을 것 같소. 테네시 땅이 언젠가는 팔릴 테니까! 그 덕에 저 아이들 모두 풍족한 삶을 살 거요. 당신도 알다시피 그 땅이 얼마나 넓은지. 우리 둘은 못 볼 수도 있겠지만, 아이들은 분명 그 혜택을 누릴 거요. 언젠가는 사람들이 이렇게 말하겠지. '오, 에밀리 호킨스 양은 큰 부자라지? 로라 반 브런트 호킨스 양도 엄청난 자산가래! 조지 워싱턴 호킨스 의원님은 억만장자라더군! 헨리 클레이 호킨스 주지사님도….' 그러니 아이들 걱정은 넣어 둬요, 낸시. 전혀 걱정할 필요 없소."

아이들은 한참 놀다가 아버지 목소리에 귀를 기울였다.

"워싱턴, 네가 세상에서 제일 큰 부자가 되면 뭘 하고 싶으냐?"

"글쎄요, 아버지. 어떤 날은 열기구를 사서 하늘에 올라가 보고 싶고, 또 어떤 날은 책을 잔뜩 사고 싶어요. 풍향계나 물레방아를 모으고 싶을 때도 있고요. 아버지랑 셀러스 대령이 말한 그 기계도 갖고 싶고… 아, 차라리 증기선을 갖고 싶기도 해요."

"역시 옛날이나 지금이나 하고 싶은 게 끝이 없구나!"

그는 고개를 돌려 클레이를 바라봤다.

"클레이, 너라면 어떻겠느냐?"

"저요? 잘 모르겠어요, 아버지. 돌아가신 어머닌 늘 부자가 되는 것에 집착하지 말고, 묵묵히 일해라. 그래야 부자가 되지 못하도 실망이 덜 할 것이라고 하셨어요. 먼저 부자가 된 뒤에야 뭘 할지 생각해 볼래요."

"허, 신중도 하다! 언젠가 헨리 클레이 호킨스는 주지사가 되겠구나. 자, 가서 다시 놀아라."

호킨스가 웃자 부인은 흐뭇하게 고개를 끄덕였다.

"정말 착한 아이들이에요, 시."

"그럼, 오베즈타운 식으로 말하면 우리 집 돼지 떼만큼 값진 아이들이지!"

며칠 뒤, 호킨스 일행은 짐과 가축을 옮길 작은 증기선으로 갈아타고 미시시피를 130마일쯤 더 거슬러 올라갔다. 10월 말의 부드러운 석양 속에서 배는 미주리 땅 외진 나룻터에 닻을 내렸다.

다음 날, 이들은 마차에 짐을 싣고 길도 없는 숲속을 이틀 가까이 달렸다.

사람 그림자 하나 보이지 않는 깊은 숲이었다. 마침내 도착한 곳은 그들이 꿈꾸던 새로운 보금자리였다. 진흙길 옆에는 통나무로 지은 단층 건물 하나가 상점 구실을 하고 있었고, 그 주위로 통나무집이 열두 채 남짓 듬성듬성 흩어져 있었다. 새로 지어 향이 밴 집도 있었고, 오래돼 기울어진 집도 보였다.

날이 저물어 갈수록 마을은 사람이 사는 곳이라기보다 버려진 땅처럼 황량해 보였다. 상점 앞에서는 코트 한 장 걸치지 않은 젊은이 서너 명이 빈 화물 상자에 걸터앉아 칼끝으로 나무를 대충 깎고, 큼직한 부츠로 차며 아무렇게나 침을 뱉고 있었다.

누더기를 걸친 흑인 몇몇은 처마 기둥에 몸을 기대고 새로 온 이들을 흥미 반, 무심 반의 눈길로 훑어보았다. 이들은 곧 몸을 질질 끌듯 마차 가까이 다가와 주머니에 손을 찔러 넣은 채 한쪽 다리에만 체중을 싣고 멀뚱히 구경했다.

잡종견들은 호킨스네 개 주변으로 몰려들어 킁킁대며 냄새를 맡다가 금세 으르렁거리며 소란이 일어날 기세였다. 동네 사람들이 얼른 싸움을 말리자 낯선 개는 꼬리를 말고 마차 밑으로 숨었다.

해진 옷차림의 흑인 여자들과 소녀들이 머리에 물동이를 인 채 느릿느릿 다가와 구경꾼 대열에 합류했고, 반쯤 벗은 백인 소년들과 거의 옷을 걸치지 않은 흑인 소년들까지 사방에서 모여들어 두 손을 뒤로 하고 신기한 듯 이방인을 바라보았다. 마을 사람들은 하던 일을 멈추고 하나둘 호기심 어린 무리를 이루었다.

바로 그때였다. 한 사내가 군중 사이를 헤치고 달려와 호킨스 일행의 손을 와락 붙잡더니, 흥분을 누르지 못한 목소리로 외쳤다.

"세상에, 이럴 수가! 이게 꿈은 아니겠지요? 잠깐, 얼굴 좀 돌려 보세요. 그래야 저도 제대로 확인할 수 있으니! 아, 이렇게 반가울 수가! 여러분을 다시 뵈니 제 영혼까지 되살아나는 기분입니다. 자, 손 한 번 더 잡읍시다. 꼭, 아주 꼭요! 그런데 큰일 났군요. 제 아내가 이 광경을 보면 난리가 날 겁니다. 맞아요, 지난주에 결혼했거든요. 세상에, 얼마나 고운 사람인지! 낸시, 분명 좋아하실 거예요. 아니, 좋아한다는 말로는 부족하죠. 두 분은 쌍둥이라고 해도 믿을걸요? 아, 참! 오늘 아침에 아내가 그러더군요. '대령님, 왠지 오늘 손님이 올 것 같은 예감이 들어요.' 했는데, 이렇게 딱 맞아떨어질 줄이야! 예언자는 어디서나 존중받는다더니, 우리가 그 선지자 아닌가요? 여기 우리 애들도 다 왔네요. 워싱턴, 에밀리, 나 기억나지? 어서 와서 뽀뽀 좀 해라. 너희가 원하는 건 뭐든지 마련해 줄 거야. 조랑말, 송아지, 강아지까지 마음껏 생각해 봐! 어, 이 낯선 꼬마들은 누구지? 아직은 서먹해도 곧 익숙해질 거야. 집보다 더 편하게 지낼 수 있도록 내가 다 알아서 해 줄게! 자, 모두 나를 따라오세요. 오늘 밤 묵을 곳은 내 집뿐입니다. 와서 씻고 편히 쉬어요. 짐, 톰, 피트, 제이크! 말은 우리 집 마구간으로 끌고 가고, 마차는 마당에 세워 둬. 건초랑 귀리 없다고? 어디서든 구해 와! 어서 움직여! 호킨스 씨, 행렬 준비됐습니다. 좌향좌! 앞으로 행진!"

그 열정적인 사내는 편지를 보냈던 셀러스 대령이었다. 대령은 로라를 목마 태우고 맨 앞에 섰고, 먼 길에 지쳤던 이사 온 일행도 그의 환대 덕분에 금세 걸음이 가벼워졌다.

제1부 황금의 땅을 꿈꾸는 사람들

어스름이 내려앉을 무렵, 모두가 난롯불 앞에 둘러앉았다. 활활 타오르는 장작은 방을 후끈 달궜지만, 저녁을 지으려면 어쩔 수 없었다. 침실이자 응접실, 서재, 심지어 부엌 노릇까지 하는 이 방에서, 자그마하면서도 단정한 매력을 지닌 안주인은 냄비와 프라이팬을 들고 분주히 움직였다. 행복이 얼굴에 가득했고, 남편을 향한 존경이 눈빛에 어렸다. 식탁보가 깔리자 뜨끈한 옥수수빵, 튀긴 닭, 베이컨, 버터밀크, 커피 등 진수성찬이 차려졌다. 셀러스 대령은 잠시 말을 멈추고 식사 기도를 올렸지만, 아멘이 끝나기가 무섭게 다시 쉴 새 없이 말을 쏟아냈다. 모두가 배가 터지도록 먹고 나서야 겨우 조용해졌다. 손님들은 사다리를 타고 다락으로 올라가 푹신한 깃털 이불에 몸을 누였고, 호킨스 부인은 이불 가장자리를 다독이며 혼잣말로 중얼거렸다.

"저 사람, 예전보다 더 들뜬 것 같아요. 그런데도 미워할 수가 없네요. 눈 마주치고 이야기 몇 마디만 나누면 좋아질 수밖에 없으니…."

두어 주가 지나자 호킨스 가족은 셀러스 대령 부부의 집을 임시 거처 삼아 지내면서 토지를 물색했다. 마을 외곽의 야트막한 언덕 위에 삼나무가 울창한 터가 마음에 들어 그곳을 사들였고, 가을이 깊어질 무렵 본채를 올리기 시작했다. 통나무를 켜고 다듬어 기둥을 세우는 일은 대령과 마을 사람들이 품앗이해 주었고, 호킨스 자신도 톱과 도끼를 쥐고 새벽부터 어두워질 때까지 일손을 보탰다. 그렇게 지붕에 마지막 판자를 얹고 굴뚝을 쌓았을 때는 초겨울 찬바람이 불기 시작할 즈음이었다.

이듬해 봄, 집은 비로소 사람답게 살 만한 모습을 갖추었다. 안채는 너른 거실과 부엌이 한데 붙은 구조이고, 뒤쪽에 가족 침실 두 칸을 달았다. 그 위로 다락을 얹어 아이들 방과 곡물 창고를 겸하게 했으며, 마루 끝에는 창고 겸 우물가로 통하는 작은 쪽문을 냈다. 이렇게 해서 새로 지은 통나무집이 탄생했다. 이제 호킨스 가족은 더 이상 대령의 집 신세를 지지 않아도 되었고, 셀러스 부부도 마을 한가운데 손님방을 비울 수 있어 서로가 한층 편해졌다.

호킨스는 마을 작은 상점을 헐값에 사서 운영했으나 수익은 고작 푼돈이었다. 셀러스 대령이 편지에서 암시한 원대한 사업은 남부 시장을 겨냥한 노새 사육이었다. 새끼 노새는 사들이는 값도, 기르는 비용도 적어 호킨스는 큰 망설임 없이 가진 자본을 투자했고, 관리 업무는 셀러스 대령과 흑인 노예 대니얼에게 맡겼다.

사업은 서서히 번창했다. 결국 호킨스는 2층짜리 새 집을 짓고 지붕에는 번개 피뢰침까지 세웠다. 집 구경을 하겠다고 수 마일을 달려오는 이들도 있었지만, 정작 번개가 치면 번개를 끌어당긴다며 멀찍이 물러섰다.

호킨스는 세인트루이스에서 사 온 값싸지만 화려한 '공장제' 가구를 집 안 곳곳에 들여놓았다. 이 정도만으로도 소문이 빠르게 퍼졌다. 거실에는 세인트루이스산 카펫을 깔았으나, 다른 방 바닥은 시골식 누더기천으로 간단히 덮었다. 앞마당의 말뚝 울타리는 이 마을에서 최초로 설치했는데, 흰 페인트까지 칠해 사람들 눈길을 끌었다. 창문엔 기름종이 커튼을 달아 두었는데, 그 위에 그려 넣은 성과 풍경 그림이 이국적인 분위기를 더했다.

주변의 부러움이 싫지 않았지만 호킨스는 아직 자신이 가진 것이 보잘것없다고 여겼다. 언젠가 테네시 땅이 진가를 드러내면, 그때야말로 집안을 더 호화롭게 꾸밀 작정이었다. 아들인 워싱턴조차 땅이 팔리면 클레이와 자신의 방에도 진짜 카펫을 깔고 싶다고 말했는데, 이는 호킨스에게 흐뭇함을 불러옴과 함께 아내의 걱정도 불러왔다. 그녀는 남편이 테네시 땅만 믿고 정작 손에 잡히는 일을 게을리하는 것 아닌지 염려했다.

호킨스는 필라델피아 주간지와 세인트루이스 격주 신문을 꾸준히 구독했다. 마을에서 신문을 읽는 이는 거의 없었기에 정보력만큼은 단연 최고였다. 그는 남부와 동부의 농작물 소식을 미리 파악해 몇 주, 몇 달 앞서 무엇이 잘 팔릴지 짐작했다. 사람들은 행운이라 생각했지만, 실은 신문 덕분에 앞을 내다본 결과였다. 그렇게 예전 별칭인 '스콰이어'라 불리다가, 점점 많은 돈과 인망을 얻자 이내 '판사'로 승격됐다. 세월이 흘러 '장군'이라 불릴 기세였지만, 그건 아직 농담에 가까웠다. 중요한 손님은 으레 '판사' 호킨스의 집에 들러 대접을 받았고, 덕분에 그는 마을에서 좋은 평판을 굳혔다.

 호킨스가 이곳 사람들을 좋아하게 된 데는 이유가 있었다. 다소 거칠고 교육 수준도 높지 않지만, 그들은 정직하고 솔직했고 기본적인 생활 태도가 견실했다. 애국심 또한 남달라 성조기를 무척 자랑스러워했으며, 조국의 명예를 신성시했다. 누가 국가를 모욕하기라도 하면 그 사람을 평생 원수처럼 대했고, 배신자 베네딕트 아놀드*를 마치 어제 일이라도 되는 듯 경멸했다.

---

* 미국 독립전쟁 시기의 대표적 배신자로, 영국으로 넘어가 스파이 활동을 한 인물. 19세기 미국 대중은 그를 '최악의 역적'으로 여기고 극도로 혐오함.

CHAPTER 6.

그로부터 열 해가 흘렀다. 그동안 호킨스 판사와 셀러스 대령은 크고 작은 재산을 몇 차례 모았다가 잃기를 반복한 끝에, 곤궁한 처지가 되었다. 셀러스에게는 쌍둥이 두 쌍을 포함해 자녀가 여섯이 되었고, 호킨스 씨도 친자 여섯에 입양아 둘을 거느렸다. 형편이 넉넉할 때는 큰아이들을 세인트루이스의 명문 학교에 보내기도 했지만, 주머니 사정이 어려우면 모두 집에서 검소한 생활을 이어 갔다.

아이들과 이웃 누구도 로라가 다른 혈통, 다른 부모에게서 태어났다는 사실은 짐작조차 하지 못했다. 장녀 에밀리와 로라 사이에 드러나는 자잘한 차이는 어느 집안에서나 흔히 보는 정도였고, 둘은 미시시피강에서 벌어졌던 비극이 자신들의 운명을 묶어 놓았다는 사실을 알지 못한 채 자매로 성장했다.

열세 살 무렵이 되자 로라는 점점 사랑스럽고 매력적인 소녀로 빛났다. 어떤 철학자들은 사춘기 직전 소녀의 순수함 속에는 이미 미래의 여성상이 예고돼 있기에 더욱 눈부시다고도 하지만, 그것을 감안해도 로라에게는 사람을 매혹하는 타고난 힘이 있었다. 출생의 비밀을 아는 이가 그 시절 로라를 지켜보았다면 역시 남다르다고 속으로 수군댔을지 모른다. 그러나 로라 자신에게는 그런 생각보다 더 복잡한 고민이 있었다. 이 나이 또래 여느 아이처럼 몸가짐과 옷차림에 관심이 커져, 예쁜 리본을 달 것인지, 귀고리를 해도 좋은지 등을 두고 어른들과 진지하게 상의하는 일이 잦아졌다.

이 무렵의 로라는 제멋대로이면서도 후하고 너그러웠다. 때로는 위엄 있고 애정이 넘쳤으며, 앞날은 깊이 따지는 대신 즉흥성을 즐겼다. 무엇보다도 눈길을 끄는 매력을 지녀, 만약 그 모습 그대로 머물렀다면 이 이야기는 굳이 쓰일 필요조차 없었을 것이다. 그러나 소녀도 어느새 성숙의 길에 접어들고, 호킨스 판사 역시 헤아릴 수 없는 시련을 겪게 된다. 평온하던 나날에 조금씩 균열이 생기고 있었다.

노새 값은 떨어지고 상점 외상이 불어나는 사이, 셀러스 대령의 대박 구상도 잇따라 빗나갔던 것이다. 걱정은 물처럼 스며들어 호킨스 부부의 잠자리까지 적셨고, 마침내 첫 번째 파산이 찾아왔다. 그때 친절한 은인이 나타나 테네시 땅을 1,500달러에 사겠다고 제안했다. 그러나 호킨스 판사는 고개를 저었다.

"아이들을 위해 모아 둔 땅인데, 이런 푼돈에 넘길 순 없어."

두 번째 재정 파탄이 났을 때는 3,000달러를 제시하는 사람이 있었다. 판사는 계약서에 서명하려다, 남루한 옷차림의 아이들을 바라보고는 펜을 내려놓았다.

"가난쯤은 견디면 되지, 땅을 팔 순 없다."

그렇게 결심했지만, 이번에는 사정이 달랐다. 수입은 바닥났고 외상은 눈덩이처럼 불어났다. 그는 하루 종일 집 안을 서성이며 자기 탓만 했다. 배신자가 된 듯한 기분이었지만, 테네시 땅을 파는 일 말고는 살 길이 떠오르지 않았다.

그렇게 괴로워하던 저녁, 아내 낸시가 방으로 들어왔다. 판사는 들킨 사람처럼 가슴이 철렁했다.

"시, 이젠 정말 어쩌면 좋죠? 아이들 옷은 다 헤어지고, 식량도 바닥났어요."

"무슨 소리야, 낸시. 존슨네 상점에 가 보면—"

"존슨이라니요! 당신이 그 사람 편 들어 줄 땐 다들 고개를 저었는데, 결국 그를 부자로 만들어 준 건 우리였잖아요. 그런데 지금 그가 어떻게 나오는지 알아요? 우리 애들한테 자기 마당에 얼씬도 하지 말라는 뜻을 돌려서 전했대요. 오늘 아침 프랭키를 보내 옥수수 가루 좀 달라 했더니 외상값이 벌써 꽤 된다는 말만 하고 그냥 돌려보냈답니다. 그 모욕을 어떻게 참아요?"

"낸시, 설마 그런 일이!"

"저도 믿고 싶지 않았어요. 하지만 참을 만큼 참았어요. 이젠 정말 방법이 없어요."

그녀는 끝내 눈물을 터뜨렸다.

"그러지 말아요. 나도 갈피를 못 잡겠소. 어디서 돈이 뚝 떨어질 리도 없고…. 만약 누가 지금 3,000달러라도 주고 테네시 땅을 산다 하면—"

"그럼 팔 거예요, 시?" 낸시가 떨리는 목소리로 물었다.

"그래, 날 시험해 보라구!"

판사는 허탈하게 웃으며 고개를 떨궜다. 부부를 짓누르던 침묵은, 그 말 한마디에 더욱 무겁게 내려앉았다.

낸시는 방을 박차고 나갔다가 채 1분도 되지 않아 낯선 사내를 데리고 돌아왔다. 그리고 두 사람만 남겨 둔 채 조용히 문을 닫고 나갔다.

호킨스는 속으로 탄식하며 생각했다.

'이게 섭리가 아니고 뭔가? 내 형편을 아시는 분이 보낸 사람일 거야. 저 사람이 천 달러만 불러도 구세주로 모실 판인데….'

낯선 이는 인사도 간단히 하고 곧장 말을 꺼냈다.

"동부 테네시에 있는 7만 5천 에이커의 땅이 선생님 소유라는 걸 알고 왔습니다. 서론은 생략하겠습니다. 저는 한 제철 회사의 대리인인데, 그 회사가 그 땅을 1만 달러에 매입하고 싶어 합니다."

호킨스의 가슴이 쿵 내려앉았다가 곧 요동쳤다. '만세!' 하고 외치고 싶었지만, 입술은 굳어 있었다. 순간 치솟던 환희가 스르르 가라앉고, 그는 다시 침착한 표정을 지었다. 잠시 생각을 굴린 뒤 조심스레 입을 열었다.

"글쎄요, 1만 달러는 너무 적습니다. 그 땅은 철광석뿐 아니라 구리나 석탄 등 광물이 풍부합니다. 제안을 하나 드리죠. 철에 대한 권리만 1만 5천 달러에 넘기고, 다른 광물권은 제가 보유하겠습니다. 또 저는 사업 경험이 있으니, 지분을 반씩 나누어 제가 실무에 참여하는 방안은 어떻습니까?"

사내는 고개를 가볍게 저었다.

"사실, 저는 회사 측에 그 땅을 사지 말라고 조언해 왔습니다. 선생님과 사전 교섭도 없이 1만 달러를 제시한 건 그들이 정한 형식일 뿐이었죠. 솔직히 저는 선생님이 당연히 거절하실 줄 알았습니다. 대개 첫 제안은 거절받기 마련이니까요. 제 역할은 여기까지입니다. 그들이 뭐라고 답해 올지 전해 드리겠습니다."

그가 자리에서 일어나려 하자 호킨스가 손짓으로 만류했다. 잠깐의 침묵이 이어졌다. 그러나 그 짧은 순간에 그의 머릿속 계산기는 쉼 없이 돌아갔다.

'뭔가 냄새가 나. 저렇게 솔직한 체하며 물러서려 하다니. 회사 대리인이라면서 실은 본인이 회사나 다름없지 않을까? 틀림없이 이 땅을 노리고 있잖아. 철광에 큰돈이 걸린 게 분명해. 요즘 철 투자 열풍이라더니, 날 속여 헐값에 가져가려는 수작이겠지. 침착해야 해. 분명 다시 올 거야. 내가 제시한 조건을 받아들일 수도 있어. 다만, 내가 어리석게도 1만 5천 달러라 했단 말이지! 이 땅 가치는 최소 3만, 아니 5만 달러도 아깝지 않은데….'

속으로 번개처럼 계산을 끝낸 그는 고개를 들어 낯선 이의 시선을 똑바로 맞받았다.

"그 회사 얘기는 접어 두죠. 대신 제 양심에 따라 금액을 수정하겠습니다. 3만 달러에 철광 지분은 절반은 제가 유지하는 조건입니다. 그 이상은 양보 못합니다. 그대로 전해 주시겠습니까? 피를 토하는 한이 있어도 그 선에서 결정하겠습니다."

낯선 이는 눈살을 살짝 찌푸리며 불쾌한 기색을 보였지만, 호킨스는 눈치채지 못했다. 잠시 고개를 끄덕인 뒤 그는 조용히 방을 떠났다.

문이 닫히자마자 호킨스는 의자에 털썩 주저앉았다. 그리고 불과 몇 초 만에 얼굴이 새파랗게 질렸다.

"아차, 큰일 났다! 벌써 떠났잖아. 내가 왜 하필 3만이라고 했지? 5만도, 그 이상도 부를 수 있었는데… 또 일을 그르쳤군!"

그는 머리를 쥐어뜯으며 안절부절못했다. 그때 낸시가 환한 얼굴로 방에 들어섰다.

"시, 어떻게 됐어요?"

"아… 젠장, 낸시. 나 정말 돌머리야."

"무슨 말이에요? 거래가 틀어졌어요? 아예 제안도 못 받았나요?"

"제안은 받았지. 1만 달러를 주겠다더군."

"하느님, 감사합니다! 우리 형편에 그게 얼마나 큰돈인데요. 왜 그게 문제죠?"

"내가 바보로 보이나? 그 돈에 그 땅을 넘긴다고? 철광석이 얼마나 값나가는지 알잖아. 그런데 내가 그만 흥분해서 철광만 3만 달러에 팔겠다고 내뱉었어. 내일 그가 다시 오면 25만 달러를 부를 생각이야."

순간 낸시 얼굴이 하얗게 질렸다.

"우린 1만 달러도 절실한데, 그걸 걷어차고 보냈단 말이에요? 지금 이 몰락 직전에?"

"걱정 마. 그 사람, 반드시 돌아올 거야. 철에 뭔가 대단한 게 있으니 찾아온 거겠지."

"아니에요, 다시는 안 와요. 이젠 정말 막막해요."

호킨스 역시 불안이 밀려왔다.

"그럴 리 없어, 낸시. 설마…"

"그 사람은 돌아오지 않을 거예요. 우리는 빈털터리인데, 당신이 스스로 1만 달러를 내쫓았어요."

그제야 호킨스는 등골이 서늘해졌다.

"안 되겠어. 당장 뒤쫓아가야 해. 얼마를 제시하든 이번엔 받겠다고 해야지. 내가 어리석었어…."

그는 정신없이 뛰쳐나갔지만, 그 낯선 사람은 이미 마을에서 사라져 있었다. 어느 누구도 그가 어디서 왔고, 어디로 갔는지 아는 이가 없었다. 호킨스는 무기력하게 돌아오며, 그 땅값을 속으로 점점 낮춰 갔다. 집 앞에 다다랐을 때쯤엔 지금 누가 500달러라도 주면 당장에 팔 수 있겠다는 생각이었다.

그날 밤, 호킨스 가족 모닥불 앞엔 침통한 기운이 흘렀다. 클레이를 뺀 모든 아이들이 다 모여 있었고, 호킨스는 말했다.

"워싱턴, 지금 우린 막다른 데까지 몰렸다. 아이들은 많고, 클레이는 밖으로 일하러 나가 있는데, 너도 잠시 떨어져 지내야 할 것 같다. 곧 … 테네시 땅만 팔리면—"

판사는 말을 잇지 못하고 고개를 떨궜다. 잠시 후, 스물두 살 청년인 워싱턴이 조용히 입을 열었다.

"아버지, 셀러스 대령께서 호크아이*로 와서 지내 보지 않겠느냐고 몇 번

* 셀러스 대령이 호크아이로 이주했다는 설정이 보이는데, 이는 미국 아이오와주의 별명인 '호크아이(Hawkeye)'를 연상시키나, 여기서는 미주리주에 위치하는 가상의 지명으로 쓰였다.

권하셨습니다. 땅이 팔릴 때까지만이라도 거기 머물까 합니다."

"대령도 형편이 우리와 비슷하다더라. 그래도 밥벌이 한두 가지는 찾을 수 있겠지. 다만 길은 네가 알아서 가야 한다. 여기서 호크아이까지 30마일인데, 마차도, 여비도 없으니까."

"스완지까진 5마일밖에 안 됩니다. 거기서 마차를 탈 수 있어요. 아버지 이름으로 외상이 될까요? 잠깐이라면 빌려 줄지도 모르니까요."

"편지를 써서 부탁해 보렴. 그런데 호크아이에 가서 뭘 할 생각이냐? 불투명 유리 실험을 마저 해 볼 건가?"

"아니요, 그건 너무 힘들어서 포기했어요."

"그럼, 특별 사료로 달걀의 색깔을 바꾸는 실험?"

"거의 성공했는데 닭이 죽어 버려서 접었어요. 나중에 다시 시도해 보려구요."

"지금은 다른 계획이 있나?"

"네, 구상 중인 게 서넛쯤 됩니다. 자금만 있으면 다 대박이에요. 테네시 땅이 팔리면—"

그때 에밀리가 조심스레 끼어들었다.

"아버지, 저… 세인트루이스로 가고 싶어요. 식구가 한 사람이라도 줄면 형편이 조금은 나아지잖아요. 버크너 부인께서 늘 오라고 하셨어요."

"그래, 여비는 어떻게 할 생각이니?"

"그분이 먼저 빌려 주실지도 몰라요. 설령 당장 못 갚아도 기다려 주실 분이에요. 테네시 땅이 팔리면 바로 드리면 되잖아요."

호킨스는 고개를 끄덕이고는 로라를 바라보았다.

"로라, 너는 어쩔 생각이니?"

에밀리와 로라는 나이차가 거의 없었다. 에밀리는 파란 눈에 밝은 머리칼, 조용한 성격이 어울려 사랑스럽다는 말이 먼저 떠올랐다. 반면 로라는 윤곽이 또렷한 얼굴과 흑단 같은 머리, 검은 눈동자를 지녀 사랑스럽다기보다는 아름답다는 표현이 맞았다.

"저도 세인트루이스에 가겠습니다, 아버지. 길은 제가 알아볼게요. 가서 제 힘으로 먹고살 방법을 마련해 보겠습니다. 조금이나마 집에 보탬이 될 수도 있겠죠." 로라가 또렷한 목소리로 대답했다.

왕녀처럼 당찬 어조였다. 호킨스 부인은 기쁘면서도 걱정스러운 표정으로 딸을 끌어안고 입맞춤했다.

"내 딸들이 이렇게 자립하겠다니 대견해. 다만 아직 우리가 그 정도로 막다른 상황은 아니길 바랄 뿐이란다."

로라는 어머니의 따뜻한 눈길에 살짝 미소 지었다가, 곧 허리를 곧게 펴고 두 손을 앞에 모으며 이전의 단정한 자세로 돌아갔다. 그때 클레이의 개가 다가와 코를 비비며 재롱을 부렸지만, 로라는 미동도 없이 조용히 서 있을 뿐이었다. 개는 '낑' 하고 울며 식탁 밑으로 슬그머니 몸을 숨겼다.

다음 날 새벽, 온 가족이 일어나 워싱턴의 짐을 꾸렸다. 정작 당사자는 멍하니 생각에 잠긴 채 움직이지 않았다. 그가 떠날 시간이 다가오자, 모두가 그를 얼마나 사랑하고 또 서운해하는지가 고스란히 드러났다. 예전에도 세인트루이스 학교에 다니느라 몇 차례 떨어져 있었지만, 여전히 식구들은 워싱턴을 보내기 쉽지 않았다. 그래서인지 누가 시키지 않아도 모두 나서서 그의 여정을 챙겼고, 워싱턴 역시 스스로 모든 것을 준비하겠다는 생각은 전혀 하지 않았다. 클레이는 말을 빌려 수레를 마련한 뒤 작별 인사를 마치고 워싱턴의 짐을 실었다. 스완지에 도착하자 그는 마차비까지 대신 내 주고, 워싱턴을 안전히 태워 보냈다. 집으로 돌아온 클레이는 그 사실을 가족에게 알렸다.

잠시 머물던 클레이도 곧 떠날 채비를 마쳤다. 그는 어머니와 살림살이를 두고 여러 차례 상의했지만, 아버지와는 단 한 번 짧은 대화를 나눴다. 수차례의 흥망성쇠가 호킨스 판사의 기운을 갉아먹은 탓에, 마지막 파산 이후 그는 희망도 의욕도 없이 그저 패배한 사람처럼 보였다. 클레이가 안정된 일자리를 구했고 앞으로 나아질 기미가 있다는 말을 전했을 때, 아버지는 안도한 듯 고개를 끄덕이며 작은 기대를 거는 눈치였다.

어린 동생들 역시 두려움에서 벗어나 클레이에게 의지하려 했다. 다행히 사흘쯤 지나자 집 안에는 거짓말처럼 안도와 만족이 감돌았다. 클레이가 일자리에서 벌어 온 180달러 덕분에 당장 급한 빚을 어느 정도 갚을 수 있었던 것이다. 가족들은 마치 부자가 된 듯 편안해했다. 어머니 낸시가 돈 관리를 맡지 않았다면 그 돈은 금세 사라졌을지도 모른다.

며칠 뒤, 클레이는 다시 일터로 돌아갔다. 그는 이제 자신이 아버지와 식구들을 책임져야 한다는 사실을 분명히 깨달았지만, 결코 한탄하지 않았다. 평생 자신에게 베풀어진 사랑을 이제 갚을 차례라고 여겼기 때문이다. 어려서부터 의존적으로 자란 동생들은 스스로 뭔가 해 볼 생각조차 하지 못하고, 오로지 클레이만 바라보았다.

그리고 남부 출신에다, 괜찮은 가문이라는 자부심까지 지닌 호킨스 집안에서 여성들이 밖에 나가 돈을 번다는 것은 상상하기 힘들었다. 그런데도 로라만큼은 자신의 일은 자신이 해 보겠다며 당당히 나섰다. 놀랍게도 집 안팎 누구도 그 결심을 무모하다고 말하지 않았다. 로라 특유의 기품과 뚝심을 모두가 인정하고 있었기 때문이다.

CHAPTER 7.

 스완지를 막 출발한 역마차는 마치 큰 축제가 열린 듯 뿔나팔을 요란하게 불어 대며 달려 나갔다. 마을 사람들 절반은 문간과 창가에 매달려 그 광경을 구경했으니, 한바탕 진풍경이었다. 그러나 시가지만 벗어나면 금세 속도를 늦추어 털썩거리는 걸음으로 비탈길을 올라갔고, 다음 동네가 가까워질 즈음에야 다시 나팔을 힘껏 불며 미친 듯 내달렸다. 역마다 들어설 때와 나설 때만 으레 저렇게 허세를 부려서, 어린 시절 마차를 처음 본 이들은 역마차란 늘 천둥같이 달리는 것이라 믿곤 했다. 마치 그림책 속 해적이 언제나 격식 있는 제복 차림으로 나타나 한 손엔 해적 깃발, 다른 손엔 권총을 들이대는 모습으로만 기억되는 것처럼. 그러나 세월이 지나 세상을 알게 되면, 역마차는 한적한 길에서는 느리고 거칠게 비틀거리는 평범한 교통수단일 뿐이고, 해적도 결국은 우중충한 깡패 무리에 지나지 않는다는 사실을 깨닫게 된다.

 해 질 무렵, 마차는 의기양양하게 일대에서는 제법 큰 마을인 호크아이로 들어섰다. 워싱턴은 긴 여정 끝에 온몸이 뻐근하고 허기도 심했지만, 막상 마차에서 내리니 앞으로 무엇을 어떻게 해야 할지 막막했다. 잠시 주위를 둘러보던 그때, 누군가 숨을 헐떡이며 달려와 두 팔을 벌렸다. 다름 아닌 셀러스 대령이었다.

 "오, 워싱턴, 잘 왔네! 자네 소식 듣고 얼마나 기다렸는지 몰라. 나팔 소리는 들었지만, 함께 있던 사람을 떼어 놓을 수가 없어서 늦었다네. 큰 프로젝트 이야기를 나누고 있었거든. 자본을 좀 대 달라는데, 꽤 괜찮은 건수라네. 짐은 건

드릴 필요 없어. 제리, 지금 한가하지? 그렇다면 이 짐 좀 들어 줘. 자, 워싱턴, 어서 가세. 부인과 아이들이 자네를 얼마나 보고 싶어 하는지! 자네도 훌쩍 컸군. 가족들은 다들 안녕하신가? 다행이네, 내 마음이 놓여. 우리도 자네 집에 내려가고 싶지만 일이 많아 쉽지 않다네. 이 동네가 요즘 돈 벌기엔 최고거든!"

"자, 다 왔네. 여기가 우리 집일세. 어디든 문턱만 넘으면 자네 자리가 있을 거야. 제리, 짐은 여기 내려놓고 가게. 이 친구가 동네에서 제일 까만 흑인이지만, 마음 씀씀이는 백인보다 낫지. 그래, 제리, 십 센트가 또 필요하겠군. 잠깐만… 이상하네, 지갑을 놓고 나왔나? 수표책도 은행에 두고 왔지 뭐야. 폴리가 늘 내게 보모가 필요하다고 하더니, 하하! 워싱턴, 혹시 잔돈 좀 있나? 고맙네. 자, 제리, 수고했어. 네 얼굴이 밤보다 더 까맣구나! 괜찮은 농담이지? 자, 폴리! 워싱턴이 왔어! 얘들아, 어서 나와 인사해라! 워싱턴, 정말 반갑네. 위대한 시 호킨스의 아들이 우리 집에서 묵는다니 이보다 영광스러울 수 있나! 내가

시에게 받은 은혜가 얼마나 큰데. 설탕 투자 건만 해도 대단했었잖아? 우리가 욕심내서 너무 오래 들고 있다가 망하긴 했지만 말이야."

실제로 둘은 설탕 투자를 질질 끌다 끝내 낮은 가격에 팔아 치워야 했고, 그 여파로 완전히 파산했다. 노새 장사로 큰돈을 벌어 놓은 터라 더 많은 자금을 쏟아부었기에 손해도 컸다. 애초에 설탕에 손대지 않고 노새 사업에 전념했더라면 훨씬 현명했겠지만, 결과적으로 셀러스는 빈털터리가 되었고 노새 사업마저 남의 손에 넘어갔다. 곧이어 보안관 명령으로 호킨스의 땅이 경매에 부쳐졌지만, 그 처참한 광경을 그저 지켜볼 수밖에 없었다. 특히 대니얼과 그의 아내가 노예 상인에게 팔려 남쪽으로 끌려가 버렸을 때, 식구들은 마치 제 살점을 떼어 내는 듯한 고통을 겪었다.

워싱턴은 셀러스의 집을 보고 탄성을 터뜨렸다. 이층에 다락까지 얹은 건물이었는데, 인근 어떤 집보다 당당해 보였다. 현관에 들어서자 아이들이 우르르 몰려 나와 그를 반겼고, 부부는 팔짱을 낀 채 뒤에서 흐뭇하게 지켜보았다. 식구들의 옷차림은 값싸고 낡았지만 말끔히 빨아 입어 볼품은 갖추었다. 다만 오래 입어 헤진 자국이 군데군데 드러났다. 셀러스 대령의 실크 해트는 털이 다 닳아 반질거렸지만, 그는 새 모자라도 쓴 듯 당당했다. 다른 옷들도 색이 바랬으나, 식구들 모두 그럭저럭 만족해 보였다. 해가 기울어 방바닥까지 찬 기운이 스며들자 셀러스가 나섰다.

"워싱턴, 외투 벗고 난로 앞에 앉게. 여긴 자네 집이나 다름없어. 내가 금세 불을 피우마. 폴리, 램프 좀 켜 주게. 워싱턴을 다시 만나니 백 년 만에 잃어버린 친구를 찾은 기분이야!"

그는 난로 속에 성냥을 집어넣고, 부서진 쇠꼬챙이로 삐걱대는 문을 괴었다. 운모 조각이 끼운 난로 문틈으로는 희미한 주황빛만 얼비쳤다. 폴리 부인이 값싼 램프에 불을 붙이자 우중충하던 방 안이 조금 밝아졌다. 가족들은 난로 가까이 바짝 모여 앉았다.

아이들은 아버지의 무릎과 어깨에 매달려 장난을 쳤고, 대령은 그 작은 손발 사이에서 쉬지 않고 농담을 퍼부으며 아이들을 토닥였다. 폴리 부인은 곁에서 뜨개질을 하며 남편 말을 들을 때마다 고개를 끄덕였고, 감사와 자부심이 어린 눈빛을 자주 보냈다. 아이들도 곧 장난을 멈추고 아버지 무릎에 팔꿈치를 괴고 그의 이야기에 귀를 기울였다. 방 안 가구라고는 해진 털방석이 얹힌 소파 한 점, 상처 투성이 의자 몇 개, 램프를 올려둔 작은 탁자, 그리고 고장 난 난로가 전부였다. 바닥엔 깔개조차 없었고, 벽에는 색 바랜 사각 자국이 여기저기 남아 있어 예전엔 그림이 걸려 있었음을 짐작케 했다. 벽난로 선반엔 장식품 하나 없었고, 방에서 그나마 '장식'이라 부를 만한 것은 늘 정확한 시간보다 십오 분에서 이십 분은 어김없이 엇나가게 울리는 시계 한 대뿐이었다. 시곗바늘은 언젠가부터 22분 지점에서 서로 겹쳐 움직이는 기이한 모습으로 굳어 있었다.

"이거 보게나, 대단한 시계라네!"

셀러스가 자리에서 일어나 태엽을 감으면서 말했다.

"이 시계에 얼마나 큰 제안을 받았는지 말하면 자네도 믿지 못할걸. 주지사가 날 볼 때마다 꼭 사고 싶다고 졸라 댄다니까. 그래도 내가 아긴다네. 하지만 이게 조상 대대로 내려온 거라서. 그런데… 조용, 시곗바늘이 울리려 하잖아! 이 시계가 울릴 땐 누구도 말을 못 해. 그냥 잠자코 들어야 한다고. 자, 또 시작하네! 열아홉, 스물, 스물하나, 스물둘, 스물… 그만이군. 다시 말하지만, 정말 생생하게 울리지 않나? 죽은 자도 깨울 소리라네. 이런 시계가 울리는데 잠을 잘 수가 있겠어? 천둥소리 같은걸. 봐라, 세상에 이런 시계는 없다고!"

워싱턴에게는 정신이 쏙 빠질 정도로 귀가 어지러웠지만, 식구들은 오히려 더 즐거워 보였다. 시계 소리가 극에 달할수록 표정이 한층 환해졌달까. 드디어 시계가 잠잠해지자, 폴리 부인은 어린아이 같은 자부심에 빛나는 얼굴로 워싱턴을 향해 말했다.

"우리 시어머니께서 쓰시던 물건이에요."

그 표정과 어조를 보니, 마땅히 놀라워해야 할 타이밍이었다. 워싱턴은 무엇이라 답해야 할지 몰라 "아, 그러시군요" 하고만 말했다. 그러자 쌍둥이 중 하나가 신이 나서 외쳤다.

"맞아요, 아버지? 옛날 증조할머니 시계고, 조지도 알아요! 난 백 번도 넘게 봤다니까요! 할머니 귀가 아주 안 좋으셨는데, 지금은 하늘나라에 계시지만—"

아이들은 그 말을 신호로 삼은 듯 할머니 이야기를 쏟아냈다. 누구도 말리지 않았고, 저마다 목청껏 떠들었다. 결국 맏이인 쌍둥이가 한껏 목소리를 높여, 할머니와 시계에 얽힌 오래된 이야기를 장황하게 늘어놓았다.

"이 시계는 이제 우리 거예요. 안에 톱니바퀴도 있고, 종을 칠 때면 번쩍번쩍 움직이는 게 보여요. 할머니는 우리가 태어나기도 훨씬 전에 돌아가신 분인데, 옛날 사람이라 사마귀도 많았대요. 또 할머니에게는 대머리에 발작을 일으키던 삼촌이 있었다는데, 우리는 잘 모르지만 아무튼 친척이었다나 봐요. 아버진 그 삼촌을 만 번은 봤다시더라고요. 우리 집엔 사과를 먹고는 행주도 와삭와삭 씹어 삼키던 송아지도 있었고요. 여기 살다 보면 장례식도 자주 볼 거예요, 그렇죠 언니? 혹시 불난 집 구경해 본 적 있어요? 난 있지! 한 번은 나랑 짐

테리가—"

아이들의 수다는 셀러스가 다시 입을 열자 곧 잦아들었다. 그는 이번에는 자신이 준비 중인 거창한 투자 계획을 들려주었다. 런던에서 은행가들이 찾아와 투자하겠다고 했다느니, 머지않아 황금빛 미래가 펼쳐질 것이라느니 하는 이야기였다. 그 말에 워싱턴도 금세 부자가 될 듯한 기분이 들었지만, 우선은 방 안이 몹시 춥다는 사실만큼은 부정할 수 없었다.

워싱턴은 난로 가까이 몸을 바짝 붙였지만, 아무리 해도 온기가 느껴지지 않았다. 더 다가서려다 실수로 난로 문을 괴던 쇠꼬챙이를 툭 건드려 문짝이 바닥으로 떨어졌다. 그 순간 놀라운 장면이 눈앞에 펼쳐졌다. 난로 안에서는 이글거리며 타오를 장작불 대신, 잘게 흔들리는 촛불 하나만이 홀로 빛나고 있었던 것이다. 워싱턴은 얼굴이 화끈 달아올라 어쩔 줄 몰랐지만, 셀러스 대령은 잠시 당황하더니 곧 환한 웃음과 함께 변명을 늘어놓았다.

"이거, 내가 직접 고안한 대단한 난방 방법이라네, 워싱턴! 자네 아버지께 꼭 편지로 알려 드리게. 얼마 전에 내 친구 퓌지에 백작이 파리에서 보내 준 학술지를 읽었는데, 프랑스 학술원 보고서에 이런 말이 있더군. '강한 열기는 신경이 예민한 체질에 심각한 해를 끼칠 수 있다.' 그 문장을 보자마자 번개처럼 깨달았지. 우리처럼 감성이 풍부한 사람은 뜨거운 난방을 피해야 한다는 걸! 그래서 곧바로 결심했네. 불은 다 치우고, 열기 '같은' 분위기만 주면 된다! 며칠을 궁리한 끝에 해답이 나온 거지. 양초 하나를 난로 속에 넣고, 운모로 투명한 문을 달아 불빛만 비치게 하는 거야. 그 뒤로 우리 집은 류머티즘이니 뭐니 전혀 앓지 않아. 말하자면 건강을 지켜 주는 근원이라네! 겸손한 편이긴 하지만, 이런 발명은 인정받을 만하지 않겠나?"

워싱턴은 입술이 파래질 만큼 추위를 느끼면서도 고개를 끄덕였다. 속으로는 과연 얼음처럼 찬 방에서 얻는 건강이 무슨 의미가 있을까 하는 의문을 떨치지 못했다.

CHAPTER 8.

처음에 셀러스 대령 집에서 열린 저녁 식사는 호화롭진 않았다. 그러나 곧 흥미로운 양상으로 바뀌었다. 워싱턴 호킨스가 볼 때는 별것 아닌 감자로 보이던 음식이, 얼마 못 가 그 정체가 진귀해졌는데, 이는 셀러스 대령의 입담 덕분이었다. 예컨대 그 감자는 유럽 어딘가 귀족 정원에서, 공작의 보호 아래 재배되었다가 대령에게 특별히 헌상된 희귀 작물이 되어 버렸고, 옥수수빵 또한 지구상 단 한 곳에서만 재배되는 옥수수를 쓴 것이며, 오직 선택받은 사람만이 구할 수 있다고 했다. 처음엔 입맛이 썩 좋지 않다고 생각했던 리오 커피도, 대령이 천천히 즐겨 마셔야 하는 귀한 커피라며 떠받들자, 어느새 워싱턴에게는 고귀한 브라질 귀족의 사유품으로 바뀌었다. 이렇듯 셀러스 대령은 마술 지팡이를 들듯 농산물 몇 점과 마른 과일, 그리고 물에 가까운 음료를 순식간에 귀한 산해진미로 둔갑시켰다. 빈곤한 형편도 그의 말솜씨가 곁들여진다면 부유하고 고귀한 것으로 거듭났다.

하지만 워싱턴이 차가운 침대, 카펫도 없는 방에서 잠자리에 들었을 때는 초라함을 느꼈다. 그러나 아침에 깨어났을 때에는, 잠시나마 꿈결에 궁전 같은 곳에서 깨어난 듯한 착각을 했다. 잠시 정신을 차리고 보니 그저 대령의 사교적 수사가 자신의 꿈을 좌우했을 뿐이었다. 몸이 피곤해 늦잠이 든 뒤 식당에 내려갔을 때, 어젯밤 보았던 낡은 털장식 소파가 사라진 걸 알아차렸다. 아침 식사 자리에서 대령은 느닷없이 지폐 몇 장을 테이블에 턱 던져 놓곤 요즘 좀 자금이 달리니 은행에 들러야겠다며 구겨 넣었다. 그런 시늉이 영락없이 많은 돈을 쉽게 다루는 사람처럼 느껴지게 했다. 음식은 전날 저녁보다 나아진 건 없었지만, 대령의 이야기 속에서 그것들은 다시금 진귀한 미식이 되었다. 식사 중 대령이 말했다.

"워싱턴, 내 생각인데, 자네를 위해 뭔가 해 주고 싶다네. 어제도 벌써 일자리를 알아봤지. 근데 그건 생계 정도일 뿐이야. 나는 말이지, 그 정도가 아니라 정말 큰 기회를 주고 싶단 말이야. 단지 빵과 버터 정도의 수입이 아닌, 아주 '어마어마한 금액'을 벌 기회를. 자넨 여기 내 곁에 머물면 돼. 내가 언제든 바로 손을 뻗어 자네를 부를 수 있는 거리에 있으면 좋겠어. 굵직한 계획들이 잔뜩 있단 말이지. 지금은 말하기 뭐하지만, 나는 늘 입을 꾹 다물고 기회를 엿보는 성격이거든. 여하튼 조금만 기다려 봐, 워싱턴. 순서대로 다 보여 줄 테니. 예를 들어 요즘 뉴욕 쪽에서 날 꼬드기는 옥수수 매매 얘기도 있고. 아직 승낙하진 않았네. 괜히 내가 덜 관심있는 척할수록, 그쪽이 더 안달할 테니까, 허허. 그리고 또 돼지 사업 쪽도 있어. 그건 더 큰 건데, 서부 전역의 농부들한테 돼지를 몽땅 다 사들여서, 도축시설까지 싹 매입한 뒤 독점 판매하자는 구상이지. 온통 우리가 쥐게 되면… 어우, 상상 초월이야! 내가 대충 계산해 봤는데, 대략 6백만 달러 투자면 가능할 것 같아. 그러면, 허허, 바닷가에 배 세 척 띄워도 돈을 다 못 실어 나를걸! 내 말 무슨 뜻인지 알겠나? 짐작만 해도 거대한 부가 눈앞이지. 그런데 말야, 사실 그것보다 더 큰 일도 있어. 훨씬 더 큰—"

"대령님, 설마 그보다 더 큰 게 있단 말입니까?" 워싱턴은 눈빛이 반짝였다.

"아아, 저도 좀 껴들 수 있으면 좋을 텐데! 돈만 있었다면! 이렇게 엄청난 기회가 바로 눈앞에 있는데, 빈손이라니, 정말 비참합니다! 그 모든 것이 저를 조롱하는 것만 같아요. 저는 한 발짝도 못 가고, 남들만 그 대단한 이익을 가져갈 테니…."

셀러스 대령이 다정한 웃음으로 몸을 바짝 숙였다.

"워싱턴, 걱정할 것 없네. 자네도 함께할 기회가 생길 거야."

그는 목소리를 낮추고 비밀이라도 털어놓듯 말을 이었다.

"로스차일드 쪽에서 연락이 왔네. 오하이오, 인디애나, 켄터키, 일리노이, 미주리에 흩어져 있는 와일드캣 은행* 113곳을 한꺼번에 사들이자더군. 지금 주가가 평균 44 퍼센트씩 할인돼 있으니 헐값에 긁어모았다가, 때맞춰 '건실한 은행'으로 공표만 하면 주가가 폭등하지. 불과 몇 달이면 4천만 달러는 남는 장사라네."

워싱턴은 숨이 막히는 듯했다. 대령은 여유 있게 웃으며 덧붙였다.

"돼지 팔고 옥수수 파는 건 애들 놀이야. 진짜 돈벌이는 이런 판이지. 대문 앞에 앉아 은행 주식을 성냥개비 팔 듯 내놓는 모습, 상상만 해도 통쾌하지 않나?"

워싱턴은 감탄사를 삼키며 말했다.

"아버지께서 예전 기세만 유지하셨다면 이런 기회는 절대 놓치지 않으셨을

---

* 19세기 미국, 특히 1830~1860년대 자유 은행 시대에 등장한 무분별하게 설립된 민간은행을 일컫는 말. 이들 은행은 중앙은행의 규제를 받지 않고 주정부 허가만으로 세워졌으며, 금이나 은 같은 실물 자산 없이 무담보 상태로 지폐를 대량 발행하다가 급격히 파산하거나 사기를 저지르는 경우가 많았다. 주로 서부 개척지나 남부 농촌에서 유사 금융기관이 난립했으며, 이런 와일드캣 은행의 신용불량은 당시 금융 불안정과 부실한 투기 열풍의 상징으로 자주 인용되었다.

제1부 황금의 땅을 꿈꾸는 사람들

텐데요… 전 그저 바라만 봐야겠군요."

"실망 마. 자네 몫도 생긴다네. 그런데 지금 가진 돈이 얼마나 되나?"

워싱턴은 18달러뿐이라는 사실이 부끄러웠다. 대령이 손사래를 쳤다.

"낙담할 것 없어. 나도 그보다 적을 때가 있었다네. 그 돈은 일단 아껴 두게. 내가 불려 줄 방법이 있지."

그는 다시 몸을 기울였다.

"요즘 내가 눈병 특효약을 연구 중이야. 성분의 99 퍼센트는 물, 나머지 1퍼센트는 값싼 약재인데, 효능을 폭발시킬 마지막 하나의 재료만 찾으면 돼. 화학자에게 맡기면 비밀이 샐까 봐 내 손으로 시험 중이지. 완성되면 이름은 '베리아 셀러스 불멸 황실동양안약'가 될거야. 소형은 50센트, 대형은 1달러에 팔 거야. 원가가 고작 5센트, 7센트니까 첫해에만 5만 5천 병 팔아도 순익이 2만 달러는 거뜬해. 초도 생산비는 150달러면 충분하고, 2년 차엔 20만 병, 7만 5천 달러 이익. 세인트루이스에 10만 달러짜리 공장을 세우고, 3년 차엔 국내 판매량만 100만 병! 순익 35만 달러… 그다음엔 진짜 목표가 기다리고 있지."

"100만 병이요!"

워싱턴은 벌떡 일어나 외쳤다.

"100만 병으로 끝날까? 그건 그냥 국내에서만이잖나. 애송이지, 애송이! 하, 워싱턴, 자넨 아직 순진해. 내가 시간과 재능을 이런 약 팔이에 쏟는 이유가 뭔지 아나? 그 무대가 바로 전 세계라는 거라네! 명실상부하게 이 지구를 상대로 장사하는 거야. 미국 시장 따위야 그냥 거쳐 가는 길목일 뿐이고, 진짜 눈병 시장은 동양에 있다구! 사람들이 죄다 눈병에 시달린다잖나. 태어날 때부터 안질, 평생 눈병, 죽을 때도 눈병… 결국, 3년 정도만 아시아 쪽에 정착해도, 우리 본사는 콘스탄티노플, 인도…. 카이로, 이스파한, 바그다드, 다마스쿠스, 예루살렘, 에도, 베이징, 방콕, 델리, 봄베이. 돈이 셀 수도 없이 쏟아지지! 곧 천문학적인 부가 온다구!"

"정말 굉장합니다! 그럼 당장 시작하시죠!"

대령은 손을 내저으며 호탕하게 웃었다.

워싱턴의 머릿속에는 순식간에 이국 도시들과 돈다발이 폭포처럼 쏟아졌다. 그러나 열기에 취한 채 주위를 둘러보자, 낡은 벽과 해진 가구, 초라한 가족이 다시 눈에 들어왔다. 워싱턴은 애타게 외쳤다.

"부탁입니다, 대령님! 우선 그 '눈약'부터 당장 팔아 봅시다. 제게 18달러가 있습니다. 그 돈을 종잣돈으로 써 주세요!"

하지만 셀러스는 무심한 듯 손사래 치며 말했다.

"아직은 안 써도 돼. 조금만 있다가, 딱 완성되면 그때 자네 돈을 쓰자고. 그 땐 누구도 끼어들 게 아니라, 우리 둘만의 독점 사업이지."

워싱턴은 눈물 날 만큼 감사했다. 아침엔 절망 끝에 서 있던 자신이 오후엔 천국의 문턱을 밟는 듯했다. 그는 셀러스 대령을 거의 숭배하다시피 하며, 오늘 당장 일거리를 소개해 주겠다는 약속을 받고 집 밖으로 나섰다. 하지만 문득 워싱턴은 가족에게 편지를 써서 이 희소식을 전해야겠다는 충동이 일었다. 원래 그는 늘 새 관심사에만 집중하여, 당장의 일은 뒤로 미루는 성향이었다. 곧 2층으로 뛰어 올라가 편지를 쓰기 시작했다. 그는 옥수수와 돼지, 은행 인수, 그리고 눈약 사업의 천문학적인 가치를 광적으로 열거하며 예찬했다. 또 세상은 아직 셀러스 대령이 어떤 인물인지 모른다며, 언젠가 모두가 놀랄 거라고 했다. 편지의 끝부분은 이렇게 결론지었다.

그러니 염려 마세요, 어머니. 저는 혼자만 잘살려는 게 아닙니다. 가족 모두가 넉넉히 누리고도 남을 만큼 큰돈을 벌어 돌아갈 겁니다. 아무리 나눠도 모자라지 않을 테니 걱정하지 마세요. 다만 아버지께 전하실 때는 조심해 주세요. 지난 세월 마음고생이 크셨으니, 이 놀라운 소식이 오히려 충격이 될까 두렵습니다. 로라와 동생들에게도 꼭 알려 주시고, 클레이에게도 편지를 보내 주세요. 제가

얻는 것은 언제든지 함께 나누리라는 걸 잘 알 테니까요. 조금만 더 힘내세요. 우리 고생도 이제 거의 끝나 갑니다.."

편지를 받은 어머니는 기뻤지만, 왠지 모를 불안이 퍼져 밤새 잠을 이루지 못했다. 결국 다음 날 아침, 가족에게는 편지 내용을 간략히 들려주고 말았다.

워싱턴이 편지를 보내고 내려오자, 대령은 오늘부터 맡게 될 일자리를 소개하겠다며 그를 데리고 나갔다. 그 직장은 부동산 사무실이었다. 그러자 워싱턴은 또다시 거금의 환상 대신, 자신이 애초부터 매달려 있던 동부 테네시의 땅에 관한 정보로 머릿속을 뒤덮었다. 부동산이라니, 얼마나 멋진가! 그는 완전히 가슴이 뛰었다. 대령은 설명했다.

"보스웰 장군이 이 고장에서 큰 사업을 벌이고 있네. 자네가 맡을 업무가 그리 많지는 않다더군. 월급은 40달러, 숙식은 장군 댁에서 제공한다네. 호텔에 묵으면 15달러는 들 텐데, 그보다 훨씬 편할 거야."

사무실은 시내 중심가에 자리한 단정한 공간이었고, 벽에는 지도가 빼곡히 걸려 있었다. 안경을 쓴 직원 하나가 새 지도를 그리고 있었고, 보스웰 장군은 근엄한 표정으로 워싱턴을 맞았다. 셀러스 대령이 자리를 뜨자 장군은 장부 정리와 기록 업무에 대해 간단히 설명했다. 워싱턴이 회계 원리를 어느 정도 알고 있다는 말을 듣고는, 곧 익숙해질 수 있을 거라며 고개를 끄덕였다.

점심때가 되자 장군은 워싱턴을 데리고 자기 집으로 걸어갔다. 장군의 위엄 있는 걸음걸이에 워싱턴은 저도 모르게 반 발짝 뒤로 물러서게 됐다. 가벼운 농담 한마디조차 쉽지 않은, 팽팽하고도 단정한 공기가 장군에게는 흐르고 있었다.

CHAPTER 9.

거리로 나선 워싱턴의 머릿속은 온통 몽상으로 가득했다. 곡물 투자에서 돼지 독점으로, 거기서 은행 합병으로, 또다시 눈약 사업으로, 결국 테네시 땅까지 숨 가쁘게 이어지는 상상의 사슬이 꼬리를 물었다. 그 와중에도 겨우 하나 인식된 현실은 보스웰 장군과 나란히 걷고 있다는 사실뿐이었으나, 그조차 선명하게 느끼기 어려웠다.

호크아이 마을에서 가장 훌륭한 저택에 도착하자, 두 사람은 집 안으로 들어섰다. 장군의 부인인 보스웰 부인을 소개받았을 때도, 워싱턴의 상상은 또다시 투자나 사업 이야기로 날아오르려 했다. 바로 그때, 열여섯 혹은 열일곱 살로 보이는 빼어난 소녀가 들어왔다. 그녀의 출현은 마치 강한 빛이 혼탁한 먼지를 쓸어내듯, 눈앞에 있던 모든 황홀한 사업 구상을 일거에 지워 버렸다. 그 아이는 보스웰 장군의 딸인 루이즈 보스웰로, 워싱턴은 루이즈에게 한순간에 마음을 빼앗겼다. 워싱턴은 이전에도 여러 번 아름다운 이성에게 마음을 둔 적이 있었지만, 이렇게 갑작스럽고 격렬한 느낌은 처음이었다.

루이즈가 오후에 외출한 이후에도, 워싱턴은 곱셈표를 들여다보는 틈틈이 루이즈를 내내 떠올렸다. 그녀가 처음 문을 열고 들어오던 모습과 그녀의 목소리에 자신이 느낀 전율. 그 모든 장면이 자꾸만 머릿속을 맴돌았다. 그 오후의 시간은 정말 행복했지만, 동시에 그녀를 다시 보고 싶은 조바심에 억겁처럼 길게 느껴졌다.

그 뒤에도 비슷한 날들이 이어졌다. 워싱턴은 특유의 충동적인 열정으로 사랑에 뛰어들었고, 그의 눈에는 루이즈 역시 조금씩 마음을 열어 주는 듯했다. 비록 아주 큰 진전은 아니었지만, 자신이 예전보다 더 가까워지고 있다는 기분을 느꼈다. 다만 루이즈의 부모인 장군과 그 부인은 은근히 걱정하는 눈치를 보이며, 에둘러 딸에게 넉넉히 먹고 살 만한 경제력 없는 남자와의 결혼은 실수라는 이야기를 전하는 듯 했다. 누구를 특정하지는 않았지만 말이다.

그 때문에 워싱턴은 직감적으로 자신이 돈이 없다는 사실이 루이즈와의 사이에 걸림돌이 되리라 생각했다. 이제 가난은 그에게 전에 없던 고통의 근원이 되었다. 예전의 빈곤과는 비교할 수 없을 만큼 아픈 문제로 다가왔다. 그는 전보다 더욱 부를 갈망했다.

워싱턴은 가끔 저녁 식사 초대를 받아 셀러스 대령의 집에도 가 보았는데, 식탁에 차려지는 음식이 부쩍 줄고 품질도 떨어지는 듯했다. 워싱턴은 이를 보며, 눈병약에서 마지막으로 필요한 재료가 아직 발견되지 못했음을 짐작했다. 대령은 의사의 권고니 최신 과학이니 하며 식단 조절을 하는 중이라고 둘러댔다. 워싱턴이 마주하는 것은 실망과 기대가 번갈아 오가는 상황일 뿐이었다. 이후에도 셀러스 대령이 부동산 사무실로 찾아올 때마다, 워싱턴은 가슴이 두근거렸으나, 대개 그 내용은 엄청난 규모의 토지 투자와 관련된 잡다한 얘기뿐이었고, 정작 눈병약에 대한 핵심 재료를 찾았다는 소식은 들려오지 않았다.

그즈음 집에서 편지가 왔다. 아버지 호킨스 판사가 보름째 위독하다는 소식이었다. 워싱턴은 슬픔에 잠겨 곧장 돌아가기로 마음먹었다. 보스웰 부부도 그를 위로했지만, 무엇보다 루이즈가 작별 인사로 건넨 한마디가 가슴 깊이 박혔다.

"너무 낙담하지 마세요. 분명 다 잘될 거예요."

루이즈의 손을 잡는 순간, 두 사람의 눈가에 동시에 눈물이 맺혔다. 그 달콤한 위로가 잠시 비극을 축복처럼 바꾸어 놓았다. 귀향 길 내내 워싱턴은 자신을 고귀하게 시련을 견디는 청년으로 그려 보며 눈물을 훔쳤다. 루이즈가 분명 자신을 운명에 맞서 견뎌내는 진실된 젊은 영혼으로 떠올릴 거라고 믿었다.

한편, 그 즈음 루이즈는 자기 방 서랍 앞에 멍하니 서서, 종이 위에 워싱턴이라는 단어를 여기저기 적다가 곧 지우고, 완전히 알아볼 수 없게 긁적여 흐리더니, 마지막엔 종이를 태워버렸다. 그 행동이 본인에게조차 혼란스러웠지만, 결코 우연한 짓은 아니었다.

집에 도착한 워싱턴은 상황이 심상치 않음을 곧바로 느꼈다. 어두운 방, 무거운 숨소리와 간헐적인 신음, 발소리를 죽인 채 속삭이는 가족들. 모두가 좋지 않은 징조였다. 어머니와 로라는 사흘째 간호 중이었고, 형제 클레이도 하루 먼저 도착해 곁을 지키고 있었다. 호킨스 판사는 워싱턴을 포함해 오직 아내와 로라, 클레이 세 사람만 곁에 두려 했다. 이웃들이 돕겠다고 했지만, 그는 정중히 사양했다.

세 사람이 세 시간씩 교대로 지켰지만, 아버지의 기력은 눈에 띄게 쇠해져 갔다. 그러다 마침내 마지막 밤이 찾아왔다. 깊은 겨울밤, 눈발이 어둠 속을 헤집고, 바람은 집 주위를 휙휙 돌며 창을 덜컥거리던 날이었다.

"더는 손쓸 길이 없습니다······."

의사는 마지막으로 다녀가면서 흔하지만 누구에게나 비수가 되는 말을 남겼다. 약병들은 치워졌고, 방 안은 곧 다가올 죽음을 경건히 맞을 준비를 마쳤다. 호킨스 판사는 눈을 감고 미세한 숨만 내쉴 뿐이었고, 가족들은 그의 이마를 닦으며 조용히 흐느꼈다.

자정 무렵, 판사가 잠시 미동하더니 눈을 뜨고 주위를 둘러보았다. 무언가 말하려 애쓰는 듯 보였다. 즉시 로라가 그의 머리를 받쳐 들었다. 희미한 숨소리로 그는 말했다.

"낸시··· 그리고 얘들아··· 조금만 더 가까이······ 마지막으로 얼굴을 보고 싶구나."

모두가 침대로 바짝 다가와 눈물을 삼켰다. 호킨스 판사는 남은 힘을 다해 말을 이었다.

"이렇게 가난 속에 너희를 남기게 되어 정말 미안하구나. 내가 얼마나 어리석었는지··· 그러나 용기를 내거라. 언젠가는··· 좋은 날이 올 거다. 저 테네시 땅··· 그걸 절대 잊지 말아라. 조심스럽게 간직해라. 그 안에는 어마어마한 부가 잠들어 있다··· 언젠가 우리 아이들도 세상 누구 못지않게 당당해질 것이다··· 그 서류들은? 혹시··· 잘 갖고 있느냐? 한 번만 내게 보여 주렴."

한 순간, 그는 이전보다 또렷해 보였고, 거의 도움 없이 상반신을 일으킬 정도의 힘을 냈다. 그러나 곧 빛이 꺼지듯 다시 힘이 빠져 버렸다. 서류가 눈앞에 보여지자, 그는 안심한 듯 미소를 지었고, 이내 두 눈을 감았다. 죽음의 징조는 더욱 분명해졌다. 조금 뒤, 그가 미약하게 고개를 들어 희미한 시선으로 주위를 더듬었다. 마치 일렁이는 빛 속을 보는 듯, 작게 중얼거렸다.

"이제… 끝났나? 아니, 아직… 보여… 하지만… 이제 정말로 끝인가 보다… 그래도… 너희는… 안전해… 테…네시…"

마지막 말을 채 끝맺지 못한 채 그의 목소리가 사그라들었다. 가늘고 여윈 손가락이 이불 가장자리를 건드리며 허공을 더듬기 시작했다. 그 뒤 한동안, 방 안엔 울부짖는 가족의 소리와 바깥의 모진 바람만 오갔다.

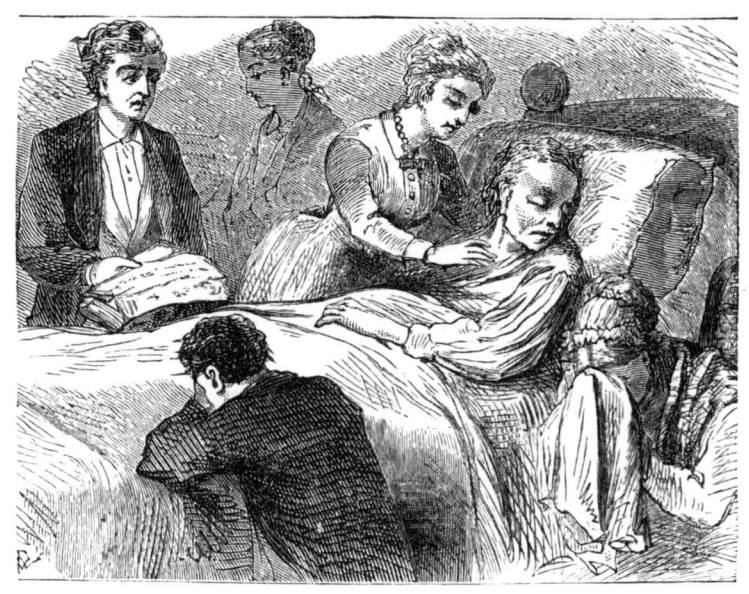

로라는 아버지의 숨이 멎는 순간, 고개를 숙여 조용히 입맞춤을 건넸다. 그녀는 소리 내어 울지 않고 눈물만 흐르도록 했다. 곧 그의 눈을 감겨 주고, 두 손을 가지런히 모았다. 잠시 뒤, 로라는 이마에 경건히 입맞춤을 남기고, 시트를 얼굴까지 덮은 뒤 한쪽 구석에 앉아 버렸다. 그녀의 표정엔 마치 세상과의 모든 끈이 끊어져 버린 듯한 허무가 어렸다. 클레이는 얼굴을 베갯잇에 파묻고 흐느꼈다. 어머니와 다른 아이들은 그제야 막 다가온 죽음을 온몸으로 실감하며 서로 부둥켜안고 울음소리를 터뜨렸다.

CHAPTER 10.

장례가 끝난 지 불과 이삼 일이 지났을 무렵, 로라의 삶의 흐름을 다소 바꾸고 그녀의 성격 형성에도 어느 정도 영향을 미칠 사건이 일어났다.

주인공은 랙랜드 소령이었다. 그는 한때 주에서 촉망받던 인물로, 재능과 학식이 뛰어나 누구에게나 신뢰와 존경을 받았다. 그러나 하원의원 세 번째 임기, 상원 진출을 코앞에 둔 절정의 순간 재정난에 몰려 자신의 한 표를 팔았다. 뇌물을 받은 사실이 드러나자 그의 추락은 순식간이었다. 명예는 돌이킬 수 없이 짓밟혔고, 모든 사람이 등을 돌렸다. 이후 그는 몇 해를 은둔과 방탕 속에서 보내다 결국 쓸쓸히 세상을 떠났다. 장례식은 호킨스 판사의 장례 바로 뒤에 치러졌지만, 곁에는 조문객도 친척도 없었다. 그 시신과 유품을 수습하던 검시관은, 동네 사람들이 전혀 예상 못한 사실을 들추어냈다. 바로 로라가 호킨스 부부의 친딸이 아니라는 점을 밝혀낸 것이었다.

소문꾼들은 곧 분주해졌다. 사실, 그 기록이 보여 준 것은 로라의 친부모가 누구인지 분명하지 않다는 사실 정도에 불과했고 거기서 더 밝혀진 정보는 없었지만, 오히려 그로 인해 사람들은 더 자유롭게 온갖 억측과 가설을 펼칠 수 있었다. 사실의 공백은 상상으로 채우면 되었기 때문이다. 이윽고 마을 곳곳에서 로라의 출생과 숨은 과거를 두고 수많은 이야기가 나왔다. 각각의 이야기는 서로 조금씩 달랐지만, 모두 흥미롭고 비밀스럽게 꾸며졌으며, 가장 중요한 지점인 로라의 출생에 어딘가 수상쩍은 기운이 감돈다는 데에 한결같이 의견이 일치했다.

얼마 지나지 않아, 로라는 싸늘한 시선과 고개를 돌리는 눈길, 이상한 고갯짓과 수군거림을 온몸으로 느끼게 되었다. 이토록 사람들의 태도가 바뀌는 이유를 몰라 당혹스러웠지만, 결국 여기저기서 퍼지는 이야기를 듣게 되자 이해했다. 그녀의 자존심은 크게 상처 입었다. 놀라움에 처음엔 믿지 못하고 망설였지만, 곧 사실이든 아니든 상관없이 이 소문이라는 녀석이 이미 마을을 도배하고 있다는 걸 깨달았다. 로라는 어머니에게 사실 여부를 확인하고 싶었지만, 차마 입이 떨어지지 않았다. 이내 랙랜드 소령의 메모가 호킨스 판사와 주고받은 편지로부터 비롯되었다는 점을 알게 되자, 실행에 옮길 계획을 세웠다.

어두운 밤, 로라는 방 안에서 가족들이 잠들기를 기다려 들키지 않도록 조심하며 다락으로 올라갔다. 그리고 한참 뒤적거린 끝에, 잔뜩 먼지 묻은 상자들 속 오래된 사업 관련 문서더미를 뒤지다, 마침내 편지 꾸러미를 발견했다. 그중 하나에는 개인용이라 적혀 있었고, 거기서 자신이 원하는 걸 찾았다. 그녀는 여덟 통 정도를 골라 손에 쥐었다. 추위에도 아랑곳하지 않고, 가져온 편지들을 열심히 읽어나갔다.

날짜를 보니, 지금으로부터 5년에서 7년 전까지의 편지였다. 전부 랙랜드 소령이 호킨스 판사에게 쓴 것이었다. 내용은 대체로, 동부에서 누군가가 잃어버린 아이를 찾고 있는데, 그 아이가 로라일지 모른다는 이야기였다.

다만 편지 일부가 빠져 있는 듯했다. 의뢰인의 이름은 전혀 나오지 않았고, 그가 잘생긴 귀족 풍의 신사라고만 간단히 언급된 점을 보면, 두 사람 사이에 미리 통하는 인물이었던 모양이다.

소령은 그 사람에 대한 추적이 엉뚱한 방향일 수도 있으니, 지금은 조용히 지켜보자는 판사님의 의견에 동의한다는 말도 덧붙였다. 다른 편지에는 불쌍한 그가 로라 사진을 보고 완전히 무너져 내리며 '이 아이가 틀림없다'고 했다는 구절이 있었다. 또 한 통에는 '그 사람은 로라에게 온 마음을 걸고 있다. 만약 이번에도 헛된 희망이라면 생명이 위태로울 수 있다. 조금 더 기다렸다가 그가 서쪽으로 올 때 동행해 주기로 했다'는 내용이 담겨 있었다.

또 다른 편지에는 이런 대목도 있었다.

이 가엾은 신사는 배 폭발 이전의 기억만 또렷합니다. 아내와 아이를 데리고 강 상류로 가다 경주가 있었는지만 어렴풋이 떠올릴 뿐, 자신이 탄 배 이름도 몰라요. 폭발 후 한 달간의 기억은 완전히 비어 있어요. 하지만 망상을 할 때면 배 이름, 폭발 장면, 극적인 탈출 과정까지 낱낱이 말합니다. 우현 타를 붙잡고 있다가 작은 보트가 접근할 즈음, 머리 위로 날아온 잔해에 맞던 순간까지 기억한다고 합니다. 의사들은 아직 그에게 로라가 딸인지 아닌지 밝히지 말라고 해요. 몸이 완전히 회복된 뒤에야 진실을 알려야 합니다. 위중한 병세는 아니니 곧 나을 것이고, 건강이 회복되면 잠시 항해를 다녀오게 하라고 의사들이 권했어요. 로라와의 상봉은 그 후에 허락한다고 하면 그를 설득할 수 있을 것 같네요.

그리고 가장 최신의 편지에선 이런 문장이 있었다.

세상에 이런 기이한 일이 어디 있을까요. 여전히 의문은 풀리지 않아요. 난 온갖 방법으로 그를 수소문했으나 전부 허탕이었어요. 그의 흔적은 뉴욕의 어느 호텔에서 끊기고, 그 후 단 한 번도 보거나 듣질 못했다는 말입니다. 배를 탔다면 기록에 남았을 텐데, 뉴욕, 보스턴, 볼티모어 모든 선박의 항해 명단에도 그 이름이 없어요. 이렇게 된 이상, 우리가 이 얘길 둘만의 비밀로 한 게 다행인 듯하군요. 어쨌든 로라에겐 호킨스 씨가 아버지로 남아 주니 그것도 좋은 일이에요. 이제부턴 이 얘기는 아예 묻어 두자고요.

이상이었다. 흩어진 정보들을 이어 맞추자, 마흔셋에서 마흔다섯 살쯤 되는 검은 머리칼과 눈을 가진, 한쪽 다리를 약간 절뚝이는 남자가 자신의 친부일지도 모른다는 생각이 떠올랐다. 로라는 남은 편지를 찾으려 애썼지만 모두 불태워졌는지 하나도 남아 있지 않았다. 아마도 이 몇 통은 호킨스 씨가 잠시 방심한 틈에 살아남았던 모양이다. 그는 늘 새로운 공상과 아이디어에 몰두하던 사람이었으니까.

로라는 편지를 무릎에 올려놓은 채, 찬 기운을 견디며 한참 생각에 잠겼다. 마치 길게 뻗은 골목 끝에서 강물이 앞을 막고 있는데, 다리도 보이지 않고 맞은편이 있는지도 모른 채 어둠이 내려앉는 상황에 홀로 갇힌 듯했다.

'한 달만 일찍 이 편지를 봤더라면!'

그러나 이제 비밀은 죽은 이들과 함께 묻혀 버린 것 같았다. 로라 마음에는 음산하고 쓸쓸한 기분이 깃들었고, 어렴풋한 피해의식까지 치솟아 왔다. 그녀는 무척 괴로워졌다.

로라는 이제 막 사춘기에 접어들어 낭만적인 감성이 한층 깊어지는 때였다. 자신의 출생에 비밀이 있다는 사실은 묘한 슬픔과 은근한 만족을 동시에 안겨 주었다. 현실 감각이 뛰어난 로라였지만, 인간인 이상 어느 정도는 로맨틱한 상상에 빠질 수밖에 없었다. 사람은 누구나 마음속 비밀 무대 위에 자신을 영웅으로 세우고, 세월이 흐름에 따라 그 영웅의 형상을 조금씩 바꾸기 마련이다. 최근 아버지의 임종을 지켜보느라 밤낮이 뒤섞인 지친 나날을 보낸 뒤, 그 슬픔에서 벗어나며 찾아온 허탈감 덕에, 로라는 이 시점에 더욱 로맨틱한 자극에 민감했다. 어딘가 진짜 아버지가 존재한다는 사실은, 그녀를 한층 복잡하고 들뜨게 만들었다. 정말로 그 아버지를 찾아내고픈 건지, 아니면 그저 전형적인 소설 속과 같은 신비스러움을 그대로 두고픈 건지는 자신도 몰랐다. 그저 이야기에서 보듯, 언젠가 기회가 온다면 찾아야 하는 게 정석이라는 생각이 들었을 뿐이다.

'어머니와 이야기를 해야겠다.'

로라가 그렇게 결심한 순간, 마침 호킨스 부인이 방으로 들어섰다.

부인은 이미 모든 사실을 알고 있었다고 고백했다. 남편과 장성한 자녀들, 셀러스 대령 그리고 자신이 오랫동안 이 비밀을 숨겨 왔다며, 불행이 시작되면 끝도 없이 이어질 것이라 울먹였다. 처음엔 자신의 문제만 너무 커 보였던 로라는 어머니의 고통이 더 깊다는 것을 깨닫고 마음이 흔들렸다. 그러나 부인은 단호히 말했다.

"우리 아이, 내 곁을 떠나지 말아 줘. 쓸데없는 소문은 흘려버리자. 그냥 내가 네 엄마라고 여기면 되지 않니? 널 평생 그렇게 사랑해 왔고, 하나님 보시기에도 나는 네 어머니야. 우리를 갈라놓을 수 있는 건 아무것도 없어!"

이 호소에 로라는 더는 망설이지 않았다. 그녀는 어머니를 꼭 껴안으며 다짐했다.

"어머니는 영원히 제 어머니예요. 우린 예전처럼 지낼 거고, 이런 소문이나 다른 어떤 일도 우릴 갈라놓지 못해요. 지금 이 순간보다 더 소중해질 수 없을 만큼 우리의 마음은 변하지 않을 거예요."

그리하여 둘 사이에는 더 이상 거리감도 서운함도 남지 않았다. 오히려 전보다 더 깊고 단단한 사랑이 싹텄다. 두 사람은 아래층 난로 앞에 마주 앉아 로라의 출생 비밀과 편지들에 대해 허심탄회하게 이야기를 나눴다. 어머니는 남편이 랙랜드와 주고받은 편지가 있었다는 사실조차 몰랐다고 했다. 아마 호킨스 씨가 그녀가 괜한 걱정을 하지 않도록 일부러 숨겼던 모양이었다.

그날 밤 로라는 한결 편안해진 마음으로 잠들었고, 과도하던 낭만적 격정도 잦아들었다. 다음 날 그녀가 다소 우울하고 차분해 보이기는 했지만, 온 집안이 애도 중이라 그다지 눈에 띄지 않았다. 클레이와 워싱턴은 여전히 다정한 오빠들이었고, 어린 동생들 몇몇은 로라가 친자매가 아니라는 사실에 놀라긴 했으나 그들의 사랑 또한 변함이 없었다.

어쩌면 모든 것이 다시 예전 모습으로 돌아가는 듯했다. 그러나 마을 사람들의 호기심은 그치지 않았다. 그들은 문상을 핑계 삼아 연일 드나들며 어머니와 아이들을 붙잡고 캐물었다. 실례인 줄도 모르고 말이다. 가족들이 그 질문을 피하자 소문꾼들은 정당한 출생이라면 증명했을 텐데, 어째 '증기선 폭발에서 건진 아이'라는 괴상한 이야기만 되풀이하느냐며 더 수군댔다.

끊임없는 압박에 로라는 다시금 방 안으로 파고들었다. 낮이면 새로운 추측과 비방을 듣고, 밤이면 홀로 생각에 잠겼다. 때로는 눈물이 왈칵 쏟아지고 분노의 말을 내뱉기도 했지만, 끝내 스스로 달랬다.

"저 사람들, 대체 뭔데? 개돼지 같잖아. 저 사람들이 날 어떻게 보고 떠들던 상관없어. 신경도 쓰기 싫어. 그럴 가치가 있긴 하나? 그런 시답잖은 사람은 내게 중요하지 않아. 굳이 미워할 필요도 없잖아. 나를 아끼는 사람들은 예전이나 지금이나 그대로인데."

가족이 아닌 사람들 가운데 로라가 말한 '나를 아끼는 사람'은 네드 서스턴 단 한 명뿐이었다. 네드 서스턴은 아버지의 병세가 깊어졌을 때 왕진을 와 준 젊은 의사였다. 그때 몇 차례 집을 드나들며 자연스레 말을 트게 되었고, 장례식 이후에도 서너 번 편지를 주고받으며 우정인지 연정인지 모를 묘한 사이가 이어졌다. 로라는 마음 깊은 곳에서 그가 여전히 변함없기를 바라며, 그 생각에 가슴이 조금씩 따뜻해졌다.

그러던 어느 비 내리는 오후, 어린 시절부터 로라를 챙겨 준 마리아가 젖은 코트를 그대로 걸친 채 헐레벌떡 들어서 로라에게 말했다.

"약국에 들렀다가 네드 서스턴이 파커 약사와 나누는 이야길 들었어."

"그 사람이 무슨 말을?"

"파커 씨가 '요즘 로라 양 댁엔 발길이 뜸하던데요?' 하고 묻자, 네드가 잠깐 뜸을 들이더니 이렇게 대답했어."

'로라가 어떤 사람인지는 제가 제일 잘 압니다. 그 아이의 출생 배경 같은 건 문제되지 않아요. 하지만 이런 시골 동네에서의 소문은 잔인하죠. 내 이름으로 그 아이를 지켜 주려 해도, 결국 상처 입는 건 로라일 겁니다. 그러니… 차라리 처음부터 선을 긋는 편이 낫겠죠.' 라고"

마리아는 로라의 눈빛을 살피며 덧붙였다.

"내가 보기엔, 오히려 네드가 당신을 보호한다는 핑계로 겁을 먹은 것 같았어."

짧은 정적 끝에 로라는 잔을 내려놓으며 씁쓸하게 웃었다.

"결국, 헛소문만 아니었다면 네드 서스턴 씨는 구애라도 했을 거란 얘기군요."

목이 잠긴 로라는 되레 농담처럼 말을 돌렸다.

"그 사람, 외모도 반듯하고 집안도 좋다고들 하지만, 개업한 지 1년 동안 장례식을 치른 환자 세 명 진료한 게 전부잖아요. 오히려 내가 그 장례식마다 조문을 가준 든든한 사람인데."

"로라…"

"아, 마리아. 점심에 소시지를 볶아 뒀는데 같이 먹고 갈래요? 곧 호크아이로 이사 가면 못 볼 테니 오늘만큼은 함께 있어 줬으면 해요."

마리아는 로라의 덤덤한 태도가 안쓰러웠지만, 정작 로라가 소시지 얘기만 하며 애써 웃어 보이자 더 머물지 못하고 자리에서 일어섰다. 문간에서 돌아본 로라의 얼굴은, 웃고 있지만 눈가가 금세 붉어지고 있었다.

마리아가 떠나자 로라는 웅크린 채 발을 쿵 내리찍었다.

"겁쟁이! 책 속의 남자들은 다 용감하게 여자 편에 서주더니, 현실은 왜 이 모양이야? 험담이 좀 무섭다고 등을 돌려?"

분을 삭이듯 싱크대에 놓인 도마를 두드리더니, 이내 고개를 떨어뜨렸다.

"하지만… 어쩌면 잘된 일일지도 몰라. 사실… 그렇게까지 좋아했던 건 아니니까."

입술을 깨물며 중얼거린 그녀는, 말끝이 채 가시기도 전에 훌쩍 눈물을 삼켰다. 그러곤 다시 발뒤꿈치를 쿵쿵 울리며 억지로 웃어 보였다.

CHAPTER 11.

두 달이 지나, 호킨스 가족은 셀러스 대령이 있는 호크아이에 자리잡게 되었다. 워싱턴은 다시 부동산 사무실에서 일하며, 하루하루 천국에 갔다가 지옥에 떨어지는 기분을 번갈아 느꼈다. 그것은 전적으로 루이즈가 그에게 다정한 태도를 보이거나, 무심한 것처럼 보이느냐에 달려 있었다. 그녀가 무심해 보이는 순간은 곧 다른 젊은이를 생각하고 있는 게 틀림없다는, 그만의 결론이었기 때문이다.

셀러스 대령은 워싱턴이 호크아이로 돌아온 뒤, 몇 번 저녁 식사에 초대했으나, 워싱턴은 딱히 이유가 없으면서도 그저 거절해 왔다. 굳이 말하자면, 루이즈 곁에서 떨어지기가 싫다는 이유였지만, 그것만큼은 아무에게도 털어놓고 싶지 않았다. 그러다 보니, 요즘 대령의 초대가 좀 뜸한 듯하여 혹시 기분이 상했을지도 모른다는 생각이 들어, 그날 대령의 집에 들러 놀래켜 주기로 작정했다. 특히, 그날 아침 루이즈가 조반 자리에 나오지 않아 그의 가슴을 애태웠으므로, 그도 그녀의 마음을 애태우게 만들고자 한 것이었다.

워싱턴이 셀러스 대령의 집에 깜짝 방문했을 때는 마침 가족이 식사하려는 참이었다. 하지만 워싱턴이 입장한 순간, 대령의 얼굴에는 잠깐 난처함과 어색함이 스쳤고, 부인도 안쓰러울 정도로 당황한 기색이 역력했다. 하지만 이내 대령은 본색을 되찾아 활기차게 외쳤다.

"어서 오게, 내 아들 같으니! 언제든 환영이지. 자네에게 특별한 초대 같은 건 필요 없어. 친구끼리 뭘 그런 것 갖고 그래. 언제나, 자주 올수록 우리야 더

없이 좋다네. 참, 아내도 똑같이 얘기할 거야. 우리 집은 호화로울 건 없지만, 친구라면 늘 환영이지, 그거 자넨 잘 알겠지? 자, 아이들아, 어서 뛰어가렴. 라파예트. 손 치워! 고양이 꼬리를 밟고 있잖니? 어린애가 어른 코트자락 잡고 끌면 어떻게 해. 어휴, 그냥 내버려 두게, 워싱턴. 아이들이 철없는 짓 좀 하는 거지 뭐. 자, 부인 곁에 앉게. 마리 앙투아네트, 포크 하나 갖고 티격대지 말고 양보해 줘야지?"

워싱턴은 식탁을 보고, 자신의 정신이 온전한지 의심했다. 소박한 가족 식사라더니, 이게 전부인가 싶었다. 맑고 풍부한 물과 날것의 순무 한 대접! 하지만 그것이 정말, 식사의 전부였다.

워싱턴은 슬쩍 부인의 얼굴을 보았는데, 그 순간 차라리 보지 않았으면 싶었다. 그녀의 뺨은 빨갛게 달아올랐고, 눈에는 눈물이 맺혔다. 워싱턴은 어쩔 줄 몰랐다. 이 집의 참담한 궁핍을, 그리고 자신이 그걸 목격함으로써 이 여인을 민망하게 만들었다는 죄책감이 그를 짓눌렀다. 하지만 이미 들어와 버린 이상, 빠져나갈 길은 없었다.

셀러스 대령은 두 팔 소매를 흔들듯 올려 젖히고, 마치 이제 근사한 식사를 즐겨보려는 표정으로 포크를 들더니, 순무를 찍어 접시에 나눠 담기 시작했다.

"워싱턴, 좀 먹게. 라파예트, 그 접시 워싱턴에게 건네 봐. 아, 이거야말로. 내 말이요, 요즘 경기 분위기가 아주 좋아. 투자? 자네도 알다시피, 온 세상이 돈 냄새로 가득해! 내가 막 진행 중인 그건 말이지. 자네, 이 소스 좀 안 쓸래? 아, 괜찮아, 괜찮아. 어떤 사람은 순무에 겨자를 곁들인다지만… 예전에 폴란드 출신의 포니아토프스키 남작이란 분이 있었어. 러시아 사람답게 호방하고, 날 볼 때마다 늘 '순무엔 겨자요, 셀러스!'라고 얘기했지만, 난 '난 있는 그대로가 좋소. 양념 따윈 필요 없어!' 하고 대답하곤 했네. 그렇게 사는 게 최고라네. 사치스런 식생활이 사람 잡는 거지, 내 말 안 틀려. 그래, 워싱턴, 내가 말하던 작은 작업 중 하나가, 물을 좀 마시게, 맘껏 마셔. 이 물도 꽤 괜찮을 거야. 이 순무를 먹어 보니 어떤가?"

워싱턴은 이렇게 대답했다.

"지금껏 먹어본 순무 중 최고 같습니다."

물론 그는 평소부터 익힌 순무도 싫어하는 편이었고, 생순무는 더욱 질색이었으나, 애써 이를 숨겼다. 그는 자신의 영혼을 걸고 순무를 칭찬했다.

"역시 그럴 줄 알았지. 한 번 자세히 살펴보게. 아주 단단하고 즙도 풍부하지 않나. 이런 순무는 이런 지방에서 나올 수가 없다네. 전부 뉴저지에서 내가 직접 들여왔지. 비용이 만만치 않았지만, 난 최고를 추구하는 사람이거든. 결국 그게 장기적으로 더 절약이 되지. 이건 귀한 품종으로, 특별한 과수원에서만 생산 가능하고, 수요에 비해 공급이 늘 모자라지. 물 더 마시게, 워싱턴. 과일과 함께 물을 많이 마셔야 몸에 좋아. 의사들도 전부 그렇게 말하지. 이런 음식만 있으면 전염병에는 절대 걸리지 않아!"

"전염병이라뇨? 무슨 전염병이요?"

"무슨 전염병이냐니! 2세기 전 런던 인구를 거의 쓸어버린 그 흑사병 말이야."

"그게 우리와 무슨 상관이죠? 여긴 그런 역병 없잖습니까."

"쉿, 내가 정보를 새어 버렸군. 뭐, 어쩔 수 없지, 자네만 알고 있으라고. 그 병이 멀리서 걸려오고 있어. 맥시코 만류를 따라 전염병이 번지는 법이지. 불과 석 달 뒤쯤엔 우리나라를 쑥대밭으로 만들 거라구! 누구든 걸리면 유서부터 쓰고 관 짜야 한단 말이야. 그런데 말이지, 치료는 안 되어도 예방은 가능하다네. 비결이 뭔지 아나? 바로 순무와 물이야! 의사 맥도웰이 그렇게 말했네. 하루 서너 번씩 이걸 배불리 먹고 마시면 역병 따윈 거뜬히 이겨낼 수 있다니까. 근데 절대 입 밖에 내지 말게. 만약 맥도웰 박사가 내가 발설한 걸 알면, 날 죽일 걸세. 자, 물 더 마셔! 그래야 좋아. 자, 순무 좀 더 줄 테니 받아. 아니, 사양 말게. 그래, 그렇지. 이거 참 영양가가 풍부하다네. 어느 의학서든 이게 몸에 얼마나 좋은지 다 써 있다구. 한 끼에 47개 정도 먹고, 물은 11.5쿼트쯤 마셔 두 시간쯤 가만히 앉아 소화를 시키면, 다음날 엄청난 활력을 느끼게 된다는 게야."

그로부터 약 이십 분쯤 뒤에도, 대령의 말은 여전히 끊이지 않았다. 최소한 세 건의 새로운 사업을 운운하며, 눈병약에서 빠진 재료도 곧 찾을 거라며 하늘을 날 듯했다. 평소 같으면 워싱턴은 열렬히 귀 기울였을 텐데, 지금은 그러기 어려웠다.

이유는 두 가지. 첫째, 자기가 추가로 담아 간 순무 때문에, 이 굶주린 아이들이 먹을 게 없어졌다는 걸 깨달은 뒤부터는 스스로가 너무나 미웠다. 아이들은 더 먹고 싶어 했지만 이미 동이 나 버린 것이다. 둘째, 그의 배 안에서 무언가 끔찍한 팽창이 시작된 듯했다. 마치 순무가 발효되고 있는 느낌이었다. 점점 참을 수 없이 괴로워지면서, 결국 한계에 이르렀다.

그는 대령의 긴 이야기를 중단시키고 일어섰다. 약속이 있다며 서둘러 사과하자, 대령은 현관까지 쫓아 나와 약속했다.

"이 순무의 품종을 어떻게든 구해 주겠네, 자주 들리게."

워싱턴은 어떻게든 빠져나와 숨통을 트고, 곧장 집으로 달려갔다.

그러고는 침대에 누워, 한 시간 가까이 복통에 시달렸다. 머리카락이 새하얗게 변할 정도로 아찔한 시간이었다. 그러다 천만다행으로 잔잔해졌다. 기진맥진한 몸으로 뒤척이다 겨우 잠들기 직전, 긴 한숨을 쉬며 속으로 중얼거렸다.

"전에 대령이 권하던 류머티즘 예방법도 죽도록 싫었지만, 이게 더 싫군. 이젠 역병이 오든 말든 상관없어. 다시는 순무와 물 같은 예방책에 속지 않으리라. 나를 그렇게 괴롭히는 걸 먹어야만 한다면, 차라리 병에 걸리는 게 나아!"

그날 밤, 그가 무슨 꿈을 꿨든지 간에, 동부 천여 마일 떨어진 곳에서 싹트고 있던 호킨스 가족의 운명을 뒤흔들어나갈 어떤 사건에 관한 예지라도 들었을 법한데, 잠 속에선 아무 방문도 받지 못했다. 아무 영도 나타나 이 비밀을 속삭이지 않았으니, 워싱턴은 그저 평온히 잠들었을 뿐이다.

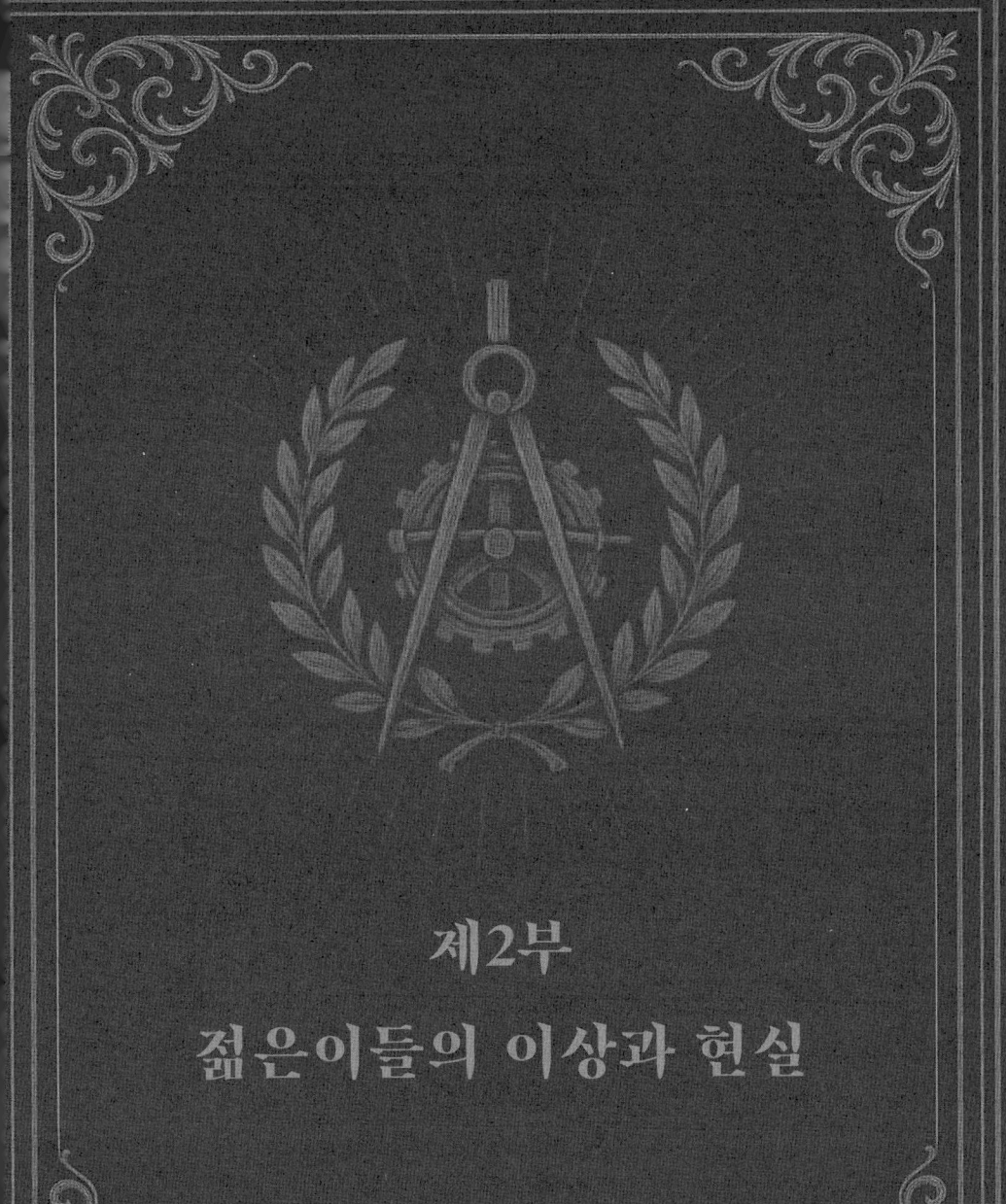

제2부
젊은이들의 이상과 현실

CHAPTER 12.

봄볕이 화창한 어느 아침, 브로드웨이*를 시내 방향으로 걸어 내려가다 보면 사방이 온통 성공의 기회로 깔려 있다는 확신이 절로 든다. 궁궐처럼 화려한 상점이 늘어선 거리, 파도처럼 일렁이는 인파, 부의 환호처럼 들리는 교통 소음, 안개 속에서 불쑥 솟아오르는 첨탑들이 어우러지면 방향만 제대로 잡기만 해도 금세 부자가 될 것 같은 착각에 빠진다.

젊은 미국인 앞에는, 이 도시든 다른 곳이든 부로 향하는 길이 무수히 열려 있다. 주변 공기 자체가 성공으로 가는 초대장 같고, 시야에는 성공의 기운이 가득하다. 그러니 '어떤 길을 택할까?' 하는 달콤한 고민에 빠져 이 기회 저 기회를 망설이다가, 하나의 목표에 몰입하기까지 적잖은 시간이 흘러버리곤 한다. 과거의 전통이나 제약이 거의 사라진 시대라, 아버지의 직업을 잇기보다는 스스로 새로운 길을 개척하려는 충동이 더욱 거세다.

필립 스털링은 자주 이렇게 말했다.

"머릿속을 맴도는 열두 가지 아이디어 가운데 하나만이라도 10년을 바친다면 반드시 부자가 될 수 있어. 나도 돈을 정말 벌고 싶어. 그런데 이상하게도 돈만 좇는 좁은 일에만 매달리는 것은 내키지 않아."

이런 그도 브로드웨이를 걸으면, 다른 행인들 사이에서 풍요로운 세상의 일부가 된 듯, 자신도 모르게 부유한 이처럼 발걸음이 가벼워졌다.

밤에 극장을 찾아가도 감흥은 마찬가지였다. 재치 넘치는 희극이 막간을

---
* 미국 뉴욕 시의 맨해튼을 남북으로 횡단하는 큰길

맞아 오케스트라가 다소 삐걱대는 곡을 연주하고 객석이 웅성거리기 시작하면, 필립은 또다시 느꼈다.

"세상은 기회로 가득하다. 내 능력만 있다면 언제든 무엇이든 손에 넣을 수 있겠지!"

화려한 분장과 금빛 장식, 번쩍이는 의상, 그리고 유치한 감상과 과장된 대사가 빚어내는 환상 앞에서 관객은 언제나 무대가 쏟아내는 장대한 소리에 매혹된다. 부잣집 폭군이 지키는 종이로 된 무대 왼편 집을 지나, 술에 취했지만 마음만은 여린 영웅이 오른편 출입구에 숨어 있다가 폭군의 아름다운 아내를 살포시 구출하려고 무대 앞으로 나와 호통치면, 객석은 열광의 도가니가 된다.

"여자를 건드리는 자는…!"(이하는 박수갈채에 묻혀 들리지 않음)

필립은 그 대사의 끝을 단 한 번도 들은 적이 없었다. 다만 훗날 알게 된 것은, 여자를 폭행한 남자는 예외 없이 배심원에게서 무죄를 선고받는다는 사실뿐이었다.

어쨌든 필립 스털링이 깨닫지 못한 사실 하나는 그가 돈뿐만 아니라 다른

가치도 간절히 원했다는 점이다. 그는 의미 있는 업적으로 얻는 명예를 갈망했다. 책을 쓰거나 유력 신문사를 능숙하게 운영하거나, 위험천만한 원정에 나서는 일이라도 상관없었다. 때로는 유명 선교단에서 겸손히 회개를 외치는 목사가 되고 싶어 했고, 선교사가 되어 종려나무가 자라고 꾀꼬리 울음이 끊이지 않는 낯선 땅으로 떠날 상상도 했다. 만약 충분히 경건했다면, 뉴욕 생활을 탐구하려는 또래 청년들과 함께 신학교로 갔을지도 모른다.

필립은 뉴잉글랜드 출신으로 예일대학교를 졸업했다. 학교의 모든 학문을 섭렵한 것은 아니지만 정규 과정 외에도 얻은 것이 많았다. 영어를 능숙하게 구사했고 문학에도 밝았으며, 박자에 맞지 않아도 열정적으로 노래했다. 교실이나 담장 위나 나무 상자 위에서 즉흥적인 연설을 불꽃처럼 퍼부을 수 있었고, 체육관에서는 한 팔로 몸을 들어 올리거나 자이언트 스윙을 거뜬히 해냈다. 펀치도 날카로웠고 노 젓기도 선수 못지않아 자주 승리를 이끌었다. 식욕은 왕성했고, 쾌활한 성격에 맑고 울림 있는 웃음소리까지 갖췄다. 갈색 머리와 시원스레 트인 두 눈, 넓지만 낮은 이마를 지닌 그는 싱그러운 인상의 청년이었다. 키는 6피트(약 183cm) 남짓에, 어깨도 떡 벌어져 어디서건 느긋하고 자유로운 걸음걸이로 시선을 사로잡았다.

대학을 졸업한 뒤 필립은 주변의 권유로 잠시 법률 공부에 손을 댔다. 이론은 흥미로웠으나, 사소한 시비까지 소송으로 몰아가는 현실은 도무지 받아들일 수 없었다. 사무실로 찾아온 의뢰인에게 그는 으레 '어떻게든 합의하세요.

그게 최선입니다'라고 조언했다. 고소의 불가피성을 강조하던 로펌 입장에선 기가 막힌 신입이었다. 게다가 '반면에'니 '전술한' 따위가 끝없이 이어지는 서류를 베껴 쓰는 일은 지루하기만 했고, 법이란 결국 술수를 부려 악인을 살찌우는 기계처럼 보여 더는 참을 수 없었다.*

결국 그는 법률사무 대신 필력을 다른 데 쓰기로 했다. 마침 몇몇 대형 잡지에서 원고가 채택돼 인쇄 면당 3달러를 받게 되자, 글쓰기가 자신의 천직이라 확신했다. 젊은이가 작가로서 불멸의 반열에 오를 수 있다고 믿는 순간보다 달콤한 때가 있을까. 문제는 그 믿음이 대개 얄팍한 근거 위에 세워진다는 점이었다.

이 무렵 필립은 뉴욕에서 경력을 쌓기로 결심했다. 대도시 신문 편집부쯤은 손쉽게 들어갈 수 있을 거라 여겼다. 언론 실무 경험은 전무했지만, 논설만큼은 완벽히 써 낼 자신이 있었다. 현장 취재 같은 허드렛일은 하고 싶지 않았고, 예일 졸업생이 그런 일을 맡을 수는 없다고 생각했다. 그는 사다리 맨 꼭대기에서 출발하고 싶었다.

그러나 뉴욕에서 접촉한 모든 신문사는 이미 인력이 포화 상태였고, 앞으로도 자리가 날 가능성이 없다고 했다. 그들이 원하는 인물은 천재가 아니라 끈질기게 발로 뛸 사람이었다. 실망한 필립은 도서관에 틀어박혀 책을 읽고 문학 기획을 구상하며, 언젠가는 세상이 자신을 알아줄 것이라 믿고 꿈을 키웠다. 누구 하나 '집회에 가서 사람들 모습을 스케치해 데일리 그레이프바인 편집장에게 가져가 봐. 원고료라도 받을지 보자'고 조언해 줬다면 기회가 생겼을지도 모르지만, 그런 친구는 안타깝게도 없었다.

어느 날, 필립을 신뢰하던 친구들이 지방의 작은 일간지를 맡아 달라고 제안했다. 그는 한때 유명했던 신문 〈아틀러스〉를 경영했던 그린고 씨를 찾아가

---

* Chapter 12에서는 〈도금시대〉의 공동저자 찰스 더들리 워너(Charles Dudley Warner)의 자전적 경험이 강하게 드러난다. 12장부터 워너가 본격적으로 집필에 참여함에 따라, 본 이야기 안에서 자신의 경험을 반영하기 시작한다.

조언을 구했다.

"맡아 보시죠. 뭐가 문제겠습니까?" 그린고가 먼저 말을 꺼냈다.

"그쪽에서는 신문을 '야당지'로 만들어 달라더군요."

"그럼 그대로 하시면 되지 않나요? 그 당은 곧 세를 얻어 다음 대선에서 승리할 겁니다."

"저는 그렇게 생각하지 않습니다. 그 당의 원칙이 잘못됐다고 봐요. 승리할 자격이 없어요. 동의하지 않는 노선을 지지한다는 건 말이 안 되잖아요."

"좋습니다. 그럼 방법이 없겠군요."

그린고는 비웃듯 고개를 돌리며 한마디를 덧붙였다.

"문학이든 언론이든 하려면, 그런 '양심' 따위로는 못 살아남습니다."

그러나 필립은 결국 '양심'을 택했다. 그는 정중한 사양 편지를 보내고 다시 책에 파묻혀, 언젠가 크게 등장할 무대를 기다렸다. 자부심 하나로 문단에 진입할 기회를 노리고 있었던 셈이다.

초조한 날들을 보내던 어느 아침, 필립은 친구인 헨리 브라이얼리와 함께 브로드웨이를 거닐고 있었다. 헨리는 매일 오피스라 부르는 어딘가를 드나들며 굵직한 거래와 거대한 금융 활동을 하는 것처럼 행동했지만, 실제로 무엇을 하는지는 누구도 알지 못했다. 그는 워싱턴과 보스턴, 몬트리올은 물론 리버풀까지 언제든 불려갈 수 있다며 떠벌렸지만, 정작 호출된 적은 한 번도 없었다. 그래도 그가 어느 날 갑자기 파나마나 피오리아로 떠난다 해도 누구도 놀라지 않을 분위기였다. 헨리가 스스로를 상업계의 거물처럼 연출했기 때문이다.

두 사람은 당시 무척 가까웠다. 대학 동문이었던 그들은 아홉 번째 거리의 하숙집에서 함께 지냈다. 그곳에는 또래 청년들이 여럿 모여 있었는데, 몇몇은 훗날 크게 출세했고, 몇몇은 자취도 없이 사라졌다.

그렇게 산책을 하던 중, 헨리가 불쑥 물었다.

"필립, 세인트조에 갈 생각 있나?"

"당장 떠나자는 거야? 흥미는 있는데, 이유가 뭔데?"

"큰 사업이 있어. 엔지니어랑 철도 관계자들이 함께 움직일 거야. 내 삼촌이 철도계의 거물인 거 알지? 너도 끼어들 수 있을 거야. 어때, 갈래?"

"내 역할이 뭐지? 엔지니어? 기관차와 탄수차* 구분도 겨우하는데."

"현장, 곧 토목기사 일을 하는 거야. 처음에는 측량팀 막내 '로드맨'으로 숫자만 적으며 배우면 돼. 쉬워. '트라우트와인' 같은 토목 전문서도 알려 줄 테니."

"그게 대체 왜 필요해?"

"간단하지. 철도 노선을 깔면서 값 오를 땅을 찍어 두고, 역사가 들어설 자리를 미리 사두는 거야. 돈방석에 앉게 될 걸."

"언제 떠나는 건데?" 필립이 잠시 생각하다 물었다.

"내일. 괜찮지?"

"물론이지. 지난 반년간 어디든 갈 준비가 돼 있었어. 뉴욕에서 버티려 애쓰는 것도 지쳤으니, 물 흐르는 대로 떠밀려 가 보는 것도 나쁘지 않겠어. 날 부르는 기회 같아, 급하긴 해도."

둘은 곧장 헨리의 삼촌 사무실로 달려갔다. 교활한 그 사업가는 필립을 마음에 들어 했고, 서부 철도 사업에 시험 삼아 데려가겠다고 했다. 뉴욕답게 모든 일이 순식간에 정해져, 이튿날 아침 함께 서쪽으로 떠나기로 했다.

출발 준비 길에 둘은 서점에서 토목과 측량 교재를 사고, 황량하고 습할 땅을 대비해 고무슈트 같은 잡다한 물건까지 잔뜩 샀다.

그날 밤은 짐 싸고 편지 쓰느라 분주했다. 필립은 가족의 뜻을 거스르고 싶지는 않았지만 이미 결정된 일이라, 최소한 알릴 의무는 있다고 여겼다. '설령 반대하셔도 떠나겠지만 알려는 드려야지' 하는 심정이었다. 아, 젊음이여! 단 몇 시간의 예고만 있으면 세상의 끝이라도 떠날 준비가 되지 않던가.

---

* 증기 기관차의 운용에 필요한 연료와 물을 싣고다니는 특수 철도 차량

"그런데, 헨리!"

침실에서 필립이 외쳤다.

"세인트조가 정확히 어디야?"

"어… 미주리 어딘가, 주 경계쯤? 지도를 볼까?"

"됐어, 가 보면 알겠지. 고향이랑 너무 가까운 곳만 아니면 돼."

필립은 먼저 어머니께 장문의 편지를 썼다. 사실상 애정과 새 희망으로만 가득 채우고, 자세한 계획은 생략했지만 곧 재산을 모아 돌아가 편안한 노후를 마련해 드리겠다고 다짐했다. 이어 삼촌에게도 한 통을 보냈다.

"뉴욕 자본가들과 손잡고 미주리에서 진행되는 철도 사업에 참여하게 됐어요. 세상 경험도 쌓고, 운이 좋으면 큰 기회로 이어질 테니 지켜봐 주세요."

끝으로 그는 연정을 키워가던 친구 루스 볼턴에게 편지를 보냈다. 다시는 만나지 못할 수도 있지만, 크게 성공해 돌아올 수도 있다고 했다. 서부 국경에는 인디언과 열병 같은 위험이 적잖지만 조심하면 무사할 것이라며 루스를 안심시켰다. 그는 루스를 결코 잊지 않을 것이며, 부자가 되어 돌아온다면 '어쩌면… 어쩌면…'이라며 희미한 암시를 남겼다. 설령 실패하거나 돌아오지 못한다 해도 그것 또한 운명이지만, 어떤 거리와 시간도 그녀를 향한 마음을 식게 하지는 못할 것이라고 덧붙였다.

"잘 있어. 그러나 작별은 아니야."

상쾌한 새벽 공기가 감도는 항구 거리, 아직 뉴욕은 아침 식사조차 하기 전이었다. 기대감으로 들뜬 두 젊은 모험가는 저지시티 역으로 향해, 어느 옛 작가가 갈라진 철길과 소떼가 뒤엉킨 길이라 묘사한 에리 철도를 타고 서부로 굽이굽이 떠나갔다.

CHAPTER 13.

필립과 헨리가 합류한 일행 가운데에는 더프 브라운이라는 사내가 있었다. 저명한 철도 시공업자이자 훗날 연방 하원의원을 지낸 그는, 보스턴 태생답게 다부진 체격에 말끔히 면도한 얼굴, 단단한 턱과 낮은 이마를 지녀 첫인상은 다소 거칠어 보였지만, 자기 길을 방해하지 않는 이에게는 의외로 붙임성이 좋았다. 그는 관세청과 드라이도크 등의 연방 공사를 포틀랜드에서 뉴올리언스까지 잇달아 따내어, 공급한 석재 무게만큼이나 무거운 금덩이를 예산으로 챙겼다는 소문이 돌 만큼 막대한 이익을 올렸다.

또 한 사람은 뉴욕 출신의 말쑥한 주식 중개인 로드니 셰이크였다. 부드러운 말씨와 깔끔한 옷차림으로 교회에서도 두각을 나타낸 그는, 직선적이고 투박한 브라운과 달리 매끄럽고 노련한 협상가였다. 두 사람이 손을 잡으면 추진력과 교묘함을 모두 갖춘 최적의 조합이 되었다.

그들과 동행자들은 청교도적 경직성을 훌훌 털어버리고 삶을 유쾌하고 관대하게 즐기는 분위기였다. 자금은 넉넉했고 앞으로도 얼마든지 조달될 듯 보였으며, 조금만 애써도 곧 거액을 벌 수 있으리라는 확신이 팽배했다. 필립도 금세 그 들뜬 기운에 물들었고, 헨리는 말할 것도 없었다. 그는 늘 여섯 자리 숫자를 농담 삼아 입에 올리며 수십만 달러를 주문처럼 흘렸다. 원래부터 부가 자연스러운 청년이었다.

브라운과 셰이크는 서쪽으로 향하는 이들이 곧 깨닫게 되는 불편한 진실, 물맛이 형편없다는 사실을 미리 간파했다. 그래서인지 일행 모두가 작은 브랜디 통 하나씩을 지니고 다녔다.

그들은 시카고에 잠시 머물며 이곳에서도 이주일이면 큰 부자가 될 수 있으리라 확신했지만, 굳이 머물 이유는 없다고 보았다. 서쪽으로 갈수록 기회가 더 크다고 믿었기 때문이다.

기차로 알턴까지 이동한 뒤, 강 풍경을 즐길 겸 거기서 세인트루이스까지는 증기선을 타고 내려갔다.

"이거 환상적이지 않아?"

헨리는 이발소 칸에서 나오며, 면도를 끝낸 상쾌한 얼굴로 갑판을 가볍게 원투쓰리 스텝으로 껑충거리며 외쳤다.

"뭐가 좋다는 거야?"

필립은 기침하듯 덜컹거리며 나아가는 증기선 바깥, 삭막하고 단조로운 강 풍경을 바라보며 되물었다.

"전부 다! 대단하지 않아? 지금 당장 1년 안에 10만 달러를 벌 기회를 준다 해도, 난 이 경험이랑은 안 바꿔."

"브라운 씨는 어디 있지?"

"살롱에서 포커 중이야. 그 줄무늬 바지를 입고 긴 머리를 한, 아까 승선 마지막 순간에 뛰어든 사내랑, 그리고 서부에서 온 무슨 큰 지역의 대표랑 함께."

"그 대표 말이야? 윤기 나는 검은 수염에, 딱 워싱턴의 실세처럼 보이던데… 포커라니 의외네."

"별일 아니야. 판돈이 5센트짜리니까, 그 사람들 말로는 '딱 재미 정도'라고 하더라."

"그래도 하원의원이 될 사람이 대중 앞에서 포커라니, 좀 이상하지 않나?"

"허, 다들 시간 때우는 거지. 나도 잠깐 껴 봤는데, 고수들 상대로는 어림도 없더라. 그 대표는 뭐 하나 하면, 상원까지는 충분히 가겠어. 배짱이 엄청나던 걸."

"공인 특유의 근엄한 침 뱉기 솜씨도 일품이더군." 필립이 웃으며 거들었다.

"그건 그렇고, 그 커다란 부츠는 왜 신었어? 설마 상륙할 때 물속을 걸어가려는 건 아니겠지?"

"길들이는 중이지, 뭐." 헨리는 대수롭지 않게 대답했다.

사실 헨리는 신대륙의 변방에 걸맞은 복장을 해야 한다고 생각해, 브로드웨이 멋쟁이와 서부 개척민 사이 어딘가에 위치한 옷차림으로 어정쩡한 타협을 봤다. 푸른 눈, 화사한 얼굴, 비단결 수염과 곱슬 머리칼을 가진 헨리는 본디 멋진 외모를 지녔다. 오늘은 부드러운 챙모자에 짧은 코트, 새하얀 셔츠에 허리엔 가죽 벨트를 두르고, 반짝이는 가죽 부츠를 신었다. 반짝이는 가죽 부츠는 윗단이 흘러내리지 않도록 끈으로 묶어 올렸고, 헨리는 긴 장화가 뱀의 공격을 막아 준다며 흐뭇해했다.

시카고를 떠날 때만 해도 주변 풍경에는 아직 겨울 기색이 남아 있었지만, 세인트루이스에 도착하니 포근한 봄날이 펼쳐져 있었다. 새들이 지저귀고, 도시 곳곳의 작은 정원마다 복숭아꽃이 피어 달콤한 향기를 내뿜었으며, 길게 이어진 강변 부두에는 소란스럽고도 흥겨운 활기가 넘쳤다. 들뜬 그들의 마음과도 잘 어울리는 풍경이었다.

그들은 서던 호텔에 짐을 풀었다. 더프 브라운은 이미 그곳에서 이름난 인물이라, 무뚝뚝하기로 소문난 프런트 직원조차 그 앞에서는 공손했다. 어쩌면 브라운에게서 풍기는 오만함이 그 직원에게는 꽤 근사해 보였는지도 모른다.

필립과 헨리, 두 젊은이는 도시와 호텔에 금세 매료됐다. 이곳은 자유롭고도 친절해 보였다. 동부에서 온 그들은, 거리에서 누구나 거리낌 없이 담배를 피우고, 술 한잔 하자는 제안을 스스럼없이 받아들이며, 굳이 눈치를 보거나 양해를 구하지 않는 모습이 낯설었다. 해가 저물어 나가 보니 많은 사람이 자기 집 대문 계단에 걸터앉아 있었고, 호텔과 술집 앞 인도에는 파리풍 의자와 벤치가 죽 늘어서 있었다. 따뜻한 밤공기 속에서 담배 연기가 피어오르고, 잔 부딪치는 소리와 당구공 맞는 소리가 흘러나왔다. 그야말로 근사한 정경이었다.

헨리는 상륙 첫날부터 깨달았다.

'이 도시에서는 내 서부식 차림이 통하지 않겠군. 차라리 가지고 온 옷 중 가장 세련된 것으로 갈아입어야겠다.'

그렇다고 그가 옷에 휘둘리는 사람은 아니었다. 언제나 옷은 그를 돋보이게 할 뿐, 그가 옷에 지배당한 적은 없었다.

도시에 머무는 동안 헨리는 시간을 알뜰히 쓰겠다고 했다. 그는 늘 그렇듯 규칙적인 루틴을 펼쳐 보였다. 아침 일찍 깔끔히 차려입고 천천히 식사한 뒤 담배 한 대를 피우고 방으로 들어가, 중요한 업무가 있는 사람처럼 진지한 얼굴로 책상에 앉았다. 코트를 벗고 넥타이를 느슨하게 푼 뒤 소매를 걷고, 거울 앞에서 머리를 다듬은 다음 공학 서적과 도구 상자, 도면과 로그표를 연필과 함께 가지런히 늘어놓았다. 시가를 살짝 물고 노선을 잡겠다며 몇 시간이고 분주한 시늉을 했지만 실제로 문제를 풀거나 선을 긋는 일은 거의 없었다. 그래도 그는 그날 하루를 뜻깊게 보냈다는 확신에 차 있었다.

필립은 곧 깨달았다. 텐트 생활을 하더라도 헨리는 달라지지 않을 것이라는 사실을. 야영지에서도 말끔히 차려입고 윤이 나는 최고급 부츠를 신은 채, 공학 서적과 도구를 펼쳐 놓고 열심히 계산하는 흉내를 낼 테고, 그 모습을 신기해하는 마을 사람이나 농부들이 둘러서기만 해도 흡족해할 사람이 바로 헨리였다.

어느 날 호텔 방에서 헨리가 말을 꺼냈다.

"필립, 나는 먼저 이론을 익힐 거야. 그래야 엔지니어들을 감독할 수 있잖아."

"너도 엔지니어가 되려던 것 아니었나?"

"웃기는 소리. 내가 그 일 하려고 여기까지 온 줄 알아? 난 훨씬 큰 판을 보고 있어. 브라운 씨와 셰이크 씨가 솔트레이크 퍼시픽 철도 전 구간을 따내면 마일당 4만 달러씩 챙길 수 있어. 설령 평탄한 지형이라도 암반이라서 공사 난이도가 높다고 우겨 값을 부풀릴 거고, 노선 주변 땅값도 천정부지로 오르겠지. 나는 그중 50마일 구간을 하도급받기로 했는데, 절대 손해 볼 장사가 아니야."

"그렇군."

"자네 몫도 마련했어. 내가 계약에 자넬 못 끼워 주면 우선 현장 기술자 편에 붙어 있어. 철도 역사가 들어설 만한 자리가 보이면 지주가 눈치채기 전에 서둘러 땅을 사 두라고. 그러면 단숨에 수십, 많게는 수백 달러를 벌 수 있어. 자금이 필요하면 내가 대줄 테니, 나중에 그 땅을 잘게 나눠 팔면 돼. 셰이크 씨가 만 달러를 찍어 줬다니까. 이렇게 빠른 장사가 또 있겠어?"

"만 달러라니, 큰돈이군."

"곧 익숙해질 거야. 난 이번에 진짜 승부 보러 왔다고. 삼촌은 동부에 남아 집이나 짓고 워싱턴에서 로비 일을 맡으라지만, 난 서부의 기회가 더 끌려. 들어봤나? 밥벳앤팬쇼 사에서 내게 비서실장 자리를 주겠다며 연봉 1만 달러를 제시했는데, 거절했지."

"정말? 왜?"

"마음에 안 들더군. 난 내 사업을 직접 굴리고 싶어."

필립에게는 2천 달러만 되어도 황금 같은 기회였지만, 헨리는 만 달러를 쿨하게 뿌리치고도 아쉬워하지 않았다.

얼마 뒤, 늦은 밤 서던 호텔 로비에서 두 청년은 늘 스치듯 마주치던 한 신사와 이야기를 나누게 됐다. 도시적이고 세련된 그 신사는 처음에는 시간을 물었을 뿐이지만 곧 부드러운 어조로 대화를 이어 갔다.

"실례합니다만… 여러분은 이 도시 처음이신가요? 아, 예, 동부에서 오셨군요? 예, 그렇군요, 전 동부 태생, 버지니아에서 나고 자랐지요. 제 이름은 셀러스, 베리아 셀러스. … 아, 참고로 뉴욕 출신이시라? 그렇다고요? 음, 잠깐만요, 엊그제가 아니라 한두 주 전쯤 전에 뉴욕에서 온 훌륭한 분들을 제가 만났거든요. 정치권의 거물급 분들인데, 혹시 아시려나. 이름이 기억 안 나서 아쉽네. 분명 뉴욕이라고 하셨는데, 제가 잘 아는 샤클비 주지사께서, 아, 그분은 참 좋으신 분이지요, 이러시더군요. '대령, 그 뉴욕 신사들은 어때? 전 세계 통틀어도 그런 인물들 흔치 않아.'라고. 정말 친근하게 저한테 대령이라 부르십니다. 하하. 아무튼, 실은 이름이 딱 떠오르진 않지만, 뭐 대충 그렇고요… 서던 호텔에 묵으시는지요?"

"예, 서던 호텔에 있지요. 좋아 보이더군요."

필립과 헨리가 대답했다. 두 사람은 속으로 '이 사람을 뭐라고 불러야 하지?'하고 잠시 망설이다가 무심코 대령이라고 불러 버렸다.

 "서던 호텔도 좋지만 저는 늘 플랜터스 호텔을 이용합니다. 남부 사람들은 전통 있는 숙소를 선호하거든요. 제 농장이 호크아이에 있는데, 그곳에서 내려올 때마다 플랜터스를 두 번째 집처럼 씁니다. 거의 바뀌지 않아서 더 좋아요. 유서 깊은 곳이라 옛 귀족가 분들도 즐겨 찾습니다. 기회가 되면 꼭 들러 보십시오."

 "언젠가 꼭 가 보고 싶습니다. 예전에 그 호텔 식당에서 결투가 벌어졌다는 이야기를 들었는데, 꽤 독특한 역사더군요." 필립과 헨리가 화답했다.

 "맞습니다, 정말 특별한 곳이지요. 이쪽으로 가시죠."

 셀러스가 손짓하자 셋은 밤길을 함께 걸었다. 그는 쉬지 않고 유쾌한 이야기를 쏟아냈고, 솔직하고 따뜻한 사람처럼 보였다.

 "저도 동부 출신이라 서부 사정을 잘 압니다. 젊은이들에게는 허리만 숙이면 돈을 주워 담을 수 있을 만큼 기회가 많다니까요! 하루에도 몇 번씩 새로운 제안을 받지만, 제 땅 관리만으로도 벅차서요. 처음 오셨다죠? 기회를 찾고 계실 테니 기대해 보십시오."

"그냥 둘러보는 중입니다만."

헨리가 웃으며 답했다.

"잘하셨습니다. 이 땅은 무한히 비옥하고, 자본만 있으면 개발이 식은 죽 먹기예요! 선로만 깔고 땅을 시장에 내놓으면 말도 못 할 수익이 따라옵니다. 만약 제 자본이 좀 더 풀려 있으면, 수백만은 순식간에 벌 텐데 말입니다."

"자본을 농장에 묶어 두신 모양이군요."

필립이 대답했다.

"예, 일부 자본은 묶여 있죠. 이번에도 그저 자잘한 거래 하나 보러 내려온 길인데, 제 재산으로 치면 티끌만 한 규모입니다. 그런데… 실례지만, 이 시간쯤이면 늘—"

그는 시간을 일부러 언급했지만 두 젊은이가 미동도 않자 다시 한 번 해명하듯 말을 이었다.

"여긴 날씨가 변덕스럽습니다. 제때 한잔 곁들이면 좋겠는데, 잠시 목이나 축일까요?"

대령이 술 한잔을 청하니 마다할 이유도 없어 세 사람은 4번가의 선술집으로 들어갔다. 두 동부 청년도 결국 이 고장의 풍습을 따를 수밖에 없었다.

"그건 됐고요."

셀러스가 바텐더에게 손사래를 쳤다. 바텐더가 옥수수술을 내밀자 그는 눈길도 주지 않았다.

"오타르로 주십시오. 이런 기후엔 저녁에 싸구려 술을 마시면 안 됩니다, 신사 여러분. 바로 이겁니다. 자, 건배!"

그는 잔을 높이 들고 외쳤다.

한 모금 넘긴 대령은 고개를 끄덕이며 중얼거렸다.

"흠, 내 저장고에 있는 진품과는 조금 다르군."

이어 시가를 청했으나, 바텐더가 내민 제품은 마음에 들지 않았다. 상자를 밀어내며 낱개 포장된 최고급 아바나산을 달라고 했다.

"저는 늘 이것만 피웁니다. 조금 비싸더라도, 이런 날씨에 값싼 시가로 아끼다간 오히려 더 큰 손해를 보게 됩니다."

대령은 값비싼 시가에 불을 붙이고 만족스러운 얼굴을 지었다. 그러곤 무심코 조끼 오른쪽 주머니에 손을 넣었다. 아무것도 없자 살짝 당황한 표정으로 왼쪽 주머니를 더듬었다. 거기서도 못 찾자 그는 오른쪽 바지 주머니, 이어 왼쪽 주머니를 두드리며 난감하게 외쳤다.

"이런, 곤란하군. 세상에, 이렇게 낭패일 수가! 지갑을 두고 왔네. 잠깐, 여기 지폐가… 아니, 맙소사, 영수증이잖아."

대령이 잔뜩 난처해하자 필립이 지갑을 꺼내며 말했다.

"제가 계산하겠습니다."

대령은 극구 사양하며 바텐더에게 외상으로 걸어 두라며 중얼거렸지만, 술집 주인은 꿈쩍도 하지 않았다. 결국 값비싼 술값은 필립이 치렀고, 셀러스 대령은 연신 사과하며 '다음번엔 꼭 내가 대접하겠네, 다음번엔!' 하고 약속했다.

선술집에서 나온 뒤, 베리아 셀러스는 친구들에게 작별 인사를 하고 나서, 플랜터스 호텔의 방으로 돌아가지 않고 도시 반대편에 있는 친구의 하숙집으로 발걸음을 옮겼다.

CHAPTER 14.

 필립 스털링이 서부로 행운을 찾아 떠난 그날 저녁, 그가 루스 볼턴에게 보낸 편지는 필라델피아 교외에 있는 그녀 아버지의 저택에 도착했다. 필라델피아는 면적만큼은 세계에서 손꼽히지만, 앞을 가로막는 모래톱 때문에 대서양과 바로 이어지지 못해 미국 수도 자리를 놓쳤다는 일화도 전해진다. 경건한 미식 문화와 왕성한 상업 전통이 살아 있는 이 도시에서도, 볼턴 가의 집은 풍요롭고 쾌적한 교외 주택들 사이에서 단연 빼어난 아름다움을 자랑했다.

 봄날 아침, 루스는 실내에서도 야외에서도 마음이 풀리지 않는 듯 살짝 들떠 있었다. 여동생들은 시골에서 찾아온 친척들과 함께 시내로 나가 독립기념관, 지라드 대학, 페어마운트 취수장과 공원을 둘러보고 있었다. 미국인이라면, 심지어 나폴리에서 눈을 감더라도 그전에 꼭 봐야 한다는 농담이 있을 만큼 유명한 명소들이지만, 루스는 이미 여러 차례 구경해 지겨워하고 있었다.

 그날 아침 루스는 피아노 앞에 잠시 앉아 서너 곡을 가볍게 연주하고, 맑지만 금속성 울림이 도는 목소리로 잔잔한 노래를 부른 뒤 창가로 자리를 옮겼다. 그리고 필립의 편지를 읽으며 푸른 잔디와 나무 너머 언덕을 바라보았다. 필립을 떠올렸을까, 아니면 그의 부재가 열어 준 더 넓은 세상을 상상했을까. 얼굴에는 깊은 사색의 그림자가 드리워졌다. 한참 후, 그녀는 의학서처럼 보이는 두툼한 책 한 권을 집어 들고 곧 얼굴이 붉어지도록 몰입했다. 그래서 어머니가 방 문턱까지 다가오는 것도 알아채지 못했.

 "루스?"

"네, 어머니." 루스가 살짝 귀찮은 듯 고개를 들었다.

."네 계획에 대해 얘기 좀 하자."

"어머니, 저 웨스트필드 학교는 도저히 못 견디겠어요. 거긴 학생들을 말리는 정도가 아니라, 아예 말린 과일로 만들어 버리는 곳이에요."

"알아." 마거릿 볼턴이 걱정스레 웃었다.

"그 방식이 답답한 건 이해하지만… 그래서 어떻게 할 생각이니? 왜 그렇게 불만이야?"

"꼭 이유를 말해야 한다면, 여길 떠나고 싶어요. 이 단조로운 환경에서 벗어나고 싶다고요."

어머니는 상심과 연민이 교차하는 눈빛으로 말했다.

"그래도 네가 뭔가 억압받거나 제한된 건 없잖니? 입는 옷도, 다니는 교회도, 듣는 음악도 전부 네가 원하는 대로 하고 있잖아. 어제 구역 위원회 사람들이 들이닥쳐서 집에 피아노 있는 건 규정 위반이라며 뭐라 하더라. 원칙으론 안 되지만, 내가 그냥 모른 척하고 있는 거야."

"장로님들께 피아노는 아버지와 제가 들여온 거라고 분명히 말씀해 주셨죠? 제가 연주할 때마다 어머니는 일부러 자리를 피해 주시잖아요. 게다가 아버지는 이미 교회에서 제명당하셔서 이제 와서 처벌도 불가능할걸요. 어릴 때 사촌 애브너에게 휘파람을 불었다고 심하게 맞으셨다고 하면서, 이제라도 보상을 받고 싶다고 아버지가 말씀하시는 걸 제가 직접 들었어요."

"하지만 말이다, 루스, 네가 그런 태도를 보일 때마다 나뿐 아니라 친척들 모두가 힘들어진단다. 난 언제나 네 행복을 가장 먼저 생각하지만, 지금 네가 가려는 길은 너무 위험해 보여. 아버지도 네가 새 학교에 가겠다는 걸 허락하셨니?"

"아버지께는 말씀 안 드렸어요." 루스가 결심을 굳힌 듯 단호한 표정으로 말했다.

"그리고 그 학교에서 원하는 교육을 다 받은 뒤, 우리의 방식이 싫어지면 어떻게 할 건데?"

루스는 몸을 돌려 냉정한 표정으로 대답했다.

"어머니, 전 의학을 공부할 거예요."

마거릿 볼턴은 잠시 평정을 잃을 만큼 놀랐다.

"네가 의학을? 작고 연약한 네가 공부는 둘째 치고, 실습이나 해부실 같은 걸 견딜 수 있다고 생각하니? 반년이나 버틸 수 있겠어? 해부실에서 해야 할 일도 포함해서 말이다."

"네, 충분히 할 수 있어요. 제가 담력이 부족하거나 체력이 약할 거라고 생각하세요? 죽은 사람이 산 사람과 다를 게 뭐가 있죠?"

"하지만 네 몸과 체력은 어떡할래? 그 힘든 과정을 다 버틸 수 있겠니? 그리고 그런 걸 배워서 도대체 뭘 하겠다는 거야?"

"의사가 되겠죠."

"여기서? 이곳에서? 가족과 친척 모두가 너를 아는 바로 이곳에서?"

"환자만 있다면 안 될 것이 뭐가 있죠?"

"최소한 진료실을 열 땐 알려 줘야겠다, 루스!"

어머니는 거의 비꼬듯 말하고 자리에서 일어나 나가 버렸다.

루스는 그대로 앉아 있었다. 얼굴은 붉게 타올랐지만 태연한 자세를 유지했다. 모든 게 드러났고, 본격적인 대립이 시작된 것이다.

그날 오후, 시내 구경을 마친 자매와 시골 친척들이 유쾌한 기분으로 돌아왔다.

"그리스에도 지라드 대학 같은 건물이 있을까? 가난한 고아를 위해 이렇게 장대한 석조 건물을 지은 적이 있을까? 지붕 돌판 두께가 무려 20센티미터나 된다니까!"

루스는 흥분한 사촌들에게 물었다.

"그렇게 울림만 가득한 무덤 같은 곳에서 정말 살고 싶어? 편히 쉴 곳 하나 없잖아. 너희가 고아라면 그런 그리스 신전 같은 데서 자라고 싶겠니?"

그래도 루스 역시 필라델피아 출신으로서의 자부심은 있어서, 브로드가가 세계에서 가장 긴 거리라는 믿음에는 부분적으로 동의했다. '끝이라도 있었다면 덜 피곤했을 텐데.'라는 농담과 함께.

하지만 사실, 이 방문객들이 가장 열광한 것은 체스트넛 가의 화려한 상점 쇼윈도와 8번가의 쇼핑가에서의 특가 세일이었다. 이들은 원래 연례 집회에 참석하려고 올라왔는데, 그 종교 행사를 앞둔 쇼핑의 열기가 마치 오페라 시즌을 준비하는 것만큼이나 세속적이었다.

"루스, 너도 연례 집회에 갈 거지?" 한 사촌이 물었다.

"입고 갈 옷이 없어." 루스는 무심한 척하며 대답했다.

"진짜 퀘이커식 모자를 보고 싶다면 아치가에 있는 집회에 가면 돼. 정확한 색깔과 형태가 아니면 허락되지 않지. 엄마가 새 모자의 미묘한 색감을 맞추려고 얼마나 애쓰셨는지 몰라. 그런데 나까지 거길 왜 가야 해? 난 거기가 불편하다고."

그날 저녁, 루스와 아버지 일라이 볼턴은 거실 벽난로 앞에 늦도록 앉아 있었다. 두 사람은 밤이면 늘 이런 깊은 대화를 나누곤 했다.

"필립 스털링이 또 편지를 보냈나 보구나." 아버지가 말했다.

"네, 필립은 이제 먼 서부로 갔어요."

"얼마나 먼 곳이냐?"

"정확히 쓰진 않았어요. 지도에서 그 지역 뒤편에는 인디언이나 사막이 있다고만 적혀 있고 정말 황량해 보이더라고요. 수요 예배만큼이나요."

"그래, 뭔가 하긴 해야 했겠지. 설마 킥카푸 인디언 마을에서 일간 신문이라도 창간하려는 건 아니겠지?"

"아버지, 필립을 그렇게 깎아내리진 마세요. 걔는 사업을 하러 간 거예요!"

"돈도 없는 젊은 친구가 무슨 사업을 하겠다는 거냐?"

"토지랑 철도 관련이라는데, 어떻게 수익이 난다는 건 저도 정확히 모르겠어요. 아무튼 새로 개발된 지역에선 누구나 돈을 잘 번다잖아요."

"맞아, 흔히 그렇게 돈을 벌긴 하지. 어쨌든 필립은 정직하고 능력도 있어. 단, 그 글쓰기를 좀 그만두고 다른 우물만 파면 어떻게든 되겠지. 하지만 루스, 너도 자신을 아끼며, 젊은이의 모험에 괜히 엉켜 마음만 낭비하지는 말거라."

루스는 아버지의 충고에 별로 감동한 기색이 없었다. 오히려 먼 곳을 응시하는 듯한 눈빛에 무언가 생각에 잠긴 표정이었다. 잠시 후 그녀가 조금 짜증 섞인 목소리로 말했다.

"서쪽이든 남쪽이든, 아무튼 어디론가 가 보고 싶어요! 여자는 왜 늘 상자 속에 갇혀 있어야 하는 거죠? 그 틀에 맞춰 재단이라도 되듯이, 조금만 벗어나도 질책당하고요. 어디를 가든 상자 안에 담겨 이동하는 느낌이 들어요!"

퀘이커 교도로 자란 딸이 다소 거친 표현을 쓰자 아버지 볼턴은 순간 당황했지만, 이내 차분하게 말했다.

"여자들은 예나 지금이나 때가 되면 스스로 틀을 깨고 세상 밖으로 나왔단다. 그럼 지금 당장 네가 원하는 게 뭐니?"

"제가 뭔가를 더 갖고 싶다는 게 아니에요. '무언가가 되고 싶다', '무언가를 이루고 싶다', '가만히 녹슬고 싶지 않다'는 거예요. 만약 갑자기 아버지 재산이 사라지고 아버지가 돌아가시면, 저는 어떻게 어머니와 동생들을 부양해야 하죠? 그리고 제가 유산을 물려받는다면, 아버진 제가 아무 일도 안 하고 그저 백수로 살길 바라시나요?"

"네 어머니가 평생을 헛되이 살아왔다고는 할 수 없지 않니?"

"그건 자식들이 잘됐을 때 의미가 있는 거죠. 아버지, 사람이 다음 세대에 뭔가를 전해 주기만 하고 스스로 발전이 없다면 무슨 소용이에요?"

일라이 볼턴은 한때 퀘이커의 틀에서 벗어나 오랜 기간 의심을 품었고, 지금은 더 이상 신앙에 얽매이지 않았다. 그럼에도 불구하고 딸이 이런 강렬한 독수리 같은 생각을 품었다는 사실에 다소 놀랐다.

"어머니와 진로 이야기는 나눠 봤니? 결국 네가 원하는 건 진로, 앞으로의 미래 아니냐?"

루스는 즉시 답하지 않고 잠시 침묵한 뒤 퉁명스럽게 말했다.

"어머니는 절 이해 못 해요."

그러나 사실 현명하고 차분한 어머니는 루스를 그녀 자신보다 더 잘 이해하고 있었다. 그녀 역시 젊었을 때 세상을 바꾸고 싶다는 강렬한 열망을 품었고 비슷한 갈등을 겪었던 터였다.

얼마 후 루스는 필립에게 답장을 보냈다. 지금껏 보낸 어떤 편지보다 따뜻하고 솔직한 내용이었다. 필립은 기뻐하면서도, 편지에 루스 자신의 이야기가 너무 많은 것 같다는 느낌을 받았다. 그래도 그는 그 서툴고 투박한 필체조차 루스답다며 마음에 들어 했다. 그래서 도시 외곽의 조용한 길에 서서 그 편지를 자꾸만 읽고 또 읽었다.

　루스는 편지에서 서부로 떠난 필립의 결심을 응원하며, 그의 재능과 용기라면 반드시 길을 찾을 수 있을 거라 확신한다고 했다. 자신도 기도하겠다는 말과 함께, 특히 '인디언이 득실거리는 세인트루이스에서 두피가 벗겨지지 않기를'이라는 농담을 덧붙였다. 이 마지막 농담 때문에 필립은 자신이 괜히 편지에 인디언 이야기를 꺼냈나 싶어 약간 민망해졌다.

CHAPTER 15.

 일라이 볼턴과 아내 마거릿은 예전처럼 루스를 두고 걱정스러운 이야기를 나누었다. 여러 자녀 중 루스만이 퀘이커 교도회의 엄격한 규율과 단조로운 생활을 힘겨워했다. 루스에게는 퀘이커 교도들이 말하는, 내면의 빛을 따르는 소극적이고 순응적인 삶을 받아들일 마음이 전혀 없었다. 마거릿이 남편에게 루스의 새로운 계획을 전하자, 그는 예상만큼 놀라지 않았다. 일라이는 여성이라도 소명을 느꼈다면 의학을 공부하지 못할 이유가 없다고 생각하고 있었다.
 "하지만 루스는 아직 세상을 전혀 몰라요. 몸도 약하고요. 저렇게 작고 여린 아이가 그 힘든 준비 과정과 의사의 책임을 감당할 수 있을까요?"
 "마거릿." 일라이가 부드럽게 말했다.
 "만약 저 아이의 이토록 마음을 다한 목표가 억지로 꺾인다면, 그 실망감을 견딜 수 있을지 생각해 본 적 있소? 당신도 알잖소. 루스는 어릴 때부터 당신이 직접 가르쳤고, 그 의지가 얼마나 강하며, 그 의지력 하나만으로도 스스로 얼마나 많은 걸 이루었는지 말이오. 루스는 자기 능력을 스스로 시험해 보지 않고는 절대 만족하지 않을 아이요."
 "루스가 언젠가는 사랑에 빠져 결혼이라도 하게 되면 이런 복잡한 생각들이 사라지지 않을까요? 아니면 아주 먼 곳에 있는 학교로 가서 완전히 새로운 생활을 경험하면 생각이 달라질지도 모르고요."
 마거릿은 여러 감정이 뒤섞인 목소리로 말했다.
 일라이 볼턴은 다정한 시선으로 아내를 보며 웃음을 간신히 참은 채 조용히 답했다.

"당신도 결혼 전에, 우리가 함께하기 전에, 그리고 집회에 정식 회원이 되기 전엔 지금과는 조금 다른 생각을 품지 않았던가? 내가 보기엔 루스가 지금 드러내는 모습은 당신이 퀘이커 복장 속에 숨겨 둔 그 기질을 그대로 물려받은 것뿐이오."

마거릿은 그 말에 반박할 수 없었다. 잠시 침묵하며 자신의 젊은 날을 돌아보는 듯했다.

"루스가 원하는 걸 한 번 시도해 보게 하는 건 어떻겠소?" 일라이가 제안했다.

"이 도시에도 여성 의과대학이 작은 규모로나마 생겼다고 들었소. 아마 루스 스스로 곧 깨닫게 될 거요. 폭넓은 교양이 필요하다는 걸 말이오. 그러면 결국 당신 말처럼 좀 더 큰 학교에 가서 세상을 더 배우고 싶다고 할지도 모르지 않겠소."

다른 방법이 없었기에 마거릿은 마침내 마지못해 동의했지만 여전히 마음이 편치는 않았다. 결국 결론은 루스가 너무 지치지 않도록 대학 근처 지인의 집에 방을 얻고, 모두의 생명을 책임지는 과학을 직접 시험해 보게 하자는 것이었다.

그날 저녁, 볼턴 씨는 낯선 사람을 식사 자리에 데려왔다. 페니배커-빅글러-스몰이라는 큰 철도건설 회사의 공동창업자인 빅글러 씨였다. 사실 볼턴 씨는 늘 이런저런 계획을 들고 오는 사람을 집으로 초대하곤 했다. 철도 건설, 광산 개발, 습지에 사탕수수를 심어 제지 원료 생산, 병원 설립, 특허받은 생선 가시 제거 기계 투자, 변경 지역에 대학 설립 등 주로 토지 투기와 관련된 사업들이었다.

볼턴 가는 이런 사람들의 숙소 같은 곳이었다. 항상 누군가 방문했고, 루스는 어린 시절부터 그런 광경을 보며 아버지가 마치 설탕 그릇처럼 사기꾼들을 끌어모은다고 농담하곤 했다. 그녀는 세상의 상당수가 나머지 세상을 계획에 끌어들이는 방식으로 먹고산다고 생각했다. 일라이 볼턴은 거절을 잘 못 하는 성격이라, 루스 표현대로라면 굴 껍데기에 성경 구절을 새겨 팔자는 사업에도 투자할 사람이었다.

이번에 온 빅글러 씨는 식사 내내 음식을 입에 가득 문 채 떠들어댔다. 그의 이야기는 퉁가노크, 래틀스네이크, 영스타운을 잇는 철도 사업에 관한 것이었다. 이 철도가 서부로 가는 대동맥이 되어 무한한 석탄층과 엄청난 목재 자원을 시장에 공급할 거라 했다. 방법도 간단했다.

 "일단 신용 있는 사람들의 어음을 담보로 토지를 장기 할부로 매입한 뒤, 그 땅을 저당 잡아 공사 자금을 마련하는 거죠. 그다음 노선상에 있는 도시들에게 회사 주식을 인수할 시채권을 발행하게 하고, 그 채권을 팔아 노선을 완공한 후 구간별로 다시 저당을 설정하면 됩니다. 그러고 나서 철도 덕에 개발

된 지역의 수요를 근거로 남은 주식을 팔고, 값이 오른 토지를 처분하면 엄청난 수익이 나죠. 다만," 빅글러는 솔직한 척 덧붙였다.

"초기 조사와 의회 관련 정리에 몇천 달러 정도는 필요합니다. 우리를 괴롭힐 수도 있는 몇몇 사람들을 설득할 비용이 좀 들거든요."

"상당히 돈이 들겠군요."

볼턴은 의회를 '설득한다'는 말의 의미를 잘 알았지만, 집주인으로서 대놓고 무례하게 비판할 수는 없었다.

"담보는 무엇으로 합니까?"

빅글러는 당당히 미소를 지으며 자기 방식대로 설명을 이어갔다.

"볼턴 씨, 당신도 우리와 함께 들어오신다면 가장 먼저 혜택을 받게 될 겁니다."

루스에게는 이런 이야기가 다소 뻔하게 들렸지만, 비슷한 부류의 사람을 예전에도 본 터라 흥미가 생겼다.

"빅글러 씨, 이 주식은 누구든지 계획서를 보고 끌리면 구입할 수 있는 건가요?" 루스가 물었다.

"물론입니다. 누구나 똑같이 기회를 얻을 수 있죠."

빅글러가 이제야 루스를 돌아보며 대답했다. 그러고는 처음으로 루스의 총명하고 명민한 얼굴을 유심히 살폈다.

"그런데 만약 당신들이 중간에 빠져나가고 사업이 중단된다면, 소액 투자자들은 어떻게 되죠? 전 재산을 믿고 넣은 가난한 사람들은요?"

빅글러의 낯빛이 살짝 흐려졌지만, 그렇다고 크게 당황할 정도로 양심적인 사람은 아니었다. 마치 위조 동전이 발각되어도 변색되지 않는 것과 비슷했다. 다만 볼턴 씨가 지켜보는 터라 약간 귀찮다는 듯한 표정이었다.

"음… 그렇습니다. 대의를 생각하면 사회 발전을 위한 큰 사업엔 크고 작은 문제들이 생기기 마련이고, 당연히 서민들도 고려해야죠. 저도 아내에게 늘 말합니다. 가난한 사람들을 돌봐야 한다고요. 하지만 누가 정말 가난한 사람인지 정확히 알기 어렵잖아요. 게다가 의회에도 또 가난한 사람들이 있지 않습니까? 하하, 볼턴 씨도 아시죠?"

"난 의회 일엔 별 관심이 없습니다." 일라이 볼턴은 무뚝뚝하게 대답했다.

빅글러는 철도와 정치권 사이의 여러 유착 관계에 대해 혼자 흥미진진하게 떠들었고, 루스는 더는 대화에 끼어들지 않았다.

손님이 떠나고 나자 루스는 아버지를 향해 한숨을 쉬며 말했다.

"다시는 이런 이상한 사람을 집에 안 데려오셨으면 좋겠어요. 커다란 다이아 브로치를 달고 식탁에서 칼을 휘두르며, 문법도 엉망이고 사기까지 치는 사람이에요. 다들 저런가요?"

"너무 예민하게 굴지 말아라. 빅글러 씨는 이 지역에서 가장 영향력 있는 인물 중 하나다. 괜히 미움을 사는 것보다 적당히 돈이라도 빌려주는 게 나아."

"저런 사람을 가족 식탁에 앉히느니 차라리 원한을 사겠어요. 저런 사람이 교회에 헌금을 내고 심지어 교구 위원이라니요?"

"그래, 정말 그렇단다. 그래도 전부 나쁜 사람은 아니야. 3번가에서 누군가 그에게 물었다지 않니. '당신 교회가 고교회인가요, 저교회인가요?' 그랬더니 빅글러가 하는 말이, '글쎄, 한 번 들어가 봤는데 복도 천장에 손이 닿던데요?'라고 했다더라. 하하."

"정말 비호감이에요." 루스가 단호히 결론지었다.

빅글러 본인은 온 가족이 자신을 좋게 봤으리라 착각했겠지만, 루스는 상대를 배려할 마음이 전혀 없는 그의 본심을 이미 간파한 뒤였다.

볼턴 집안은 겉으론 평온했지만, 루스의 의학 공부를 둘러싼 반대와 걱정이 여전히 존재했다. 그럼에도 별다른 마찰 없이 루스는 얼마 후 시내의 숙소로 거처를 옮기고 자연스럽게 수업을 듣기 시작했다. 친구와 친척들 사이에선 여자가 의대를 다니냐며 놀라는 목소리가 없지 않았지만, 루스는 들은 척도 하지 않았다. 설령 들었다 해도 개의치 않았을 것이다. 그녀는 생애 처음으로 완전히 무언가에 몰입하며 매일 조금씩 지평이 넓어지는 학문에서 진정한 자유를 느끼고 있었다. 일요일에 집에 들를 때면 그녀의 밝은 웃음소리에 가족들도 기분이 좋아졌고, 동생들은 누나에게 계속 같이 있자고 졸랐다. 다만 어머니는 가끔씩 루스의 얼굴이 상기되고, 눈빛에 욕망과 결연함이 어려 있는 모습을 볼 때마다 혼자 조바심을 느꼈다.

여성들을 위한 그 의과대학은 작고 보수적인 기관으로, 역설적이게도 급진적 운동의 발원지였던 필라델피아에서 어렵게 유지되는 실험적 성격의 학교였다. 총 학생 수가 열두 명을 넘지 않아 마치 개척 사업처럼 위태로웠다. 도시엔 이미 마차를 타고 다니며 온갖 중병을 과감히 치료해 유명해진 여성 의사가 한 명 있었다. 사람들은 그녀가 연간 1~2만 달러를 번다고 수군댔다. 몇몇 여학생은 자신도 그렇게 성공해 남편까지 부양할 꿈을 꾸었지만, 현실은 병원 근무나 집안의 가벼운 진료가 전부였고 위급 시엔 다른 여성들과 마찬가지로 남자 의사를 불러야 했다.

루스가 혹시나 그런 과도한 기대를 품었을지도 모르지만, 적어도 겉으론 내색하지 않았다. 동급생들은 그녀를 명랑하고 진지한 학생이며 탐구심이 강하고, 여성이 과학적 재능이 떨어진다는 말엔 절대 가만있지 않는 인물로 알았다.

"소문에 따르면," 어느 젊은 퀘이커 청년이 동료에게 농담조로 말했다.

"루스 볼턴은 정말 해부학 수업을 듣고, 시체를 해부하며 외과 수술 같은 것도 배운다더라. 외과 의사가 될 만큼 냉정한 성격인가 봐."

그는 아마 루스의 침착한 시선에 위축됐던 경험을 표현하는 듯했다. 당시 루스는 그런 청년들에게 별 관심이 없었고, 그저 가벼운 흥밋거리 정도로 여겼다.

루스는 자신의 학업 일상을 가족이나 지인들에게 상세히 전하지 않았다.

하지만 나중에 알려진 바에 따르면, 그녀는 거의 온 힘과 신경을 소진할 정도로 힘겹게 과정을 견뎠다. 처음엔 눈, 귀, 근육과 신경 조직 덩어리 등 사체의 일부를 다루는 해부로 시작했다. 루스는 생명이 떠난 그 신체 부위를 뿌리 뽑힌 식물을 다루듯이 스스로를 다독이며 견뎠다. 처음엔 무척 불편했지만, 습관을 들이면 적응할 수 있다는 논리였다. 남북전쟁 당시 피 한 방울 보기도 힘들어하던 여성들이 병원과 전장 가장자리에서 처참한 부상자들을 차분히 간호했던 사례를 떠올리면 이해할 만한 일이었다.

어느 날 저녁, 루스는 교과서의 특정 부분을 직접 확인해야 이해가 명확할 것 같았다. 열정에 이끌린 그녀는 동급 여학생을 설득해 밤에 몰래 의대 해부실에 가기로 했다. 어쩌면 스스로의 담력을 시험하고 싶었던 건지도 몰랐다.

낡고 음침한 건물의 수위는 두 사람을 조금 의심스러운 눈빛으로 들여보냈다. 둘은 양초를 들고 넓은 계단을 따라 3층으로 올라갔다. 문을 열자 긴 방 하나가 나타났다. 옆으로 긴 창문들이 줄지어 있고 방 끝에도 창이 하나 있었다.

별빛과 양초 외엔 다른 빛이 없어서 여러 개의 좁고 긴 해부대와 두 구의 해골 모형, 벤치 몇 개, 개수대, 천으로 덮인 무언가의 형체가 희미하게 보였다.

열린 창문으로 밤바람이 서늘히 들어왔다. 방 안에 있던 하얀 천이 그 바람에 흔들리고 느슨한 창틀이 덜커덕 소리를 냈다. 두 학생은 잠시 멈추어 섰다. 익숙한 장소라도 밤이면 으스스해지기 마련인데, 더구나 여기는 매장되지 않은 시체 조각들을 보관하는 곳이라 그 섬뜩함은 한층 강했다. 복도 너머 건물 지붕 위로 다른 건물 하나가 보였는데, 꼭대기 층에서 무도회라도 열리는 듯 창문이 열려 춤추는 사람들의 그림자가 얼핏 비쳤다. 바이올린과 오보에 소리, 진행자의 구령 소리까지 뒤섞여 혼란스럽게 들려왔다.

"저기 춤추는 애들이 우리가 여기 있는 걸 알면 어떤 기분일까."

루스는 조용히 말했다.

소곤거리듯 말한 뒤 그들은 무심결에 서로 가까이 붙어, 중앙의 긴 테이블로 갔다. 시트로 덮인, 딱딱하게 뻗은 물체가 있었다. 바로 수위가 언급한 새로 들어온 시신이었다. 루스가 조금 떨리는 손으로 천을 위쪽에서 조금 들어 내렸다. 둘 다 움찔했다. 흑인 사체였다. 검은 얼굴은 죽음의 창백함을 비웃듯, 오히려 너무나 선명히 살아 있음을 주장하듯이 섬뜩했다.

루스는 천만큼 하얗게 질렸다.

아마 촛불이 흔들리는 탓인지, 혹은 극심한 고통으로 죽은 탓인지, 그 흑인의 얼굴은 마치 '기괴한' 일그러짐을 띠고 있었다.

'이젠 죽어서도 내 시신을 파헤치겠다고…?'

라고 울부짖듯한 표정 같았다.

물론 그건 환각에 불과했다. 루스는 겁먹기보다는 불쌍하다는 표정을 지으며, 공포와 혐오를 밀어내고 다시 천을 조심스레 덮었다. 그리고 아무 말 없이 해부용 테이블로 갔다. 친구도 마찬가지였다. 이후 한 시간가량 서로 묵묵히 근육과 신경 조직을 살폈지만, 그 한켠에 놓인 새 시신이 주는 아우라와 창밖의 왁자지껄한 웃음소리가 섞여 묘한 공포감을 더했다.

마침내 문을 잠그고 밖으로 나와 사람들이 지나다니는 거리로 합류했을 때, 큰 안도감을 느꼈다. 거리의 생기와 밝음이 이토록 달콤하게 느껴지긴 처음이었다.

CHAPTER 16.

　루스가 새로운 학업에 몰두하며 봄이 저물어 갈 무렵, 필립과 친구들은 여전히 세인트루이스의 서던 호텔에 머물고 있었다. 대형 계약업자들은 이미 주정부 관계자, 철도회사 임원, 하도급업자들과의 업무를 마치고 동부로 떠났지만, 일행 중 한 기술자가 심하게 앓아 필립과 헨리가 번갈아 간호를 맡게 되어 일정이 지체됐다.

　필립은 루스에게 편지를 보내 새로 알게 된 셀러스 대령에 관한 이야기를 전했다. 열정적이고 호의가 넘치는 그 신사는 지역 발전뿐 아니라 필립의 성공에도 많은 관심을 보였다. 필립은 아직 그의 시골 저택에 가 보진 못했지만, 자주 함께 식사하며 사업 구상에 대한 조언을 들었고, 특히 헨리에게 각별한 호감을 나타냈다고 했다. 셀러스 대령은 당장 손에 쥐고 있는 현금은 없어 보였지만, 규모가 상당한 여러 투자 사업을 진행하고 있었다.

　두 사람 사이에는 여러 차례 편지가 오갔지만 소통이 활발하진 않았다. 필립이 길게 편지를 써도 루스는 짧게 답했으며, 대신 날카로운 의견이 담겨 있었다. 가령 셀러스 대령 같은 유형의 사람이라면 자기 집에도 매주 한 번은 찾아온다는 식이었다.

　한편 세인트루이스에서 강제로 발이 묶인 상태가 필립은 몹시 답답했다. 가진 돈은 급속히 줄어들고 있었기에 차라리 현장으로 나가 실제 어떤 기회가 있으며 어느 정도 수익을 낼 수 있을지 직접 확인하고 싶었다. 대형 계약자들은 별다른 구체적 약속 없이 그저 막연히 앞으로 큰일이 있을 테니 기대하라는 말만 던져 놓은 상태였다.

반면 헨리는 달랐다. 그는 이런 상황에서도 전혀 불만 없이 만족했다. 단기간에 주지사부터 호텔 종업원까지 폭넓게 친해졌고, 월가의 금융 전문 용어도 능숙히 구사하며 마치 거대한 자본을 가진 듯 당당하게 행동했다. 온갖 철도 사업 계획으로 활기가 넘치는 이 도시와 완벽히 어울리는 인물이었다.

셀러스 대령과 헨리는 거의 늘 함께 붙어 다녔다. 헨리는 대령에게 자신이 철도 측량반과 함께 현장에 가긴 하지만 진짜 목적은 따로 있다고 귀띔했다.

"곧 공사 계약이 나오면 다른 파트너와 함께 대규모 하도급 사업을 맡게 될 겁니다. 그때까지 측량반과 함께하며, 주변 땅이나 철도역 예정 부지를 자세히 살피고 있죠."

셀러스 대령이 말했다.

"결국 핵심은 어디에 투자하느냐는 거지! 내 조언을 무시했다가 망한 사람이 있는가 하면, 내 조언 덕에 큰돈을 번 사람도 많아. 벌써 20년 넘게 이 지역의 지형을 연구했으니, 지도에서 손가락으로 짚는 곳마다 난 훤히 알고 있다네. 돈을 넣고 싶으면 나한테만 말하면 돼!"

헨리는 조금도 거리낌 없이 자기 재력을 내비쳤다.

"지금 당장 손에 쥔 현금은 많지 않지만, 좋은 기회만 있다면 뉴욕 쪽에 청구해서 1만 5천에서 2만 달러쯤은 언제든 끌어올 수 있어요!"

"그래, 초기 투자금으로는 그 정도면 괜찮지."

셀러스가 생각에 잠긴 듯 중얼거렸다.

"흠, 하지만 그건 정말 아주 작은 시작일 뿐이야."

"또 뭐가 있나요?"

헨리가 관심을 보이자 셀러스는 의자를 바짝 끌어당기고 낮은 목소리로 말했다.

"이건 자네한테만 하는 비밀 이야기네. 서류상으론 작아 보여도 앞으로 엄청나게 커질 사업이지. '스톤스 랜딩'이라는 지역이 있네. 그 곳은 지금 허허벌판이지만 2년 안에 철도가 우뚝 들어선다고 생각해 보게. 지금은 배 꼭대기에 등대를 세우는 것만큼 터무니없어 보이겠지만, 내가 장담하지. 미리 그 땅을 사둘 수 있어. 그리고 솔트레이크 퍼시픽 철도가 그곳을 정확히 관통할 거야. 그러고는 하늘이 내린 완벽한 평원에, 교통과 농산물이 전부 집결되는 중심지가 될 거야."

"근데 지도상으론 직선 노선에서 20마일쯤 벗어나 있지 않나요?"

헨리가 물었다.

"노선은 아직 정해진 게 아니야. 어디가 직선인지 실제로 기술자가 현장을 지나가 봐야 안다고. 자네한테 솔직히 말해 주자면, 그 구간 책임 기술자인 제프 톰슨과 이야기를 나눠 봤어. 제프는 서부에서 가장 열정적인 기술자고, 그가 비밀스럽게 알려준 정보라네."

사실 이 제프 톰슨이라는 인물은 철도 노선뿐 아니라 무슨 일이든 의리로 밀어붙이는 성격이었다.

필립은 나중에 헨리에게서 이 이야기를 듣고 반신반의했지만, 헨리는 이미 그 '스톤스 랜딩'의 땅을 손에 넣은 듯 들뜬 상태였다. 그는 늘 자기 계획을 철석같이 믿었고, 항상 황금빛 미래 속에 사는 사람 같았다. 주변 사람들도 그런 헨리를 좋아했다. 그가 늘 품위 있고 돈 많은 청년처럼 행동했기 때문에 호텔 종업원조차 특별히 친절하게 대했고, 현지 사람들은 서부 개발을 통해 세인트루이스를 국가 수도로 만들어야 한다는 그의 호쾌한 의견을 듣고 감탄했다. 헨리는 곧 솔트레이크 퍼시픽 철도의 하도급 자재 공급을 위해 상인들과 논의했고, 지도와 단면도를 놓고 견적을 뽑았으며, 틈만 나면 셀러스 대령과 함께 땅 투기 계획을 세웠다.

하지만 하루, 이틀이 흐르고 한 주, 또 한 주가 지나면서 헨리의 주머니는 점점 비어 갔다. 그는 돈이 있든 없든 여전히 호탕하게 지냈다. 그러다 결국 호텔비가 청구된 어느 주말, 헨리는 한 푼도 없다는 사실을 깨달았다.

헨리는 호텔 주인에게 태연하게 말했다.

"지금은 현금이 없으니 뉴욕으로 환어음을 끊어 드리죠."

그리고 즉시 뉴욕의 철도 발주처에 편지를 보냈다.

"현재 매우 유망한 부지에서 사업을 준비 중입니다. 착수금으로 몇백 달러만 먼저 송금해주십시오."

하지만 아무 답장도 오지 않았다.

헨리는 다시 서신을 띄웠다.

"3일 만기 어음으로 즉시 결제해 드리겠습니다."

이번엔 짧은 답장이 왔다.

"월가에 자금 여유가 없습니다. 우선 직접 사업을 시작해보십시오."

이제 호텔비는 어쩌나 싶어진 헨리는 그 청구서를 필립에게 가져왔다. 필립은 헨리가 어음을 결제할 능력이 없음을 짐작했기에 결국 대신 호텔비를 지불하기로 했다. 헨리는 그 뒤로도 전혀 미안해하지 않고 숙박비 문제를 잊은 듯 지냈다. 필립은 그 이후로도 헨리가 추가로 발생시킨 모든 비용을 묵묵히 감당했다. 물론 필립 역시 자신의 돈이 점점 줄어드는 것을 느꼈지만, 이 모험은 처음부터 함께하자고 했고, 헨리라면 자신을 위해서 기꺼이 그랬을 거라고 믿었기에 이를 감내했을 뿐이다.

결국 젊은 기술자가 병을 앓다 가까스로 위기를 넘기자, 사람들은 그가 서부의 열병쯤에는 이제 면역이 생겼다고 농담을 던졌다. 이제 측량반이 이동할 시기도 되었다. 필립과 헨리 역시 덩달아 흥분했다. 전원이 미시시피강 증기선을 타고 떠나기 직전, 셀러스가 부둣가로 나와 마지막 배웅을 했다.

"다음에 증기선 편으로 샴페인 한 바구니 보내겠습니다! 사양 마세요, 캠프에서 한잔해도 괜찮습니다. 톰슨 씨에게 안부 전하시고, 노선 잡을 때 그 땅 꼭 챙기라고 전하세요. 시도할 만합니다! 헨리 씨도 자리 잡으면 연락 주세요. 호크아이에서 제가 넘어가겠습니다. 모두 행운을 빕니다!"

이윽고 배가 출발하려 하자, 셀러스는 모자를 흔들며 풍요와 행복이 넘쳐

나는 듯 행운을 빌어 주었다.

항해는 짧은 거리였지만 그럼에도 새로운 경험으로 가득했다. 필립과 헨리 둘 다 강에서 증기선을 타 본 경험이 겨우 두 번째였기에 모든 게 새롭기만 했다. 거대한 살롱에서 식사도 했는데, 천장에는 화려한 색종이 장식이 종유석처럼 늘어져 있어, 이발소보다 더 멋지다고 농담을 던질 정도였다. 메뉴판은 뉴욕 최고급 호텔보다도 길었지만, 실제로 나오는 음식의 맛은 비슷비슷한 수준이었다. 디저트에는 온통 인공적인 장미향이 배어 있었다.

마침내 두 젊은이는 강 왼쪽의 작은 선착장에 내려, 측량반 캠프로 가기 위해 말을 빌렸다. 헨리는 이전처럼 서부 스타일에 브로드웨이의 멋쟁이 스타일을 절충한 복장에 반짝이는 롱부츠를 신고 있었다. 길에서 마주치는 사람들, 특히 형형색색의 두건을 쓴 흑인 여성들은 바구니를 들거나 노새를 타고 지나가며 헨리를 흥미롭게 쳐다보았다.

헨리는 앞으로 손에 넣게 될 부를 상상하며 들떠 있었다. 필립 역시 끝없이 펼쳐진 대지의 자유와 모험, 아름다운 풍경에 마음을 빼앗겼다. 새싹이 무성한 초원에 화사한 꽃들이 만발했고, 군데군데 하얀 참나무들이 모여 있어 마치 거대한 공원 같았으며, 멀리서 저택이라도 나타날 듯한 분위기였다.

사흘째 되는 날 해 질 녘, 목적지인 매그놀리아에 다다랐다고 생각한 일행

은 통나무집 하나를 찾아가 길을 물었다. 그 집은 절반은 상점, 나머지 절반은 주거지였고, 현관엔 화려한 두건을 쓴 흑인 여성이 있었다.

"여기서 매그놀리아까지 얼마나 더 가야 하죠?" 필립이 물었다.

흑인 여성은 웃으며 대답했다.

"여기가 바로 매그놀리아예요."

알고 보니 이 통나무집이 바로 매그놀리아의 중심지였다. 측량반의 캠프는 불과 2~3마일 정도 떨어져 있었다.

"길은 어렵지 않아요. 해 지는 방향으로 가면 됩니다."

캠프의 불빛을 발견한 것은 별이 하나둘 떠오를 무렵이었다. 작은 시냇물이 흐르는 옆은 참나무 숲 사이로 텐트 대여섯 동이 자리 잡고 있었으며, 옆에는 말과 소를 모아둔 울타리가 설치되어 있었다. 중심부에서는 사람들이 큰 모닥불 주변에 식사용 접이식 의자에 앉거나 담요 위에 누워 있었고, 흑인 남자 두 명이 밴조 반주에 맞춰 흥겹게 춤을 추고 있었다.

이곳이 바로 제프 톰슨의 기술자 팀이 머무는 소문난 캠프이자 셀러스 대령이 점찍은 '스톤스 랜딩'으로 향할 출발선이었다. 제프는 새로 도착한 사람들을 반갑게 맞이하며 술을 권했다.

"동부에서 온 사람 중에 한 손으로 병을 들고 제대로 마시는 법을 아는 사람은 못 봤는데, 이렇게 하면 돼요."

제프는 오른손으로 병의 손잡이를 잡고 팔뚝 쪽으로 기울여, 병 주둥이에 입을 가져가는 동작을 능숙하게 보여 주었다.

"이렇게 하면 각자가 얼마나 마시는지 양심에 따라 조절할 수도 있죠."

캠프 사람들은 일찍 잠드는 편이어서, 밤 9시쯤이면 모두 담요 속에 들어갔다. 오직 제프만이 한참 동안 테이블에서 필드 노트를 정리한 뒤 텐트 밖으로 나와, 미국 국가 〈성조기〉를 처음부터 끝까지 우렁찬 테너로 불렀다. 이는 그가 매일 밤 쌓인 스트레스를 해소하는 고정적인 습관이었다.

필립은 처음으로 땅 위에서 잠자리에 들었다. 모닥불의 잔상이 눈에 아른거리고, 나뭇가지 사이로 별이 반짝였으며, 시냇물 흐르는 소리, 말발굽 소리, 멀리서 짖는 개 짖는 소리가 귓가를 스쳤다. 그의 본격적인 모험이 이제 막 시작되었다는 느낌이 들었다.

CHAPTER 17.

    캠프에서 헨리 브라이얼리만큼 엔지니어다운 차림을 갖춘 사람은 없었다. 그의 옷차림은 측량반 동료들의 부러움을 샀고, 밝고 활기찬 몸가짐 덕분에 모두가 그의 매무새와 태도에 감탄했다.
    "그 부츠는 세인트루이스 이남에서는 못 구할 텐데요?"
    보급 담당을 맡은 키 큰 미주리 청년이 물었다.
    "아, 뉴욕에서 산 겁니다."
    "뉴욕이라… 들어본 적은 있소."
    버터색 옷을 입은 이 젊은이는 헨리의 복장을 꼼꼼히 살피면서도 별로 대수롭지 않다는 듯 대화를 이어갔다.
    "매사추세츠도 있죠…."
    "서로 그리 멀지 않습니다."
    "매사추세츠는 무시무시한 데라고 들었는데… 어디 주에 속해 있죠?"
    헨리가 너그럽게 웃으며 대답했다.
    "매사추세츠는 주 이름입니다. 보스턴이 그 주의 중심지이고요.
    이렇게 잡담을 주고받으며 헨리는 측량봉을 어깨에 메고 들판으로 나갔다. 그는 낮이면 초원을 누비며 측량했고, 밤이면 즐거운 마음으로 결과를 정리해 선형 용지에 기록했다. 하지만 솔직히 그는 토목공학에 대한 이론적이거나 실무적인 전문 지식이 거의 없었다. 사실 그가 속한 팀 전체도 그런 깊은 과학적 전문성을 요구받지 않았다. 현재 진행하는 예비조사의 주된 목적은 철도가 이

지역을 지날 것이란 기대감을 일으켜 주 내 모든 마을이 노선 유치에 열의를 보이게 하고, 농장주들에게 곧 역이 들어선다는 희망을 심어 협조를 얻는 것이었다.

제프 톰슨은 이런 분위기 조성에 최적화된 인물이었다. 그는 노선의 세부적인 위치나 건설 가능성을 일일이 따지지 않고, 언덕에서 언덕으로 즐겁게 시선을 뻗으며 경로에서 20~30마일 이내에 위치한 마을 후보지와 큰 농장들을 전부 찍어 놓고 지나갔다. 톰슨 자신의 표현대로라면 '그저 신나게 뻗어나갈 뿐'이었다.

이런 방식 덕분에 헨리는 실무 경험을 쌓을 기회를 얻었다고 뿌듯해했고, 필립 역시 현지를 둘러보면서 재산 형성 가능성을 가늠할 수 있었다. 둘은 길을 지나는 대로 큰 농장들의 우선 매입권을 확보하고는, 동부 투자자들에게 긴급 서신을 보내 땅이 얼마나 아름답고 철도 노선만 결정되면 가치가 두 배, 아니 네 배는 뛸 것이라고 설득했다. 하지만 이상하게도 투자자들이 몰려오지 않아 이들은 의아하게 생각했다.

필드에 투입된 지 2주 남짓 지났을 때, 헨리는 셀러스 대령에게 편지를 보냈다.

"빨리 움직이셔야 합니다, 철도가 확실히 스톤스 랜딩으로 갈 듯합니다"

사실 매일 지도 위에 노선을 덧그릴 때마다 정확히 어디로 향하는지는 불확실했지만, 톰슨이 현재 위치에서 유일하게 현실성 있는 경로가 스톤스 랜딩뿐이라고 선언한 것이다.

"우리가 꼭 해낼 거야, 친구들. 필요하면 열기구를 타서라도 스톤스 랜딩을 찍고 말겠어!"

톰슨이 장담했다. 그 말대로 일주일도 채 지나지 않아 집요한 엔지니어 톰슨은 자신이 이끄는 이동 캠프를 늪과 습지대, 언덕을 차례차례 넘어 마침내 스톤스 랜딩 한가운데에 텐트를 설치하는 데 성공했다.

이튿날 아침 해가 떠오를 무렵, 톰슨이 텐트 출입구에 서서 기운차게 외쳤다.

"무슨 일이야! 그레이슨, 측량기를 꺼내서 셀러스 대령이 말한 마을 위치부터 확인해. 해 질 무렵에 달리다가 놓칠 뻔했잖아. 스털링, 브라이얼리, 빨리 일어나서 마을 좀 둘러보자고. 저기 굽이를 돌아 증기선이 들어오는 게 벌써부터 보여, 하하!"

이 소리에 텐트에서 기어나온 동료들이 눈을 비비며 주위를 둘러보았다. 그들이 야영한 곳은 폭이 대략 6미터쯤 되는 느리고 굽은 개울가로, 물이 제법 맑았다. 주변에는 진흙으로 마감한 굴뚝이 달린 통나무집 열두 채가 듬성듬성 흩어져 있었고, 마을을 관통해 구릉으로 이어지는 외길은 제멋대로 뻗어 있었다. 길 끝에는 호크아이까지 10마일이라는 표지판이 서 있어 어렴풋이 목적지를 알려 주었다.

이 길은 애초에 사람이 다진 것이 아니라 사람과 말이 오가다 자연스레 생긴 터라, 6월 장맛비에 질척해진 흙은 검붉은 바퀴 자국과 깊은 웅덩이로 뒤덮

여 있었다. 마을 한복판도 돼지 떼가 파헤친 진창이 방치돼 있어, 임시로 놓인 널판을 딛고서야 겨우 건널 수 있었다.

마을의 거점이 되는 통나무집은 잡화점이자 간이주점이었는데, 앞마당은 진흙에 잠겼고, 그 앞에 있는 거칠게 짠 나무 단상과 상자가 건달들의 아지트가 되었다. 개울가로 내려가면 낡은 창고가 하나 서 있고, 그 앞 낡은 부두는 물가로 비스듬히 뻗어 있어 평저선 한 척이 삿대를 난간에 걸친 채 정박해 있었다. 마을 위쪽에는 삐뚤어진 나무다리가 놓여 있었는데, 질퍽한 지반 탓에 기둥이 이리저리 기울었고 널판도 군데군데 빠져 있어 뛰어 건너기엔 위험해 보였다.

"이 강이 바로 콜럼버스강*, 별명으론 구스 런입니다, 신사분들. 폭을 넓히고 수심을 깊게 파고 길을 더 잇기만 하면 서부에서 손꼽히는 수로가 될 겁니다."

톰슨이 그렇게 설명을 덧붙였다.

해가 서서히 떠올라 강을 비추자 옅은 안개가 걷혔지만, 탁한 물결은 반짝이지 않았다. 수십 년 묵은 진흙거북들이 통나무 위에서 햇살을 쬐고 있는 모습이 막 태동하는 이 신흥 도시의 첫 아침 풍경이었다.

잠시 뒤 마을 굴뚝마다 연기가 피어올랐다. 엔지니어들이 아침 식사를 마치기도 전에 소년과 어른 대여섯 명이 주머니에 손을 찔러 넣은 채 캠프 안으로 들어와 두리번거렸다.

"좋은 아침입니다, 신사 여러분." 톰슨이 식탁 너머로 인사했다.

"구드 모닝." 대표 격인 사내가 느릿하게 대답했다.

"들어오는 철도가 이 노선 맞겠죠?"

"맞습니다. 레일이랑 기관차만 빼면 다 도착했어요."

"그럼 저기 흰참나무 숲에서 레일용 목재를 실어 오면 되겠군, 그렇지, 에

---

* 이야기 속 가상의 지류(支流). 미주리 지역의 낙후된 소하천을 상징적으로 그려, 준설과 확장 등으로 대형 무역항이 될 것이라는 과장된 개발 담론을 보여 준다.

프?"

"엄청 많지." 에프는 여전히 식탁에 시선을 고정한 채 대꾸했다.

"좋습니다." 톰슨이 자리에서 일어나 텐트 쪽으로 발걸음을 옮겼다.

"스톤스 랜딩에 철도가 닿게 될테니 축배를 듭시다. 한 잔씩?"

모두가 찬성했고, 그는 스톤스 랜딩의 번영과 구스 런 항로의 발전을 기원하며 옥수수 위스키를 돌렸다.

오전 열 시, 초원 위로 또 한 대의 마차가 천천히 다가왔다. 마부가 말을 살짝 채찍질하자, 안에 탄 살집 있는 남자가 텐트를 살피며 멈췄다. 그는 느긋하게 마차에서 내려 두 손을 비비며 환히 웃었고, 이미 몇 사람이 그의 이름을 부르며 다가왔다. 바로 셀러스 대령이었다.

"나폴레옹에 오신 걸 환영합니다, 신사 여러분!"

셀러스는 이곳을 '나폴레옹'이라 부르기로 마음먹고 있었다. 작은 선착장에 불과한 마을인 '스톤스 랜딩'이 머지않아 거대한 무역 도시로 변신할 것이라는 포부를 담아, 정복자의 이름을 붙이면 투자자들의 상상력도 함께 자극될 것이라 생각한 것이다. 그렇게 별칭이 퍼지면서 이 장소는 스톤스 랜딩과 나폴레옹 두 이름이 뒤섞여 쓰이기 시작했다.

"톰슨 씨, 반갑습니다. 스털링 씨도 좋고, 브라이얼리 씨도 반갑습니다. 제가 보낸 샴페인 바구니 받으셨나요? 없다구요? 저 도둑놈들! 최고급이었는데! 뭐, 아직 둘러보지 못하셨다니. 지금은 거칠어 보여도 저 건물들은 전부 허물어야 합니다. 그 자리에 공회당, 법원, 호텔, 교회, 감옥을 세우고, 우리가 선 이곳이 역이 될 겁니다. 톰슨 씨, 엔지니어 눈으로 보시기에 어떻습니까? 저 아래가 상업 지구, 바로 부두로 이어지죠. 언덕 위에는 대학을 두면 전망이 훌륭하고, 콜럼버스강이 수 마일 펼쳐집니다. 미주리 중심까지 겨우 49마일이라니까요! 흐름도 잔잔하니 몇 군데 넓히고 준설하고 둑만 올리면 천혜의 무역항이 됩니다. 보십시오, 10마일 안에 건물이 하나도 없고 다른 항로도 없으니 대마와 담배, 그리고 옥수수가 전부 이리로 모일 겁니다. 철도가 오면 1년 안에 아무도 원래 모습을 기억 못 할 거예요!"

"지금도 조금은 알아보기 힘든걸." 필립이 헨리에게 낮게 속삭였다.

"식사는 하셨습니까, 대령님?"

"대충요. 커피 한 잔뿐이었소. 내가 직접 들여오지 않은 커피는 못 마시겠더군. 사실 도시락 바구니에 뭘 좀 담아 왔어야 했는데, 부인이 별미랑 부르고뉴 와인 반 병쯤 챙겨 넣었을 거라고 믿었지, 그렇지 브라이얼리 씨? 게다가 예전부터 자네랑 식사 한번 하려다 못 했잖나."

그는 마차 아래를 한참 뒤졌다. 그러나 아무것도 나오지 않았다. 시트 아래와 앞뒤를 샅샅이 살핀 뒤 투덜댔다.

"젠장, 그래서 뭐든 직접 챙겨야 한다니까. 부인에게 맡겼더니 이 꼴이군."

어쩔 수 없이, 캠프의 요리사가 급히 구운 치킨과 달걀을 내왔고, 대령은 푸짐하게 한 끼를 비운 뒤 톰슨이 아껴 둔 올드 버번까지 곁들이며 자기 집 술창고에서 마시던 것과 똑같다며 으스댔다.

그사이 측량반은 현장으로 나가 강의 굽이를 조금 우회하고 고가교만 놓으면 철로가 이 선착장까지 이어질 수 있는지 가늠했다. 경사가 다소 가파를 것이라는 결론이었지만, 셀러스는 항만과 곡물 엘리베이터만 연결되면 충분하다고 말했다.

이틀날 톰슨이 강 주변 2마일을 대략 측량해 주자 셀러스와 헨리는 그 결과를 나폴레옹 시가지 지도에 반영하며 이상적이라며 흡족해했다. 제프는 두 사람에게서 장래 지분을 보장받는 문서를 받았지만, 필립은 돈도 없고 빚질 약속도 하기 싫다며 정중히 사양했다.

다음 날 새벽, 측량반은 짐을 꾸려 다시 길을 떠났다. 헨리는 셀러스와 함께 호크아이로 향해 남은 일을 마무리하기로 했는데, 그 가운데 하나가 콜럼버스 강의 항로 개량을 주 의회에 청원하는 일이었다.

CHAPTER 18.

 셀레스 대령을 따라 호크아이로 이동한 헨리는 계속해서 호텔에 머무르며 측량반의 급여를 받았다. 톰슨은 현장에 꼭 있어야 할 필요는 없다고 했지만, 헨리는 매일 셀러스 대령과 그의 지인 워싱턴 호킨스에게 곧 철도 현장으로 복귀해 계약을 직접 감독하겠다고 큰소리쳤다. 정작 그는 움직이지 않았고, 혹시 문제가 생기면 자신을 불러 달라며 필립에게 긴 편지 한 통을 보냈을 뿐이었다.
 그 사이 헨리는 호크아이에서도 자기 특유의 활짝 핀 모습을 한껏 드러냈다. 어디서나 그렇듯, 기회만 주어지면 돈 많고 잘난 젊은이처럼 활동해 왔기 때문이다. 사실 부동산 대규모 투자자로서 뉴욕 상류층에서 인기를 누리는 이이자, 브로커들과 서신을 주고받고, 워싱턴의 정계 인사와 친분 있으며, 기타나 밴조를 다룰 줄 알고, 예쁜 여자를 보면 달콤한 찬사를 마다치 않는 헨리는 호크아이 어디서든 환영받았다. 심지어 헨리의 맘에 쏙 든 로라 호킨스 역시 변덕스러운 그를 붙잡아 두려는 듯 자신의 매력을 한껏 과시했다. 어느 날 헨리가 셀러스 대령에게 넌지시 말했다.
 "로라는 정말 멋진 여자예요. 뉴욕에 데려가면 대성공할 걸요? 돈이 있든 없든. 어떤 남자들은 그녀에게라면 철도든 오페라하우스든 뭐든 약속할 거라고요."
 헨리는 여성을 원하는 물건처럼 바라보는 버릇이 있었다. 호크아이에 머무는 동안 로라도 자신의 차지가 될 수 있겠다고 은근히 마음먹었지만, 셀러스 대령은 그의 속내를 간파했는지 냉정하게 받아쳤다.

"그런 농담은 통하지 않습니다, 브라이얼리. 호킨스 가문은 테네시주에서 대대로 내려온 명문가예요. 지금은 사정이 어려워도 땅만 팔리면 수백만 달러를 손에 쥘 수도 있죠."

"알겠습니다, 대령님. 나쁜 뜻은 없었습니다. 다만 보시다시피 그녀가 참 매혹적이지 않습니까. 외모만이 아니라, 워싱턴에 가면 순식간에―"

"설마 로라에게 청원서라도 들이밀 생각입니까?"

셀러스가 엉뚱하게 물었고, 헨리는 웃음으로 넘겼다.

"여자가 의회에 청원을 올려 봐야 서류함에 묻힐 뿐이죠. 물론 아름다운 여자가 직접 찾아가면 이야기가 달라집니다."

그러나 어쨌든, 이른바 콜럼버스강 개발을 위한 청원서는 성대히 작성되었다. 청원서는 화려한 미사여구로 나폴레옹의 장래를 묘사하며, 주변 토지가 절대적으로 필요하다는 점과 이곳이 태평양으로 이어지는 대간선의 핵심 정거장이 돼야 함을 강조했다. 부록으로 도시 평면도와 하천 조사 자료를 붙였고, 스톤스 랜딩에서 글을 쓸 줄 아는 이는 모두 불러 서명까지 받았다. 셀러스 대령은 물론, 주 상하원 의원과 전직 주지사, 전직 연방 의원들의 이름도 곁들일 계획이었다. 문건이 완성되자 위세가 대단해, 셀러스와 헨리는 몇 주를 더 들여 세부 도시도를 다듬느라 열의가 한껏 달아올랐다.

워싱턴 호킨스에게 헨리는 아주 매력적인 인물이었다. 워싱턴은 헨리의 무엇이든 해낼 수 있는 방식에 완전 반해, 그의 과거 업적과 미래 계획을 듣기 즐거워했다. 한편 헨리는 워싱턴을 능력은 있지만 너무 공상적이라고 평했다.

한편 로라에 대한 헨리의 속내가 어떻든, 두 사람은 날마다 가까워졌다. 로라는 헨리가 자기도 모르게 빠져들도록 치밀하게 유도했고, 오만한 자존심을 부추기면서도 결정적인 순간에는 한 발 살짝 물러섰다. 덕분에 헨리는 술에 취한 사람처럼 그녀 곁을 떠나기 싫어하면서도, 정말로 그녀의 마음을 얻은 게 맞는지 끊임없이 궁금해했다.

생각해 보면 로라는 시골 도시 호크아이의 한 처녀에 불과하고, 집도 재산도 변변치 않았다. 그런데도 헨리가 이토록 옭아매인 듯한 기분을 떨치지 못한 것은, 그녀가 내뿜는 미묘한 매력 때문이었다. 어쩌면 로라는 이미 자신의 장점을 완벽히 파악한 뒤, 소녀다운 재치를 적절히 남겨 두는 법을 터득한 듯했다. 이 차가운 이성과 정교한 기술 앞에서, 세상 물정 다 안다고 자부하던 헨리는 오히려 그녀 손바닥에서 놀고 있었다. 그는 자신이 로라를 유혹한다고 믿었지만, 실상 그녀가 그를 시험하고 있었던 셈이다.

로라에게는 확고한 꿈이 있었다. 이 촌구석과 가난에서 벗어나고 싶었다. 현대 소설에서 얻은 영감을 통해 그녀는 자신의 재능과 미모를 적절히 활용하면 막대한 부와 높은 지위, 그리고 남자들까지 발아래 둘 수 있으리라고 확신했다. 명성과 오명의 경계를 인식하고 있는지는 알 수 없지만, 어찌되었건 그녀가 열망한 것은 사치와 부, 그리고 남자들의 굴복이었다.

호킨스 남매는 모두 테네시주에 있는 가족 소유지가 언젠가 막대한 재산이 되어 돌아올 것이라 믿으며 자랐다. 그러나 로라는 그 꿈을 온전히 신뢰하지 않았다. 그 땅이 실제로 돈이 된다면 어떻게 활용할지 머릿속에서만 계산해 두었을 뿐이다. 반면 워싱턴은 언젠가 큰돈이 굴러들어오기를 막연히 기다리기만 했다.

어느 날, 로라는 헨리에게 푸념했다.

"남자는 좋겠어요. 넓은 세상을 마음껏 돌아다니잖아요. 전 이렇게 집에만 갇혀 있네요."

"남자라고 다 좋은 건 아니야. 꿈은 같더라도. 그런데 내가 왜 이 보잘것없는 호크아이에서 이렇게 오래 머무는지 알아? 내 측량반도 있는데."

"셀러스 대령의 '나폴레옹' 프로젝트 때문이라면서요?"

로라가 놀리듯 물었다.

"그건 거의 끝났어. 그렇다면 이제 떠나야 한다는 거야?"

"헨리!" 로라는 다정히 그의 팔에 손을 얹었다.

"제가 왜 당신이 떠나길 바라겠어요? 호크아이에서 날 이해해 주는 사람은 당신뿐인데요."

"하지만 넌 날 이해하지 못해. 얼음벽 속에 혼자 있는 것 같을 때가 얼마나 많은데."

헨리가 투덜대자 로라는 눈을 크게 뜨고 볼에 엷은 홍조를 띠었다. 곧 그윽한 미소가 번지자 헨리의 가슴에도 불길이 일었다.

"제가 언제 당신을 믿지 않은 적 있나요, 헨리?"

그녀가 속삭이며 손을 내밀자, 헨리는 감격해 그 손을 꼭 쥐었다. 그러나 그것이 허용된 최대치임을 그는 어렴풋이 깨달았다.

늘 이런 식이었다. 로라는 헨리의 마음에 불을 지피면서도 그 이상 다가오지 못하도록 일부러 벽을 세웠다. 불꽃은 활활 타올랐지만 그 앞에는 여전히 투명한 장벽이 가로놓여 있었다. 로라는 그 과정을 만끽했다. 남자를 뒤흔드는 일 자체가 곧 즐거움이었으니까.

로라는 종종 헨리에게 동부나 워싱턴 사교계 이야기를 들려 달라고 졸랐다. 언젠가 그 무대의 여왕이 될 자신을 상상하며 끝없이 꿈을 부풀렸다.

"워싱턴에 꼭 가 보고 싶어요."

"그곳은 돈이나 미모만 있으면 못 열 문이 없지. 내가 여자라면 하룻밤새 의회 예산쯤은 마음대로 흔들 수 있을 텐데!"

"그러니까요. 대령님 일로 워싱턴에 갈 기회가 생길 수도 있잖아요."

로라가 의미심장한 미소를 지었다.

"그곳에서요, 제가…"

비록 직접 나서서 가겠다고 말한 것은 아니었지만, 그녀의 마음은 이미 설렘으로 파도쳤다. 콜럼버스강 개발 사업에는 의회 로비가 필요했으므로, 셀러스 대령이 워싱턴에 간다면 자신도 동행해 사교계에 발을 들여놓을 수 있으리라는 기대에서였다.

여름 무렵, 필립은 말을 몰고 호크아이에 들렀다. 그는 잠시 머무르며 헨리가 일궈냈다는 스톤스 랜딩과 '나폴레옹' 작업 현장을 직접 살펴보고, 로라와도 처음 인사를 나눴다. 떠날 때는 헨리에게 약간의 돈까지 빌려주었다. 헨리는 로라가 이미 자신에게 반쯤 굴복한 여자인 양 자랑했지만, 필립이 보기에는 오히려 로라가 그를 가지고 노는 듯했다. 필립이 그 느낌을 넌지시 전했으나 헨리는 발끈했다. 그러나 로라를 한 번 더 만나 보니, 그녀가 헨리에게는 신비롭게도 다정하고 사근사근했기에 필립도 확신을 가지지 못했다.

로라는 필립에게 극진히 친절했고, 그의 의견에 귀를 기울이며 눈을 반짝였다. 두 사람은 곧 허심탄회하고 직설적인 대화를 나누는 사이가 되었다.

그러다 보니 필립 역시 로라에게 은근한 호감을 품게 되었다.

'로라가 헨리를 어떻게 생각하든, 내게만은 솔직한 걸까?'

어쩌면 그녀도 헨리보다 훨씬 사려 깊고 결단력 있는 필립에게라면 영혼까지 내어줄 수 있겠다고 생각했을지 모른다. 필립 또한 로라의 눈부신 미모와 지적 매력에 마음을 빼앗길 뻔했다.

로라 덕분에 필립이 호크아이에서 보낸 일주일은 무척 짧게 느껴졌다.

작별 인사를 나누며 로라는 손을 내밀어 고개를 살짝 숙였다.

"다시 찾아오시겠죠, 스털링 씨?"

그 크고 아름다운 눈에는 어딘가 슬픔 어린 빛이 어려 있었다. 필립은 돌아서며, 그 눈길이 자신의 마음을 뒤흔들 수도 있었겠지만, 가슴 안주머니에는 필라델피아에서 루스가 보내온 작은 사각 편지가 들어 있었기에 흔들림 없이 미소 지을 수 있었다.

CHAPTER 19.

 그 후, 판사 호킨스가 세상을 떠난 지 8년이 지나 1868년이 되었다. 한 나라나 한 주의 역사에서 8년은 길지 않은 시간이지만, 때로는 그 8년이 다음 세기의 흐름을 좌우하는 운명의 분기점이 되기도 한다. 렉싱턴 광장에서 벌어진 소규모 충돌 이후의 시기나, 섬터 요새*에서 항복 요구를 받고 두 발의 포성이 울려 퍼진 뒤 이어졌던 시간들이 바로 그랬다. 역사는 그 순간들을 끝없이 되돌아보며 증언을 끌어내고, 그 의미를 파헤친다.

 미국의 1860년부터 1868년까지 8년은 수세기 동안 굳건하던 제도를 뒤흔들었고, 한 민족의 정치를 새로 짰으며, 국토 절반의 사회적 삶을 완전히 바꿔 놓았다. 그 여파는 너무도 깊어 두세 세대가 지나서야 비로소 그 영향이 얼마나 컸는지 가늠할 수 있을 정도였다.**

 우리는 흔히 섭리를 논하며 개인의 삶을 국가나 인류의 역사에 비하면 보잘것없다고 생각한다. 그러나 시야를 조금 넓혀 보면, 한 사람의 생이 어느 국가 정체성보다 귀중할 수도 있고, 기존 제도를 뒤집는 사건만큼, 아니 그보다

---

* 1861년 섬터 요새에서 남부가 북부를 향해 발포한 사건은 남북전쟁의 실질적인 개전으로, 렉싱턴 전투(미국 독립전쟁의 시작)와 함께 새 시대를 여는 총성으로 상징된다.
** 1861년부터 1865년까지 지속된 남북전쟁으로 인해 북부와 남부는 총력전을 치르며 국가가 분열 위기를 겪고 막대한 인명, 물적 피해가 발생했다. 전쟁의 핵심 쟁점은 노예제와 주권 갈등이었으며, 1865년 4월 로버트 E. 리가 애퍼매턱스 코트 하우스에서 항복해 북부의 승리로 사실상 종전했다. 이후 재건시대(1865-1877)가 시작되었고, 1865년 제13차·1868년 제14차 수정헌법으로 노예제 폐지와 시민권·평등보호가 헌법에 명문화되었다.

더 의미 있는 비극이 될 수도 있지 않은가.

특히 한 여성이 소녀에서 성숙한 여인으로 성장해 가는 몇 해 동안, 그녀의 영혼을 둘러싸고 이 세상의 온갖 힘이 다투는 모습을 떠올리면, 그 시간이 얼마나 결정적이고도 극적인지 새삼 경외심이 든다. 여자에게는 순결, 다정함, 선의와 동시에 독기와 악의를 품을 가능성이 함께 주어진다. 자연은 인류의 어머니이자 창조자인 여자에게 삶의 모든 가능성을 후하게 나누어 주었다. 그리고 단 몇 해의 갈림길이 그 여자를 빛과 순결로 가득 찬 존재로 만들 수도, 더럽혀진 제단에 쓰러진 여사제로 전락시킬 수도 있다. 물론 전통적인 울타리 속에서 큰 변동 없이 살아가는 여자도 있다.

그러나 로라는 그런 평범한 부류가 아니었다. 그녀는 치명적인 아름다움뿐 아니라, 외모를 뛰어넘는 위험한 매혹을 지녔다. 의지와 야망까지 갖췄지만, 삶에서 가장 격정적인 시기에 그녀를 이끌어 줄 튼튼한 토대가 부족했다. 결국 낭만이 본능적인 열정을 부추기고, 총명함이 유익하지 못한 대상을 향해 집중되는 위험한 순간이 닥쳐왔다.

이 젊은 여자의 영혼에서 벌어진 거대한 싸움은 주변에서 거의 눈치채지 못했다. 그나마 알아차린 이조차 그녀의 남다른 삶과 낯선 낭만을 진지하게 헤아려 보지 않았다.

당시 미주리주 호크아이를 비롯한 여러 마을은 북군과 남군이 번갈아 점령하고, 갑작스런 습격, 게릴라 전투, 병참선 교란이 잇따르는 혼란 속에 놓여 있었다. 그러니 평소라면 일대에 파문을 일으킬 행동도, 그러한 소요 속에선 쉽게 눈에 띄지 않았다.

우리는 오로지 역사적 관점으로 이 시기 로라의 삶에서 몇 장면만을 돌이켜 봄으로써, 훗날 헨리 브라이얼리가 호크아이에 도착했을 때 그녀가 이미 어떤 여인이 되어 있었는지를 살펴보려 한다.

판사 호킨스가 세상을 떠난 뒤 호킨스 가족은 호크아이에 자리 잡았으나 생활은 고단했다. 체면을 지켜야 했고, 동부 테네시 땅 어딘가에 묻혀 있을 거라 믿는 거대한 유산을 기대했기에 자존심을 굽힐 수도 없었다. 하지만 사실상 대부분의 생계를 클레이에게 의지했다. 워싱턴은 틈만 나면 떠나 거창한 투기를 벌이고는 빈손으로 돌아와 보스웰 장군 사무실로 다시 출근하기를 반복했다. 그는 쓸모없는 발명품을 잇달아 내놓으며 공상에 빠져 지냈다. 서른 즈음의 키 큰 갈색 머리 청년으로, 뚜렷한 직업 하나 없이 언젠가 거금을 손에 넣을 꿈만 꾸는 삶이었다. 어쩌면 누구보다 행복했을지도 모른다. 세월 대부분을 미래의 막대한 재산을 상상하며 보냈으니.

전쟁이 발발하자 그는 호크아이에서 조직된 부대와 함께 남군으로 참전했다. 용기가 부족한 편은 아니었지만, 책에 없는 기상천외한 전술로 적을 끌어내리려다 번번이 실패했다. 한 번은 정찰 중 포로가 되었지만, 그를 잡은 연대장은 돌려보내는 편이 남군에 더 이롭다며 풀어 주었다.

셀러스 대령 역시 호크아이에서 이름난 인물이었다. 민병대 대장을 맡았으나 실제로는 단 한 차례밖에 출전하지 않았다. 적이 온다는 소문을 듣고 측면 기동으로 스톤스 랜딩을 요새화한 것이 전부였다. 외지인이 쉽게 찾기 힘든 곳이었지만 그는 늘 말했다.

"거긴 미주리 상류로 들어가는 관문이었어. 난 그 땅을 적에게 단 한 번도 내주지 않았지. 다른 지역도 내 방식대로만 막았더라면 전쟁 결과는 달랐을 거야!"

그에게는 전쟁에 대한 독자적 이론이 있었다. 모두가 각자의 집을 지켰다면 남군이 패배하지 않았을 것이라는 주장이다. 그는 실제로 집에 남아 발명품을 열정적으로 실험했다.

예컨대 공기폭탄을 고안해 내부에 불씨와 날카로운 파편을 채운 뒤 풍선에 매달아 적 머리 위로 날려 터뜨리겠다는 계획이었다. 이 무기로 세인트루이스를 굴복시키려 했으나, 폭탄을 만들다 나무 창고에서 조기 폭발이 일어나 집에 불이 붙었고, 이웃들이 달려와 겨우 진화했다. 이후 이웃들은 그가 다시는 그런 실험을 못 하게 막았다.

게다가 그는 호크아이로 들어오는 길목 여러 곳에 폭약 장치를 묻어 두었는데, 위치를 본인조차 잊어버려 사람들은 큰길을 피해 밭을 가로질러 마을에 드나들어야 했다.

로라는 출생과 관련하여 받은 의혹과 소문을 호크아이에 와서는 잠시 잊고, 마음의 상처를 씻어낼 수도 있었을 것이다. 그러나 환경은 오히려 그녀를 고립시켰다. 교제 범위는 좁아졌고, 스스로를 가두고 지내다 보니 속 깊은 쓸쓸함과 출생의 비밀이 주는 굴욕감이 더 커졌다. 동시에 그 비밀은 자신이 특별하다는 과도한 기대감도 심어 주었다. 가난은 자존심을 건드렸지만, 외모에 대한 자신감이 커서 근처 마을의 순진한 청년들을 손쉽게 사로잡으며 우쭐해하곤 했다.

한편, 그녀에게는 책이라는 새로운 세계가 열렸다. 하지만 호크아이의 작은 도서관에는 로맨스와 통속소설이 대부분이어서 인생관이 왜곡된 영웅담으로 채워졌다. 거기서 그녀는 지적 교양과 매혹적인 외모를 겸비한 여인이 사회를 제패하는 법을 배웠고, 여성 해방 사상도 조금씩 흡수했다.

남북전쟁 무렵 호크아이 근처에 부임한 남군 장교 조지 셸비 대령은 서른 남짓한 나이에, 버지니아 대학교 출신이라는 자부심과 명문가 혈통, 세계를 두루 경험한 듯한 세련된 풍모를 지녔다. 그런 그가 외딴 호크아이에서 로라를 만난 것은 셸비에게도 큰 행운이었다. 그는 로라에게 극진한 예의를 갖춰 대했다. 로라에게 그는 처음으로 만난 고귀하고 세련되며 어휘력이 풍부한 매력적인 남성이었다.

더 설명할 필요도 없다. 로라는 그를 사랑하게 되었고, 그 역시 자신을 똑같이 사랑한다고 굳게 믿었다. 그녀는 그를 숭배했고, 생명까지 내줄 각오였다.

'그가 나를 사랑해 주기만 한다면 내 안의 갈증은 모두 해소될 텐데!'

열정은 그녀의 영혼을 휩쓸어, 마치 땅이 아니라 허공을 걷는 듯한 황홀경으로 끌어올렸다.

"지금껏 읽어 온 낭만소설이 다 사실이었어! 사랑의 황홀감이 바로 이것이구나."

세상은 한껏 밝고 유쾌해 보였다. 새들은 노래하고, 나무는 속삭이며, 발밑 꽃들은 마치 결혼행진곡을 깔아 주는 듯했다.

대령이 떠날 무렵 두 사람은 곧 결혼하기로 약속했다. 셸비는 군을 그만둘 준비가 필요하다며 몇 달만 떨어져 지내자고 했다.

그러나 사랑에 빠진 여인이 어떻게 신중할 수 있겠는가. 로라는 결국 그를 찾아 나섰다. 주변에는 워싱턴이 그곳에서 병에 걸려 간호하러 간다고 둘러댔지만, 호크아이 사람들은 이미 그녀가 셸비 대령과 약혼 중이라는 사실을 알고 있었고, 가족들 또한 자랑스러워했다.

결국 그녀는 대령이 주둔한 하딩으로 찾아가 그와 결혼했다. 그러나 바로 그날, 아니면 그다음 날, 로라를 한순간에 불안으로 몰아넣는 일이 벌어졌다. 워싱턴도 사정을 모른 채 로라에게서 아직 결혼했다는 말을 하지 말고, 어머니께도 비밀로 해 달라는 부탁만 들었으니, 그녀 마음에 무엇인가 불길한 의심과 두려움이 싹튼 것이 분명했다. 그럼에도 로라는 애써 마음을 다잡으며 걱정을 떨치려 했다.

로라는 남편에게 자신을 온전히 내맡겼다. 남편이 이기적이든 거칠든 방탕하든, 그녀에게 그는 숭배해야 할 우상이었다. 이 사랑은 그녀의 인생을 삼켜버리는 거대한 불길이었다. 남편이 차갑거나 무심해도 그녀는 못 본 척했고, 오직 그를 차지하고 있다는 사실에만 매달렸다.

석 달쯤 지난 어느 날, 남편이 불쑥 통보했다.

"남쪽으로 긴급 발령이 내려졌어. 두 시간 뒤에 떠나."

"나도 짐을 쌀게요." 로라는 환하게 말했다.

"안 돼. 넌 호크아이로 돌아가야 해."

"말도 안 돼요. 난 당신 없인 못 살아요. 함께 갈 거예요."

"귀찮게 굴지 마. 우리 인연은 여기까지야."

로라는 처음엔 농담인 줄 알았다.

"제발 잔인하게 굴지 말아요. 어디든 따라갈게요. 호크아이로는 못 돌아가요."

"그러면 다른 대령을 기다리는 편이 나을지도 몰라."

남편은 비열하게 웃었다.

로라의 머리는 아찔했다.

"그게 무슨 뜻이에요? 어디로 간다는 거죠? 난 당신 아내예요."

"아니. 네가 합법적인 아내임을 증명할 서류도 없고, 난 혼자 뉴올리언스로 갈 거야. 어쩌면 거기엔 내 진짜 아내가 있을 수도 있잖아?"

"거짓말이에요, 조지! 반드시 따라갈 거예요."

"하지만 내 아내가 싫어하겠지?"

로라는 번쩍 고개를 들었고 눈에서 불꽃이 튀었다. 그리고는 비명을 삼킨 채 그대로 바닥에 쓰러져 의식을 잃었다.

눈을 떴을 때 조지는 이미 떠나고 없었다. 곁에는 워싱턴 호킨스만 서 있었다. 그러나 로라의 마음은 완전히 깨어나지 못했다. 한 남자를 전부 바쳐 사랑한 대가로 돌아온 배신과 증오, 쓰라림만이 그녀를 채우고 있었다.

결국 로라는 호크아이로 돌아왔다. 무슨 일이 있었는지 워싱턴과 어머니 외에는 알 길이 없었다. 마을 사람들은 그녀가 셸비 대령과 파혼했다고만 여겼다. 로라는 오랫동안 앓았으나 강한 의지로 건강을 회복했다. 외모와 매혹은 다시 꽃피었지만, 그 눈빛엔 우울한 슬픔이 드리워졌다. 악을 깨달은 자에게만 서리는, 아련하면서도 서늘한 아름다움이었다. 사람들은 그 얼굴을 단순히 아름답다 해야 할지, 베아트리체 첸치의 눈처럼 죄인지 순수인지 모를 표정이라 해야 할지 알지 못했다.

다만 분명한 사실은, 로라의 겉모습 속에 이제 악마가 깃들었다는 점뿐이었다.

CHAPTER 20.

한편 호크아이에는 모처럼 큰 경사가 났다. 상원의원 애브너 딜워시가 이 작은 마을을 찾았기 때문이다. 워싱턴에서 나라의 진로를 논하는 거물 정치인이 변두리 마을에 내려와 주민들의 환대를 기꺼이 받아 주는 일은 결코 사소한 영예가 아니었다. 당파와 이념이 어떠하든, 이렇게 이름난 인물이 오면 모든 다툼은 잠시 잊히고 마을 사람들은 한마음으로 손님 맞이에 힘썼다.

딜워시 의원은 이웃 주 출신으로, 나라가 가장 암울했던 시절 북군인 연방파로 활약해 정치적, 재정적으로 큰 성공을 거둔 인물이다. 남북전쟁 때 남군 편을 들었다가 좌절한 셀러스 대령이라 해서 그에게 섭섭함을 품을 이유는 없었다. 오히려 호크아이 전역이 자랑스레 그를 맞이하는 분위기였다.

이번 방문에서 딜워시 의원은 보스웰 장군의 저택에 머물렀다. 그러나 셀러스 대령은 자신이 주최자인 양 나서서 상원의원께서 오셨으니 이 도시의 모든 문이 열릴 것이라며 의원에게 일종의 자유 통행권을 선물하듯 적극적인 배려를 아끼지 않았다.

"의원님, 이곳 사람들은 모두 당신을 알고 있습니다. 호크아이는 당신을 자랑으로 여깁니다. 어디를 가셔도 환영받고, 누구의 집이든 문이 활짝 열려 있을 겁니다. 사실 제 집으로 모시고 싶었는데 이미 보스웰 장군 댁에 묵으신다니 아쉽습니다. 며칠 머무르시며 우리 마을을 둘러보시면 예상보다 훨씬 발전한 모습을 보시게 될 겁니다."

셀러스 대령은 지나치다 싶을 만큼 열정적으로 환대를 퍼부어, 나중에는 자신이 의원에게 일주일 내내 식사를 대접했다고 착각할 정도였다. 실제로는 마지막 날 아침 한 끼를 함께했을 뿐인데도 그는 딜워시 의원이 자신의 음식을 무척 좋아했다며 자주 떠벌렸다.

딜워시 의원은 건장한 체구에 온화한 말투로 서민들에게 인기가 높았다. 그는 호크아이와 인근 지역의 농업과 교육 문제, 특히 해방된 흑인들의 처지에 큰 관심을 보이며 자주 물었다.

"하느님께서 그들을 우리 손에 맡기셨지요. 물론 보스웰 장군이나 저 같으면 헌법적 관점에서 다른 길을 택했을 수도 있겠지만, 신의 섭리는 늘 최선의 길을 아십니다."

"하지만 흑인들로는 큰일을 기대하기 어렵습니다, 의원님."

셀러스 대령이 끼어들며 말했다.

"게으르기만 한 데다 백인 밑에서 일하려 들지 않습니다. 자기 일로만 돈을 벌겠다고 버티니 우리 집 정원은 잡초밭이 됐어요. 남 도울 마음이 없다니까요."

"일부는 맞는 말씀이지만, 먼저 교육을 해야 하지 않겠습니까, 대령?"

"흑인을 가르치면 더 계산적으로 굽니다. 지금도 제 잇속만 차리는데 글까지 배우면 일을 더 안 하겠죠!"

"그래도 배움이 있으면 합리적으로 투자도 하고 기술도 키울 수 있지 않겠습니까?"

"천만에요. 앞날을 내다볼 줄 모릅니다. 백인은 큰 사업을 계획하고 실행하지만 흑인은 못 해요."

"세속적 성공이 어떻든 영적인 성숙이 더 중요합니다. 인간답게 키우는 것이 우리의 의무이지요."

"영혼을 돌보자는 데는 찬성입니다. 그 영혼의 영원성을 키우는 일엔 누구도 반대 못 하겠죠. 다만 몸은 그대로 두자는 겁니다. 영혼만 불멸하면 충분하니까요."

또한 딜워시 의원이 호크아이에 머무는 동안 공식 환영회가 열렸다. 행사장은 법원이었고 셀러스 대령이 총감독을 맡았다. 그는 시내 호텔에서 보스웰 장군 저택까지 호위 행렬을 조직하고, 프리메이슨, 소방대, 절제회 등 온갖 단체를 동원해 의원을 법원까지 안내했다. 식전마다 '조용!'을 외치며 질서를 잡은 것도 셀러스였다. 그날은 그가 평생 자랑할 만한 무대였다. 딜워시 의원이 연설을 시작했다.

"존경하는 시민 여러분! 이렇게 한자리에 모여 담소를 나누고, 무거운 공직의 짐을 잠시 내려놓은 채 이 위대한 주의 친구들과 허물없이 어울릴 수 있어 더없이 기쁩니다. 전국 방방곡곡에서 받는 사랑은 저에게 큰 위안이 됩니다. 저는 늘 공직을 떠나 조용한 생활로 돌아갈 날을 꿈꾸었는데…"

그때 술에 취한 남자가 문가에서 '꺼져라!' 하고 고함을 질렀고, 청중은 그를 내쫓으라며 아우성쳤다.

"됐습니다, 놔두십시오. 저 불행한 사람도 시대가 낳은 희생자일 뿐입니다. 말씀드린 대로, 언젠가 제가 공직을 내려놓고 평온한 삶으로 돌아가게 되면, 이 호크아이처럼 평화롭고 지혜로우며 활기가 넘치는 곳을 찾고 싶습니다. 넓은 우리 조국을 두루 다녀 보았지만, 상업과 산업, 신앙이 이토록 조화롭게 번성한 마을은 드물더군요."

말이 끝나자 장내에는 우레 같은 박수가 터져 나왔다.

의원은 이어 한 시간 넘게 국가의 번영과 그 그림자를 논하며, 신앙과 개인 윤리가 어떻게 공익적 도덕을 형성하는지를 역설했다. 그는 미국의 자유가 한 손에는 주일학교, 다른 손에는 절제에 있으며, 마지막으로는 국회의사당의 빛나는 계단을 올라가는 모습을 그려 보이며 연설을 마무리했다.

　셀러스 대령은 곧바로 스톤스 랜딩에서의 콜럼버스강 준설과 운송망 확장의 필요성을 설명하며 '프로젝트'를 제시했다. 헨리 브라이얼리도 함께했고, 의원은 현장 답사를 통해 둘러볼 필요가 있지만, 두 사람의 설명만으로도 충분히 타당성이 있다며 고개를 끄덕였다. 헨리가 로비 수익을 넌지시 언급하자 의원은 눈살을 찌푸리며 말했다.

　"다시는 그런 말씀 마십시오. 내가 하는 일은 오직 공익을 위한 것입니다. 필요한 경비야 들겠지만, 사익 때문에 움직이는 법은 없습니다. 내게 가장 중요한 것은 국민의 이익입니다."

　그 뒤로 이 주제는 다시 거론되지 않았다. 딜워시 의원은 이 구상을 공익 사업 목록에 조용히 올려 두었다.

　또한 딜워시 의원은 워싱턴 호킨스를 만나고는 이렇게 순수하고 악의 없는 청년은 드물다며 큰 관심을 보였다. 셀러스 대령 또한 테네시 땅 문제와 연계될 가능성을 기대하며 흡족해 했다. 의원은 개인적인 인맥과 공적 권한을 살려 패기 있는 청년들을 후원하기로 유명했는데, 그래서 사람들은 워싱턴 역시 그 덕을 볼지 모른다고 수군거렸다.

　실제로 의원은 기대를 저버리지 않았다. 몇 차례 논의 끝에 그는 워싱턴에게 자신과 함께 워싱턴 D.C.로 가서 개인 비서 겸 상원 위원회 비서를 맡아 달라고 제안했고, 워싱턴은 기꺼이 그 제안을 받아들였다.

그 주 일요일에도 의원은 호크아이에 머물며 예배에 참석했다. 목사는 열띤 환영사를 건넸고, 의원은 그 사역에 감탄하며 지역 신앙의 현황을 물었다. 상황이 밝지는 않았지만, 의원이 목사에게 워싱턴D.C.의 사제로 부르고 싶다는 농담 반 진담 같은 말을 하자 목사는 크게 고무되었다. 교인들 역시 우리 목사가 언젠가 상원 의회 예배당에 설 수도 있다며 한껏 들떴다.

로라는 그날 혼자 예배에 왔고, 헨리 브라이얼리가 그녀를 집까지 바래다주었다. 돌아오는 길에 두 사람은 보스웰 장군과 딜워시 의원을 만났고, 헨리는 로라를 의원에게 소개했다. 워싱턴의 사교계에 진출하고 싶어했던 로라는 당연하게도 의원의 호감을 사려 애썼는데, 의원도 이 아름다운 여인에게 특별한 흥미를 가진 눈치였다. 거기다 부드럽고 겸손해 보이는 로라에게, 딜워시 의원은 다음 날 방문하겠다고 로라에게 약속했다. 헨리는 질투를 숨기지 못한 채 투덜거렸다.

"저 양반, 그냥 늙은 바보야."

"질투하는 거죠? 그분이 얼마나 상냥한데요. 당신 칭찬도 많이 하셨어요."

로라는 다정한 목소리로 헨리를 달랬다.

의원은 실제로 그다음 날 로라의 집을 찾았다. 또 여러 번 로라를 만나는 동안, 그녀의 미모와 지적 매력에 서서히 빠져 들었다.

헨리는 그 기간 내내 정신이 나간 듯 분노했다.

"여자는 언제나 더 높은 사냥감을 노리는 걸까?"

그동안 로라에게 쏟아 온 사랑의 계획이 의원의 등장으로 산산이 부서졌다고 여겼기 때문이다. 로라가 헨리를 달래며 그의 정열을 부추길수록, 질투심은 더욱 극단으로 치달았다.

그러나 로라는 흔들림 없었다. 딜워시 의원과의 교류가 훨씬 중요한 기회였으니까. 그리고 얼마 안 가서, 그것은 그녀가 고대하던 결실로 이어졌다. 의원의 부인에게서 겨울 회기가 열리는 동안 워싱턴 D.C.에서 함께 지내자는 초대장을 받은 것이다.

CHAPTER 21.

 의학은 과연 참된 과학인가, 아니면 인류의 무지 위에 세워진 경험적 방편일 뿐인가? 루스는 의과대학 첫 학기를 시작하기도 전에 교재의 지식만으로는 채워지지 않는 허기를 느꼈다. 갈증은 의학을 넘어 더 넓은 교양과 학문으로 향해 있었다. 전공 공부에 매진하던 루스의 체력도 한계에 다다르기 시작했다. 여름이 오자, 마음은 지치고, 머리는 무겁고, 학문에 집중하기 어려웠다.
 어느 날, 노의사 한 사람이 그에게 조언했다.
 "담당 주치의가 어떤 사람이냐고? 나는 의술만이 아니라 상식과 교양을 갖춘 사람인지부터 묻고 싶네. 의학밖에 모른다면, 정작 그 의학조차 제대로 모를 가능성이 크니까."
 루스는 전공 공부에 매달리다 체력이 한계에 이르렀다. 여름이 되자 마음은 지치고 머리는 무거워져 학업에 집중하기가 어려웠다.
 그럴수록 필라델피아 본가의 조용하고 무난한 일상, 주변의 평범한 인간관계는 그녀를 한층 더 답답하게 만들었다.
 그 무렵 편지로 접하던 필립의 서부 체험담은 반짝이는 매력으로 다가왔다. 그가 만나는 낯선 사람들과 때로는 즐겁고 때로는 불쾌한 사건들이 궁금했다.
 "적어도 필립은 좋은 것이든 나쁜 것이든 현실을 부딪치며 배우고 있잖아. 무언가를 이루려면 세상의 이치 또한 알아야 해." 루스는 그렇게 느꼈다.
 "근데 여자가 무엇을 할 수 있을까? 관습에 묶여 자기 처지에 갇혀 있으니 쉽게 벗어나지 못하는데."

루스가 편지에서 이렇게 묻자 필립은 속으로 다짐했다.

"언젠가 내가 그녀를 이 답답함에서 해방시켜 줄 수도 있겠지."

그러나 그는 그렇게 쓰지 않았다. 루스가 원하는 자유는 누군가 데려가 주는 방식이 아니라, 스스로 겪으며 찾아야 한다는 사실을 본능적으로 알았기 때문이다.

"여자가 어떠한 이론을 품어도, 결국 시간이 지나면 결혼이라는 결말로 귀결되지 않을까?"

필립이 철학자는 아니었으나, 어느 정도 이러한 옛날식 관념을 갖고 있었다.

루스는 집에서도, 학교에서도 힘들다거나 이 길을 포기하겠다는 말을 한 적이 없었다. 환한 웃음과 차분함으로 스스로를 다잡으며 버텼다. 하지만 어머니는 루스의 기력이 점차 쇠하고 미소에 애쓴 기색이 비치는 것을 눈치챘다. 완전히 다른 환경에서 새로운 경험을 시켜야 한다고 확신했고, 그러다 보면 루스가 체질에 맞지 않는 길에서 돌아설 수도 있으리라 기대했다.

그리하여 가을 무렵, 루스가 다른 학교로 옮기는 것이 가족의 공통된 바람이 되었다. 결국 루스는 전학을 결정했고, 선택한 곳은 뉴잉글랜드의 폴킬에 위치한 대형 남녀공학 신학교였다. 필립이 가끔 언급하던 바로 그 학교였다. 9월, 루스는 그곳에서 새로운 생활을 시작했다.

폴킬은 주민이 고작 3000명 남짓한 작은 마을이었는데, 바로 그 신학교 하나가 경제와 문화의 중심을 이뤘다. 학생은 약 삼백 명, 교사의 대부분은 부부였고, 울창한 수목으로 둘러싸인 광장 한쪽에는 낡았으나 웅장한 강의동이 서 있었다. 학생들은 마을 가정집에 하숙하며 수업에 다녔다. 그러니 이 신학교가 마을 경제의 버팀목이 되었고, 동시에 마을은 학생들에게 가정 같은 단란함을 제공했다. 물론, 그 단란함이 언제나 달콤하단 보장은 없다.

루스는 필립의 도움으로, 이 마을에서 그나마 가장 쾌적한 한 가정에 기숙하게 됐다. 그 집은 몬태규 가였는데, 이들은 원래 1620년에 메이플라워호를 타고 신대륙에 오려다 네덜란드 델프트 항에서 아이가 아파 급히 다른 배를 탔다고 전해진다. 덕분에 그들 역시 메이플라워 호를 타고 온 후손 못지않게 역사가 깊은 뉴잉글랜드 명문가로 통한다. 그 집안은 오랜 전통은 있지만, 귀족 행세와 같은 허세는 없었고, 오히려 세월이 지나도 건실하면서도 진보적인 기풍을 그대로 간직하고 있었다. 올리버 몬태규는 변호사 출신으로, 일선에서의 업무는 거의 그만두었고, 읍내 중심지에서 조금 떨어진 단단한 사격형 모양의 뉴잉글랜드식 저택에 살았다.

이 건물을 저택이라 부른 건, 주변에 넓은 밭과 느티나무 가로수길이 있고, 서쪽으로는 아담한 호수가 곁들여 있었기 때문이다. 실제론 꽤나 간소한 널찍한 고택이었고, 필요하면 손님 여럿에게 편안히 묵을 곳을 내줄 수 있을 정도였다. 식구는 몬태규 부부와 결혼을 위해 타지로 간 아들과 딸, 그리고 앨리스라는 20세 전후의 딸이 있었다. 재산이 너무 많지도, 너무 부족하지도 않았기에, 한껏 즐기며 살아가는 이상적인 중산층이었다.

만약 루스가 자기 필라델피아 집과 같은 호사를 바랐다면 실망했을지도 모른다. 하지만 이곳엔 학문적이면서도 문화적인 분위기가 가득했다. 방마다 책장이나 서가가 있었고, 탁자엔 늘 새로 나온 책과 잡지가 흩어져 있었다. 창가엔 화초가 피고, 벽엔 예쁜 판화나 소묘들이 걸려 있었으며, 피아노는 자주 열려 있고, 악보가 쌓여 있었다. 외국 여행 기념품도 여기저기 놓였으나, 모종의 지나친 선교 관련 잡동사니는 없어, 깔끔해 보였다.

아무튼 세상 돌아가는 이야기가 쉼 없이 오가는 그런 집안이기에, 잔소리가 들어갈 틈이 없었다. 이런 새로운 환경에서 루스는 한껏 해방감과 지적 자

극을 느꼈다. 그래서 학교 공부에 열심히 몰두하기 시작했는데, 몬태규 집안에서의 사교생활만으로도 일상 스트레스를 푸는 데 충분했다.

"필립, 왜 이렇게 멋진 가족 이야기를 미리 안 해 줬어요? 앨리스에 대해서도 거의 언급이 없었잖아요. 그 아이는 고귀한 품성에다 이타적이고 재능도 많고, 유머 감각과 세상을 바라보는 눈까지 특별해요. 조용히 진중할 때도 많고요. 우리, 금세 단짝이 될 것 같아요!"

필립은 속으로 '친구 중 하나일 뿐인데 앨리스가 그렇게 특별한가?' 하고 생각했다. 그에게 진정 독특한 사람은 루스였으니까.

루스와 앨리스는 곧 서로를 탐색하듯 교류를 시작했다. 앨리스는 남부 퀘이커 출신 루스의 낯선 사고방식에 호기심을 느꼈다.

어느 날 앨리스가 물었다.

"필립 스털링과 잘 아신다죠? 전에 만난 적 있어요?"

"네, 내가 자주 이야기했잖아요. 당신도 친했나요?"

"그래요, 오래된 친구예요. 필립은 대학 시절 폴킬에 자주 왔어요. 한 번은 학교에서 사고를 쳐서 한 학기 정학을 받았지만, 그래도 마을 사람 모두가 그를 좋아했죠. 아버지도 변덕이 좀 있지만 좋은 녀석라, 언젠가는 큰일을 해낼 거라고 말씀하셨어요."

"그가 변덕스러웠나요?" 루스가 또 물었다.

"글쎄요, 대학생 때야 누구나 사랑에 빠졌다가 실연도 당하잖아요. 가끔 내게 털어놓고 우울해하긴 했지만 그 정도예요."

"언니나 다른 어른들도 있는데, 당신에게 이야기한 이유가 있나요?"

"나도 몰라요. 예전에 피크닉 때 언니 밀리를 물에 빠진 데서 구한 뒤부터 우리 집에 자주 드나들며 '언니를 구했으니 여동생이 좀 도와줘야지' 하고 농담했죠."

앨리스는 남의 고민을 자연스레 들어주고 공감하는 사람이었고, 루스는 그런 따스한 시선이 반가웠다.

어찌되었건 이 소박한 마을에서 퀘이커 아가씨 루스는 단숨에 인기인이 됐다. 모임이나 야유회에서도 그녀가 빠지면 행사가 성립되지 않을 정도였다. 투명한 미소 속에 드러나는 고독감, 순수한 즐거움과 때때로 홀로 침잠하는 모습은 특별한 사건이 없어도 오래 기억될 만했다. 놀랍게도, 루스는 이 마을의 자그마한 사교 생활에 아주 열중했다. 원래 대의를 품고 의술에 헌신하려 했던 루스와는 달라 보였다. 마치 사막에서 자란 오리가 나일강을 만나 자연스레 헤엄치듯, 필라델피아에서 의학 공부에만 몰두했던 루스 자신도 폴킬에서는 전혀 다른 욕구를 발견했던 것이다. 아무도, 심지어 루스 자신조차 그녀가 이렇게 활짝 웃으며 소소한 교제를 즐길 줄은 예상하지 못했다.

가을이 지나 겨울이 와도 루스는 학문적인 성과를 자랑하기는 어려웠다. 그러나 그녀는 이를 심각하게 여기지 않았다. 오히려 자신 안에서 새로 깨어난 힘을 느끼며 그 기쁨에 흠뻑 젖어 있었다.

CHAPTER 22.

 한겨울, 몬태규가를 중심으로 지내던 젊은 여성들과 그 주변 지인들에게 흥미로운 소식이 퍼졌다. 서부에서 온 두 청년, 필립 스털링과 헨리 브라이얼리가 폴킬의 '사사쿠아' 호텔에 투숙한 것이다.

 뉴잉글랜드의 호텔들은 마치 세상을 떠난 인디언 전사들이 여관업에도 일가견이 있던 양, 종종 인디언식 이름을 붙인다. 실제로 인디언이 숙박업을 한 적은 없지만, 호전적인 이름 덕에 투숙객은 '아침에 머리 가죽이 무사할까?' 하는 긴장 반 농담 반의 기분을 맛본다.

 새로 온 두 사람의 서명이 호텔 장부에 올라가자, 직원과 단골들은 곧장 정체를 추측했지만 완전히 빗나갔다. 그들은 신학교 학생도, 생리학 강연자도, 생명보험 외판원도 아니었다. 다만 외모만큼은 출중했다. 야외 활동으로 살짝 그을린 피부에 자유롭고 당당한 태도가 묻어나 베테랑 접수원조차 주눅이 들 지경이었다. 접수원은 즉시 헨리를 막대한 자산과 광범위한 사업체를 거느린 인물이라 단정했다. 헨리는 대화 중 틈틈이 서부 투자와 운송업을 포함해 인디언 영토를 관통해 캘리포니아로 이어지는 무역로를 자연스럽게 언급해, 말을 할수록 무게감을 더했다.

 "뉴욕 이외 호텔 가운데서는 여기가 가장 아늑해 보이네요. 널찍한 스위트룸이 있을까요?"

 헨리가 접수원에게 웃으며 묻자, 세상사가 늘 그렇듯 대범한 사람에게는 최고의 대접이 따라왔다. 필립은 높은 숙박비가 부담스러웠지만, 헨리가 지갑을 열 때마다 말릴 틈이 없었다.

겨울철 미주리에서는 철도 측량과 부동산 거래가 멈추기에 두 청년은 그 공백을 이용해 동부로 왔다. 필립은 솔트레이크 퍼시픽 철도 공사에 참여할 가능성을 모색하려 했고, 헨리는 스톤스 랜딩 신도시와 항만 개발 계획을 친척들과 연방 의회에 소개해 예산을 확보할 심산이었다. 그의 손에는 거대한 강과 항구, 중앙으로 모여드는 수십 갈래 철도, 부둣가 증기선과 곡물 엘리베이터가 빼곡히 그려진 지도가 들려 있었다. 모두 셀러스 대령과 헨리가 합작한 상상력의 산물이었다. 셀러스는 헨리가 월가와 의회 인사들을 설득하면 이 구상이 현실이 되리라 믿으며, 장밋빛 꿈만으로 희망을 이어가고 있었다.

"의회 의원들에게는 꼭 필요한 정보만 주고, 모든 걸 털어놓지는 마."

셀러스가 헨리에게 귀띔했다.

"의원 한 사람에게 스톤스 랜딩 교외 땅 한 필지씩만 떼어 주면 꼼짝 못 할 거야. 월가 중개인들에겐 도시 중심부 일부를 담보로 맡겨야 하겠지만…."

그러나 뉴욕 월가는 셀러스 대령이 기대한 만큼 스톤스 랜딩에 호의적으로 돈을 내주지 않았다. 비슷한 공상이 담긴 도시 계획도에 질릴 대로 질려 있었기 때문이다. 대신 콜럼버스강 준설과 항로 정비에 책정될 연방 예산에 훨씬 더 솔깃하게 되었다. 예산은 일단 집행되면 현금이니, 용처가 어떻든 손에 넣기만 하면 된다고 여긴 것이다.

협상 마무리까지 시간이 걸릴 듯하자 필립은 헨리에게 잠시 폴킬로 가자고 제안했다. 헨리는 새로 만나는 미인이라면 서부의 대지쯤은 잊어버리는 성격이라 흔쾌히 따라 나섰다. 그는 필립이 의대생 아가씨에게 왜 그리 마음을 쓰는지 이해하지 못했지만, 폴킬에도 매력적인 여인이 있겠거니 하며 일주일쯤 즐길 생각이었다.

두 사람이 몬태규 저택에 도착하자 변함없이 따뜻한 환영이 이어졌다.

"다시 만나 반갑네, 필립! 브라이얼리 씨도 필립 친구라면 우리 집 식구나 다름없지."

몬태규 영감이 극진히 맞았다.

"여긴 고향집만큼 편안해요." 필립이 환히 웃으며 모두와 악수했다.

"그 말을 들으려 이렇게 오래 기다려야 했나요, 필립?"

앨리스가 특유의 솔직한 어조로 루스를 암시하듯 물었다.

"이번엔 폴킬 신학교가 다시 궁금해져서 온 거죠?"

필립이 얼굴을 붉히며 말문이 막히자 헨리가 재빨리 거들었다.

"맞아요. 필립은 스톤스 랜딩에도 신학교를 세워 보고 싶어 하거든요. 그런데 셀러스 대령은 자기 고향에 대학부터 지어야 한다며 고집이 세요. 그래도 필립은 신학교를 무척 좋아한답니다!"

"셀러스가 학교를 지을려면 우선 지대부터 마련해야 해."

필립이 툭 내뱉었다.

"앨리스, 그 양반은 기초 공사도 하기 전에 첨탑부터 올리겠다고 호언장담하는 사람이에요."

헨리가 능청스레 받았다.

"도면으로는 대학교가 신학교보다 훨씬 더 있어 보이니, 종이 위에서 짓기는 대학교가 낫죠."

몬태규 영감은 크게 웃으며, 스톤스 랜딩이 어떤 곳인지 대충 짐작한 듯 머리를 끄덕였다.

필립은 무언가 묻고 싶어 하면서도 머뭇거렸다. 그때 문이 조용히 열리며 루스가 들어왔다. 그녀는 방을 둘러본 뒤 눈을 반짝이며 다가와 유쾌한 미소로 필립에게 손을 내밀었다. 그 자연스럽고 따뜻한 태도에, 서부를 누벼 온 필립이 오히려 어린아이처럼 당황했다.

몇 달, 아니 1년 가까이 상상해 온 재회와는 전혀 달랐다. 그는 루스가 '오, 필립!' 하고 얼굴을 붉히길 기대했지만, 정작 자신이 더 쩔쩔맨 채 루스의 환대에 어색해졌다.

"사사쿠아 호텔에 묵는다면서? 이분이 필립 편지에 나오던 그 친구분인가?"

"맞아. 헨리 브라이얼리야. 내가 자주 이야기했잖아."

필립이 간신히 소개하자 루스는 헨리에게도 한없이 친절했다. 필립은 둘을 바라보며 묘한 질투를 느꼈지만, 헨리는 그 호의를 당연한 예우로 받아들였다.

곧 거실은 여행 경로와 서부 이야기가 오가는 훈훈한 담소로 채워졌다. 그러나 필립은 몬태규 영감과 철도와 토지에 관한 담소를 나누면서도 마음이 자꾸 흐트러졌다. 건너편에서 루스와 헨리가 사교 파티 이야기에 깔깔 웃고 있었기 때문이다. 헨리는 오페라 줄거리와 극장 뒷이야기를 유창하게 들려주었고, 루스는 매료된 얼굴로 언젠가 뉴욕에 가면 꼭 초대해 달라며 기뻐했다.

다과가 끝난 뒤에도 앨리스는 며칠 더 머물라고 청했으나, 필립은 공손히 사양했다. 대신 저녁 식사는 함께했고, 밤이 되어서야 루스와 단둘이 이야기를 나눌 수 있었다. 필립에게는 더없이 행복한 시간이었다. 루스도 필라델피아에서의 학업과 앞으로의 계획을 예전처럼 솔직하게 털어놓았고, 필립이 얻은 서부에서의 경험과 장래에 관한 구상도 남매처럼 다정히 들어 주었다. 다만 필립은 살짝 섭섭했다. 루스가 자신의 미래를 이야기할 때 정작 그 속에 필립이 설 자리는 전혀 없었기 때문이다. 반대로 필립에게는 어떤 꿈일지라도 루스와 함께여야만 의미가 있었다. 그는 루스가 없다면 숲속을 떠돌 듯 방황하고 말 것이라고 생각했다.

"사실 있잖아." 필립이 조심스레 말을 꺼냈다.

"이번 철도 일로 자금이 좀 생기면 동부로 돌아와 나한테 맞는 일을 하고 싶어. 서부 생활이 썩 맞진 않거든. 루스, 너는 어떻게 생각해?"

"나?" 루스가 담담히 웃었다.

"솔직히 동부든 서부든 깊이 고민해 본 적은 없어. 우리 선배 중엔 시카고로 가서 잘 자리 잡은 분도 있지만, 그건 그분 이야기지. 하지만 일단 필라델피아 거리에서 '여의사 루스 볼턴'이라고 적힌 마차를 끌고 다니면, 체면 중시하는 우리 엄마는 아마 기절하실 걸."

"폴킬에서 지내 보니, 예전처럼 꼭 의사여야 한다는 마음은 좀 달라졌어?"

무심코 던진 필립의 질문은 순간 루스의 마음속 약점을 건드렸다. 한때 전문직 독신 여성이 되겠다고 다짐했지만, 폴킬에서 맛본 자유로움으로 인해, 그 다짐과 달라진 감정 사이에서 흔들리고 있음을 인정하고 싶지 않았다.

"폴킬에 눌러앉을 생각은 없어. 그래도 학교를 마치면 뭔가는 해야 하잖아. 의사가 되면 안 될 이유라도 있어?"

루스가 끝내 따지듯 묻자 필립은 설득을 멈췄다. 그녀가 스스로 답을 찾지 않는 한 어떤 조언도 무의미하다는 걸 깨달았기 때문이다.

한편 헨리는 자신만의 방식으로 저녁을 만끽했다. 투자와 항만 노선 이야기를 꺼내 몬태규 영감을 사로잡고, 부인에게는 야영지에서 직접 요리한 무용담을 들려주고, 앨리스 앞에서는 뉴잉글랜드와 국경 지방의 문화 차이를 유머러스하게 풀어냈다. 기억력 대신 상상력을 활용해 이야기를 그럴듯하게 꾸미는 솜씨 덕분에, 앨리스는 그의 농담과 허풍에 진지하게 귀 기울였고 헨리는 더욱 흥에 겨워 과장을 보탰다.

식사를 마치고 호텔로 돌아가던 길, 필립은 괜히 심술이 나 헨리에게 불쑥 화를 냈다.

"도대체 헨리, 몬태규 가에서 왜 그렇게 허풍을 떨었어?"

"허풍이라니!" 헨리가 되물었다.

"내가 뭘 잘못했는데? 분위기를 띄우려고 얘기 좀 한 것뿐이잖아. 어차피 앞으로 우리가 할 일들이고."

"하, 말도 안 돼. 계속 과장하다 보면 네 말에 네가 잡혀서 스스로를 망칠 수도 있어."

"흥, 두고 보라고. 셀러스랑 내가 의회 예산만 따내면 곧 뉴욕이랑 허드슨 강변에 집을 마련하고, 오페라 박스도 갖출 거야."

"그래 봤자 호크아이의 셀러스 대령 농가랑 별반 다르겠니. 거길 가 본 적은 있냐?"

"아휴, 필! 왜 그렇게 못마땅해해. 그건 그렇고, 앨리스 어머니 정말 근사하시더라."

"누가 근사하다고?" 필립이 경계하며 물었다.

"아, 몬태규 부인 말이야." 헨리가 시가에 불을 붙이며 답했다.

잠시 싸늘한 침묵이 흘렀지만, 헨리는 곧 짜증을 잊었고 필립도 쓸데없는 싸움은 피하고 싶어 다툼은 흐지부지 끝났다.

두 사람은 폴킬에 머무는 일주일 동안 매일 몬태규 가를 방문했다. 마을 겨울 축제에도 참석했고, 루스와 몬태규 가족 지인들이 모이는 크고 작은 파티를 누비고 다녔다. 헨리는 답례라며 호텔에서 조촐한 만찬과 댄스파티를 열었는데, 계산서를 받은 필립은 뒤늦게 그 비용을 보고 기절초풍했다.

그렇게 1주일이 다 되어가자, 필립은 루스의 성격을 새롭게 보게 됐다. 지루해 보였던 사교 모임에 그녀가 푹 빠져 있는 모습이 뜻밖이었다. 깊이 있는 대화를 나눌 틈이 좀체 없었다. 루스가 딱히 잘못한 건 없지만, 필립 눈에는 이래서는 안 될 것처럼 보였다. 그녀가 다른 남자들과 즐겁게 수다를 떨면 필립의 얼굴에 불만이 어른거렸지만, 루스는 그저 웃으며 가볍게 넘겼다. 결국 필립은 앨리스에게 넋두리를 털어놓고 말았다. 모든 걸 간파한 듯, 앨리스가 말했다.

"루스는 기본적으로 야무진 아이라서 스스로 깨달은 거예요. '아, 나도 사교를 잘 즐길 수 있는 사람이구나!' 하고요. 괜히 잔소리나 질투를 드러내면 오히려 역효과예요. 그냥 지켜보세요."

마지막 날 저녁, 몬태규 가에 모였을 때 필립은 루스가 예전 모습을 되찾길 기대했지만, 그녀는 오히려 전보다 더 장난기 넘쳤다. 필립의 마음에는 답답함이 밀려왔다. 루스는 해맑은 눈으로 아무렇지 않게 웃었고, 그럴수록 필립은 더 빠져들었다. 필립에 대한 루스의 조곤조곤한 반말과 은근한 애정을 담은 태도에 심장이 자꾸 뛰었다.

루스가 헨리의 호기롭고 과장된 말에 끌리는지, 아니면 다른 이유가 있는지 필립은 알 수 없었다. 어쨌든 두 사람은 저녁 내내 신나게 이야기를 나누며 분위기를 달궜다. 루스가 피아노를 치며 노래하면 헨리는 옆에서 악보를 넘기고 임의로 베이스 음을 넣어 모두를 즐겁게 했다.

화기애애한 시간이 끝나고, 일행은 길게 작별 인사를 나눈 뒤 문밖으로 나섰다.

"잘 가, 필립. 그리고 잘 계세요, 브라이얼리 씨!"

루스의 청아한 목소리가 등 뒤에서 들려왔다. 필립은 그녀가 마지막에 헨리 브라이얼리의 이름을 불렀다는 사실에 묘한 쓸쓸함을 안고 집으로 향했다.

CHAPTER 23.

필립과 헨리가 뉴욕에 도착했을 때 두 사람의 마음은 전혀 달랐다. 헨리는 셀러스 대령이 보내온 편지를 받고 한껏 들떠 있었다.

"워싱턴으로 가서 딜워시 상원의원과 상의하게. 청원서는 이미 의원에게 전달됐고 미주리의 주요 인사들이 모두 서명했으니 곧 상정될 것이네. 나도 직접 워싱턴에 갈 수는 있지만 지금은 물을 이용한 대도시 조명 장치를 발명하는 데 몰두하고 있네. 수돗물만 연결하면 기계값만으로도 홍수처럼 밝은 빛을 뿜어낼 수 있다는 구상이지. 조명 부분은 이미 완성 단계야. 여기에 난방, 요리, 세탁 다림질까지 한 번에 처리하는 통합 시스템을 더하면 얼마나 대단하겠나. 그러니 우리가 추진 중인 의회 예산안은 자네가 서둘러 챙겨 주게."

헨리는 숙부와 더프 브라운에게서 연방 의원들에게 전할 추천서를 여러 통 받아 두었다. 두 사람 모두 대규모 민간 사업을 통해 공익에 이바지한다는 명목으로 워싱턴 정치 사회에 넓은 인맥을 갖고 있었다.

딜워시 의원은 상원에 청원서를 제출하며 짤막하게 말했다.

"저는 서명자들을 개인적으로 잘 압니다. 이들이 지역 발전에 이해관계가 있는 것은 사실이지만, 사리사욕 없이 애국심으로 움직이는 분들이라고 믿습니다. 특히 해당 지역에 거주 중인 해방된 유색인들이 자국의 토지 개발에 이렇게 적극 참여한다는 사실은 인류애의 관점에서도 매우 고무적입니다. 본 청원이 해당 상임위원회로 회부되기를 제안합니다."

이어 그는 헨리를 여러 유력 의원에게 소개했다.

"이분은 솔트레이크 퍼시픽 철도와 콜럼버스강을 정밀 조사한 기술자로, 이 사안을 누구보다 잘 아는 분이십니다."

헨리는 지도를 펼쳐 보이며 공공 재정, 나폴레옹 시, 전국적 이익을 위한 입법 사이의 연관성을 자세히 설명했다.

헨리는 딜워시 상원의원 저택에 머물렀다. 의원은 절제회 참여, 교회 주일학교 성경반 지도 등 각종 선한 운동에 바빴다. 머무는 동안 그는 헨리에게도 주일학교 학급을 맡아 보지 않겠느냐고 권했다. 워싱턴 호킨스는 이미 한 반을 맡고 있었다. 하지만 헨리가 '젊은 아가씨들 반이라면 좋겠습니다'라고 농담하자, 의원은 더 권하지 않았다.

한편 필립은 서부에서의 진로가 마음에 들지 않았다. 지금까지 함께한 사람들도 그다지 믿음직하지 않았다. 철도 시공사들은 온갖 장밋빛 청사진을 제시했지만 정작 실체가 불분명했다. 미주리에 돈을 벌 기회가 많은 것은 사실이지만, 아직 역량이 완전히 갖춰지지 않은 젊은 엔지니어인 자신이 현실적으로 무엇을 할 수 있을까 하는 회의가 들었다. 결국 그는 더 깊이 공부해 공학 지식을 탄탄히 다지기로 마음먹었다.

헨리가 워싱턴에서 예산 확보와 정치 공작에 몰두하는 동안, 필립은 밤낮 없이 철도 공학 이론과 현장 기술을 파고들었다. 특히 교량 건설을 다룬 논문을 발표해 큰 주목을 받았고, 덕분에 시공사 관계자들 사이에서는 실무 능력은 물론 문필력까지 갖춘 기술자로 인정받았다.

필립은 이 성과를 루스의 아버지 등에게도 우편으로 보내 긍정적인 평가를 받고자 했지만 결코 자만하지는 않았다. 봄이 되어 서부 현장으로 돌아갈 무렵에는 적어도 한 구간을 책임질 수 있을 만큼의 실력을 갖추었다고 자신했다.

CHAPTER 24.

위대한 공화국의 수도 워싱턴은 시골 출신인 워싱턴 호킨스에게 전혀 다른 세상이었다. 세인트루이스가 규모는 더 컸지만 그곳은 외지인이 드물어, 영구 정착민으로 이루어진 하나의 대가족 같은 도시였다. 반면 워싱턴은 사방에서 몰려든 사람들이 뒤섞여 생활방식과 생김새와 유행이 끝없이 다양하게 어우러진 용광로였다.

호킨스는 세인트루이스 사교계에 발을 들여본 적도, 그곳 상류층의 생활방식이나 집 안을 구경해 본 적도 없었다. 그러니 워싱턴에서 마주한 최신 유행과 호화로움은 그에게 처음 접한 신비로운 계시나 다름없었다.

워싱턴 호킨스의 새 생활은 그야말로 황홀했다. 호사스러운 딜워시 상원의원 덕분에 그가 쓰는 방 역시 최상급이었다. 가스등, 냉온수 시설, 욕실, 석탄 난로, 고급 카펫, 벽에 걸린 훌륭한 그림들, 종교, 절제, 공공 자선, 금융 관련 서적들이 가득했고, 정갈한 흑인 하인들이 내놓는 진수성찬은 말할 것도 없고, 문구류는 무한정 지급됐다. 상원의원 특권 덕분에 우표도 필요 없었으니, 마음만 먹으면 말 한 필까지 우편으로 보낼 수 있었다.

게다가 그는 눈부신 사람들을 수없이 만났다. 서부에서는 전설로만 들었던 명장과 제독들이 상원의원 식탁에 앉거나 집을 드나들었기 때문이다. 거물 정치인들도 날마다 그의 시야에 나타났다. 예전에 경외의 대상이던 하원의원을 마주하는 것도 이제 흔한 일상이 되어, 더 이상 흥분할 일도 아니었다. 외교관들도 이따금씩 보였다. 심지어 대통령도 직접 봤고, 잘 살아 있었다! 도시는 투기의 열기로 가득했는데, 그 공기마저 호킨스에겐 고향처럼 익숙했다. 마침내 자기에게 꼭 맞는 낙원을 찾은 셈이었다.

그는 상원의원 딜워시, 즉 자신의 상사를 가까이 볼수록 그에게 더 존경심을 느꼈고, 그 도덕적 위대함이 더욱 빛나 보였다.

워싱턴 호킨스는 루이즈 보스웰에게 보낸 편지에 그토록 훌륭한 분의 우정과 따뜻한 배려를 받는 것은, 방황하던 젊은이인 자신에게 더없이 큰 행운이라고 썼다.

그 후 몇 주가 흘러갔다. 헨리 브라이얼리는 각종 리셉션과 무도회에서 재치 있는 농담으로 분위기를 돋우는 한편, 콜럼버스강 준설 사업 승인을 얻기 위해 의원들을 분주히 찾아다녔다. 딜워시 의원도 같은 목표로 국정 현안에 매진했다. 헨리는 셀러스 대령에게 자주 편지를 보내며 낙관적인 소식을 전했고, 그 내용만 보아도 워싱턴 사교계의 총아로 각광받으며 일을 성사시킬 가능성이 커 보였다. 딜워시 의원의 지원 역시 든든했다.

한편 워싱턴 호킨스도, 때때로 공식 문서의 형태로 셀러스에게 보고했다. 어떤 편지에 따르면, 처음엔 하원 위원회 어느 누구도 그 사업에 찬성하지 않았으나, 이제 과반수 표결에 딱 한 표만 더 있으면 된다고 했다. 말미에는 이렇게 적혀 있었다.

신의 섭리가 우리의 노력을 더욱 진전시키고 있는 듯합니다.
미합중국 상원의원 애브너 딜워시
대리 서명: 보좌관 워싱턴 호킨스

즉, 의원 명의이지만 사실상 워싱턴 호킨스가 대필한 형태였다.

일주일 뒤, 워싱턴은 공식 공문으로 낭보를 전했다. 하원 위원회가 마지막

한 표를 확보해 해당 법안을 가결 권고로 보고했다는 내용이었다. 이어진 서한에는 전원위원회에서의 난관, 이후 본회의로 회부되어 3차 독회와 최종 표결을 간신히 돌파한 과정이 상세히 담겼다. 상원에서는 딜워시 의원이 완강한 다수파와 치열하게 협상해 의원들을 차례로 설득하며 마침내 과반을 확보했다는 소식도 이어졌다. 워싱턴은 두 상임위원회의 서기로 일하면서 진행 상황을 면밀히 파악했다. 개인 비서직에는 보수가 없었으나 두 서기직에서 일당 12달러씩을 받았다.

그 후 법안이 상원의 본회의로 넘어가 다시 생존 경쟁을 치르는 모습도 지켜봤다. 3차 독회가 끝난 뒤 운명의 날이 찾아와 최종 표결이 진행됐다. 워싱턴은 본회의장에서 '찬성(Aye)!'과 '반대(Nay)!'가 교차하는 순간을 숨죽여 지켜보다 긴장을 견디지 못하고 곧장 집으로 달려가 결과를 기다렸다.

두 시간쯤 지나 딜워시 의원이 귀가했고, 저녁상이 준비돼 있었다. 초조해하던 워싱턴이 결과를 묻자, 의원은 미소를 지으며 말했다.

"이제 마음껏 기뻐하시오. 신의 섭리가 우리의 노력을 결실로 이끌었네."

CHAPTER 25.

그날 밤 워싱턴은 셀러스 대령에게 그 희소식을 전했다. 이어 루이즈에게는 이렇게 적었다.

"딜워시 의원께서 섭리라 여기는 은총을 받을 때마다 그분이 신에게 얼마나 깊이 감사하는지 직접 들으면 참으로 감동적입니다. 언젠가, 사랑하는 루이즈, 당신도 그분을 알게 될 거예요. 그러면 저처럼 그분을 존경하게 될 겁니다."

같은 시각 헨리도 셀러스 대령에게 편지를 보냈다.

"마침내 해냈습니다, 대령님. 그러나 결코 쉽지 않았지요. 처음에는 하원 위원회에서 우리 안건을 지지하는 이가 한 명도 없었고, 상원 위원회도 딜워시 의원을 빼면 전원이 반대였습니다. 그런데 제가 떠날 즈음에는 장애물이 완전히 사라졌습니다. 이곳 사람들은 돈을 들여 위원회를 '사지' 않으면 법안 통과는 불가능하다고 입을 모읍니다. 저는 그들에게 다른 길이 있음을 보여 주었다고 믿습니다. 물론 그들이 제 말을 곧이곧대로 믿어 준다면 좋겠지만요. 제가 '표 한 장도, 약속 한 줄도 매수하지 않았다'고 하면 모두가 터무니없다며 고개를 젓습니다. 표가 매수됐을 것이라 굳게 믿지요. 제가 배운 것은 이것입니다. 남자가 여자들과 자연스럽게 대화하고, 남자들과의 논리 싸움에서는 반걸음만 앞서는 능력만 있다면, 큰돈을 거머쥔 거물들과도 당당히 맞서 의회 예산을 확보할 수 있다는 사실입니다. 건방지게 들릴지 모르지만, 다음에도 이 돈을 따낼 사람은 바로 저라고 확신합니다. 일주일 안에 스톤스 랜딩으로 내려갈 테니 가능한 한 많은 인부를 확보해 두시고 즉시 공사를 시작하십시오. 제가 도착하면 현장을 시끌벅적하게 만들어 보겠습니다."

이 소식에 셀러스 대령은 구름 위를 걷는 듯한 환희에 휩싸였다. 그는 곧장 계약을 따내고 인부를 고용하는 등 사업 준비에 전력을 기울였다. 그 순간만큼은 미주리에서 가장 행복한 사나이였다.

루이즈 또한 세상에서 가장 행복한 여인이 되었다. 곧 워싱턴에서 한 통의 편지가 도착했기 때문이다. 편지의 내용은 다음과 같았다.

기쁜 소식이 있어요. 길고 길었던 고통이 끝났어요. 우리가 인내하며 기다려 온 보상이 마침내 찾아왔습니다. 어떤 분이 테네시 땅을 우리 가족에게서 4만 달러에 사기로 했어요. 더 기다리면 더 큰 돈을 받을 수도 있겠지만, 저는 당신을 아내라 부를 날이 너무도 간절했어요. 그래서 생각했죠. 이 지루한 별거로 소중한 시간을 허비하느니, 차라리 이 금액을 받고라도 함께하는 편이 낫다고요. 게다가 이 돈을 제가 워싱턴에서 진행 중인 사업에 투자하면 몇 달 안에 백 배, 아니 천 배로 불릴 수도 있어요. 이곳은 그런 기회로 가득하거든요. 가족들도 분명 제게 자기 지분을 맡기겠다고 할 거예요. 그러니 의심할 여지 없이 1년 뒤면 우리는 보수적으로 잡아도 50만 달러 이상의 가치를 손에 넣을 거예요. 그때가 되면 아버님도 허락하실 테니 우리는 결혼할 수 있겠죠. 그날이 얼마나 영광스럽고 멋질까요. 모두에게 이 기쁜 소식을 전해주세요.

루이즈는 곧바로 그 소식을 부모님께 알렸다. 그러나 두 분은 당분간 지켜보자며 신중을 당부했다. 아버지는 딸에게 워싱턴을 향해 편지를 보내, 그 돈으로 즉시 투자하지 말고 지혜로운 이들과 상의한 뒤 움직이라고 전하라 했다. 루이즈는 그대로 전했다. 겉으로는 태연했지만, 유심히 본 사람이라면 그녀의 경쾌한 걸음과 빛나는 표정에서 큰 행운이 찾아왔음을 알아차렸을 것이다.

헨리는 스톤스 랜딩에서 셀러스 대령과 합류했다. 그러자 죽어 있던 공사 현장이 순식간에 살아났다. 몰려든 일꾼들은 분주히 움직였고, 칙칙하던 공기에는 노동의 경쾌한 리듬이 울려 퍼졌다. 헨리는 최고기술책임자로 임명돼 열과 성을 다했다. 그는 마치 군주처럼 현장을 누비며 지휘했고, 권위는 그에게 새로운 광채를 더해 주었다. 셀러스 대령 역시 대형 공공사업 총감독으로서 인간의 한계를 넘어서는 힘을 쏟아부었다. 두 거인은 땅의 근본을 뒤흔들 사명을 부여받은 사람들처럼 당당한 기세로 준설 작업에 착수했다.

우선 그들은 스톤스 랜딩 상류에서 크게 굽은 강줄기를 곧게 펴는 데 집중했다. 지도와 설계도에 따르면 이 구간을 바로잡으면 물길이 짧아질 뿐 아니라 낙차까지 커져 공사에 유리했다. 이에 곡류를 가로질러 운하를 파기 시작했다. 땅을 뒤집고 진창을 헤치는 장면은 이 일대에서 보기 드문 장관이었다. 소란에 놀란 거북들은 여섯 시간 만에 스톤스 랜딩 반경 3마일을 벗어났다. 어린 거북부터 늙고 병든 거북까지 등을 맞대고 뒤엉킨 채 하구로 달아났고, 올챙이가 뒤를 따르며 황소개구리가 후미를 지켰다.

하지만 토요일 밤이 되어도 연방 자금이 내려오지 않아 노동자들에게 임금을 줄 수 없었다. 헨리는 송금을 재촉하는 편지를 보냈으니 곧 도착할 거라며 노동자들을 달랬고, 월요일에는 다시 공사를 시작했다. 이때쯤 스톤스 랜딩은 인근에서 가장 시끌벅적한 화제였다. 셀러스는 시장 반응을 보려 땅 몇 필지를 내놓았는데 순식간에 팔렸다. 그는 가족에게 새 옷을 입히고 식량을 넉넉히 들여놓은 뒤 남은 돈으로 은행 계좌까지 만들었다. 그리고는 만나는 사람마다 '내가 은행 잔고가 좀 있지'라며 으스댔다. 사소한 물건을 살 때도 수표책을 꺼내 서명하는 맛에 푹 빠졌다. 헨리도 땅을 팔아 호크아이에서 두세 번 만찬을 열며 돈 쓰는 재미를 만끽했다. 둘은 곧 땅값이 더 치솟을 것이라 믿고 상당수의 필지는 그대로 보유했다.

그러나 한 달도 되지 않아 상황이 급격히 나빠졌다. 헨리는 뉴욕에 있는 콜럼버스강 항로 회사 본사*에 자금 송금을 요구하는 공문을 보냈다. 독촉장으로 강하게 압박했고, 이어 집행 명령에 준하는 서신을, 마지막에는 읍소하는 탄원서를 띄웠지만 모두 허사였다. 연방 예산은 끝내 입금되지 않았고 회신조차 오지 않았다. 임금을 받지 못한 노동자들은 들끓기 시작했다. 대령과 헨리는 발길을 돌려 심각한 대책을 논의할 수밖에 없었다.

"이제 어떡하지?" 셀러스가 먼저 입을 열었다.

"저도 잘 모르겠습니다."

"본사에서 뭐라고 왔나?"

"아무 연락도 없었습니다."

"어제 전보 보냈잖아."

"그제도 보냈습니다."

---

* 당시 미국 의회는 공공 예산을 바로 현장 감독에게 주지 않았다. 대신 인가된 법인(이 경우에는 콜롬버스강 항로 회사)을 재정 대행 기관으로 지정해, 연방 재무부가 발행한 수표를 뉴욕 하부 금고에서 이 회사 앞으로 지급하게 했다. 이렇게 함으로써 의회는 민간 사업에 세금이 새는 것 아니냐는 비판을 피할 수 있고, 회사가 월가에서 주식·채권을 팔아 추가 자금을 끌어오며, 현장 지출 내역을 한곳에서 통제해 정치적 책임을 분산할 수 있었다.

제2부 젊은이들의 이상과 현실

"답장은?"

"전혀 없습니다. 정말 답답하군요!"

잠시 침묵이 흐르다 둘이 거의 동시에 외쳤다.

"생각났어!"

"저도요!"

"먼저 말씀해 주시죠." 헨리가 재촉했다.

"밀린 임금 대신 본사 명의로 30일짜리 어음을 끊어 주자는 거야."

"맞습니다. 저도 같은 생각이었습니다. 그런데 일꾼들이 그 어음을 들고 뉴욕까지 가서 현금화할 때까지는 못 기다리겠지요."

"그 점은 걱정 마. 호크아이 시 은행에 부탁하면 어음을 즉시 현금으로 바꿔 줄 거야. 은행이 만기까지 대신 기다려 주는 대신, 액면가에서 며칠 치 이자와 수수료를 조금 떼고 현금을 주는 방식이지."

"알겠습니다. 이미 예산이 확정됐다는 소문도 돌고, 회사 신용도 탄탄하니 문제없을 것입니다."

30일 만기 어음을 내주자 작업자들은 일단 진정됐지만, 불만이 완전히 가라앉은 것은 아니었다. 그래도 식료품 같은 생필품은 어음을 조금 깎아 팔았기에 그럭저럭 통용됐다. 덕분에 공사는 한동안 활기를 띠었다. 몇몇 투자자는 스톤스 랜딩에 목조주택을 짓고 바로 이사까지 왔다. 그러자 어디선가 기술을 가진 인쇄공이 나타나 '나폴레옹 주간전신·문예평론'라는 신문까지 창간했다. 머리말엔 〈언어사전〉에서 뽑은 라틴어 격언을 내걸고, 수다스러운 소설과 두 줄 간격으로 찍은 시를 잔뜩 실으면서 연간 구독료 2달러를 선불로 받았다.

상인들은 받은 어음을 곧장 뉴욕 본사로 부쳤지만, 그 뒤로 어음 이야기는 감감무소식이었다.

몇 주가 지나자 헨리가 발행한 어음은 시장에서 완전히 외면받았다. 어떤 할인율도 통하지 않았다. 두 달째가 끝날 무렵, 마침내 노동자들이 폭동을 일으켰다. 그때 셀러스는 자리를 비웠고, 헨리는 분노한 군중을 피해 허겁지겁 모습을 감췄다. 그는 말을 타고 달려 호크아이에도 들르지 않은 채 채권자들과의 약속을 저버리고 동쪽으로 밤새 달렸다. 날이 밝기 전에는 이미 위험권에서 벗어나 있었다.

헨리는 셀러스에게 전보를 보냈다.

"노동자들을 달래 주십시오. 저는 자금을 구하러 동쪽으로 갑니다. 일주일이면 모든 문제가 해결될 겁니다. 모두에게 믿고 기다리라 전해 주십시오."

셀러스 대령이 스톤스 랜딩에 도착했을 때 노동자들은 의외로 잠잠했다. 이미 항로 회사의 지사 사무실을 털어 주식 장부를 모아 불태우며 화를 풀고

난 뒤였다. 그들은 대령에게는 우호적이었지만, 마땅한 희생양이 없으면 그를 대신 목매달 계획까지 세워 두고 있었다.

그러나 그들은 셀러스의 말을 들어 보겠다며 잠시 기다리는 실수를 범했다. 대령이 불과 15분간 혀를 놀리자, 노동자들은 순식간에 모두 '땅부자'가 됐다. 그는 장차 우체국과 철도역이 들어설 스톤스 랜딩 교외, 중심에서 1.5마일 이내의 땅 한 필지를 각자에게 나눠 준 것이다. 사람들은 헨리가 동부에서 돈만 가져오면 즉시 일을 재개하겠다고 약속했다. 겉보기에 사태는 다시 순조로워졌지만, 정작 그들 손에는 당장 쓸 현금이 한 푼도 없었다. 셀러스는 남은 은행 잔고를 꺼내 노동자들과 나눠 가졌다. 베풀기를 좋아했던 그는 그런 이유로 가족이 빈곤과 굶주림에 시달린 적도 적지 않았다.

셀러스가 떠나고 열기가 식자, 노동자들은 셀러스의 달변에 홀려 땅조각과 빈 지갑만 손에 쥔 자신들을 원망했다. 그리고 다음 기회가 오면 반드시 대령을 목매달자고 결의했다.

CHAPTER 26.

루스가 폴킬에서 경솔하고 지나치게 세속적으로 변했다는 이야기는 곧 필라델피아까지 퍼져 볼턴 집안 친척들의 수군거림을 불러왔다.

"난 애초에 루스가 그렇게 총명하다고 생각해 본 적 없어."

한나가 다른 사촌에게 속삭였다.

"그러게 말이야. 루스는 남들이 칭찬해 주는 걸 좋아하잖아. 그래서 퀘이커식 소박한 옷차림을 싫어했고." 헐다가 맞장구쳤다.

설상가상으로 루스가 폴킬에서 부유한 젊은 신사와 약혼했다는 소문까지 돌자, 그녀의 의대 진학 선언은 친척들 사이에서 더욱 가벼운 웃음거리가 됐다.

그러나 마거릿 볼턴은 이런 말에 흔들릴 만큼 어리석지 않았다. 동시에 루스가 목표를 향해 얼마나 단단한 의지를 지녔는지도 알고 있었다. 시냇물이 작은 소용돌이를 만들다 결국 바다로 흐르듯, 루스 또한 즐거운 유혹 앞에서 잠시 머뭇거려도 결국엔 자신이 정한 길로 조용히 나아가리라는 것을 말이다.

루스는 겉으로는 깔끔한 의무감에 자신을 묶어 두었지만, 폴킬에 가서야 비로소 가벼운 연애나 솔직한 호감과 같은 인생의 표면적 즐거움에서도 기쁨을 발견할 수 있다는 사실을 깨달았다. 사실 한정된 경험 속에서 모든 일을 의무와 양심의 잣대로만 재던 그녀를 보며, 어머니는 점점 독선적으로 굳어 가는 딸을 걱정했을지 모른다.

폴킬에서의 학업을 마치고 필라델피아로 돌아온 루스는, 비록 겉으로 인정하지는 않았어도 의사가 되어야 한다는 절박함이 예전보다 희미해진 것을 느꼈다. 폴킬에서 얻은 자신감, 활기찬 사교, 공감 어린 새 친구들이 선사한 해방감 덕분에, 그녀는 집안과 친척 사회의 경직된 단조로움을 깨뜨리고 그곳에서 맛본 생기를 불어넣고자 했다. 새 친구들을 집으로 초대하고, 함께 어울리며, 화제의 신간과 잡지를 곁에 두고, 한마디로 더 생동감 있는 삶을 살기로 마음먹은 것이다.

한동안 루스는 자신이 가져온 활력 속에서 지냈다. 어머니는 달라진 얼굴빛과 좋아진 건강, 가정사에 보이는 관심에 크게 기뻐했다. 아버지 역시 무엇보다 사랑하는 딸과 함께 보내는 시간을 즐겼다. 그는 루스의 익살과 장난기를 좋아했고, 때로는 그녀가 읽은 책에 대해 날카롭게 토론하는 것도 흥미로워했다. 평생 독서가로 살아온 볼턴 씨는 백과사전 같은 기억력으로 웬만한 지식을 죄다 꿰고 있었다. 루스는 엉뚱한 주제를 달달 외워 아버지를 놀라게 하려 했지만, 거의 매번 역부족이었다. 볼턴 씨는 손님과 젊은이들의 웃음으로 가득 찬 집 분위기를 좋아했고, 루스가 퀘이커 사회에 과감한 변화를 제안한다면 기꺼이 힘을 보탤 사람이었다.

그러나 관습과 굳어진 질서는 아무리 열정적인 아가씨라도 쉽게 넘기 어렵다는 사실을 루스는 곧 깨달았다. 편지 왕래와 활발한 모임, 독서와 음악으로 분투했지만, 그녀는 다시 예전의 단조로움에 잠식돼 가는 자신을 느꼈다. 그러자 의사가 되겠다는 생각이 다시 그녀를 사로잡았다. 그 길만이 이 답답함에서 벗어날 방도처럼 보였던 것이다.

"어머니, 폴킬은 정말 달라요. 그곳 사람들은 훨씬 흥미롭고 생기가 넘치거든요."

"얘야, 세상을 조금 더 알게 되면 어디서나 사람 사는 모습은 비슷하다는 걸 알게 될 거야. 나도 한때는 너처럼 생각했단다. 아마 시간이 지나면 지금 이 한가한 생활의 가치도 느끼게 될 거야."

"어머니는 일찍 결혼하셨잖아요. 전 어려서는 결혼 안 할 거예요. 아니, 아예 안 할 수도 있고요." 루스가 능청스러운 표정을 지었다.

"아직 네 마음을 다 모르는 거야. 네 또래에 그런 생각하는 이들이 많단다. 혹시 폴킬에서 평생 함께하고 싶은 사람을 만나기는 했니?"

"평생이라니요? 그 정도는 아니었어요." 루스가 살짝 웃었다.

"엄마, '영원히'를 말하기 전에 저는 직업을 갖고 그 사람만큼 독립되고 싶어요. 그래야 제 사랑이 자유로운 선택이 되잖아요. 필요에 쫓긴 선택이 아니라."

마거릿 볼턴은 딸이 내세운 새 철학을 듣고 빙그레 웃었다.

"루스, 사랑은 계산이나 계약으로 따질 수 있는 게 아니란다. 그런데 편지에 보니 필립 스털링이 폴킬에 왔다고 했지?"

"네, 그리고 필립 친구 헨리 브라이얼리도 같이 왔어요. 헨리는 꽤 유쾌한데 필립만큼 진지하진 않더라고요. 조금 멋 부리는 데가 있긴 하지만요."

"그래서 그 멋쟁이가 더 마음에 들었니?"

"특별히 좋아한 사람은 없어요. 다만 헨리와 있으면 즐거웠고, 필립은 그 정도는 아니었어요."

"아버지가 필립과 편지를 주고받은 건 알고 있니?"

루스는 눈을 크게 떴다.

"네 얘기는 아니란다."

"그래요? 무슨 일인데요?" 하고 묻는 루스의 얼굴에는 스스로도 깨닫지 못한 실망이 스쳤다.

"시골 어딘가의 땅 때문이야. 빅글러라는 사람이 또 아버지를 투자에 끌어들였거든."

"그 끔찍한 분이요? 또 철도 이야기인가 보죠?"

"맞아. 아버지가 먼저 돈을 대고 땅을 담보로 잡았는데, 결과적으로 광활한 황무지를 떠안으신 셈이지."

"그런데 필립이 왜 끼어들어요?"

"그곳 목재가 좋다더구나. 잘 반출하면 쓸 만하고, 아버지 말씀으로는 석탄층도 있을 거래. 그래서 필립에게 지형을 측량하고 탄전이 있는지 살펴봐 달라고 하실 생각이야."

루스는 투덜거리듯 말했다.

"아버지의 숨겨 둔 재산이 또 하나 늘었네요. 정작 우린 평생 써 보지도 못할 텐데요."

그러나 루스는 여전히 흥미가 남아 있었다. 그 땅 일에 필립이 직접 관여한다는 사실이 가장 큰 이유였다. 다음 날 저녁, 아버지가 빅글러 씨를 초대하자 그는 식탁에서 볼턴 씨의 광활한 토지가 얼마나 유망한지 떠벌리며, 그 땅을 가로지르는 새 철도가 놓이면 가치가 폭등할 것이라고 장담했다.

"페니배커 말로는 석탄이 수두룩하다더군요. 의심할 여지가 없다네요. 철도만 연결되면 금광이나 다름없습니다."

"그렇다면 빅글러 씨가 직접 사서 추진하시지요. 에이커당 3달러면 되잖습니까?"

"그러면 선생님이 제값도 못 받고 팔아버리는 셈이죠."

빅글러가 웃으며 답했다.

"전 친구를 등쳐 먹을 생각은 없습니다. 다만 선생님이 그 땅을 담보로 잡아 북부철도 건설 자금을 빌릴 계획이라면 페니배커의 동의 아래 저도 그 대출에 일부 자금을 보태 지분을 얻고 싶습니다. 물론 아시다시피, 페니배커는 토지보다 의회 쪽 일을 맡아 움직이는 사람이지요."

손님이 돌아간 뒤 루스는 아버지에게 필립이 그 사업과 어떻게 연결되는지 물었다.

"아직 정해진 건 없단다." 아버지가 설명했다.

"필립이 현장에서 재능을 인정받는다고, 뉴욕에서도 높이 평가한다더군. 물론 그 투기꾼들이 필립을 이용할 수도 있어. 그래서 내가 편지를 보내 우리 땅을 측량하고 광물 자원을 조사해 달라고 부탁해 볼 생각이야. 땅 속에 뭐가 있는지 알아야지. 만약 개발 가치가 있다면 그 몫은 필립에게 돌아갈 거고. 난 그 젊은이를 돕고 싶다."

일라이 볼턴은 평생 젊은이들을 도우며, 실패하면 손해도 기꺼이 떠안아 왔다. 그의 장부를 대강 훑어보면 이익보다 손실이 훨씬 많을 것이다. 그러나 어쩌면 그가 기록한 이 '손실'이란, 다른 기준으로 회계하는 저 세상에선 적립금으로 남을지 모른다. 여기서 왼쪽(차변)에 적힌 것이 저기선 오른쪽(대변)으로 나타날 테니까.

필립은 루스에게 편지를 보내 나폴레옹 시와 항로 개발 사업이 어떻게 엉망이 됐는지, 헨리가 어떻게 야반도주했고 셀러스 대령이 얼마나 곤경에 빠졌는지를 익살스럽게 전했다. 헨리는 너무 급히 떠난 탓에 로라 호킨스 양에게 작별 인사도 못 했지만, 곧 다른 예쁜 아가씨에게서 위안을 얻을 거라며 농담을 곁들였다. 셀러스 대령은 아마도 또 다른 눈부신 투기 구상을 머릿속에 그리고 있을 터였다.

철도 이야기에 관해 필립은 월스트리트 투기를 위한 장치일 뿐이라 판단해 곧 정리하기로 마음먹었다. 자신이 동부로 가면 루스가 기뻐할지 궁금했지만, 일단 그는 출발할 작정이었다. 헨리는 계약 문제가 끝날 때까지 뉴욕에 머무르라 조언했고, 셀러스는 공상가이니 조심하라고 덧붙였지만, 필립의 결정은 변하지 않았다.

한여름은 아무 일 없이 흘러갔다. 루스는 계속 앨리스와 편지를 주고받았고, 앨리스는 가을에 찾아오겠다고 했다. 루스는 책을 읽고 집안일을 거들며 손님에게도 관심을 보이려 했지만, 점점 상상에 빠졌고 현재의 단조로운 삶에 싫증을 느꼈다.

사실 불평은 사치였다. 루스의 집은 필라델피아 교외에 자리한 우아한 전원 저택으로, 최신 설비와 넓은 잔디, 울창한 숲, 형형색색의 화단, 온실과 포도원까지 갖춘 완벽한 공간이었다. 정원 한가운데에는 잔돌이 깔린 바닥 사이로 얕은 시냇물이 숲 그늘 아래서 졸졸 흐르고, 주변 풍경은 잘 손질된 오두막과 혁명 시대 양식 저택들이 어우러져 5월의 연둣빛도, 10월의 황금빛도 영국 시골 못지않게 아름다웠다.

마음만 평온했다면 이곳은 낙원이었을 것이다. 오래된 저먼타운 길을 지나며 현관 해먹에 누워 시집이나 소설을 읽는 소녀를 본다면 누구나 목가적이라 여겼겠지만, 그 소녀가 사실 의학 논문을 들춰보며 다른 삶을 갈망하고 있다는

사실은 짐작하지 못했을 것이다.

루스는 어느 날 아버지에게 불쑥 말했다.

"아버지, 저는 종이 카드로 지은 집에 사는 기분이에요."

"그래서 그 집을 병원으로 바꾸고 싶다는 거니?"

"그건 아닌데, 여쭤볼 게 있어요. 왜 빅글러 같은 사람들과 거래하시나요? 그들이 아버지를 어떻게 '설득'하는지 다 알잖아요."

볼턴 씨는 다정한 미소를 지었다.

"그런 사람들도 세상을 움직이는 역할을 한단다. 내 성공적인 투자 중 상당수가 그들 덕분이었어. 네가 말한 새 땅 건도 빅글러에게 좀 양보하긴 했지만, 결국 너희에게 큰 재산이 될지 누가 알겠니?"

루스가 고개를 저었다.

"아버진 늘 장밋빛만 보세요. 제가 의학 공부를 시작하도록 허락하신 것도 그저 새로운 실험 같으셨던 거잖아요."

"그래서 지금은 만족하니?"

"만족이요? 이제 겨우 제가 할 수 있는 일이 무엇인지, 여성이기에 얼마나 의미 있는 직업이 될 수 있는지 깨닫고 있어요. 아버지는 제가 나무 위의 새처럼 아무 데도 날아가지 못한 채, 누가 새장에 넣어 주길 기다리기만 바라시나요?"

볼턴 씨는 주제가 돌려진 탓에 더 깊이 사업 이야기를 털어놓지 않아도 된다는 사실에 안도했다. 그날 그가 벌인 일은 가족에게 굳이 말할 가치가 없다고 여긴 일들이었다.

또한 루스가 종이 카드로 지은 집에서 사는 기분이라 한 말은 과장이 아니었다. 볼턴 일가는 자신들을 둘러싼 위험을 전혀 의식하지 못했다. 뿐만 아니라 미국의 수많은 가정이 화려한 생활을 하면서도 그 밑바탕이 얼마나 불안정한 투기 위에 놓여 있는지는 몰랐다.

얼마 뒤 볼턴 씨는 느닷없이 거액을 마련해야 하는 상황에 직면했다. 그는 열두 가지 투자에 손을 대고 있었지만, 곧바로 현금화할 수 있는 자산은 하나도 없었다. 급히 지인들에게 도움을 청했지만, 경기 침체 탓에 모두 여유 자금이 없었다.

"10만 달러라고요? 볼턴 씨, 제발요. 10달러만 부탁하셨어도 어디서 구해야 할지 막막한 상황입니다!" 플럼리가 울상으로 외쳤다.

그날 오후 '페니배커·빅글러·스몰 사'의 스몰 씨가 찾아왔다. 그는 석탄 사업이 무너져 곧 파산할 판이니, 만 달러만 구해 주면 목숨을 건질 수 있다고 하소연했다. 볼턴 씨 금고에는 이미 회수 불능 표시가 찍힌 스몰의 어음이 몇 장이나 있었고, 이전에도 그를 여러 번 도왔지만 번번이 허사였다. 그럼에도 스몰이 떨리는 목소리로 가족 형편을 읊어대자, 볼턴 씨는 정작 자기 급한 불보다 스몰의 처지를 먼저 생각했다. 그는 하루 종일 발품을 팔아 결국 만 달러를 마련해 줬다. 스몰이 약속을 제대로 지킨 적이 거의 없다는 사실을 알면서도 말이다.

아, 이 얼마나 아름다운 '신용'인가. 현대 사회를 떠받치는 주춧돌이 바로 서로에 대한 무한한 신뢰라니. 토지와 광산 투기로 이름난 어느 인물이 신문에 이런 농담을 남겼다.

"재작년만 해도 한 푼도 없었는데, 지금은 200만 달러 빚이 생겼습니다."

모두가 이 말을 곧바로 이해하고 웃어넘길 수 있다는 사실이야말로, 우리 사회가 얼마나 기묘한 믿음 위에 서 있는지를 잘 보여 준다.

CHAPTER 27.

셀러스에게는 오랫동안 심혈을 기울인 대규모 공사가 멈추고, 그 열기를 더하던 소음과 분주함이 사그라져 가는 광경이 큰 충격이었다. 지역 사회에서 총감독으로 추앙받으며 모든 시선을 한몸에 받던 사람이 하루아침에 평범한 일상으로 돌아가는 일은 쉽지 않았다. 신문에서 자신의 이름이 사라지는 것도 씁쓸했지만, 가끔 다시 등장해도 예전의 찬사가 아닌 빈정거림과 비난을 뒤집어쓴 채 실리는 현실은 더욱 가혹했다.

그는 기운이 꺾인 아내를 자주 달래야 했다. 어느 날 셀러스가 힘주어 말했다.

"걱정 마, 폴리. 곧 모두 제자리를 찾을 거야. 예산금 20만 달러가 곧 들어오면 공사도 다시 활기를 띨 거라고. 헨리가 조금 애를 먹는 것 같지만, 그만한 규모의 일을 척척 해치울 순 없잖아. 금방 궤도에 올려놓을 거야. 나도 매일 아침 그 소식을 기다리고 있어."

"베리아, 당신 그 말 벌써 몇 번이나 했어요. 매일 곧 온다고만 하잖아요."

"지연될수록 시작은 가까워지는 법이지. 하루하루가 우리를 더 앞으로 데려다주거든."

"무덤에 더 가까워진다는 말인가요?"

"아이, 그 얘긴 아니고. 폴리, 이런 건 네가 이해하기 어려울 거야. 편히 있어. 곧 다시 질주하는 모습을 보게 될 테니까. 설령 그 예산이 조금 늦어져도 큰일 아니야. 그보다 훨씬 큰 게 있으니까."

"20만 달러보다 큰 게 또 있어요?"

"그럼! 20만 달러야 호주머니 용돈일 뿐이지. 철도를 생각해 봐. 봄이면 선로 공사가 시작되고, 그 뒤에는 노선이 줄줄이 이어질 거야. 여름 한가운데가 되면 우리가 어디까지 나아가 있을지 상상해 봐. 지금만 바라보는 사랑스러운 부인들은 모를 수도 있겠지만, 남자들은, 글쎄, 남자들은 이미 그다음을 보고 있거든."

"미래 얘기인가요, 베리아? 그런데 우리, 너무 앞날만 바라보며 사는 건 아닐까요? 해마다 옥수수와 감자를 심어 놓고는 올해 수확도 끝나기 전에 벌써 내년 농사를 걱정하는 것 같아요. 그래서인지 식단도 영 건강해 보이지 않을 때가 있죠. 너무 심각하게 듣지 말아요, 여보. 그냥 한 번씩 푸념이 나오는 거예요. 한 달에 한 번 있을까 말까 한 일이잖아요? 기운이 빠지고 우울해지면 이런 걱정을 늘어놓지만, 금세 사라지는 거 알죠? 당신이 최선을 다하고 있다는 걸 나도 알아요. 그러니 내가 불평꾼이나 배은망덕한 사람처럼 보이지만은 않았으면 해요. 정말 그렇지 않다는 거, 당신도 알죠?"

"아이, 내 사랑, 세상에 당신만큼 훌륭한 사람은 없어. 내가 당신을 위해 일하고, 머리 쓰고, 계획하지 않는다면 그게 사람인가? 결국 내가 모든 일을 잘 돌려놓을 테니 걱정 말아요. 그리고 그 철도 말인데—"

"아, 철도 이야기라면 잊고 있었네요. 우울하면 뭐든 잊어버리나 봐요. 좋아요, 들려주세요."

"그래, 바로 그거야. 상황이 그렇게 절망적이진 않다니까. 자, 상상을 해보자고. 언젠가 꼭 현실이 될 거야. 이 쟁반이 세인트루이스라고 치자."

베리아 셀러스는 식탁 위 물건들을 하나씩 옮기며 열정적으로 설명했다.

"먼저 이 포크가 철도야. 세인트루이스에서 이 감자, 즉 '슬라우치버그'까지 선로를 깔지. 그다음 이 고기칼로 슬라우치버그에서 후추통, 즉 '두들빌'까지 잇고, 이 빗을 따라가면 유리잔이 '브림스톤'이야. 거기서 파이프로 이어 이 소금통, '벨사살'로 가고, 이 깃펜은 '캣피시'라고 하자. 마리 앙투아네트, 그 바늘방석 좀 줄래? 자, 이어서 이 가위를 지나면 말 모형이 있는 곳, 여기가 '바빌론'이지. 숟가락을 따라가면 '블러디 런', 저 잉크병 좀 잡아 줘. 그리고 저쪽, 잔과 받침을 살짝 옮기면 거기가 '헤일 컬럼비아'야. 마지막으로 촛대를 '하크 프롬 더 툼' 자리에 두면 끝. 헤일 컬럼비아에서 하크 프롬 더 툼까지는 전부 내리막이라 순풍에 돛 단 격이야."

여기쯤에서 콜럼버스강을 만난다고 치자. 실타래 두세 가닥으로 물줄기를 표시하고, 설탕그릇은 '호크아이', 쥐덫은 스톤스 랜딩, 곧 '나폴레옹'이야. 봐, 지도를 펼쳐 놓은 것처럼 나폴레옹 쪽 입지가 호크아이보다 훨씬 좋다는 게 확 드러나지? 이렇게 철도를 연결하면 노선이 '할렐루야'를 거쳐 '커럽션빌'까지 일직선으로 이어져. 노선 좀 보라구, 멋지지 않나? 제프 톰슨이라면 아네로이드 기압계니 데오도라이트니 하는 측량 장비 없이도 이 길을 딱 짚어냈을 거야. 장비 이름은 그때그때 바꿔 부르지만, 실력 하나는 최고니까. 이 철도만 완공되면 큰 반향이 일어날 거라고 장담해. 함께 따라가 보자고.

먼저 '슬라우치버그'에는 최고급 양파밭이 깔려 있어. '두들빌'은 온통 순무 천지지. 순무에서 기름만 짜낼 수 있는 기계가 개발되면 금광 못지않을 거야. 의회가 그 연구비를 따로 책정한 데는 다 이유가 있지.

'브림스톤'에 들어서면 소 떼가 넘쳐나고 옥수수도 잘 자라. '벨사살'은 지금은 돌밭이지만 관개만 하면 금세 살아날 땅이고, '캣피시'에서 '바빌론'까지는 늪지라 토탄층이 묻혀 있을 가능성이 높아. '블러디 런'과 '헤일 컬럼비아' 근처엔 담배가 흔해서 철도 두 줄쯤은 넉넉히 먹여 살릴 거다.

'사르사파릴라' 지대는 '헤일 컬럼비아'에서 '하크 프롬 더 툼'까지 포켓나이프처럼 길게 뻗어 있는데, 사르사파릴라가 잡초처럼 퍼지니 결핵 환자약 원료로 팔아도 남아돌 거야. 나도 그쪽 땅 몇 구획은 이미 챙겨 뒀지. '만능통치약' 구상만 완성되면 전 세계가 내 약을 찾게 될 거라고."

폴리가 입을 떼려 하자 베리아가 손사래를 쳤다.

"잠깐만, 흐름 끊기면 안 돼. 이 비누는 바빌론 자리에 두고… 이제 스톤스 랜딩, 즉 나폴레옹으로 내려가는 구간이야. 완전히 직선이지? 무덤까지 이어진 길만큼 똑바르다구.

게다가 선로가 호크아이를 비켜 가니, 저 도시는 곧 얼어붙은 채 사라질 거야. 내가 땅을 갖고 있었다면 벌써 부고 기사를 써서 조문객을 불렀겠지. 기억해 둬, 폴리. 3년 안에 호크아이는 통곡만 남은 황무지가 될 거다."

"강줄기도 봐. 목마른 땅을 적시는 거대한 생명선이지. 철도는 그 위를 말뚝 박은 고가로 넘어가는데, 3.5마일 사이에 다리가 17개, '하크 프롬 더 툼'에서 스톤스 랜딩까지는 무려 49개야. 암거는 셀 수도 없고, 72마일 전 구간이 전부 가도교라구. 설계는 제프와 내가 함께 짰어. 그는 시공을 맡고, 나는 분수령에서 밀어 주지. 다리 밑에 파묻힐 돈이 어마어마하다네. 사실 난 그 아래쪽 구간 수익만 챙겨도 배가 부를 걸. 자, 나폴레옹에 도착했어. 땅도 비옥하고, 이제 필요한 건 사람뿐이야. 곧 사람들이 몰려올 거야. 지금은 한적해서 평온을

즐기기엔 좋지만 돈이 되지는 않지. 그래도 돈이 전부는 아니잖아. 때로는 쉼과 고요도 필요하니까. 이제 여기서 '할렐루야'까지 선로를 일직선으로 뻗어 보자. 경사도 완벽해서 전 구간이 멋진 상승선이지. 이어서 곧바로 커럽션빌로 들어가는데, 그곳은 조기 수확 당근과 콜리플라워로 이름을 날릴 테고 선교지로도 안성맞춤이야. 중앙아프리카 정글을 빼면 이런 땅이 또 없을걸? 도시 이름도 의회를 본떠 지었으니 애국심까지 자극하지. 호황은 금세 올 거야, 당신이 눈치채기도 전에. 철도가 그 붐을 몰고 올 테니까. 그림이 그려지지? 자본만 충분했다면 선로를 유니온 퍼시픽 연결 지점까지, 여기서 1,400마일을 더 뻗어 상상도 못 할 대개척지를 열었을 텐데 말이야. 그래도 우리는 철도 계획이라는 핵심을 쥐고 있으니 든든해. 20만 달러 예산이 조금 흔들린다 한들 무슨 걱정이겠어? 아무 문제 없어. 헨리가 보낼 다음 편지만 도착하면……

그때, 큰아들이 들어왔다.

"아버지, 헨리 씨에게서 편지가 왔어요."

큰아들이 우체국에서 받아 온 봉투를 들고 들어왔다. 그러자 셀러스의 열띤 설명에 마음이 달아오른 폴리가 상기된 목소리로 재촉했다.

"베리아, 이번엔 정말 기쁜 소식이겠죠? 괜히 침울하게 굴어 미안해요. 요즘엔 모든 일이 우리에게 불리하게만 돌아가는 것 같았잖아요. 빨리 열어 봐요. 자리에서 일어나기도 전에 내용이 궁금해 못 견디겠어요."

셀러스는 주저하지 않고 봉투를 찢어 편지를 펼쳤다.

CHAPTER 28.

헨리가 셀러스 대령에게 보낸 편지는 겉보기에 희망적이었다. 그는 뉴욕에서 겪은 상황을 대충 추려 곧 자금이 풀릴 것이며 모든 절차가 순조롭다는 식으로 포장해 보냈고, 필요한 대목에서는 한껏 과장해 낙관론을 부추겼다. 편지를 받아든 그는 잠시 안도했지만, 구체적인 수치나 날짜가 빠진 두루뭉술한 문장만으로는 속 시원히 상황을 파악할 수 없었다.

그 무렵 뉴욕에서는 전혀 다른 상황이 벌어지고 있었다. 월스트리트 한복판, '콜럼버스강 항로 회사 본부'라는 금빛 간판 아래로 헨리가 고위 임원이라도 된 듯 당당히 들어섰다.

명함에는 '수석 기술자'라는 직함이 인쇄돼 있었지만, 잘 차려입은 문지기는 형식적인 인사만 건넨 뒤 응접실에서 잠시 기다리라는 말로 돌려세웠다. 이런 무심한 태도는 헨리 브라이얼리를 몹시 불쾌하게 했다. 게다가 그는 한참을 기다린 뒤에야 사장실로 안내될 수 있었다. 그 사이 헨리의 짜증은 더욱 커졌다. 30분이 지나자 문지기가 나왔다.

"어느 분을 뵙길 원하십니까?"

"사장님 외엔 볼 일이 없습니다."

그제야 헨리는 사장실로 안내됐다. 마침내 안내된 사장실은 초록 모로코 가죽이 덮인 긴 테이블과 값비싼 융단, 화려한 그림으로 꾸며져 있었다. 위엄 있는 사장이 의자 너머로 손짓했다.

"어서 오십시오. 편히 앉으시죠."

헨리는 불쾌함을 누른 채 자리에 앉았다.

사장은 보고서를 뒤적이며 말했다.

"현장 공사가 대단히 순조롭다더군요. 우리도 매우 고무돼 있습니다."

"정말입니까? 저희는 본사로부터 어떤 자금도 받지 못했습니다. 환어음이 거절된 사실도 통보받지 못했고, 정부 예산은 그림자조차 보지 못했지요."

사장은 고개를 갸웃하며 비서를 불렀다.

"최근 귀하와 셀러스 씨 앞으로 추가 납입금 10%를 요청하는 공문을 보냈습니다. 사본을 가져오도록 하겠습니다."

"공문은 받았습니다. 하지만 우린 노동자 임금이 두 달째 밀린 상황입니다."

사장은 눈썹을 찡그렸다.

"납입금 상당액은 이미 장부에 입금 처리됐습니다. 공문에 분명히 적혀 있었을 텐데요."

"네, 그렇게 되어 있었습니다."

"그렇다면 서로 이해가 된 것 같군요."

"아닙니다. 임금을 줄 현금이 없습니다."

"뭐라고요? 급여를 못 줬다니요?"

"본사에서 우리 어음 전부를 부도 처리하고 있는데 어떻게 줍니까?"

사장은 한숨을 내쉬며 의자에 몸을 기댔다.

"우선 확인합시다. 귀하께서는 자본금 100주를 주당 1,000달러에 청약하셨죠?"

"예, 맞습니다."

헨리는 한 무더기의 서류를 사이에 두고 사장을 똑바로 바라보았다. 그제야 자신이 셀러스 대령에게 보냈던 '희망 섞인 편지'가 실은 공허한 약속에 불과했음을 깨달았다.

"셀러스 씨 역시 같은 조건으로 주식 100주를 청약했습니다."

"맞습니다."

"회사를 움직이려면 자본이 필요합니다. 그래서 10% 추가 납입을 요청했고, 대신 두 분은 현장 근무를 조건으로 월 600달러 급여를 받기로 하며 이사회에서 정식 선임됐습니다. 이 내용은 분명하지요?"

"예, 그렇습니다."

사장은 장부를 뒤적이며 계산을 제시했다.

"지금까지 총지출은 9,610달러입니다. 두 달 치 급여 2,400달러를 포함해도 10% 납입금의 8분의 1만 사용한 셈이죠. 나머지 약 8,000달러는 아직 회사에 미지급 상태로 남아 있습니다. 본사는 그 돈을 뉴욕으로 송금하라고 하지 않았고, 임금과 시공비로 쓰도록 허가했습니다. 실제로는 7,960달러가 미납인데, 원하시면 지금 수표로 상환하실 수 있습니다."

헨리는 목소리를 높였다.

"말씀인즉, 회사가 우리에게 2,400달러를 줄 게 아니라 우리가 오히려 각자 7,960달러를 빚졌다는 뜻입니까?"

"그렇게 이해하셔도 됩니다."

"게다가 현장에는 1만 달러 가까운 임금이 체불돼 있습니다."

"체불이라니! 아직도 임금을 못 줬단 말인가요?"

"사실입니다. 본사에서 우리 어음을 모두 부도 처리했으니 줄 길이 없습니다."

사장은 자리에서 벌떡 일어나 방 안을 서성이다가 이마를 짚었다.

"큰일이군요. 회사 평판이 치명상을 입을 겁니다. 임금은 어떤 경우에도 가장 먼저 지급했어야 했잖습니까!"

"그럴 여유가 있었다면 벌써 했겠지요. 대체 그 정부 보조금 20만 달러는 도대체 어디로 갔습니까?"

"아, 그 고작 20만 달러 말씀이군요?"

"고작이라뇨? 적은 돈이 아니라는 건 누구나 압니다."

사장은 한숨을 내쉬며 설명했다.

"연방 예산을 따내려면 돈이 듭니다. 하원 위원회 다수파 의원들에게 인당 1만 달러씩만 줘도 4만 달러, 상원도 같은 방식이면 또 4만 달러. 위원장 두세 명에게 각 1만 달러씩 얹으면 벌써 10만 달러가 증발합니다. 그게 바로 알돈이지요. 시작도 전에 드는 필수 비용입니다."

다음은 지출 내역입니다. 남성 로비스트 7명에게는 각 3,000달러씩 총 21,000달러, 여성 로비스트 1명에게 10,000달러. '고결한 도덕'을 내세우며 법안에 품격을 더해 준다는 상·하원의원 10명에게는 1인당 3,000달러씩 30,000달러. 또 돈 없이는 표를 주지 않는 시골 출신 군소 의원 20명에게는 1인당 500달러씩 10,000달러. 의원 접대를 위한 만찬에 10,000달러, 의원 부인과 자녀에게 나눠 줄 기념품에도 효과가 크다 보니 역시 10,000달러쯤 들었습니다.

그리고 인쇄와 홍보 비용이 남아 있습니다. 지도, 컬러 석판 삽화, 소책자, 화려한 전단, 150개 신문 지면에 실은 광고까지, 신문사를 우리 편으로 끌어들이지 못하면 모든 노력이 수포로 돌아가니까요. 이 인쇄비가야말로 천문학적입니다. 지금까지 대략 10, 52, 22, 13, 11, 14, 33.....세부 사항은 생략하겠지만, 총액은 벌써 118,254달러 42센트입니다!"

"뭐라고요!"

"사실입니다. 인쇄비를 얕보면 큰코다칩니다. 여기에 시카고, 보스턴 대화재 구호금, 고아원 후원 등 각종 기부금도 포함해야 합니다. 기부 명단 맨 위에 우리 회사 이름과 1,000달러를 함께 기재 하는 것만큼 훌륭한 광고도 없지요. 특히 종교 자선 행사라면 목사님이 설교 중에 우리 이름을 언급해 줍니다. 이보다 이미지 좋은 홍보가 또 있을까요? 지금까지 이 항목에 들어간 돈이 16,000달러 조금 넘습니다."

"세상에!"

"우리가 벌인 가장 대대적인 홍보는, 정부 고위 관료, 말하자면 '히말라야급' 영향력을 지닌 인물을 통해 부수가 막대한 종교 신문에 우리의 내부 개선 사업을 대서특필하게 만든 일이었지요. 이게 경건한 서민층 사이에서 우리 회사의 채권이 불티나게 팔리는 비결입니다. 종교지는 기사 한가운데 눈에 확 띄게 배치해 주고, 성경 구절과 절제, 도덕론, 주일학교 미담, '하느님의 소중한 이들, 성실하고 강인한 가난한 이들' 같은 감상적 문장으로 전국의 마음을 사로잡습니다. 무엇보다 아무도 그것을 광고라고 의심하지 않으니 금상첨화입니다. 반면 세속 신문에 내면 광고면으로 밀려 반응이 미미하지요.

저는 광고를 집행할 때마다 반드시 종교 신문을 선택합니다. 그쪽 광고란을 한눈에 훑어 보면 저와 같은 생각을 가진 사람이 얼마나 많은지 금세 알 수 있거든요. 특히 모두에게 부를 안겨 주겠다는 금융 구상을 홍보하려는 이들이 그렇습니다. 물론 여기서 말하는 종교 신문은, 신앙을 팔아 돈 버는 법을 훤히 아는 대도시형 매체를 의미합니다. 바로 그런 신문이야말로 최적의 매체입니다. 돈을 못 버는 순수 종교지는, 적어도 우리 업계에서는 광고 매체로 아무 쓸모가 없습니다.

우리가 두 번째로 동원한 기막힌 술수는 신문 기자들을 나폴레옹 시로 '관광' 보내는 것이었습니다. 우리 돈은 한 푼도 들지 않았습니다. 대신 샴페인과 진수성찬으로 배를 든든히 채워 준 뒤 흥이 오를 때 펜과 잉크를 내밀었더니, 그들이 써 낸 기사를 읽은 독자라면 그곳을 천국으로 착각했을 겁니다.

낭만적인 직업 윤리를 내세워 과도한 찬사는 삼가겠다고 다짐했던 기자들조차 우리의 호화로운 환대 앞에서는 더는 버티지 못했습니다. 우리로서는 손해 볼 일이 하나도 없었지요. 자, 이제 비용 항목이 모두 끝났나요? 아, 하나 빼먹을 뻔했군요. 바로 임원 여러분의 공식 급여입니다. 뛰어난 인재를 공짜로 쓸 수는 없으니 인건비도 상당합니다. 게다가 광고에 이름만 올려 두는 위대한 백만장자 주주 역시 중요한 카드입니다. 실제로 지분을 주긴 하지만 무액면주식으로 드려야 하니 이 비용도 만만치 않습니다. 결국 이런 대규모 내부 개발 사업에는 천문학적인 자금이 들어갑니다. 브라이얼리 씨, 몸소 느끼고 계시겠죠?

"잠깐만요. 그런데 의회 표를 사는 데 돈이 들었다는 말씀은 잘못 알고 계신 듯합니다. 저도 법안이 계류되는 내내 저는 워싱턴에 있었고, 더 정확히 말하면 제가 직접 그 법안을 통과시켰습니다. 네, 제 힘으로 해냈습니다. 의원 표를 사느라 돈 한 푼 쓰지 않았고, 어떠한 약속도 하지 않았습니다. 세상에는 누구도 생각하지 못하거나, 생각해도 실행 방법을 모르는 길이 있기 마련이니까요. 그러니 열거하신 비용 가운데 상당 부분은 허수입니다. 하원과 상원 표에는 단 한 푼도 쓰지 않았습니다."

그 말을 듣는 동안 사장은 온화하면서도 어딘지 다정한 미소를 짓다가 이내 입을 열었다.

"정말입니까?"

"과장 하나도 없습니다."

"그렇다면 이야기가 조금 달라집니다. 워싱턴에서 의원들과 막역한 사이셨겠지요? 그렇지 않았다면 그처럼 유리하게 일을 처리할 수 없었을 테니까요."

"예, 그렇습니다, 사장님. 저는 의원들은 물론 그들의 아내와 자녀, 심지어 하인들까지 두루 알고 지냅니다. 하원의원 전원을 잘 안다고 해도 과언이 아닙니다."

"훌륭합니다. 혹시 그들의 서명을 아십니까? 필체도 알아보시나요?"

"물론입니다. 하도 자주 연락을 주고받다 보니 제 글씨만큼 익숙합니다. 이니셜만 봐도 누구 것인지 바로 알 수 있습니다."

사장은 서랍 대신 개인 금고로 가더니 문을 열고 편지 몇 통과 여러 장의 쪽지를 꺼냈다.

"자, 이를테면 이건 어떻습니까? 진짜 편지라고 보십니까? 이 서명을 아시겠습니까? 이건 또 어떻고요? 여기 적힌 이니셜이 누구 것인지, 위조인지 판별할 수 있겠습니까?"

헨리는 잠시 멍해졌다. 서류들이 머릿속을 뒤흔들었지만, 한 편지 하단의 서명을 보는 순간 정신이 번쩍 들며 미소가 번졌다.

사장이 물었다.

"꽤 흥미로웠나 보군요. 그 상원의원이 개입했으리라고는 전혀 예상 못 했습니까?"

"네, 의심했어야 하는데 전혀 떠올리지 못했습니다. 세상에, 그분에게까지 손을 뻗으셨다니 정말 대단합니다."

"친구, 우리는 그 상원의원의 지원 없이는 아무것도 해낼 수 없었습니다. 그가 우리 사업의 핵심입니다. 꽤 돈이 많이 들었죠."

"몰랐습니다. 제가 완전히 우둔했군요."

사장이 편지들을 정리하며 말했다.

"결국 워싱턴에서 꽤 유쾌한 시간을 보낸 셈이네요. 돈 한 푼 들이지 않고 금융 법안을 통과시키는 사람은 드뭅니다."

"그만하십시오, 사장님. 잘 이해했습니다. 방금 한 말은 모두 거둬들이겠습니다. 어제보다 오늘 더 현명해졌다는 건 확실합니다."

"다행입니다. 방금 보여 드린 자료는 극비입니다. 사실관계는 말해도 좋지만 구체적인 이름은 절대 새어서는 안 됩니다. 약속할 수 있겠습니까?"

"물론입니다. 비밀 유지의 필요성을 잘 압니다. 이름은 절대 언급하지 않겠습니다. 그런데 회사가 정부 보조금을 아직 받지 못했다는 말씀이신가요?"

"총 20만 달러 가운데 실제로 입금된 건 겨우 1만 달러뿐이었습니다. 여러 사람이 돌아가며 워싱턴에서 로비를 벌이다 보니, 그 비용을 청구했더라면 그 1만 달러마저 본사에 들어오지 못했을 겁니다."

"그렇다면 10% 추가 납입금을 받지 못했다면 정말 궁지에 몰릴 뻔했군요?"

"궁지라니요? 아까 내가 언급한 지출 총액을 계산해 보셨습니까?"

"아뇨, 그럴 생각은 미처 못 했습니다만."

"좋습니다, 계산해 봅시다.

워싱턴 지출: 약 191,000달러
인쇄·광고비: 약 118,000달러
자선 기부: 약 16,000달러
총계 325,000달러.

이 자금을 마련한 재원은
연방 예산: 200,000달러
자본금 100만 달러의 10% 추가 납입: 100,000달러
총계 300,000달러.

결국 지금 우리는 25,000달러가량의 빚을 지고 있습니다. 임원급 급여도 아직 나가야 하고, 인쇄와 광고비도 계속 발생하고 있죠. 다음 달이면 상황이 어떻게 될지 뻔합니다."

"결국 곧 폭삭 망한다는 말이군요?"

"그럴 리가요. 한 번 더 추가 납입금을 부과하면 됩니다."

"아하, 그렇군요. 끔찍하네요."

"전혀 끔찍할 것 없습니다."

"왜 아니겠습니까? 그럼 탈출구가 뭔가요?"

"또 다른 연방 예산을 따내면 되잖습니까. 이해가 안 되시나요?"

"에잇, 그 예산들은 들어오는 돈보다 더 많은 비용이 들잖아요."

"다음번엔 그렇지 않을 겁니다. 이번에는 50만 달러를 받아 내고, 그다음 달에는 100만 달러를 노릴 겁니다."

"좋아요, 그런데 그러면 또 그만큼 돈이 들 텐데요!"

사장은 빙그레 웃으며 책상 위의 비밀 편지를 다정하게 두드렸다.

"이 사람들 모두가 다음 회기에도 의원으로 돌아옵니다. 우리는 한 푼도 건 넬 필요가 없어요. 오히려 그들이 우리 편에 서서 열심히 뛰어줄 겁니다. 그게 그들에게도 이익이 되니까요."

헨리는 일단 그곳을 나오는 수 외에는 별다른 방법이 없었다. 그리고 대령에게 편지를 다시 보냈다. 그 편지는 길지 않았지만, 방금 대화에서 드러난 참담한 수치는 빠짐없이 담겨 있었다.

셀러스 대령은 난감한 처지에 놓였다. 그가 꿈꿨던 월 1,200달러의 급여가 허사가 된 데다, 노동자 임금 체불액 9,640달러 가운데 절반을 그가 부담해야 했고, 회사에도 약 4,000달러를 더 빚진 상태였다. 폴리는 가슴이 무너져 또다시 견딜 수 없는 우울증에 빠졌고, 주체할 수 없는 눈물을 들키지 않으려고 방을 뛰쳐나가야 했다.

다른 쪽에서도 비보가 날아들었다. 루이즈가 받은 편지에 따르면, 워싱턴은 막판에 테네시 땅을 4만 달러에 팔라는 제안을 거절하고 15만 달러를 요구하다 거래가 무산됐다고 한다. 지금 워싱턴은 '어쩌다 그런 어리석은 짓을 했을까!' 하고 통탄하며, 매수자가 다시 도시로 돌아오면 1만 달러일지라도 반드시 팔겠다고 했다. 루이즈는 편지를 읽고 여러 번 눈물을 쏟았다.

봄이 지나 여름이 왔다. 찜통더위 속에서도 철도 공사가 순조로운 듯 보이자 대령은 점차 희망을 되찾았다. 그러나 뜻밖의 변수가 터졌다. 그동안 호크아이 쪽은 자신들이 지리적 요충지이니 굳이 출자금을 낼 필요는 없다며 배짱을 부리다가, 느닷없이 불안에 휩싸여 거액을 투자해 버렸다. 셀러스가 눈치채기도 전에 벌어진 일이었다. 그 순간 대령이 구상한 나폴레옹은 한 순간에 빛을 잃었고, 철도 당국은 스톤스 랜딩을 거쳐 우회하는 대신 호크아이를 통과하는 직선 노선을 택하기로 결정했다. 질퍽한 늪지대를 사이에 둔 작은 마을은 하루아침에 노선 밖으로 밀려났다.

벼락이라도 친 듯했다. 대령이 그토록 정교한 설계로 사람들의 관심을 끌고 직접 발품까지 팔며 사업을 밀어 올렸건만, 그의 거대한 꿈과 찬란한 예언은 운명이 등을 돌리는 순간 한순간에 무너져 내렸다. 호크아이는 공포에서 벗어나 승리와 환희를 누렸고, 스톤스 랜딩은 곤두박질쳤다.

여름이 저물고 가을이 다가오면서 남아 있던 몇 안 되는 스톤스 랜딩의 주민들도 서서히 짐을 꾸려 떠났다. 도시 부지는 더는 팔리지 않았고, 장사도 끊겼다. 이 땅에는 다시 치명적인 혼수상태가 내려앉았다. 주간지는 바로 폐간됐고, 추방됐던 올챙이들이 돌아왔으며, 황소 개구리는 다시 노래를 재잘거렸다. 거북은 물가와 통나무 위에서 햇볕을 즐기며 다시 달콤한 졸음에 빠져들었다.

제3부

로라의 워싱턴 진출

CHAPTER 29.

 필립 스털링은 펜실베이니아주 일리움행 열차에 올라탔다. 볼턴 씨가 의뢰한 현장 조사를 하려면 그 역이 가장 가깝기 때문이다. 역에 도착하면 곧바로 주변 지형을 둘러볼 계획이었다.
 여정의 마지막 날, 열차가 대도시를 막 벗어난 순간이었다. 필립이 탔던 객실 문이 살짝 열리더니, 한 여성이 머뭇거리며 들어와 빈자리에 조심스레 앉았다. 창밖을 보니, 열차가 움직이자마자 플랫폼에 있던 신사가 그녀를 들어 올려 급히 태운 듯했다. 곧 차장이 들어와 사정을 묻지도 않은 채 거칠게 말했다.
 "이 객실은 전부 예약석입니다. 즉시 다른 칸으로 옮기세요."
 "자리를 차지하려던 게 아닙니다. 차장님을 찾을 때까지 잠시 앉아 있었을 뿐이에요."
 "빈자리 없습니다. 저쪽 객차로 가십시오."
 "하지만, 선생님…" 여성이 간청하듯 바라봤다.
 "시간 없습니다. 빨리 움직이세요."
 "열차가 이렇게 빠른데, 다음 정차역까지 안에서만 있게 해 주시면—"
 "안 됩니다. 당장 이동하세요."
 여성은 불안에 휩싸여 문 쪽으로 다가갔다. 문을 여는 순간, 질주하는 열차 사이의 넓은 발판이 심하게 흔들렸고 안전 난간도 보이지 않았다. 그녀가 첫발을 내딛다 균형을 잃고 바람에 휩쓸려 쓰러지려는 찰나, 뒤따라 나온 필립이 재빨리 팔을 붙잡아 객실 안쪽으로 끌어당겼다.

필립은 그녀를 안전한 맞은편 칸까지 에스코트해 빈자리를 찾아 주었다. 여성은 숨 돌릴 틈도 없이 연거푸 감사 인사를 했고, 필립은 짧게 고개를 끄덕인 뒤 조용히 자기 객실로 돌아왔다. 열차 창밖으로는 석양빛이 레일 위를 붉게 물들이고 있었다.

차장은 여전히 그 객실에 남아 표를 확인하며 투덜거리고 있었다. 참다못한 필립이 앞으로 나서서 날카롭게 외쳤다.

"이보시오, 짐승만도 못한 자가 따로 있겠소? 여성을 그렇게 다루다니!"

차장은 코웃음을 치며 맞받았다.

"흥, 더 떠들어 보시지."

필립의 대답은 주먹이었다. 정확히 턱을 강타당한 차장은 휘청이다가 뒷좌석의 뚱뚱한 승객 위로 털썩 쓰러졌다. 그 승객은 '차장을 때리다니!' 하는 얼굴로 눈만 껌뻑였다. 가까스로 몸을 추스른 차장은 비상벨을 세차게 잡아당겼다.

"이 망할 자식, 두고 보자!"

그는 문밖으로 달려가 제동수 두 명을 불러 왔다. 열차가 서서히 감속하자 목청을 돋웠다.

"어서 내려!"

"내려갈 수 없소. 나도 여기 있을 권리가 있소!"

"좋아, 어디 두고 보자고."

차장은 제동수들과 함께 사납게 덤벼들어 필립을 구타하기 시작했다. 승객 몇이 지나치다고 낮게 항의했지만, 누구도 나서서 돕지 않았다. 세 사람은 필립의 옷깃을 거칠게 붙잡아 통로를 질질 끌고 나가 객차 밖으로 내던졌다. 이어 가방과 외투, 우산까지 던져 버리자 열차는 곧 시야에서 사라졌다.

"버르장머리 없는 놈, 본때를 보여 줬지!"

얼굴이 벌겋게 상기된 차장은 객실을 돌아다니며 으스댔다.

이튿날 호버빌에서 발행된 주간지 「패트리엇 앤드 클래리언」에는 다음과 같은 기사가 실렸다.

어제 정오, 역을 출발한 급행열차에서 소동이 벌어졌다. 정체 모를 여인이 이미 만원이던 특등 객차에 억지로 몸을 들이밀려 했다는 소식이다. 우리의 노련한 슬럼 차장께서는 그같이 뻔한 속임수에 넘어갈 분이 아니시라, 정중히 자리가 없으니 다른 칸으로 가라고 안내하셨다. 그러나 그 여인은 막무가내였고, 슬럼 씨는 당연히 그녀를 원래 객차로 돌려보내셨다.

그런데 순간 어디서 굴러온 풋내기 청년 하나가 상하이 수탉처럼 요란하게 날뛰며 차장께 입방아를 퍼부었다. 그러자 슬럼 차장께서 점잖게 왼손 한 방으로 버르장머리를 단번에 고쳐 주셨다. 정신이 번쩍 든 그 신출내기는 총이라도 찾는 시늉을 했다고 전해진다. 슬럼 씨는 그를 가볍게 번쩍 들어 밖에 내려놓아 머리를 식히도록 배려했다. 차장 슬럼은 이 노선에서 가장 신사적이면서도 유능한 인물로 통하지만, 결코 만만한 상대는 아니다. 들리는 말로는 회사가 열차에 새 기관차를 투입하고 객실 칸도 전면 개조했다고 한다. 승객 편의를 위해서라면 아낌없이 투자하는 회사라니, 반가운 일이다.

열차가 시야에서 사라지자 필립은 진흙탕과 가시덤불을 헤치고 나와 철로 위에 섰다. 온몸에 멍이 들었지만, 분노가 워낙 커서 아픔조차 느껴지지 않았다. 그제서야 승차권을 잃어버렸다는 사실이 떠올랐다. 표도 없이 철길 위를 돌아다닌다며 회사가 시비를 거는 건 아닐까 하는 쓸데없는 걱정도 잠시 스쳤다.

철길을 따라 약 5마일을 걷자 작은 간이역이 보였다. 다음 열차를 기다리며 마음을 추스르는 동안, 필립은 처음엔 거액의 손해배상 청구로 차장과 회사를 망신 주겠다고 벼르다가 곧 현실을 깨달았다. 목격자의 신원조차 모르는 데다, 개인이 거대 철도사를 상대로 승소하기란 거의 불가능했던 것이다. 차장이 다시 나타나면 똑같이 혼쭐을 내 주겠다는 생각도 해 봤지만, 그쯤 되니 저급한 차장과 똑같은 수준으로 떨어지는 것 같아 마음이 무거워졌다.

그는 스스로를 돌아보았다. 모르는 여인에게 자리를 내주고 위험에서 구한 것까지는 좋았다. 그러나 차장에게 '무례하다, 당국에 신고하겠다'고만 경고했어도 충분하지 않았을까? 목격자들과 힘을 모아 공식 항의를 제기했다면, 옷이 찢기고 열차에서 내쫓기는 일은 피할 수 있었을 것이다. 이름조차 모르는 낯선 이를 위해 이런 봉변을 당하다니, 어쩌면 자존심과 충동에 휩쓸린 것은 아닐까. 그럼에도 주먹을 날린 것만큼은 후회하지 않았다. 차장에게는 한 번쯤 교육이 필요했으니까.

간이역 대합실에서 열차를 기다리던 필립은 지방의 치안판사를 만나 사건을 설명했다. 판사는 안타깝다는 듯 고개를 끄덕이며 말했다.

"허허, 말씀이 백 번 옳아도 소송은 헛수고일 겁니다. 철도회사가 이 지역 사람들을 죄다 끌어들였고, 판사도 그쪽 편이거든요. 옷이 찢어진 건 속상하겠지만, 애써도 얻을 건 없어요."

다음 날 「패트리엇 앤드 클래리언」에 실린 우스꽝스러운 기사를 읽은 필립은 철도 회사와 맞서는 일이 얼마나 헛된지 다시 깨달았다. 양심은 그에게 불법을 보고도 모른 척하는 건 시민의 의무를 저버리는 일이라 꾸짖었지만, 당장의 생계가 우선인 시대 분위기가 자신의 생각에도 스며 있음을 부인할 수 없었다. 그는 스스로를 이 시대의 평범하면서도 책임을 회피하는 나쁜 시민이라 자책했다.

간신히 다음 열차를 탄 필립은 이튿날 새벽 일리움 역에 내렸다. 온몸이 쑤셨지만 곧바로 주위를 둘러보았다. 깊은 협곡 사이로 급류가 흐르고, 역이라야 판자를 덧댄 승강장과 나무껍질 그대로 세운 조립식 건물 한 채, 미완성 목조

창고, 기울어진 기둥에 대충 매단 호텔 간판이 전부였다. 주변에는 제재소와 대장간, 작은 가게, 판잣집 서너 채가 드문드문 흩어져 있을 뿐이었다.

호텔에 다가서자 지붕 없는 현관에 맹수처럼 보이는 것이 웅크리고 있었다. 가까이 보니 최근 이곳에서 잡힌 대형 퓨마를 박제한 가죽이었다. 날카로운 이빨과 갈고리 같은 앞발을 힐끗 살핀 필립은 문을 두드렸다.

"잠깐유, 바지만 껴입고 갈게유!"

창문 너머로 졸고 있던 주인이 외친 뒤 문을 열었다.

"기차 소리를 못 들었슈. 손님들 때문에 밤늦게까지 시달려서요. 어서 들어오슈."

낡은 호텔 내부는 허름하기 짝이 없었다. 방 한가운데 장작 난로가 모래를 깔아 둔 낮은 사각 상자 위에 놓여 있고, 한쪽 끝에는 작은 주류 판매대가 자리해 있었다. 뒤편 유리 진열장에는 정체 모를 라벨의 병 몇 개가 듬성듬성 꽂혀 있었으며, 구석에는 세면대가 하나 놓여 있었다. 벽에는 노란색과 검은색이 번

갈아 번뜩이는 서커스 포스터가 붙어 있었고, 포스터 속 곡예사와 말 위의 반나체 여인이 손짓하며 관객을 유혹하고 있었다.

아직 묵을 방을 요청하기엔 이른 시간이라 그는 세면대에서 씻으려 했지만, 걸려 있는 수건은 술꾼들이 돌려 쓰는 누렇게 변색된 천 한 장뿐이었다. 결국 필립은 자신의 손수건으로 얼굴을 씻었다.

"한잔하시겠소?"

주인이 권했지만 그는 공손히 사양하고, 맑은 공기를 마시려고 밖으로 나왔다. 아침까지 남은 시간을 보내며 둘러본 일리움의 풍경은 거칠기만 했지 아름답다고 하긴 어려웠다. 역 맞은편 산은 고도 800피트 남짓으로 보였고, 단조로운 능선과 빽빽한 숲이 하류까지 이어졌다. 개울 건너편도 비슷한 숲길이었고, 마을은 제재소, 대장간, 잡화점과 판잣집 몇 채가 전부인, 보급 목적의 정류장에 불과했다. 호텔 주인은 기차가 설 때마다 문간에 나와 "호텔!"을 외쳤지만, 승객들은 "일리움 후잇*(Ilium fuit)!"이라며 라틴어 농담으로 응수하거나 "아이네이아스여, 안키세스는 어디 있나?" 같은 조롱을 던질 뿐이었다. 예전엔 "그런 사람 없습니다"라며 받아쳤지만 요즘엔 "너나 꺼져!"라며 성을 냈다.

잠시 뒤 요란한 징 소리가 집 안과 문밖을 울리고 "조식 준비됐소!"라는 외침이 마을을 깨웠다. 식당은 길고 낮은 데다 폭까지 좁았다. 가운데 달아 빠진 식탁보를 덮은 긴 테이블 하나 놓여 있고, 긁히고 이가 빠진 돌접시, 벗겨진 은도금 양념통과 설탕 그릇, 군데군데 깨진 버터 접시가 허름하게 올려져 있었다. 호텔 주인은 호객 당시 보이던 예의는 사라지고 "비프스테이크요, 간이요?" 하고 퉁명스럽게 물은 뒤, 대답을 채 듣기도 전에 접시를 낚아챘다. 기세

---

* 'Ilium fuit'는 라틴어로 '일리움, 즉 트로이는 이제 사라졌다'는 뜻이다. 베르길리우스 『아이네이스』 2권 325행 'fuimus Troes, fuit Ilium(우리는 한때 트로이인이었고, 트로이는 사라졌다.)'에서 딴 말로, 여기서는 마을 이름 '일리움'을 이미 끝장 난 곳에 빗대 빈정거린 표현이다.
"아이네이아스여, 안키세스는 어디 있나?" 역시 『아이네이스』를 활용한 농담이다. 트로이 멸망 때 아이네이아스가 부친 안키세스를 업고 탈출한 일을 떠올리며, 허름한 마을을 트로이의 폐허에 견주어 조롱하는 것이다. 결국 두 말 모두 '여긴 이미 망한 동네야'라는 의미를 고전으로 포장해 승객들이 던진 풍자다.

에 눌린 필립은 제대로 고르지도 못했다.

　커피는 녹색에 가까운 괴상한 빛을 띠어 도저히 마실 수 없었고, 결국 우유 한 잔에 오래된 듯한 크래커 몇 개로 간신히 아침을 때웠다. 크래커는 십 년 묵은 재고처럼 푸석했고, 입안 가득 먼지 맛만 남겼다.

　필립이 조사해야 할 부지는 일리움 역에서 최소 5마일 떨어져 있었다. 철로와 일부 맞닿아 있기는 했지만 대부분이 울창한 산림으로, 8천에서 1만 에이커에 달하는 길쭉한 산줄기와 계곡으로 이뤄진 황야였다.

　먼저 필립은 나무꾼 세 명을 고용해 숲속으로 들어갔다. 그들과 함께 통나무 오두막을 짓고 야영지를 마련한 뒤 본격적인 답사에 나섰다. 이동 경로와 지형을 지도에 옮기고, 수목 분포와 지질을 기록했으며, 특히 석탄층 존재 여부를 수시로 확인했다.

　호텔 주인은 헤이즐 박사라는 사람을 소개하며, 지팡이만 들고 걸어도 석탄이 있는지 알 수 있다고 떠들어댔지만, 필립은 자신의 지질학 지식과 관찰력만 믿기로 했다. 한 달 남짓 현장을 누비며 가설을 세운 끝에, 산비탈에서 철도 방향으로 이어지는 양질의 탄층이 있을 것이라고 확신했다. 선로에서 약 1마일, 산 허리쯤에 갱도를 파면 충분히 맞닿을 수 있으리라는 계산이었다.

　결심이 서자마자 볼턴 씨의 동의를 받아 굴착을 준비했다. 초겨울 전에 임시 건물을 세우고 봄부터 본격 굴진에 들어갈 채비를 마쳤다. 표면에는 노두가 전혀 드러나지 않았고, 일리움 사람들은 차라리 담배나 심으라며 비웃었지만, 필립은 지층 형성의 연속성을 확신했을 뿐이다..

CHAPTER 30.

　루이즈는 워싱턴에서 또 반가운 소식을 들었다. 딜워시 상원의원이 테네시 땅을 정부에 매각할 방안을 추진 중이라는 것이다. 테네시 땅에 '대학'을 설립해 땅값을 부풀릴 수 있다는 것이었다. 루이즈는 이 비밀을 로라에게 털어놓고 부모와 친지에게도 알렸지만, 모두 안쓰러운 눈길만 돌렸을 뿐이었다. 오직 로라만이 잠시 얼굴에 희미한 빛을 띠었고, 그 한 줄기 희망은 루이즈에게 큰 위안이 되었다.

　로라는 혼자 남자, 속으로 이렇게 생각했다.

　'딜워시 의원이 정말 이 일을 맡았다면 곧 초대장이 오겠지. 난 꼭 워싱턴에 가고 싶어! 여기서는 옆구리만 건드려도 넘어질 듯한 사람들 틈에서 내가 그저 키만 큰 난쟁이에 불과한지, 아니면—'

　그러고는 한동안 딴생각에 잠겼다가,

　'그분이 말했지. 우리 땅이 가치가 있다는 게 확인되면, 자선 사업에 이바지하고 무지하고 가난한 사람들을 돕는 일에 동참할 수 있다고. 좋아, 다만 그건 그거고, 내가 진짜 원하는 건 워싱턴에 가서 '내가 누구인지' 증명하는 거야. 그리고 돈도 필요해. 듣자니 그곳에선—'

　매혹적인 여성에게 기회가 열려있는 곳이라고 생각하려다, 끝맺지 못했다.

　가을 어느 날, 로라는 상원의원 비서로 일하고 있는 오빠 워싱턴이 보낸 공식 초대장을 받았다. 편지 끝에는 로라를 다시 만날 수 있다니 황홀하다는, 기뽐이 가득한 추신이 적혀 있었다.

봉투에는 중요한 동봉물이 들어 있었다. 첫째, 상원의원이 써 준 2천 달러 짜리 수표였다. 뉴욕에서 입을 옷을 마련하라는 안내가 적혀 있었고, 토지가 팔리면 갚으면 된다는 설명이 붙어 있었다. 둘째, 호크아이에서 뉴욕과 워싱턴을 잇는 무료 직통 열차표 두 장이었다. 철도회사가 의원에게 제공한 자유 이용권으로, 한 장은 로라 몫, 다른 한 장은 동행할 남성 보호자의 몫이었다.

사실 상원과 하원 의원에게는 정부가 왕복 교통비, 이른바 마일리지를 지급하지만, 상당수 의원은 '고결하고 정직한 신사'답게 실제로 무료 승차권을 쓰면서도 그 돈을 그냥 그대로 챙긴다. 딜워시 의원 역시 여분의 자유 이용권이 많아 로라에게 두 장을 내주었다. 워싱턴은 연로한 친척이나 믿을 만한 지인을 동행시키면 의원이 책임지겠다고 덧붙였다.

로라는 오랫동안 생각에 잠겼다. 애초에는 동행이 있는 편이 나아 보였지만 곧 마음이 달라졌다.

"아니, 호크아이에 있는 성실한 친구들과 내 생활 방식은 이미 많이 달라. 괜히 함께 떠났다가 서로 불편해질까 걱정이야. 혼자 가도 두렵지 않아."

결심을 굳힌 로라는 스스로에게 말하고, 오후 산책을 하러 조용히 집을 나섰다. 그러다 마침 집 앞에서 셀러스 대령을 만났다. 로라는 워싱턴 초청 소식을 전했다.

"정말인가. 나도 동부, 즉 워싱턴으로 갈 결심을 거의 굳혔네. 우리 회사가 새 예산을 확보해야 하거든. 본사에서 내가 가서 의회에 직접 안건을 넣으란 지시가 내려왔어. 헨리가 이미 그곳에서 뛰고 있지만, 아직 나이가 어려. 이런 일에는 연륜이 필요하지. 말도 지나치게 많고, 공상적인 면도 보여서 사업가로선 그게 약점이야. 결국 자기 패를 다 드러내게 마련이지. 로비 같은 일은 조용하고 노련해야 해. 상대 속내를 꿰뚫어 보고 큰 판에 익숙한 침착함이 필요하거든. 마침 월급과 회사 배당이 곧 들어올 테니, 시기가 맞으면 자네도 나와 함께 가세. 내 보호 아래 움직이면 되니 혼자 여행할 필요가 없어. 지금 당장 손에 쓸 현금만 있으면 좋겠지만 곧 확보될 거니까 문제없을 거야."

로라는 착하고 단순한 대령을 혼자 보내는 것보다는 그래도 자신과 동행하는 편이 낫다고 판단했다. 기쁜 마음으로 제안을 받아들이며 말했다.

"대령님께서 동행해 주신다면 더없이 든든해요. 다만 열차표까지 부담을 드리긴 미안하니 그 부분은 제가—"

대령은 손사래를 쳤다.

"그럴 것 없어. 함께 가서 도와주는 게 내 기쁨이야."

로라는 이미 무료 표 두 장을 갖고 있다는 사실을 설명하며 대령을 설득했다. 표를 쓰지 않는다면 자신도 여행을 포기하겠다고 단호히 밝히자, 대령은 마침내 표를 받았다.

로라는 새 옷값으로 마련된 2천 달러가 호텔비와 잡비에 쓸모 있을 것이라 생각하며 안심했다. 곧 오빠에게 답신을 보내 11월 말에 셀러스 대령과 함께 워싱턴에 도착할 예정이니 기다려 달라고 알렸다. 그리고 그로부터 2개월 뒤, 두 사람은 무사히 미국의 수도인 워싱턴에 도착했다.

CHAPTER 31.

 워싱턴에 도착한 셀러스 대령과 로라는 워싱턴 호킨스로부터 중대한 동향을 보고받았다. 딜워시 상원의원은 남북전쟁 이후, 해방된 아프리카계 미국인들이 교육과 고용의 기회에서 구조적으로 배제되고 있다는 점을 지적하며, 연방정부가 테네시강 유역의 미개발지를 취득해 해방된 흑인을 위한 대학을 설립하는 방안을 추진해야 한다고 주장했다. 토지 취득 대금은 교육시설 조성 및 정착 지원 재원을 이용하며, 토지 소유주인 호킨스 가문은 매각 대금으로 상당한 자본 이득을 실현하게 된다. 셀러스 또한 거래 성사 시 투자수익을 확보해 장래 생계 기반을 안정적으로 마련할 수 있을 것으로 기대하고 있다.

 헨리 브라이얼리는 뉴욕에서 몹시 바빴다. 그럼에도 이 소식을 듣고 시간을 내어 워싱턴으로 갈 예정이라고 셀러스 대령에게 편지로 알렸다.

 셀러스 대령은 헨리를 최고의 로비스트로 여겼다. 낙관적이고 투기에 기운 면이 있긴 하지만 사교술이 뛰어나 콜럼버스강 항행안도 그의 공로가 컸다. 이번에도 사업을 진행하려면 헨리의 도움이 절실했다. 대령이 말했다.

 "난 흑인 문제 자체에 그렇게 큰 관심은 없어. 정부가 이 토지를 사 주면 호킨스 집안은 단숨에 부자가 되고 로라는 상속녀가 되지. 나 베리아 셀러스도 마차는 몰고 다닐 만큼은 벌 수 있을 거야. 딜워시 의원은 생각이 달라. 자선과 흑인 구제에 온 마음을 쏟거든. 그도 그런 것이, 옛날 내무부에 있던 발삼 영감, 아이오와 출신의 오슨 발삼 목사가 벌써 인디언 쪽을 장악했어. 그는 인디언의 중재자이자 토지 중개인으로 완벽히 인정받고 있지. 그러니 딜워시 입장에선 지금 남은 기회가 흑인뿐인 거야. 워싱턴에서 흑인에게 가장 우호적인 사람이라면 바로 그 의원일 거야."

헨리는 서둘러 워싱턴으로 가겠다고 했으나 중간에 필라델피아의 볼턴 저택에 머무르면서 일정이 길어졌다. 이 때문에 뉴욕과 워싱턴 두 곳의 업무가 모두 지연됐다. 다만 볼턴의 저택에서 지내는 일은 그가 중요한 사업을 미룰 만한 이유가 되었다.

이미 저택에는 필립 스털링이 들어와 볼턴과 함께 새로운 석탄 투자 준비에 전념하고 있었다. 봄 공사를 앞두고 처리해야 할 일이 산적한 까닭에 필립은 몇 주째 자리를 잡고 있었고, 그 사이 앨리스는 손님으로 찾아와 잠시 머물렀다. 루스 볼턴은 주 이틀씩 강의를 들으러 나가며 낮에는 집을 비웠으나, 저녁이면 집 안이 사람들로 북적여 볼턴은 그런 활기를 몹시 즐겼다.

헨리는 필라델피아에서 지내라는 볼턴의 호의에 헨리는 기꺼이 응했고, 워싱턴에 가면 로라를 만날 수 있다는 사실도 당장 루스와 앨리스 곁에서 누리는 안락함을 이길 수는 없었다. 그는 손안의 새 한 마리가 숲속의 두 마리보다 낫다는 격언처럼 당장의 편안함을 선택했다.

필립 역시 저택을 제집처럼 느꼈다. 다만 그 편안함이 때때로 지나쳐 스스로를 돌아보게 했다.

'혹시 내가 너무 많은 것을 당연하게 여기고 있는 건 아닐까?'

처음 도착했을 때 루스는 자신을 따뜻하게 맞아 주었고 그 뒤로도 특별한 간섭 없이 자연스러운 거리를 유지했다. 루스는 필립을 애써 찾지도, 일부러 피하지도 않았다. 그 절묘한 균형이 오히려 필립을 초조하게 만들었다.

"아니, 필, 오늘 무슨 일 있어? 아주 침울해 보여. 예배당 회중석 같은 얼굴인데. 앨리스를 불러와야겠네. 혹시 내 존재가 너를 더 우울하게 하니?"

"난… 네가 곁에 있어도 없는 것처럼 느껴져서 그래."

필립은 비장한 목소리로 심오한 말을 꺼내려 했다.

"하지만 넌 이해 못 할 거야."

"정말 이해가 안 되네. 날 옆에 두고도 없다고 느낄 만큼 심각하다면 큰일인걸. 아버지께 잭슨 박사를 모셔 오라고 할까? 앨리스는 어때? 그 애가 있을 때도 곁에 없는 것처럼 느껴지니?"

"앨리스는 적어도 인간적인 감정을 보이잖아. 곰팡이 핀 책이나 마른 뼈 같은 것 말고 다른 데도 관심을 두고 말이야. 내 생각인데, 루스, 내가 죽으면 해골을 네게 유증할까 해. 네가 좋아할지도 모르잖아."

필립은 음산하게 비꼬았다.

"가끔은 그 해골이 너보다 더 유쾌할지도 몰라."

루스가 웃으며 받았다.

"내 생각에, 예쁘고 매력적인 태도의 여의사라면 환자가 웬만한 건 다 이겨낼 수 있을 거예요."

둘의 대화를 듣던 헨리가 한마디 던졌다.

"헨리 씨, 혹시 약 올리는 건 아니죠?"

"진심입니다. 예전에 누가 그랬잖아요, 아름다운 것만이 유용하다고."

루스가 헨리와 함께 있을 때, 그 이상의 감정을 느끼는지는 필립도 알 수 없었다. 다만 그는 헨리를 깎아내려 자신의 입장을 유리하게 만들려는 생각은 하지 않았다. 헨리를 싫어하게 만들기도 어려웠고, 루스에게 동정이나 공감을 얻기는커녕 도리어 역효과가 날 것이라 판단했기 때문이다.

루스가 마음을 주고 있는 다른 상대가 있는지에 대해 필립은 그동안 별다른 위협을 느끼지 않았다. 그러나 루스가 장난스러운 눈빛으로 헨리를 바라보는 순간이 포착될 때마다 필립의 마음은 불안해졌다. 이런 고민이 깊어지면 그는 늘 앨리스를 찾았다. 앨리스는 우울이라는 단어와 거리가 멀었고, 특유의 유머로 필립을 감상적인 수렁에서 끌어냈다. 앨리스와 있으면 대화가 술술 이어졌지만, 루스 앞에 서면 말이 막히고 몸짓까지 어색해지는 이유를 필립 자신도 설명할 수 없었다.

반면 헨리는 지금 처지에 아무런 불만이 없었다. 집도 책임도 없이 철새처럼 떠도는 삶이 오히려 마음에 들었다. 그는 필립에게도 거리낌 없이 말했다.

"루스, 정말 근사한 아가씨야. 그런데 의학 공부를 한다니, 그건 잘 이해가 안 돼."

어느 날 저녁, 뮤지컬 펀드 홀에서 공연이 열렸다. 필립의 주도로 루스, 앨리스, 헨리 네 사람은 함께 관람한 뒤 필라델피아의 저먼타운행 열차로 돌아오기로 했다. 좌석을 예매하면서 필립은 루스와 나란히 걷고, 객석에서 루스를 보호하는 든든한 동반자가 될 생각에 한껏 들떠 있었다.

음악적 감수성이 남다르다 자부한 필립은 그날 밤을 고백의 적기로 삼았다. 그가 루스를 사랑한다는 사실은 볼턴 부인도 알고 있었고, 가족이 반대할 이유도 없다고 확신했다. 말수가 적던 볼턴 부인이 언젠가 허심탄회하게 '자네, 혹시 루스에게 마음을 털어놓은 적이 있나?'라고 물은 적이 있는데, 필립은 그 질문 속에서 자신에 대한 분명한 지지를 읽어냈다.

그런데 그날 루스는 유난히 장난기가 넘쳤고, 공부에만 파묻힌 사람이라고는 믿기 어려울 만큼 들떠 있었다. 루스가 필립의 속내를 눈치챘던 걸까. 공연장에 가려고 내려온 루스와 앨리스가 현관에서 필립과 헨리를 만났을 때, 루스가 웃으며 말했다.

"키 큰 둘이 나란히 걸어야죠."

필립이 반응하기도 전에 루스는 헨리의 팔을 잡았다. 그 순간 필립의 저녁 행복은 산산이 깨졌다.

필립은 예의를 지켰다. 기분이 상한 티를 내지 않고 헨리에게 농담하듯 말했다.

"작아 보여서 네가 선택된 거겠지?"

그리고 공연 내내 앨리스가 소외감을 느끼지 않도록 애썼다. 입으로는 맨 처음 생각한 짝이 너라는 인상을 주려 했지만, 속으로는 씁쓸함과 분노가 끓어 올랐다.

홀은 도시의 멋쟁이들로 가득했다. 음악회는 유행을 핑계 삼아 버티는 단편적 지루함의 연속이었다. 화려한 피아노 기교, 오페라 중간 부분만 뚝 떼어 낸 독창, 몸짓에 취해 노래를 질질 끄는 테너, 그리고 콜로라투라로 고음을 길게 늘이며 폭풍 같은 박수를 끌어낸 소프라노까지, 무대와 객석은 형식적인 열기로만 들끓었다.

필립은 생애 최악으로 따분했다. 소프라노가 앙코르곡으로 '밀밭에서(Comin' thro' the Rye)'를 부르던 중이었다. 필립은 예전에 블랙 스완이라 불리던 가수가 '너와 내가 서로 만나면 키스를 한대도 누가 아나요(If a body kiss a body)' 구절을 황홀하게 불러 주던 순간을 떠올렸다. 바로 그때 객석 어딘가에서 외침이 터져 나왔다.

"불이야!"

그 홀은 길쭉하고 폭이 좁으며, 출구가 단 하나였다. 이 외침과 함께, 관중은 즉시 벌떡 일어나 문 쪽으로 몰려들었다.

"불이야!"

남성들은 고함치고 여성은 비명을 지렀다. 사실 1초만 생각해 봐도, 출구가 하나니 우르르 몰려간다면 대형 압사 사고가 날 뿐이겠지만, 그 1초의 판단조차 하지 못했다.

"앉아라, 앉아!"

소수의 사람만이 외쳤으나, 이미 대다수는 문 쪽으로 쏠렸다. 통로에 넘어진 여성들을 발로 밟고 지나가는 사태가 벌어졌다. 통제력을 잃은 건장한 남성들까지, 좌석 위로 올라타, 사람 위를 마구 내달리듯 출구를 향했다.

필립은 루스와 앨리스를 그대로 앉게 만들었고, 눈 깜짝할 새 다음 위험을 포착했다. 조금만 늦으면 광란에 빠진 남자들이 좌석을 타 넘어 루스와 앨리스를 짓밟을 뻔 했던 것이다. 그리하여 필립은 앞쪽 좌석 위로 뛰어올라, 앞을 향해 온 힘으로 주먹을 휘둘렀다. 달려오던 남자 하나를 쓰러뜨려 잠깐이나마 흐름을 멈추거나 갈라놓아, 양옆으로 분산시켰다. 그러나 그 '잠깐'이 전부였다. 뒷사람들의 압박이 극심해 곧 필립은 힘에 밀려 좌석 뒤로 내동댕이쳐졌다.

하지만 그 1초짜리 제지가 두 여성을 구했다. 필립이 넘어짐과 동시에, 오케스트라가 양키 두들을 신나게 연주하기 시작한 것이다. 이 익숙한 곡이 군중의 귀를 붙잡았고, 거짓 경보였다고 외치는 지휘자의 목소리가 드디어 들리게 되었다.

혼란은 1분도 지나지 않아 끝났고 사람들은 곧 웃음을 터뜨렸다. 어떤 이는 아무 일 아닐 줄 알았다고 하고 또 어떤 이는 이런 때 보면 사람들이 얼마나 어리석은냐며 빈정댔다. 공연은 중단될 수밖에 없었다. 많은 인파가 다쳐 몇몇은 중상이었고 필립 스털링 역시 의식을 잃은 채 좌석 위에 구부정하게 쓰러져 있었다. 왼팔은 힘없이 늘어졌고 머리에서는 피가 흘렀다.

야외로 옮기자 필립은 희미하게 정신을 차리며 별일 아니라고 말했다. 곧 의사가 도착했고 사람들은 그를 부축해 볼턴 저택으로 데려갔다. 가는 동안 필립은 말이 없었다. 집에 도착해 팔을 고정하고 머리 상처를 치료하자 의사는 내일 아침이면 의식이 또렷해질 테지만 지금은 몹시 쇠약하다고 설명했다. 앨리스는 공연장 소란에는 크게 놀라지 않았으나 창백하고 피 흘리는 필립을 보자 크게 동요했다. 반면 루스는 침착했다. 능숙한 손놀림으로 의사를 거들어 필립의 상처를 정성껏 처리했다. 루스가 보여 준 집중력과 열의는 필립의 정신이 온전했더라면 그에게 새로운 깨달음을 주었을지 모른다.

그런데 필립은 의식이 흐릿해서 그랬는지, 이렇게 웅얼거렸다.

"앨리스가 하게 해 줘… 넌 키가… 크지 않으니까."

그건 루스가 맡는 첫 임상이었는데 말이다.

CHAPTER 32.

워싱턴은 달라진 로라를 바라보며 진심으로 기뻐했다. 그는 늘 로라를 세상에서 가장 우아한 여인이라 여겼지만, 예전에는 어딘가 소박했다며 이제는 눈에 띄게 돋보인다고 감탄했다. 화려하면서도 기품 넘치는 차림새가 특히 인상적이라고 했다.

"하지만 오빠 눈엔 예뻐 보이겠지만 남들 생각은 다를 수도 있잖아."

"천만에. 워싱턴에서 너와 견줄 만한 여자는 없을 걸. 보름만 지나면 너는 이 도시 최고의 화제가 돼서 모두가 네 곁에 머물고 싶어할 거야. 조금만 기다려 봐."

로라는 그 예언이 꼭 실현되길 바랐다. 호크아이를 떠난 뒤 만난 여성들을 살펴본 결과 자신이 결코 뒤지지 않는다고 생각했기 때문이다.

그 후 2주 동안 워싱턴은 거의 매일 로라를 데리고 도시 곳곳을 차로 돌았다. 로라는 점차 도시에 익숙해졌고 딜워시 의원이 주최하거나 초대받는 자리에서 만난 저명한 인사들과도 빠르게 친해졌다. 호크아이 시절의 소심함은 눈에 띄게 사라졌다. 로라가 은밀히 즐거워한 순간은 저녁 모임에서 정장 차림으로 응접실에 들어설 때마다 손님들 얼굴에 번뜩이는 찬탄의 빛을 볼 때였다. 자신에게 집중되는 대화를 통해 근거 있는 자신감을 얻었고, 유명한 정치가나 장군들도 그리 대단한 말을 하는 것은 아니라는 사실도 깨달았다. 한편 자신이 던진 날카롭고 번뜩이는 말들이 사교계에서 회자된다는 것을 알아채고 내심 뿌듯해했다.

의회가 회기를 시작하자 로라는 며칠에 한 번씩 방청석에 오빠와 함께 들렀다. 무대는 한층 넓어졌고 경쟁자도 많았지만 시선은 여전히 로라를 향했다. 누군가가 옆 사람에게 저 여자 누구냐고 속삭이면 곧 이어 또 다른 시선이 로라에게 향하곤 했다. 눈치 빠른 로라는 젊은 의원 몇몇이 연설하는 척하면서 사실상 자신만 바라보고 호응을 기대한다는 것도 감지했다. 아이오와 출신의 깔끔한 상원의원은 로라가 입장하자 단상 옆 공터에 서서 다리를 반듯하게 뽐내며 서 있었다. 평소엔 책상 위에 발을 올리고 자족한다는 평판이 있었지만 이날만큼은 일부러 그 습관을 버리고 자세를 가다듬어 로라가 볼 수 있도록 드러낸 것이었다.

초대장이 빗발치자 로라는 단숨에 사교계 중심에 섰다. 사교철이 무르익었고, 곧 첫 번째 고급 공식 사교 모임이 열렸다. 딜워시 상원의원은 미주리 시골에서 데려온 로라가 워싱턴 사교무대에서 훌륭히 활약하리라 확신했다. 그는 현명한 로라에게 새 옷과 보석을 마련해 주었고, 토지가 팔리면 갚는 조건으로 대출까지 얻어 한층 더 화려하게 무장시켰다.

로라의 첫 공식 사교 모임 장소는 행정부의 한 장관 대저택이었다. 밤 아홉

시 반을 조금 지나 로라와 상원의원이 도착했을 때 집 안은 이미 손님들로 가득했다. 흰 장갑을 낀 하인이 문 앞에서 끊임없이 방문객을 맞았고, 응접실은 가스등 아래 화로처럼 뜨거웠다. 주인 내외는 입구 근처에서 새 손님에게 인사를 건넸다. 로라 또한 간단히 소개를 받은 뒤 곧 화려한 숙녀들과 반질거리는 코트를 입은 신사들 틈으로 빨려 들어갔다. 로라가 움직일 때마다 '누구지?', '멋지다!' 하는 속삭임이 따라왔다. 그 말들은 달콤했다. 연지가 엷게 오른 밝은 얼굴은 더욱 빛났다. 곳곳에서는 서부에서 온 새 미인이라는 말이 돌았다.

어느 지점에서나 멈춰서면, 금세 장관이나 장군, 하원의원, 고위급 사교 인물들이 주변에 모여들었다. 곧 소개가 이어졌고, 이내 으레 정형화된 질문이 날아왔다.

"호킨스 양, 워싱턴은 어떠신가요?"

"이번이 첫 방문이신가요?"

두 질문이 끝나면 대화는 잔잔한 수다로 흐르다 새 소개가 오면 다시 같은 질문으로 돌아갔다. 근 한 시간 동안 로라는 황홀감 속에 떠돌았다. 이제 의심은 사라졌다.

"내가 이곳을 정복할 수 있겠구나!"

그때 익숙한 얼굴이 군중 사이로 다가왔다. 헨리 브라이얼리가 환한 눈빛으로 말을 걸었다.

"정말 반갑습니다, 호킨스 양—"

"쉿, 뭘 물을지 알아요. 워싱턴이 마음에 드느냐는 거죠? 아주 좋아요."

"아니, 그게 아니라—"

"다음 질문도 예상돼요. 이번이 처음 방문이냐고 묻겠죠? 물론 처음이죠. 이미 다 알고 계시잖아요."

그 순간 몰려든 인파에 로라는 헨리와 멀어졌다.

헨리는 혼잣말로 중얼거렸다.

"대체 무슨 뜻이지? 분명 워싱턴이 마음에 드느냐고 묻지도 않았는데, 내가 그렇게 멍청한 줄 아나. 첫 방문이라는 것도 이미 아는데 날 백치로 보는 건가. 그런데 저 여자 주위에 얼마나 많은 사람이 몰리는지 좀 봐. 오늘 밤이 끝나기도 전에 이 도시에서 한손가락 안에 드는 거물 오백 명이 로라와 인사를 나누겠군. 그리고 이건 시작일 뿐이야. 예상대로구나. 로라가 남자들의 마음을 흔들고 나는 여성 쪽을 공략하면 그 어떤 정치 세력도 우리를 막기 어려워. 이번 회기에서 얻을 수 있는 걸 생각하면 25만 달러도 아깝지 않지. 그래도 못마땅한 장면이 자꾸 보이네. 저 하찮은 공사 서기관한테 환하게 웃어 주고 해군 제독에게도 미소를 보내더니, 저 매사추세츠 출신의 우중충한 하원의원에게까지 반짝이는 눈길을 주다니. 촌스러운 데다 문법도 엉망인 삽질꾼인데 말이야. 로라는 내게는 관심도 두지 않아. 좋아, 마음껏 해 보라지. 내가 그런 부류를 모를까. 나도 다른 아가씨들에게 미소나 뿌려 볼까."

그러나 주변으로 살포한 미소는 허탕이었다. 로라는 전혀 그를 알아채지 않았다. 헨리는 로라의 관심을 끌지 못한 채 무미건조한 대화를 이어 갔고 시선은 자꾸만 로라를 좇았다. 연애의 밀고 당김은커녕 짜증 섞인 질투심만 커져 마음이 비참해졌다.

"에라, 그만두자."

헨리는 벽 기둥에 비스듬히 기대어 로라를 지켜보았다. 한쪽 어깨는 밀려드는 숙녀들의 치맛자락에 스치고 다른 쪽 어깨는 누군가의 가슴에 부딪혔지만 아무런 감각도 없었다. 속으로는 이기적인 바보라며 자신을 꾸짖었다. 불과 한 시간 전만 해도 시골 아가씨를 보호하겠다고, 큰 세상을 구경시켜 주겠다고, 그 신선한 놀라움과 즐거움을 함께 누리자고 다짐했는데 이제 보니 로라는 한가운데서 마음껏 즐기고 자신은 구경도 못 하고 있었다. 생각할수록 화가 치밀었다.

"결국 로라는 형제나 다름없는 딜워시 의원하고만 움직이는 것도 아니네.

교회 모임을 주선하는 위원도 아마 그녀를 의원 기도회에 초대하려고 할 거야. 딜워시가 놓칠 리 없지. 뉴욕의 스플러지, 뉴햄프셔의 배터스, 심지어 부통령까지 모조리 상대하고 있군. 내가 끼어들 틈이 없다니 지겨워."

헨리는 결국 문 쪽까지 걸어갔다가도 차마 떠나지 못하고 다시 돌아왔다. 한심하다는 생각이 들면서도 로라를 한 번 더 보지 않고는 견딜 수 없었다.

밤이 깊어 자정 무렵 주최 측이 식사 시간을 알리자 손님들은 만찬실로 몰려들었다. 길게 놓인 테이블은 보기만 해도 화려했지만 실제로는 장식에 가깝다시피 했다. 숙녀들은 벽을 따라 길게 앉거나 작은 무리를 지어 자리를 잡았고, 흑인 종업원들이 접시와 잔을 채워 오면 신사들이 이를 건네며 응대했.

헨리는 아이스크림을 들고 다른 남성들과 함께 테이블가에 서서 웅성거림을 들었다. 그러다 로라를 둘러싼 이야기가 의외의 정보를 담고 있음을 깨달았다. 서부 명문가 출신, 고등 교육 이수, 거대한 토지 재산을 물려받을 상속녀, 특정 교단에 속해 있진 않지만 진실한 기독교 신자로서 가난하고 핍박받는 흑인을 위해 토지를 기꺼이 희생하려 한다는 내용이었다. 흥미로운 점은 이 정보가 한 사람에게서 다른 사람에게로, 다시 그 이웃에게로 파도처럼 번져 나가는 모습이었다. 헨리는 소문의 근원을 찾아보려 했으나 끝내 밝혀내지 못했다.

헨리는 속이 쓰렸다. 그리고는 자책했다.

'조금만 일찍 워싱턴에 왔더라면 로라에게 내 매력을 각인시킬 수 있었을 텐데. 필라델피아에서 허송세월한 탓에 기회를 놓쳤구나'

그는 다시 로라에게 말을 걸 기회를 엿봤지만 그날 밤 단 한 번 겨우 접근했을 뿐이다. 그마저도 예전의 화려한 입담은 사라지고 어색하고 수줍은 모습만 남아 금세 물러났다. 그는 구석에서 스스로를 미워하며 주눅 든 마음을 추슬렀다.

로라는 집에 돌아와 피곤하면서도 의기양양했다. 딜워시 의원은 흡족해하며 로라를 조카라 부르더니 다음 날 용돈을 쥐어 주었다. 로라는 그 돈 중 백오

십 달러를 어머니에게 부쳤고, 그보다는 적은 금액을 셀러스 대령에게 빌려주었다. 곧이어 딜워시 의원과 긴 비공개 면담을 가졌는데 국가와 신앙, 빈민 구제, 절제 운동 같은 고귀하고 유익한 사업이 논의되었고, 의원은 로라가 이러한 선한 일에 어떻게 기여할 수 있을지 조목조목 설명해 주었다.

CHAPTER 33.

　로라는 워싱턴의 사교계에 뚜렷이 구분되는 세 개의 상류 계층이 존재한다는 사실을 깨달았다.
　첫째는 일명 앤틱이라 불리는 집안이다. 이들은 공화국이 세워질 무렵부터 전쟁이나 정계 중심에서 활약해 온 고귀한 혈통을 자랑하며, 교양과 품위를 잃지 않고 살아가는 오래된 명문 계층이다. 여기에 들어가기란 하늘의 별 따기에 가깝다.
　둘째는 이른바 중간 귀족층인데, 이에 대해서는 조금 뒤에 언급하겠다.
　셋째는 파르베뉴라 불린다. 공직만 얻으면 누구든 편입할 수 있고 배우자와 자녀에게도 신분이 자동으로 따라붙는다. 가문은 중요하지 않으며 거대한 부까지 갖추면 공직보다도 더 높은 대우를 받았다. 그 부가 다소 수상한 경로나 반쯤 불법적인 수단으로 축적되었을 때는 오히려 사회적 가치가 더 높다. 이들은 속도가 빠르고 허세를 드러내는 데 거리낌이 없다. 앤틱은 파르베뉴를 철저히 무시했고, 파르베뉴는 겉으로 비웃으면서도 속으로는 앤틱을 부러워했다.
　사교계에서 로라처럼 새로 자리 잡은 여성이라면 반드시 익혀야 할 관습이 몇 가지 있었다. 먼저, 사회적 지위가 비슷한 부인들은 새 식구가 된 여성을 향해 차례로 선방문을 한다. 이때 하인을 통해 명함을 건네며 자신을 알린다. 방문자는 대부분 혼자 오거나 둘이 짝을 이루되 완전한 정장 차림을 갖춘다. 응접실에서 나누는 담소는 대개 길어야 3분을 지나지 않는다.
　방문을 받은 쪽이 더 깊은 교제를 원한다면 열흘 안에 반드시 답방해야 한다. 정해진 기한이 지나면 인연을 끊겠다는 뜻이 된다. 반대로 기한 안에 답방을 하면 처음 방문을 했던 쪽이 1년 안에 다시 관계를 지속할지 결정한다. 이어서 1년 안에 한 번 더 찾아오면 두 집은 교류를 유지하기로 합의한 것으로 간주하고, 이후에는 해마다 번갈아 명함만 주고받아도 교제가 이어진다.

정기 방문일에는 암묵적 신호가 있다. 예를 들어 부인 A가 마차에 탄 채 하인을 보내 명함의 오른쪽 아래 모서리를 접어 두면 직접 다녀갔다는 의미다. 부인 B가 하인을 통해 바쁘거나 몸이 불편하다고 전하면 A는 별 탈 없이 다음 행선지로 떠난다. B 집안에 경사가 생기면 A는 예식에 맞춰 다시 찾아와 명함의 왼쪽 위 모서리를 접어 축하를 표시한다. 반대로 상을 당했을 때는 오른쪽 위 모서리를 접어 조의를 전한다. 모서리를 잘못 접으면 혼례에 애도를 표하거나 장례를 축하하는 그릇된 메시지가 되므로 각별히 주의해야 한다. 한편 누군가가 곧 도시를 떠날 때는 명함 아래쪽에 P. P. C.(Pay Parting Call)이라 적어 작별 인사를 남기는 것이 관례다.

이처럼 일견 사소해 보이지만 엄격한 예절을 지키면 사회적 결례를 피할 수 있다. 로라는 유능한 안내자의 도움으로 이 복잡한 규칙을 빠르게 습득했고, 덕분에 큰 어려움 없이 새로운 환경에 녹아들었다.

그런데 앤틱 귀족층에 속하는 한 부인이 가장 먼저 로라를 찾아왔다. 이후에도 이 계열에서 방문이 이어졌는데, 대체로 비슷한 양상을 보였다.

첫 손님은 풀크-풀커슨 소장 부인과 그 딸이었다. 모녀는 해가 한창 뜬 오후 한 시경, 가문 문장이 희미하게 남은 구식 마차를 타고 도착했다. 마부는 백발이 섞인 흑인 노인이었고, 그 옆에는 낡은 갈색 정복을 착의한 젊은 흑인 하인이 서 있었다.

두 사람은 엘리자베스 시대를 떠올리게 하는 위엄으로 움직였으며, 특히 딸은 우아하고 자연스러운 품위를 드러냈다. 모녀에게서는 자신들의 우월함이 당연히 인정받으리라는 듯한 은은한 기품이 풍겼다. 드레스는 값비싼 소재로 지었지만 색채와 장식은 절제돼 있었다.

"최근 날씨가 계속 불순하군요, 호킨스 양."

"정말 그렇습니다. 기후가 변화무쌍한 것 같아요." 로라가 답했다.

"이 도시는 옛날부터 늘 그랬습니다."

딸이 덧붙이며, 마치 자신은 책임이 없다는 듯한 태도를 보였다.

"어머니, 그렇지 않나요?"

"전적으로 그렇단다. 호킨스 양, 겨울을 '좋아'하시나요?"

부인의 물음에서 '좋아'하냐는 말은 마치 '승인'하느냐는 뉘앙스로 들렸다.

"여름만큼 좋진 않지만 계절마다 나름의 매력이 있다고 생각해요."

"매우 올바른 견해지요. 장군도 같은 말씀을 하셨습니다. 눈 내리는 겨울은 제자리에 있고, 무더운 여름도 괜찮고, 가을 서리도 문제없고, 봄비 역시 불만 없다고 하셨죠. 장군은 까다로운 분이 아니었어요. 그분은 천둥도 무척 좋아하셨는데, 기억나니? 아버지께서 천둥소리를 즐겨 들으셨잖니."

"아버지는 천둥을 숭배하셨죠."

"전쟁을 떠올렸기 때문일지도 모르겠네요." 로라가 맞장구쳤다.

"아마 그랬을 겁니다. 남편은 자연을 경외하셨지요. 바다도 장엄하다고 자주 말씀하셨답니다. 그렇지, 얘?"

"정말 그러셨어요." 딸이 고개를 끄덕였다.

"허리케인에도 흥미를 느끼셨고, 사냥개나 혜성 같은 것에도 관심이 많으셨지요. 사람마다 본능적 취향이 다르니 세상이 다채로운 게 아니겠어요."

"맞는 말씀입니다." 로라가 공감했다.

"호킨스 양, 고향을 떠나 있어 외롭진 않으세요?"

"가끔은 쓸쓸하지만 이 도시에는 새롭고 매력적인 것이 많아 밝게 지내는 때가 더 많아요."

"사교철 동안의 워싱턴은 지루할 틈이 없지요." 딸이 말을 이었다. "사교계도 활발하고 즐길 거리도 많아요. 요즘 유행하는 해수욕장은 어떠세요?"

"아직 가 본 적은 없지만 한 번쯤 경험해 보고 싶어요."

노부인이 고개를 저었다.

"우리는 그게 늘 문제랍니다. 뉴포트가 멀다 보니 달리 갈 곳이 없어요."

로라는 속으로 생각했다.

'롱브랜치나 케이프 메이가 뉴포트보다 가까운데, 두 분 눈엔 격이 낮다고 여기시나?' 그러다 조심스레 입을 열었다.

"롱브랜치가…"

그 말이 끝나기도 전에 두 사람 얼굴이 미묘하게 굳었다.

"아무도 그곳엔 가지 않아요, 호킨스 양. 신분이 없는 사람들이나 찾는 곳이죠. 아니면… 대통령쯤*?"

부인은 무심한 듯 말을 맺고 의연하게 미소 지었다.

"뉴포트는 축축하고 차갑고 바람까지 세고, 불편하기 이루 말할 수 없어요. 그래도 선택지가 없으니 견뎌야지요."

딸이 덧붙이며 고개를 들었다.

세 번 정도 의례적 대화가 오간 뒤 모녀는 조용히 자리에서 일어났다. 딜워시 의원 집안에서 배운 예절에 따르면 주인이 현관까지 배웅하지 않는 편이 낫다고 하여 로라는 응접실에 그대로 남았다. 두 사람은 스스로 길을 찾아 나섰다.

문이 닫히자 로라는 혼잣말로 중얼거렸다.

"설산은 멀리서 보면 장관이지만 대화 상대로는 끔찍하군."

로라는 방금 떠난 모녀가 친구들 사이에서는 따뜻하고 흠잡을 데 없는 명

---

* 정치 권력이 아무리 커도, 워싱턴 사교계가 중시하는 전통적인 명성이 없으면 상류층으로 인정하지 않겠다는 귀족적 우월 의식을 드러내는 대목이다. 동시에 대통령조차 신분 없는 사람과 다를 바 없다는 식의 풍자로, 19세기 워싱턴 상류사회가 얼마나 배타적이고 콧대 높았는지를 보여 준다.

문가 부인들로 존경받는다는 이야기를 알고 있었다. 그래서 더욱 안타까웠다. 격식을 중시하는 자리에서는 저렇게 냉정해 보여야 한다는 사실이 마음에 걸렸다.

로라는 곧 워싱턴 사교계의 세 번째 상류층, 즉 파르베뉴 계층과도 마주쳤다. 앤틱 계열 모녀의 방문이 있은 지 얼마 지나지 않아 올리버 히긴스 부인, 패트릭 오라일리 부인과 딸 브리짓, 그리고 피터 개슐리 부인과 두 딸이 한날한시에 찾아온 것이다.

세 집 마차가 서로 다른 방향에서 동시에 현관 앞에 멈췄다. 모두 번쩍이는 새 마차였고, 광택 나는 패널에는 복잡한 가문 문장과 라틴어 좌우명이 화려하게 장식돼 있었다. 마부와 하인들은 극채색 정복을 입었고 모자 옆에는 로제트와 술 모양 장식을 달아, 자신들이 화려한 신흥 귀족임을 과시했다.

일행이 응접실에 들어서자 진한 향수가 방 안을 가득 채웠다. 의상은 최신 유행을 한껏 과장한 듯했으며, 무지갯빛 천과 다이아몬드를 아낌없이 사용해 눈이 부실 지경이었다. 누구나 그 치장을 위해 상당한 비용을 들였다는 사실을 알 수 있었다.

올리버 히긴스 부인은 변방 준주의 대의원으로 선출된 히긴스의 아내였다. 히긴스는 그 지역 최대 규모의 살롱을 운영하며 불법과 폭력, 허영으로 세운 영향력을 기반으로 워싱턴에 입성했으니, 부인 또한 사교계에서 당연히 한 자리를 차지할 수 있었다.

부인은 떠들썩하고 수다스러운 성격이었고, 뉴욕 출신답게 'saw'나 'law'를 '소어', '로어'로 늘려 발음하는 독특한 억양을 지녔다.

개슐리 가문은 시골에서 우연히 석유가 터지면서 단숨에 부를 얻어 도시의 우아한 상류층으로 변신한 집안이었다.

오라일리 가문은 한층 극적이다. 남편 패트릭 오라일리는 원래 아일랜드계 프랑스 혼혈로, 처음 미국에 왔을 때는 무일푼이었다. 도착하자마자 민주당에 투표하고 곧바로 정계 진출 기회를 잡은 그는 하역업과 술집, 그리고 정치권의 실세 과정을 거쳐 재력가가 되었고, 가족을 데리고 파리로 건너가 교양을 익힌 뒤 돌아와 완연한 초상류층이 되었다. 이때 성까지 오레이유에서 오라일리로 바꿨다.

로라는 손님들에게 자리를 내주었고, 일행은 곧 유쾌하고 활기찬 대화를 펼쳤다. 그 태도에는 전통적 상류층의 격식보다는 자신감 넘치는 신흥 부자의 기운이 묻어났다.

"이미 더 일찍 찾아오려 했어요, 호킨스 양,"

오라일리 부인이 말했다.

"하지만 날씨가 끔찍하잖아요. 워싱턴 어떠세요?"

로라는 마음에 든다고 했다.

"워싱턴은 처음이신가요?"

"네, 처음이에요."

"어머, 정말요!"

"워싱턴 기후는 참을 수 없을 정도예요, 호킨스 양. 늘 이렇다니 견디기 힘들죠. 꼭 살아야 할 이유가 없다면 왜 이 고생을 하겠어요? 아이들도 파리를 그리워해 우울해한답니다. 불쌍한 브리짓, 또 울지 말아라. 파리 이야기만 나오면 속상해하거든요."

"맞아요. 뉴포트 같은 곳에서 만 달러로 살살 꾸려 가는 편이 여기서 고생하며 사는 것보다 낫죠. 파리가 얼마나 좋은데요."

"그럼 돌아가요, 어머니. 저는 이 멍청한 미국이 싫어요. 그래도 내 조국이긴 하지만요."

"그럼 불쌍한 조니 피터슨은 어쩌죠?"

"푸흡."

모두가 한꺼번에 웃음을 터뜨렸다. 개슐리는 얼굴이 붉어지며 소리쳤다.

"에멀린, 정말 왜 이래!" 개슐리 부인도 나무랐다.

"얘야, 언니 그만 놀리렴."

오라일리 부인이 로라의 목걸이를 살피며 말했다.

"산호 목걸이가 참 예쁘네요, 호킨스 양. 브리짓, 이것 좀 봐. 난 산호를 좋아하는데 너무 흔해진 게 아쉽죠. 그래도 여전히 마음이 가요. 집에 몇 벌 더 있지만 요즘은 잘 안 하고 다닌답니다."

로라가 목걸이를 손에 쥐며 답했다.

"제 산호도 흔한 편이지만 저에겐 소중해요. 옛 친구 머피 씨가 선물해 줬거든요. 그분은 부자가 된 뒤 유럽을 다녀오셨는데, 감자를 보며 '저게 뭐지?' 하는 표정을 지어 우리를 웃게 했어요. 특이한 분이었죠."

머피가 실제 아일랜드계라는 사실을 떠올리며 로라는 속으로 웃었다[*]. 그러나 그 자리에서는 모두 즐겁게 넘어갔다.

신흥 부인들은 잠깐의 잡담 뒤 곧바로 자신들 사교계와 건강 이야기에 빠져들었다. 개슐리 부인은 남편이 폐렴 비슷한 병을 앓았던 일, 오라일리 부인은 아들 프랑수아가 떨어져 갈비뼈가 부러졌던 일을 길게 늘어놓았다. 히긴스 부인은 딸의 허약 체질을 걱정하며 열변을 토했다. 한참 듣고 보니 그 주인공들이 모두 강아지라는 사실이 드러났다. 힐데브란트가 허약해 뛰다 쓰러질까 걱정이라는 식이었다. 로라는 프랑수아가 사실 그 무릎 위에 앉아 있는 작은 개라는 걸 깨닫고 기가 막혔지만 겉으론 웃으며 참아 주었다. 적어도 그 애정만큼은 진심으로 보였다. 한편으로는 끝없는 속물 근성에 질려 깊은 피로감을 느꼈다.

---

[*] 19세기 미국 사회에서 아일랜드인은 감자라는 고정관념이 강했다. 1840년대 아일랜드 대기근의 상징이 감자였고, 당시 미국 신문에서는 아일랜드인을 감자 먹는 사람이라 조롱하기도 했다. 아일랜드 성(姓)인 머피(Murphy)자체가 속어로 감자를 뜻하기도 했다. 그런 머피 씨가 감자를 보고 모른 척했다니, 뿌리를 부정하는 우스운 장면이 된다.

일행은 예의상 다시 찾아오겠다는 인사만 남기고 물러갔다. 로라는 그들을 향한 경멸을 숨기지 못했으나 곧 생각을 다잡았다. 테네시 땅 계획을 추진하려면 때로는 파르베뉴 계층과 손을 잡는 편이 유리할 수 있다. 앤틱 계열은 분명 달가워하지 않을 터이니 필요할 때 신중히 접근해야 한다고 마음을 정리했다.

하지만 워싱턴에서 가장 강력하고 존경받는 집단은 사실 두 번째 부류, 이른바 중간 귀족층이었다. 전, 현직 고위 공직자와 의회 중진 가문으로 이루어진 이들은 오랜 세월 깨끗한 평판을 지켜 왔고, 검소하며 체면 싸움이나 암투에도 무관심했다. 품격과 영향력에 자신이 있으므로 다른 파벌과 굳이 충돌하지 않았다.

딜워시 의원은 세 부류 모두와 원만히 지냈다. 그의 신조는 모든 사람이 형제이며, 기독교인은 서로 협력해 하느님의 포도밭을 가꾸어야 한다는 것이었다. 로라도 딜워시 의원을 본받아, 상황에 따라서 어느 계층과 가까이할지 판단하기로 마음먹었다.

사람들은 '로라가 아일랜드계인 오라일리 부인 앞에서 감자 이야기를 꺼낸 것은 지나치게 대담하지 않았나' 하고 물을지 모른다. 그러나 정작 로라는 전혀 그렇게 느끼지 않았다. 로라는 과도한 예절 감각이나 섬세한 세련미를 추구하며 자라지 않았다. 로라에게는 누군가 노골적으로 자기 약점을 찌르면 재치 있게 되받아치는 것이 공정한 대응이었다. 때로 사교 자리에서 과감한 말을 던질 때면 오히려 스스로 자부심을 느끼곤 했다.

로라는 자신을 뛰어난 대화꾼이라 여겼다. 어린 시절부터, 먼 훗날 워싱턴에서 활동하게 되면 남성이 주도하는 사회에서는 말솜씨가 필수라는 사실을 일찌감치 깨닫고 부지런히 독서와 교양을 쌓았다. 문학과 역사, 정치를 두루 섭렵한 덕분에 대화를 주도할 만한 폭넓은 지식을 갖추었고, 현지에서도 정보가 풍부한 여성이라는 평을 들었다.

물론 그 과정에서 문학적 취향과 언어 감각이 한층 세련되었지만, 시골 특유의 투박함이 완전히 사라진 것은 아니었다. 가끔 어휘나 문법에서 사랑스러운 실수가 드러나기도 했지만 로라는 그런 부분을 대수롭지 않게 여겼다. 완벽한 주인공이 되기보다는 인간적인 결함을 안고 사는 것이 인생이라는 점을 잘 알고 있었기 때문이다.

CHAPTER 34.

 로라가 워싱턴에 온 지 석 달쯤 지났을 때, 변하지 않은 것은 딱 하나 밖에 없었다. 이름이 로라 호킨스라는 것이다. 그러나 그 밖의 모든 면은 눈에 띄게 달라졌다.
 처음 도착했을 때 로라는 동부 여성들 사이에서 자신의 외모나 지적 수준이 어느 정도인지 확신하지 못해 큰 불안을 안고 있었다. 이제는 결론이 났다. 아름다움은 누구도 부정할 수 없을 만큼 인정받고 있고, 지적 능력도 평균 이상이며, 매력을 발휘하는 솜씨는 웬만한 여성보다 뛰어나다는 사실을 스스로 인정하게 된 것이다. 덕분에 마음이 한결 편해졌다.
 돈을 아끼던 옛 습관은 남았지만 형편은 전과 달리 넉넉해졌다. 옷차림은 훨씬 화려해졌고 물건 값도 지나치게 따지지 않았다. 어머니와 셀러스 대령에게도 여유 있게 돈을 보내곤 했다. 대령은 돈을 빌릴 때마다 반드시 이자를 계산해 돌려주겠다고 다짐했고 실제로 그 약속을 지켰다.
 대령이 정성스레 장부에 이자까지 적어 넣을 때마다 그의 얼굴에는 만족스러운 미소가 번졌다. 그는 속으로 이렇게 생각했다.
 '이자가 차곡차곡 불어나니, 혹시 무슨 일로 로라가 원금을 잃어도 이 이자만큼은 도움이 될 거야.'
 셀러스 대령은 속으로 자신을 든든한 방패라고 치켜세웠다.
 '내가 있으면 로라는 결코 궁핍에 빠지지 않아. 설령 돈을 조금 흥청망청 써도 괜찮아. 이자는 계속 쌓일 테니까.'
 로라는 이제 상원과 하원 의원들과 두루 친분을 맺고 있었다. 일부에서는 그를 로비스트일지 모른다며 수군거렸지만, 대부분은 화제의 미인에게 따라붙는 흔한 험담쯤으로 흘려들었다. 로라는 그런 말에 개의치 않았다. 극장에 가면 군중의 시선이 집중됐고, 거리에서도 "저 여자야" 하는 속삭임이 들리곤 했지만 이젠 익숙해졌다. 사교 일정은 전보다 더 화려하고 분주했다.

특히 로라는 공공토지위원회와 해방 흑인 지원 특별위원회 소속 의원들과 긴밀히 교류하며, 테네시 강 유역 토지 매각안이 상정될 발판을 다졌다. 셀러스 대령이 마련한 초안은 딜워시 상원의원이 직접 손질해 '해방 흑인 대학 설립 특별법' 조항과 연계해 올려놓았고, 일부 의원들은 로라의 설득력 있는 설명 덕분에 표결에서 찬성으로 돌아섰다. 딜워시 의원도 대금 전액을 교육과 정착 기금으로 구성하자는 로라의 제안을 받아들여 수정안을 마련해 두었다.

이처럼 법안이 가시권에 들어오자, 워싱턴 사교계는 로라를 실질적인 영향력 또한 지닌 인물로 보기 시작했다. 저녁 만찬 자리에서는 조만간 테네시에서 새 역사가 시작된다는 얘기가 공공연히 오갔고, 로라는 그때마다 미소만 지으며 말을 아꼈다. 하지만 속으로는 매각 계약서에 서명할 날이 머지않았다는 확신이 차올랐다.

소문은 의회 밖 사교계에도 빠르게 퍼졌다. 곧 대규모 토지 거래가 성사돼 땅의 주인인 호킨스 가문이 막대한 재산을 얻을 것이라는 내용이었다. 누구는 정부가 해방된 흑인의 정착지를 위해 매입할 것이라 하고, 누구는 서부 철도 기지로 쓸지 모른다고 했으나 모두 추측일 뿐이었다. 확실해 보이는 건 호킨스 가문인 로라가 거대한 땅을 상속받았고 가까운 시일 안에 대부호가 될 거라는 전망이었다. 자연히 구혼자들이 몰려들었다. 처음에는 재력을 보고 다가왔다가 곧 로라의 인물과 기질에 매료돼 집요하게 청했다. 로라는 그 누구도 처음에는 냉정히 밀어내지 않았다. 상대가 완전히 자신에게 빠져들 무렵 자신은 결혼할 생각이 없다고 선을 그었다. 그러면 청혼자는 분노하며 돌아섰고, 로라는 또 하나의 승리를 거둔 셈이 됐다. 그럴 때마다 예전의 셸비 대령이 떠올랐고, 로라의 마음속 증오와 복수심은 더욱 단단해졌다.

막대한 재산을 얻을 것으로 추측되는 워싱턴 호킨스도 서서히 놀라운 변화를 겪었다. 그는 자신이 천재 대접을 받는 현실에 적응하지 못해 내가 언제 그렇게 뛰어났나, 하고 당혹스러워했다. 온갖 모임과 살롱에서 그가 던지는 짧은 일화나 농담 한마디에 사람들이 폭소를 터뜨리자 처음에는 자신이 해파리 같은 농담밖에 못 하는데 왜들 저럴까 싶었다. 그러나 '정말 기막힌 이야기예요' 같은 찬사를 거듭 듣다 보니 어쩌면 자신이 꽤 뛰어난가, 하는 자신감이 조금씩 생겼다.

어느 날 그는 스스로 자신의 명연설을 분석해 보았다. 처음에는 별것 아니다 싶었지만 곧 의외로 깊이가 있다는 생각이 들었다. 남들이 좋다니 다시 써

먹자는 결론을 내린 그는 그 주옥같은 어록을 새로운 자리마다 재활용했다.

결국 반짝이는 농담 열 가지쯤을 정리한 레퍼토리가 완성되자 더는 애써 새로운 내용을 궁리할 필요가 없었다. 괜히 즉흥으로 말했다가 지금까지 얻게 된 평판을 깎을까 두려웠기 때문이다.

그렇게 갑자기 주목받는 인물이 되자 워싱턴은 미혼 여성들의 집중적인 관심을 받았다. 의원 딸이건 고위 관료 집안 아가씨건 그를 마주치기만 하면 '저분이 호킨스 씨죠?'하며 먼저 말을 걸어 왔다. 그는 당혹스러웠고 부담도 컸다. 조그만 친절에도 곧바로 약혼 소문이 돌았고, 가십란에 이름이 오르내렸다. 그때마다 워싱턴은 루이즈에게 편지를 써 전부 헛소문이라며 해명해야 했다.

그러나 가문이 거액을 손에 넣는다는 풍문이 무성했지만 정작 로라에게선 구체적인 얘기를 듣지 못해 속이 탔다.

"로라, 그 큰돈 얘긴 대체 언제쯤 결판 나는 거야?"

"조금만 기다려. 인내심 좀 가져. 곧 알게 될거야."

"그래도 대충 얼만지 말해 줘."

"사람들이 떠드는 거랑 비슷해."

"정말 수백만 달러라는 거야?"

"응."

"굉장하다! 알겠어, 참을게. 예전에 그 땅을 4만 달러, 3만 달러, 심지어 7천 달러에도 팔까 고민했는데 다 포기했잖아. 잘한 일이네. 근데… 진짜 테네시 땅 파는 이야기 맞지?"

"맞다니까. 대신 내 이름은 절대 언급하지 마. 조심해."

"알겠어, 약속할게. 수백만이라니! 이제 저택 지을 땅부터 알아봐야겠다. 정원이 넓어야 하고, 건축가도 찾아야지. 호화롭고 우아한 집을 지을 거야. 그런데 로라, 현관 바닥은 대리석이 좋을까? 아니면 정교하게 짠 나무가 나을까?"

로라는 장난기 어린 미소를 지으며 말했다.

"역시 오빠답다. 돈은 아직 그림자도 안 보이는데 벌써 다 써 버릴 궁리부터 하는구나."

로라는 워싱턴의 이마에 가볍게 입맞춤한 뒤 자리에서 일어났다. 혼자 남은 워싱턴은 방안을 서성이며 두 시간 만에 인생 설계를 끝냈다. 곧 루이즈와 결혼해 가정을 꾸리고, 자녀를 장가보내고, 800만 달러쯤은 자잘한 사치에 써 버려도 결국 1천 2백만 달러는 남아 있을 거라는 달콤한 공상에 빠져들었다.

Chapter 35.

로라는 아래층으로 내려가 서재 문을 두드리더니, 답이 채 끝나기도 전에 들어섰다. 딜워시 상원의원은 혼자서 성경을 읽고 있었는데, 거꾸로 든 책을 얼른 덮으며 일어섰다. 로라는 미소를 지으며, 그동안 익힌 세련된 말투를 잠시 잊고 털어놓듯 말했다.

"저에요."

"어서 오게. 자리에 앉지."

상원의원은 책을 탁자 위에 내려놓고 말했다

"마침 전체 위원회 보고가 필요했는데 잘 왔네."

국회식 농담을 던진 상원의원은 흐뭇한 표정을 지었고, 로라도 웃으며 화답했다.

"전체 회의에서 순조롭게 굴러가고 있어요. 불과 일주일 만에 큰 진전을 봤

죠. 저와 의원님이 힘을 합치면 정부도 멋지게 돌아갈 것 같아요, 삼촌."

그 '삼촌'이라는 말에, 딜워시 의원은 아주 흐뭇해했다. 이렇게 아름다운 여성이 '삼촌'이라 부르며 따르는 것은 그에게는 늘 즐거움이었다.

"잘됐다, 로라. 그런데 자네 어젯밤 의회 기도회가 끝난 뒤 호퍼슨 의원을 만났나?"

"네, 만났어요. 흑인들을 돕고 싶다느니 마음이 간다느니 빙빙 돌려 말하더니, 문제는 테네시 땅 법안은 의심스럽다고 하더군요. 딜워시 의원님이 아니라면 사기처럼 보일 수도 있다면서, 의원님을 믿고 자세히 살펴보겠답니다. 애초에는 반대하려던 눈치였어요."

"그래? 호퍼슨 의원이라… 그 사람은 신중한 동료지. 자네가 오해라는 걸 잘 설명해 줬나?"

"네, 제기된 의심을 모두 이야기했고… 음, 공개되지 않은 부분도 조금 밝혔어요."

"내 이야기는 꺼내지 않았겠지? 말은 조심해야 하네."

"아니요, 의원님 이야기는 전혀 하지 않았어요. 다만 의원님께서 흑인들을 돕고 싶어 하는 강한 신념을 지닌 분이고, 어쩌면 지나치게 자비로운 쪽으로 기울 수 있는 분이라고만 설명했죠."

"지나치게 자비롭다니, 표현이 좀 세군. 그래도 그가 내가 사리사욕으로 법안을 추진하지 않는다는 사실은 믿게 되었겠지?"

"네, 설득에 성공했어요. 호퍼슨 의원도 관점을 바꿔 이제는 찬성 쪽으로 기울었습니다."

"잘됐구먼. 그 사람 표만 얻어도 큰 힘이 될 거야. 워싱턴에서 그의 지지를 받으면 누구나 인상을 달리하거든."

"맞아요. 정의롭다는 확신만 주면 그가 얼마나 든든하게 지원하는지 몰라요. 지금 분위기를 보면 표는 거의 확정적이에요."

"아주 잘했네." 상원의원이 흡족한 듯 손을 비볐다.

"다른 진전은 없나?"

"의원님이 보시면 놀랄 만한 명단이 있어요."

로라는 인쇄된 의원 명단을 내밀었다. 곳곳에 체크가 빼곡했다.

"표시만 보셔도 누구에게서 승낙을 받았는지 한눈에 아실 거예요."

"흠… 정말 고무적이군. 그런데 어떤 이름 옆에는 'C', 또 어떤 곳에는 'B.B.'라고 적혀 있네."

"제 개인 표식이에요. 'C'는 이미 설득이 끝났다는 뜻이고, 'B.B.'는 피로 맺은 의무 같은 관계, 곧 반드시 도와야 할 사람이라는 표시예요. 그리고 오늘 위원회 의장인 벅스톤 씨를 뵐까 해요."

"벅스톤이라면 당장 만나야지. 부지런하고 현실적인 사람이지만 마음먹으면 의지가 선해지니, 잘 설득하면 곧 우호적으로 돌아설 거야. 그러면 위원회 차원에서 찬성 의견을 얻을 수 있고, 그 소식을 조용히 흘리면 여론도 순식간에 바뀔 테니까."

"알겠어요. 바로 찾아가 볼게요. 사실 지난번에 따로 보자고 하더니 갑자기 약속을 취소해서 좀 이상했거든요."

로라는 잠시 씁쓸한 표정을 지었다가 곧 힘 있게 고개를 끄덕였다.

"반드시 만나 볼게요."

"그리고 바룬 상원의원은 만났나?"

"어제 잠깐 뵀어요. 처음엔 신중하시더니 의원님과 친분이 있다는 말을 듣자마자 '좋은 법안이면 당연히 검토해야죠' 하시더군요. 농담도 주고받았는데, 그분이 의회 명물이라면서요?"

"장난기가 많지만 성경에 밝은 사람이라네. 임기 안에 굵직한 성과를 내고 싶어 하니 우리에게 유리하지. 재선이 쉽지 않을 테니 더 그럴 거야. 농담이 지나치지는 않았나?"

"전혀요. 겉으론 허허실실하지만 속은 솔직해 보였어요. 유머가 좀 과한 편이긴 했지만 괜찮았습니다."

상원의원은 미소를 지었다.

"그렇다면 걱정할 것 없네. 바룬은 결국 우리 편이 될 거야. 다른 소식은 없나?"

"별건 아니지만 바룬 의원이 짐을 싸는 걸 봤어요. 방 안에 낡은 옷 상자가 산더미였죠. 전부 우체국 특송으로 '정부 공문서'라 찍어 보낼 생각인가 봐요. 참 기발하더군요."

상원의원이 허허 웃었다.

"흔한 일은 아니지만, 의회에서는 가끔 볼 수 있지. 그래도 난 그런 무리수까지 두고 싶진 않네. 하여튼 바룬은 내게 신뢰할 만한 동료라네."

"알겠습니다, 의원님. 그럼 전 벅스톤 의장님을 뵈러 가 봐야겠어요."

로라는 가볍게 손을 흔들고 나갔다. 상원의원은 흐뭇한 표정으로 로라의 뒷모습을 바라보다가, 거꾸로 든 성경을 다시 펼쳐 자기만의 묵상을 이어갔다.

복도로 나온 로라는 생각에 잠겼다.

"벅스톤 의장의 태도가 묘해. 호감은 분명했는데 약속을 취소한 이유가 뭐지? 오늘 어떻게든 만나야 해. 나는 그의 표가 꼭 필요하니까."

로라는 거울 앞에서 모자를 고치고 잔 머리카락을 정돈한 뒤 외출 채비를 마쳤다. 방으로 돌아와 메모장을 펼쳐 숫자와 표식을 꼼꼼히 확인하며 중얼거렸다.

"확정은 아홉 표… 현재 확보 가능 표가 예순 가까이. 조금만 더 모으면 곧 삼분의 이가 넘겠어. 딜워시 의원은 모를 테지만, 내가 들은 바룬의 말까지 알려 드리면 놀라시겠지. 굳이 다 말할 필요는 없겠어. 내가 혼자 알고 있으면 돼. 이렇게 조금씩 끌어모으면 백 표도 어렵지 않지. 좋아, 벅스톤만 확실히 잡으면 되는데… 지난번엔 연락 준다더니 왜 감감무소식이지?"

로라는 점심도 뒤로한 채 곧장 시내로 나가 벅스톤 의장의 동선을 살폈다. 이미 딜워시 의원이 아는 것보다 훨씬 깊이 워싱턴 정치의 이면을 파악한 상태였다. 신문가 거리에 드나들며 기자들과 친분을 쌓았고, 정보를 주고받으며 서로 이익을 나눴다. 삐딱한 유머와 정치인의 뒷이야기가 오가는 그들의 수다판에 끼어들어 현장감 넘치는 소식을 들을 수 있었다. '재미있지만 위험한 세계군' 하고 느낄 만큼 생생했다.

셀러스 대령도 기자 무리를 좋아했다. 워싱턴 특유의 은어나 풍자를 완전히 이해하진 못했지만, 그 만담판에 끼어드는 데서 재미를 찾았다. 기자들은 대령을 절반쯤 웃음거리로 삼았지만, 그조차도 대령은 즐거워했다.

어느 날, 기자들이 바룬 의원이 헌옷 상자를 우체국 등기로 보냈다는 이야기로 웃고 있을 때 대령이 나타나 호기심 어린 눈길로 물었다.

"무슨 일입니까?"

《패트리엇》의 힉스 기자가 입을 열었다.

"들어보세요. 바룬 의원이 얼마 전 낡은 옷이 가득 든 상자 일곱 개를 정부 공문서로 위장해 우체국 등기 소포로 보냈답니다. 등기로 부치면 정부가 분실 시 전액 배상하니, 무료로 1톤이 넘는 옷값까지 보장받게 된 셈이에요. 대단하지 않나요?"

대령이 고개를 갸웃했다.

"옷가지가 정부 문서는 아니잖소. 좀 지나친 짓 아닌가?"

힉스가 의미심장하게 웃었다.

"대령님, 그게 바로 요즘 정치인의 기지와 풍자입니다. 워싱턴이나 제퍼슨 같은 옛 사람들은 이런 수를 상상도 못 했겠죠. 그런 의미에서 우리 정치도 발전한 겁니다. 바룬 의원 같은 재주꾼이 있으니 말입니다."

"바룬 의원이 재주 있는 사람인 건 알지만, 헌옷을 그런 식으로 보내는 건 좀 지나치다 싶소."

힉스 기자가 웃으며 고개를 끄덕였다.

"일리 있는 말씀입니다, 대령님. 그렇지만 세상사엔 융통성도 필요하잖아요? 바룬 의원은 우편 규정을 '창의적'으로 활용했을 뿐이에요. 요즘 의원들이 대체로 그런 기질이 있죠. 대령님 생각은 어떠신가요?"

"나는 우리 공직자들을 존중하오. 매일같이 어울려 지내다 보면, 그들이야말로 미국 사회의 기둥이란 걸 실감하게 된다오. 하나님께서 이런 인재들을 내려주신 거겠지."

"맞습니다, 대령님. 가끔은 금전적 유혹에 넘어가는 사람도 있긴 하지만, 대부분은 순진한 마음으로 받는다고 믿고 조금도 부끄러워하지 않아요. 아이처럼 순수하달까요. 풍자가 아니라 실제로 그렇다니깐요."

대령은 허허 웃으며 고개를 저었다.

"그래도 나는 부패로 몰리는 일은 없었으면 하오. 딜워시 의원님 말씀대로 표를 돈으로 사는 건 죄악이니 말이오. 하나님이 우리 모두를 지켜주시길."

두 사람은 더 몇 마디를 주고받다가 대령이 시계를 보고 자리에서 일어섰다.

"이만 실례하오. 오스트리아 대사와 약속이 있어서."

그는 가볍게 인사하고 신문가 거리를 떠났다.

Chapter 36.

 벅스톤 의장과 만나기로 한 시간이 임박하자 로라는 마차에서 내려 곧장 서점 안으로 들어갔다. 진열대 위에는 색색의 책들이 가지런히 놓여 있었다.
 키가 작고 머리를 단정히 넘긴 점원이 재빨리 다가왔다. 싱긋 웃은 그는 열아홉이나 스무 살 남짓해 보였다.
 "손님, 찾으시는 책이 있으신가요?"
 "텐의 「잉글랜드」가 있나요?"
 "죄송하지만 뭐라고 하셨는지요?"
 "이폴리트 텐의 『잉글랜드』 말이에요."
 청년은 머리에 꽂아 둔 적갈색 연필을 빼 코 옆을 긁적이며 잠시 생각했다.
 "트레인 말씀인가요? 혹시 조지 프랜시스 트레인의 책… 아닌가요. 죄송합니다."
 "아니에요. 조지 프랜시스 트레인이 아니라 텐이에요. 제가 발음을 잘못했나 싶기도 하네요."
 점원이 다시 고개를 갸웃하다가 물었다.
 "혹시 찬송가 같은 종류인가요?"
 "전혀 아닙니다. 요즘 가장 화제가 되는 책이라 여기엔 있을 줄 알았어요. 서점 맞죠?"
 점원은 로라의 얼굴을 힐끔 살폈다. 비꼬는 기색은 전혀 없고 맑은 눈빛만이 남아 있었다. 그는 뒤로 돌아가 주인과 낮은 목소리로 상의했다.

두 사람은 머리를 맞대고 한참을 이야기했지만 갈피를 잡지 못하는 눈치였다. 잠시 뒤 주인이 직접 로라 앞에 나섰다.

"혹시 미국 작가 책입니까, 아가씨?"

"아니요. 유럽 책을 영어로 옮긴 미국판이라고 해야겠네요."

"아, 그렇군요. 그런데 아직 출간 전 아닌가요? 며칠 안에 들어올 예정으로 알고 있는데…"

"며칠 전 광고를 보니 이미 나왔다고 하더군요."

"그러시군요. 그런데 아직 입고 전인 줄 알았는데… 아, 여기 카운터 위에 바로 있네요."

로라는 그 책을 집어 계산을 마쳤다. 주인이 물러나자 점원이 다가와 물었다.

"혹시 올리버 웬들 홈스의 『아침 식탁의 독재자』도 찾으시나요?"

로라가 아무 말 없이 응시하자 그의 화사한 표정은 곧 빛을 잃었다.

"저희는 수필집을 소량만 들여오는데, 원하시면 주문은 가능합니다만."

"괜찮아요."

로라는 다시 서가를 거닐며 호손, 롱펠로, 테니슨 같은 익숙한 작가의 책을 들춰 보았다. 점원은 로라의 취향을 알아보려는 듯 연신 책을 권했지만, 로라는 미소만 지으며 사양했다.

끝내 그는 한 권을 내밀었다.

"이 책 어떠세요? 로버트 루이스 스티븐슨의 『보물섬』인데, 이번 시즌 최고 인기작입니다."

로라는 감탄하는 기색도 없이 조용히 책을 제자리에 돌려놓았다.

"필요 없어요."

점원은 잠시 머뭇거리다가 다시 다른 책을 찾으며 용기를 내어 말을 꺼냈다.

"그럼 이 작품은 어떠세요? 윌키 콜린스의 신작 『흰옷을 입은 여인』입니다. 사랑 이야기와 미스터리가 절묘하게 어우러져 손에서 놓기 힘들죠. 또 조지프 셰리든 레 퍼뉴의 『카르밀라』도 있습니다. 제가 네 번을 읽었는데 볼 때마다 전율이 일어요. 그리고 마크 트웨인의 『새롭고 오래된 스케치』도 준비돼 있어요. 읽을 때마다 폭소가 터집니다. 분명 마음에 드실 겁니다."

로라는 웃음을 삼키며 조용히 고개를 저었다.

"고맙지만 제가 찾는 책은 그런 종류가 아니에요. 아마 제가 부탁을 제대로 못 드렸나 봐요."

"아닙니다. 다만 손님이 망설이시면 저희가 책 고르는 걸 도와드려서…"

"그랬군요. 제가 괜히 번거롭게 했네요. 책을 조용히 고르면 될 일을… 그래도 친절에 감사해요. 가끔 기차 안에서 땅콩을 파는 아이가 아무거나 내밀어도 그 마음만큼은 고맙잖아요? 비록 시를 좋아하는 사람에게 전혀 다른 책을 권할 때도 있지만요. 제가 말이 좀 많았죠. 어쨌든 정말 감사합니다."

점원은 로라의 부드러운 미소와 완벽한 태도에 잠시 넋을 잃었다.

"가끔 이런 생각을 해요. 서점에서 일하는 분이 자신의 취향과 열정을 손님과 나누어 줄 때, 그건 정말 큰 호의라고요. 우리 모두가 조금씩 서로에게 삶의 기쁨을 나눠 주면 좋잖아요."

"정말… 좋은 말씀입니다."

점원은 약간 당황하면서도 기뻐 보였고, 달아오르는 얼굴을 진정하려 애쓰는 기색이었다.

"그렇게 공감해 주시니 저도 기쁩니다. 점원님이 흥미롭게 읽으신 흡혈귀 이야기나 유머 모음집을 권해 주셔도 제 취향과는 다를 수도 있죠. 그래도 전혀 가치 없다고 할 순 없어요. 점원님에겐 소중한 책이니까요. 사실 모든 정보는 쓸모가 있어요. 저에겐 그 책이 제 취향이 아니라는 정보가 되니까요."

점원은 어떻게 대답해야 할지 몰라 머뭇거렸고, 자신이 건넨 호의가 서툴

렸음을 눈치채는 듯했다.

"열차에서 건네받는 작은 책자나 서점에서 권해 주는 책들이 제겐 결코 사소하지 않아요. 누군가 기쁨을 나누려 했다는 증표잖아요. 다만 제가 원하는 책과 달랐을 뿐이죠. 그래도 저는 점원님의 도움에 진심으로 감사해요. 그런데… 지금 몇 시인가요? 손목시계가 멈춰 시간을 맞추려 했는데 잘 안 되네요."

로라가 여러 번 시도했지만 실패하자, 점원이 조심스레 다가와 '도와드릴까요'하고 물었다. 그러자 로라는 살짝 웃으며 시계를 내밀었다. 젊은이는 능숙하게 잠금핀을 눌러 시계를 열었고, 곧 정확한 시각에 맞추어 주었다.

"덕분이에요. 정말 감사합니다."

로라의 낮은 목소리에 점원은 얼굴이 환해졌다. 시간이 다시 흐르기 시작한 작은 시계를 들여다본 그는 자신이 큰 일을 해낸 듯 뿌듯한 표정을 지었다. 로라는 따뜻하게 인사를 건네고 계산대를 떠났다. 방금 전 당혹스러움으로 붉었던 소년의 얼굴에는 이제 흐뭇한 행복감만 남아 있었다.

서점 문이 닫히자 로라는 곧장 인도로 나섰다. 약속 시간이 가까웠다. 이제 하원 위원회 의장인 벅스톤 의원을 만나야 한다. 로라는 길 위를 재빨리 훑어보았다. 아니나 다를까—

Chapter 37.

 의장과 만나기로 한 시각이 되었지만 벅스톤 의원은 끝내 나타나지 않았다. 소설이라면 좀처럼 겪지 않을 실망이지만 현실에서는 흔한 일이다.
 주저할 틈이 없던 로라는 마차를 잡아타고 의사당 동쪽 현관으로 향했다. 복도 입구에 서 있던 문지기가 고개를 저으며 말했다.
 "지금 하원은 표결 중입니다, 아가씨. 벅스톤 의원도 본회의장에서 빠져나오지 못했습니다."
 로라는 명함에 한 줄을 적어 문지기에게 건넸다.
 "오후 여덟 시, 조지타운 147번지 응접실에서 뵙기를 바랍니다. L. H."
 하숙집으로 돌아온 로라는 응접실을 정돈하고 촛대를 새 심지로 갈았다. 그리고 방 한가운데 새로 손에 넣은 『잉글랜드』를 눈에 띄게 세워 두었다.
 여덟 시가 조금 지나 벅스톤 의원이 도착했다. 로라는 환영의 미소로 그를 맞았다.
 "벅스톤 의원님, 여성에게 별로 호의적이지 않다는 평이 있어 편지를 드리면서도 망설였습니다."
 의원은 고개를 저었다.
 "전혀 사실이 아닙니다, 호킨스 양. 저는 이미 한 번 결혼했던 사람입니다. 그 점이 불리한 증거가 되진 않겠지요."
 로라가 부드럽게 웃었다.
 "한 번이면 충분하지요. 예전 부인께서 완벽에 가까우셨다면 그보다 못한 어떤 여성도 이제 눈에 차지 않으실 테니까요."

벅스톤이 공손히 손을 들었다.

"그렇다 해도 호킨스 양께는 그 기준이 적용되지 않을 겁니다. 워싱턴 전체가 그대의 매력을 증언하고 있으니까요."

로라는 눈길을 내리깔며 뺨에 홍조를 띠었다.

"시골 출신인 제가 이런 칭찬을 듣다니 황송할 따름입니다. 오늘 밤 이렇게 찾아와 주셔서 진심으로 감사드립니다."

"수고라니요? 제가 더 기쁩니다. 아내를 떠나보낸 뒤로 늘 세상에 홀로 남은 듯했는데, 이렇게라도 따뜻한 대화를 나눌 수 있어 큰 위안이 됩니다."

로라는 그에게 자리를 권하며 조용히 자료 꾸러미를 펼쳤다. 이제 테네시 토지 매각안과 흑인 대학 설립법을 구체적으로 논의할 순간이 왔다.

"의원님께서 제 이야기를 가까이서 들어 주시니 저도 한층 든든합니다. 저는 먼 곳에서 와서 친구가 조금씩 생기긴 해도 종종 외롭거든요. 국가의 중책을 지신 의원님도 그 짐을 나눌 따뜻한 벗이 필요하시리라 생각했어요. 그런데 사교 모임에 잘 나타나지 않으셔서 늘 궁금했습니다. 모임에서 의원님을 뵈어도 제게 시선을 주시지 않는 듯했거든요."

"제가 무심했군요. 앞으로 특별히 불러 주시면 언제든 찾아뵙겠습니다."

"언제든 환영입니다, 벅스톤 의원님. 전에 '카이로와 피라미드 이야기'를 들려 주신다더니 아직 못 들었어요. 정말 기대하고 있답니다."

"아직도 기억하셨습니까, 호킨스 양? 흔히 여성의 기억은 가볍다고들 하던데요."

"남자분들의 약속은 참 쉽게 잊히곤 하죠. 저는 그런 추억을 소중히 간직하는 편이에요. 그때 의원님께서 건네 주신 작은 물건, 기억하시나요?"

"제가 드린 물건이라니… 잘 기억이 나지 않는군요."

"여기에 있어요."

로라는 손가방에서 자그마한 박스나무 가지를 꺼내 보였다.

"여전히 잘 간직하고 있답니다. 전혀 기억이 안 나세요?"

의원이 "아, 이 작은 박스나무 잎사귀!" 하고 외치며 기억을 떠올리자 얼굴에 어색한 기색이 스쳤다. 로라는 쑥스러운 듯 웃다가 곧 표정을 가라앉혔다.

"제가 좀 우스워 보이죠? 이런 걸 아직도 들고 다니다니. 그냥 풋내기 시절의 추억쯤으로 생각해 주세요. 잊어버리셔도 돼요."

벅스톤 의원은 가지를 받아 들고 소파 가장자리에 앉아 옆자리를 손짓하며 말했다.

"호킨스 양, 괜찮으시면 이 가지를 제게 주시겠습니까? 제겐 아주 소중한 기념이 될 것 같습니다."

"안 됩니다, 의원님. 그러시면 제가 더 우습게 되잖아요. 돌려 주세요. 한때의 감상으로 키운 망상일 뿐이었으니, 더 이상 흔들리지 않게 해 주세요."

의원이 가볍게 웃었다.

"혹시 저를 시험하시는 겁니까? 아니면 작은 장난으로 받아들여도 될까요? 저는 그저—"

로라가 고개를 저었다.

"정말 안 됩니다. 이러면 제 마음만 더 혼란스러워져요. 여기서 그만두죠."

의원은 아쉬운 듯했지만 가지를 돌려주고 물러섰다. 대화는 곧 다른 화제로 넘어갔고, 두 사람은 두 시간가량 조용히 이야기를 이어갔다. 그는 은근히 거리를 좁히려 했고, 로라는 빙그레 웃다가도 단호히 선을 그으며 응수했다. 의원은 자신이 조금 우위를 점했다고 여겼지만, 실제로 얼마나 가까워졌는지 확신하지 못한 채 자리를 떴다.

의원이 떠난 뒤 로라는 혼잣말로 중얼거렸다.

"걸려들었어. 천천히 끌어만 주면 이번 안건에 찬성표를 던질 거야. 다른 영향력 있는 의원들도 데려오겠지. 마음이 이미 흔들렸으니 어렵지 않을 거야. 그래도 이런 냉정한 게임이 조금은 지겹다. 그렇다고 멈출 순 없어. 인생은 전쟁이니, 한 번 물었으면 끝까지 가야 하니까."

거리로 나온 벅스톤 의원도 속으로 중얼거렸다.

"저 여자, 쉽지 않군. 그래도 이미 내 손안에 들어왔다고 본다. 서두르지만 않으면 결과는 어차피 뻔해. 오늘 밤 그 여자는 실로 눈부셨지. 표 하나쯤 주는 게 대수인가, 국익을 위한다고 생각하면 되지. 하지만 내가 완전히 넘어갔다고 착각하면 곤란해. 결국 누가 누구를 읽어내는지 보여 주겠어."

CHAPTER 38.

스쿤메이커 부인이 주관하는 오전 살롱에는 수많은 손님이 모여 가벼운 담소를 나누고 있었다. 한쪽에 모여 선 젊은 숙녀들은 이제 막 들어선 방문객들을 은근한 눈길로 살피며 속삭였다.

"저 신사, 조금 눈에 띄지 않니? 전체적으로 우아한 분위기가 느껴져."

"저 사람? 아까부터 로라 호킨스 옆에 있던, 키가 크고 약간 어색해 보이는 분 말이지?"

"그래. 지금 스쿤메이커 부인께 인사드리는 걸 봐. 억지로 꾸민 게 아니라 타고난 품격 같달까. 눈빛이나 몸짓에 서투른 데가 있는데, 그게 오히려 자연스러워 보여."

"글쎄… 왠지 허전해 보인다고도 할 수 있겠어. 저쪽으로 오네. 두리번거리는 시선이 재미있다. 근데 누구시길래 그러니, 블랑쉬?"

"모른다니! 이번 시즌에서 가장 잡을 만한 인물이라잖아. 워싱턴 호킨스 씨, 로라 호킨스의 오빠."

"정말? 펜실베이니아 어딘가 시골 출신이라 들었는데. 그래도 기품이 있네. 평생 고향 농장에서만 지냈을 것 같은 태도지만 묘하게 끌려."

"켄터키의 오래된 귀족 가문이라더군요. 남북전쟁 때 노예도 재산도 거의 잃어서 지금은 황무지 같은 땅만 남았다지만, 그 땅이 워낙 넓고 광물 자원이 풍부하대요. 게다가 호킨스 남매 스스로가 해방된 흑인의 생활 향상에 깊이 관심을 두고 있어서, 딜워시 상원의원과 상의해 땅의 상당 부분을 해방노예를 위한 기관에 기부할 생각이랍니다."

"세상에, 그런 고귀한 목적을 품었다면 더 주목받겠네요."

두 사람이 이야기를 주고받는 동안, 바라보던 인물들이 무리를 가로질러 다가왔다. 워싱턴 호킨스와 로라 호킨스였다. 남매는 스쿤메이커 부인과 인사를 나눈 뒤 부드러운 미소로 주위를 둘러보며 소개를 받고 있었다. 워싱턴은 낯을 가리는 듯 몸을 조심스레 비켜 인사를 하다가 실수로 한 숙녀의 긴 옷자락을 밟았다. 숙녀는 눈살을 찌푸렸다가도 밟은 사람이 워싱턴임을 확인하자 곧 미소 지으며 용서했다. 워싱턴은 당황해 연달아 '정말 실례했습니다' 하고 물러나다 블랑쉬 가까이로 밀려들었다. 블랑쉬는 가느다란 목소리로 자신이 더 조심했어야 했다며 그를 안심시키듯 응대했고 분위기는 곧 부드러워졌.

블랑쉬가 자연스레 화제를 이어갔다.

"오늘 정말 후덥지근해요. 호킨스 씨는 더위 괜찮으세요?"

워싱턴은 멋쩍은 표정으로 대답했다.

"네, 덥긴 합니다만…"

"이 시기치곤 이례적일 만큼 덥다니까요. 남부 분이시라면 이런 날씨에 익숙하실 줄 알았는데요."

워싱턴은 얼굴을 밝히며 대답했다.

"어릴 때부터 이 정도 더위는 별로 개의치 않았습니다. 생각하기에 따라서는 워싱턴 기후도 제법 적성에 맞더군요. 적성이라기보다는, 음…"

블랑슈가 웃으며

"더울 땐 덥고 안 더울 땐 안 덥다는 뜻이죠?" 하자

워싱턴도 겸연쩍게 웃었다.

곁에 있던 또 다른 숙녀가 다가와 끼어들었다.

"두 분 말씀에 끼어 죄송하지만, 오늘 의사당 다녀오셨어요? 앨라배마 문제로 꽤 시끄럽다던데요."

워싱턴이 대답할 틈도 없이 중년 부인이 말을 받았다.

"매사추세츠의 서틀러 장군이 영국하고 당장 전쟁하자고 큰소리치던데, 좀 과장 아닌가요?"

로라가 미소를 머금고 말했다.

"그분은 늘 그래요. 발언할 땐 한쪽 눈으로는 방청석 반응을 살피고, 다른 눈으로는 의장을 보며 절차를 챙기죠."

"맞아요. 우리 남편도 그걸 쇼라며 못마땅해해요. 실제 전쟁이 얼마나 지옥 같은지 몸소 겪은 사람이거든요. 차라리 전쟁을 할 바엔 쿠바 독립을 돕는 편이 낫다네요. 호킨스 씨 생각은 어떠세요?"

"음… 쿠바든 어디든 우리나라에 편입되는 게 나쁘지 않다고 하더군요. 딜워시 상원의원께서 대양은 신대륙 개척 정신을 위해 필요하며, 영토를 넓히는 것이 곧 신성한 사명이라고 하시던데…"

그의 말은 다소 두서없이 이어졌다.

"이쯤에서 그만해요. 자리 좀 비킬게요."

남매는 조용히 무리를 빠져나왔다. 그러던 중 작별 인사를 나누던 로라의 시선이 홀연히 멈췄다. 건너편에서 스쿤메이커 부인과 이야기를 나누는 초로의 신사가 눈에 들어온 것이다. 감색 정장에 흰 머리가 살짝 섞인 갈색 머리, 지팡이를 짚고 약간 절뚝이는 모습, 나이는 40대 중반쯤 되어 보였다. 그는 오래전 아내라고 생각했던 자신을 버리고 떠나간 셸비 대령이었다!

로라의 심장이 쿵 하고 내려앉더니 얼굴이 순간 새하얘졌다. 무의식적으로 오빠의 팔을 힘껏 움켜쥐었다.

"누구야? 로라, 왜 그래? 얼굴이 종잇장처럼 창백해졌어."

로라가 숨을 죽인 채 속삭였다.

"그 사람이야. 지금 당장 여기서 나가자… 어서!"

그러고는 워싱턴을 끌어내듯 당겨 같이 현관으로 향했다.

마차에 올라탄 뒤에도 워싱턴은 걱정스러운 눈으로 물었다.

"대체 누가 있길래 그래? 무슨 일 있었어?"

로라는 힘없이 손을 저으며 말했다.

"아… 아니야. 날씨가 너무 더워서 잠깐 어지러웠을 뿐이야. 제발 묻지 말아 줘."

로라의 표정이 심상치 않자 워싱턴은 더는 캐묻지 못했다.

로라는 집에 돌아오자마자 방으로 들어가 문을 닫고 거울 앞에 섰다. 낯빛이 질려 피기가 전혀 남아 있지 않았다.

"어떻게 아직 살아 있지? 감히 이 도시에 나타나다니, 그것도 스쿤메이커 부인의 집에서? 그때 나를 짓밟고 떠났으면 차라리 죽지 그랬어… 무슨 낯으로 다시 내 앞에 서는 거야? 이제는 내 손으로 반드시 응징해야 하나? 법이 내 편을 들어 줄까? 웃기지, 오히려 나를 더럽다고 몰아붙이겠지. 모두 날 피하고 손가락질할 거야. 그런 치욕은 죽기보다 싫어. 그래도 용서는 못 해. 그렇지만 그 배신을 그냥 받아들이라고? 절대 아니야."

끓어오르는 분노와 배신감, 그리고 설명하기 어려운 미련이 얽혀 로라는 방 안을 걸어 다녔다.

하인이 문을 두드렸다.

"식사 시간인데 괜찮으십니까?"

"두통이 심해요. 저녁은 필요 없어요."

저녁 무렵에는 딜워시 상원의원이 찾아와서 말했다.

"오늘 대통령 접견에 함께 가면 어떻겠나?"

"편두통이 심해서 못 가겠어요."

당연히 의원은 당황했다. 이후 로라는 밤새도록 뒤척였다. 오래전에 겪은 끔찍한 그 밤이 계속 겹쳐 보였다.

"내가 잘못 본 걸까? 하지만 아니야. 분명 봤어. 그는 살아 있었고 내 눈앞에 있었어. 아내가 있다면… 어쩌면 이미 죽었을지도. 아니, 그것만으로는 부족해. 내가 직접 진실을 확인해야 해. 설령 내 손에 피가 묻어도 물러설 수 없어."

이틀 동안 로라는 몸이 좋지 않다며 방에서 나오지 않았다. 파티에 지나치게 열을 올리다 탈이 났다는 말부터 사교 생활이 과해서 지쳤다는 소문까지 돌았지만, 다시 모습을 드러내면 곧 우아한 태도로 사람들을 사로잡을 것이란 사실을 아는 이들도 많아 말이 크게 퍼지지는 않았다.

사흘째 아침, 로라는 평소처럼 식탁에 나와 아무렇지 않은 듯 자리에 앉았다. 얼굴은 다소 창백했지만 눈빛은 또렷했고 목소리도 온화했다. 식사 중 로라가 말을 꺼냈다.

"어젯밤 이상한 소리가 들리더군요. 누군가 집 안에 들어오려 했던 건 아닐까요?"

식구들은 처음 듣는 이야기라는 듯 고개를 저었다. 늦게 들어온 딜워시 의원도 아무 소리 못 들었다고 했다.

"제가 예민했나 봐요. 그래도 혹시 모르니, 워싱턴, 리볼버 하나만 빌려 줄래? 밤에 혼자 있으면 마음이 놓이질 않아."

워싱턴이 기본 조작법을 보여 주자 로라는 고개를 끄덕이며 금세 익숙해지는 모습이었다.

그날 오전, 로라는 마차를 타고 스쿤메이커 부인의 집을 찾았다.

로라가 말했다.

"며칠 전 주간 살롱이 정말 인상적이었어요. 늘 그런 분위기라면 손님들이 모두 좋아하겠네요."

스쿤메이커 부인은 환한 미소로 답했다.

"좋게 봐 주시니 고마워요. 워싱턴은 온갖 사람이 모여드는 곳이라 모두가 차별 없이 누구나 환영하려 노력하지만, 아무래도 차이는 있기 마련이죠."

"남부 사람들, 그러니까 예전에는 반란군이라고 불리던 분들도 잘 오나요?"

스쿤메이커 부인은 잠시 놀란 눈빛이었으나 곧 미소를 지었다.

"반란군이요? 이젠 그 표현을 거의 안 써요. 겪어 보니 다들 사람은 비슷하더라고요. 적대적인 의식도 점차 사그라들었죠. 남편도 북이든 남이든 연방 자금에 끌리는 건 똑같다며 농담하곤 해요."

그리고는 무언가 생각난 듯 말을 이었다.

"며칠 전엔 남부 신사 한 분이 다녀갔어요. 곱슬 흰머리에 지팡이를 짚은 품위 있는 분이었는데… 이름이 잘 떠오르지 않네요. 아, 여기 있군요."

스쿤메이커 부인이 명함을 내밀었다. 루이지애나라는 글자 아래 이름이 적혀 있었다.

로라는 명함을 들여다보며 심장이 철렁했다. '조지 셸비'라는 이름이 또렷했다.

"저와는… 전혀 면식이 없네요."

차분히 카드를 내려놓았지만 속에서는 분노가 끓어올랐다.

그날 오후, 로라는 곧장 메모지를 꺼냈다. 평소의 유려한 필체 대신 둥글고 둔탁한 글씨로 쪽지를 써 내려갔다.

> 상원의원 딜워시 댁에 머무는 한 숙녀가 조지 셸비 대령께 면담을 청합니다. 면화 보상 청구와 관련해 상의드릴 일이 있어 이번 주 수요일 오후 세 시, 조지타운 147번가 댁으로 방문 가능하신지요.

발신인은 적지 않았다. 답장이 올 것은 분명했다. 로라의 계산은, 수요일 오후 세 시, 가족이 모두 외출한 사이 셸비와 단둘이 마주하는 것이었다.

CHAPTER 39.

　얼마 전 워싱턴에 도착한 셸비 대령은 조지타운의 하숙집을 잡았다. 그의 목적은 남북전쟁 중 손실을 본 면화에 대해 연방정부에 보상 청구를 올리는 일이었다. 비슷한 사정을 지닌 사람들은 이미 도시에 여럿 모여 있었고, 그들의 청구서에는 하나같이 복잡하거나 입증이 까다로운 항목이 많았다. 자연히 이들은 서로 정보를 나누며 연대하기 시작했고, 셸비 대령도 그 흐름에 동참해 있었다. 그러니 상원의원 딜워시 저택에서 만나자는 한 숙녀의 쪽지를 받아들고도 별로 놀라지 않았다. 내용은 면화 보상 청구와 관련해 사적으로 상의하고 싶다는 것이었고, 그에게는 충분히 있을 법한 요청이었다.

　수요일 오후 세 시 무렵, 셸비 대령은 딜워시 상원의원이 거주하는 호화로운 저택의 초인종을 눌렀다. 백악관 맞은편 광장을 내려다보는 웅장한 저택은 보는 이의 시선을 압도했다.

　'집주인은 여간한 거부가 아니겠군.'

　그는 속으로 감탄하며 현관 계단을 올랐다. 동시에 묘한 생각이 스쳤다.

　'혹시 전쟁 직후 내 면화를 소금이나 퀴닌으로 바꿔치기하던 중개상들이 이 집 주인과 연줄이 있었던 건 아닐까?'

　이 짧은 상상에 그는 작은 미소를 지었다.

　대령은 대문 앞에 서서 정원 건너편 기마상을 흘끗 바라보았다. 그 동상은 뉴올리언스 전투의 영웅 히코리 장군, 곧 앤드루 잭슨을 기리는 작품으로, 청동 말이 두 뒷발을 높이 들어 올린 채 위태롭게 균형을 잡고 있었고 장군은 모자를 벗어 군중에게 익살맞게 인사하는 모습이었다.

"참, 히코리 장군께서도 여기 버젓이 모셔져 있군. 차라리 요즘 전쟁을 불사하겠다고 떠드는 서틀러 장군에게 이 자리를 내주시는 게 낫겠지. 물론 동상이 떨어지지 않도록 밧줄로 단단히 묶어야 하겠지만."

그는 중얼거리며 정문을 통과했다.

같은 시각 로라는 저택 거실에 홀로 서 있었다. 오전의 서늘함은 사라지고 오후 햇살이 찬란하게 비쳤다. 로라는 문간 쪽으로 귀를 기울이며 약간 긴장한 표정이었다. 초인종 소리, 이어지는 복도 발걸음, 지팡이가 바닥을 톡 치는 소리가 들리자 로라는 반사적으로 의자에서 일어나 피아노에 한 손을 짚고 가쁜 숨을 진정시키려 애썼다. 문이 열리자 눈부신 채광을 등지고 셸비 대령이 들어섰다. 그는 창가로부터 쏟아지는 햇살을 정면으로 받으며 서 있었고 로라는 살짝 그늘진 자리에서 그를 바라보았다.

로라는 불과 몇 초 동안 그가 웅장하다 싶을 정도로 압도적인 남자라는 인상을 받았다. 동시에 그 웅장함이 과거 기억을 마구 끌어올려 가슴속에 소용돌이를 일으켰다. 짧은 정적이 흐른 뒤 로라는 조용히 한 걸음 다가섰다.

"셸비 대령님이시죠?"

셸비 대령은 순식간에 몸이 크게 흔들렸다. 그는 옆 의자를 움켜쥐어 간신히 균형을 잡은 채, 충격과 두려움이 뒤섞인 얼굴로 로라를 바라보았다.

"로라? 세상에, 이럴 수가!"

로라가 한 걸음 다가섰다.

"그래, 네 '아내'가 맞아."

대령은 악령이라도 본 듯 뒷걸음치며 더듬거렸다.

"아, 아니야… 그럴 리 없어! 어떻게… 내가 알기로 너는…."

그는 거의 기절할 듯한 목소리로 덧붙였다.

"죽은 줄로만… 정말 그렇게 믿었는데… 살아 있었어?"

로라의 눈이 차갑게 번뜩였다.

"네가 날 죽은 사람처럼 여겼겠지. 네 손으로 지워 버렸다고 생각했을 거야. 하지만 나는 살아 있어, 셸비 대령. 네가 살아 숨 쉬는 것처럼, 나도 여기 이렇게 걸어다닌다."

'용감하다'는 소문이 자자한 전직 군인조차 그 말 앞에서 완전히 주눅이 들었다. 그는 잔뜩 겁에 질린 눈으로 로라를 바라보았다.

'한때 그렇게 순진하게 나를 사랑하던 그 소녀가 지금 이토록 냉혹한 눈빛으로 나를 몰아붙이다니….'

잠시라도 익살로 넘겨 볼까 하는 실낱같은 기대가 스쳤으나, 로라의 표정은 돌처럼 굳어 있었다. 심지어 로라는 오른손에 리볼버를 들고 있었다. 본능적으로 시간을 벌어야 한다는 생각이 들었다. 로라에게서 위험한 기운이 감지됐고, 목소리마저 서늘하게 가라앉아 있었다.

"네가 내 인생을 완전히 망가뜨렸어."

로라는 이를 악문 채 말을 이었다.

"그때 나는 너무 어렸고 아무것도 몰랐지만, 널 온 마음으로 사랑했어. 그런데 넌 그 순수를 짓밟았지. 나를 배신하고 내 진심을 비웃고, 쓰레기처럼 버려 버렸어. 차라리 그때 날 죽였다면 어땠을까? 적어도 이렇게 분노할 힘조차 없었을 텐데."

셸비 대령은 애원하듯 입술을 떨며 무언가 말하려 했다.

"로라, 제발 그렇게 말하지 마. 내 잘못이야, 인정해. 내가 비열했고 잔인했어. 너를 맹목적으로 원했던 죄지. 네가 옳아. 널 배신한 건 나를 짐승으로 만든 큰 죄야. 하지만 어쩔 수 없었어. 난 이미 결혼한 몸이었고…."

로라의 눈이 번개처럼 매섭게 번뜩였다.

"그래서 그 '부인'이란 여자는 아직 살아 있다는 거지?"

한 걸음 다가선 로라가 떨리는 목소리로 쏘아붙이자 대령은 잠시 거짓말을 하려다 포기하고 고개를 끄덕였다.

"그래… 부인은 살아 있어. 바로 여기 워싱턴에…."

로라의 얼굴에서 피기가 순식간에 사라졌다. 마지막까지 남아 있던 희망이 산산이 부서지는 듯 심장이 내려앉았다. 대령이 다가오려 하자 로라는 손사래를 치며 얼굴을 붉혔다.

"그 여자랑 이 도시에서 잘도 살겠다는 거야? 그리고 나한테는 뻔뻔하게 나타나? 네가 정말 그럴 자격이 있다고 생각해? 예전에 날 완전히 휘둘렀던 그때처럼 또 당할 거라 믿어? 난 이제 무력하지 않아!"

로라는 복수심에 불타오르는 모습이었다. 대령에게 달려들 듯 몸을 숙이자 셀비는 위험을 직감했다.

'저 눈빛… 지금이라도 날 해칠 수 있겠군. 어떻게든 진정시키고 살길을 찾아야 해.'

그는 급히 손을 뻗어 로라의 팔을 붙잡았다. 예전보다 훨씬 눈부시게 아름다워졌다는 생각과 함께.

그는 거의 반사적으로, 은근한 목소리를 꺼냈다.

"로라, 잠깐만. 한번만 생각해 봐. 만약… 내가 여전히 너를 사랑한다고 하면 어떻게 할래? 결혼 생활은 지긋지긋해. 전쟁으로 모든 걸 잃었어. 지금 내 마음은… 차라리 죽어 버리고 싶다는 게 솔직한 심정이야."

그의 목소리는 낮지만 익숙한 음색이었다. 예전처럼 부드럽게 속삭이는 그 말투에 로라의 기억이 일순 몰아쳤다. 특히 두 사람이 사랑에 빠졌던 시절, 숲의 새들이 아무리 경고처럼 울어도 그녀는 전혀 듣지 못했던 그때가 떠올랐다. 어쩌면 그의 말대로 그도 고통을 겪었을지 모른다. 조금 전까지 불타오르던 분노가 순식간에 힘을 잃어 버린 듯했다. 로라는 의자에 털썩 주저앉아 흐느끼듯 말했다.

"오, 하느님… 나는 그를 증오해야 하는데, 그러지 못하고 있어…."

셸비 대령은 조심스레 무릎을 꿇다시피 하며 로라 가까이 몸을 낮추었다. 그녀가 막지 않자 그는 그녀의 손을 살며시 잡았다. 로라는 시선을 내리더니 그를 깊이 바라보았다. 그리고 떨리지만 간절한 목소리로 물었다.

"아직도… 나를… 조금은 사랑하고 있는 거지?"

대령은 모든 죄를 감수하겠다는 듯 맹세의 말을 쏟아냈다. 이어 그녀의 손등과 입술에 잇따라 입맞춤을 했다. 그 맹세가 전부 거짓일지도 몰랐지만, 그의 입술에서는 아무런 거리낌 없이 흘러나왔다.

이 순간, 로라가 품는 감정은 말 그대로 사랑이 필요한 처지였다고 할까. 그녀 마음속에는 조지 셸비야말로 유일한 애정의 상대라는 믿음이 강했다.

그가 누구와 결혼했든 그 혼인이 법적, 종교적으로 어떻든 간에 내 뜨거운 마음 앞에서는 모두 하찮은 장애물일 뿐이라고 여겼다. 세상이 그 부인을 정식 아내라 부른다 한들 자신만큼 남편을 사랑할 수 있느냐는 의문이 늘 따라붙었다. 세상과 관습이 그들의 결합을 존중하라 외친다 해도 로라에겐 종이 한 장에 지나지 않았다.

그녀는 스스로를 설득하고 있었다.

'이토록 간절한 사랑을 하느님께서 어찌 금하시겠어. 만약 금지된 감정이라면 내 영혼이 이렇게 요동칠 리 없잖아.'

게다가 로라는 딜워시 의원 저택에 머무는 동안 결혼 제도는 경우에 따라 깨질 수도 있다는 진보적인 여성 운동가들의 말을 자주 듣기도 했다. 그 말이 학자들의 계몽 사상과 뒤섞이며 로라의 얇은 기독교적 윤리는 이미 뒷전이 돼 있었다. 남은 결론은 하나, 그는 결국 내 사람이 될 것이다.

둘은 소파에 나란히 앉아 목소리를 낮추어 이야기를 이어 갔다. 분노와 격정은 어느 정도 가라앉았지만 로라는 알 수 없는 안도감과 전율을 동시에 느꼈다. 셸비는 빈틈을 보이지 않으려 침묵과 모호한 미소로 시간을 끌었다. 예전 같으면 능청스레 빠져나갈 자신이 있었겠지만 지금 로라가 뿜어내는 집요함은 만만치 않았다.

그럼에도 로라는 오늘이 기쁜 눈치였다. 적어도 그가 아직 나를 사랑한다고 말했으니 이 순간만큼은 행복이라 부를 수 있겠지. 그러나 그 행복은 모래성처럼 불안정했다. 언제 무너질지 모른다는 사실을 그녀도 어렴풋이 알고 있었다.

하지만 이야기는 곧 그들의 다음에 관한 실질적인 이야기로 넘어갔다. 아내와 이혼할 수 있겠느냐, 절차에는 얼마나 걸리겠느냐, 다른 주로 옮겨 소송하면 더 빨리 끝난다더라 같은 문제들이 오갔다. 제삼자가 밖에서 엿들었다면 한 여인이 이렇게 노골적인 음모를 꾸미다니 하고 기겁했을지 모른다. 그러나 로라에게는 지극히 합리적인 계산일 뿐이었다. 셸비 역시 난처한 표정으로 어떻게든 방법을 찾아보겠다며 말을 흐렸다. 그녀가 그 계획이 기만이며 악행일 수 있음을 자각했는지는 알 수 없었다. 분명한 것은 욕망이 그 무엇보다 우선했다는 점이다. 인간은 하고 싶은 일을 스스로 정당화하기 마련이고 로라도 예외가 아니었다.

한 시간 남짓 지나자 셸비 대령이 자리에서 일어났다. 로라는 창가로 가서 커튼 너머로 그가 떠나는 모습을 몰래 지켜보았다. 부드러운 햇살이 그의 등을 비추고 있었고 발걸음은 한가로워 보였다. 내일도 만나겠지, 아니면 모레, 그 다음 날이라도, 이제 그는 내 사람이라는 애증의 속말이 로라의 가슴을 채웠다.

현관을 나선 셸비는 작은 한숨을 내쉬었다. 이 여자에게서 완전히 벗어날 수는 없을까. 그리고 아내 문제, 아내가 부디 뉴올리언스로 돌아가 주면 좋으련만. 그는 꼬여 버린 실타래를 어떻게 풀어야 할지 도무지 감이 잡히지 않았다.

CHAPTER 40.

워싱턴이라는 놀라운 도시 한복판에서 베리아 셀러스 대령의 이름은 이제 모르는 사람이 없을 만큼 알려졌다. 늠름한 군인 출신이자 공상으로 가득한 그가 처음으로 자신의 재능을 마음껏 펼칠 무대를 찾은 셈이었다.

그 무대란 각종 거창한 계획과 음모, 온갖 형태의 투기가 뒤섞이고 정치와 사회를 향한 가십이 끊이지 않는 세계였다. 깜짝 뉴스니 막연한 기대감이니 하는 말들이 공기처럼 떠돌고, 누구나 서둘러 자기가 준비한 안건을 밀어붙이느라 분주했다.

내일이면 심판의 날이라도 닥칠 듯 조급한 열기가 거리마다 번졌다. 의회가 열려 있는 모든 기간은 기회였고, 휴회에 들어가면 모든 것이 막막해질 것을 모두가 알고 있었기 때문이다.

셀러스 대령은 희미하지만 거대한 소란이 뒤섞인 워싱턴의 공기를 마음껏 즐겼다. 가느다란 풍문에서 터무니없이 부푼 루머까지, 이곳에서는 그의 모든 구상이 한층 더 대담해졌다. 그는 스스로가 장엄하고 막연히 위대한 존재로 느껴질 정도였다.

'전에도 제법 괜찮다고 생각했지만, 지금 나는 그야말로 눈부시게 빛나는구나.'

미국 대통령직쯤은 오히려 작아 보였을지도 모른다. 대통령은 헌법적 제약이 많으니 차라리 책임이 적으면서도 절대적인 권력을 휘두를 수 있는 자리가 있다면 금상첨화일 터, 이를 조금 현실적으로 고쳐, 마음껏 활동할 수 있는 특파 기자가 가장 매력적으로 보였다.

본래 호방한 성격 덕분에 그는 누구와도 금세 친해졌다. 대통령 그랜트와도 막역한 사이가 되어서, 다른 관리나 하급 관료들이 접견실 밖에서 두어 시간씩 발만 동동 구를 때에도 셀러스는 스윽 들어가 대통령과 담소를 나누곤 했다. 대통령 역시 지루한 국정 보고나 청탁 이야기에 지칠 즈음 셀러스가 나타나면 반가워했다.

"대통령 각하, 꼭 제 농장에 들러 주셔야 합니다. 명마가 즐비하고, 저 혼자서는 다 맛보지 못할 식재료가 넘쳐 납니다. 백악관 식탁이 아무리 훌륭해도 제 고향식 환대와는 비교가 안 되지요. 시중 채소와는 급이 다르다니까요."

셀러스는 느긋한 미소로 유쾌한 수다를 풀었다. 그러면 대통령은 짧은 시간이나마 업무 스트레스를 내려놓고 마음 편히 웃을 수 있었다.

셀러스는 한때 오스만 제국 주재 미국 대사 자리를 노려 볼까 고민한 적이 있었다. 자신이 개발한 눈병약을 해외에 대대적으로 보급하려면 콘스탄티노폴 같은 국제 무대가 어울린다고 생각했기 때문이다. 하지만 발명품이 아직 완전히 준비되지 않았고, 워싱턴에서 밀어붙일 더 큰 계획이 무궁무진했으므로 그 구상은 잠시 보류했다. 그는 워싱턴에 머무는 것만으로도 나라가 더 큰 이득을 본다는 막연한 확신을 품고 있었다.

남부 출신인 그는 전쟁의 패배를 인정하고 상황을 받아들인 인물로 스스로를 내세웠다.

셀러스는 호탕하게 웃으며 말했다.

"졌다는 건 인정합니다. 정부가 우리를 꺾었지요. 노예도 재산도 다 잃었어요. 그래도 괜찮습니다. 농장과 저택은 아직 그대로입니다. 벌이던 판이 컸듯이, 졌으면 깔끔히 항복하는 게 제 철학입니다. 이제 성조기를 남부 전역의 빈 땅마다 꽂고 싶습니다. 저는 이 나라와 길이길이 함께할 작정이에요."

그의 과장된 애국 선언을 들은 이들은 새삼스러운 충성심에 놀라면서도 웃음을 삼켰다. 셀러스가 으레 덧붙이는 한마디가 곧 뒤따랐다.

"난 군 복무 시절부터 늘 이렇게 말했어요. 영토를 넓힐 수 있으면 넓히자고요. 산토도밍고든 쿠바든 먼저 편입해 두고, 남은 절차는 의회가 알아서 정리하면 됩니다. 사실 의회에 내가 들어가 싹 주도하면 얼마나 좋겠습니까. 재정을 정비하고 사업을 촉진하고, 그래야 나라가 발전한다는 게 내 지론입니다."

셀러스는 상·하원 의원들과 두루 어울리고, 행정부 관료는 물론 로비스트들과도 친분을 넓혀 갔다. 그러다 보니 신문 거리에 들러 기자들과 인사를 나누는 일이 잦았다. 기자들은 의회와 관료들의 뒷이야기를 얻어내려고 그를 집중 공략했고, 셀러스는 한두 마디 슬며시 흘려 주는 것을 즐겼다. 이튿날 조간에 그의 말이 전국에 대서특필되는 일도 흔했다. 기사들은 실제보다 훨씬 과장되고 각색돼 있어 그조차 놀랄 정도였지만, 곧 깨달았다. 독자의 구미에 맞추려면 그만큼 극적이어야 한다는 사실을. 이후 그는 일부러 이야기 끝에 핏기 도는 설정을 덧붙여 기자들에게 더 강렬한 소재를 안겨 주었다.

그렇게 해서 그 해 겨울 동안 워싱턴 언론은 수수께끼 같은 특종을 연일 터뜨렸다. 대통령과 내각의 속내를 꿰뚫은 듯한 기사, 이름난 정치인의 음모를 폭로하는 기사들이 줄을 이었다. 사람들은 그 출처를 궁금해했지만, 그중 상당수가 셀러스 대령의 즉흥적인 말에서 비롯된 것임을 알 리 없었다.

한 번은 영국과 미국 사이에서 불거진 앨라배마 조약 초안의 유출 사건이 전국을 떠들썩하게 만들었다. 출처를 두고 온갖 추측이 난무하자 사람들은 셀러스 대령이 뭔가 알고 있는 것 아니냐고 수군거렸다. 정작 셀러스는 태연히 시치미만 뗐지만, 로비스트와 의원 보좌관처럼 그를 가까이 지켜본 이들은 속으로 틀림없이 셀러스가 한몫했다고 짐작했다.

그러나 이런 정보의 유통은 셀러스에게 부차적 취미에 지나지 않았다. 그의 진짜 목표는 두 가지였다. 하나는 예전부터 공을 들여 온 콜럼버스강 운하 사업, 다른 하나는 테네시 땅 매입과 대학 개발 계획이다. 두 사업을 동시에 추진하면서 그는 자신을 더욱 대단한 일꾼이라 확신했다. 이 가운데 테네시 땅 문제는 헨리 브라이얼리가 물밑에서 뛰고 있었다. 말재주 좋은 젊은이쯤으로 치부하기엔 동분서주하는 모습이 만만치 않았다.

딜워시 상원의원은 거듭 강조했다.

"여론을 만들어야 합니다. 국민이 원하지 않는다면 의회가 승인하겠습니까? 내게 사익은 없지만 공익을 위해선 꼭 통과돼야 해요. 민심이 들끓으면 의회도 외면하지 못할 겁니다."

이 말은 선전 구호로만 끝나지 않았다. 실제로 언론 플레이가 이어졌다. 어느 날 뉴욕의 한 일간지에 다음과 같은 특별 전언이 실렸다.

> 신뢰할 만한 소식통에 따르면 남부 흑인의 삶을 근본적으로 바꿀 거대한 계획이 진행 중이다. 성사될 경우 남부 산업 구조가 혁명적으로 변모할 전망이다. 테네시의 한 지역에 해방 노예를 위한 모범 기관을 세우려 한다는 얘기가 있다. 스위스의 취리히 공업 학교가 도시를 일으켜 세웠듯, 이 기관이 테네시에 새로운 활력을 불어넣게 될 것이다. 이미 고 실라스 호킨스의 유족과 토지 매입에 관한 협의가 오갔다. 딜워시 상원의원은 국가가 전권을 쥐고 추진해야 하며, 사익과 사유재산은 공익 앞에 양보해야 한다고 강경하게 밝힌 것으로 알려졌다. 다만 유족 대표인 셀러스 대령이 정부에 토지를 넘기는 일을 끝내 수락할지는 지켜볼 일이다. 공익을 위한 협의가 원만히 마무리되길 바란다.

워싱턴은 신문을 읽고 어리둥절한 얼굴로 셀러스에게 물었다.

"정부가 땅을 그냥 임대하려는 걸까요? 아니면 통째로 빼앗아 갈 수도 있습니까? 저는 일단 전부 팔 생각은 없어요. 하지만 적어도 이백만, 아니 삼백만, 어쩌면 사백만까지는 받아야 할지도 모르겠습니다. 얼마를 불러야 할까요?"

셀러스는 점잖게 웃으며 고개를 저었다.

"이백만이나 삼백만도 나쁘지 않지만, 그 땅의 값어치는 잉글랜드 국립은행보다 높다고 해도 부족하지 않아."

"그렇다면 이백만만 받고 절반은 제 소유로 남겨 두는 방법도 있겠군요. 전부 잃고 싶지는 않거든요."

옆에서 헨리가 끼어들었다.

"지금 서둘러야 합니다. 의회가 곧 휴회에 들어가면 저는 워싱턴에 남을 이유가 없습니다. 다른 사업도 있어서요."

"다른 사업이라니, 무슨 일인가? 규모가 큰가?"

"펜실베이니아에서 대형 탄광 개발을 준비 중입니다. 필립이 곧 터널을 뚫을 예정인데, 계산해 보니 수익이 상당할 것 같습니다."

셀러스 대령의 눈이 반짝였다.

"석탄이라니, 흥미롭군. 자금이 모자라면 내가 투자해 볼 수도 있네."

"돈 걱정은 없습니다. 볼턴 씨가 넉넉히 대 주기로 했어요. 다만 필립이 굴착을 시작할 때 제 경험이 필요하다며 도와 달라고 하네요."

"그렇다면 그가 원하면 의회가 끝나고 내가 직접 가서 살펴 주지. 필립은 눈앞의 작은 이익에만 몰두하는 버릇이 있는데, 내가 콜럼버스강 사업 때처럼 시야를 넓혀 주면 다를 거야. 분명 훌륭한 친구지만 추진력이 부족하거든. 내가 힘이 되어 주마."

헨리가 자리에서 일어나 떠나자 셀러스는 혼잣말로 중얼거렸다.

"내가 나서면 일은 굴러간다니까. 세상엔 할 일이 너무 많아!"

얼마 뒤 헨리가 지인들에게 흘린 말도 화제가 됐다.

"셀러스 대령 아시죠? 물 만난 물고기처럼 날아다닙니다. 흑인 지원 기금이니 민관 협력이니 밤새 떠들어 대요. 덕분에 저는 한결 편해졌습니다. 로라 호킨스가 좀 까다롭긴 해도 셀러스가 알아서 손봐 주겠죠."

그러나 로라는 달랐다. 최근 로라가 군 출신인 셸비 대령과 자주 함께 다닌다는 이야기가 돌았다. 두 사람이 말을 타고 시내를 누비거나 상원 건물에서 귓속말을 나누는 모습이 목격된 것이다. 헨리는 절반은 질투, 절반은 불안으로 말했다.

"저 사람 다리 저는 것만 아니라면 로라와 정말 도망칠지도 모릅니다. 아무래도 수상해요."

하지만 셀러스 대령은 주변의 우려를 대수롭지 않게 흘려넘겼다.

"아, 그 사람은 예전에 호크아이 근처에 살던 친구일 뿐이야. 면화 보상 청구 때문에 올라왔겠지. 걱정할 일 없어. 본처도 멀쩡히 살아 있으니."

로라는 이러한 시선과 무관하게 매일같이 화려한 모임에 얼굴을 비췄다. 밤늦도록 이어지는 상류층 파티에 불려 다닌다는 소문이 돌았고, 딜워시 상원의원이 체면을 지켜 달라며 걱정스레 타일러 봤지만 소용이 없었다. 두 사람은 흑인 구제 사업과 정치적 이해로 묶여 있어, 의원이 강하게 제지하기 어려웠다.

이 무렵 로라는 여전히 셸비 대령을 비밀리에 만났다. 셸비에게는 아내가 있었지만 관계는 쉽게 끊어지지 않았다. 그는 매일 같이 오늘도 '곧 정리한다, 조금만 기다려 달라'는 같은 변명만 되풀이했고 로라는 질투와 증오가 깔린 애정 사이에서 번민하면서도 만남을 멈추지 못했다.

겉보기엔 로라가 유유히 한량들과 어울리는 사교계 명사로 보였으나, 그 뒤에는 위험한 스캔들과 음모가 숨겨져 있었다. 셸비는 집으로 돌아가면 아내에게 이렇게 둘러댔다.

"저 여인은 로비스트요. 내 면화 청구를 성사시키려면 그런 사람과도 친분이 필요합니다. 합의금만 받고 정리할 테니 조금만 참아 주오."

아내가 의심의 눈초리를 보내면 셸비는 한숨을 내쉬며 다시 일축했다.

"내가 안 해 본 일이 없잖소. 잠깐만 기다려 주면 다 끝납니다."

하지만 셸비의 마음은 갈대처럼 흔들렸고, 로라는 그보다 더 격렬하게 소용돌이쳤다. 그를 완전히 자기 사람으로 만들려다 자칫 그의 칼끝에 베일 수도 있다는 절박감은 커져만 갔다. 결국 워싱턴 사교계 중심에서는 복잡한 로비와 소문, 야심이 뒤엉켜 맹렬한 욕망의 소용돌이가 일어났다.

CHAPTER 41.

헨리 브라이얼리는 요 며칠 딜워시 상원의원의 집을 제집 드나들듯 했다. 종종걸음으로 들어설 때마다 하인 누구도 그를 제지하지 않았다. 상원의원 자신이 원래 손님을 반기는 편이었고, 헨리의 유쾌한 성격과 재치 있는 농담이 그에게 한숨 돌릴 휴식을 주었기 때문이다. 경건하기로 이름난 정치인이라도 때로는 마음껏 웃고 싶을 때가 있지 않겠는가.

헨리는 새로 세울 대학 사업에 자신이 큰 몫을 맡고 있다고 굳게 믿었다. 심지어 그 성공이 상당 부분 자신의 손에 달려 있다고까지 여겼다. 그래서 저녁 식사 뒤에는 늘 상원의원 곁에 앉아 계획을 의논했다. 한때 그는 그 대학에서 토목공학 교수 자리를 맡아 보겠다는 꿈도 품었다.

그러나 헨리가 이 집에서 시간을 보낸 진짜 이유는 상원의원도, 만찬도 아니었다. 단 몇 분이라도 로라를 보기 위해서였다. 헨리는 저녁 식탁에서 그녀와 마주 앉는 기쁨을 누리려고 상원의원이 길게 이어 가는 훈계와 담소를 기꺼이 들었다. 로라는 식사 후 곧 피곤하다며 자리를 뜨거나 다른 모임에 나가곤 했지만, 가끔 일정이 비면 헨리는 응접실에서 그녀와 함께 머무는 행운을 얻었다. 그때마다 그는 노래를 부르고, 재치 있는 이야기를 쏟아내고, 성대모사에 복화술까지 선보이며 그녀를 웃게 하려고 애썼다.

그럼에도 헨리는 매우 당혹스러워했다. 자신의 이 다채로운 매력 공세가 거의 무위로 돌아가는 듯 보였기 때문이다. 그동안 숱한 여성들을 상대해 왔어도, 이런 반응은 처음이었다.

로라는 때때로 무척 다정하게 굴며 헨리의 마음을 뒤흔들곤 했다. 살짝 웃어 보이고, 부드러운 말투로 다가오기도 했지만, 그런 모습은 언제나 둘만 있을 때뿐이었다. 공식적인 자리에서는 철저히 선을 그었고, 두 사람 사이에 어떤 특별한 감정이 있다는 기색조차 보이지 않으려 애썼다. 헨리는 그녀에게 감정을 비쳐볼 틈조차 없었고, 그래서일수록 자존심이 상했다.

"도대체 왜 나한테 이러는 거야?"

한 번은 헨리가 원망 어린 목소리로 물었다.

"내가 뭘 어쨌는데?"

로라는 눈썹을 살짝 올리며 부드럽게 되물었다.

"잘 알잖아. 공식 석상에서는 늘 다른 남자들이랑만 얘기하고, 난 있는 둥 마는 둥 대하잖아. 처음 보는 사람처럼 구니까 그렇지!"

"그 사람들이 다가오는 걸 내가 일부러 막을 수는 없잖아. 그렇다고 무례하게 굴 수도 없고. 그리고 우리는 서로 너무 오래된 친구라서… 네가 질투할 줄은 몰랐네, 브라이얼리 씨."

"우리 정말 오래된 친구 맞긴 해? 네가 요즘 보이는 태도를 보면 잘 모르겠는걸. 새로 사귄 친구, 셸비 대령하고는 꽤 가까워 보이던데?"

로라는 순간 불쾌한 기색으로 헨리를 빠르게 바라봤지만, 정작 드러낸 감정은 분노가 아닌 차분한 반응이었다.

"그래서 셸비 대령이 어쨌다는 거야, 이 건방진 녀석아?"

"그게 네가 신경 쓸 일은 아니겠지만, 둘이 자주 함께 다니는 모습이 요즘 시내에서 화젯거리가 되고 있더라고. 그 얘기야."

"사람들이 무슨 말을 한다는 건데?"

로라는 무심한 척 물었다.

"뭐, 이런저런 말이 많지. 혹시 내가 이런 얘기 꺼낸 게 불쾌했어?"

"전혀. 오히려 너야말로 나를 진심으로 아껴주는 친구잖아. 넌 믿을 수 있을 것 같아. 그치? 넌 나한테 거짓말하지 않을 거잖아, 헨리?"

그 말을 하며 로라는 따뜻하고 믿음 가득한 눈빛을 보냈다. 헨리의 짙은 불만과 의심은 그 순간 말없이 스르르 녹아내렸다.

"그래서, 사람들이 무슨 소릴 한다는 거야?"

"글쎄, 누군가는 네가 그 남자에게 푹 빠졌다고 하고, 또 누군가는 너답게 너가 찬 열댓 명의 남자와 같이 똑같이 굴 뿐이라고도 해. 그런데 셸비는 아예 너한테 홀딱 반해서, 아내까지 버릴 기세라는 얘기까지 나돌고 있어. 반면에 셸비가 딜워시 상원의원을 통해 면화 청구를 성사시키려는 거니까, 일부러 친한 척하는 것이라고 말하는 사람도 있어. 뭐, 워싱턴이라는 곳이 원래 뒷말이 많은 동네잖아. 난 상관없지만, 로라, 제발 셸비하고는 너무 깊이 엮이지 않았으면 해."

그 말을 하며 헨리는, 이제는 충고할 정도로 자신들이 가까운 사이라고 여기는 듯, 조심스럽게 덧붙였다.

"결국, 네 말은 그런 온갖 잡소리를 다 믿는다는 거야?"

"아니야. 널 의심하거나 비난하려는 건 아니야, 로라. 다만, 셸비 대령이 너한테 좋은 사람 같진 않다는 거지. 네가 그 사람 평판을 제대로 알았더라면, 아마 함께 다니는 일도 없었을 거야."

"그 '평판'이라는 거… 너, 직접 듣거나 본 거라도 있어?"

로라는 애써 무심한 척하며 물었다.

"자세히 아는 건 아니지만, 이틀인가 사흘 전쯤, 셀러스 대령이랑 같이 조지타운에 있는 셸비의 하숙집에 간 적이 있었어. 셀러스는 자기 특허 눈병약을 유럽에 팔아보겠다며 셸비에게 자문을 구하더라고. 그런데 셸비가 곧 해외로 떠난대."

그 말을 듣고, 아무리 침착하려 해도 로라는 저도 모르게 움찔하고 말았다.

"그럼, 그의 아내는? 식구들 전부 같이 간다고 했어? 너, 혹시 그 부인 봤어?"

"봤지. 키 작고, 머리는 어두운색인데, 좀 지쳐 보이긴 했지만 예전엔 꽤 예뻤을지도 몰라. 애가 셋인가 넷쯤 되는 것 같더라. 막내는 아직 아기고. 다 같이 간다더라. 부인 말로도 워싱턴을 얼른 떠나고 싶다더라고. 셸비가 청구 건도 마침 인정받았고, 요즘엔 모리스 도박장에서 계속 이기고 있대. 운이 트인 모양이지."

이 말을 들은 로라는 머릿속이 하얘졌다. 헨리를 멍하니 바라보았으나 시선은 허공만 맴돌았다.

'설마 그 배신자가 내가 건넨 약속과 기대를 몽땅 걷어차고, 아내와 아이들을 데리고 달아난단 말이야? 세상은 왜 이렇게 나를 몰아세우지?'

쓰디쓴 굴욕과 분노가 얼굴에 뒤섞였다.

'도망친다고? 그 멍청이가 그렇게 쉽게 빠져나갈 수 있을까?'

"나한테 화난 거지, 로라?"

헨리는 영문도 모른 채 그녀의 얼굴만 살피며 물었다.

"화? 너한테? 아니, 전혀. 화가 나는 건 이 잔혹한 세상이야. 왜 여자가 조금만 자유롭게 행동하면 남자들에겐 넘어갈 일까지 들쑤시고 몰아세우는지 모르겠어. 넌 잘못 없어, 헨리. 오히려 알려줘서 고마워. 그 비열한 자가 어떤 인간인지 이제 똑똑히 알았으니까."

그렇게 말한 로라는 자리에서 일어나 가녀린 손을 내밀었다.

"난 널 위해서라면 뭐든…"

헨리는 얼떨결에 그 손을 잡고 입맞추며 철없는 말을 중얼거렸다.

"준비할 시간이야. 저녁 식사 때 보자."

로라는 손을 살짝 빼며 자리를 떠났다.

헨리는 한편으로는 희미한 희망에 들떴고, 다른 한편으로는 깊이 낙담한 채 저택을 나섰다. 방금 전의 짧은 달콤한 순간은 위안으로 이어지지 않았고, 잠시 스친 빛은 금세 어둠으로 바뀐 듯했다.

'결국 로라는 날 사랑하지 않겠지. 게다가 로라가 스스로 파멸로 향하고 있다는 내 촉이 틀린 것이 아닐거야.'

그는 우울하게 중얼거렸다.

한때 여자들의 마음을 녹이던 바람둥이가 어쩌다 이렇게 나약해졌을까. 펄펄 날던 나비가 어느 순간에 바퀴에 짓이겨진 꼴이다. 그래도 마음속 어딘가에 남은 작은 애정이 그를 이토록 괴롭게 만드는 건 아닐까. 어쨌든, 헨리 브라이얼리는 이미 로라에게 완전히 사로잡혀 있었다.

그는 로라가 걷고 있는 길의 끝에 무엇이 놓였는지, 뻔히 짐작했다. 그러나 셸비와 로라가 사랑의 도피를 할 것이라는, 세간이 떠들어대는 끔찍한 소문까진 믿고 싶지 않았다. 사랑이 너무 불타오르니 부정하고 싶은 마음이 컸다. 그래서 만약 로라가 자신의 헌신과 진심을 깨닫게만 할 수 있다면, 그녀도 자신에게 마음을 열지 않을까. 그럼 자기가 로라를 구해낼 수 있으리라, 이렇게 내심 꿈꿨다. 그가 호크아이에서 가벼운 치기로 시작했던 마음과는 사뭇 달랐다. 그러나 만약 그녀가 무너질 운명을 막아줄 수 있다 한들, 그 뒤에 자기가 기꺼이 그녀를 놓아줄 수 있을까? 그건 또 별개의 문제일 것이다. 헨리는 선행이나 무욕을 원칙으로 삼아 살아온 사람이 아니니까.

결국 헨리는 로라에게 장문의 편지를 썼다. 앞뒤가 조금 뒤섞인 격정적인 글이었지만, 그 안엔 대면으로는 결코 입에 담지 못했던 깊은 사랑의 고백과, 로라가 처한 위험에 대한 경고를 애써 담았다. 지금 이 길로 가면 파멸에 휘말릴 수 있다는 취지였다.

로라는 그 편지를 읽었다. 한숨처럼 옛 추억이 스치긴 했지만, 멸시 섞인 미소를 짓고는, 그 문서를 난로 불길에 던져버렸다.

한편 헨리는 오래전부터 필립에게 장문의 편지를 보내는 버릇이 있었다. 늘 자신의 무용담과 로비 활동 성과를 자랑하곤 했는데, 이번 편지에서도 예외는 없었다. 새로운 대학교 건립을 둘러싸고 곧 큰 이권을 챙길 것이라는 소식, 딜워시 상원의원에 대한 흥미로운 암시, 명물이 된 셀러스 대령 이야기, 그리고 공익을 내세워 사익을 챙기는 사적인 입법의 묘수까지. 회복 중인 필립에게 이 모든 이야기는 더할 나위 없는 즐거운 읽을거리였다.

그 편지들 속엔 로라의 이름이 자주 등장했다. 처음엔 단순한 찬사였다.

"이번 시즌 최고의 여신이야. 미모와 재치로 모두를 휘어잡지."

하지만 시간이 지날수록 헨리의 문장은 조금씩 날이 서기 시작했다. 로라가 지나치게 많은 관심을 받자, 헨리는 질투에 휩싸인 듯 점점 예민한 반응을 보였다.

"나한테는 이렇게 굴면서, 저 사람들한텐 또 왜 저래? 이젠 도무지 알 수가 없어."

그런 변화는 헨리답지 않은 모습이었기에, 필립은 편지를 읽고 잠시 멈칫했다. 속으로 생각했다.

'헨리가 정말 로라에게 빠진 건가?'

얼마 뒤, 헨리는 또 한 통의 편지를 보냈다. 이번엔 로라에 관한 가십이라며 떠도는 온갖 소문을 적어 보냈다.

"사실은 다 헛소리야. 말도 안 되는 얘기들뿐이지."

그는 그렇게 말하면서도, 글 곳곳에 불안을 감추지 못했다. 결국 무척 침울한 기색이 담긴 편지가 도착하자, 필립은 직설적으로 되물었다.

"너 설마, 사랑에 빠진 거냐?"

그제야 헨리는 모든 걸 털어놓았다. 로라가 지금 셸비 대령과 얽혀 있다는 사실, 그리고 자신에게 보여온 모순된 태도, 한순간 희망을 주었다가, 곧장 선을 긋는 식으로 계속해서 자신을 흔들어댄다는 점. 무엇보다도, 지금 로라가 큰 위기를 향해 가고 있다고 확신하고 있다는 이야기였다.

"이대로는 안 되겠어. 네가 직접 와서, 제발 그녀에게 정신 좀 차리라고 말해줘. 로라는 네 인품을 존중하잖아. 너처럼 중립적인 입장에서 조심스레 한마디 해준다면, 어쩌면 제자리로 돌아올 수도 있을 것 같아."

헨리는 그렇게 마지막 기대를 걸며, 간곡히 부탁했다.

필립은 곧 상황을 파악했다. 자신이 로라에 대해 아는 것은 '남다른 매력을 지닌 여자'라는 사실과 호크아이에서 본 로라가 원칙이나 신념보다는 기회와 쾌락을 중시하는 인물로 비쳐졌다는 것뿐이었다. 구체적인 과거는 전혀 알지 못했다. 헨리가 로라를 진심으로 사랑한다면 굳이 만류할 이유가 없었지만, 만약 로라가 정말 위험하고 타락한 길에 들어섰다면 친구로서 가만둘 수 없는 노릇이었다. 무엇보다도 순진하고 몽상적인 헨리에게 그런 가혹한 결말은 너무 잔인하게 느껴졌다.

그러한 상황과는 별개로, 필립은 탄광 조사로 인해 팔이 부러지고 머리에는 부상을 당했지만 예상외로 이번 겨울을 즐겁게 보냈다. 루스와 앨리스라는 훌륭한 간병인이 있어 마치 휴가를 보내는 것 같았고, 회복의 매 순간이 짧지만 소중했다. 다행히 자연 치유력이 좋아 곧 움직일 수 있게 되었다.

초기 며칠 동안 필립이 극심한 고통과 무력감에 시달릴 때, 루스는 단 한 순간도 그의 곁을 떠나지 않았다. 누가 휴식을 제안해도 루스는 마치 자신의 책임인 양 조용히 거절했다. 루스의 보살핌은 능숙하고 단호했다. 그러나 필립은 잠에서 깨어 눈을 뜰 때마다 침대 옆에서 자신을 지켜보는 루스의 다정한 눈길에 가슴이 따뜻해지며, 열로 달아오른 몸이 더욱 뜨거워지는 듯했다. 그 감정은 잠든 뒤에도 사라지지 않았다. 때로 루스가 그의 이마를 살포시 짚어줄 때면, 그는 눈을 일부러 감고 있어야만 안심이 되었다. 방에 들려오는 그녀의 발걸음만으로도 필립은 내심 환희에 젖었다.

'이것이 바로 여자의 치료인가? 이런 거라면 난 대환영이지.'

필립의 몸 상태가 조금씩 나아지던 어느 날, 그는 조심스레 말을 꺼냈다.

"루스, 나… 이제야 인정해. 정말 대단한 것 같아."

루스가 고개를 기울였다.

"뭘 인정한다는 거야?"

필립이 웃으며 말했다.

"여자 의사의 가치 말이야. 네가 나를 돌보는 걸 보니까 믿음이 확 가."

루스는 가볍게 미소 지었다.

"그렇다면 롱스트리트 부인을 불러야 하는 거 아니니?"

필립이 손사래를 쳤다.

"아니, 한 번에 한 사람으로 충분해. 지금처럼 네가 담당이면 돼. 이렇게 기적처럼 회복되는데 무슨 다른 의사야. 아마 내일부터는 훨씬 씩씩해질 수도 있을 것 같아."

루스는 필립의 입술에 손가락을 대며 웃음 섞인 목소리로 말했다.

"내 진단으로는 아직 말을 많이 하면 안 돼, 필립."

필립은 진지한 눈빛으로 이어갔다.

"하지만 루스, 만약 내가 영영 낫지 못한다 해도…"

루스가 급히 말을 막았다.

"그만. 또 헛소리 그만하고 휴식해. 정신이 오락가락하잖아."

루스는 장난기 어린 눈웃음을 남기고 방을 나갔다.

필립은 이런 시도가 싫지 않았다. 이후로도 그는 틈만 나면 농담 반, 진담 반으로 감정을 내비쳤다. 그러나 조금이라도 감상적인 분위기가 되려 하면, 루스는 곧장 웃으며 선을 그었다.

"환자의 연약한 상태를 의사가 이용할 것 같아? 마지막 고해성사라도 할 생각이면 앨리스를 불러줄까?"

이 유쾌한 공방은 둘의 일상이 되었다.

세월이 흘러 필립이 어느 정도 회복하자, 앨리스가 루스를 대신해 필립을 자주 돌봐주는 모양새가 되었다. 수다 떨 의욕이 없어 보일 땐 앨리스가 몇 시간이고 책을 읽어주며, 때론 필립이 루스에 대한 이야기를 길게 하도록 들어주었다. 의외로 필립에게도 만족스러운 시간이었는데, 앨리스가 주는 편안함이 컸다. 루스보다 한층 풍부한 독서량과 교양을 갖추었고, 애정 어린 배려까지 해 주니, 격렬한 감정 같은 건 없었어도 그의 마음은 편안했다. 필립 마음속엔,

앨리스가 마치 볼턴 부인처럼 가끔 침상 옆에서 바느질하며 있어주던 그 안온함과 비슷한 기운을 퍼뜨리는 존재로 자리잡았다. 세상엔, 존재만으로도 주위를 차분하고 기분 좋게 만드는 이들이 있다. 앨리스가 딱 그랬다.

물론 루스를 그리워하지 않은 것은 아니다. 몸이 나아지자 루스는 다시 공부에 매달렸고, 가끔 병실에 들러 장난스러운 농담으로 필립이 감상에 빠질 틈을 단숨에 차단했다. 필립은 가끔 '루스는 정서적 면이란 게 아예 없나 봐'하고 투덜대다가도, 만약 루스가 지나치게 감상적이었다면 더 불편했을 거라고 생각하며 안도했다. 그는 루스가 아무리 스스로를 소박하게 꾸민다 해도 본질적으로 경쾌하고도 분별 있는 우아함을 지녔다 생각했고, 자기가 본 중에 제일 명랑한데도 진지한 사람이라고 믿었다.

물론 앨리스 곁에 있을 때처럼 전적인 안정감이나 평온함을 느끼는 건 아니었다. 대신, 루스와 함께하면 가슴이 뜨겁게 뛰니, 그것이 바로 사랑 아니겠는가.

CHAPTER 42.

벅스톤 씨의 '전술'은 생각보다 훨씬 일찍 무너졌다. 애초 그는 로라의 마음을 끌어내면서도 자신은 빠지지 않겠다는 계산으로 접전에 뛰어들었다. 하지만 지금껏 로라의 앞마당에서 패배한 남자들이 그랬듯, 구애를 이어갈수록 로라를 완전히 얻었다는 확신은커녕 자신이 오히려 사로잡힌 처지가 되었다. 그래도 짧은 기간에 벌어진 승부였으니, 그만큼 치열하게 싸웠다는 사실만은 인정할 만했다. 그리고 그가 발을 들여놓은 포로 행렬이 결코 혼자만의 구역은 아니었다.

이 불행한 포로들은 한 번 로라에게 붙잡히면 영원히 노예나 다름없었다. 가끔 족쇄를 끊고 자유를 외치며 달아나지만, 결국 돌아와 회개하듯 로라를 숭배한다. 로라는 늘 그랬듯 이들을 능숙히 다루었다. 때로는 격려하고, 때로는 괴롭히다가 한순간 천국으로 끌어올리곤 다시 나락으로 떨어뜨렸다. 그러고는 벅스톤을 놉스 대학 법안의 대표 옹호자로 지목했다. 처음에는 머뭇거리던 그도, 곧 이를 로라와 함께할 절호의 기회라 여겼다. 무엇보다 로라와 자주 마주할 명분이 생긴다는 사실이 점점 더 큰 행운처럼 느껴지기 시작했다.

벅스톤을 통해 로라는 트롤롭 하원의원이 자신의 법안에 극도로 적대적이라는 사실을 알게 되었다. 벅스톤은 단호히 말했다.

"절대로 그를 끌어들이려 해선 안 됩니다. 그쪽으로 한 발만 다가가도 역풍이 세차게 불어 큰 파문이 일 게 뻔해요."

로라는 잠시 생각하다가 중얼거렸다.

"제가 트롤롭을 좀 알죠. 게다가 그 사람에게는 'BLANK-BLANK'가 있잖아요?"

'BLANK-BLANK'는 그녀가 친족 관계, 이를테면 형제나 사위, 매제를 에둘러 지칭할 때 쓰는 은어였다. 벅스톤은 그 의미를 짐작하지 못했지만, 굳이 캐묻지 않았다. 그는 거듭 강조했다.

"이번 회기 동안만큼은 트롤롭을 건드리지 마세요. 정말 치명적일 겁니다."

상황은 난처했다. 모든 것이 순조로운 듯 보였지만, 강경하고 집요한 적 하나면 언제든 판이 뒤집힐 수 있었다. 고민하던 로라의 뇌리에 한 가지 방책이 번뜩였다.

"그 사람 군인 연금 법안 있잖아요. 우리가 그 법안에 반대하고 나서면 우리 편을 좀 봐주지 않을까요?"

벅스톤은 고개를 저으며 말했다.

"그건 절대 불가능합니다. 군인 연금 법안은 트롤롭 의원과 우리가 한몸처럼 추진하는 사안입니다. 같은 수레를 민다고 할 정도로 긴밀히 공조하고 있죠. 물론 이민 법안에서는 하루가 멀다 하고 맞붙지만, 정치란 원래 반은 으르렁대고 반은 어깨동무하는 법 아니겠습니까? 게다가 트롤롭은 의사당 외부의 로비에도 능합니다. 군인 연금 법안을 통과시키려면 그의 힘이 절대적으로 필요해요. 그가 결정적인 연설을 한 번만 해 주면, 제가 이어받아 마무리 연설로 일을 끝낼 수 있습니다."

"그렇게 원하는데 왜 못 하게 하는 거죠?"

마침 다른 손님들이 다가오면서 대화가 뚝 끊겼다. 벅스톤이 자리를 뜬 뒤에도 로라는 그리 대수롭지 않은 일이라 여겼다. 그날 잠자리에 누운 로라는 곰곰이 생각하다가 새로운 계략을 떠올렸다.

다음 날 밤, 글로버슨 부인이 주최한 파티에서 로라는 벅스톤을 붙잡고 말했다.

"트롤롭이 군인 연금 법안에 대해 결정적인 연설을 하도록 해 줘요. 반드시 그 연설이 필요해요."

"지난번엔 내가 대답도 하기 전에 자리가 파했잖소."

"걱정하지 말아요. 준비는 내가 해뒀어요. 당신은 그에게 무대만 마련해 주면 돼요. 그걸 간절히 원해요."

"구체적으로 어떻게 하겠다는 겁니까?"

로라는 자신이 구상한 방안을 차근차근 설명했다. 벅스톤은 잠시 어리둥절한 표정을 지었지만 곧 고개를 끄덕였다.

"아하, 알겠습니다. 충분히 가능하겠군요. 왜 미처 떠올리지 못했을까요? 전례도 많은데. 그런데 그렇게 해서 당신이 얻으려는 건 대체 무엇입니까?"

"그건 묻지 말아요. 당신 몫은 연설을 성사시키는 거예요."

"정말 별난 부탁이긴 하네요. 그래도 워낙 진지해 보이니까 하긴 하겠다만. 그런데 그게 왜 우리한테 도움이 된다고 생각하는지는 도무지 모르겠군요."

"나중에 설명해 줄게요. 지금은 저기 혼자 서 있는 트롤롭 의원에게 곧장 가서 이야기해줘요. 알았죠?

벅스톤은 지시대로 바로 움직였다. '연금 법안'을 매개로 맺은 동맹인 트롤롭 의원에게 다가가 말을 꺼냈고, 두 사람은 거의 한 시간 동안 열띤 밀담을 나눴다. 대화를 마친 벅스톤은 로라에게 돌아와 보고했다.

"처음엔 좀 주저하더니 곧 마음이 움직이더군요. 우리는 서로 비밀을 지켜 주고, 그는 앞으로 우리를 완전히 박살 내진 않겠다는. 그러니까 대립하더라도 선은 넘지 않겠다는 약속을 했어요. 이번 회기만큼은 믿어도 될 거예요."

한 달 반가량 지나자 로라가 추진하던 해방 흑인을 위한 대학, 즉 높스 공업 대학의 설립 법안엔 뜻밖에 우호적인 여론이 빠르게 모였다. 딜워시 상원의원도 이제 수확할 때가 왔다며 기대에 부풀었다. 그는 로라와 은밀히 상의했고, 로라는 하원 표결 전망을 정확히 짚어 주었다. 과반 확보는 확실하지만, 막판에 겁을 먹고 돌아설 의원들이 나올까 봐 걱정이라고 했다.

"한 사람만 더 확실히 붙잡으면 돼. 트롤롭 의원은 아프리카계 미국인 인권을 옹호하지만 우리에겐 최대의 반대자잖아. 굳이 찬성까지 바라진 않아도 최소한 중립만 지켜 줘도 속이 편할 텐데… 에휴, 괜히 걱정이겠지."

로라는 방긋 웃었다.

"그래서 한 달 반 전에 그를 위한 작은 계책을 짜 두었거든요. 곧 효과가 날 거에요. 오늘 밤 트롤롭 의원이 여기 온다고 했죠?"

"조심해, 조카야. 트롤롭은 음험한 인물이야. 부적절한 수법이 동원됐다고 대대적으로 폭로해 세상을 떠들썩하게 만들려 한다는 소문도 있어. 우리 법안이 상정될 때 한 방 터뜨리겠다는 거지. 제발 신중히! 혹시 부당한 일이 있었다 해도 너는 몰랐고, 알게 되자마자 유감이었다는 점을 강조해. 가능하다면 그를 우리 편으로 끌어오되, 너무 무리하지는 말고."

"네, 걱정 마세요. 아이 달래듯 달콤하게 설득할 수 있어요. 믿으셔도 돼요."

마침 종이 울렸다.

"왔군." 딜워시는 이렇게 중얼거리며 서재로 들어갔다.

딜워시의 서재 문이 닫히자마자 트롤롭 의원이 모습을 드러냈다. 대머리에 고풍스러운 회중시계를 차고 있는, 겉보기엔 점잖은 신사였다.

"늘 시간을 잘 지키시는군요, 의원님."

"약속은 반드시 지킵니다. 장소와 시간도 예외가 없습니다."

"요즘은 보기 드문 미덕이죠. 사실 오늘은 정치 이야기를 나누고 싶었습니다."

"그럴 줄 알았습니다. 무엇을 도와드리면 되겠습니까?"

"놉스 대학 설립 법안 말입니다."

"아, 그 법안 말씀인가요? 잠시 잊고 있었는데, 조금 전에야 떠올랐습니다."

"의원님의 견해가 궁금합니다."

"사실 법안을 직접 읽어 보지 못했습니다만, 들리는 말로는 꽤 수상쩍다고 하더군요. 솔직히 좋은 인상은 아닙니다."

"괜찮습니다. 솔직히 말씀해 주세요."

"그렇다면… 사실 정부 사기라는 평도 있었습니다."

"그래요?"

"예, 그래서…"

"설령 사실이라 해도 첫 사례는 아니잖습니까?"

"이러시면 곤란합니다. 혹시 제 찬성표를 원하시는 겁니까?"

"맞습니다. 의원님의 찬성이 필요해요."

"세간에서도 의심하는 법안인데 어떻게… 도무지 이해가 안 되는군요."

"어쩌면 다시 원칙을 찾으신 건지도 모르겠군요, 의원님."

"저를 모욕하려고 부르신 겁니까? 그렇다면 이만 실례하겠습니다."

"잠깐만요, 괜히 기분 상하실 필요 없어요. 해운 보조금법도 사기였지만 의원님은 찬성하셨잖아요? 한때 반대하시다가 어느 날 밤 맥카터 부인 댁에서 담판을 지은 뒤 입장을 바꾸셨죠. 그때 그 부인은 제 대리인이었답니다. 이제 차분히 앉으시죠. 자, 이제 어떻게 하시겠어요?"

"그건 제가 직접 검토한 뒤에 의견을 바꾼 것이어서—"

"검토해 봤다고요? 좋습니다. 그럼 이번 법안도 한번 검토해 보시죠, 의원님. 설령 해운 보조금 법안 표를 팔지 않으셨다 해도, 대가로 주식을 받으셨잖아요? 이를테면 처남 명의로 돌려놓는다든가."

"이건 근거 없는 중상모략입니다—"

"그렇게 간단히 넘어가긴 어렵겠죠. 왜냐하면, 그날 저도 현장에 있었거든요. 숨겨진 방에서 블랭크 양과 함께 의원님을 지켜봤다면, 어떨까요?"

트롤롭은 몸을 움찔했다.

"설마… 정말 그 정도까지 하셨단 말입니까, 호킨스 양?"

"저도 조금 경솔했죠. 하지만 만약 의원님께서 부끄럽다면, 표를 팔진 않았지만 처남에게 작은 성의로 주식을 넘겼다는 사실 때문이겠죠. 우리끼리는 솔직해져요. 대중 앞에서야 고상한 가면을 쓰고 싶으시겠지만, 여기서는 소용없어요. 곧 내부개발청 구제법 관련 조사가 시작되면, 의원님이 곤란해질 거라는 건 모두 알고 있거든요."

"주식을 보유했다는 이유만으로 사람을 악당 취급할 순 없습니다. 그 일 때문에 괴로워하지도 않아요."

"저도 의원님을 괴롭힐 생각은 없어요. 다만 제가 의원님을 잘 안다고 했던 근거를 말씀드린 것뿐이죠. 사실 많은 정치인이 돈 한 푼 안 내고 주식을 받아놓고도, 떡하니 고배당을 챙겼잖아요. 이름조차 올리지 않은 채로요. 그런 지나친 호의의 속뜻을 모르면 바보, 알면 사기꾼 둘 중 하나 아닐까요? 의원님이 바보가 아니라면 결론은 뻔하죠."

"이젠 저를 칭찬까지 하시네요. 하지만 잊지 마십시오. 그 주식을 받은 사람들 중엔 국회에서 청렴하기로 소문난 이들도 많다는 걸!"

"그래요? 예컨대 상원의원 블랭크도 그랬나요?"

"아니요… 아마 아닐 겁니다."

"생각해 보세요. 그런 방식이 통할 상대는 블랭크 의원 같은 원칙주의자가 아니라, 당신 같은 분입니다. 이미 말씀드렸듯이 당신은 머지않아 '소급 경비 지급 법안'에 찬성표를 던지겠다고 공언하셨죠. 그것은 십계명 중 여덟 번째 계명을 필요에 따라 어기겠다는 선언이나 마찬가지 아닙니까?"

트롤롭은 벌떡 일어나 발끈했다.

"그래도 이번 사기 법안만큼은 당신이 시키는 대로 하지 않을 겁니다!"

"앉으세요. 왜 그럴 수밖에 없는지 설명해 드릴 테니 화내지 마시고요. 얌전해지시면, 의원님이 잃어버린 명연설의 마지막 페이지를 돌려드리겠습니다. 자, 짠. 여기 있습니다."

그는 문가에서 돌아서더니, 손에 든 종잇조각을 보고 눈이 휘둥그레졌다.

"이게 정말 내 원고인가요? 어디서! 어서 주시오!"

"천천히요. 앉으셔서 대화를 마저 하시죠."

트롤롭은 잠시 망설이다가 중얼거렸다.

"혹시… 설마 이 모든 것이 함정이었다는 말인가?"

로라는 대답 대신 원고의 아랫부분을 몇 줄 찢어 내보이며 말했다.

"이 필체, 의원님 것 맞죠? 인정하시네요. 그럼 제가 이 통계 자료 부분을 읽어 드릴게요. 의원님이 '해운 보조금 법안'을 통과시키고자 했던 연설에서 갑자기 말을 더듬으며 넘겼던 핵심 대목 아닌가요? 여기서 다음 호소로 이어지는 구조였잖아요. 그때 얼어붙으신 이유가 바로 이 페이지였을 텐데요."

말을 들은 트롤롭은 깊은 한숨과 함께 고개를 떨궜다.

"믿기지 않는군. 하지만 이게 지금 와서 무슨 소용이 있습니까? 이미 끝난 이야기죠. 그날 잠시 멈칫하긴 했어도 사람들 비웃음은 며칠 만에 잦아들었고, 다음 날 보충하겠다고 약속했지만 시기를 놓쳐 버렸습니다."

로라는 미소를 지었다.

"제가 듣기론 아직도 그 자료를 간절히 원하는 분들이 있던데요."

트롤롭은 무심한 척 어깨를 으쓱했다.

"이 사소한 누락이 내게 그리 대단할 리 없지요. 비서나 대리인을 보내 주시죠. 전 바쁘니까."

그러자 로라는 의미심장하게 웃었다.

"설마 비서가 의원님 연설 초안을 대신 썼다는 말씀인가요? 제가 아는 사실은 조금 다르던데요. 대필 작가 이야기도 들었고요."

트롤롭의 눈빛이 흔들렸다.

"그게 무슨 뜻이오?"

"벅스톤이 연설문을 써 주겠다고 했거나 다른 사람을 소개해 주겠다고 한

적이 있죠? 예전에도 의원들이 돈을 주고 원고를 사거나 전문 작가에게 맡긴 사례가 많았잖아요. 저는 그 대화를 전부 들었어요. 그런데 왜 그날 연설문에서는 마지막 페이지가 없었을까요?"

트롤롭은 얼굴을 붉히며 두 손을 내저었다.

"그만하세요… 더는 듣고 싶지 않습니다."

"잠깐, 발뺌해도 소용없어요. 의원님의 그 '문제의' 초안은 비서가 아니라 제가 쓴 겁니다. 정확히 말해, 제가 직접 쓴 원고를 의원님이 그대로 읽으신 거죠."

"……!"

트롤롭은 대경실색했다.

로라는 노트를 꺼내 필체를 대조해 보였다. 트롤롭은 곧 사실을 확인하고 침착하게 물었다.

"그럼 내가 요즘 쏟아낸 웅변은 전부 자네 덕분이었단 말인가? 참, 허망하군. 그래서 어쩌려는 거지?"

"아무것도요. 그저 재미 좀 본 거예요. 애초에 의원님이 누군가에게 원고를 의뢰할 거라 짐작하고 벅스톤을 통해 접근했죠. 친구를 소개하는 척하며 제가 대신 써 드렸습니다. 복사본만 넘기면 끝날 일을 마지막 페이지를 뺀 건 순전히 장난이었고요. 의원님은 모르셨겠지만 전 꽤 즐거웠답니다."

"결국 협박이군. 내가 법안에 찬성하지 않으면 그 사실을 터뜨리겠다는 거지?"

"처음엔 그럴 생각까진 없었어요. 하지만 의원님이 이렇게 나오시니, 글쎄요? 기분이 상하면 꾸며 볼 수도 있죠."

"허, 우습군. 설령 신문에 공개해도 사람들이 곧이곧대로 믿겠나? 다들 당신이 장난친다고 말 거요. 원래 그런 소문도 있지 않소."

"그럼 이렇게 해 볼까요? 잘생긴 청년 하나를 고용해 가슴팻말을 달게 하는 거예요. '분실된 연설 원고. 트롤롭 의원의 대작, 실제 저작은 로라 호킨스. 원고료 100달러 미지급.' 거기에 의원님 필적, 제 노트, 공식 회의록을 증거로 붙여 의사당 로텐더홀에 일주일 내내 세워 두면 어떨까요? 아직 막은 내리지 않았어요. 해볼 만하지 않나요?"

트롤롭은 겁에 질린 채 방 안을 서성이더니 결국 말했다.

"호킨스 양, 당신은 정말 그럴 만한 배포가 있군. 알았소. 화를 풀고, 당신 말대로 그 법안에 찬성표를 던지면 되겠지?"

"그럼요. 웃고 넘기면 돼요. 어차피 저는 재미가 목적이었으니까. 다만 제

놉스 법안 이야기는 아직 끝나지 않았답니다."

"그래, 그러시죠. 잃어버린 원고 이야기보다는 그 편이 낫겠습니다."

"잘됐군요! 저는 의원님께서 흑인들을 위해 그 법안에 찬성표를 던져 주시길 바랍니다. 어떠세요?"

"좋습니다. 흑인에 대한 연민이 막 솟구치는군요. 그럼 서로 비밀을 지키는 조건으로 내가 법안에 찬성하면 되는 거죠?"

"네, 약속해요."

"좋습니다. 그런데 보상은 없습니까?"

로라는 잠시 고개를 갸웃하다가 말했다.

"아, 잃어버린 그 원고 말씀인가요? 드릴 수 있죠. 다만 표결이 끝난 뒤에 드리겠습니다."

트롤롭은 다소 실망한 표정으로 인사한 뒤 자리를 떴다.

그러나 로라는 곧 생각에 잠겼다.

'표만 얻고 그가 발을 빼면 위험해. 안전장치를 마련해야 해.'

그녀는 곧 트롤롭을 다시 불러 세웠다.

"의원님, 솔직히 말씀드리죠. 표도 중요하지만 의원님의 영향력이 더 절실합니다. 법안이 통과되도록 적극적으로 도와주실 수 있나요?"

"그건 시간과 노력이 드는 일입니다. 아시다시피 의회에서 시간은 곧 돈이죠."

"알고 있습니다. 그러니 우리도 솔직해집시다. 의원님이 앞장서 주신다면 그에 상응하는 보상을 드리죠. 이미 몇몇 의원을 위해 우리 재단 이사직이나 유급 자리를 확보해 두었습니다. 그분들은 흑인들을 돕겠다는 순수한 마음으로 힘을 쏟을 테고, 저는 그 가족들을 직원으로 채용해 드릴 수 있어요. 의원님께도 같은 선택권을 드리겠습니다. 자리를 주고 싶은 분이 있나요?"

"흠… 처남이 한 명 있긴 합니다."

"처남이군요! 좋습니다. 그가 백만 달러 규모의 기금을 운용할 수도 있겠네요. 무보수 이사로 할지, 급여가 있는 자리로 할지 결정하세요."

"우린 청렴해서 돈은 사양이지요. 무보수 이사면 충분합니다. 대신 최선을 다하겠습니다."

완전히 로라의 승리였다. 트롤롭은 집으로 돌아가는 길에 혼잣말을 내뱉었다.

"이미 평판이 구겨졌는데, 애초엔 이 법안을 폭로해 명예를 회복하고 그 기세로 다음 선거까지 몰아붙이려 했단 말이지. 그런데 그 원고 조각이 내 발목을 잡다니. 제기랄. 그걸 숨기려면 내 계획도 전부 접어야 해. 선택지가 없군. 이번엔 그녀 말대로 따라주는 수밖에. 그래도 어디선가 재기의 실마리를 다시 찾아야지. 당장은 그 재단 이사직이라도 꽤 쏠쏠하니까."

트롤롭이 떠나자마자 로라는 곧장 딜워시 상원의원에게 달려갔다. 그러나 의원이 먼저 입을 열었다.

"벌써 30분 만에 포기했다는 건 아니겠지? 사실 그 편이 더 안전하기도 해."

"포기라뇨? 그는 오늘 밤 숙고한 뒤 내일 확답하기로 했어요."

"잘됐군! 그래도 희망이—"

"헛소리 마세요. 전 이미 그를 꼼짝 못 하게 만들었고, 우리 법안엔 손도 못 대게 했어요."

"말도 안 돼! 그가 우리 안을—"

"찬성표 던진다고 했고—"

"어처구니없군! 정말!"

"심지어 법안 통과를 적극 돕겠답니다!"

딜워시는 숨이 가쁜 듯 손을 흔들었다.

"도무지 믿기지 않는 일이야… 하지만 대단해! 오늘은 기적 같은 날이구먼.

자, 이 거룩한 머리에 축복을 내려 주겠다! 불쌍한 흑인들이—"

"아, 그 흑인 타령은 이제 지겨워요, 삼촌. 연설할 때나 써먹으세요. 아무튼 일이 잘 풀리면 내일부터 일사천리로 밀어붙여요."

그날 밤, 로라는 혼자 앉아 조용히 웃었다.

"모두 내 계획대로 움직이고 있어. 처음에 벅스톤을 앞세워 트롤롭에게 멋진 연설을 준비하게 만들고 벅스톤을 통해 대필하게끔 제안한 것은 신의 한 수였지. 그 연설문을 복사한 뒤 마지막 페이지를 슬쩍 감춘 덕에 트롤롭은 하원에서 얼어붙었고, 난 그걸 지켜보며 재미를 봤어. 벅스톤이 내 의도를 알아채고 칭찬했던 것도 기억나네. 이번 후속 작전이 결국 우리 법안을 살려낼테니, 그쪽에서도 좋아할 수밖에 없겠지.

트롤롭이 경고만으로 국회 로텐더홀에서 그의 비밀을 정말 폭로할 거라 믿었다니, 한편으론 순진하다고 해야 하나. 그런데 가만, 만약 그가 정말 표를 거부했다면? 아마 난 그 협박을 실제로 실행했을지도 몰라. 사람들 입방아야 좀 오르겠지만, 어차피 셸비랑 유럽으로 떠나버리면 내 과거가 어쩌고 해도 상관없지. 그리고 스트레스도 풀렸을 테고. 후후, 상상만으로도 짜릿하군."

제4부
놉스대학 설립법안

CHAPTER 43.

바로 다음 날, 예고된 대로 의회 논전의 막이 올랐다. 하원 의사일정에서 법안 공고 순서가 되자 벅스톤 의원이 자리에서 일어나 또렷이 선언했다.
"높스 공업대학을 설립하고 법인화하는 법안을 발의합니다."
그는 덧붙이는 설명도 없이 곧바로 자리에 앉았다.
말이 채 끝나기도 전에 상층 기자석의 속보 기자들이 그 한마디를 받아 적어 전신실로 뛰어갔다. 곧 한 줄짜리 긴급 전문이 타전돼 수백 마일 밖 신문사들에 찍혀 나갔다.

> 새 법안 탄생! 벅스톤, '높스 대학 설립 법안' 전격 상정! 찬성표는 전부 돈으로 매수!

이미 여러 특파원과 사교계 소식통이 '의혹투성이 법안'이라며 연일 기사를 쏟아낸 터였다. 다음 날 주요 일간지는 일제히 흑인 대학 설립 법안을 맹렬히 비난하며 벅스톤 의원의 양심을 도마에 올렸다. 반면 워싱턴 현지의 신문은 관례대로 한껏 낮은 톤을 유지하며 외부 언론의 과장을 아쉽다고만 했으니, 이번에도 노골적인 충돌을 피하려는 기색이 역력했다.
그 가운데 《워싱턴 데일리 러브 피스트》만은 이 법안을 지극히 고결하고 유익한 입법이라며 극찬했다. 이 신문은 일명 발람 상원의원이 소유했는데, 그는 한때 목사로 설교단에 섰던 터라 여전히 '형제 발람'이라는 별칭과 함께 성직자 특유의 향취를 풍겼다. 정치 활동은 물론 종교와 절제 운동에서도 막강한 영향력을 행사했으니, 신문 논조 역시 그의 성향을 고스란히 담았다. 《러브 피스트》는 놉스 대학 법안을 순수하고 의로운 법이라 치켜세우며, 딜워시 상원의원이 마련했으니 그 숭고한 의도는 이미 증명된 셈이라고 단언했다.

상원의원 딜워시는 뉴욕 언론의 반응이 무척 궁금했다. 더딘 우편이나 화물 열차로 도착할 지면을 기다리다가는 속이 터질 지경이라, 그는 각 신문의 논설을 전보로 요약해 보내 달라고 지시했다. 워싱턴과 뉴욕을 잇는 철도가 얼마나 느린지 소 달구지를 한 번도 앞질러 본 적이 없다는 우스갯소리가 돌 정도였으니, 전보가 아니고서는 소식을 들을 도리가 없었다.

다음 날 아침 식탁에서 딜워시는 도착한 전보 요약본을 큰 소리로 읽어 주었다. 로라는 빗발치는 악평을 듣고 걱정스레 물었다.

"이렇게 혹평이 계속되면 법안이 부결되는 건 아닐까요?"

딜워시는 너털웃음을 지으며 고개를 저었다.

"천만에, 사랑하는 조카. 이게 바로 우리가 바라던 '박해'라네. 야당 언론의 맹공만큼 좋은 촉매제가 어디 있겠나. 박해가 곧 약이 된다는 걸 곧 보게 될 거야. 이미 우리 쪽 표가 어느 정도 확보된 상태에서 이런 비난이 들불처럼 번지면, 오히려 강경 지지층이 오기를 품어 더 결집하기 마련이네. 그러면 곧 여론도 방향을 틀지. 대중이란 얼마나 감상적이고 마음 약한가. 예컨대 사형감인 살인자도 신문이 슬그머니 태도를 바꾸면, 금세 군중이 눈물로 선처를 호소하잖나? 그러니 박해를 받으면 받을수록 우리는 득을 본다네."

로라는 그 말을 듣고 쓴웃음을 지었다.

"그럼 마음껏 기뻐하셔야겠네요. 첫날부터 신문들이 맹공을 퍼붓고 있으니까요."

딜워시는 느긋하게 웃었다.

"아직 약해. 가증스러운 '강도질' 정도는 사용해야 속이 시원하지. '의심스럽다'니 '부당하다'니 하는 말로는 부족해. 조금만 기다리면 더 독한 말들이 쏟아질 걸세."

로라는 다시 물었다.

"발람 의원이 운영하는 신문도 우리를 슬쩍 공격해 주면 어떨까요? 그래야 여론도 뜨겁게 달아오를 텐데요."

딜워시는 가볍게 손을 내저었다.

"발람의 신문은 읽는 사람이 거의 없네. 우리 편이라 손해 볼 일은 없지만, 대중을 뒤흔들 파급력도 없다네."

그날 오후, 의회 규정에 따라 벅스톤 의원이 '높스 공업대학 설립 및 법인화 법안'을 정식 상정했다. 이어 이의가 없으면 해당하는 위원회로 회부한다는 관례적인 절차가 번개처럼 진행됐고, 의장은 특유의 빠른 발음으로 선언했다.

"이프데어비노어브젝션빌위로퍼투더커밋티-소오오더!"

방청객은 무슨 말인지 알아듣기 어려웠지만, 노련한 의원들은 관례대로 위원회 회부라는 것을 이해하고 고개를 끄덕였다. 외지 손님들만 '기침하신 건가?'라며 어리둥절해했을 뿐이다.

기자들은 곧장 전신으로 속보를 날렸다.

벅스톤, 드디어 법안 상정. 그러나 막판 표 결집 불안정. 매수된 표가 많지만 언제든 흔들릴 수 있어.

예상대로 폭풍이 몰아쳤다. 전국의 신문들은 흑인 대학 설립이 세금을 '강도질'한다고 규정하며 1면을 도배했고, 사설마다 추악한 로비와 돈 냄새 나는 표 거래가 존재한다고 대서특필했다. 시민의 여론이 들끓자 국회 안팎으로 온갖 풍문이 퍼졌다. 하루가 멀다 하고 각종 전보가 전국 지면을 가득 채웠다.

토요일자 석간은 이렇게 시작했다.

젝스 의원과 플루크 의원, 지지 철회 움직임 뚜렷.

이틀 뒤 월요일 아침판에서는 확인 기사가 이어졌다.

> 두 의원, 결국 등을 돌리다!

목요일 아침 신문 1면에는 굵은 활자로 이런 제목이 박혔다.

> 텁스와 허피 의원도 배신 선언.

같은 날 저녁판은 한술 더 떴다.

> 또 다른 이탈자 발생! '놉스 산적단' 내부 극심한 동요. 최종 구도는 여전히 안갯속.

하루가 채 지나기도 전에 분위기는 또 뒤집혔다.

> 여론 반전 조짐. 찬성 의견 소폭 회복.

곧바로 번갯불 같은 특종이 터졌다.

> 충격! '절름발이 웅변가' 트롤롭, 반대 진영으로 이동?

이어지는 반론도 있었다.

> 사실무근 가능성. 트롤롭은 원래 법안 통과의 선봉장.

그러나 다음 날 아침, 진실이 드러났다.

> 트롤롭 변절 확인. 금전 거래 의혹 확산.

그 다음에는 트롤롭의 해명이 실렸다.

> 언론의 과도한 비난을 통해 다시 들여다보니, 이 법이야말로 반드시 필요하다는 결론에 도달했습니다.

트롤롭이 돌아서자 젝스와 플루크를 포함해 여섯 명이 다시 여당 쪽에 합류했고, 텁스와 허피도 마음을 돌릴 태세였다. 신문들은 한목소리로 외쳤다.

진영 재정비 완료. 대오가 어느 때보다 견고하다.

마지막 속보는 이렇게 맺었다.

위원회 보고서, 내일 본회의 상정 예정. 양측 총동원령 발동! 워싱턴이 곧 끓어오를 전망.

Chapter 44.

"남들은 쉽게 말하지."

헨리는 한숨을 섞어 말했다. 방금 필립에게 속내를 털어놓은 직후였다.

"다들 그만 포기하라고 조언하지만, 정작 그 여자를 사랑하지 않는 사람이나 할 수 있는 말이야. 난 어쩌라고? 어떻게 포기하라는 거지?"

헨리에게 이 상황은 가만히 두고 볼 일이 아니었다. 그토록 깊이 사랑하면서도 자신에게는 아무런 권리조차 없다는 사실을 그는 도무지 받아들일 수 없었다. 원하는 것은 기어코 손에 넣어야 직성이 풀리는 헨리에게 물러선다는 것은 선택지가 아니었다. 게다가 로라를 놓아주면 그녀가 돌이킬 수 없는 파국으로 떨어질 것 같다는 생각까지 더해져, 사랑을 포기한다는 것이 도저히 납득이 가지 않았다.

헨리는 늘 그렇듯 자신의 미래를 장밋빛 대서사로 그려 두었다. 상상력이 판단력을 뒤덮다 보니 이야기할 때마다 과장이 섞였고, 듣는 이들은 저 말이 사실인지 의심하곤 했다.

그 탓에 필립은 헨리의 설명만으로는 로라가 그에게 얼마나 희망을 주었는지 가늠할 수 없었다. 필립이 아는 헨리에게서 이런 침울한 모습은 처음이었다. 특유의 호언장담이 거의 바닥난 듯했지만, 그럼에도 몸에 밴 허풍은 가끔씩 불쑥 고개를 내밀곤 했다.

필립은 당분간 상황을 지켜보기로 했다. 워싱턴 생활은 낯설었고, 이곳의

제4부 놉스대학 설립법안   321

규칙과 분위기를 이해하려면 관점을 새로 잡아야 했다. 볼턴 가문의 맑고 단정한 공기에 비하면 워싱턴은 북적이는 장터였다. 사람들은 하나같이 조급하고 병든 사람처럼 보였고, 여기에 조금만 머물러도 정신이 쇠약해질 것 같았다. 수도 정치의 한복판에 있다는 이유만으로 누구나 자신을 과대평가하는 듯했다. 권력과 로비라는 기회의 샘이 발밑에서 솟아오른다고 믿는 모양이었다.

인사할 때도 어느 도시 출신이 아니라 어느 주 출신이라고 말하며, 자신이 '대표'임을 과시했다. 여기 몰려든 사람들 대부분이 주 대표 운운하며 국제정치나 거대정책을 자유자재로 입에 올려, 필립은 처음엔 이곳 인물들이 다 엄청난 거인인 것으로 착각할 뻔했다.

여성들 역시 유행이나 문학 대신 '정치'를 지극히 자연스럽고 유창하게 화제로 삼았다. 의사당에는 매일 논란이 떠돌았고, 정체불명의 대형 스캔들이 포토맥강의 늪지 안개처럼 피어올라 어디로 번질지 알 수 없는 분위기였다. 국회의원, 공무원, 방문객의 절반은 좋은 자리를 얻으려 했고, 이미 자리를 잡은 이들은 더 높은 지위와 보수를 노렸다. 여성들 또한 친지와 지인의 임용과 승진이 걸린 법안을 열성으로 지지하거나 격렬히 반대했다.

여기 사람들은 국회 표결이나 위원회 심의 결과가 결혼과 여행, 심지어 생사까지 좌우된다고 믿는 듯했다. 법안이 통과돼야 결혼이 가능했고, 해외여행도 비로소 현실이 됐다. 그런가 하면, 수십 년째 청원서를 손에 쥐고 의회 문을 지키는 노인과 부상자들은 세월이 흐를수록 무덤이 더 가까워 보였다. 분명 그들 중에는 정당한 권리를 요구하는 이들도 많았지만, 그들을 버티게 하는 것은 그저 희망뿐이었다.

흥미로운 일도 있었다. 고향 마을의 작은 신문사에서 '올해 처음 식탁에 오른 달걀!' 같은 기사를 쓰던 편집 조수가, 여기서는 하원 주요 위원회 서기라는 요직에 올라 있었다. 그는 고향 신문 사설마다 자신을 지도급 인물로 묘사하며, 워싱턴의 뒷거래를 좌우하는 외교관인 양 행세했다. 필립은 그 모습을 보고, 황당한 인선과 더 황당한 입법이 어떻게 탄생하는지 단번에 깨달았다.

"결국 이 도시 사람도 다른 지방 사람과 다를 바 없네. 욕망과 선의, 악의는 어디서나 비슷하군."

필립은 결론에 이르렀다. 독특하다 느꼈던 워싱턴 하숙집 특유의 싸한 분위기도, 따지고 보면 어디든 존재하는 분위기였다.

셀러스 대령만은 예전 모습 그대로였다. 그는 마치 워싱턴이 자기 무대라도 된 듯 화려한 상상력을 뽐냈다. 나라 어디를 가도 자부심이 넘쳤지만, 수도에 오니 그의 허세와 환상적인 구상은 한층 더 커졌다. 웬만해선 크다 싶은 안건도 셀러스의 눈에는 그보다 더 큰 구상은 이미 해본 수준의 소소한 생각에 불과했다.

"나라가 그럭저럭 굴러가긴 해도 정치인들은 너무 소극적이야. 돈을 더 풀어야 한다고. 내가 바우트웰 재무장관에게도 말했지.

'화폐를 금만 믿고 발행한다고? 그건 돼지고기를 기초 자산 삼는 것과 다를 바 없소. 금도 결국 하나의 상품일 뿐인데, 왜 모든 자원을 기초 자산화해 통화를 확대하지 않는가!'

또 생각해 봐. 서부 개척지에서 쏟아져 나오는 곡물과 면화를 동부와 세계 시장으로 실어 나르려면, 철도와 운하 같은 대형 교통망이 필수 아니겠어? 구태의연한 정치인들은 이걸 놓치고 있다니까. 그래도 그랜트 대통령은 알아듣더군. 동부 제임스강에서 미시시피까지 운하를 하나 쫙 뚫으면 대박이라고. 그런 건 국가가 마땅히 해야 하는 일 아닌가?"

이런 식으로, 셀러스가 시작하면 대화를 끝낼 길이 없었다. 다만 필립은 아랑곳 않고 그를 다른 화제로 돌려, 로라가 지금 워싱턴에서 어떤 평가를 받고 있는지 물었다.

"응? 몰라. 우리야 대학 건설에 매진하느라 여념없지. 그 덕분에 로라도 대박이야. 걔 기질이 워낙 좋아서, 남자 못지않게 헌신하고 있거든. 지 딴에도 대단한 결혼 상대를 얻겠지. 험담? 당연히 있지. 미인이면 질투가 따라오는 법이니까. 그래도 시 호킨스 딸한테 그런 말은 어불성설이야. 에이, 말도 안 돼. 그저 내가 그녀에게 한마디 했어, 조심 좀 하라고."

필립은 대령의 조언을 믿어 보려 했지만, 이미 도시 곳곳에서 번지는 소문을 여러 차례 들어 왔다. 사람들 말로는 로라가 겉으론 매혹적인 여성으로 칭송받고 어느 사교 모임에서든 환영받지만, 그 이면에는 불길한 이야기가 맴돌고 있었다. 그녀가 최고 상류층 모임에서는 한 발 비켜 서 있고, 의회를 매수했으며, 특히 셸비 대령과 동침한다는 사실이 이제는 공공연한 비밀이라는 것이다. 남자들이 뒤에서 혀를 차며 헛기침으로 수군대는 모습을 필립은 분명히 보았다. 그는 직접 로라를 만나 진상을 확인하기로 마음먹었다.

지난번 헨리와의 대화 이후, 로라는 주위를 둘러싸고 있는 분위기가 한층 뚜렷해졌음을 실감했다. 남자들의 태도가 은근히 달라졌고, 여자들의 시선은 눈에 띄게 차가워졌다. 처음에는 인기와 미모에 대한 질투일 뿐이라고 애써 힘들게 넘겼지만, 점차 생각이 바뀌었다.

"사교계가 등을 돌려도 내가 잃을 것은 없어. 배신할 쪽은 나고, 두려워할 이유도 없다고." 그녀는 그렇게 자신을 다잡았다.

로라를 가장 불안하게 만든 것은 셸비가 곧 해외로 떠난다는 소문이었다. 만약 그가 다시 자신을 배신한다면 모든 것이 무너질 것 같았다. 남들이 그녀의 운명을 어떻게 떠들든 상관없었다. 하지만 셸비와의 관계만큼은 스스로 끝을 내야 했다. 로라는 조용히 셸비의 움직임을 지켜보다가 기회를 놓치지 않고 물었다.

"정말 날 두고 떠나려는 거야?"

셸비 대령은 말도 안 되는 소리라며 태연히 부정했다.

"유럽에 갈 생각 없어. 셀러스랑 티격태격한 것도 농담이었어. 네가 추진하는 대학 법안만 통과되면 우리 둘이 어디든 함께 떠나자고."

그러나 로라에게 그 말은 속이 빈 껍데기처럼 들렸다. 셸비가 겁을 먹고 시간을 끄는 것 같았다. 겉으로는 의심을 드러내지 않았지만, 그녀는 매일 그를 예의 주시하기 시작했다.

바로 그 무렵, 필립이 로라를 찾아왔다. 정숙하고 우아한 모습으로 마주한 로라는 필립이 상상하던 소문 속의 문제적 인물과 거리가 멀었다.

"그 마을에서 처음 만난 거 기억하죠?"

그녀는 호크아이 시절처럼 살갑게 인사를 건네며 웃었다. 그러자 필립은 본론을 꺼내기도 전에 정말 이 여자가 소문만큼 타락한 여자인지 의문이 들었다. 도덕적 기준이 분명한 그 역시 잠시 혼란스러웠다.

로라 역시 그의 올곧고 맑은 마음을 단번에 느꼈다.

'그때 다른 길을 택했다면, 이런 남자처럼 전혀 다른 삶을 살았을 텐데…'

그녀 안에서 잠들어 있던 양심이 미세하게 꿈틀거렸다. 적어도 필립 앞에서는 진실하고 싶었다. 그 작은 불씨가 이번 대화에서만큼은 그녀를 솔직한 사람으로 만들었다.

"헨리가 당신을 사랑한다는 사실, 느끼고 계셨나요?"

필립이 직설적으로 물었다.

"어렴풋이요."

로라가 짧게 답했다.

"그의 마음은 눈이 멀 만큼 강렬하고, 끝까지 헌신적입니다."

필립이 조심스레 덧붙였다.

그러자 로라가 살짝 비꼬듯 물었다.

"그렇게 순수한 사랑이 워싱턴에선 드문가 보죠?"

"글쎄, 이 도시에서는 좀 희귀한 것 같아요."

필립도 약간 꺼리며 받았다가, 곧 진지하게 물었다.

"무례를 용서하세요. 하지만 그의 사랑과 헌신을 생각해서라도 워싱턴에서의 행보, 특히 셸비 대령과의 관계를 다르게 바꿀 의향이 있으십니까?"

로라는 얼굴빛이 굳어졌다.

"그게 무슨 상관이죠?"

필립은 더 이상 돌려 말하지 않았다.

"헨리는 당신이 본래 그런 길에 빠질 분이 아니라고 믿습니다. 그런데 도시는 모두 셸비 대령과의 관계가 당신을 망치고 있다고 말해요."

잠시 정적이 흐르고 두 사람이 천천히 자리에서 일어섰다. 로라는 격앙된 숨을 억누르듯 시선을 떨궜고, 필립은 가만히 서서 대답을 기다렸다.

한참 후, 로라가 떨리는 목소리로 입을 열었다.

"다 알고 계셨군요. 헨리 브라이얼리? 아무 의미 없어요. 바람둥이가 여자를 가지려다 스스로 불탄 거죠. 연민은 느끼지 않아요. 필립 스털링 씨, 됐죠? 헨리에게 헛된 짓 그만두고 떠나라고 전해주세요. 하지만 당신이 원한다면 저도 받아들이겠어요. 그와 당신은 다르니까요. 당신 말이라면… 듣겠습니다."

그녀의 눈가에 눈물이 순식간에 맺혔다. 방금 전의 공격적이고 냉소적인 어조와는 상반된 모습이었다.

"제가 왜 이런 처지가 됐는지 아신다면, 헨리를 동정하실 수 없을 거예요. 어떤 선택을 해도 놀라지 않으시겠죠. 어차피 제 삶은 되돌릴 수 없고, 세상도 저를 받아들이지 않을 테니까요. 결국 저는 이 길을 갈 수밖에 없습니다. 더는 바랄 것도 없어요. 비난하셔도 좋지만, 제발 더 묻지는 말아 주세요."

필립은 이 말을 듣고 한편으로는 안도했다. 적어도 헨리가 집착할 이유가 없다는 사실이 명확해졌기 때문이다. 그러나 로라의 처지를 생각하니 깊은 연민이 밀려와 마음이 무거워졌다.

나중에 필립은 헨리에게 꼭 필요한 말만 전했다.

"그 여자는 네가 기대할 상대가 아니야. 널 대수롭지 않게 생각하더군."

헨리는 그 말을 반쯤 믿으면서도 고개를 떨군 채 체념하듯 말했다.

"흠… 필립, 자넨 여자를 몰라."

쓸쓸하게 웃은 그는, 더는 손쓸 방법이 없다는 사실을 깨달은 듯했다.

Chapter 45.

 그날 중대한 의사 일정이 다가오자 하원 방청석은 발 디딜 틈 없이 붐볐다. 사람들은 그저 위원회 보고가 관례대로 진행되는 모습을 보려 모인 것이 아니었다. 이미 유죄와 사형이 기정사실인 살인사건 재판에서 형식적인 배심원 선정 절차를 지켜보려 몰려드는 군중처럼, 오늘은 겨우 첫 단계인 보고서가 모든 절차를 생략하고 바로 종결될 수 있다는 소문 때문에 몰려든 것이다.
 위원회 보고 접수만으로도 대형 사건이 터질 수 있다는 전망에 의사당 안팎은 하루 종일 술렁거렸다.
 드디어 의사 일정이 위원회 보고 차례에 이르자, 지루함에 빠져 있던 방청객들의 얼굴에 활기가 돌았다. 선행 구제 및 자선 예산안을 담당하는 위원회 위원장이 자리에서 일어나 배정된 안건들을 차례로 보고하기 시작했다. 그때 파란 제복에 금단추를 단 하원의 보조원 소년이 위원장에게 작은 쪽지 한 장을 건넸다.
 쪽지를 펼친 위원장은 그것이 잠시 전에 의사당 어딘가에 모습을 드러냈다 사라진 딜워시 상원의원이 보낸 것임을 알아차렸다. 쪽지에는 이렇게 적혀 있었다.

> 모두가 정면 돌파를 예상하고 있습니다. 의원님도 아시다시피, 저 역시 지금이 그때라 확신합니다. 우리는 이미 수적으로 우세하고, 시기 또한 무르익었습니다. 트롤롭 의원의 합류로 세력이 눈에

띄게 불어나고 있지요. 야당 의원 10명이 정오 무렵 급히 시외로 나갔다니 하루 이틀은 복귀가 어려울 것입니다. 또 여섯 명이 병을 앓고 있다 하니 며칠 안에 돌아온다 해도 큰 변수는 못 됩니다. 이런 상황이라면 과감히 규칙을 유보하고 단숨에 표결을 밀어붙이는 편이 낫습니다. 3분의 2 득표는 확실합니다. 주님의 진리가 우리를 승리로 이끌 것입니다.

— 상원의원 딜워시

벅스톤 의원장은 자신이 속한 위원회 안건 가운데 '높스 공업대학 설립 법안'을 일부러 맨 끝에 남겨 두었다. 다른 법안들이 차례로 가결되거나 부결된 뒤, 마침내 마지막 순서가 되자 그는 자리에서 일어나 다음과 같이 말했다.

"위원회를 대표해 이 법안을 찬성 의견으로 보고하게 되었습니다. 언론 보도 탓에 여러 오해가 퍼졌는데, 국민께서 이 법의 취지를 제대로 이해하시길 바랍니다. 조항 하나하나가 얼마나 정당하고 타당한지를 설명드리겠습니다."

그는 그렇게 말한 뒤, 법안의 골자를 조목조목 소개하고 그 필요성과 공익성을 열띠게 강조하기 시작했다. 그는 법안의 핵심 내용을 간략히 다음과 같이 제시하였다.

> 동부 테네시에 「놉스 공업대학(Knobs Industrial University)」을 창립·법인화한다.
> - 성별·인종·종교를 불문하고 모든 이에게 문호를 개방한다.
> - 영구 이사로 구성된 이사회가 대학을 관리하며, 결원이 생기면 이사회가 후임자를 선임할 수 있다.
> - 대학 본관·기숙사·강의동·박물관·도서관·실험실·공방·용광로·공장 등 대규모 시설을 신축한다.
> - 약 6만 5천 에이커(약 263 ㎢)의 부지를 매입해 대학 용도로 사용한다.
> - 부지 매입비는 국고에서 지원하며, 해당 토지는 국유가 아니라 신탁 이사회가 관리하되, 용도는 위 목적에 한정한다.

벅스톤은 애초 7만 5천 에이커 전부를 매입하려 했지만, 해당 토지의 상속인 워싱턴 호킨스가 난색을 보여 6만 5천 에이커만 확보하게 됐다고 설명했다. 워싱턴은 땅값이 계속 오르는데 지금 팔기엔 아깝다는 이유를 내세웠다고 덧붙였다.

이어 벅스톤은 남부에 절실한 것이 숙련된 노동력이라며, 현재 인력은 대부분 비숙련이어서 이대로는 광산 개발·철도 건설·농업·제조업 어느 분야에서도 낭비와 후진성을 벗어날 수 없다고 역설했다. 놉스 공업대학이 기술 교육을 통해 남부를 근본적으로 혁신할 것이며, 그 결과 국가 재정도 수년에 걸쳐 배로 늘어날 것이라고 주장했다. 하지만 경제적 이익보다 더 중요한 가치는 해방된 흑인을 제대로 교육하는 일이 곧 우리에게 주어진 신성한 사명이라고 힘주어 말했다. 이 대목에서 그는 딜워시 상원의원의 메모를 의식한 듯, 종교적 수사를 열정적으로 곁들였다.

"우리가 그들을 자유롭게 해놓고 무지의 굴레에 다시 가둬둘 수는 없습니다. 스스로 설 수 있는 기반을 마련해 주지 않는다면, 우리는 또 다른 죄를 짓는 셈입니다. 놉스 공업대학은 거대하고 숭고한 기술 교육 기관으로, 미국의 자랑을 넘어 전 인류의 본보기가 될 것입니다. 동부 테네시의 험준한 놉스 산맥을 하나님께서 쉽사리 사유화되거나 파헤쳐지지 않도록 30년 넘게 한 가문 손에 묶어 두신 것도, 바로 이 위대한 목적을 이루려는 섭리 아니겠습니까?"

남의 땅을 사들이는 건데, 왜 국가가 이걸 굳이 사야 하는지 의문을 제기할 수도 있다. 국유지나 철도 회사 등에 이미 광활한 공터가 있는데 말이다. 그러나 벅스톤은 단호했다.

"정부가 소유한 토지 가운데 이 지역만큼 사업에 적합한 곳은 없습니다. 광산, 야생 동식물, 다양한 광물 자원, 울창한 숲, 농업, 산업 교육에 필요한 모든 조건이 집약돼 있습니다"

그리고는 이어서 말했다.

"살아 있는 동안 꼭 보고 싶습니다. 남부의 젊은이들이 이곳에서 광산학과 공학을 실습하고, 축산과 농업을 배우며, 산림과 생태를 연구해 진정한 산업 인재로 성장하는 모습을요!"

벅스톤의 연설이 끝나자 야당의 반격이 시작됐다. 신문 보도를 근거로 법안에 의혹을 제기하는 의원들이 치열한 논쟁을 벌였다. 하지만 법안 지지파 지도부는 이미 치밀한 전략을 짜 두고 있었다. 토론 시간을 넉넉히 주어 야당을 지치게 만들되, 표결은 한순간에 몰아붙이기로 한 것이다. 특히 법안 통과에 직접적인 이해관계가 있는 의원들은 단 한 명도 자리를 비우지 않았다. 야당

인원이 빠져나가거나 기진맥진하면 곧바로 표결로 들어가려는 심산이었다. 그들에게 이 법안은 생사가 걸린 사안이나 다름없었다.

해가 저물고 밤이 깊어도 하원은 좀처럼 가라앉지 않았다. 방청석은 배고픔에 빠져나갔던 사람들이 저녁을 해결하고 돌아오면서 다시 가득 찼다. 의원들은 지친 기색이 역력했고, 일부는 노골적으로 꾸벅꾸벅 졸거나 멍한 얼굴로 자리를 지켰다. 소수의 발언자만이 단상에 서서 지루한 연설을 이어 갔다. 곳곳에서는 의원들이 머리를 맞대고 속삭였고, 하품을 하며 의자를 뒤로 젖히는 이도 있었다. 몇몇은 서류를 베개 삼아 책상에 엎드려 잠에 빠지기까지 했다.

가스등 불빛이 천장의 화려한 장식 틈새로 눈부시게 쏟아지며, 이 어수선한 무대를 선명히 비추었다. 방청석도 지친 기색이 역력했으나, 끝까지 자리를 지키려는 이들이 있었다. 기자석에도 몇몇이 버티며 중요한 순간을 포착하려 눈을 부릅떴다. 딜워시 상원의원과 필립은 외교석에 앉아 시시각각 변하는 장내 분위기를 살폈고, 워싱턴 호킨스는 일반석에서 그 모습을 지켜보았다. 인근에는 셀러스 대령도 있었다. 대령은 밤새 복도를 누비며 의원들을 붙잡아 설득하느라 태어나서 이렇게 일 많이 해본 적이 없다고 할 만큼 분주했지만, 자정 무렵엔 기력이 다해 말없이 자리에 머물렀다.

결정적 순간이 다가오자 벅스톤은 트롤롭 등 핵심 의원들과 은밀히 작전을 짜고 신호를 보냈다. 동료들에게 지금이 때라는 쪽지를 돌리자, 무기력하던 여당 의원들이 일제히 활기를 되찾았다. 지연 전술이 계속되고 있는 이때, 여권이 마침내 결단을 내릴 준비를 마친 셈이었다.

때마침 연설자가 눈치를 보며 마무리하려 하자, 벅스톤이 자리에서 일어섰다. 그는 본 안건이 의도적으로 지연되고 있다고 단호히 비판한 뒤 곧바로 질의종결동의를 제안했다. 이는 토론을 즉시 끊어 버리고 표결하는, 하원에서 가장 기피되는 절차였다. 방청석과 의원석 곳곳에서 야유와 고함이 터져 나왔다.

"질문! 질문!"
"의장님!"
"토론 중단 반대!"

의장은 망치를 내리치며 진정을 요구한 뒤 질의종결동의를 바로 표결에 부쳤고, 다수표로 토론 중단이 가결됐다. 첫 번째 고비를 넘긴 순간이었다.

이어 위원회 보고서 채택 여부를 표결에 부치자 찬성이 압도적이었다. 곧바로 법안을 1차 독회에 붙여 역시 가결시켰고, 반대파는 속수무책으로 밀렸다. 야당이 본회의를 즉시 폐회하자는 긴급 동의를 냈지만 여당이 부결시키면서 격론이 이어졌다. 이후 2차 독회와 전원위원회 회부까지 절차가 일사천리로 진행됐고, 회의장은 통상보다 규율이 느슨해져 한층 소란스러웠다.

이제 남은 마지막 관문은 법안에 남겨 둔 '땅값' 공란에 얼마를 채워 넣을지 결정하는 일이었다.

"3백만 달러를 넣읍시다."
"2달러 50센트는 어떻습니까?"
"25센트면 적정가죠!"

규정에 따라 가장 낮은 금액부터 표결에 부쳤다. 25센트안은 부결, 2달러 50센트안도 부결, 결국 3백만 달러안만 남아 치열한 공방 끝에 통과됐다. 이어 각 조항을 꼼꼼히 낭독하며 세부 수정을 거친 뒤 위원회 심사 완료를 선언했고, 하원이 본회의 체제로 돌아오자 곧바로 3차 독회까지 밀어붙였다. 그 과정에서 금액 조항을 다시 논의하자거나 단어 하나하나 표결하자는 요구가 쏟아졌지만, 압도적 지지 세력이 매번 방어에 성공했다.

마침내 최종 표결. 반대 진영조차 더는 가망 없다는 분위기 속에서 개표 결과가 나왔다. 득표는 정확히 3분의 2를 넘어 대통령 거부권조차 무력화할 수 있는 수치였다. 방청석은 박수와 환호로 들끓었지만, 의장이 의사봉을 두드리며 질서를 외쳤다. 이로써 「놉스 공업대학 법안」은 하원에서 최종 가결되었다.

패배한 의원들은 우르르 퇴장했고, 승리한 의원들은 어깨를 맞부딪치며 환호했다. 구경꾼들도 쇼가 끝난 것을 알고 흩어졌다.

셀러스 대령과 워싱턴은 의사당을 나서며 아침 해가 이미 높이 떠 있는 것을 확인했다.

"손 한 번 잡게, 친구! 이제는 확실히 끝났어. 우리, 곧 백만장자가 되는 거야! 상원은 딜워시 상원의원과 나만 믿어. 당장 집에 가서 로라에게 알려! 하, 이 감격을 어찌 말하나. 나도 아내에게 전보를 쳐서 여기로 오라 해야겠어. 큰 집 짓고… 허허, 모든 게 잘됐군!"

워싱턴은 얼떨떨한 채로 집까지의 길을 제대로 찾지 못해 몇 번이나 발길을 돌렸다. 간신히 현관 앞에 선 그는 현관 등을 바라보며 애써 정신을 가다듬었다.

"벌써 이렇게 늦었잖아. 혹시 딜워시가 먼저 와서 소식을 전했을지도 몰라."

조심스레 노크했지만, 로라의 방문에서는 아무런 기척이 없었다.

"역시 공작부인답군. 이런 대사건에도 흥분하기는커녕, 평소처럼 푹 자고 있나 보지. 백만 달러쯤이야 일상적인 일이라고 생각하나?"

헛웃음을 삼킨 그는 자기 방으로 돌아가 곧장 침대에 몸을 뉘었으나 좀처럼 잠이 오지 않았다. 결국 몸을 일으켜 책상 앞에 앉은 그는 루이즈에게 긴 편지를 써 내려갔다. 잉크가 마르기도 전에 어머니에게 보낼 편지를 또 꺼내 들었다. 두 통의 편지는 결말이 거의 같았다.

"로라는 이제 미국에서 가장 빛나는 여인이 될 거야. 매일 신문마다 그녀의 이름이 오르내리고, 그녀가 한 멋진 말들이 인용될 테니 내 이름도 함께 실리겠지? 세상이 이렇게 환해질 줄이야! 우리가 그토록 길고 힘들게 싸워 온 날들이 끝났어. 이제 우릴 괴롭힐 건 아무것도 없어. 참고 견뎌 준 당신들에게 다 보답이 돌아갈 거야.

아버지의 혜안이 드디어 입증됐어. 예전에 내가 의심하고 불평했던 일을 생각하면 얼마나 송구한지 몰라. 하지만 이제 모든 게 좋아졌어. 우리는 가난과 고생과 눈물을 떨쳐 내고, 온 세상이 우리를 환영해 줄 거야."

제5부
로라의 재판과 사회의 이중성

Chapter 46.

필립은 국회의사당을 나와 딜워시 상원의원과 함께 펜실베이니아 거리를 걸었다. 그날 아침은 완연한 봄날이었다. 공기는 부드럽고, 마음을 들뜨게 하는 상쾌함이 감돌았다. 싱그럽게 우거진 가로수의 푸름, 탐스럽게 핀 복숭아꽃의 은은한 분홍빛, 따스한 남풍이 스며든 알링턴 언덕의 아지랑이까지 모든 것이 마치 대지가 부활하는 기적처럼 느껴졌다.

딜워시 의원은 모자를 벗고, 마치 영혼까지 이 산뜻한 공기에 맡기듯 천천히 숨을 들이켰다. 가스등 불빛이 깔린, 밤새도록 열기와 소란이 뒤섞인 의사당에서 막 빠져나온 참이니, 이렇게 고요하고 탁 트인 거리에 선 지금이야말로 필립에게는 그야말로 천국 같았다.

딜워시는 크게 의기양양하거나 들뜬 모습은 아니었고, 오히려 잔잔한 경건함 속에서 기쁨을 음미하는 듯 보였다. 마치 신의 섭리가 자신의 이타적 계획을 인정하고 결실로 보답했다는 확신이 스며든 듯한 분위기였다.

물론 지금 벌어진 대전투가 끝났다고 해서 전부 끝난 것은 아니었다. 아직 상원의 통과라는 관문이 남아 있었다. 하지만 딜워시는 별다른 걱정을 하지 않았다. 하원은 변수가 많고 갈등도 빈번하지만, 상원은 나름의 동료애라는 것이 있어, 서로의 법안에 굳이 반대하지 않고 편의를 봐주는 기류가 있었다. 좀 더 노골적으로 말하면, 하원에서는 '내 법안 밀어주면 네 것도 밀어줄게' 식의 노골적인 거래가 이루어진다면, 상원에서는 그것이 훨씬 교묘하고 품위 있게 작동하는 정치적 공조의 형태로 존재한다는 것이었다.

딜워시 의원은 환한 아침 햇살 아래에서 기분 좋게 숨을 들이켰다.

"어젯밤, 신의 도우심으로 참 뜻깊은 승리를 거두었습니다, 스털링 씨. 정부가 마침내 이 기관을 설립하게 되니 남부 문제의 절반은 해결된 것이나 다름없지요. 호킨스 가문에게도 큰 행운이 찾아왔습니다. 로라는 이제 백만장자 반열에 오를 겁니다."

필립이 잠시 생각에 잠겨 물었다.

"호킨스 가족이 정말로 많은 돈을 손에 넣을 수 있을까요?"

딜워시는 의미를 살피듯 필립을 곧게 바라보았다.

"물론입니다. 저도 그들과의 이해관계를 한순간도 잊은 적이 없습니다. 경비가 좀 들겠지만, 호킨스 씨가 평소 꿈꾸던 몫을 충분히 확보하게 될 겁니다."

두 사람은 갓 돋아난 잎사귀로 뒤덮인 대통령 광장까지 걸었다. 새들의 지저귐이 귓가를 간질이자 마음이 한층 가벼워졌다. 딜워시는 햇빛을 받으며 모자를 들어 올리고 먼 곳을 바라보았다.

"정말 평화롭구만."

의원 집에 도착하자, 딜워시는 하인에게 지시했다.

"로라 양에게 우리가 도착했다고 전해라. 서두르라고도 말해 주게. 아까 말을 달려 보낼 걸 그랬어."

그는 곧 필립을 돌아보며 권했다.

"우리가 이겼으니 로라도 무척 기뻐할 겁니다. 아침 식사 자리에서 법안 통과 소식에 얼마나 흥분하는지 함께 보도록 합시다. 꼭 같이 식사하고 가세요."

잠시 뒤 돌아온 하인의 표정이 수상쩍었다.

"로라님이, 안 계십니다, 사장님. 제 생각엔 어젯밤부터 방에서 안 주무신 듯합니다."

두 사람은 화들짝 놀라 곧장 로라의 방으로 올라갔다. 서랍은 반쯤 열린 채속이 뒤집혀 있었고, 자잘한 소지품이 바닥에 널려 있었다. 침대에도 사용한흔적이 없었다. 하인들의 말로는 로라가 전날 저녁 식사를 거르며 두통이 심하니 방해하지 말라고 했고, 그 뒤로 아무도 보지 못했다고 했다.

딜워시는 난처한 기색을 감추지 못했다. 필립은 즉시 셸비 대령의 이름이 떠올랐다. 혹시 로라가 그와 함께 달아난 건 아닐까? 그러나 딜워시는 고개를 저었다.

"글쎄, 어려울 것 같네. 뉴올리언스에서 올라온 레핑웰 장군이 어젯밤 늦게 말해 주기를, 셸비 대령과 그 가족은 어제 아침 이미 뉴욕으로 떠나서 오늘 정오 유럽행 배에 오른다더군."

필립은 또 다른 불길한 예감이 들어 급히 말했다.

"제가 더 알아보겠습니다."

그는 곧장 헨리를 찾았지만, 헨리의 숙소 주인은 이렇게 전했다.

"아침 일찍 여섯 시 기차로 뉴욕 간답니다. 내일쯤 돌아온다더군요."

하지만 필립은 헨리의 방 안을 둘러보다 이런 쪽지를 발견했다.

"헨리, 혹시 새벽 6시 기차로 나와 뉴욕까지 동행할 수 있겠니? 지금 '놉스 공업대학' 법안 일 때문에 뉴욕에 가야 하는데, 상원의원님은 함께 못 가셔. 꼭 부탁해. - L.H."

필립은 씁쓸하게 중얼거렸다.

"젠장, 헨리가 그녀의 덫에 걸렸군. 내버려두겠다던 로라의 약속도 역시 빈말이었어!"

필립은 서둘러 딜워시 의원에게 편지를 보내 사정을 알린 뒤, 곧장 뉴욕행 역으로 달려갔다. 그러나 열차를 타려면 한 시간을 더 기다려야 했고, 출발 후에도 기차는 영 느릿느릿 움직였다. 그는 속이 타들었다.

'로라가 셸비 대령과 무슨 일을 꾸몄다는 말인가? 셸비는 가족과 함께 유럽으로 떠났다더니… 혹시 헨리가 끼어들어 엉뚱한 스캔들에 휘말리는 건 아니겠지?'

볼티모어에 다다르기도 전에 열차는 지연되었고, 아브르 드 그레이스에서는 탈선 사고로 멈춰 섰으며, 윌밍턴에서는 차축 과열로 정차했다. 필립은 혼잣말로 신음을 내뱉었다.

'이러다 밤늦게나 뉴욕에 도착하겠군. 어쩌면 새벽이 될지도 몰라.'

열차가 필라델피아에서 우회를 시작하자 그는 창밖으로 친구 볼턴 가문의 오래된 지붕을 찾으려 두리번거렸다.

'루스가 저 길목 어딘가 있을 텐데… 이런 난리통 때문에 바로 근처를 지나면서도 만나지 못하다니.'

하지만 기차는 다시 멈춰 섰다. 뉴저지에 들어서자 특유의 단조로움과 혼란이 덮쳐 왔다. 어느 선로에 있는지조차 분간하기 힘들었지만, 그는 느릿느릿 이어지는 구간을 견딜 수밖에 없었다. 지루한 시간을 흘려보낸 끝에, 결국 해가 기울 무렵 저지시티에 닿았다.

페리로 갈아타고 맨해튼을 향하는 길, 필립은 "석간입니다! 살인 사건 특보!" 하고 외치는 소년에게 신문을 샀다. 그는 혹시나 하는 마음으로 첫 면을 펼쳤다.

끔찍한 총격 살인! 상류사회에서 벌어진 비극!

한 미모의 여성이 사랑 싸움 끝에 남부연합 출신의 저명한 전직 장교를 사살했다. 무분별한 사회주의 사상과 여성 참정권 논쟁이 낳은 참사로, 마치 모든 여성이 직접 원수를 처단하는 세상이 된 듯 하루가 멀다 하고 피비린내 나는 사건이 이어지고 있다.

오늘 오전 9시경 한 여성이 호텔 공용 응접실에서 남성을 권총으로 살해한 뒤 별다른 저항 없이 체포됐다. 그녀는 체포되며 차분하게 말했다.

"그가 스스로 자초한 일입니다."

우리 기자가 현장인 서던 호텔로 달려가 취재한 내용을 요약한다.

어제 오후, 워싱턴에서 출발한 조지 셸비 대령과 가족이 이 호텔에 투숙했다. 이들은 정오에 영국행 스코시아 호에 승선할 예정이었다. 셸비 대령(40대 초반)은 준수한 외모에 남부의 자산가 가문 출신으로, 남북전쟁 당시 빼어난 무공을 세웠으나 입은 다리 부상 탓에 지팡이를 짚고 다닌다. 오늘 오전 9시경 한 여성이 남성 한 사람과 함께 호텔에 들어와 프런트에 이렇게 전했다.

"셸비 대령을 만나러 왔습니다. 식사 중이라니 전해 주세요. 저희 객실로 잠시 들르시라고요."
"대령께 무슨 일입니까?"
여성은 태연히 답했다.
"곧 해외로 떠나신다기에 작별 인사하려고요."

전달을 받은 셸비 대령은 잠시 뒤 응접실로 내려왔다. 당시 응접실에는 다른 손님 3~4명이 있었다. 그리고 불과 5분 뒤, 두 발의 총성이 울렸다. 사람들이 달려가 보니 셸비 대령은 바닥에 쓰러져 피를 흘리고 있었다. 곧 출동한 경찰은 여성을 체포했으며, 그녀는 체포 순간에도 차분히 말했다.

"그가 스스로 자초한 일입니다."

부상당한 셸비 대령은 곧바로 객실로 옮겨졌고, 곧 외과의들이 달려왔다. 대령은 가슴과 복부에 치명적인 총상을 입었다. 한 시간 뒤, 그는 끝내 숨을 거두었다. 마지막까지 의식은 또렷했으며, 다음과 같은 진술을 남겼다.

"저를 쏜 여인은 로비스트 로라 호킨스입니다. 워싱턴에서 사업상 안면을 튼 뒤 줄곧 달라붙어, 아내를 버리고 함께 유럽으로 떠나자고 요구했습니다. 제가 거절하자 요구는 곧 협박으로 돌변했고, 결국 총을 쏘았습니다. 워싱턴을 떠나기 전날 저녁, 그녀는 자신을 두고 유럽에 갈 생각은 하지 말라며, 결코 살아서 나가지 못할 것이라고 저주했습니다."

정황으로 보아, 로라 호킨스는 처음부터 살의를 품고 대령을 따라온 모양이다. 사건은 명백한 계획 살인으로 보인다. 피의자는 스물여섯에서 스물일곱 살가량의 미모의 여성으로, 딜워시 상원의원의 조카딸 자격으로 겨울 내내 그 집에 머물렀다. 남부 유력 가문 출신이자 상속녀라는 설이 있지만, 로라 호킨스라는 이름은 로비 활동과 자주 엮여 왔다. 특히 어젯밤 하원을 통과한 '놉스 공업대학 법안'에도 그녀의 그림자가 드리웠다는 풍문이 있다.

로라와 동행했던 남성은 뉴욕 사교계의 멋쟁이 헨리 브라이얼리로 알려졌다. 그의 정확한 역할은 확인되지 않았으나, 경찰은 그를 함께 구금해 최소한 증인 신분으로 조사할 예정이다.

목격자 가운데 한 사람은 다음과 같이 진술했다.

"로라 호킨스가 두 발을 쏜 뒤 권총을 자기 쪽으로 돌리려 했습니다. 그때 브라이얼리 씨가 달려들어 총을 빼앗아 바닥에 내던졌습니다."

 사건의 자세한 경위와 당사자들의 신상은 추후 속보로 전할 예정이다.

 필립은 충격에 휩싸인 채 서던 호텔로 달려갔다. 현장은 이미 난장판이었다. 여기저기서 와전과 추측이 쏟아졌고, 참극을 봤다는 사람들의 증언은 들을 때마다 달라졌다. 사건을 직접 보지 못한 이들까지도 온갖 괴담이 떠들어댔다.

"셸비 부인이 미쳐서 절규했어요."
"아이들이 아버지의 핏자국 위를 굴렀다구요."
"브라이얼리가 로라 호킨스를 부추겨 라이벌을 제거하게 했대요."

 필립이 어렵사리 확인한 사실은 단 하나였다. 로라와 헨리는 모두 체포돼 감옥에 수감됐고, 면회는 불허된다는 점이었다. 기자들이 불을 켜듯 찾아와도, 내일 아침에야 브라이얼리를 볼 수 있을 것이라는 답만 돌아왔다.

그날 석간 신문은 검시 결과와 함께 사건을 한층 부풀려 다뤘다. 검시 배심은 총상 두 곳 가운데 어느 한 곳만으로도 치명상이었다는 결론을 내렸고, 로라 호킨스의 총격으로 인한 사망이 명백하다고 발표했다.

다음 날 아침, 뉴욕 일간지는 너나없이 이 사건을 1면에 할애했다. 전날 석간보다 지면을 더 키워 로라의 워싱턴 인맥, 각종 스캔들, 딜워시 상원의원과의 관계까지 양념처럼 곁들였다. 거리의 행인들마저 어떤 미녀 로비스트가 남부 귀족 장교를 대낮 호텔 로비에서 쐈다고 속삭였다. 하룻밤 사이에 로라 호킨스의 이름은 미국 전역은 물론 대서양 건너까지 퍼져 나갔다.

헨리 브라이얼리와 로라 호킨스는 밤새 기자들에게 탈탈 털리듯 인터뷰를 당했다. 로라는 횡설수설에 가까운 말을 내놓았고, 기자들은 거기에 추측을 덧붙여 기사를 채웠다.

'본래 셸비와 약혼했지만 배신당했다'고 털어놓았다거나,

'어제까지는 함께 유럽으로 떠나자더니 갑자기 거절당했다'고 울분을 터뜨렸다거나,

'내가 정말 쐈을까요? 사람들이 그렇게들 말하니 그런가 보죠?' 같은 말을 중얼거렸다는 식이었다.

그 와중에 어떤 신문은 필립 스털링의 짤막한 코멘트까지 실었다. 그는 새벽녘, 자신을 어떻게 찾아냈는지도 모를 기자에게 선잠이 덜 깬 채로 몇 마디를 내뱉었을 뿐인데, 순식간에 중요 당사자와 친분이 있는 인물로 분류돼 버렸다.

호크아이와 테네시 쪽 고향마을은 그야말로 온 동네가 발칵 뒤집혔다. 사건의 배경을 캐는 추가 보도까지 이어지며, 전국이 한 편의 대형 드라마에 빠져든 듯했다.

"셸비 부인은 충격으로 실신 직전!"

"호킨스 일가는 오래전부터 수상했다!"

하는 식의 자극적인 헤드라인이 끝없이 이어졌다.

호텔 프런트 직원, 벨보이, 웨이터, 교대 경찰관, 심지어 호텔 지배인까지 언론 인터뷰에 등장해 이처럼 명망 있는 호텔에서 이런 추문은 처음이라며 목소리를 높였다.

결정적인 장면이라며 마지막에 실린 기사들은 이랬다.

"로라 호킨스는 두 발을 쏜 뒤 스스로 목숨을 끊으려 했지만, 헨리 브라이얼리가 달려들어 총을 빼앗았다."

"아니다, 로라 호킨스는 처음부터 자살할 뜻이 없었고, 헨리는 말려들었을 뿐이다."

등, 무엇이 진실인지 구분하기 어려울 만큼 상반된 증언이 뒤섞였다.

단 하나 분명한 사실은, 이 사건이 초대형 사회적 파문으로 번졌다는 점이었다. 전보는 대륙과 대양을 넘어 순식간에 퍼졌고, 대도시에서 시골에 이르기까지 로라 호킨스라는 이름이 아침과 저녁마다 헤드라인을 장식했다.

그리고 그 시각, 얼마 전까지 워싱턴 사교계의 여왕으로 추앙받던 그 여인은 뉴욕 시 감옥, 일명 '무덤'이라 불리는 음침한 감방의 차가운 침상 위에서 몸을 웅크린 채 어둠 속에 떨고 있었다.

Chapter 47.

필립이 가장 먼저 한 일은 헨리를 음침한 '무덤'에서 꺼내기 위해 뛰어다니는 것이었다. 그는 낮에 교도관 입회 하에 면회를 허락받아, 잔뜩 풀이 죽은 친구를 만났다.

"내가, 너도 알다시피, 이런 데 올 줄은 상상도 못 했지, 친구."

"이곳은 신사가 있을 곳이 아니야. 신사를 어떻게 대해야 하는지 전혀 모르거든."

헨리는 손도 대지 않은 차가운 감옥 식사를 가리켰다.

"나보고는 증인 자격으로만 구금됐다더군. 그런데 밤새 강도랑 좀도둑들 틈에서 지냈다니, '증인'이란 말이 무색하지 않나? 한 달이라도 여기 갇혀 있으면 제대로 증언이나 할 수 있을지 모르겠어."

필립이 물었다.

"도대체 무슨 이유로 로라와 함께 뉴욕에 온 거지?"

"이유라니? 로라가 오라니까 왔지. 셸비 얘긴 전혀 못 들었어. 로라 말로는 대학교 법안 로비에 내가 필요하다더군. 그래서 별생각 없이 따라왔을 뿐이야. 그런데 어젯밤 그 지긋지긋한 호텔에서 그런 일이 벌어질 줄 누가 알았겠어? 로라는 남부 사람들 자주 묵는 그 호텔이라면 그 악당을 찾을 수 있다 생각했나 봐… 젠장. 네 말을 들었어야 했는데."

헨리는 고개를 떨구었다.

"이럴 바엔 차라리 내가 진짜 범죄라도 저질렀다면 덜 억울하겠어. 신문에 이름이 낱낱이 실려 망신은 다 당했지. 저 여자는 악마나 다름없어. 날 유혹하는 모습이 얼마나 매혹적이던지… 내가 바보였지."

필립이 단호히 말했다.

"이젠 변명해 봐야 소용없어. 일단 널 빼내는 게 급해. 로라가 네게 보낸 쪽지는 내가 갖고 왔어. 게다가 삼촌께도 사정을 다 전했으니 곧 내려오셔서 네가 죄 없이 휘말렸다는 걸 증명해 주실 거야."

며칠 뒤, 헨리는 그의 삼촌과 지인들이 당국과 협의한 끝에, 필요할 때마다 증인으로 출두한다는 조건으로 보석 허가를 받았다. 감옥 문을 나서자마자 특유의 경쾌함이 되살아난 그는 필립과 친구들을 이끌어 호화스러운 만찬을 대접했다. 흥분이 폭발해 다소 무모해 보이는 허풍이 이어졌지만, 모두가 그저 무사히 돌아왔다는 해방감에서 비롯된 것으로 이해했다. 물론 계산서는 대부분 필립 몫이었다.

두 사람은 그날 로라의 면회는 미루기로 했다. 그녀는 기자 외에는 누구도 만나지 않았다. 바로 그 시각, 셀러스 대령과 워싱턴 호킨스가 서둘러 뉴욕에 도착했다.

셋은 곧장 무덤으로 향했다. 교도관은 여성 수감자 구역 위층의 감방으로 안내했다. 크기는 대략 8×10피트 남짓, 사면이 돌벽이고 둥근 석조 천장 아래 바닥마저 차가운 석판이었다. 지붕 틈새로 겨우 빛이 들고, 환기도 그 틈이 전부였다. 바람이 스미면 빗물도 들이칠 판이라 제대로 창을 열 수도 없었다. 난방이라곤 복도에서 새어 드는 미열뿐, 습기가 차갑게 감돌았다. 그래도 감방은 백색 석회로 칠해져 겉보기에 깔끔했지만 특유의 퀴퀴한 냄새는 숨길 수 없었다. 내부 시설은 짚을 채운 얇은 매트리스와 낡은 담요가 놓인 철제 침대 하나가 전부였다.

철문이 열리자 셀러스 대령은 말문이 막힌 듯 눈물을 훔쳤다. 워싱턴 역시 말을 잇지 못했다. 로라는 침대 끝에 멍하니 앉아 있다가 두 사람을 보고서야 눈빛이 살짝 흔들렸다.

"춥진 않니, 로라?"

셀레스가 물었다.

"보시는 대로예요. 편하진 않아요."

"춥구나?"

"네, 많이요."

그녀는 바닥을 살짝 두드렸다.

"돌바닥이 얼음장이라 밟기만 해도 오싹해요. 그래서 침대 끝에만 앉아 있어요."

"딱하구나… 밥은 잘 먹고 있니?"

"입맛이 없어요. 여기 음식은 목으로도 안 넘어가요."

"아이고, 이거 참 끔찍하구나. 그래도 기운 내야지, 로라. 억울하게 갇혔으니 결국 무죄로 나올 거야."

"……."

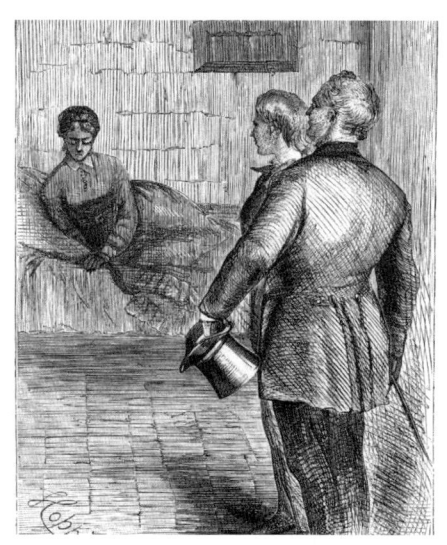

"그래, 네가 악의로 그랬을 리 없지. 정신이 잠깐 혼미했던 거야. 그동안 그런 일 한 번도 없었잖니. 차라리 결투라도 해서 내가 직접 놈을 쏴버렸더라면, 네가 이런 꼴은 안 당했을 텐데… 하느님."

대령은 끝내 울음을 터뜨렸다가, 한껏 가라앉은 목소리로 말을 이었다.

"걱정 말아라. 널 위해 최선을 다할 거야. 뉴욕 최고의 변호사를 선임해서 반드시 해결하자. 여기 변호사들은 별걸 다 해내거든. 네가 세상에서 손꼽히는 미인인 만큼, 대중도 곧 동정해 줄 거야. 우선 이곳 생활부터 조금이라도 편하게 해야겠지. 우리가 호텔에서 챙겨 온 네 옷가지와 소지품이 있어. 더 필요한 건 없니?"

"바닥에 깔 카펫 한 장, 깨끗한 침대 시트, 먹을 만한 식사, 가능하다면 책이랑 필기구 좀 부탁해요."

셀레스 대령은 울음을 삼키며 고개를 끄덕였고, 워싱턴도 조용히 맞장구를 쳤다. 두 사람은 간수에게 정중히 부탁하며 감방을 나섰다.

다음 날부터 로라의 파편적인 진술이 각종 신문에 실리기 시작했다. 어떤 보도는 그녀를 '복수의 여신'으로 그려 동정 여론을 자극했고, 다른 매체는 무고한 자가 벌받은 것이라며 로라를 냉혹한 살인자로 몰아붙였다.

셀레스는 유명 형사 전문 변호사 두 명으로 구성된 변호인단을 꾸려 즉시 로라에 대한 발언을 중단시키려 했지만, 오히려 동정론과 가십 기사가 뒤섞인 보도가 무차별로 쏟아졌고, 대중의 호기심은 날로 커졌다.

정치색이 뚜렷한 신문들도 이때를 놓치지 않았다. 오랜만에 나타난 '진미' 같은 사건이라며 저마다 사설을 쏟아냈다.

한 신문은 이렇게 논평했다.

"절세미인 로라 호킨스가 이런 파국에 이른 근본 원인은, 워싱턴 상류사회의 타락 때문이다!"

이어지는 논평은, 국가가 살인을 방관한다면 이제 거리에서 총탄에 사람이 쓰러지는 일이 흔해질 것이라고 경고했다.

필립은 이런 사설을 스크랩해 두었다가 친구들에게 읽어 주곤 했다. 그가 베껴 적은 문장 가운데엔 이런 절창도 있었다.

"역사는 결코 동일하게 반복되지 않는다. 그러나 오늘 무대를 스쳐 지나가는 장면들은 언제나, 부서진 고대 신화의 조각들을 다시 맞춰 붙인 듯한 인상을 준다. 워싱턴이 고대의 코린토스일 수는 없고, 티만드라의 딸 라이스가 로라 호킨스의 원형일 리도 없지만-."

또 다른 신문은 간결하고도 신랄했다.

"이번 비극을 특정 남녀의 일탈로만 치부할 수 없다. 오히려 그들을 부추긴 현 행정부의 정치 윤리가 더 걱정스럽다."

반대편 매체는 한층 단호했다.

"이런 파멸은 예견된 수순이다. 미국 사회에 스며든 위험한 사상이 결국 이러한 파탄을 부른 것이다."

그리고는 사형을 강력히 촉구했다.

네 번째 신문은 냉소를 앞세웠다.

"미인이라니? 그저 차가운 피를 가진 사람으로, 한 가장을 쏘아 죽였을 뿐이다. 곧 일시적인 정신착란을 운운하며 변명할 것이 뻔하다."

딜워시 의원은 기자들 앞에서 이렇게 밝혔다.

"참으로 안타까운 사건입니다. 제가 집에서 지켜본 로라는 누구보다 단정한 아가씨였습니다. 사교적인 기질이 워낙 밝다 보니 예배에 소홀할 때도 있었지만, 기본적으로는 깊은 신앙과 올곧은 원칙을 지닌 아이였지요. 아마도 한순간 정신이 흐려졌던 모양입니다. 우리 모두 하느님 앞에서 자비를 구해야 하지 않겠습니까?"

의원 본인 체면도 걸린 터라, 그는 로라를 위해 발 벗고 나섰다. 로라 역시 어느 정도 자금이 있어 재판 준비와 수감 생활을 조금이나마 개선할 수 있었다. 호킨스 일가도 뉴욕에 머물며 그녀를 수시로 찾아왔다. 사랑이 담긴 가족의 모습은 곧 신문에 전해져, 늙은 어머니의 눈물겨운 헌신 같은 미담 기사로 실리기도 했다.

한편 로라가 필립이나 헨리를 만나지 않겠다고 전해 오자, 필립은 내심 안도했다. 스스로도 자신의 파멸적인 행동을 부끄러워하는 것이라고 느낀 것이다. 그러나 헨리는 큰 충격을 받았다. 면회조차 허락되지 않자 어떻게 그렇게 매정할 수 있는지 쓰라려했다. 그렇다고 마음이 완전히 떠난 것은 아니었다.

 필립은 헨리를 데리고 필라델피아 근처 일리움 광산으로 내려가 다독였다.

"더는 깊이 휘말리지 말고 새 출발을 해. 일손이 모자라니 네가 힘을 보태. 잡념도 잊을 수 있을 거야."

그사이 로라의 재판 절차는 차근차근 진행됐다. 1급 살인 혐의로 기소되었고, 여름에 열릴 공판을 앞두고 있었다. 이름난 형사 전문 변호사 두 사람이 변론을 맡아 매일 구치소에서 준비에 몰두했고, 로라도 담담히 협조했다. 추락하는 인생 속에서도 묘한 의연함이 엿보였다.

하지만 그녀를 뒤흔든 소식은 워싱턴에서 날아왔다. 의회가 폐회되면서 '놉스 공업대학 설립 법안'이 끝내 상원을 통과하지 못한 것이다. 다음 회기까지 모든 것이 미뤄졌다는 현실이, 차가운 감방보다도 그녀를 더 깊은 허무로 끌어내렸다.

Chapter 48.

페니배커, 빅글러, 스몰 등 펜실베이니아 해리스버그의 삼총사라 불리는 이름난 도급업자들에게 이번 겨울은 유난히 암울했다. 보통 주의회가 열리는 겨울 한철이면, 여름 내내 벌어들이는 공사 수익보다 더 많은 돈을 만지곤 했지만, 올해는 수확이 전무했던 것이다. 빅글러는 그 이유를 도무지 이해하지 못했다.

"볼턴 씨, 이게 말이 됩니까? 이번만큼은 제대로 한몫 잡을 줄 알았단 말입니다. 정치 공작이야 언제나 통하는 줄 알았는데 이번에는 막상 뚜껑을 열어보니 완전히 빗나갔어요. 우리는 사이먼의 재선에 투자했는데, 당선은 됐어도 덕을 본 사람이 하나도 없다니, 세상에 이런 경우가 어디 있습니까?"

"설마 사이먼이 뒷돈 한 푼 안 쓰고 당선됐다는 겁니까?"

"소문으론 한 푼도, 정말 1센트도 안 썼다더군요."

그는 분통을 터뜨리듯 목소리를 높였다.

"펜실베이니아를 통째로 속여 먹은 거나 다름없다니까요. 해리스버그가 이렇게 돈줄이 말라붙은 모습은 생전 처음 봅니다."

"철도나 광산 로비 같은 물밑 거래가 있었던 건 아닐까요?"

"제가 아는 한 전혀 없었습니다."

그는 고개를 가로저었다.

"오히려 이번 선거엔 돈 한 푼 안 들어갔다는 얘기가 공공연했어요. 전대미문의 일이지요."

그는 씁쓸하게 웃었다.

"뭐, 교묘하긴 합니다만 결과적으로 저는 완전히 당해 버렸습니다. 의회가 정치 자금을 안 받는다는 바람에 올해 장사는 끝장이에요. 정치도, 장사도, 이제 다 말아먹었습니다."

빅글러는 크게 낙담했으나, 단 한 번의 불운에 주저앉을 사람은 아니었다. 누군가 한 번 부정을 저질렀다고 해서 인류애를 포기하는 것은 아니듯, 단 한 번 청렴한 사례가 나타났다고 청탁과 이권을 향한 믿음을 거두지도 않았다. 그는 곧 다시 일어설 채비를 하며, 볼턴에게 앞으로 90일만 버팀목이 되어 달라고 청했다.

"아주 괜찮은 건수가 있습니다. 바로 코앞에 떨어진 일이지요."

그는 목까지 솟구친 열정으로 설명을 이어갔다.

"모빌 시가 도슨 특허 포장을 전 구간 우리에게 맡겼습니다. 보세요."

계약금, 재료비, 노무비, 순이익… 빅글러는 장부에 적힌 숫자를 펼쳐 보였다. 세 달 뒤 시로부터 받을 금액이 37만 5천 달러, 이 가운데 순이익이 20만 달러에 달한다는 계산이었다. 총공사액은 백만 달러, 아니 그 이상이 될 수도 있다고 했다. 계약서도 갖춰 놨고, 자재 시세나 인건비는 볼턴도 익히 아는 만큼 도저히 틀릴 리 없는 사업이라며 장담했다.

하지만 볼턴은 이미 수차례 빅글러와 스몰의 철통 계산에 빠져 누락과 함정을 직접 경험해 왔다. 도리어 이쯤에서 둘을 돌려보내야 마땅했지만, 달콤한 말에 귀가 솔깃해지는 자신을 멈출 수 없었다.

"5만 달러만 마련하면 착수할 수 있습니다. 도시채권도 사전에 넘겨받게 돼요."

빅글러는 이를 악물고 말했다.

"볼턴 씨는 현찰이 모자란다 하셨지만, 성함만 빌려주시면 됩니다. 담보는 이 공사권 전부로 맡기겠습니다. 혹시라도 일이 틀어지면, 그 공사가 고스란히 볼턴 씨 것이 되는데 그게 곧 어마어마한 돈이지요. 제발, 이번 한 번만 기회를 주세요. 지금 우리 집은 오늘 먹을 것조차 막막합니다."

볼턴은 또 그들의 하소연에 넘어갔다. 예전에 여러 번 도와준 터라, 그렇게 도움 받고 돌아온 사람들이 다시 매달리면 도저히 거절하지 못했다. 이번에도 결국 승낙했다. 그러나 이 사실은 아내에게 말하지 않았다. 가족 모두가 빅글러와 스몰을 몹시 싫어했기 때문이다.

남편이 돌아온 저녁, 아내가 조심스레 말을 꺼냈다.

"필립 말로는 오늘 또 빅글러 씨를 만나셨다던데요. 꺼림칙하지만, 이번에도 곤란한 일에 휘말리는 건 아니겠지요?"

남편이 잠시 망설이다 대답했다.

"그 사람 사정이 몹시 딱하다고 하더군. 그래서 보증만 서 주기로 했어. 대신 충분한 담보를 받아 두었으니 큰 위험은 없을 거야. 조금 불편은 겪을지 몰라도."

아내는 불편이 무엇을 뜻하는지 잘 알고 있었다. 이미 남편이 결정한 일이라 더는 막지 못한다는 것도. 그래서 한숨 섞인 목소리로만 덧붙였다.

"알겠어요. 다만… 필립이 석탄 광맥 조사에 들어간다던데, 설마 그 자금까지 건드리시는 건 아니겠죠?"

남편이 고개를 저었다.

"아니오. 필립 몫은 따로 마련해 줬어. 그 돈 이상은 투자하기 어렵지만, 갱도 뚫을 비용으론 충분할 거야. 설령 석탄이 나오지 않더라도 감수해야지. 그런데 필립은 꼭 성공할 거라더군. 잘됐으면 좋겠어."

필립은 볼턴 가족에게서 거의 친족에 버금가는 환대를 받는다고 느꼈다. 그 친밀감이 오히려 루스와는 묘하게 어긋나는 순간도 있었지만, 대체로 편안했다. 얼마 전 고향에 들렀을 때, 매사추세츠 시골에 사는 어머니는 아들이 필라델피아의 볼턴 가문과 어울린다는 소식에 들뜬 동시에 살짝 질투를 비쳤다.

"루스라는 아가씨는 어떤 사람이니? 그 애 때문에 엄마를 잊는 건 아니겠지?"

 농담처럼 던진 말이었지만, 아들의 멀어질까 걱정하는 마음이 묻어났다. 그래도 어머니는 결국 잘되길 바란다는 한마디로 이야기를 맺었다. 소박한 고향에서 보면, 필립이 워싱턴과 필라델피아를 오가며 쌓은 인맥은 자랑거리였으니까.

 뉴욕에서 돌아온 날, 루스가 필립을 맞으며 웃었다.

 "정말이지, 유명한 살인 사건 한복판에 서 있는 사람이 왔네."

 헨리를 구하려다 오히려 사태 한복판으로 뛰어들었다는 생각에, 필립은 마음이 복잡했다. 그의 이야기를 듣고 있던 루스가 고개를 갸웃한다.

 "난 그냥 헨리가 또 무모한 짓에 휘말리지 않게 막고 싶었을 뿐이야. 설마 그 여자가 진짜 악마일 줄은 몰랐어. 대체 어떻게 그를 홀려 버린 건지…."

 "정말 예쁘다던데? 신문에는 정말 치명적인 미모라고 나오더라구."

 "직접 평가하기는 애매해. 불처럼 화려한 건 맞지만, 따뜻함은 찾아보기 어려워. 워싱턴에서 가장 매혹적인 여자라느니, 재치 있고 냉정하다느니 다 맞는 말이야. 동시에 조금 섬뜩하기도 했어. 루스, 사람도 악마가 될 수 있을까?"

 "남자든 여자든 그럴 가능성은 있겠지. 하지만 내가 본 적은 없어. 로라 호킨스라 했지? 어떤 결말이 다가올지 생각하면 오싹해."

 "정작 로라도 죽일 의도까진 없었을지 몰라. 하지만 두 발이나 쐈다는 게 문제야. 뉴욕 배심원이라도 여자를 교수대에 올릴지는 모르겠지만… 설령 법정을 벗어나도, 그 인생은 이미…"

 "참혹하긴 하겠지." 루스가 잠시 생각에 잠긴다.

 "하지만 그게 사회 탓이기도 해. 여성 교육을 하찮게 여기고, 자립수단을 막아 놓잖아? 결국 부잣집에 시집가야 한다며 키우는 바람에, 불행이 닥치면 대처 못 하고 추락하는 건 당연하지. 분명히 말하지만, 나도 의학 공부를 포기하는 일은 없을 거야."

"존중해, 루스. 다만 가정을 돌보며 성실히 사는 것도 충분히 가치 있는 일 아닐까? 나 역시 재정적으로 안정되고 나면―"

"결혼한다고 일 못 하라는 법 없어. 여자 의사도 가정을 꾸릴 수 있어."

"경우가 다르다니까. 전통적으로 아내는―"

언제나처럼 토론은 여기서 빙빙 돌았다. 필립은 입술을 다물었다가, 떠나기 전엔 꼭 마음을 전해야겠다는 결심이 불쑥 고개를 들었다. 그는 곧 필라델피아 일리움 광산 현장으로 몇 달간 떠나야 했다.

"루스, 만약 네가… 나를 조금이라도 좋아한다면, 내가 현장에서 버티는 큰 힘이 될 거야."

루스는 시선을 내리깔았다. 하얀 뺨이 발그스름하게 달아올랐다. 필립의 가슴이 미친 듯이 뛰었다.

"어쨌든 난 여름이면 졸업해. 그럼 정식 의사가 되겠지. 혹시 광산에서 폭발 사고라도 나면, 나를 불러. 못 가겠다는 말은 안 할게. …안녕."

설렘과 아쉬움, 그리고 어쩌면 막연한 희망을 품은 채, 필립은 떠났다.

이후 일리움 탄광 개발은 기세 좋게 시작됐지만, 기대만큼 불안도 컸다. 필립은 터널을 산허리에 파고들며 조만간 석탄층이 나올 것이라 굳게 믿었으나, 마을 사람들은 이러다 산을 관통해 반대편으로 뚫려버리는 거 아니냐고 툴툴댔다. 굴 안이 오늘이라도 검은색 보물을 드러낼 듯싶다가도, 공사비는 눈덩이처럼 불어났다. 석탄 한 덩이에 금 한 주먹이라는 말이 실감날 지경이었다.

현장은 매일이 모험이었다. 스무 명 남짓한 인부가 24시간 교대로 압축기를 돌리고 폭약을 터뜨리며, 암흑 속으로 조금씩 전진했다. 필립은 공사장에서 밤을 새우다시피하며 진도를 재고, 자금 계산에 머리를 싸맸지만, 희망을 놓지는 않았다.

헨리는 늘 낙천적이었다. 조금만 더 파면 된다고 호언하면서 온갖 수치를 들이밀었고, 작업반장들이 믿을 만한 계산이 맞느냐고 고개를 갸웃해도, 그는 웃으며 담배를 피웠다. 도시에선 자신을 엔지니어라 소개했지만, 실제론 할 일 없이 주점에서 바텐더와 농담을 주고받기 일쑤였다. 그래도 임금 명목의 생활비가 나오니 노숙하지는 않았다.

여름이 되어도 필립이 볼턴에게 전할 수 있는 건 확실한 성과는 없다는 말뿐이었다. 볼턴의 회신은 점점 다급하고 애처로워졌고, 필립은 자금이 바닥나기 전에 석탄을 찾지 못할까 노심초사했다.

그 사이 헨리는 뉴욕 법정에 증인으로 다시 불려갔다. 변호인단은 필립에게도 출석 여부를 문의했으나, 재판이 또 연기될 공산이 크다며 우선 헨리만 소환했다. 예상대로 기일은 미뤄졌고, 헨리는 며칠 만에 돌아왔다. 변호사들은 시간이 흐를수록 여론이 누그러지니 미루는 편이 유리하다며 자신감을 내비쳤다.

Chapter 49.

"찾았습니다! 드디어 찾아냈어요!"

한밤중, 텐트 문짝이 덜컥 열리며 들려온 외침이 필립의 깊은 잠을 단박에 깨웠다. 그는 눈을 뜨자마자 어둠 속을 헤매며 벌떡 일어났다.

"뭘 말하는 거야? 어디서? 언제? 석탄이야? 좀 보여 줘, 품질은 어떤데?"

신발을 찾고 상의를 걸쳐 입으며 쏟아내는 질문에, 현장감독이 숨을 돌릴 틈도 없이 대답했다.

"바로 이겁니다. 보십시오."

감독은 랜턴을 바닥에 내려놓고 손에 든 검은 덩어리를 건넸다. 희미한 빛 속에서 드러난 그것은, 한눈에도 딱딱하고 윤이 나는 무연탄이었다. 얇게 쪼개진 단면이 연마된 강철처럼 번쩍였다. 다이아몬드보다도, 필립의 눈앞에 있는 이 돌덩이가 훨씬 더 찬란해 보였다.

헨리는 기쁨에 들떠 어쩔 줄 몰랐지만, 필립은 늘 그렇듯 신중했다.

"로버츠," 그는 주머니 속 석탄 조각을 쓰다듬으며 물었다.

"확실한 거지? 정말 탄전을 발견한 거야?"

"저희 판단으로는 그렇습니다."

"처음부터 그렇게 보였나?"

"처음엔 딱 맞다 싶진 않았습니다. 징후가 대부분 들어맞았지만 전부는 아니었거든요. 그래서 더 파보기로 했죠."

"그래서?"

"처음에 층이 두툼해 보여 이게 탄층이겠다 싶었습니다. 얇지는 않을 것 같아서요. 조금 더 파 들어갈수록 가능성은 점점 커졌습니다."

"발견이 언제였죠?"

"대략 밤 열 시쯤입니다."

"그럼 네 시간 남짓 추가 굴진을 한 셈이군."

"예, 쉬지 않고 파 내려갔습니다. 지층이 부서져 있어서 곡괭이랑 착암기로 쉽게 뚫렸거든요."

"아직 깊이는 단정하기 이르지만, 탄전이 맞다고 보는 거지?"

"이 바닥 오래 뛰다 보면 감이 옵니다. 경험상 이 정도면 잡았다고 봐야죠. 초기에 이렇게 나온 광맥치고 허탕인 적은 드물었습니다."

"그래, 블랙 모호크니 유니언이니 다 이런 식으로 발견됐다니까."

"맞아요. 앨라배마 탄전도 마찬가지였죠. 처음엔 이렇게 작은 조각으로 시작했다가 금세 거대한 층으로 자랐습니다."

"좋아, 오늘은 왠지 확신이 든다. 바로 본격 채심 작업에 들어가야겠어."

필립이 헨리에게 고개를 돌렸다.

"헨리, 먼저 현장 좀 살펴보고 올래? 곧 따라갈 테니까."

헨리는 옷을 대충 걸치고 랜턴을 챙겨 갱도로 들어갔다. 한 시간쯤 지나 두 사람은 눈이 반짝인 채 돌아왔다.

"진짜야!"

그날 밤, 둘은 흥분에 잠들지 못했다. 파이프를 물고 텐트 안 탁자에 석탄 덩이를 올려두곤 새벽까지 이야기를 이어 갔다.

"이제 갱에서 궤도 깔고, 산허리까지 철로도 놔야겠군."

헨리가 말하자, 필립이 맞장구쳤다.

"자금은 걱정할 것 없어. 철로도 가까우니 원석 그대로 팔아도 괜찮은 값이 나올 거야. 지금 팔아 넘겨도 이익이겠지만, 글쎄… 볼턴 씨가 그냥 매각하시려나, 직접 캐시려나?"

"아마 직접 운영 쪽을 택하실 거야. 삼사십 피트짜리 광맥 나와도 전혀 이상할 게 없다고 봐. 처음 봤을 때부터 느낌이 딱 왔다니까!"

"그래도 조심해. 가끔 곁층이 주층만큼 두툼해 보일 때도 있잖아."

"이번엔 달라. 내 촉으로는 이게 주층이야. 장담하지."

두 사람은 벌써 탄광주가 된 양 막힘없이 미래를 설계했다. 한껏 들뜬 필립은 펜을 잡고 마음을 가라앉힌 뒤 편지를 썼다. 볼턴 씨에게는 최대한 침착한 어조로 알렸다.

"아직 최종 확인 단계지만, 무연탄층을 뚫었습니다. 계속 조사 중이니 곧 상세 보고 드리겠습니다."

곧이어 루스에게도 편지를 띄웠는데, 두 번째 편지는 석탄 열기보다 뜨거웠다. 그는 기쁨을 사랑 고백이 섞인 문장들로 풀어냈고, 편지를 받은 루스는 웃음을 터뜨렸다. 정신이 온전한 걸까하며 농을 던지다가, 추신에 적혀 있는 무연탄을 발견했다는 한 줄을 보고서야 고개를 끄덕였다.

다음 날 밤, 서류 더미에 파묻혀 있던 볼턴에게 필립의 전보와 편지가 거의 동시에 도착했다. 무연탄 발견이라는 다섯 글자가 뇌관이 되어, 잿빛과 같던 희망 속에 다시 불씨가 옮아붙었다. 세상이 순식간에 달라졌다. 자금 압박이 눈 녹듯 사라지고, 목까지 차 있던 빚도 해결될 전망이었다. 온 집안 공기가 밝아졌다. 돈이라는 사나운 악마가 한순간 달콤한 요정으로 돌변한 셈이었다.

이튿날 아침, 볼턴은 십 년은 젊어진 얼굴로 사무실을 찾았다. 그는 기쁜 소식을 친지들에게 알렸고, 금융가 사람들도 그 소식을 반겼다. 은행 역시 태도를 바꿔 볼턴을 다시 투자할 만한 고객으로 평가했다. 멈춰 섰던 그의 여러 계획이 다시 속도를 내기 시작했다.

한편 필립은 새벽부터 현장에 지시를 내렸다.

"갱을 더 파고, 층 두께와 연장을 정확히 재 주세요."

앞으로의 며칠이 결정적이었다. 매장층이 얼마나 깊고 넓은지를 확인해야 했다. 돌파구는 분명 눈앞에 있었다.

필립이 보냈던 희망의 전보가 무색해진 데는 채 사흘도 걸리지 않았다. 굴진이 더 이어지자, 겉보기엔 두껍게 보이던 탄층이 실제로는 얇은 탄층에 불과하다는 사실이 드러났다.

"꽤 두꺼운 층을 뚫은 줄 알았는데, 수상해."

현장감독의 한마디에 분위기는 금세 얼어붙었다.

"결국 얇은 겹층이었군."

필립은 삽을 내려놓으며 한숨을 내쉬었다.

그는 즉시 볼턴에게 전보를 보내야 했다.

"얇은 탄층일 가능성 큼. 더 깊이 조사 필요."

하지만 볼턴 가족에게 남은 여유는 없었다. 빅글러와 스몰이 그의 이름을 담보로 '도슨 특허 도로 포장' 공사 계약권을 따내어 돈을 끌어 썼지만, 공사는 수습도 못 한 채 비용 청구와 어음 만기가 한꺼번에 밀려들었다. 두 사람은 책임을 회피하고 사라졌고, 계약상 보증인으로 서 있던 볼턴에게 채무가 모두 쏟아졌다.

현금이 바닥난 데다 빅글러-스몰 사건까지 터지면서, 볼턴은 전 재산을 채권단에 넘기고 파산 절차를 밟기로 결단했다.

필립이 자책하자, 볼턴은 다정한 위로의 편지를 보내왔다.

"자네 잘못이 아닐세. 흐름이 좋지 않았을 뿐이야. 광산을 더 파보고 희망을 놓지 말게."

그러나 현실은 냉혹했다. 자금줄이 끊기자 필립은 대부분의 인부를 해고하고 굴착을 중단했다. 북적이던 채굴 캠프는 텅 빈 천막만 남은 황무지로 변했다.

헨리는 짐을 꾸리며 말했다.

"여기 더 있을 이유가 없지. 삼촌 부탁도 있고, 샌프란시스코로 떠날 거야."

필립도 새로운 일자리를 찾아 필라델피아로 향했다. 가족들은 그를 탓하기는커녕 오히려 배려했다. 특히 루스는 작은 위로를 건네며 필립의 손을 꼭 잡았다.

"괜찮아. 아직 끝난 게 아니잖아."

그 한마디에 필립은 눈시울이 뜨거워졌다. 두 사람의 마음이, 시련 속에서도 더욱 단단히 맞닿는 순간이었다.

재산 정리가 마무리되자, 일리움 광구도 몇 차례 유찰 끝에 헐값으로 시장에 나왔다. 사겠다는 사람은 아무도 없었다. 결국 필립이 근저당만 떠안은 채 그 땅을 자기 이름으로 인수했다.

그는 짐을 꾸려 늦가을의 황량한 언덕을 떠나면서 생각했다.

"이 땅을 내가 붙들고 있어 봤자, 결국 더 가난해지는 건 아닐까…."

귀로 들어오는 바람은 싸늘했고, 발밑에서 낙엽이 바스락거렸다. '소유'라는 두 글자가 이번에는 득이 아니라 실에 가깝게 느껴졌다. 그는 고개를 떨군 채, 무거운 마음으로 집으로 향했다.

Chapter 50.

아무리 선의를 지닌 역사가라도 사건을 제멋대로 비틀어 인물들을 더 현명하거나 성공적으로 만들 수는 없다. 그럼에도 뒤늦게 이 지점이 조금만 달랐더라면 더 나았을 텐데, 저 순간을 다르게 선택했더라면 이야기가 다른 방향으로 갔을 텐데, 하고 되짚다 보면, 우리가 지금 따라가는 이 이야기의 결말 역시 사소한 한 차이만으로 전혀 다른 모습이 되었을지 모른다는 사실이 드러난다.

이를테면, 필립이 일찌감치 한 가지 정식 직업이나 기술을 배워 두었다면 지금쯤 그는 유력 신문사의 편집장이거나, 양심적인 배관공 혹은 정직한 변호사쯤이 되어 있을 것이다. 저축은행에서 대출을 받아 소박한 오두막을 짓고, 루스와 함께 살기 위해 가구를 들여놓느라 분주했을지도 모른다. 하지만 현실의 그는 토목공학을 조금 배운 것 외엔 별 소득이 없는 채로 어머니 집에 머무르며, 세상은 불공평하고 사람들은 부정직하다고 한탄하고, 여전히 일리움 언덕 속 석탄을 캐낼 궁리만 하고 있다.

딜워시 상원의원이 하필 호크아이를 방문하지 않았다면, 호킨스 가족이나 셀러스 대령이 국회의원을 어르고 달래며 그 불투명한 편익을 의회에 보장하는 법안을 밀어붙이지도 않았을 것이다. 그러면 로라 역시 뉴욕의 감옥에서 살인 혐의로 재판을 기다리며, 공정해야 할 절차를 비틀어 놓을 생각에 몰두하지 않았을지 모른다.

볼턴 씨가 빅글러의 제안을 단호히 거절했더라면, 루스 역시 가족의 생활비 부담을 덜기 위해 필라델피아 병원에서 혹독한 근무를 견뎌낼 필요가 없었을지 모른다. 곁에는 봄을 기다리는 필립도 함께 있었을 것이다.

이 모든 상황은 총체적으로 뒤엉켰다. 양심적인 사가라면 여기서 붓을 놓으며 이 뒤로는 절망뿐이라고 말해도 이상하지 않을 것이다. 어차피 인물도 사건도 자신이 만들어 낸 것이 아니니, 책임도 없다고 스스로를 위로하면서.

  가장 답답한 일은 정작 돈이 절실한 순간에, 무슨 이유에서인지 한 푼도 들어오지 않는다는 사실이다. 조금만 자금이 돌면 볼턴 가문은 숨통이 트여 루스의 과중한 일을 덜어 줄 수 있을 테고, 셀러스 대령도 간신히 기사회생할 수 있다. 워싱턴 호킨스 역시 재판 결과가 어떻든 로라를 구해 낼 여지를 확보할 것이다. 헨리든 셀러스든 둘 중 한 사람에게만 약간의 돈이 생겨도 필립의 일리움 광산은 다시 투자를 받아 굴착을 재개할 수 있다. 두 사람 모두 큰돈이 생기면 일리움에 투자하겠다며 굳게 약속하지 않았던가.

  필립에게도 사정은 비슷하다. 높스 대학 설립안이 의회를 통과하기만 하면 주변 인물들의 사정이 한꺼번에 나아진다. 그것은 곧 필립 자신의 형편에도 긍정적인 영향을 줄 것이다. 헨리와 셀러스가 자금을 손에 넣으면 그 돈이 다시 일리움으로 흘러들 테니, 필립으로서는 솔깃할 수밖에 없다.

  그러나 계속 손 놓고 있을 순 없다는 생각 끝에 필립은 예전부터 눈여겨본 폴킬을 떠올렸다. 그곳의 몬태규 씨를 찾아가 신학교에서 무언가를 가르치며 당분간 생계를 잇고, 동시에 변호사 시험 공부를 하다 기회가 되면 다시 석탄 채굴을 시작할 대안을 세웠다.

  폴킬에는 루스가 있다는 사실도 그를 끌어당겼다. 겉으로는 일리움 실패를 만회할 생산적인 일을 찾으려는 실용적 결정이라고 스스로를 다독였지만, 마음 한 구석에는 루스와의 인연이 분명 자리하고 있었다.

  결국 필립은 곧장 폴킬로 향했다. 머릿속엔 앨리스의 아버지 스콰이어 몬태규에게 조언을 구해 변호사 수련부터 시작해야겠다는 생각이 맴돌았다. 그는 스스로를 탓했다. 정식으로 익힌 기술도, 끝까지 연마한 학문도 없이 한탕주의에 기대 왔으니, 이제라도 확실한 기반을 마련해야 한다고 느꼈다.

사실 필립만의 잘못이라고 하긴 어렵다. 그가 성장하던 시절, 미국은 온통 투기 열풍이었다. 젊은이들은 안정된 길 대신 한 방에 매달렸고, 전쟁와 철도, 부동산 등 어디서나 일확천금을 꿈꾸는 분위기가 만연했다. 필립 역시 언젠가는 큰일을 해낼 것이라는 시대 특유의 낙관에 젖어 있었다.

볼턴 집안에서 보기에 그런 기질은 때로 철없어 보였지만, 미워하기는 어려웠다. 차분한 성격의 앨리스는 필립이 마침내 배우고 일할 결심을 했다는 소식을 반가워했다.

폴킬에 도착하자마자 필립은 스콰이어 몬태규를 찾아갔다.

"광산 작업은 그대로 두고, 변호사 공부부터 시작해 볼까 합니다."

스콰이어가 반색하며 말했다.

"현명한 결정이네. 하지만 광산은 어쩔 셈인가?"

"자금이 없어 당장은 손을 뗄 수밖에요. 나중에 다시 시도하겠습니다."

"괜찮은 땅이라 들었는데. 목재도 풍부하고 철도도 가깝잖나. 석탄 가능성도 있고."

"지질학자도 높은 확률을 점쳤습니다. 저도 지층을 직접 봤고, 예전에 샘플도 확보했습니다."

스콰이어가 흥미로운 듯 고개를 끄덕였다.

"큰 행운이 될 수도 있겠군. 얼마나 자본이 필요한 거지?"

필립은 한숨처럼 웃었다.

"그 자본이 저희에게 절실합니다. 석탄이 있다는 확신은 여전하지만, 결국 시간과 돈이 문제죠."

"흠, 조금 지원하면 어떨까?"

평소 검소했던 스콰이어조차 '광맥'이란 단어 앞에서는 마음이 뜨거워졌다. 돈이란, 가장 의외의 순간에 사람을 흔드는 법이었다.

하지만 앨리스와 루스는 달랐다.

"제발, 또 그 얘기야?"

이제 두 사람 누구도 석탄 이야기에 흥분하지 않았다.

그해 봄 필립이 필라델피아로 돌아와 새 계획을 세우기 시작하자, 볼턴 가족의 얼굴이 환해졌다.

"이번엔 제대로 자리를 잡을 모양이구나!"

집 안에는 필립 특유의 낙관이 퍼져 다시 활기가 돌았다.

하지만 루스는 지친 얼굴로 털어놓았다.

"아버지 빚이 우리를 점점 짓눌러. 병원 일도 힘들고, 사방이 막힌 기분이네."

필립은 목까지 차오른 말을 삼켰다.

'지금 청혼할 처지가 아니야….'

그런 그를 향해 루스가 씩 웃었다.

"나, 네 어깨에 기대기만 할 사람 아니야. 내 길은 내가 가야 해."

그로부터 얼마 뒤 어느 밤, 오래 이야기를 나누던 중 루스의 눈빛이 달라졌다.

"필립, 각자 해야 할 일은 계속해도… 함께할 수는 있겠지?"

필립의 가슴이 벅차올랐다. 두 사람은 가느다란 손끝을 맞잡고 아주 작은 목소리로 동시에 말했다.

"그럼."

그리고 그날 밤, 필립에게 전보 한 통이 도착했다.

내일 로라 재판 시작. 꼭 와주게. - 헨리

Chapter 51.

12월 18일. 워싱턴 호킨스와 셀러스 대령이 다시 국회의사당에 모습을 드러냈다. 두 사람은 마치 대학 설립 법안을 지키는 충직한 보초처럼 자리를 굳게 지켰다. 워싱턴의 얼굴은 짙은 먹구름이 드리웠고, 대령의 표정엔 여전히 희망이 가득했다.

워싱턴의 우울은 거의 전적으로 로라 문제였다. 재판이 코앞이라 치열한 법적 싸움을 치르려면 큰돈이 필요했다. 이번 회기에 법안만 통과된다면 자금줄이 넉넉해지겠지만, 의회는 이제 막 개회했을 뿐이고 어디서 지연이 발생할지 알 수 없었다.

"그래, 네 말이 일리 있을 수도 있지."

셀러스 대령이 한숨 섞인 친구를 다독였다.

"그렇다고 그렇게 비관만 할 건 아니야. 의회도 자기 식대로 최선을 다해 굴러가게 사전 절차를 밟을 예정이거든."

"사전 절차를 밟는다니, 지난번처럼 시작하자마자 또 뭔가 한다는 겁니까?"

워싱턴이 물었다.

"국회는 개회하면 우선 내부 정화를 하잖아. 작년에 법안 통과 대가로 돈을 받았다는 혐의가 있는 의원들이 스무 명쯤 될까, 아니면 서른? 그러한 이들을 조사해서 기소하는 식이지."

"서른이나 서른다섯, 어쩌면 예순까지도?"

대령이 웃음을 터뜨렸다.

"이 나라는 누구나 출마할 수 있고, 누구나 표를 던질 수 있잖아. 천사들만 모아 국회를 꾸릴 순 없지. 한 오십 명 정도 부정한 의원이 섞여 들어오는 건 그리 놀랄 일도 아니야. 내겐 그 비율도 나쁘지 않다고 봐."

"그게 좋은 비율이라고요, 대령님? 정직하게 일할 의원이 소수라면, 과연 무슨 좋은 결론이 나오겠습니까?"

"에이, 또 그렇게 말하면 곤란하네. 그 소수 의원들도 그 나름으로 이득을 만듦으로써, 최소한 서로를 감시하는 효과가 있지 않나? 아, 글쎄, 이건 좀 더 생각해 봐야 할 문제인데… 어쨌든, 날 믿으슈. 여전히 어느 정도 순수한 양심을 가진 의원들은 분명 있고, 그들에게서 오는 이점도 있다고 나는 봐."

"이익이라뇨? 그들이 뭘 해줄 수 있다는 거예요?"

"음… 바로 단정짓긴 어렵지만, 어쨌든 국회 안에 어떤 양심적 소수파가 존재한다는 점이 전체적으로 긍정적으로 작동하긴 해."

"알겠습니다. 뭔가 내가 잘 이해 못 하겠습니다만. 그럼 이런 양심적인 소수파가 있어도, 결국 돈 받고 표 행사한 의원들 심판하려면 한 달이나 걸리잖습니까?"

"그건 그런 거고. 우선, 비리 수사에 꼬박 4주. 다음으론, 의석을 매수해 당선된 의원들을 다시 추궁하는 데 또 4주를 잡아먹을 걸세."

"즉, 전체 회기 절반을 그냥 허비하네요."

"뭐, 그렇게 볼 수도 있겠지, 허나 그걸 허비라 하긴… 자기 구성원을 정화하는 일 아닌가. 난 바람직하다고 생각하네."

"아무리 그래도, 대령님, 결과적으론 한 명도 축출되지 않지 않습니까? 이게 무슨 정화인지?"

"축출이라… 물론 작년에도 그랬고, 한 명도 실제 퇴출 안 되었을 수 있지. 하지만 시도만으로도 의회가 자기 자신을 엄격히 바라보려는 의지를 보인다는 점에서 의미가 있어. 대중이 그 과정을 지켜보면서, '역시 우리 국회! 부정을 그냥 봐주지 않아!' 하며 자부심을 가질 수 있다 이 말이지."

"그렇다고 해서 국민은 무슨 낙으로 사는 건가요? 결국 아무도 처벌하지 않는다면, 꿩도 매도 다 놓고, 허송세월한 꼴인데."

"글쎄, 이런 식으로 몇 달간 오래 끌면, 국민도 슬슬 지켜워져서 결말 따위엔 크게 신경 안 쓰게 되더군. 그 사이에 다음 이슈로 넘어가고 말이야. 그래도 시도만으로도 도덕적 파급효과가 있다? …라고 믿는 게 미국 정치라네."

"파급효과라니, 도대체 누가 그렇다고 믿는 거죠?"

"음, 외국이랄까. 우리가 외국에 모범을 보인다는 거지! 하하, 재판하는 척만으로도 의회가 깨끗하다고 선전하는 효과랄까."

"허… 그렇다면, 결국 국회는 멀쩡한 시늉만 하는 꼴이네요."

셀러스 대령은 손사래부터 쳤다.

"에이, 그렇게 단정 짓지 마. 의사당 청소부도 일은 하잖나."

그러나 워싱턴은 고개를 저었다. 두 사람은 새벽까지 이야기를 이어 갔지만 결론은 변하지 않았다. 의회는 내부 정화라는 의식에 회기의 절반을 허비하고, 남은 두 달만 본격 입법에 쓰는 방식을 유지해, 그들은 또다시 요행을 바라보며 버틸 수밖에 없다.

"이젠 다 포기하고 죽고 싶습니다"

결국 워싱턴은 인내심이 바닥나 이렇게까지 말했다. 셀러스 대령이 부드럽게 달래려 했지만 그 역시 녹초였다.

바로 그때 뉴욕에 있는 로라의 변호인에게서 전보가 도착했다. 재판이 2월로 연기됐다는 소식이었다.

"거 봤지!" 대령이 자리에서 벌떡 일어났다.

"이제 시간은 넉넉해. 재판이 2월에 시작해도 3월 초까지 끌 테고, 의회는 3월 4일 폐회야. 마무리 직전엔 법안 처리에 불이 붙을 거고, 며칠 사이에는 반드시 통과될 거야! 그 돈으로 변호사 비용을 충분히 대고 로라는 무죄가 되고, 우린 다시 웃을 수 있어!"

워싱턴은 의자에 주저앉아 흐느끼듯 한숨을 내쉬었다.

"대령님, 너무 낙관적이십니다. 이제는 희망조차 두렵습니다. 모든 게 계속 꼬여 왔잖아요. 몸도 마음도 한계예요. 그냥 끝나 버리기만을 바랄 뿐입니다."

"안 돼, 이럴 때일수록 버텨야지!"

대령은 억지로 미소를 지으며 워싱턴을 부축했다.

"로라가 자네나 마찬가지로 소중한 가족이잖나. 우리가 포기하면 누가 지키겠어? 반드시 길이 생길 거야."

워싱턴은 고개를 떨군 채, 말없이 대령의 팔에 몸을 기댔다. 대령도 끝내 목소리가 떨렸고, 눈가가 붉어졌다.

"자네는 아직 젊어. 난 늙었지만, 그래도 이 베리아 셀러스의 숨은 아직 붙어 있네. 버티다 보면 반드시 기회가 온다네. 우리 둘이 힘을 합치면 틀림없이 이겨낼 수 있어. 나 역시 마음이 가라앉을 때마다 일부러 웃어 보이네. 로라를 구하고, 함께 살아갈 길을 찾아야 하지 않겠나."

그러고는 코를 한 번 훌쩍 풀고, 마치 호크아이 시절로 돌아간 듯 활기를 되찾아 외쳤다.

제5부 로라의 재판과 사회의 이중성

"됐다, 걱정은 그만! 희망을 가지자고. 밤이 깊어도 새벽은 오잖아. '모든 구름 뒤에는 은빛 테두리'가 있다는 말도 있지 않나. 솔직히 무슨 뜻인지 정확히는 몰라도, 다들 그 한마디로 위안을 얻잖아. 자, 정신 차리게. 내가 바로 나가서 친구들에게 재판 연기 소식을 알리겠네."

대령은 워싱턴의 손을 힘주어 잡았다.

"고맙습니다, 대령님. 세상에 선생님 같은 분은 드뭅니다. 모두가 선생님을 제대로 알기만 했다면, 감히 무시할 사람이 없을 텐데, 어찌 국회에 자리를 못 얻으셨는지 안타깝습니다."

그 말을 듣자 대령의 표정이 번뜩 바뀌었다. 그는 잠시 침묵하더니 워싱턴의 어깨에 손을 얹고 낮은 목소리로 말했다.

"호킨스, 내가 자네 가족을 위해 한 일은 사람으로서 마땅히 해야 할 도리라 생각했네. 그런데 그걸 국회에 가셔야 할 분 같은 말로 돌려받으면, 오히려 내 자존심이 조금 상하네. 내가 뭘 잘못해서 그런 칭찬을 받아야 하나? 그 말은 이제 그만두게. 부탁이네."

말을 마친 대령은 조용히 문을 열고 밖으로 나가 버렸다. 워싱턴은 멍하니 서 있다가, 자신이 진심으로 존경을 표현했을 뿐인데 대령을 서운하게 만든 걸 깨닫고 가슴이 철렁 내려앉았다.

CHAPTER 52.

 몇 주가 더 흘렀지만, 상황은 달라지지 않았다. 의회에서는 이른바 사전 절차가 질질 끌렸고, 셀러스 대령과 워싱턴 호킨스는 무료하게 대기할 뿐이었다. 두 사람의 의욕이 완전히 꺾여도 이상할 게 없었으나, 가끔 뉴욕에 들러 로라를 면회하는 일이 그나마 변수가 되어 주었다.

 두 사람이 해야 할 일은 '뭔가'를 추진하는 것이 아니었다. 때가 오면 즉시 움직일 수 있도록 대기하는 것, 그게 전부였다. 이번 회기는 지난해 겨울과 같은 임기 중 두 번째 회기이었고, 대학 설립 법안은 사실상 통과되는 것이 기정사실처럼 보였다. 하원은 지난 회기의 결정을 형식적으로 재확인하면 그뿐이었고, 구성원도 변함없으니 별다른 이견이 나올 가능성이 없었다. 상원 역시 마찬가지였다. 딜워시 상원의원에 따르면, 법안이 상원으로 넘어오는 순간 이미 3분의 2가 넘는 찬성표가 확보되어 있었다.

 그럼에도 워싱턴의 마음은 편치 않았다. 재판이 임박한 로라를 위해서는 거액의 변호사 비용이 필요했기 때문이다. 의회가 2월까지 시간을 끈다면, 막상 돈이 들어올 즈음엔 재판이 코앞일 가능성이 컸다.

 반면 셀러스 대령은 끝까지 낙관적이었다.

 "잘될 거라네. 위급해지면 곧바로 움직일 준비가 돼 있잖는가. 상원 표는 확보됐고, 하원도 지난 회기 그대로니까 문제없어."

 워싱턴은 그런 희망 섞인 말로는 위로가 되지 않았다. 모든 일이 기대를 배신해 왔고, 로라의 재판이 다가올수록 암담함만 깊어졌다. 딜워시 의원은 워싱턴에게 시련의 때에는 겸손을 배워야 한다면서, 참된 안식을 주는 길은 그것

하나뿐이라고 거듭 강조했다. 뜻밖에도 워싱턴은 그 말에 마음이 흔들렸다. 딜워시 의원은 그의 표정을 보고 속으로 올바른 답을 찾았다고 생각했다.

그날 이후, 워싱턴을 보려면 셀러스 대령의 곁보다 딜워시 의원을 찾아보는 것이 더 확실했다. 의정 회의가 아니어도, 의원이 주재하는 대규모 절제회나 각종 도덕, 자선 모임마다 워싱턴은 늘 바로 옆자리에 앉았다. 말쑥한 젊은이가 대머리 성직자들 틈에 섞여 있는 모습은 단연 눈에 띄었다.

딜워시 의원은 연설 때마다 워싱턴을 자주 거론했다.

"술과 향락이 판치는 세상에서 자신의 재산과 재능을 주저 없이 내놓는 젊은 억만장자가 있다면, 바로 이 훌륭한 워싱턴 호킨스 군입니다! 젊음의 열정을 정의와 선에 바친 귀감이지요."

군중은 매번 환호와 갈채를 보냈다.

흑인 구호 모임, 인디언 권익 집회, 해외 선교 자금 모금 행사, 심지어 교회 학교 프로그램에서도 상황은 같았다. 딜워시 의원은 늘 워싱턴을 앞줄에 세우며 말했다.

"이 선량한 청년이 대학 설립법이 통과돼 막대한 재원을 거머쥐면, 그 전부를 가난하고 배우지 못한 이들을 위해 쓰겠다고 했습니다."

워싱턴은 순식간에 박애적인 인물로 격상됐다.

불과 반년 전만 해도 시들해 보이던 그의 명성이 이번에는 쾌락이 아니라 신앙과 박애로 회자됐다. 일찍이 등을 돌렸던 이들조차 고개를 끄덕였다.

정적들이 보기에도, 딜워시 의원이 설계하고 워싱턴이 중심이 된 대학 설립 법안은 사방에서 지지 세력을 끌어들여 반대파의 입을 막아 버렸다. 이쯤 되자 이젠 막아 봐야 소용없다는 분위기가 짙어졌고, 한때 기세등등하던 반대 진영도 슬그머니 뒤로 물러섰다.

표결 날짜는 아직 잡히지 않았지만, 사실상 결과는 기정사실이었다. 누구도 대학 설립 법안이 통과되지 않을 것이라고는 믿지 않았다.

CHAPTER 53.

 어느덧 의회 회기가 서서히 막바지에 접어들고 있었다. 딜워시 상원의원은 잠시 중서부로 귀향해 자신을 뽑아 준 유권자들과 악수를 나누고, 직접 얼굴을 보일 생각이었다. 주의회가 이미 소집돼 그의 재선을 결정할 예정이어서 사실상 승리는 확정적이었으나, 머리를 단정히 정돈하고 몇몇 의원들의 표를 더 다져 두는 일은 먼 길을 가더라도 가치가 있다고 판단했다.
 대학 설립 법안은 이제 안전하다 싶어, 연방 의사당 근처에 남아 있을 이유도 없었다. 다만 고향 주의회엔 그에게 반대하는, 불평 가득한 완고한 반개혁론자가 한 명 있었다. 딜워시는 자신을 숭고하다고 생각하는 그 반개혁론자를 비꼬는 의미로 '노블(noble)'이라 불렀다. 의원은 속으로 '노블'이 공익과 정치적 순수성을 위협하는 존재라 확신했고, 아마도 또 다른 '노블'과 같은 자들에게 매수되어 주의 복지를 방해한다고 믿었다.
 "'노블'과 같은 자들이 정신을 차리지 못한다면," 딜워시가 워싱턴을 떠나기 전 만찬 자리에서 농담 반 진담 반으로 말했다.
 "그들의 편협함과 불평불만이 우리 주의 앞날을 갉아먹을 겁니다. 그런 일만은 절대 용납할 수 없어요. 필요하다면 제 정치 생명을 걸고라도 막아내겠습니다."
 다행히도 귀향해 보니 지지자들은 여전히 굳건했고 열기도 뜨거웠다. '노블' 역시 분주히 뛰어다녔지만, 전세는 딜워시 쪽이 우세했다. 의원은 도착하자마자 사람을 보내 그들에게 대화를 제의했고, 종종 심야에 만나 설득했다.

어느 날은 새벽 세 시까지 마주앉아 의로운 길을 택해 달라고 간곡히 호소하기도 했다.

그 긴 대화를 마치고 '노블'과 그 동맹들이 돌아간 직후, 딜워시는 혼잣말로 중얼거렸다.

"이제야 마음이 한결 가벼워졌군. 정말 한시름 놓았어."

이제 주의회에서 신경 쓸 만한 사안이 사라지자, 딜워시 의원은 오롯이 주민의 영혼을 돌보는 일에 힘을 쏟을 여유가 생겼다. 그는 교회 예배에 꼬박꼬박 참석했고, 기도 모임마다 열정을 다해 목소리를 높였다. 금주 연맹 행사에도 빠짐없이 얼굴을 비추었으며, 동네마다 열리는 재봉 모임에 들러 바늘을 들고 천에 몇 땀씩 손을 보태자, 마을의 부인들은 상원의원이 바느질을 했다며 감격해 했다.

성서 연구 모임 또한 거르지 않았다. 폭우가 쏟아져도, 몸살 기운이 올라와도, 그는 늘 자리를 지켰다. 어느 날, 변방의 작은 마을 캐틀빌에서 한 번만 와달라는 청을 올리자, 그는 서른 마일이나 되는 먼 길을 낡은 마차로 달려가 주일학교 아이들을 찾아갔다.

마차에서 내리자마자 환영 행렬이 펼쳐졌다. 장작더미에 불길이 치솟았고, 모루를 대포처럼 두들겨 축포를 대신했다. 주의 판사조차 본 적 없는 시골 사람들에게 연방 상원의원은 거의 신과도 같은 존재였다.

다음 날 주일학교가 열리자, 예배당은 시작 30분 전부터 발 디딜 틈 없이 붐볐다. 목장주와 농부들이 온 가족을 데리고 몰려와 지붕 틈새까지 사람으로 가득 찼다. 아이들도, 어른들도 대통령과 직접 이야기를 나누는 분, 진짜 워싱턴 기념탑을 본 분이라며 설렘을 감추지 못했다.

딜워시 의원이 교회 안으로 들어서자, 양옆에 서 있던 사람들이 재빨리 길을 터 주었다. 목사를 비롯한 고을 유지들이 그를 둘러싸고 제단 앞 강단으로 안내했다. 지나가는 이마다 감탄사를 흘렸다.

의원은 강단 중앙에 앉았다. 한쪽에는 목사, 다른 한쪽에는 주일학교 감독이 자리했고, 제단 아래에는 마을의 귀빈들이 줄지어 앉았다. 맨 앞 열 벤치를 차지한 주일학교 아이들은 잔뜩 몸을 조이느라 꼼짝도 못 했다. 연방 상원의원을 실제로 보는 건 처음이라, 처음 3분 동안은 숨조차 깊게 쉬지 못했다. 3분이 지나자 긴장이 조금 풀렸는지, 다시 슬금슬금 장난이 시작됐다.

주일학교 순서가 끝나자 목사가 예정된 설교를 시작했다. 길고 지루했다. 이어 감독이 격려사를 했고, 마을 지도층 인사들이 차례로 우리의 위대한 상원의원을 치켜세웠다. 군중은 기다림에 지쳐 있었지만, 곧 있을 딜워시 의원의 연설만은 기대했다. 아이들도 마찬가지였다. 마침내 딜워시 의원이 자리에서 일어섰다. 숨소리 하나 없이 고요해졌다. 아이들까지 장난을 멈추고 눈을 반짝였다. 의원은 잠시 청중을 둘러보고 부드럽게 입을 열었다.

"사랑하는 어린이 여러분. 이렇게 예쁜 얼굴들을 보니 오늘부터 우리 친구가 되어 줄 거라 믿습니다. 저도 여러분을 친구로 삼고 싶습니다. 여러분을 만나니 가슴이 뜁니다. 저는 지금까지 미합중국 곳곳의 주일학교를 다녀 보았습니다. 그런데 오늘 이곳에 들어서자 문득 생각했어요. '내가 혹시 유럽의 왕자와 공주가 모인 궁정에 온 걸까? 아니면 대도시의 화려한 박람회장일까? 아니면 아예 다른 대륙에 온 것일까?' 그러나 곧 깨달았습니다. 여기는 이름도 널리 알려지지 않은 넓은 평야 한가운데 있는 우리 주의 작은 마을이고, 여러분은 모두 평범한 농부와 시민의 자녀들이구나, 하는 사실을요."

아, 그 사실을 깨닫는 순간 제 가슴이 벅차올라 눈물을 참을 수 없었습니다. 이렇게 순수한 아이들이 한데 모여 주일학교에서 하나님 말씀을 배우고 있다니, 이보다 감동적인 광경이 또 어디 있겠습니까. 온 세상이 이 모습을 보았으면 좋겠습니다. 주일학교는 우리에게 무엇을 가르쳐 줄까요? 선하게 사는 길, 하나님의 뜻에 순종하는 길, 그리고 어릴 때부터 자신을 갈고닦아 장차 당당한 어른이 되는 길입니다. 참으로 복된 배움터입니다. 얘들아, 주일학교에 다닐 수 있는 건 모두 부모님과 선생님이 너희를 사랑하기 때문이란다. 그 사랑에 꼭 감사해야 해. 이제 한 가지 이야기를 들려줄까 한다.

서부 어느 마을에 아주 가난한 소년이 있었다. 집 형편이 어려워 좋은 학교는 꿈도 꾸지 못했지만, 부모는 빠짐없이 그를 주일학교에 보냈다. 아이는 주일학교를 무척 좋아했다. 소년은 자라서 사회에 나갔다. 유혹이 많았지만 주일학교에서 배운 교훈 덕분에 언제나 바른길을 택했다. 그는 주 의원이 되어 주일학교 지원 법안을 통과시켰고, 곳곳에 주일학교를 세우는 데 힘썼다. 얼마 뒤 주지사가 되었고, 그때도 모든 것은 주일학교 덕분이라며 눈물을 글썽였다. 세월이 흘러 그는 마침내 연방 의회, 하원과 상원에 진출했다. 의회에는 술수와 뇌물, 온갖 타락이 난무하지만 그는 어린 시절 주일학교에서 배운 정신으로 모두 물리쳤다. 한때 그를 유혹하던 못된 아이는 방탕한 삶 끝에 비참한 최후를 맞았지만, 이 소년은 결국 미국 상원의원이 되었단다. 믿어지니? 그 소년이 바로 나다. 아이들아, 여기서 무엇을 느꼈니? 나를 만든 힘은 주일학교였단다. 자, 이제 너희 차례야. 부모님을 사랑하고, 선생님께 순종하며, 무엇보다 정직한 사람이 되거라. 그리고 언제나 맑고 깨끗한 마음을 지켜라. 우리 다 함께 기도하자."

이렇게 딜워시 의원이 마무리하자, 아이들 가운데서는, 그를 흠모해 장차 나도 연방 상원의원이 되리라 결심하는 애들이 서른 명은 생겨났다.

그가 캐틀빌을 떠나 주의회가 열리는 주도에 도착한 시간은 자정 무렵이었다. 숙소에 짐을 풀자마자 노블 의원이 찾아왔고, 두 사람은 밤새 서너 시간 동안 담판을 벌였다. 노블 의원은 딜워시를 물러나게 할 셈이었지만, 이야기를 거듭할수록 딜워시 의원에게 고개를 끄덕이는 순간이 늘어났다.

새벽 세 시 무렵 회동이 끝나자, 노블 의원이 문간에서 외쳤다.

"됐습니다! 내일 1차 투표에서는 몇몇이 체면상 반대표를 던지겠지만, 2차 투표에서 표를 모두 의원님께 몰아드리겠습니다. 내일 저녁이면 재선 확정입니다. 마음 놓으세요!"

노블 의원이 돌아가고 난 뒤, 딜워시는 의자에 몸을 깊숙이 파묻은 채 낮게 중얼거렸다.

"아, 드디어 해냈군. 이 먼 길을 달려온 보람이 있었어."

CHAPTER 54.

2월 15일로 예정된 공판은 뉴욕 주의 로라 호킨스 사건이었다. 조지 셸비를 권총으로 살해한 지 채 1년이 채 되지 않아 열리는 이번 재판은, 겉으론 사람들 관심에서 조금 멀어진 듯 보였지만 신문들이 대대적으로 다루자 다시 전국 단위로 들썩였다.

사실 대중은 로라와 그 살인을 한시도 온전히 잊지 못했다. 어린 나이에 빼어난 미모, 무엇보다 워싱턴 사교계의 상류층이라는 특별한 배경이 사람들의 호기심을 끌어당겼고, 범행의 잔혹함은 더욱 선명히 기억됐다. 뉴욕 같은 대도시에서 1년에 365건 넘는 살인이 일어난다지만, 로라 호킨스 사건만큼은 예외였다.

긴 수감 생활과 법 절차가 지연된다는 말이 떠돌면서 억울하게 끌려다닌다는 동정론도 커졌다. 변호인단은 이 분위기를 놓치지 않았다. 로라가 같은 감방의 불우한 여성 수감자에게 사비를 털어 도왔다는 기사가 잇따라 실리자 여론은 한층 유순해졌.

재판 당일 이른 아침부터 법정은 발 디딜 틈 없었다. 판사와 검사가 입정하기도 전에 군중이 자리를 메웠다. 어떤 이는 사형을 선고하는 순간을 목격하고 싶어 했고, 또 다른 이는 노련한 변호인의 묘기를 보고 싶어 했다. 살인사건 재판은 잔혹함과 극적 긴장, 법정 수사를 한꺼번에 보여주는 최고의 구경거리였으므로, 이날 법정은 자연스레 거대한 극장이 되었다. 재판정 공기는 금세 탁해졌다. 형사사건 재판 특유의 음습한 분위기와 각양각색의 인간 군상이 뒤섞여 풍기는 묘한 범죄의 기운이 가득했다.

곧 담당 검사가 두 명의 부검사와 함께 입정했다. 그는 단호한 표정으로 서류를 펼쳐놓고 긴장감을 드러냈다. 이어 변호인단이 나타났다. 형사사건 전문으로 이름난 브러햄 변호사와 보조인 퀴글, 오키프였다.

당대 뉴욕 법정에서 거물로 통하던 브러햄은 방청객 대부분이 이름을 알 정도였다. 그는 강단 있는 걸음으로 자리를 잡고 주변을 훑으며 미소 지었다. 키가 제법 크고, 마른 체형임에도 어깨가 넓었다. 흑갈색 곱슬머리가 어깨까지 내려왔고, 깨끗이 면도한 얼굴엔 날카로운 작은 눈이 가까이 붙어 있어 맹수 같은 인상을 주었다. 갈색 긴 예복 앞섶엔 장미봉오리를 꽂았고, 가슴에는 번쩍이는 다이아몬드 핀이, 왼손엔 묵직한 인장반지가 빛났다. 그는 자리에 앉자마자 호주머니에서 상아로 된 작은 손톱칼을 꺼내 느긋하게 손톱을 다듬으며, 몸을 가볍게 앞뒤로 흔들었다. 마치 태연자약한 모습 그 자체를 보여 주려는 듯했다.

잠시 뒤, 오쇼너시 판사가 법정 뒤편 문으로 들어섰다. 적갈색 곱슬머리에 살갗은 홍조가 도는 얼굴, 인상은 교활하다기보다 장난기 어린 흥정꾼에 가까웠다. 한때 스스로를 아일랜드 왕족의 후예라 칭한다는 소문도 있었지만, 실제로는 뉴욕 빈민가에서 성장해 스스로 힘으로 변호사가 된 뒤 시의회를 거치며 정치 감각을 길러 온 인물이다. 지금은 형사 전문 판사로 명성이 높고, 재산이 40만 달러에 이른다는 이야기도 돌았다. 겉모습은 온화하지만, 속마음은 영리하고 야심찬 사람이라는 게 대체적 평판이다.

판사석에 앉자마자 서기가 선언했다.

"개정을 선언합니다!"

재판 개정을 알리는 목소리가 울려 퍼졌다. 이어 피고 로라 호킨스라는 호명이 뒤따랐고, 보안관이 호송 명령을 집행했다.

순간 법정이 숨을 삼켰다. 호송관의 팔짱을 가볍게 끼고 로라가 들어섰다. 그녀가 변호인 옆에 앉자, 곧 어머니와 워싱턴 호킨스도 가까운 자리에 자리를 잡았다.

방청석의 시선이 일제히 그녀에게 쏠렸다. 검은 원피스 차림, 장신구 하나 없는 단아한 모습. 얼굴을 반쯤 가린 얇은 레이스 베일이 신비로운 분위기를 더했다.

"저렇게 창백하면서도 아름다울 수가!"

탄성이 여기저기서 터져 나왔다.

기자들의 펜 끝도 분주해졌다. 몇몇은 이미 비극 속의 여주인공이라는 제목을 머릿속에 그려 넣은 듯했다. 로라는 고개를 좀처럼 들지 않았다. 오만도, 비굴함도 없는 고요한 표정. 잠시 정적이 흐르는 사이, '신문에서 본 그대로, 정말 미인이군'하는 속삭임이 방청석을 스쳤다.

브러햄 변호사는 법정을 한 바퀴 훑어본 뒤 만족스러운 미소를 지었다.

'예상대로 분위기가 괜찮군.'

로라가 살짝 눈길을 들자 방청석이 술렁이는 기색이 그에게는 환히 보였다. 그녀가 잠시 시선을 돌려 필립 스털링과 헨리 브라이얼리를 발견했지만, 눈길 한 번 주지 않은 채 고개를 내렸다.

곧 서기가 기계음처럼 기소 요지를 읽었다.

"피고 로라 호킨스는 조지 셸비를 고의로 살해했으며, 사용한 흉기는 권총·리볼버·산탄총·소총·사격총·대포·6연발 권총, 또는 곤봉·쇠망치·칼·가위 기타 위험한 도구일 수 있다."

끝없는 형식적 열거가 이어졌다. 낭독을 마치자 판사가 물었다.

"피고, 유죄를 인정합니까?"

로라는 차분히 일어나 또렷하게 답했다.

"무죄입니다."

그녀가 자리에 앉자 배심원 선정이 시작됐다.

먼저 첫 번째 이름이 불렸다.

"마이클 래니건."

술집을 꾸리는 평범한 중년 사내가 더듬더듬 증언대 앞으로 걸어 나왔다.

"이 사건에 대해 마음속으로 판단을 내리거나 그런 의견을 말한 적이 있습니까? 또 관련자들을 아는 사람이 있습니까?"

"없습니다." 래니건 씨가 대답했다.

"사형 제도에 양심상의 거리낌이 있습니까?"

"없습니다, 재판장님. 전혀 없습니다."

"이 사건에 관해 읽은 것이 있습니까?"

"물론 있죠. 신문을 자주 봤습니다, 재판장님."

브러햄 변호사는 그 답을 듣자 눈길이 매서워졌다. 신문을 자주 읽는 사람이라면 이미 사건에 대한 편견이 박혀 있을 테고, 사형 집행에 거리낌이 없다면 피고에게 불리하다. 그는 곧장 기피권을 행사했고, 래니건은 조용히 물러났다.

두 번째 차례는 패트릭 코글린. 고단한 삶이 얼굴에 묻은 사내였다.

"생업이 무엇입니까?"

"테리어 몇 마리 키웁니다."

"개로 돈을 버신다는 건가요?"

"사람들이 쥐 잡게 데려가곤 하지요."

그가 더 말을 잇기도 전에 브러햄이 손을 들었다.

"재산도 불분명하고, 교육 수준도 의문입니다."

판사는 고개를 끄덕였다. 또 한 자리가 비었다.

세 번째 호출된 이는 마차를 모는 에단 돕.

"글을 읽을 수 있습니까?"

"예. 신문만 가끔이요."

그는 사건을 들어 본 적은 있으나, 특별한 견해는 없다고 했다. 사형에 대한 반대도 없었다. 검사와 변호인 모두 별다른 이의를 제기하지 못했고, 돕은 첫 번째 배심원으로 자리를 잡았다.

네 번째, 노동자 데니스 래핀이 걸음을 옮겼다. 이 사내는 눈빛부터 강경했다. 브러햄은 사형 제도에 대한 생각을 묻다가 응징은 응당해야 한다는 단호한 한마디를 듣고 곧바로 고개를 저었다.

"피고에게 지나치게 가혹할 가능성이 있습니다."

피고 측 기피. 래핀 역시 법정을 나섰다.

다섯 번째는 래리 오툴, 현란한 넥타이에 금시계를 찬 도급업자였다.

"신문 기사를 접했습니까?"

"신문은 믿지 않습니다."

그 한마디에 방청석이 킥킥 웃었고, 판사까지 웃음을 감추지 못했다. 특별한 흠결이 없자 오툴은 두 번째 배심원으로 채택됐다.

여섯 번째, 땅콩 행상인 에이버리 힉스가 머리를 긁적이며 섰다. 글을 읽지 못한다는 답에 판사가 눈썹을 치켜세웠다. 선서의 의미를 설명해도 힉스는 고개만 갸웃거렸다. 결국 그도 기피됐다.

낮은 창으로 햇살이 기울어들 때까지, 이름은 계속 불리고 또 사라졌다. 열두 개 빈 의자를 채우는 길은 멀고 험난해 보였다.

이렇듯 하루를 통째로 써서 겨우 두 명만 선정했으나, 브러햄은 무척 만족했다. 배심원 선정이야말로 승부의 8할이라는 게 그의 지론이다. 그리고 선택된 이 둘은 모두 문맹 또는 준문맹이었고, 브러햄이 알기에 그들은 감정적이고, 둔하며, 변호사 설득에 잘 넘어가는 이들이다.

이처럼 배심원 열두 명을 만드는 데만 나흘이 걸렸다. 하지만 그 결과물은 브러햄의 의도대로, 대체로 지적 수준이 낮고, 표정이 멍청해 보이며, 그의 수법에 잘 휘둘릴 사람들로 채워졌다. 브러햄은 무언의 자신감을 얻은 듯 보였다.

배심원이 모두 채택되자, 맥플린 지방검사가 위풍당당히 연단으로 나섰다. 담청색 조끼 단추를 손끝으로 다독이며 고개를 들자, 특유의 아일랜드 억양이 살짝 밴 차분한 목소리가 법정에 울려 퍼졌다.

"배심원 여러분, 본 사건의 피고는 로라 호킨스입니다. 피고는 조지 셸비를 냉혹하고 무자비하게, 어떠한 정당성도 없이 살해한 혐의를 받고 있습니다. 검찰은 범행의 사전 계획과 준비를 입증할 증인과 증거를 충분히 확보했습니다. 피고는 조지 셸비를 찾아 워싱턴에서 뉴욕까지 따라왔습니다. 이것이 우발적

행위가 아니라 치밀한 계획 범죄임은 의심의 여지가 없습니다. 여러분 가운데 상당수는 이미 남편이거나 아버지이실 것입니다. 또는 머지않아 그렇게 되실지도 모릅니다. 만약 이 살인이 응분의 단죄를 받지 못한다면, 내일은 우리 중 누군가의 가족이 같은 비극을 겪을지도 모릅니다. 부디 공정하고 당당하게 증거를 판단해 주시길 바랍니다."

짧고도 강렬한 서두가 끝나자 법정이 조용해졌다. 방청석 여기저기서 삼키는 숨소리와 말없이 고개를 끄덕이는 그림자가 얼핏얼핏 스쳤다. 사형을 예감한 이들의 마음은 이미 저마다 기울어 있었는지도 모른다.

그때 서기가 또렷한 목소리로 이름을 불렀다.

"증인. 헨리 브라이얼리!"

CHAPTER 55.

배심원의 시선이 증인석으로 쏠리자, 헨리 브라이얼리가 차분히 걸어나왔다. 짙은 회색 정복 상의에 깨끗이 다문 입, 그는 오른손을 들어 선서를 마친 뒤 지방검사 쪽을 향해 섰다.

"브라이얼리 씨, 조지 셸비 피살 사건에 대해 아는 모든 사실을 말씀해 주십시오."

헨리는 천천히 고개를 끄덕였다.

"그날 워싱턴에서 로라 양이 의회에 올릴 법안 때문에 몇몇 의원을 만나야 한다며 뉴욕까지 동행해 달라고 했습니다. 결국 설득당해 야간열차에 올랐습니다. 출발 직전 로라가 승무원에게 계속 도착 시간과 환승 여부를 확인하더니, 대답을 듣고는 작게 '그 사람은 도망치지 못할 거야'라고 중얼거렸습니다. 제가 누구 얘기냐고 묻자 '아무것도 아니에요' 하고는 창밖만 바라보더군요.

밤새 우리는 각자 침대칸에서 지냈습니다. 새벽 무렵 그녀가 두통을 호소했고, 저지시티 선착장에 도착했을 때 정박해 있던 큰 여객선을 가리키며 큐나드선이냐고 물었습니다. 제가 그렇다고 하자 곧바로 서던 호텔로 서두르자고 재촉했습니다. 시몬스 의원을 놓칠 수 없다면서요.

호텔에 도착했을 때 겉으론 침착했지만 눈빛은 몹시 들떠 있었습니다. 잠시 뒤 셸비 대령이 응접실 문을 열고 들어오자마자 일이 벌어졌습니다. 로라가 손가방에서 권총을 꺼내 연달아 두 발을 쐈습니다. 대령이 쓰러지자 총구를 자기 가슴으로 돌렸기에, 제가 달려들어 간신히 비틀어 빼앗았습니다.

덧붙이면 워싱턴에 있을 때부터 로라와 셸비는 늘 붙어 다녔습니다. 제 눈에는 로라가 거의 그에게 사로잡힌 사람처럼 보였습니다."

검찰 신문이 끝나자 브러햄 변호사가 천천히 일어나 증인을 바라보았다. 그는 일부러 증인의 이름을 더듬으며 목소리를 낮추었다.

"미스터… 어… 브라이얼리!"

법정이 순간 조용해졌다.

"당신 직업이 무엇입니까?"

"토목기사입니다."

브러햄은 배심원석을 힐끗 본 뒤 입꼬리를 올렸다.

"토목기사라… 피고 호킨스 씨와도 '토목' 작업을 자주 하셨나요?"

방청석에서 작은 웃음이 새어 나왔다. 헨리의 귀끝이 붉어졌다.

"아닙니다. 전혀 없습니다."

"피고를 알게 된 지는?"

"2년쯤 되었습니다. 미주리주 호크아이에서 처음 만났습니다."

브러햄은 잠시 뜸을 들이고는 낮게 물었다.

"미스터… 브라이얼리, 혹시 당신은 피고 호킨스 양의 구애자였습니까?"

헨리는 잠깐 숨을 고르다 또렷이 대답했다. 그 답변이 법정의 공기를 다시 한 번 팽팽히 당겼다.

검찰석에서 검사의 솟구치는 목소리가 법정을 흔든다.

"이의 있습니다!"

브러햄이 몸을 일으켜 재빨리 맞받았다.

"피고와 증인 사이의 특수 관계를 확인할 권리가 우리에게도 있습니다."

그러자 판사 오쇼너시가 가볍게 망치를 두드렸다.

"이의를 인정합니다. 질문을 허가합니다."

브러햄은 증인석 앞으로 성큼 다가섰다.

"그렇다면, 말씀해 보시죠. 미스터… 어… 브라이얼리, 두 분의 관계가 정확히 무엇입니까?"

헨리는 침을 한 번 삼켰다.

"…우린, 그냥 친구일 뿐이었습니다."

브러햄이 입꼬리를 비틀어 올렸다.

"아주 '친절한' 친구 말입니까?"

그는 배심원을 향해 몸을 반쯤 돌리며 비웃음을 터뜨렸다.

"호킨스 양이 당신의 구애를 거절한 사실이 있지요?"

헨리의 귀가 붉어졌다. 그는 재판정을 한 번 둘러보더니 판사를 향해 시선을 붙들렸다.

"답변하십시오."

"그녀가… 저를… 받아들인 적은 없었습니다."

브러햄이 기다렸다는 듯 고개를 끄덕였다.

"그렇다면, 라이벌인 셸비 대령을 제거해 줄 동기가 당신에게도 있었다. 이 말이군요?"

브러햄의 마지막 음절엔 천둥 같은 힘이 실렸다.

"전혀 아닙니다! 저는 그런, 그런 의도가 없었습니다."

브러햄은 손을 들어 올리며 고개를 저었다.

"더 묻지 않겠습니다."

그는 여유롭게 자리에 돌아갔다.

검사가 재빨리 일어났다.

"브라이얼리 씨, 셸비 대령이 총에 맞을 줄은 미처 예상 못 하셨습니까?"

"네, 전혀 예상 못 했습니다."

브러햄이 자리에서 낮게 킥 하고 웃었다.

"그럴 만도 하지요."

이어 호텔 직원과 담당 의사가 차례로 증언대에 올랐다. 총소리, 쓰러진 셸비, 현장에 남은 권총 등 살인의 정황은 하나같이 선명했다. 누구도 우발적이라 단정짓기 힘든, 추격 끝의 사살이라는 검찰 서사가 차곡차곡 쌓여 갔다.

마지막으로 제출된 것은 셸비 대령이 임종하기 직전 겨우 내뱉은 진술이었다.

"그녀가… 예고했었다."

의사가 상처가 치명적이라 귀띔했는데도, 대령은 창백한 얼굴로 몸을 떨며 겨우 숨을 짜냈다.

"아직… 말이… 끝나지… 않았네. 내가 그녀를 잘못 대했어…"

그 한마디를 끝으로 그는 미간을 찡그린 채 기절했고, 다시는 깨어나지 못했다.

그 다음은 워싱턴행 열차 안내원이 증언대에 올랐다.

그는 눈앞의 배심원단을 한 번 훑어본 뒤, 차분히 말을 이었다.

"그날 밤, 워싱턴발 뉴욕행 침대열차였습니다. 출발 직전 한 젊은 숙녀가 다가와 물었지요. 이 열차에 어떤 신사와 그 가족이 올라탔냐구요."

검사가 고개를 끄덕였다. "그 숙녀가 바로 피고였습니까?"

"맞습니다. 로라 호킨스 양이었습니다."

"그녀가 남자의 신원을 언급했습니까?"

"아니요. 다만 그 사람은 절대 도망칠 수 없다며 혼잣말을 하더군요."

"그 '사람'이 조지 셸비 대령이라는 사실은 언제 알았나요?"

"신문을 통해서였습니다."

다음은 딜워시 의원 댁의 하녀, 수잔 컬럼이 나왔다.

수잔은 손등에 성경을 얹고 선서한 뒤, 낮은 목소리로 말했다.

"대령님은 자주 아가씨를 찾아왔습니다. 사건 이틀 전, 저녁 무렵에도 방문했지요."

"그때 두 사람이 다투는 걸 들었습니까?"

"예, 문밖에서도 들릴 정도였습니다. 대령님이 그럴 수 없다고 애원하듯 말하자, 아가씨는 선택하라고 소리쳤습니다."

변호인 브러햄이 팔짱을 낀 채 물었다.

"그때 피고 호킨스가 제정신이 아니라고 느끼진 않았나요?"

수전은 고개를 저었다.

"아뇨. 정신은 말짱했지만, 노여움이… 말벌집을 건드린 듯했습니다."

"알겠습니다."

수잔이 들어가자 그 다음 증인으로 로라의 오빠인 워싱턴 호킨스가 호명되었다.

워싱턴 호킨스가 증언대로 걸어 나오자, 방청석의 숨소리조차 잦아들었다.

검사가 파란 리볼버를 들어 올렸다.

"이 총, 당신 것입니까?"

"제 것입니다."

"피고는 어떻게 이 총을 손에 넣었습니까?"

"며칠 전, 도둑이 드는 것 같다며 빌려갔습니다. 사실은 아무 도둑도 없었습니다."

검사가 눈을 좁혔다.

"셀비 대령을 어떻게 평가합니까?"

워싱턴의 두 눈이 번쩍 빛났다. "그는 비열한 악당이었습니다!"

검사가 즉시 벽을 바라보며 손을 들었다. "이 부분은 의견 진술입니다."

판사 오쇼너시가 망치를 두드렸다. "배심원 여러분, 방금 발언은 증거로 삼지 않습니다."

워싱턴은 내려오며 로라를 향해 애처로운 눈길을 보냈다. 그녀는 베일 너머로 눈길을 피했다.

증인 진술이 끝나고, 재판은 휴정되었다.

그 후 일주일이 흐르는 동안, 검찰은 총소리와 비명, 호텔 복도에서 흘린 피를 하나씩 증거로 쌓아 올렸다. 언론은 연일 '희망 없는 살인범, 로라 호킨스'라는 제목으로 기사를 뿌렸고, 방청객들은 고개를 저으며 법정을 나섰다.

그리고 재판이 다시 열리자, 브러햄 변호사가 피고석 옆에 조용히 섰다.

그는 허리를 굽혀 로라에게 무엇인가 속삭였고, 로라는 천천히 고개를 끄덕였다.

다시 일어선 브러햄은 마치 노랫가락처럼 낮은 울림을 띤 음성으로 말을 꺼냈다.

"존경하는 배심원 여러분."

그는 잠시 말을 멈춰 법정의 숨소리가 가라앉길 기다렸다.

"지금까지 들으신 것은 칼날 같은 사실의 한 면입니다. 우리는 곧, 그 칼날을 그녀에게 겨눌 수밖에 없었던 치욕과 협박이 숨겨진 배경을 보여 드릴 것입니다. 이 젊은 여인은 냉혹한 살인자가 아니라, 생존을 위해 마지막 문을 두드린 희생자였다는 사실을, 저는 증거와 증언으로 입증해 보이겠습니다. 부디 저희 측 이야기가 끝날 때까지, 정의의 저울을 흔들림 없이 붙들어 주십시오."

브러햄이 입을 다물자, 법정은 물결처럼 웅성거렸다.

로라는 두 손을 모은 채, 검은 베일 아래서 눈을 감고 있었다.

브러햄은 이렇게 입을 열었다.

"배심원 여러분, 이 사건을 맡은 이 순간부터 전 몸서리쳤습니다. 책임이 너무 막중해서, 차라리 도망가고 싶었습니다. 그래도 한 가닥 희망을 거는 건, 여러분 모두 여느 배심원과 달리 높은 지성과 감수성을 갖춘 분들이라는 사실입니다. 제 동료인 검찰 측은 그 재치와 논리로 유죄를 입증해야 하는 직업이지만, 저는 이 자리에 이 가련한 여인을 변호하기 위해, 진실을 밝혀 정의를 실현하기 위해 섰습니다.

여러분은 명예감 넘치는 시민으로서, 지금처럼 국가 권력이 무시무시하게 한 여성을 추적하고 탄압하는 일이 얼마나 부당한지 깨닫게 될 것이라 믿습니다. 저는 검찰 동료들의 동기를 의심하지 않습니다. 그들은 국가를 대변해 유죄를 구하는 게 임무니까요. 그러나, 결국 우리가 지켜야 할 건 정의라는 걸 명심해 주십시오.

잠시 숨을 고른 브래햄은, 다시 차분히 음성을 낮추었다.

"지금부터 제가 밝힐 이 사건은, 유례를 찾기 힘든, 한없이 가슴 아픈 이야기입니다. 태생적으로 운명과 환경에 짓눌려, 한때는 맑고 순진했으나, 순식간에 배신과 비열한 행동으로 상처 입고, 한없이 추락하며, 그 과정에서 광기의 그림자가 그녀 곁을 맴돌았던 일대기입니다."

그가 여기서 손수건을 꺼내 가볍게 쥐더니, 한 번 펼치고는 책상 위에 내려놓았다.

"배심원 여러분, 잠시 이 살벌한 법정의 공기를 뒤로하고 저와 함께 시간을 거슬러 가 주시겠습니까? 아직 비극이 그림자조차 드리우지 않았던, 한없이 맑고 고운 시절로요. 미시시피 강을 오르던 화려한 증기선에서 탐스러운 금발과 웃는 눈동자를 지닌 아홉 살 소녀가, 교양 있고 다정한 부모님의 손을 잡고 선상 난간에 기대 서 있습니다. 물결은 은빛으로 반짝였고, 소녀의 웃음은 새들보다도 맑았습니다.

그러곤—

폭발음 하나가 강 위의 모든 노래를 삼켰습니다. 선체는 산산이 찢겼고, 수백 명의 목숨이 물보라와 함께 사라졌습니다.

살아남은 건 오직 어린 소녀 한 명. 파편투성이 갑판 위에서, 울부짖던 그 애가 바로 이 피고, 로라 호킨스였습니다.

그녀는 부모의 시신조차 찾지 못했습니다. 여덟 살, 아홉 살 아이에게 그 참상을 마주하게 한 세상이, 과연 정상적입니까? 그때 자비로운 한 여인이, 돌아가신 양아버지 호킨스께서는, 피투성이로 떨고 있던 아이를 품에 안았습니다. 소녀는 그 집의 양딸이 되어 자라났지요. 시간이 흐르며 자신이 호킨스 집의 친딸이라고 믿었을지도 모릅니다.

그러나 운명의 장난은 거기서 멈추지 않았습니다.

어딘가엔 정신착란에 시달리며 자신을 딸을 부르는 친부가 있었습니다. 로라는 자라면서 그 사실을 알았습니다. 애타게 찾아 헤맸지만, 한 번 얼굴을 스치면 이내 사라지는, 붙잡을 수 없는 그림자일 뿐이었습니다.

그 끝없는 수색과 좌절, 눈물과 공포가 마음 깊은 곳에 어떤 상처를 남겼을지는, 여러분의 상상에 맡기겠습니다.

이제, 그 상처 입은 아이가 어떻게 어른이 되었고, 어떻게 또 한 번 잔혹한 배신에 내몰렸는지를 들으실 차례입니다.

여러분은 결국, 그녀가 이 무대에 서게 된 진짜 이유, 그 비극적인 연쇄 고리를 마주하시게 될 것입니다.”

브르햄은 이야기의 서문을 이렇게 장황히 깔고 나서, 점잖게 손수건을 다시 만지작거렸다.

“하지만 이것은 비극의 서막에 불과합니다. 이제 저는 그 뒤를 이어 말하겠습니다. 로라 호킨스는 결국 남부 시골에서 눈부시게 성장했습니다. 그곳 사람들의 자랑, 집안의 기쁨, 말하자면 남부 햇살이 낳은 가장 고운 꽃이 되었죠. 착하고 해맑은 그녀는 행복할 수도 있었을 겁니다. 하지만, 파멸자가 나타났습니다. 그 최고로 아름다운 꽃을 꺾고, 향기를 누린 뒤, 정조와 순정을 짓밟고 더럽힌 이는 누구입니까? 바로 ‘조지 셀비 대령’이라는 인간 악마입니다. 겉으론 매력적인 장교였지만, 속은 잔혹한 악마였습니다. 그는 가짜 혼인으로 그녀를 농락하고, 얼마 지나지 않아 거짓말과 폭언으로 내팽개쳤지요. 당시에 뉴올리언스에 정식 아내가 있었음에도요! 그 결과, 로라는 완전히 무너지고, 주위 증언에 따르면, 수 주간 정신을 못 차리고 죽을 고비를 넘나들었다고 합니다. 그리고 그 뒤 완쾌되어 보이긴 했지만, 과연 그녀의 정신이 예전처럼 온전했을까요?"

이쯤에서 재판정에 있던 여인네들, 그리고 로라 곁에 있는 어머니와 워싱턴 호킨스는 눈물을 훔쳤다. 브래햄은 울리는 음성으로 이어갔다.

"세월이 흘러 그녀는 워싱턴 사교계의 화려한 무대에 선 듯 보였습니다. 호킨스 가문이 새 광산을 발견해 막대한 부를 손에 넣었다느니, '가난한 이들을 돕겠다'며 거창한 계획을 세웠다느니 하는 소문도 돌았지요. 겉으론 마치 행운이 찾아온 듯했습니다. 하지만 하늘은 어찌 그리 가혹합니까. 바로 그 셀비가 다시 나타나, 옛날 일을 들먹이며 '과거를 폭로하겠다. 다시 내 정부가 되지 않으면 가만두지 않겠다'는 협박을 퍼부었습니다. 배심원 여러분, 이미 한 차례 광기의 문턱까지 내몰린 젊은 여인이 이런 위협을 받았다면, 과연 온전할 수 있었겠습니까? 분노와 공포, 과거의 상처가 뒤엉켜 이성을 잃는 건 너무도 당연한 일입니다.

저는 차마 '하늘이 셀비에게 내린 응당한 징벌'이라 단정짓기조차 주저합니다. 다만 분명한 것은 그녀가 겪은 공포와 절망, 그리고 그날의 비극이 결코 냉정한 계산이나 사악한 의도에서 비롯된 것이 아니라는 사실입니다."

브래햄이 잠시 손수건으로 얼굴을 훔쳤다. 로라는 조용히 흐느꼈고, 방청객은 압도당했다. 변호사는 힘겹게 말을 잇는다.

"결국, 이처럼 한계점까지 몰린 마음속에 겨우 작은 불씨 하나만 튀어도, 그 불씨가 누구였는지는 굳이 밝히지 않겠습니다만, 아마 어떤 브라이얼리 씨였을지도 모릅니다. 로라의 내면은 폭발할 수밖에 없었습니다. 여러분께 묻습니다. 제정신으로 워싱턴에서 뉴욕까지 먼 길을 달려와, 곧장 셀비를 찾아 총을 쏠 수 있었겠습니까? 그 행위를 '정상'이라 부르신다면, 도대체 우리는 어디에서 정상과 광기를 구분해야 한단 말입니까?"

변호인의 변론이 끝나자 방청석 곳곳에서 낮은 탄식과 박수가 뒤섞였다.

몇몇 관중의 눈에는 눈물이 고였다. 로라는 눈가를 적시며 브러햄을 바라봤고, 그 시선에는 깊은 감사가 담겨 있었다. 특히 여성 방청객들은 마음속으로 크게 감탄했다.

브러햄이 차분히 손짓했다.

"다음 증인으로 호킨스 부인을 모시겠습니다."

로라의 양어머니가 조용히 증인석으로 나왔다. 낯선 시선이 빗발치자 다소 긴장했으나, 그 맑고 선한 인상만으로도 방청객들은 로라에 대한 동정심을 거두지 못했다.

"호킨스 부인, 로라 양을 처음 만난 경위와 그동안 어떻게 돌보아 왔는지 말씀해 주십시오."

"이의 있습니다. 사건과 무관한 미화일 뿐입니다."

검사가 제지했다.

"브러햄 씨, 이 증언이 어떻게 사건과 연관된다는 겁니까?"

"존경하는 재판장님, 곧 증명해 보이겠습니다. 이 증언은 피고인의 정신상태와 행위 동기를 이해하는 데 필요합니다."

판사는 고개를 끄덕였다.

"알겠습니다. 계속하시지요."

"존경하는 재판장님, 저희가 이 증언을 청하는 이유는, 검찰이 꾸며 낸 살인 동기에 대한 반박을 위해서입니다. 우리는 피고가 범행 당시 정상적인 판단 능력을 잃을 만큼 정신이 붕괴되어 있었다는 사실을 입증하려 합니다. 지금부터 들으실 증언은, 로라가 언제부터 그 붕괴의 씨앗을 안고 있었는지 밝히고, 이어질 다른 증언들과 맞물려 피고는 이미 이성을 상실한 상태에서 사건이 벌어졌으므로 형사 책임을 물을 수 없다는 결론으로 이어질 것입니다."

"결국 감상적인 개인사만 들이밀어 배심원을 흔들려는 의도일 뿐입니다. 이의를 제기합니다."

"일단 증언을 들은 뒤, 적절성 여부를 판단하겠습니다."

검사가 이의를 제기했으나 판사는 받아들이지 않았다.

그 후 경찰과 변호인단은 곧바로 세부 쟁점을 놓고 설전을 벌였다. 정신 이상 관련 판례와 절차 규칙이 난무해 법정은 한때 혼란을 겪었으나, 마침내 판사가 결론을 내렸다.

"증언을 허용합니다. 다만 필요하다면 배제 여부를 나중에 다시 검토하겠습니다."

이어 판사는 증인석을 바라보며 고개를 끄덕였다.

"호킨스 부인, 진술을 시작해 주십시오."

CHAPTER 56.

　호킨스 부인은 조용하지만 또렷한 목소리로 과거를 하나하나 떠올렸다. 미시시피강 증기선 폭발 직후, 아비와 어미를 잃고 넋을 잃은 채 선창에 서 있던 어린 로라를 발견해 집으로 데려왔던 일이었다. 남편 호킨스는 로라를 친딸처럼 사랑했고, 자신도 다르지 않았다고 말했다. 로라는 훌륭히 자라났다. 그러나 훗날 위장 결혼에 속아 버려지고, 몇 주간 생사도 알 수 없는 중병에 시달린 뒤부터는 전과 다른 사람이 되어 버렸다. 그 깊은 상처와 끝없는 침울이 완전히 가시지 않았다는 사실이, 부인의 담담한 진술 속에서도 절절히 전해졌다.

　검찰이 질의했다.

　"로라를 처음 데려왔을 때, 아이가 정신적으로 어딘가 이상하다고 느낀 적이 있습니까?"

　"그때는 특별히 그렇게 생각하지 않았습니다."

　"그 끔찍한 열병에서 살아난 뒤, 정신이 온전치 못하다고 느낀 순간은요?"

　"그 무렵에도 뚜렷이 깨닫진 못했어요."

　브러햄 변호사는 재심문에 나섰다.

　"하지만 그후로 로라가 예전과 달라졌다는 점은 분명히 느끼셨지요?"

　"네… 확실히 달라졌습니다."

　워싱턴 호킨스 역시 같은 맥락에서 증언을 이어갔다. 그는 로라가 셸비와 함께 살던 시절의 전모와, 셸비의 돌연한 배신으로 그녀가 거의 죽음 직전까지

갔던 모습을 직접 보았다고 진술했다. 회복 뒤에도, 누군가 셸비의 이름만 언급하면 로라의 눈빛이 그를 당장이라도 죽일 것처럼 무섭게 변했다는 것이다. 브러햄 변호사가 그 눈빛이 정신적 이상을 드러내는 비정상적인 섬광이었느냐고 묻자, 워싱턴은 약간 당황하며 그렇다고 답했다.

검찰이 순전한 추측이라며 이의를 제기했지만, 배심원단은 이미 그 말을 귀에 담은 뒤였다.

다음 증인은 베리아 셀러스 대령이었다. 그는 성경에 입을 맞춰 선서한 뒤, 재판장에게는 예를 다하고 배심원석에는 유쾌하게 고개를 끄덕였다.

"성함이 '베리아 셀러스' 맞습니까?"

변호사가 물었다.

"네. 미주리주 출신 베리아 셀러스 대령입니다."

"호킨스 가족과는 오래된 사이라고 들었습니다."

"그렇습니다. 로라의 양아버지 실라스 호킨스를 미주리로 데려와 큰 행운을 잡도록 도와준 것도 바로 접니다."

"랙랜드 소령을 아십니까?"

"물론이죠. 대단한 신사였습니다. 제 저택에도 여러 번 찾아왔습니다. 늘 제게 '셀러스 대령, 당신이야말로 정치에 나설 분'이라며—"

"그분은 이미 고인이시지요?"

"예, 안타깝게도 세상을 떠나셨습니다. 뇌물 스캔들에 휘말려 비참하게 몰락했죠…."

판사는 단호하게 말했다.

"증인은 필요 없는 이야기를 삼가 주십시오."

그러나 셀러스 대령은 연신 손을 저으며 변명했다.

"판사님, 고작 옛날 이야기가 조금 길어졌을 뿐입니다."

브러햄은 미리 준비해 온 서류 묶음을 꺼내 셀러스 앞으로 내밀었다.

"이 필적을 알아보시겠습니까?"

셀러스는 눈썹을 치켜세우며 고개를 끄덕였다.

"아, 랙랜드 소령의 글씨가 틀림없습니다. 실라스 호킨스가 예전에 저에게 보여 주던 편지들이죠."

그 편지들은 랙랜드가 증기선 폭발 이후 실종된 로라의 생부를 찾아 나섰던 경위를 기록한 것이었다. 몇 장은 훼손돼 어딘가 비어 있었지만, 요지는 분명했다. 로라의 친부는 사고 충격으로 정신이 붕괴된 채 떠돌아다니며, 왼쪽 이마에 깊은 흉터가 있고, 한쪽 다리를 절고 있다는 내용이었다.

셀러스가 열을 올리려 하자, 지방 검사가 벌떡 일어나 항의했다.

"재판장님, 저 편지는 이 사건과 아무 관련이 없습니다!"

브러햄은 물러서지 않았다.

"피고의 정신 상태를 밝히는 열쇠가 되는 자료입니다."

양측 변호사가 법정 한복판에서 판례와 절차를 들먹이며 격렬히 다투는 동안, 셀러스는 증인석에 그대로 앉아 있었다. 잠시 뒤 그는 배심원석 쪽으로 몸을 기울이더니, 속삭이듯 혼잣말을 흘렸다.

"자, 여러분, 보십시오. 이 불쌍한 아가씨는 태어나면서부터 비극의 소용돌이에 휩싸였답니다. 그런 그녀에게 제정신을 기대한다는 게 과연 합당합니까?"

배심원들은 고개를 갸웃거리며 서로 눈치를 살폈고, 방청석에서도 소곤거림이 일었다. 그때 판사의 목소리가 다시 울렸다.

"증인은 질문을 받을 때만 답변하십시오."

셀러스는 깜짝 놀라 의자에 바로 앉았다.

"예, 예, 재판장님. 그저 작은 설명이었습니다."

재판장은 짧게 의사봉을 두드렸다.

"계속하시죠. 그러나 모두 절차를 지켜 주기 바랍니다."

숨죽였던 법정 공기가 다시 팽팽해졌다.

그런데 검사와 변호사가 공방에 열중하는 동안, 셀러스가 갑자기 발언권을 독차지하듯 배심원에게 나직이 말하기 시작했다.

"아시다시피, 신사 숙녀 여러분, 불쌍한 아가씨가 평생 다른 아버지의 존재에 시달려왔다는 겁니다. 눈만 감으면 다리를 절뚝이고 이마 흉터가 있는 남자가 아빠라 생각하니, 세상에 그런 이만 만나면 혹시 아버지 아닌가 심장 덜컥하고... 그런데 수없이 달려갔는데 그게 아니면 낙심하며 앓아눕고... 전 그 고단한 과정을 압니다. 한 번은 왼다리 절룩거리는 사람이라 좋아했더니, 이마 흉터는 오른쪽이고... 크윽. 또 어떤 땐 흉터도 맞는데 양다리가 멀쩡하고! 얼마나 절망했겠습니까. 배심원 여러분, 가슴 뜨거운 인간이라면 이 아이의—"

이 시점에서 변호인과 판사 그리고 검사 모두 황당해져, 잠시 서로 "뭐냐?" 하는 눈빛을 교환했다. 그 사이 방청석에서도 킥킥대기 시작했다.

판사가 법정을 울리는 목소리로 외쳤다.

"정숙! 증인은 질문에만 답변하십시오."

셀러스는 멋쩍은 표정으로 고개를 끄덕였다.

"물론입니다, 재판장님. 잠시 공백이 생겨 배심원께 배경을 조금 설명하려다 보니—"

"그만." 판사가 의사봉을 두드렸다.

브러햄 변호사가 다시 나섰다.

"증인 셀러스 씨, 다음 질문입니다. 그 '아버지'가 아직 살아 있다고 보십니까?"

"네, 살아 계시다고 확신합니다."

"그 근거는 무엇입니까?"

"사망했다는 어떤 소식도 들은 적이 없습니다. 정보가 전혀 없는데 정신이 온전치 못했던 분이니 어딘가 떠돌고 계시겠지요. 게다가—"

"필요 없습니다." 지방 검사가 끼어들었다.

"더 이상 묻지 않겠습니다."

검사는 곧 교차신문을 이어갔다.

"셀러스 씨, 현재 직업이 무엇입니까?"

"직업이라… 글쎄요, 저는 그저 '신사'라고 할까요. 제 부친도 늘—"

"됐습니다. 그 '아버지'를 직접 본 적이라도 있습니까?"

"아니요, 직접 본 적은 없지요."

"그를 봤다는 사람과 대화를 나눈 적은 있습니까?"

셀러스는 입술을 달싹였으나, 판사의 매서운 눈길에 말을 삼켰다. 정적이 흘렀고, 검사는 고개를 저은 뒤 자리로 돌아갔다.

이로써 셀러스 대령의 증언은 끝이 났다. 이후 피고 측은 정신과 의사들을 잇달아 불러 세웠다. 그들은 한결같이 말했다.

실종된 친부에 대한 그리움, 허위 결혼과 배신, 이어진 협박까지, 그럴 만한 상처가 겹겹이 쌓이면 누구라도 순간적인 광기에 빠질 수 있다는 것이다. 겉모습이 아무리 온전해 보여도, 내면에서는 이미 이성과 판단력이 무너졌을 수 있다는 설명이었다. 훗날 알려진 바에 따르면, 주치 감정인은 이 증언료로 천 달러가 넘는 거액을 받았다.

검찰은 곧바로 반격에 나섰다.

"원인은 충분히 이해하지만, 피고가 총을 쏜 바로 그 순간 정신이상을 겪었다는 직접 증거는 어디에도 없습니다."

검사측의 전문의들 또한 증언대에 오르자, 양측 의사들의 논쟁이 온 하루를 태웠다. 법정은 마치 서로 다른 의학서가 충돌하는 거대한 강의실 같았다.

재판 15일째, 긴 장정 끝에 변호인과 검찰은 드디어 최종 변론에 들어갔다. 숨소리조차 메아리치는 법정 한가운데서, 브러햄 변호사가 천천히 일어섰다. 그는 조용하면서도 단단한 목소리로 마지막 합창을 이끌듯 말을 이었다.

첫째, 어린 로라가 끔찍한 참사로 부모를 잃은 뒤 어떻게 살아남았는지, 그리고 그 순결한 생을 조지 셸비가 어떻게 짓밟았는지.

둘째, 셸비가 마지막 숨을 몰아쉬며 "내가 그녀에게 죄를 지었으니, 이 모든 것은 내가 자초한 업보다"라고 털어놓았다는 사실이야말로, 하늘이 내린 심판이 아니고 무엇이냐는 호소.

셋째, 이런 연유로 볼 때 과연 이 총격을 치밀한 계획 살인이라 부를 수 있느냐는 의문.

그는 배심원을 향해 고개를 숙여 마무리했다.

"여러분, 정의가 차가워야 한다면 자비는 그 열기를 보듬어야 합니다. 인생 내내 운명과 배신에 짓눌린 이 젊은 여인을 교수대로 보내는 일이 정말로 옳은 결정입니까?"

법정엔 적막이 내렸고, 심판은 이제 열두 사람의 양심 속에서만 움직이고 있었다.

배심원단이 심의실로 사라지자, 법정 안의 공기도 한껏 팽팽해졌다. 방청석에 앉은 사람들은 이미 변호인의 마지막 호소에 마음이 기울어, 무죄가 나오지 않을까 하는 기대에 숨을 죽였다.

그러나 검사는 침착하게 반격에 나섰다. 그는 증거를 조목조목 되짚으며,

로라가 치밀하게 셸비를 쫓아 뉴욕까지 와서 총을 쏘았다는 사실은 부인할 여지가 없다고 못 박았다. 정신착란 주장은 단지 동정을 자극하기 위한 최후의 카드일 뿐이며, 최근 여성에 의한 총기 살인이 급증하는 현실을 생각하면 이번 사건에서 분명한 유죄 판결이 내려지지 않는 한 그 흐름을 막을 수 없다고 강조했다.

판사는 배심원단을 향해 간단명료하게 법리를 정리했다.

"피고가 사전에 의도하고 멀쩡한 정신으로 살인을 저질렀다면 1급 살인입니다. 반대로 범행 시점에 정신이상으로 책임 능력이 없었다면 무죄가 마땅하지요."

사람들의 시선이 배심원석에 쏠렸다. 방청객들은 대개 로라에게 연민을 품고 있었지만, 배심원의 판단을 예측하기는 어려웠다. 신문과 거리 여론은 오히려 냉담했다. 유죄로 판결되어야 사회에 경각심이 생길 것이라는 차가운 목소리도 적지 않았다.

배심원단은 긴 문을 닫고 숙의에 들어갔으나, 합의가 쉽지 않은 듯했다. 재판장은 한 차례 휴정을 선언했다가 재개했으나, 돌아온 답은 여전히 논의 중이라는 짤막한 보고뿐이었다. 재판장은 다음 날 아침 공판을 속개하여 밝히겠다며 산회를 선언했다.

CHAPTER 57.

운명의 날이 밝았다. 오늘 하루가 상승이든 추락이든 호킨스 집안의 향방을 결정지을 터였다. 워싱턴 호킨스와 셀러스 대령은 새벽부터 뒤척이다 결국 자리에서 일어났다. 마음이 산란해선지, 잠은 애초에 먼 일이었다.

의회 회기는 숨이 넘어가듯 끝을 향해 달려가고 있었다. 종착역에 가까워질수록 수많은 법안이 마지막 불꽃처럼 눈 깜짝할 사이 통과되거나 폐기됐다. 이날 놉스 대학 설립 법안이 3차 독회를 성공적으로 마치면, 내일 아침 워싱턴은 하루아침에 백만장자가 될 수도 있었다. 셀러스 역시 빈 주머니 신세를 청산할 절호의 기회였다.

그러나 같은 시간, 뉴욕 배심원단도 로라 사건 평결을 예고했다. 유죄가 나오면 변호인들은 판결 취소, 재심, 상소라는 끝 모를 싸움에 뛰어들 것이다. 길게는 수개월, 어쩌면 1년 넘게 이어질 소모전이었다. 게다가 오늘은 딜워시 상원의원의 재선 표결이 잡혀 있었다. 그가 무난히 자리를 지켜야 놉스 대학 설립 법안도 순풍에 돛을 달 터였다.

모든 일이 한꺼번에 밀려든 탓에, 워싱턴의 가슴엔 두려움이 그늘처럼 따라붙었다. 그는 혼잣말로 중얼거렸다.

"하루만에 모든 게 제자리를 찾았으면 좋겠는데…"

그러나 불안을 떨치기엔, 그 하루가 너무 길었다.

반면 셀러스 대령은 한껏 들떠 있었다. 그는 잔뜩 고무된 목소리로 외쳤다.

"모든 게 척척 굴러가네! 곧 우리도 큰부자가 될 거야. 걱정 붙들어 매게, 친구."

워싱턴이 얼굴을 구기며 물었다.

"하지만… 로라의 재판 결과가 나쁘면 어쩌죠?"

대령은 미소를 지우지 않았다.

"배심원이 뭐라 평결하든 우선 자네 형편엔 큰 지장이 없어. 내일이면 법안이 통과돼 돈이 콸콸 들어올 거야. 그 돈으로 뉴욕의 유능한 변호사들을 고용하면 되지. 그들이 못 할 일이 있겠나? 자금만 넉넉하면 로라를 구할 방법은 얼마든지 있다네. 게다가 딜워시 상원의원도 재선이 확정되는 즉시 뉴욕으로 날아올 거야. 임기 초의 상원의원이 가진 영향력은 자네가 생각하는 것보다 훨씬 크다네."

워싱턴은 잠시 표정이 풀렸다가도 다시 한숨을 내쉬었다.

"그렇긴 한데… 의회가 정화 절차 때문에 시간을 끌다가 우리 법안 표결이 밀리면 어떻게 하죠? 가지가지 걱정에 머리가 깨질 지경입니다."

셀러스는 어깨를 다독이며 호탕하게 웃었다.

"걱정도 팔자라니까! 회기 막판엔 밀린 법안을 몰아 처리하는 게 관례라네. 3차 독회와 표결만 남았으니 세 시간이면 끝날 걸세. 내일이면 모든 게 해결된다니까!"

잠시 안도하던 워싱턴은 다시 고개를 떨궜다.

"그래도… 로라 생각을 하면 마음이 놓이지 않아요."

한편 딜워시 의원 측도 총력전에 나섰다. 전날 밤까지만 해도 재선은 다소 불확실해 보였지만, 특유의 달변과 조직력으로 기적 같은 표를 끌어모았다.

"저를 지지하시면 우리 주의 모든 사업에 든든한 지원을 아끼지 않겠습니다."

그의 설득은 언제나 확실했다.

셀러스 대령은 흡족한 표정으로 워싱턴에게 귀띔했다.

"한 번만 더 당선되면 위세가 완전히 달라진다네. 그때부터는 얌전한 군소

의원들까지 줄을 서지. 온통 환영 일색이 될 걸세. 그러면 로라 문제 같은 건 의원의 영향력으로 금세 정리되지 않겠나?"

워싱턴은 억지로 웃으며 고개를 끄덕였다.

"그렇게만 되면 좋겠어요. 어서 그 시간이 왔으면!"

다음 날 아침, 두 사람은 상원 투표 결과와 법안 표결, 그리고 로라 재판 결과를 동시에 기다리며 전신 옆을 떠나지 못했다. 맨 먼저 도착한 전보는 브러햄 변호사 쪽이었다.

"오늘 평결이 나올 듯합니다. 결과가 어떻든 즉시 후속 조치에 들어가야 하니 대기 바랍니다."

셀러스가 흐뭇하게 중얼거렸다.

"역시 빈틈없는 브러햄! 나를 제대로 알아주는 유일한 변호사라니까."

곧 이어진 두 번째 전보.

"딜워시, 경쟁 후보 포섭 성공. 금일 재선 확정."

"봐라, 최고잖나!" 셀러스가 탄성을 질렀다.

"역시 그 사람 수완은 보통이 아니야. 이제 상원도, 하원도, 결국 사람 손에 달렸다는 걸 알겠지. 모든 게 착착 굴러가는군!"

잠시 뒤, 뉴욕에서 세 번째 전보가 날아들었다.

"배심원단 아직 결론 못 내려. 유죄 확정 소문은 허위."

안도해야 할 소식이었지만, '유죄'라는 말이 스쳐 지나간 탓에 워싱턴의 얼굴은 순간 새파랗게 질렸다.

점심 무렵, 두 사람은 전보를 더 빨리 받아 보려고 신문 거리 쪽으로 서둘러 내려갔다. 그러나 가는 길에 한 신문사 게시판 앞에서 수십 명이 웅성거리며 열광하고 있는 모습을 목격했다. 대문짝만 한 긴급 속보가 막 내걸린 참이었다. 워싱턴과 셀러스는 맥박이 뛰는 걸 느끼며 가까이 다가가 제목을 확인했다.

충격 특보!
딜워시 상원의원, 뇌물 스캔들 폭로 - 주의회 현장 아수라장

주 의사당에서 대소동. 상원의원 선출 투표 직전, 한 의원이 연단으로 나와 봉투 하나를 내던지며 외쳤다.

'여기 든 현금 7,000달러는 어젯밤 딜워시 의원이 직접 내 방에 찾아와 표를 사겠다며 건넨 돈이다. 이 더러운 매수극을 만천하에 밝히고, 검찰에 넘겨 단죄하자!'

일순간 얼어붙은 의사당에서 해당 의원은 말을 이었다.

'딜워시는 나뿐 아니라 50명 가까운 의원에게도 비슷한 액수를 살포했다.'

이어진 투표에서 딜워시는 단 한 표도 얻지 못했고, J.W. 스미스가 새 상원의원으로 선출됐다. 의원은 곧 추가 폭로를 예고하며, 딜워시가 추진해 온 각종 법안과 로비 의혹을 모두 까발리겠다고 선언했다."

"세상에!" 셀러스가 거의 비명을 질렀다.

"의사당으로, 어서!" 워싱턴도 숨 가쁘게 외쳤다.

그들은 죽을힘을 다해 의사당으로 달려갔다. 거리에는 이미 딜워시 추락에 대한 호외를 팔려는 신문팔이들의 외침이 울려 퍼지고 있었다. 상원 방청석에 도착하니, 의원들 모두 막 나온 호외를 손에 쥔 채 술렁이는 통에 회의장은 그야말로 혼돈이었다.

잠시 뒤, 한 서기가 목청을 높여 의사일정을 읽어 내려갔다.

"하원 의안 제4,231호. 높스 공업대학 설립·법인화법 1·2차 심의 통과, 위원회 심사 완료, 3차 독회 및 최종 의결 상정."

의장은 의사봉을 두드리며 선언했다.

"3차 독회를 시작합니다!"

양당 의원들이 아수라장이 됐지만, 규정상 표결은 순식간에 끝났다. 셀러스와 워싱턴은 가슴이 요동치는 가운데 두려움과 기대를 오갔다. 이름이 하나씩 불리고 표가 집계되자, 마침내 결과가 나왔다. 전원 반대. 단 한 표의 찬성도 없었다.

워싱턴은 그 자리에 주저앉다시피 고개를 떨구고 두 손으로 얼굴을 감쌌다. 몇 달간 쌓아 올린 희망이 산산조각 나는 순간이었다. 셀러스도 충격에 휩싸였지만, 워싱턴이 더 깊은 낙담에 빠져 있기에 그를 부축해 의사당 밖으로 이끌었다.

"우린… 우린 끝장이에요, 대령님…."

"진정하게, 아직 인생은 길지 않은가."

"아냐, 이번이 마지막 기회였어. 로라도 구할 길이 없어. 전부 끝났어…."

워싱턴은 마차 안에서도 흐느끼며 말을 잇지 못했다. 셀러스 역시 위로할 말을 찾지 못한 채 숙소에 도착했다. 그때 하녀가 다급히 전보 한 통을 내밀었다. 셀러스가 봉투를 뜯어 읽고는 외마디를 터뜨렸다.

"배심원 평결, 무죄! 로라 석방!"

두 사람은 서로를 바라보았다. 워싱턴의 눈가엔 기쁨의 눈물이 맺혔고, 셀러스는 양팔을 높이 들며 환호했다.

"봤나! 이게 인생이야!"

CHAPTER 58.

　법정은 배심원단의 평결이 나올 것으로 예상된 아침, 그 전날들과 마찬가지로 발 디딜 틈 없이 꽉 들어찼다. 연일 재판 과정을 눈에 불을 켜고 지켜본 같은 군중이 오늘도 모여든 것이다.
　재판을 좋아하는 사람이라면 누구든 알 법한, 그리고 절대로 놓치고 싶지 않은 짜릿한 순간이 있다. 바로 배심원 대표가 일어서서 평결을 발표하기 직전의, 그 눈 깜짝할 사이. 사람들은 그 긴장감과 기대감을 진정 즐긴다.
　재판장이 개정을 선언한 뒤 모두가 배심원단을 기다렸으나, 정작 배심원단은 고집이 만만치 않았다. 이날 아침에도 그들은 판사에게 추가 질문을 던졌다.
　"셸비 대령이 총상을 입지 않았더라도, 지병이나 다른 원인으로 조만간 사망했을 가능성이 있었는지 의사들이 확언했습니까?"
　배심원 가운데 누군가는 피고가 방아쇠를 당기지 않았더라도 피해자는 곧 세상을 떠났을 것이라는 가정을 따지고 싶었던 셈이다. 일종의 확률 계산을 형사사건에도 적용하려는 듯했다.
　배심원단의 잇단 질문으로 방청객의 인내심은 한계에 다다랐지만, 사람들은 끝까지 버텼다. 브러햄 변호사의 한마디, 로라의 한숨에조차 의미를 부여하며 지루함을 견뎠다. 법정 경관들 사이에선 평결 결과를 두고 내기가 벌어졌는데, 합의 불성립에 돈을 건 쪽이 훨씬 많았다.
　오후가 되어서야 배심원단이 결론을 내렸다는 소식이 전해졌다. 기자들은 번갯불처럼 자리를 잡았고, 판사와 변호인들도 모두 복귀했다. 군중은 숨조차 쉬지 못한 채 긴장으로 굳어졌다. 배심원단이 입장해 일렬로 서자, 수백 쌍의 눈이 일제히 그들을 향했다.

"배심원 여러분, 평결은 만장일치입니까?"

"그렇습니다."

"그렇다면 피고에 대한 평결은?"

"무죄입니다."

순간 방청석이 터져나갔다. 환호와 박수, 탄성이 뒤섞여 법정은 아수라장이 됐다. 판사가 망치를 두드리며 정숙을 명령했지만, 흥분한 군중은 좀처럼 진정되지 않았다. 사람들은 난간을 넘어 안쪽으로 몰려들었고, 막 석방된 로라를 빙 둘러쌌다. 정작 로라는 차분했다. 오히려 기절 직전인 노모를 부축하느라 정신이 없었다.

그리고 곧, 소설가라도 쉽게 상상하기 힘든 기이하면서도 숭고한 장면이 펼쳐졌다. 오늘 가장 큰 갈채를 받은 이는 무죄를 이끌어 낸 수석 변호사 브러햄이었다. 특히 여성 방청객들은 로라를 구한 그의 용기와 재치에 감격해 뜨거운 환호를 보냈다. 나이 든 부인에서 젊은 아가씨에 이르기까지, 앞다투어 달려가 그에게 감사의 포옹과 입맞춤을 퍼부었다. 당시 신문들은 이 장면을 두고 '브러햄, 키스 세례를 받다'라며 큼지막한 제목을 뽑았다. 타락한 인간성 속에서도 여전히 빛나는 정과 열정을 증명해 보인, 극적이고도 화려한 종결이었다.

기자들은 그 장면을 순박한 환희와 감동이 뒤섞인 집단 포옹에 가까웠다고 묘사했다. 정작 브러햄은 이 뜨거운 감사 표시를 너그럽게 받아들였고, 특히 젊고 귀여운 얼굴이 다가오면 한층 더 기꺼이 응답했다.

법정이 겨우 조용해지자, 오쇼너시 판사가 다음 절차를 알렸다. 배심원단의 평결은 로라가 살인을 저질렀으나 심신이 불안정한 상태였음을 전제하는 것이니, 그녀를 그대로 사회에 둘 수 없다는 이유였다.

"법령에 따라, 피고 로라 호킨스는 주립 정신병원에 인도해 수용한다. 주 정신이상자 심의위원회가 퇴원을 승인하기 전까지는 석방할 수 없다. 즉시 집행하라."

순간 로라는 얼어붙었다. 무죄가 곧 자유를 의미하리라 믿었는데, 이번 결정은 사실상 또 다른 감금이었다.

"내가 정신병자라니, 말도 안 돼!"

속으로 외쳤지만, 판결은 이미 내려졌다. 어머니 역시 떨리는 목소리로 말했다.

"로라가 미쳤다니, 그런 법이 어디 있나요?"

하지만 판사는 차가운 의무감으로 명령을 밀어붙였다.

브러햄 변호사는 곧바로 인신보호영장 청구 의사를 밝혔지만, 받아들여지지 않았다. 판사는 법은 엄정해야 한다는 눈빛으로 선을 그었다.

경찰은 서둘러 로라를 역으로 이송해 그날 오후 곧장 주립 정신범죄자 병원에 입원시켰다. 삭풍이 스며드는 회색 벽, 광폭한 환자들이 묶여 있는 복도, 금속문이 덜컹거리는 소리…. 그 을씨년스러운 풍경 앞에서 로라는 온몸이 떨

렸다.

"살인자로 낙인찍힌 것도 모자라 미치광이들 틈에 갇히다니, 차라리 사형이 나았을까."

입원 절차를 맡은 의사는 온화한 표정으로 상태를 살펴보겠다는 말만 반복했으나, 로라가 억울함을 호소할수록 그의 눈엔 정신 질환자라는 의심이 짙어졌다. 깊숙한 보안 구역으로 들어서자, 손발이 결박된 환자들과 괴이한 울음소리가 뒤엉켰다. 여직원의 몸수색이 끝난 뒤, 햇살 한 줌 들지 않는 좁은 독방에 홀로 남겨지자 로라는 비로소 자신의 처지를 절감했다.

"어쩌다 내 삶이 여기까지…"

침대 끝에 주저앉은 로라는 눈물을 삼켰다. 어머니와 동생은 이제 어떻게 해야 하나. 죽고 싶다는 절망이 가슴을 짓눌렀고, 이 악몽 같은 현실이 정말로 자신을 미치게 할지도 모른다는 두려움이 천천히 고개를 들었다.

CHAPTER 59.

　폭탄 선언이 딜워시 상원의원 진영을 강타했을 때, 노련한 정치가인 그는 잠시 당황했을 뿐 곧바로 평정을 되찾았다. 전국 곳곳에서 딜워시 의원에 대한 충격적인 폭로가 퍼져 나가며 공분이 일었다. 사실 사람들은 부정이 드문 탓에 분노한 것이 아니라, 또 하나의 부끄러운 사례가 터졌기 때문에 분노한 것이다. 어쩌면 선량한 시민들은 지역 예비선거를 술집 주인과 투견꾼, 벽돌 운반꾼 따위에게 내맡긴 채 집에 틀어박혀 투덜거리다 보면 언젠가 상황이 나아지리라 믿었는지도 모른다.

　나라 전체가 들끓었지만, 딜워시는 침착해 보였다. 그는 즉시 여론에게 판단을 유보하라고 요청했다. 그러나 그가 얻은 것은 늘 그래왔듯 형식적인 유보뿐이었다. 곧이어 그는 뇌물과 증기선 보조금, 철도 사기로 국고를 털어 온 장본인이라 불렸고, 신문들은 그를 거짓 신앙으로 포장한 교활한 위선자라며 맹비난했다. 절제운동, 기도회, 주일학교, 자선 단체, 해외 선교까지 사익을 위해 농락해 온 행적이 신빙성 높은 증언과 함께 쏟아지자, 온 나라가 이의를 달지 않은 채 고개를 끄덕였다.

　딜워시는 한걸음 더 나아가 즉시 워싱턴으로 달려가 조사를 요구한다고 외쳤다. 하지만 이 행동 역시 비난을 피할 수 없었다. 여러 신문이 다음과 같은 논평을 실었다.

딜워시 상원의원의 '유해'가 조사를 요구한다. 언뜻 그럴듯하고 결백해 보이지만, 그 조사를 맡을 주체가 미국 상원이라는 사실을 떠올리면 실소가 나온다. 감옥에 갇힌 범죄자들끼리 서로 재판을 맡기겠다는 것과 다를 바 없다. 이번 조사도 여느 상원의 조사처럼 그저 웃음거리일 뿐, 아무 소득도 없으리라는 점은 분명하다. 상원은 왜 여전히 뻔뻔하게 조사란 말을 고집하는가? 제대로 조사하려면 적어도 눈가리개는 벗어야 하지 않은가.

딜워시는 의연한 얼굴로 본회의장에 나타나 자신을 수사할 위원회를 임명하자고 제안했다. 물론 그 제안은 곧바로 통과됐고, 위원회가 구성됐다. 그러자 신문들은 다시 이렇게 썼다.

엊그제 상원이 '고(故) 딜워시'를 조사하겠다며 꾸린 위원회라지만, 실상은 폭로한 의원만 물고늘어질 작정인 모양이다. 결의안의 '정신'과 '의도'가 애초부터 그것만 겨냥하고 있으니 말이다. 딜워시는 이렇게 뻔뻔한 결의안을 올리고도 부끄러움 없이 표결을 통과시켰다.

상원은 딜워시 파문으로 뒤숭숭했다.

먼저 발언에 나선 의원은, 언론이 재선을 5만 달러에 팔아넘겼다는 의혹을 제기했는데도 정작 본인은 해명조차 하지 않은 인물이었다.

"감히 동료 상원의원을 고발하다니! 이것은 상원 전체에 대한 모욕입니다."

곧이어 또 다른 의원이 목청을 높였다.

"조사를 중단해선 안 됩니다. 폭로한 작자에게 본때를 보여 미국 상원의 명예는 건드릴 수 없다는 사실을 똑똑히 알려 줘야 합니다."

세 번째 의원은 한술 더 떴다.

"잘됐습니다. 그 같은 천한 개를 짓밟고 우리 오랜 권위를 지킬 절호의 기회입니다!"

방청석에서는 비웃음이 터져 나왔다.

어떤 구경꾼이 소리 내어 말했다.

"저 의원 맞지? 며칠 전 자기 여행 가방을 공짜 우편으로 부쳤다던데? 그게 상원의 품격 지키는 법인가 보군!"

곁에 있던 다른 방청객도 킥킥거리며 맞장구쳤다.

"고상한 전통은 잘 모르겠다만, 요즘 세상엔 딱 어울리네!"

미국 상원의원을 조롱해도 처벌할 규정은 딱히 없었으니, 웃음과 야유가 끊이지 않았다. 이제 논란의 핵심인 조사위원회가 실제로 어떻게 움직이는지 지켜볼 일만 남았다.

폭로한 의원인 노블 의원의 진술은 대략 다음과 같다.

"나는 주 하원의원으로, 지난해 회기 동안 주 의사당이 있는 세인트레스트에 머물렀다. 처음부터 딜워시 상원의원의 재선에 반대해 왔는데, 당시 그는 현금을 살포하며 표를 사들이고 있다는 풍문이 돌았다. 어느 날 밤, 딜워시가 내게 저녁에 호텔 방으로 오라고 불렀다. 그 뒤로 서너 차례 더, 대개 한밤중에 불려 갔다.

딜워시는 내 지지표를 얻으려고 집요하게 매달렸다. 내가 거절하자 그는 어차피 자신은 당선된다. 끝까지 반대하면 나 하나쯤은 가볍게 망가뜨릴 수 있다고 위협했다. 철도, 공직, 정계 요직이 다 자기 손아귀에 있다며, 누구든 끌어올리고 내칠 수 있다고 큰소리쳤다. 실제로 과거 사례를 들며 설득했고, 자신에게 표를 주면 날 연방 하원의원으로 만들어 주겠다고 했다. 내가 못 믿겠다고 하자, 이미 과반을 확보했다며 의원 명단을 보여 주었다."

위원 가운데 한 사람이 사건과 무관한 모욕적 발언이라며 중단을 요청했지만, 위원장은 핵심만 추려 들으면 된다며 진술을 이어가게 했다.

"당 지도부는 내가 딜워시에게 투표하면 제명하겠다고 경고했지만, 딜워시는 오히려 그것이 내게 유리하며, 공개적으로 자신의 편을 들면 크게 출세시켜 주겠다고 말했다. 내가 빈곤한 처지라 유혹이 세게 다가온다고 하자 그는 스스로 5천 달러를 제시했다.

나는 그 정도로는 내 명예와 인격을 팔 수 없다고 버텼다. 그러자 딜워시는 달콤한 말을 늘어놓으며 1만 달러를 주겠다고 하며, 대신 본회의에서 자신에게 표를 던지고, 딜워시 뇌물설이 터무니없으며, 결백하다고 공개적으로 말하라고 요구하기까지 했다. 이어 주머니에서 현금 2천 달러를, 트렁크에서 나머지 3천 달러를 꺼내 내 손에 쥐어 주었다."

다시 한 위원이 불필요한 이야기로 상원을 모욕하고 있다고 항의했으나, 위원장은 조속히 마무리하고, 필요한 부분은 위원회가 걸러낼 것이라며 절차를 계속했다.

위원 가운데 한 사람이 벌떡 일어나 외쳤다.

"이제 본론이 드러났습니다. 저 사람은 스스로 뇌물을 받았다고 자백했소. 그것만으로도 중대한 범죄요. 상원을 모욕한 이자를 즉시 다뤄야지, 더 들을 필요가 없습니다."

위원장이 의사봉을 두드렸다.

"절차를 지켜야 합니다. 우선 돈을 받았다고 진술한 사실부터 기록합시다."

다음 차례는 딜워시였다. 증언대에 선 그는 손수건으로 입술을 훔치고 흰 넥타이를 다듬으며 말을 꺼냈다.

"나는 공공도덕의 이름으로 호소합니다. 그 불행한 폭로 의원이 회개하고 있다면 관대한 처분이 내려지길 바랍니다. 그러나 그는 밤마다 찾아와 가난에 시달린다며 하소연하면서도, 오늘날 이렇게 상원의 명예를 훼손하려 했습니다. 결국 책임은 그가 져야겠지만, 내 마음은 참으로 아픕니다. 전능하신 하느님께서 진실을 밝혀 주시리라 믿습니다."

그는 말을 이었다.

"마침 먼 지방의 젊은 친구가 은행을 세우겠다며 자금을 부탁해 왔습니다. 손에 현금이 없던 차, 한 지인이 선거 비용이 많이 들었을테니 사용하라며 2천 달러와 3천 달러 두 묶음을 건넸습니다. 영수증도 차용증도 쓰지 않았습니다. 그날 밤, 저 불쌍한 의원이 다시 찾아와 급히 5천 달러가 필요하다기에 사람을 믿는 마음으로 한밤중이지만 그대로 내주었을 뿐입니다. 그가 이런 식으로 나를 모함하리라곤 상상도 못했습니다. 한 치의 거짓도 없음을 맹세합니다. 하느님께서 그 불쌍한 이를 용서하시길 빕니다."

노블 의원이 반문했다.

"그렇다면 상원의원님, 왜 하필 그날은 현금을 쓰셨습니까? 평소엔 수표로 처리하고 꼼꼼히 장부에 남기시지 않습니까?"

위원장이 책상을 두드렸다.

"본 위원회가 묻지 않은 질문은 삼가십시오."

노블 의원이 쓸쓸히 웃었다.

"위원회가 그런 걸 물을 것 같지 않으니 제가 대신 묻는 겁니다."

"또 이런 태도를 보이면 경위를 불러 퇴장시킬 수밖에 없소."

"위원회도, 경위도 마음대로 하십시오. 한심하군요."

여러 위원이 일제히 소리쳤다.

"의장님, 명백한 위원회 모독입니다!"

노블 의원은 호통에 아랑곳하지 않았다.

"모독이라고요? 그래요, 상원 말입니까? 대다수 국민은 상원의 삼 분의 이는 딜워시 같은 인물이라고 생각합니다!"

결국 경위가 나서서 국민 대표라 자처한 그를 끌어냈다. 고향처럼 자유롭게 말할 수 있는 곳이 아니라는 점을 그제야 실감한 셈이다.

딜워시의 해명은 위원회에 제법 그럴듯하게 들렸다. 그는 조리 정연했고, 상원의 품위를 걸고 맹세했다. 실로 흔히 볼 수 있는 사례라며 다음과 같은 점을 열거했다.

사업가가 거액을 수표 대신 현금 다발로 빌려 주는 일은 전혀 드물지 않다.

차용증, 영수증 없이 주고받아도 당사자가 잊거나 죽지 않는 한 문제될 게 없다.

급히 자금이 필요한 지인에게 빌린 현금을 그대로 넘기는 일도 비일비재하다. 처음 본 사람에게 큰돈을 맡기는 관행 역시 우리 사회에선 결코 이상하지 않다.

이런 거래에 문서가 남지 않는 것도 흔한 일이다.

결국 위원회 결론은 딜워시 의원이 뇌물을 주었다는 직접 증거는 없다는 것이었다. 노블 의원은 청문회를 모독했다는 사실만 남기고 사실상 패배한 셈이 됐다.

위원회 보고서는 상원 본회의로 올라왔다. 일부 의원은 거칠게 반발했다.

"위원회가 제 역할을 못 했군! 저 노블 의원에게 아무 제재도 없이 끝내다니. 결국 저 사람은 승리감에 도취돼 상원을 더 우롱할 겁니다. 상원의 체면을 지키려면 본보기로 응징해야 합니다."

하지만 노련한 상원의원 한 사람이 일어나 뜻밖의 이야기를 꺼냈다.

"의원 여러분, 지금 논의의 초점이 잘못된 것 같습니다. 다들 상원의 명예를 지키려면 저런 뜨내기를 본때 보여 줘야 한다고 하지만, 정작 우리가 따져 봐야 할 건 딜워시 의원이 실제로 뇌물을 건네려 했느냐 하는 점 아닙니까? 상원이 정말 자존심을 살리려면 내부의 부패부터 확실히 짚어야 합니다. 딜워시의 혐의는 거의 분명해 보이는데, 이렇게 얼렁뚱땅 넘어가면 상원이 더 비겁해 보일 뿐입니다. 딜워시와 계속 한자리에 앉아 있으면서도 아무 조치가 없다니, 부끄러운 줄 알아야지요."

그때 또 다른 의원이 느긋하게 받아쳤다.

"보고서 그냥 통과시키고 끝냅시다. 괜히 더 후벼 파면 우리만 피곤해져요. 설령 딜워시가 죄인이라 해도 남은 며칠 이 방에 같이 있다고 상원이 썩겠습니까?"

결국 상원은 며칠 더 딜워시와 함께 있어도 상원은 멀쩡하다는 식으로 결론을 내렸다. 조사위원회 보고서를 그대로 받아들이고 사건을 덮어 버린 것이다.

딜워시는 회기 마지막 날까지 자리를 지켰다.

"주민들이 나를 믿고 보낸 자리니, 끝까지 떠나지 않겠습니다. 필요하다면 죽을 때까지 의석을 지킬 겁니다."

그가 마지막으로 행사한 표는 백폐이 법안 찬성이었다. 대통령 연봉을 두 배로 올리고, 이미 정산된 의회 업무비까지 수천 달러씩 의원들에게 추가 지급하자는 안건이었다.

그의 고향에서는 하느님께서 딜워시 의원님을 시험하시느라 고난을 주셨다며 성대한 환영회를 준비했다.

"우린 여전히 그를 믿습니다. 그는 우리를 위한 사람입니다!"

한편 노블 의원이 증거로 맡겼던 5천 달러는 주 금고에 그대로 보관됐다. 딜워시가 한때 되찾으려 했지만, 영수증 한 장 없으니 실패할 수밖에 없었다. 이번 사태의 교훈은 명확하다.

"현금을 빌려 줄 땐 차용증부터 받아 두라."

CHAPTER 60.

　며칠 전부터 로라는 다시금 자유의 몸이 되었다. 그 며칠 동안, 그녀는 일종의 승리감과 흥분, 온갖 축하를 받으며, 긴 어둠과 불안의 밤 뒤에 찾아온 태양빛에 둘러싸인 듯한 기쁨의 시기를 보냈다. 그 뒤는 차츰 진정되어 갔다. 거친 파도가 잦아들어 잔잔한 파도 소리가 되듯, 광풍처럼 불어닥치던 격정은 화해의 신호를 내비치는 바람으로 차차 수그러들었다. 그나마도 어느덧 소멸되어, 그녀는 고요와 휴식, 자신과의 대화에 시간을 썼다. 스스로에게, 감방의 쇠창살과 감옥의 공포, 죽음의 그림자가 머리 위에 늘 드리웠던 때가 정말이지 지나간 것이라는 인식을 새롭게 주입하려 애썼다. 그리고 그다음 날이 오자, 지난날은 서서히 희미해지는 해안선처럼 시야에서 멀어지고, 자연스레 그녀의 눈은 미래라는 광활한 바다를 향해 돌려졌다. 우린 이런 식으로, 죽은 과거를 묻어버리고 다시금 평온한 인생의 행렬에 합류한다.

　이제 새 태양이 떠오르며, 로라는 어제와는 전혀 다른 삶의 첫날이라는 사실을 온전히 받아들이게 된다. 과거라는 지평 너머로 사라져버려 더 이상 스스로에게 존재하지 않는 그것을 마침내 놓아버린 그녀는, 앞으로 펼쳐질 길 없는 미래의 바다를 불안한 눈으로 응시하고 있었다. 이제부터 다시 인생을 시작해야 하리라. 스물여덟에 이르러서 말이다. 그런데 어디서 출발해야 한다는 말인가? 백지 위에 첫 획을 긋는 일, 이건 참으로 중대한 순간이었다.

　그녀는 자신의 인생 경로를 거슬러 더듬어 갔다. 그 오래된 시간의 대로를 얼마든지 멀리 거슬러볼수록, 무너져버린 야망의 황금빛 기둥과 건물의 잔해가 가득히 줄지어 선 모습뿐이었다. 이정표마다 실패가 기록되어 있었다. 완수된 희망이란 기억에서 찾을 수 없었다. 마치 메마른 대지엔 한 송이 꽃조차 피지 않은 듯.

결국 그녀의 삶은 전부 허사였다고 그녀는 말했다. 그만하자. 이젠 그 과거를 더 들추지 말자. 내일과 직면해야 한다. 내일을 똑바로 바라봐야 한다. 인생이라는 지도에 나만의 항로를 표시하고, 그 노선을 따라야 한다. 암초와 소용돌이를 뚫든, 폭풍우와 잔잔한 날씨든, 무사히 평화로운 항구에 정박하든, 난파당하든, 이제 항로를 정하고 그대로 전진하겠노라. 마지막이 어떠하든, 오늘 내가 길을 잡고 그대로 가련다.

탁자 위에는 편지가 대여섯 통 놓여 있었다. 모두 그녀를 흠모하는 러브레터였다. 법정에서 모든 진실이 드러났는데도, 나라 곳곳의 명망 있는 이들이 맹목적인 구애를 보내온 것이다. 살인 사건의 피고인이었다는 사실조차 아랑곳없이, 목숨까지 내걸 듯 청혼을 반복하는 사람들, 그 열기가 편지마다 배어 있었다. 그 열정 가득한 고백을 읽다 보니, 그녀의 마음 한켠, 아직 여성으로서 남아 있던 감성이 불가피하게 흔들렸다. 든든한 가슴에 기대 잠시 삶의 싸움을 잊고 싶다는 유혹, 가슴 아픈 기억을 따뜻이 감싸 줄 사랑의 힘이라면 이 상처도 낫지 않을까 하는 기대가 스쳤다. 이마를 손에 괸 채 한동안 생각에 잠겼다. 시계 바늘이 무심히 흐르는 동안 상념은 계속 맴돌았다. 그러다 문득 편지 뭉치를 옆으로 밀어두고 자리에서 일어나 창가로 향했다. 창밖을 바라보면서도 생각은 여전히 깊은 사색의 골짜기를 헤맸다.

잠시 후 그녀는 돌아섰다. 표정이 달라져 있었다. 방금 전까지의 몽상과 주저함은 자취를 감추고, 대신 결연한 눈빛과 다문 입술이 자리했다. 그녀는 당당히 탁자 앞으로 걸어가 편지들을 하나씩 꺼내 불씨에 갖다 댔다. 종이가 서서히 타오르는 모습을 지켜보며 낮게 중얼거렸다.

"나는 이제 새로운 땅에 닿았어. 돌아갈 배는 모두 불태운 셈이야. 이 편지들이 그 옛 삶과 이어진 마지막 끈이었는데, 이제 과거도, 그 인연도 내겐 죽은 것이나 다름없어. 마치 다른 세계에 사는 사람처럼."

그리고는 이렇게 선언했다. 이제 사랑은 자신의 몫이 아니며, 그 감정을 누릴 기회는 이미 지나갔다고. 한때의 순수한 열정은 되살릴 방법이 없고, 존경이 없는 사랑은 애초에 사랑이 될 수 없다고. 그런 자신과 결합해 만족할 사람이라면 오히려 경멸스러울 뿐이라고도. 그래서 사랑을 대신할 수 있는 것은 오직 하나, 명예와 갈채, 대중의 환호뿐이라는 결론에 이르렀다.

그녀는 최후의 보루라 불리는 강연의 무대로 나아가기로 마음먹었다. 화려한 의상과 보석을 갖춰 입고, 우아한 고독을 유지한 채 단상에 서서 열정적인 수사로 청중을 사로잡을 작정이었다. 도시에서 도시로 여왕처럼 이동하며 떠나는 곳마다 찬란한 인상을 남기고, 다음 도시에서는 사람들의 간절한 기대를 받으며 살아가겠다고 다짐했다. 단 한 시간, 무대 위에서 맛보는 황홀로 하루를 버티고, 막이 내려 조명이 꺼지면 다시 쓸쓸한 밤을 보내더라도 그 한 시간을 위해 살 수 있다고 스스로를 설득했다.

결국 그녀에게 남은 선택지는 그것뿐이었다. 강해지자, 그리고 이 길이라도 최선을 다해 걷자. 그녀는 스스로에게 그렇게 맹세했다.

그녀는 곧바로 강연 에이전트를 불러 계약을 마쳤다. 그 뒤로 신문마다 '로라'라는 이름이 큼지막한 헤드라인을 장식했고, 거리 곳곳에는 그녀의 포스터가 불붙은 듯 내걸렸다. 곧 언론의 비난이 쏟아졌다.

"악명 높은 로비스트가 무슨 낯으로 강단에 서려 하느냐"

"수치심이란 게 없나?"

"우리의 딸들에게 이런 여자를 보여 줄 셈인가?"

"살인범이 공공연히 얼굴을 드러내다니 말세다"

몇몇은 비꼬는 투로 냉소적 찬사를 늘어놓았지만, 더욱 모욕적일 뿐이었다.

그럼에도 로라라는 이름은 연일 화젯거리였다.

대체 무슨 주제로 강연할까, 하는 궁금증이 도시마다 번졌다. 소수의 남은 친구들은 지금이라도 물러나라며 간곡히 만류했지만, 이미 분노와 야망에 불붙은 그녀는 물러설 뜻이 없었다.

드디어 운명의 밤이 되었다. 로라는 약속된 강연 시작 불과 5분 전, 마차를 타고 거대한 강연회장 앞에 내렸다. 그러자 소름끼치도록 심장이 뛰었다. 왜냐하면, 길 전체가 인파로 꽉 찼기 때문이다! 가까스로 회장 입구에 도달할 수 있었다. 안쪽 대기실에 들어선 로라는 망토를 벗고 거울 앞으로 갔다. 자기 모습을 이리저리 비추어보니 흠잡을 데가 없었다. 드레스와 보석도 완벽했다. 그리고 속으로 외쳤다.

"세상에, 이 정도의 환희라니! 근래 몇 해 동안 느껴보지 못한 감정이야!"

정말이지 그녀는 이토록 오랜만에 들뜬 행복감에 젖었다.

강연 에이전트가 문을 두드리자 그녀는 손짓으로 제지하며 낮게 말했다.

"소개는 필요 없어요. 방해하지 말아 주세요. 정확한 시간에 제가 직접 무대로 나갈 겁니다."

에이전트가 물러가고 나서도 시계 바늘은 좀처럼 움직이지 않는 듯했다. 마침내 예정된 시각이 되자, 그녀는 등을 곧추세우고 문을 열어 당당히 무대 밖으로 나섰다.

그러나 눈앞에 펼쳐진 것은 만원을 이룰 거라 기대했던 관객석이 아니라, 마흔, 아니 서른 명도 채 되지 않는 초라한 무리였다. 그것도 허름한 차림의 남녀가 듬성듬성 흩어져 앉아 있을 뿐이었다. 심장이 철렁 내려앉고 두 다리가 순간 힘을 잃었다.

짧은 정적 뒤, 여기저기서 비웃음과 야유가 쏟아졌다. 술에 취한 듯한 남자가 일어나 무언가를 던졌고, 그것은 그녀 옆 의자에서 터져 내용물이 튀었다. 객석은 키득거리며 박수를 치고 휘파람을 불었다. 겁에 질린 그녀는 비틀거리며 무대를 내려와 뒤편 대기실로 뛰어들었다. 소파에 몸을 던지자마자 흐느낌이 터져 나왔다.

헐레벌떡 달려온 에이전트가 무슨 일이냐고 묻자, 그녀는 고개를 젓고 울먹였다.

"아무 말도 하지 말아요. 당장 여기서 나가게 해 주세요. 끔찍해요… 다 끝났어요. 내 인생은 실패와 고통뿐이에요. 대체 내가 무슨 죄를 지었기에 이런 벌을 받아야 하죠?"

그녀를 태운 마차가 거리로 나서자 군중이 몰려들어 로라의 이름을 외치며 손가락질했다. 돌과 쓰레기가 날아들었고, 돌멩이 하나가 마차 유리를 깨고 그녀의 이마를 스쳤다. 시야가 흐려지며 의식이 멀어졌다. 그다음에 일어난 일들은, 그녀 스스로도 또렷이 기억할 수 없었다.

얼마 뒤 정신을 조금 차려보니, 집 거실 바닥에 누워 있었다. 어떻게 쓰러졌는지 모른다. 로라는 비틀거리며 일어나, 불을 켰다. 거울 속 자기 모습이 낯설었다. 지치고 늙어 보이는 데다, 상처에서 피까지 흘러 얼굴이 엉망이었다. 이미 밤은 깊어 고요가 감돌았다. 그녀는 탁자에 앉아, 양 팔꿈치를 괴고, 두 손에 얼굴을 묻었다.

과거를 회상하자, 눈물이 흘렀다. 자부심은 허물어지고, 마음은 산산이 부서졌다. 떠올릴 수 있는 달콤한 기억이라곤 어린 시절뿐이었다. 열두 살, 리본을 달고 벌과 나비를 좇으며 꽃과 속삭이던 그 맑고 죄 없는 나날. 세상은 온통 햇살이었고 마음에는 노래만 가득했다. 그 시절을 생각할수록 지금의 처지가 더 가슴을 후볐다.

"차라리 그때 죽었더라면!"

그녀는 속삭였다.

"차라리 죽고 싶어." 그녀는 낮게 중얼거렸다.

"단 한 시간만이라도 그때로 돌아가 아버지 손을 잡고, 가족이 함께한 그 소박한 풍경 속에서 숨을 거둘 수 있다면… 하느님, 제 교만은 이미 무너졌습니다. 자비를 베풀어 주십시오."

봄날의 여명, 시간이 지나도 그녀는 여전히 그 자세 그대로였다. 그렇게 앉아, 비싼 옷자락과 보석은 광채를 내고, 빛이 또 바뀌며, 시간만이 흘렀다. 낮이 오고 오후가 되어도 아무도 그녀를 깨우지 못했다. 결국 뒤늦게 집안 식구들이, 문을 아무리 두드려도 반응 없자, 강제로 문을 열고 들어오니, 로라는 앉아 있던 그 모습 그대로 창백히 식어 있었다.

검시관은 사인을 심장마비로 기록했다. 갑작스러웠고, 아마도 고통은 없었을 거라고만 적었다. 그것이 전부였다. 그저 심장병이라는 한마디로.

제5부 로라의 재판과 사회의 이중성

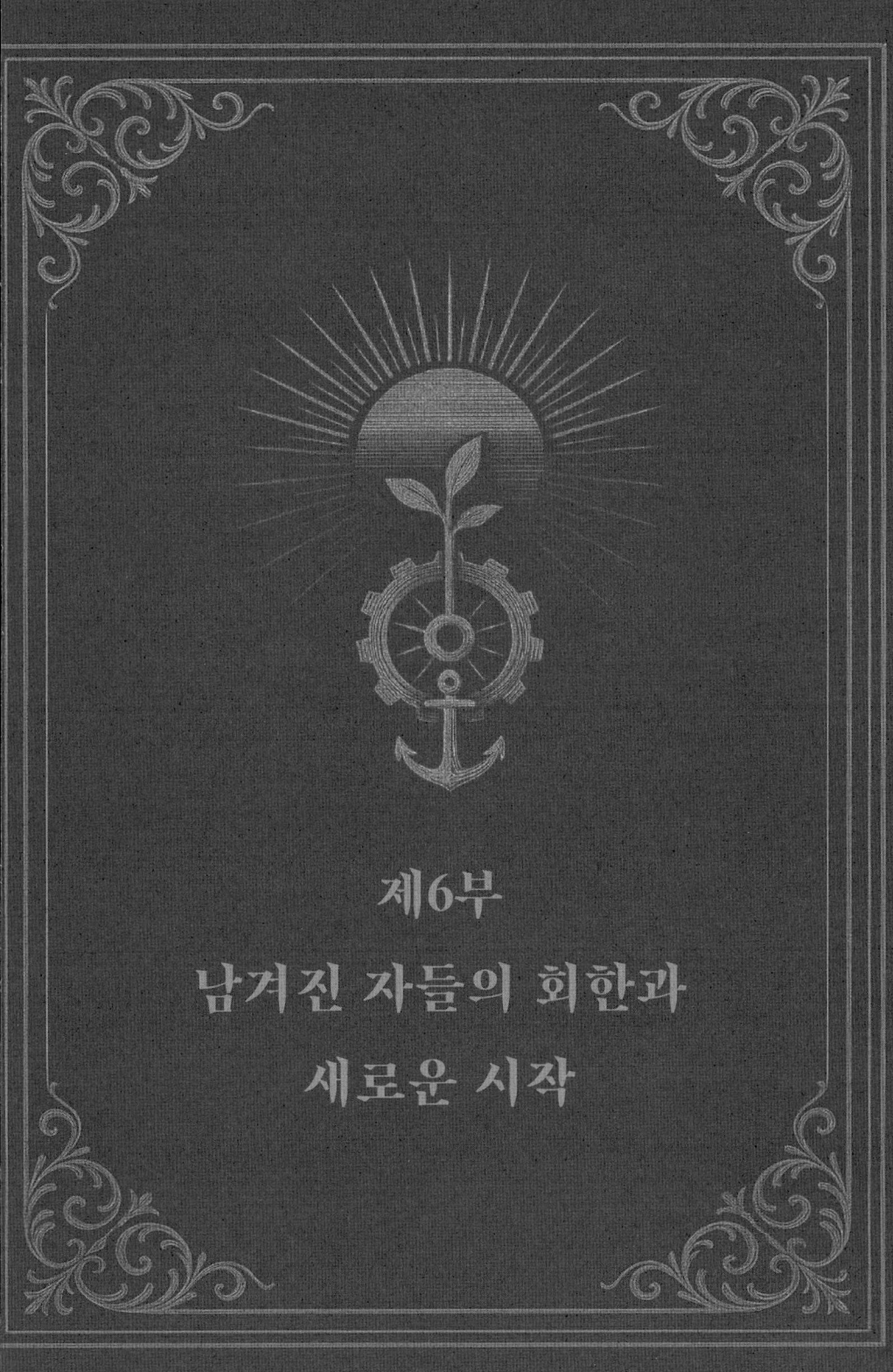

제6부

남겨진 자들의 회한과

새로운 시작

CHAPTER 61.

 클레이 호킨스는 오래전부터 우리의 시대와 우리의 민족에게서 흔히 보이는 이동과 투기의 본능에 굴복하여, 여러 차례 모험적인 무역을 벌이며 서쪽으로 계속 더 멀리 이동했다. 결국 호주의 멜버른에 정착해 이리저리 떠돌기를 그만두고, 자리를 잡은 뒤 그곳에서 점잖고 안정된 상인이 되어 크게 번창했다. 그의 인생은 이 이야기의 무대에서 벗어난 곳에서 펼쳐졌으므로, 여기서는 더 이상 다루지 않는다.
 클레이가 호주에서 부를 일구던 그 시기에, 아버지가 세상을 떠난 이후 호킨스 가족의 생계를 전적으로 책임진 것은 바로 그가 보내는 송금이었다. 그러다가 최근에 와서는, 워싱턴에서 성공을 거둔 로라가 그 일을 조금이나마 돕게 된 것이다. 그러던 중 불량한 대리인 때문에 사업에 큰 사고가 나자 클레이는 이를 수습하려고 동쪽의 한 군도로 장기 출장을 떠났다. 그 사이 로라 사건이 벌어졌기에 그는 살인 소식을 전혀 듣지 못했다. 육지로 돌아와 편지와 신문을 읽자마자, 그는 충격을 받고 즉시 미국으로 건너가 어떻게든 누이를 구해야겠다는 다짐을 했다. 그러나 사업이 이미 엉망이 되어, 자산을 헐값에 처분해 큰 손실을 감수한 뒤 샌프란시스코행 배에 몸을 실었다.
 샌프란시스코에 도착했을 때 그는 신문을 통해 재판이 막바지에 이르렀다는 사실을 알았다. 솔트레이크시티에 닿았을 무렵, 최신 전보로 로라가 무죄 판결을 받았다는 기쁜 소식을 접했고, 끝없는 안도와 감격에 휩싸였다. 예전에는 불안과 걱정으로 밤을 지새웠다면, 이제는 기쁨과 흥분으로 잠을 이루지 못했다 해도 과언이 아니었다.

그는 진로를 틀어 곧장 호크아이로 향했다. 오랜만에 어머니와 가족을 다시 만난 순간은 순수한 환희였지만, 너무 오래 떨어져 있었던 탓에 서로에게는 묘한 서먹함이 감돌았다.

그러나 재회의 기쁨은 금세 사라졌다. 로라가 죽었던 것이다. 전국의 신문들이 로라의 비극적인 죽음을 떠들어대자 집안에는 또다시 불운이 들이닥쳤다. 이 충격은 노년에 접어든 호킨스 부인을 완전히 무너뜨렸다. 다행히 클레이가 곁에서 위로를 건네고 살림을 도맡아 그 고단한 나날을 가까스로 버틸 수 있었다.

워싱턴 호킨스는 이제 서른을 갓 넘겼지만 이미 중년처럼 보였다. 의회가 있는 도시에서 보낸 짧은 시간이 그를 한층 늙게 만든 것이다. 사실 의회 회기가 시작되기 훨씬 전부터 서서히 늘던 새치가, 로라가 살인범으로 지목된 운명의 날 이후 눈에 띄게 백발로 번졌다. 더구나 딜워시 의원의 몰락으로 마지막 희망까지 꺼지자 얼굴에도 초로의 그늘이 짙게 내리깔렸다. 로라의 무덤 앞에서 목사가 마지막 기도를 올릴 때, 모자를 벗고 서 있던 그의 머리칼은 늙은 성직자 못지않게 하얗게 세어 있었고, 표정 역시 그에 못지않게 노쇠함을 드러냈다.

일주일 뒤, 그는 워싱턴 D.C.의 값싸고 허름한 하숙집 2인실에 앉아 있었다. 맞은편에는 셀러스 대령이 자리를 함께하고 있었다. 두 사람은 요즘 한집살이를 하는 터라, 셀러스는 밖에서 이곳을 우리 집이라 불렀다. 출입문 옆에는 'G. W. H.'라는 이니셜이 찍힌 새 트렁크가 캔버스 덮개를 씌운 채 곧추 세워져 있었고, 그 위에는 같은 이니셜의 모로코 가방이 놓여 있었다. 바로 옆에는 털가죽으로 감싼 낡은 대형 트렁크가 자리하고 있었는데, 겉면에는 놋못으로 'B. S.'라 새겨져 있었고 위에는 해어진 새들백이 얹혀 있었다. 그 새들백은 지난 세기를 기억할 법할 만큼 오래돼 보였다.

워싱턴은 방 안을 서성이다가 그 낡은 트렁크 위에 앉으려 했다.

"거기 앉지 말게!" 셀러스 대령이 소리쳤다.

"그래, 잘 생각했어. 의자에 앉는 게 낫지. 저런 트렁크를 또 구해 오라면 전 세계를 뒤져도 못 구한다고. 세상에 딱 하나뿐일 거야."

"아마 그렇겠지요." 워싱턴이 희미하게 웃으며 답했다.

"정말이라니까. 저 트렁크도, 저 새들백도 만든 장인은 벌써 세상을 떠났고, 다시 그런 물건을 만들 수 있는 사람은 이제 없다고."

"그렇군요." 워싱턴이 멋쩍게 웃었다.

"꽤 오래된 물건이네요."

"그래. 사실 내 아내는 내가 그것을 들고 나가면 금세 도둑맞을까 봐 겁을 내더군."

"왜죠?"

"왜라니? 길거리에 놓인 트렁크란 본디 훔쳐 가라고 있는 것 아니던가?"

"뭐, 글쎄요… 어떤 트렁크는 그럴 수도 있겠죠."

"흠. 이 트렁크도 트렁크 아닌가? 게다가 아주 희귀한 물건이라고."

"듣고 보니 그러네요."

"그렇다면 누가 이걸 보면 당연히 탐이 나지 않겠나?"

"저는 잘 모르겠습니다. 굳이 훔칠 이유가 있을까요?"

"워싱턴, 오늘따라 말이 이상하군. 자네가 도둑이라고 치자고. 이 트렁크가 길가에 굴러다니는데 아무도 지키지 않는다. 솔직히 안 집어가겠나?"

"음… 가져가긴 하겠지만, 그게 꼭 도둑질이라고는 생각하지 않을 것 같습니다."

"이보게, 남의 물건을 가져가면 절도지, 그게 아니면 뭔가?"

"글쎄요, 그게 정말 남의 재산이라는 걸 알고 가져가야 절도죠."

"도대체 이 트렁크 값이 얼마쯤 된다고 생각하나?"

"상태가 괜찮습니까?"

"완벽하지. 털이 좀 닳았을 뿐 뼈대는 멀쩡해."

"혹시 새는 데는 없나요?"

"새다니? 자넨 도대체 무슨 소리 하는 건가. 이건 물 담으라고 만든 게 아닐세!"

"대령님, 농담입니다. 제가 오늘 좀 들떠 있죠? 사실 거의 행복에 가까운 기분이라 그렇습니다. 짐작하시겠죠?"

"오, 좋은 소식인가 보군! 무슨 일인가?"

"루이즈에게서 편지가 왔습니다."

"정말? 뭐라고 쓰여 있던가?"

"이제 돌아오래요. 아버님이 드디어 허락하셨답니다."

"친구여, 축하한다네! 손을 내게 주게나. 끝없이 이어지는 길이라도 언젠가는 목적지에 닿는 법이라더니, 우리의 날이 오는군. 곧 자네는 행복해질 것이고, 베리아 셀러스가 그걸 지켜볼 걸세!"

"그럴 겁니다. 지금 보스웰 장군은 거의 빈털터리가 되셨답니다. 호크아이를 살려 줄 거라던 철도가 완전히 망해 버리면서 함께 무너졌거든요. 이젠 사위가 재산이 없다고 그렇게 반대하진 못하실 겁니다."

"뭐라구? 재산이 없다니! 테네시 땅이라는 건—"

"이제 그 테네시 땅 이야기는 그만합시다, 대령. 저는 그 땅과 영영 인연을 끊을 작정입니다."

"아니, 그게 무슨 소린가—"

"아버지는 후손들에게 큰 축복이 될 거라며 그 땅을 사셨지만—"

"맞아! 시 호킨스가 나에게도 그랬지."

"결국 평생 아버지를 괴롭힌 저주가 됐을 뿐이고, 그 자식들에게도 상상 못할 재앙이었습니다."

"음, 그 말도 일리가—"

"저는 어릴 때부터 그 땅을 철석같이 믿은 나머지, 스스로 벌어 먹고살 생각조차 하지 않았습니다."

"사실 그렇지. 그렇다 해도—"

"나비를 좇듯 그 땅을 좇으며 허송세월만 보냈어요. 차라리 그때 우린 가난하다고 인정하고 땀 흘려 살았다면, 지금처럼 고생하진 않았을 겁니다."

"그건 틀림없는 진리지. 내가 시 호킨스에게 얼마나 자주—"

"우리가 겪은 고통을 떠올리면… 아버지를 존경하면서도 한편으론 안쓰럽습니다. 잘못된 행운의 선물이 우리를 망쳤으니까요. 이제부터 제 삶을 새로 시작하겠습니다. 제 아이들에게도 테네시 땅 같은 건 절대 물려주지 않을 거예요."

"장하다! 사나이로군! 손 좀 더 잡아 보게. 자네가 내 아들 같구먼! 베리아 셀러스가 필요하면 언제든 부르라고. 나도 새 출발을 하려 하니 말이야!"

"정말이십니까?"

"그럼! 내가 내 실수를 깨달았거든. 사실 난 법조계에 어울리는 사람이야.

이제부터 법을 공부할 생각일세! 저 브러햄 변호사를 보게. 세상에, 얼마나 대단한가. 머리도 비상하고, 화법도 탁월하지 않나! 그런데 그가 나를 질투한다는 게 눈에 보이더군."

"질투라구요?"

"내가 증언대에 잠깐 섰을 때도 예상 밖의 논리를 슬쩍 흘려 배심원들의 마음을 뒤흔들었지. 법정의 시선이 모두 내게 쏠렸고, 브러햄도 그걸 알아챘고. 재판이 끝나고 내가 은근히 말을 꺼냈더니 그가 귓속말로 '해냈습니다, 대령. 이제 조용히만 계세요. 이런 일은 제 밥줄입니다'라더군. 그러고는 '대령, 법조계로 가십시오. 그게 바로 당신 길입니다!'하고 권했지. 법조계엔 돈이 산더미처럼 굴러다녀! 먼저 호크아이에서 개업하고, 제퍼슨을 거쳐 세인트루이스, 마지막으로 뉴욕! 서반구 최고 대도시 아닌가! 그렇게 승승장구하다가 마침내 연방대법원의 '미합중국 연방대법원장 베리아 셀러스!'가 되는 게지. 완벽한 인생 설계야, 어떤가? 내 머릿속엔 새벽빛처럼 또렷하게 그려져 있다네!"

워싱턴은 대령의 말을 귀로만 들을 뿐, 절반도 머리에 들어오지 않았다. 로라의 재판이 떠오르자 낙담이 다시 밀려와 창밖을 멍하니 바라보며 기억 속에 잠겼다.

그때 노크 소리와 함께 우편배달부가 편지 한 통을 건넸다. 테네시주 오베즈타운에서 온, 워싱턴 앞으로의 서한이었다. 봉투를 뜯자 이렇게 적혀 있었다.

> 고(故) 실라스 호킨스 명의로 등록된 테네시주 7만 5천 에이커 토지에 관한 올해 재산세 고지서를 동봉하오니, 60일 이내 미납 시 법 규정에 따라 공매 절차에 들어갑니다. 세액-180달러.

땅값의 두 배에 달하는 세금 고지서였다. 워싱턴은 걸음을 멈추고, 다시금 그 땅을 붙잡고 싶은 본능과 싸우듯 주먹을 쥔 채 방 안을 서성였다. 한참 만에 지갑을 꺼내 돈을 세어 보니, 가진 것은 고작 230달러뿐이었다.

"이백삼십에서 백팔십을 빼면… 오십 달러가 남는군. 그 정도면 고향까지 기차표는 살 수 있겠어. 낼까, 말까… 이젠 누구에게 조언을 구해야 하지?"

그때 지갑 속에서 살짝 비친 루이즈의 편지가 그의 마음을 다잡아 주었다.

"이 돈으로 세금을 낼까? 아니, 그럴 순 없어. 그래, 이 땅은 이제 잊자. 세금은 내지 않겠어!"

결심이 서자 그는 고지서를 갈기갈기 찢어 종잇조각이 바람에 날리도록 창밖으로 던져 버렸다.

"이제 마법은 끝났다. 우리를 괴롭히던 저주도 사라졌어."

그는 낮게 외친 뒤 말했다.

"자, 떠나자."

짐수레가 도착하자, 워싱턴과 셀러스는 짐 위에 걸터앉은 채 역으로 향했다. 셀러스는 'Homeward Bound'를 부를 기세였지만, 멜로디를 몰라 가사만 어설프게 흥얼대는 바람에 듣는 이들의 귀를 괴롭게 했다.

제6부 남겨진 자들의 회한과 새로운 시작

CHAPTER 62.

필립 스털링의 형편은 날로 궁색해졌다. 오랜 세월 헛된 노역을 이어 온 탓에 기력은 고갈됐고, 언젠가는 성공할지도 모른다던 희망도 하루가 다르게 시들었다. 터널은 이미 산 깊숙이 파고들어 그가 계산해 둔 석탄층 예상선을 훌쩍 넘어섰다. 한 삽 더 파들어 갈 때마다 석탄과는 오히려 멀어지는 셈이었으니, 처음부터 거기에 석탄이 있었는지조차 의심스러웠다.

가끔 그는 자신의 계산이 틀렸을지도 모른다며 스스로를 다독였다. 석탄층이 계곡을 지나 언덕 안쪽으로 이어지는 방향을 잘못 짚었을까 싶어, 근처 다른 갱도에 들어가 노두를 확인하고 다시 궤적을 맞춰 보기도 했다. 그러나 결과는 늘 같았다. 터널은 석탄층과 만났어야 할 지점을 훨씬 지나 있었고, 절망은 그를 짓눌렀다. 인부들 역시 믿음을 잃어 수군댔다.

주변 광산의 감독과 숙련 작업자들, 떠돌이들까지 수시로 현장을 둘러봤다. 그들의 평가는 한결같았다.

"저 언덕엔 석탄이라고는 티끌도 없어."

이런 말은 필립의 의지를 꺾었다. 작업이 끝날 때마다 폭파 직후의 벽을 살피러 달려오던 이들도 번번이 허탕을 치자 이내 흥미를 잃었다. 필립만이 고집스럽게, 끝끝내 버텼을 뿐이다

결국 자금줄이 완전히 말라 주급조차 줄 수 없게 되었다. 더는 빚을 낼 수도 없어 그는 인부들을 내보낼 수밖에 없었다. 남루한 오두막으로 몰려든 그들 앞에 대표격인 한 사람이 조심스레 입을 열었다.

"스털링 씨, 지난번 팀이 추락 사고로 일주일이나 일하지 못했을 때도 임금의 절반을 챙겨 주셨죠. 그게 정말 큰 도움이 됐습니다. 그동안에도 우리 중 누가 곤경에 빠지면 늘 먼저 손을 내밀어 주셨고, 언제나 공정하고 떳떳한 태도를 지켜 오셨습니다. 그런 배려에 감동하지 않을 사람이 있겠습니까. 솔직히 말씀드리면 우리는 선생님의 탄전 전망이 썩 밝다고 생각하지 않았습니다. 그래도 끝까지 용기를 잃지 않고 싸우시는 모습에는 마음 깊이 존경을 보냅니다. 우리에게 돈과 식량이 넉넉했다면, 소가 우리로 돌아올 때까지라도 선생님 곁에서 일했을 겁니다. 그러니 마지막으로 큰 발파 한 번만 더 해 보게 해 주십시오. 앞으로 사흘 동안 일해 보고 석탄이 나오지 않으면 임금은 받지 않겠습니다. 그것이 우리의 뜻입니다."

제6부 남겨진 자들의 회한과 새로운 시작

필립은 뜨겁게 뭉클해졌다. 그러나 그의 주머니에는 사흘 치 식량을 살 여윳돈조차 없었기에, 이들의 호의를 사양할 수밖에 없었다. 자신이 그들보다 덜 너그러울 수는 없다고 생각한 그는 짧은 감사 인사와 함께 사정을 설명했다. 이어 서로 맞손을 굳게 잡고 악수한 뒤, 인부들은 터널로 들어가 마지막 행운의 발파를 실행하고 돌아섰다. 결과는 역시 기대에 미치지 못했지만, 그들은 한 푼의 보수도 청구하지 않았다.

다음 날, 필립은 예비로 남겨 둔 두어 세트의 도구만 빼고 모든 장비를 헐값에 팔아치웠다. 비어 있던 숙소 한 채도 뜯어 내다 팔았다. 그 돈으로 겨우 식량을 마련한 그는 혼자서라도 일을 이어가기로 마음먹었다. 오후 무렵, 허름한 작업복 차림으로 터널에 들어간 그는 초에 불을 밝히고 깊숙이 걸어 들어갔다. 그런데 저 멀리서 예상치 못한 곡괭이 소리가 들려왔다. 분명 인부들은 모두 해고했는데도 말이다. 소리를 따라가자 어둠 끝에서 희미한 불빛이 보였고, 그곳에서 뜻밖에도 팀이 작업을 하고 있었다. 팀은 필립을 보며 말했다.

"골든브라이어 광산에서 곧 사람을 뽑는다네요. 아마 일주일에서 열흘쯤 뒤겠죠. 그때까지 빈손으로 있을 바엔 여기서 좀 파 두려 합니다. 다친 동안에도 주급 절반을 챙겨 주셨으니 그 빚을 갚는 셈치세요."

필립이 고마워할 일이 아니라며 만류했지만 팀은 고집을 꺾지 않았다. 필립이 가진 식량을 함께 나누기로 하고, 며칠 동안은 필립이 드릴을 잡고 팀이 망치를 쳤다. 그러나 팀은 예정대로 골든브라이어 광산으로 떠났고, 성과 없는 굴착에 아쉬움을 감추지 못했다. 이제 필립은 온전히 혼자가 되어 해가 질 때까지 터널을 팠지만, 진척이 너무 더디다는 사실을 스스로도 잘 알고 있었다.

늦은 어느 저녁, 그는 두 시간 넘게 뚫어 둔 구멍에 화약과 도화선을 넣은 뒤 흙과 자갈로 단단히 다져 봉했다. 도화선에 불을 붙이자마자 황급히 몸을 피했고, 곧 둔탁한 폭음이 산속을 울렸다. 필립은 늘 하던 대로 결과를 확인하려다 발걸음을 멈추고, 잠시 망설이며 중얼거렸다.

'가 본들 뻔하지… 또 종잇장만 한 석탄 가닥 하나 보일까 말까겠지. 이런 고생이 무슨 소용이람.'

그는 터널 입구로 터벅터벅 걸으며 생각을 이었다.

'이제 정말 끝장이야. 식량도, 돈도 다 떨어졌어. 멈춰야 하나? 모두 헛수고였나? 왜 이런 어리석음에 매달렸을까. 아니, 안 돼. 숨 쉬는 한 포기는 없어. 끝까지 뚫어 볼 거야.'

밖으로 나오자 바닥에 벗어 둔 상의가 눈에 띄었다. 그대로 앉으려다 말고 대신 돌멩이 하나에 걸터앉아 서쪽 하늘을 올려다보았다. 해가 기울어 숲을 황금빛으로 물들이고, 산등성이들은 물결치듯 겹겹이 이어져 지평선으로 사라지고 있었다.

그러나 그 장관에 넋을 빼앗긴 사이, 발밑에서 일어나는 변화를 그는 알아차리지 못했다. 깊은 사색에 잠긴 마음은 더욱 무겁게 가라앉았다. 마침내 몸을 일으킨 그는 아득한 계곡을 바라보며 생각에 잠겼다.

'저기가 내가 돌아갈 곳이겠지. 저렇게 고요할 수가….'

필립은 붉게 물든 계곡 끝을 멍하니 바라보다가 고개를 떨궜다. 더는 먹을 것도, 돈도 남지 않았다.

'그래, 이제 그만 정리하자.'

오두막 쪽으로 몇 걸음 옮기다 문득 멈춰 섰다.

'외투는 챙겨야 해. 주머니에 지질도랑 권리 서류가 있잖아.'

그는 방금 전 외투를 벗어 둔 바위 쪽으로 되돌아 달렸다. 허리를 숙여 외투를 집어 드는 순간, 손등에 차가운 물기가 닿았다. 그 자리에 금방이라도 마를 듯 얇은 물줄기가 뚝뚝 떨어지고 있었다.

'물이 새? 여긴 늘 마른 암반이었는데….'

필립은 돌멩이를 치워 보았다. 방금 폭파로 깨진 틈새 사이로 검은 반질거림이 언뜻 스쳤다. 손가락으로 문질러 보니 축축한 점토에 섞인 석탄가루가 묻어 나왔다. 심장이 쿵쿵 뛰었다.

"설마, 드디어…!"

그는 초를 움켜쥐고 터널 안으로 거의 뛰어들다시피 달려갔다. 막 돌무더기가 쌓인 갱도 벽을 곡괭이로 후려치자, 얇은 막처럼 떨어져 나간 암반 뒤에 칠흑빛 벽이 드러났다. 두껍게 켜켜이 쌓인 석탄층이었다.

7피트(약 2미터)짜리 탄층.

필립은 곡괭이를 떨어뜨리고 무릎을 꿇었다. 눈앞이 아찔했다. 수년간의 실패와 조롱, 그리고 방금 전까지의 절망이 거짓말처럼 사라졌다.

"찾았다… 진짜로 찾아냈어!"

갱도 안엔 아직 화약 냄새가 남아 있었지만, 그의 폐 속엔 축축하고 묵직한 석탄 냄새가 가득 퍼졌다. 이제 더 이상 떠날 이유도, 포기할 이유도 없었다.

석탄층을 확인한 필립은 덜덜 떨리는 손으로 시추면을 몇 번 더 두드려 두께를 가늠하고, 암벽 여기저기에 초를 꽂아가며 경계선을 표시했다. 화약 냄새가 아직 가시지 않은 갱도 깊숙한 곳에서 그는 한참을 더 머물렀다. 바닥에 흩어진 검은 파편들을 주워 주머니에 넣고, 다시 한 번 벽에 손바닥을 대어 차가운 감촉을 느껴 본 뒤에야 터널 밖으로 걸어 나왔다. 밖은 이미 어둑해졌고, 바람은 한낮의 화약 연기를 싹 걷어간 뒤였다. 오두막까지는 가파른 산길이지만, 발걸음은 새털처럼 가벼웠다.

그는 굴착 장비를 내려놓고 숨을 돌리려다, 탁자 위에 놓인 노란 봉투 하나를 발견했다. 먼지를 털어낸 봉투에는 역무소 소인이 찍혀 있었다. 심장이 다시 내려앉았다. 짙은 기쁨 위로 얇은 불안이 덮쳐 왔다.

봉투를 뜯자, 전보용 얇은 종이 한 장이 미끄러져 나왔다. 잉크로 또렷이 눌러쓴 단 한 줄.

"루스 위독—즉시 귀환 요망."

손에 힘이 풀려 종이가 구겨진 채 바닥에 떨어졌다. 필립은 저도 모르게 무릎을 꿇고 입술을 떨었다.

"루스라니… 세상에, 루스가…."

방금 전까지 귓가에서 울리던 폭음과 환희가 사라지고, 오두막 안에는 낡은 시계 초침 소리만 메마르게 또각거렸다.

CHAPTER 63.

필립이 저녁 무렵 일리움 역에 도착해 열차를 기다리자, 탄광 성공 소식이 이미 퍼진 터라 역사는 호기심 어린 마을 사람들로 붐볐다. 이들은 그를 에워싸고 백 번도 넘게 캐물었다. 광맥 규모가 얼마나 되는지, 언제부터 채굴을 시작하는지 등 질문이 쏟아졌고, 아무리 사소한 대답이라도 금쪽같이 받아 적었다.

그러나 정작 필립에게는 고독감만이 짙게 드리웠다. 이 성공이 공허한 껍데기처럼 느껴졌고, 마치 운명이 건네는 쓴 농담 같았다. 그는 이 모든 성취를 루스를 위해 바라왔는데, 지금 그녀는 생사의 기로에 놓여 있을지 모른다. 그 불안 앞에서 환희 따위는 끼어들 자리가 없었다.

"내가 그럴 줄 알았지요, 스털링 씨!"

일리움 호텔 주인이 들뜬 목소리로 말했다.

"전 항상 그랬어요 그랬어요. 걱정 말라고. 반드시 큰 광맥이 나올 거라고 했죠."

"그렇다면 지분이라도 사두시지 그랬습니까"

필립이 힘없는 웃음과 함께 묻자, 주인은 손사래를 쳤다.

"아이쿠, 집안 식구들이 가게나 잘 지키라고 성화가 대단해서 말이에요. 덕분에 한 푼도 못 벌었답니다. 그런데 브라이얼리 씨는 돌아올까요? 영 돌아올 기미가 없어 보이는데요."

"왜 그렇게 보십니까?"

"여기서도 한잔, 저기서도 한잔, 맥주에 독한 술까지 죄다 외상으로 마셔댔 거든요. 장부만 잔뜩인데, 그 양반이 언제 나타날지 모르겠네요."

필립은 애써 미소를 지었지만, 마음 한구석에서는 그저 루스에게 제발 늦지 않게 도착할 수 있길 간절히 빌 뿐이었다.

필립은 긴 밤을 열차 안에서 보냈다. 평소 같으면 덜컹거리는 소리에 금세 잠들었겠지만, 지금 그의 귀에는 바퀴 마찰음과 철로의 진동이 경쾌하기보다 불길하게만 들렸다. 열차는 지독히도 더디게 움직였고, 역마다 서서히 멈춰 설 때마다 그는 불안한 상상을 했다.

'혹시 방금 역에서 필립 스털링을 찾는다는 전보가 온 건 아닐까? 바로 지금, 루스에게 끔찍한 일이 일어나고 있는 건 아닐까?'

한참을 달리던 열차가 어둠 속을 헤쳐 나가는 동안, 그는 겨우 선잠에 빠졌다. 하지만 깊이 잠들지 못한 채 악몽에 시달렸다. 귓가에는 물이 범람하는 듯한 윙윙거림이 맴돌았고, 자신이 거센 급류에 휩쓸려 생의 끝으로 떠밀리는 듯했다. 그때 흰옷 차림의 루스가 천사의 얼굴로 서서 이리 오라고 미소 지었고, 그는 루스를 부르며 번쩍 눈을 떴다. 마침 열차가 다리 위를 지나며 내는 굉음이 밤공기를 갈라놓고 있었다.

새벽녘이 다가오자 열차는 랭커스터 카운티를 기어가듯 통과했다. 기름진 평원 위로 대규모 농장이 펼쳐졌고, 돌로 지은 담백한 집들은 햇빛을 받아 은은하게 빛났다. 웅장한 곡물 창고들은 성채처럼 우뚝 서 있었다. 체스터 카운티에 들어서자 푸른 초지가 이어지고, 풍경은 뉴잉글랜드풍보다는 한층 잔잔한 영국 시골을 닮아 보였다.

마침내 필라델피아 카운티가 가까워지자 공기는 점점 붐볐다. 끝없이 이어진 화물차, 굴뚝에서 연기를 뿜는 기관차, 곳곳에 들어선 공장, 서로 촘촘히 붙어 있는 주택, 그리고 커져 가는 소음. 열차는 얽히고설킨 선로를 천천히 통과해 중앙역으로 미끄러져 들어가더니, 마침내 멈춰 섰다.

한여름의 숨 막히는 열기가 도시를 짓눌렀다. 8월이라지만 유난히 뜨거운 아스팔트는 모래알처럼 번들거렸고, 집집마다 내려친 흰 셔터는 달궈진 오븐 문처럼 뜨거운 기류를 토해냈다. 공기조차 흐느적거리듯 흔들려, 사람과 거리 모두가 축 늘어진 느낌이었다. 필립은 그 탁하고 끈적한 공기를 들이마시며, 발걸음을 재촉했다. 이제는 평범한 주택가로 편입된 소박한 벽돌집 한 채가, 형편이 기울어 내려온 볼턴 가족의 보금자리였다.

집이 눈에 들어오자 그의 심장은 맹렬히 뛰었다. 서늘한 공포가 따라붙었지만, 창문의 외부 셔터가 완전히 내려가 있지는 않았다.

'아직이다. 루스는 살아 있다.'

안도와 불안이 뒤섞인 채 그는 초인종을 누르며 숨을 고르고 있었다.

문을 열어 준 사람은 볼턴 부인이었다. 뜨거운 열기 속에서도 그녀의 얼굴에는 밤새 이어진 간병의 피로가 역력했다.

"어서 와, 필립."

"루스는…?"

"매우 위중해. 그렇지만 지금은 다소 차분해졌단다. 열도 조금씩은 내리고 있어. 의사 선생님 말씀으로는 고열이 꺾이는 그 순간이 가장 위험하다더라. 그래도 네가 왔다니 다행이야. 보겠니? 따라오렴."

필립은 목이 메어 대답도 못 하고 고개만 끄덕였다. 볼턴 부인은 발뒤꿈치를 조심스레 들어 올리며 좁은 복도를 지나 작은 방으로 안내했다. 그 문 너머에서, 필립이 지키고 싶은 모든 것이 숨 고르듯 희미하게 숨 쉬고 있었다.

"예전 집의 넓고 시원한 방이 있었더라면 얼마나 좋았을까. 루스는 그 방이 천국 같았다고 했거든."

방 안에는 루스의 아버지 볼턴 씨가 의자에 앉아 딸을 지키고 있었다. 그가 필립을 보자 따뜻한 손길로 손을 꼭 잡아 주었다. 작은 창 하나뿐인 방은 찌는 듯한 한여름 열기가 빠져나갈 구멍이 없었다. 창가의 꽃병에 꽂힌 생화가 애써

상큼한 향기를 내뿜었지만, 후텁지근한 공기는 거의 움직이지 않고 무겁게 내려앉아 있었다.

루스는 눈을 감은 채 누워 있었고, 뜨거운 숨결이 입술 사이로 새어 나왔다. 고통이 밀려올 때마다 그녀는 머리를 살짝 들썩이며 신음을 삼켰다. 볼턴 부인이 낮은 목소리로 속삭였다.

"루스, 필립이 왔단다."

루스가 천천히 눈을 떴다. 흐릿한 시선 속에서도 필립을 알아본 듯 눈빛이 반짝였고, 마른 입가에 희미한 미소가 스쳐 갔다. 손을 들어 인사하려 했지만 힘이 부족해 떨릴 뿐이었다. 필립이 그녀의 이마에 살짝 입을 맞추자, 루스가 쉰 목소리로 속삭였다.

"소중한 필…"

더는 손쓸 방법이 없었다. 필립에게 남은 일은 끈질긴 고열이 꺼질 때까지 기다리는 것뿐이었다. 롱스트리트 박사는 루스가 병원 근무 중 옮은 열병이라 추정하며, 선천적으로 허약한 체질이라 겨우 버티고 있을 뿐이라고 설명했다. 그리고 필립에게 당부했다.

"지금 그녀에게 가장 큰 힘이 될 사람은 당신입니다. 살아야 한다는 의지를 심어 주세요."

"어떻게 해야 합니까?"

필립이 다급히 묻자, 롱스트리트는 부드럽게 미소 지었다.

"곁에 있다는 사실을 보여 주세요. 함께할 미래를 들려주면 됩니다."

열이 정점을 찍고 내려가던 밤, 루스의 생명력은 거의 바닥에 닿아 있었다. 이틀 내내 그녀는 꺼져가는 촛불처럼 흔들렸다. 필립은 단 한순간도 자리를 비우지 않았고, 루스는 눈을 뜰 때마다 흐릿한 시선으로 그를 찾았다. 그의 손을 잡으면 잠시 안정을 찾았지만, 필립이 물 한 잔을 가지러 나가기만 해도 눈동자가 불안하게 공중을 헤맸다. 필립은 그녀가 놓아 버리려는 생명의 끈을 붙잡

듯 간절히 기도하며, 자신의 간절함이 루스에게 전해지기를 바랐다.

둘째 날 밤, 롱스트리트가 청진기를 떼며 조용히 말했다.

"정신력이 몸을 다시 붙잡고 있습니다. 고비를 넘기고 있어요."

그리고 그다음 날, 기다리던 변화가 찾아왔다. 필립이 여전히 차가운 손을 감싸 쥐고 있을 때, 루스가 거의 들리지 않을 만큼 미세한 목소리로 속삭였다.

"나… 살고 싶어… 필립, 너를 위해서라도…."

필립은 눈가를 적시며 고개를 끄덕였다.

"그래, 반드시 살아줘. 우리 함께해야 하니까."

그 결연한 음성이 뜨거운 숨결처럼 루스의 가슴까지 전해지자, 그녀의 손가락에 희미한 힘이 스며들었다.

루스는 필립에게서 살아갈 힘을 조금씩 받아들였다. 의지하면서도 기쁨이 깃든 관계였다. 몸은 여전히 연약했지만, 필립이 곁에 있을 때면 두 사람 사이엔 더욱 눈부신 애정이 흘렀다. 어느 날 루스가 필립을 바라보며 속삭였다.

"네가 아니었다면… 다시 돌아오고 싶지 않았을 거야."

필립의 가슴이 뭉클해졌다.

"반드시 다시 일어나게 할 거야. 우린 함께해야 하니까."

얼마 지나지 않아 루스는 마당으로 나와 신선한 공기를 쐴 정도로 회복됐다. 가족 모두가 그녀를 돌보려 시골로 거처를 옮겼고, 필립 역시 한시도 자리를 비우지 않았다.

그사이 볼턴 씨는 일리움으로 올라가 새로 발견된 광맥을 직접 확인하며 개발 준비에 착수했다. 필립의 제안에 따라, 광산 지분 대부분은 다시 볼턴 명의로 돌리고 그는 소수 지분만 보유했다. 덕분에 볼턴 씨는 필라델피아 3번가에서 사업을 재개해 예전의 위신을 상당 부분 회복했다. 광맥은 예상보다 훨씬 풍부해 곧 든든한 재산이 될 전망이었다.

소문을 들은 빅글러는 다시 볼턴을 찾아와 특허 차륜 사업에 투자해 달라고 조르기도 했지만, 볼턴 씨는 미안하다며 스몰을 상대로 소송을 제기하라고 냉정히 잘라 말했다.

스몰도 빅글러에게 당했다며 볼턴을 찾아와 하소연했지만, 볼턴은 고개만 가로저었다.

"그럴 거면 당신도 빅글러를 고소하세요."

그리고는 낮은 음성으로 한마디를 덧붙였다.

"두 사람이 서로를 고소한다면, 예전 어음 위조 사건까지 끄집어내 양쪽을 다 엮을 수 있습니다. 감옥에서 재회하고 싶지 않다면 알아서 하시죠."

이 경고에 주눅이 든 두 사기꾼은 결국 볼턴을 헐뜯는 헛소문만 퍼뜨리며 물러갔다.

찬란한 9월의 고원 공기 속에서 루스는 빠르게 활력을 되찾았다. 막 회복된 신경은 세상 모든 것을 새롭게 받아들였다. 산들바람 한 줄기, 풀잎의 푸른빛 하나까지도 경이로웠다. 무엇보다 사랑하는 사람이 곁에 있다는 사실이 그녀를 한없이 기쁘게 했다.

"내 의사 일은 어떻게 해야 할까?"

루스가 미소를 머금은 채 힘겹게 물었다.

"광맥을 다 캐내면 결국 우리가 너에게 의지하게 될 거야."

필립이 장난스럽게 말을 받았다.

"너야말로 우리 모두를 살릴 진짜 보물이니까."

그 말을 들은 루스의 가슴은 벅찬 행복으로 가득 찼다.

폴킬의 9월은 전혀 다른 빛깔이었다. 방 창가에 선 앨리스는 초원에서 일꾼들이 두 번째 클로버를 베는 모습을 멍하니 바라보고 있었다. 코끝을 스치는 연둣빛 풀 향에도 그녀는 별다른 반응을 보이지 않았다. 조금 전 앨리스는 루스에게 편지를 쓰며, 필립과 루스 두 사람을 향한 진심 어린 축복과 변치 않는 우정을 꾹꾹 눌러 담았다.

"신께 감사드려요." 앨리스가 낮게 속삭였다.

"내 마음을 아는 이는 아무도 없겠지요."

사람들은 몰랐다. 아니, 평생 알지 못할 것이다. 세상에는 앨리스처럼 상냥하면서도 스스로 희생을 감수하고, 달콤한 사랑을 조용히 내려놓은 채 살아가는 이들이 많다. 그들의 잔잔한 헌신은 이름 없이도 세성을 부드럽게 감싸 안는다.

"참 소중한 친구로군."

필립은 루스로부터 앨리스가 건네준 편지를 읽고 감탄했다.

"그러게, 필립. 우리도 앨리스에게 끝없는 사랑을 돌려줄 수 있어. 우리의 삶은 이제 넘치도록 풍요로우니까."

루스가 밝은 미소를 지으며 말했다.

THE END
TOWARD PROGRESS
--- ★ ---

『도금 시대』해설

금박으로 감추어진 균열

『도금 시대』는 전후 재건기에 들어선 미국이 스스로를 신산업의 공화국으로 재정의해 가는 과정에서, 번영의 표면과 그 표면에 내재된 균열을 해부한 장편 풍자극입니다. 작품은 균열을 둘러싼 얇은 금박, 곧 도금이 어떤 언어와 제도, 관습의 그물로 유지되는지, 그 그물의 매듭이 어디서 어떻게 풀리는지 차분히 보여 줍니다.

작가는 외견상 과장된 도덕극을 벌이기보다, 독자가 스스로 도금과 실체를 구분하도록 관찰의 거리를 확보합니다. 연설, 의회, 신문, 홍보와 같은 비(非)서사적 문장을 문단 사이에 삽입하고, 해설자의 개입을 절제합니다. 이러한 표현 방식은 독자에게 판단의 권한을 돌려주는 장치이기도 하고, 동시에 도금의 문화를 형식 차원에서 재현하는 장치이기도 합니다. 매끈하게 다려진 형식의 표면을 숙고하다 보면, 그 안쪽에 위치한 이해관계의 윤곽이 희미하게 만져집니다.

이 작품을 오늘 읽는 의미도 바로 여기에 놓여 있습니다. 번영의 지표가 삶의 질을 자동으로 보증하지 않는다는 사실, 공익의 말투가 배분의 설계를 은폐할 수 있다는 사실, 속도의 경제가 숙고의 주기를 압도하는 순간 사회는 더욱 두껍게 도금을 발라 균열을 덮는다는 사실을, 작품은 등장인물의 말투와 선택을 통해 증명하고자 합니다. 트웨인과 워너가 노린 것은 언어, 절차, 배분이 서로를 정당화하는 메커니즘을 장편 서사 전체의 구조로 가시화하는 일이었습니다.

절차와 언어의 경제학

작품의 심장부에는 절차의 언어가 있습니다. '놉스 공업 대학 설립 법안'이나 스톤스 랜딩의 '콜럼버스강 항로 개발'을 위한 위원회 심사, 수정안과 부칙, 허가와 예산, 인허가 같은 기술적 용어들은 중립과 공정의 인상을 줍니다. 그러나 장면들을 지그시 따라가다 보면, 이 용어들이 언제든 자원의 배분을 설계하는 도면으로 전용될 수 있음을 보게 됩니다. 절차는 누가 어떤 순서로 문턱을 넘는가를 결정합니다. 문턱의 설계가 공정하면 절차는 장치가 되지만, 설계가 편향되면 절차는 장벽입니다. 이 작품은 그 차이를 행위와 결과로 보여 줍니다.

철도와 토지의 문제는 특히 상징적입니다. 셀러스 대령이 '나폴레옹' 프로젝트를 기획할 당시, 선로가 어디를 지나가느냐에 따라 도시의 흥망이 갈리고, 토지의 값이 요동치며, 공적 보조금과 민간 투자가 특정 지점으로 몰립니다. 선로의 방향은 과학의 명징한 계산으로만 결정되는 것이 아니라, 정치와 로비, 여론과 광고가 동원되는 공과 사 혼종의 의사결정으로 그려집니다. 여기에 언론의 언어가 개입합니다. 신문은 독자의 욕망을 식별하고 조합하여 팔리는 서사로 가공하는 산업이 됩니다. 특종 경쟁과 선정성은 사건을 감정적으로 소비하기 쉬운 형태로 분절하고, 평판은 곧 화폐처럼 거래됩니다. 여론은 가격처럼 출렁이며, 로라의 재판을 담당한 배심원의 판단조차 평판과 이야기의 프레임에서 흔들립니다.

이때 흥미로운 것은 작가가 노출시키는 도덕의 언어와 거래의 언어의 접합부입니다. 딜워시 의원의 연설을 통해 명징하게 드러나듯, 공익, 교육, 자선, 개혁 같은 단어는 품격을 부여하는 라벨이지만, 그 라벨은 자금과 토지에 접근하는 열쇠로 작동합니다. 사람과 사람 사이의 신뢰가 문서로 포장되고, 그 문서는 또 다른 거래의 매개가 됩니다. 작품은 이 일련의 과정을 통해 언어의 경제학, 곧 말이 어떻게 가치와 자원을 이동시키는지를 적나라하게 보여 줍니다.

인물간의 대조로 그려낸 윤리의 지형

이 작품의 윤리적 지형은 몇 갈래의 서사가 서로 엇물리는 방식으로 드러납니다. 인물들은 선악의 이분법이 아니라, 동기와 환경이 교차하는 지점에서 의미를 얻습니다. 인물의 내적 동기, 서사의 의도를 함께 살펴보겠습니다.

먼저 호킨스 가문입니다. 변방의 산악 지대에서 출발한 이 가문은 지역 발전, 교육, 개척이라는 정당한 명분에 기대어 보조금과 토지, 로비 네트워크에 접근합니다. 동기는 간명합니다. 가문의 안착과 상승. 그 동기가 공익이라는 당위성과 만날 때, 명분은 라벨이 되고 라벨은 자금과 신용을 당겨오는 레버리지가 됩니다. 하지만 억지로 꾸며낸 호킨스 가문의 의도와 동기는 결국 가문의 몰락으로 이어집니다. 작가의 의도는 명분을 조롱하는 데 있지 않습니다. 오히려 명분과 실익이 상호 강화를 일으키는 구조적 유인을 드러내어, 좋은 의도가 어떻게 편의적 설계로 굳어지는지를 보여주려는 데 있습니다. 여기에는 당시 미국 문학의 지역색 경향도 포개져 있습니다. 변방의 현실과 욕망을 생생히 살려내면서, 그 욕망이 어떻게 중앙의 정책 언어에 접속되는지, 주변과 중심의 긴장을 미시적으로 보여주는 전략입니다.

둘째, 로라 호킨스의 서사입니다. 로라는 워싱턴의 사교와 정치 문화가 교차하는 장에서 평판의 법을 정면으로 맞습니다. 동기는 생존과 자율입니다. 그러나 여성에게만 과도하게 부과되는 존중의 규범과 낙인의 규범이 동시에 작동하는 사회에서, 자율은 늘 가혹한 비용을 치릅니다. 작가는 재판과 언론 보도의 장면들을 통해 도덕 판단이 사실 심리를 대체하는 과정을 드러냅니다. 사교계와 배심원의 관성적 문구, 기자의 과장된 문장, 청중의 흥분이 결합하면서 책임은 개인의 평판에 덧칠되거나, 반대로 집단적 무책임 속으로 희석됩니다. 이 서사는 젠더 규범의 이중성이 제도와 언론의 구조 속에서 재생산되는 과정을 핵심 주제로 삼습니다. 의도는 분명합니다. 개인의 타락담으로 환원하지 않고, 제도가 조성하는 윤리의 비대칭을 보여 주는 것입니다. 이 대목은 빅토리아 시대 영미 소설이 즐겨 다루던 품위의 정치와 맞닿아 있으며, 트웨인과 워너는 이를 미국적 정치와 언론 환경 속으로 옮겨와 현지화합니다.

셋째, 필립 스털링의 광산 서사입니다. 필립의 동기는 명예욕이나 일확천금보다는 증명하고자 하는 의지에 가까운 것으로 그려집니다. 관찰, 측량, 반복 검증, 현장 노동 등 그가 행하는 모든 것은 화려하지 않지만, 사회적 신뢰를 축적하는 '느린' 기술입니다. 작가의 의도는 이 인물을 작품 전체의 윤리적 대조군으로 세우는 데 있습니다. 과장된 절차의 언어가 활개치는 세계에서, 시간과 증거라는 두께가 어떻게 합금처럼 단단한 가치를 만들어 내는지를 보여 줍니다. 이 서사는 19세기 후반 미국 문학의 사실주의 경향과도 깊게 연결됩니다. 낭만적 영웅담을 벗어나, 기술, 노동, 시간적 인내를 윤리 자산으로 재평가하는 흐름 속에 필립은 놓여 있습니다.

넷째, 이름만 들어도 풍자 그 자체가 느껴지는 셀러스 대령의 세계입니다. 그의 동기는 낙관과 발명, 곧 무한한 가능성의 신앙입니다. 언젠가 크게 될 일을 향해 그는 계산서와 청사진을 끊임없이 제시합니다. 이 인물은 미국적 낙관주의의 매혹과 위험을 동시에 체현합니다. 작가의 의도는 사업이나 사람을 과잉 홍보하는 기질이 공공의 말투와 결합할 때 어떤 구조적 파장을 낳는지 해부하는 데 있습니다. 셀러스의 말투는 우스꽝스럽지만, 그 말투가 공적인 문서와 만나면 합법성의 외양을 얻습니다.

이 네 가지 축이 서로 교차하면서 작품은 윤리의 지형도를 그립니다. 한쪽에는 속도, 노출, 효과를 중시하는 금박의 윤리, 다른 쪽에는 검증, 관계, 책임을 중시하는 합금의 윤리가 있습니다. 작가들은 이 대립을 설교로 정리하지 않습니다. 장면과 문서를 배열하여 독자가 체험적으로 두께의 차이를 느끼도록 만듭니다. 그 결과 독자는 인물의 호오가 아니라, 선택을 유도하는 구조에 시선을 돌리게 됩니다.

도금시대의 교훈

도금(鍍金)은 얇은 금막으로 본체를 감싸는 작업입니다. 번쩍이는 겉모습에 넋을 빼앗기면 안쪽 재질이 무엇인지 묻지 않게 되지요. 『도금 시대』는 바로 그 지점을 파고든 소설입니다. 국회의원들의 기름진 연설, 신문의 자극적인 헤드라인, 투자자를 끌어모으는 꿈같은 청사진 사이를 따라가다 보면, 화려한 금빛 아래에 녹이 슨 철골이 드러납니다. 그렇다면 우리는 이 작품을 통해 무엇을 배워야 할까요? 그리고 일상에서 어떤 실천으로 옮길 수 있을까요?

첫째, 절차가 어떻게 짜였는지부터 살펴야 합니다. 소설 속 '놉스 대학 설립 법안'은 교육 개선이라는 그럴듯한 제안을 내세우지만, 실제 계산은 이해관계의 역학과 특정 집단의 이익에 따라 바뀝니다. 이는 겉으로 공익적으로 보이는 제안이라도 단계와 순서를 누가 정했는지, 빠진 항목은 없는지 확인해야 한다는 교훈을 줍니다.

둘째, 번지르르한 말보다 손에 잡히는 근거를 먼저 요구해야 합니다. 헨리 브라이얼리와 셀러스 대령은 스톤스 랜딩의 성공을 약속하며 도금된 도면을 돌렸지만, 필립 스털링은 자신의 기술을 연마하며 묵묵히 광산을 탐험했습니다. 두 사람의 결과는 대조적입니다. 투자 설명서나 기사에서 큰 수익을 약속하더라도, 구체적인 수치와 현장 기록이 함께 제시되지 않는다면 한 걸음 물러서야 합니다.

셋째, 감정적인 이야기를 마주칠 때는 그 이야기가 누군가의 이익으로 이어지는지 따져봐야 합니다. 로라 호킨스의 살인 사건은 신문 1면을 며칠씩 장식했고, 자극적 기사 덕분에 큰 반응을 얻었습니다. 헤드라인이 분노나 연민을 부를수록 이 언어를 통해 누가 이익을 얻는가를 먼저 생각하는 습관이 필요합니다.

넷째, 도금시대의 사회적 연대는 금박으로 빛나지만 속이 빈 껍데기였습니다. 예컨대 소설에서 로라 호킨스가 의원들과 즉석에서 담합하여 법안의 찬성표를 끌어모으고, 딜워디 상원의원이 노블 의원을 매수했다가 폭로 당하는 대목은, 계산적인 연합이 얼마나 순식간에 해체되는지를 단적으로 보여줍니다. 이처럼 이익에 의존한 관계는 상황이 엇갈리면 모래성처럼 무너집니다. 그러므로 검증 가능한 절차와 상호 책임을 공유하는 투명한 구조 위에서, 장기적 신뢰를 목표로 관계를 맺어야 합니다.

『도금 시대』는 19세기 미국을 배경으로 삼았지만, 사회적 욕망을 자극하고 즉각적인 선택과 투기를 강요하는 구조적인 압력은 오늘날에도 여전합니다. 절차를 끝까지 들여다보고, 근거를 요구하고, 이야기를 걸러 읽고, 진실된 관계와 연대를 맺어가는 일. 이 네 가지만 지켜도 번쩍이는 금막 뒤에 숨은 균열을 훨씬 더 빨리 발견할 수 있을 것입니다.

「도금시대 : 오늘을 비추는 이야기」
제작 후원자 명단

112.	김도연	우	이혁민	클라리스
816815	김완수	유란	잠자는곰군0104	풍영현
강명구	너구리	윤금채	장용석	한의진
강지혜	도범	이덕원	전세훈	황승우
구정우	맞끔이	이미혜	전용선 (FATMAN)	NANA
권혁준	박상준	이소민	정유정	orangepico
규혜	박성원	이수진	정이삭	Parolanto
기은서	박성호	이우열	제나아빠1971	Rupert.L
김가은	박지애	이은미	조피디	
김건	박천용	이은석	조형	
김남용	버섯란란루	이이슬	최문석	
김다솜	살구	이주한	최희선	

후원에 진심으로 감사드립니다

With grateful acknowledgments
of your generous patronage,

도금시대
The GILDED AGE

초 판 1쇄 발행 2025년 8월 10일

지은이 마크 트웨인, 찰스 더들리 워너
감 수 김현정

펴낸이 김민성
편 집 이성은
디자인 한지원

펴낸곳 구텐베르크
주 소 경기도 수원시 광교로156 광교비즈니스센터 6층
전 화 070-8019-3287   **메 일** team@gutenberginc.com
인스타그램 @gutenberg.pub   **블로그** blog.naver.com/gutenberg_

- 이 책은 저작권법에 따라 보호를 받는 저작물이므로 무단 전재와 무단 복제를 금지하며, 이 책 내용의 전부 또는 일부를 이용하려면 반드시 저작권자와 구텐베르크 출판사의 동의를 받아야 합니다.

- 책값은 뒤표지에 있습니다. 잘못된 책은 구입처에서 교환해 드립니다.

ISBN   979-11-990617-5-0   04840

새로운 시대를 위한 영감, 구텐베르크 출판사입니다. 좋은 도서만을 제작하겠습니다.